長谷川時雨作品集

尾形明子 編・解説

藤原書店

1928，29年頃

母多喜に抱かれる時雨(本名やす)5ヶ月頃

侍姿の父・長谷川深造

佐佐木信綱主宰の竹柏園で和歌，古典を学ぶ
前列中央の男性が佐佐木信綱，その後ろに立っているのが時雨（中央区立郷土天文館蔵）

作家，中谷徳太郎
(1886-1920)

時雨18歳，結婚式を控えて。
一種の政略結婚だった

「花王丸」公演時のブロマイド絵はがき
女性作者による歌舞伎座公演は開闢以来と騒
がれ売り出された（中央区立郷土天文館蔵）

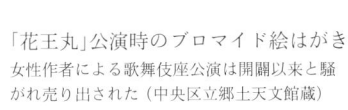

1925年，東京放送局が本放送を開始
小石川・上富坂の家で，三上於菟吉，甥の仁とともに

1928年「女人芸術」創刊の頃，編集室で
左から生田花世，城夏子，時雨，素川絹子

1932年頃，赤坂檜町の家で
三上於菟吉と将棋を指す

『美人伝』東京社，1918年

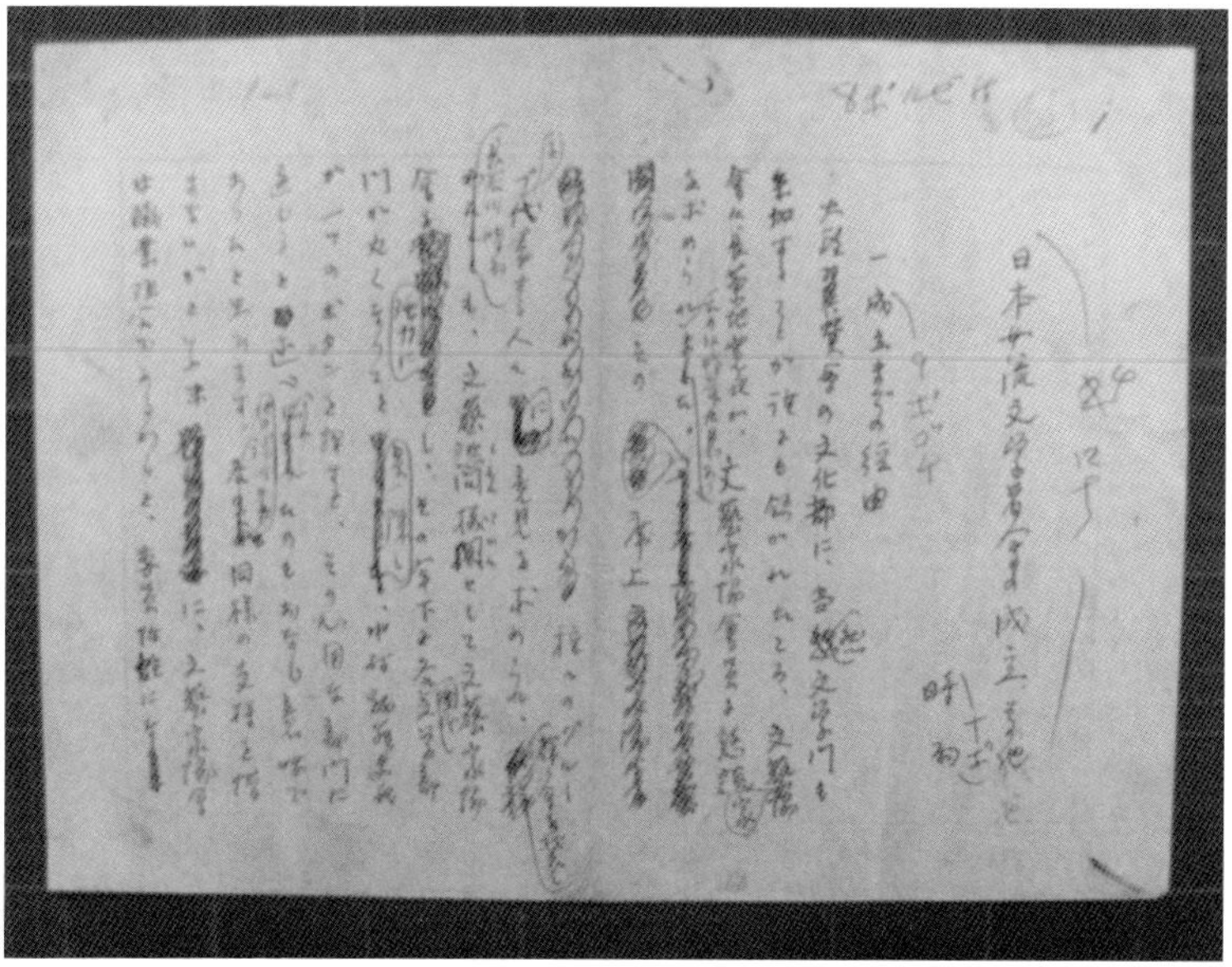

時雨の自筆原稿「日本女流文学者会の成立，その他」（「輝ク」のための原稿）

昭和10年代（1935〜40年頃）

左から神近市子，平塚らいてう，岡田八千代，富本一枝，時雨，生田花世

1937年頃の「輝ク」集い，第一ホテルで

前列左から網野菊，長谷川春子，横山美智子，時雨，村岡花子，大田洋子，真杉静枝，円地文子，熱田優子
後列左から辻山春子，平林英子，水島あやめ，由利聖子，中村汀女，城しづか

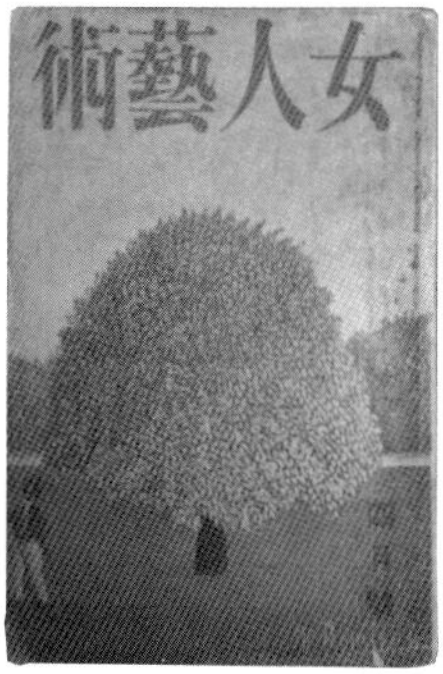

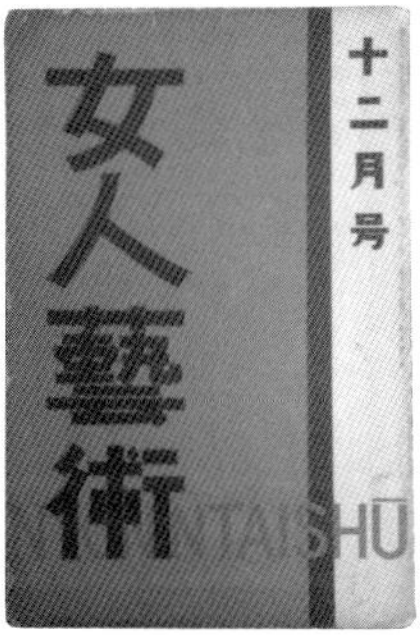

「女人芸術」
1928年7月～32年6月
全48冊

「輝ク部隊」1940年
皇紀二千六百年記念

「輝ク」創刊号（1933年4月）

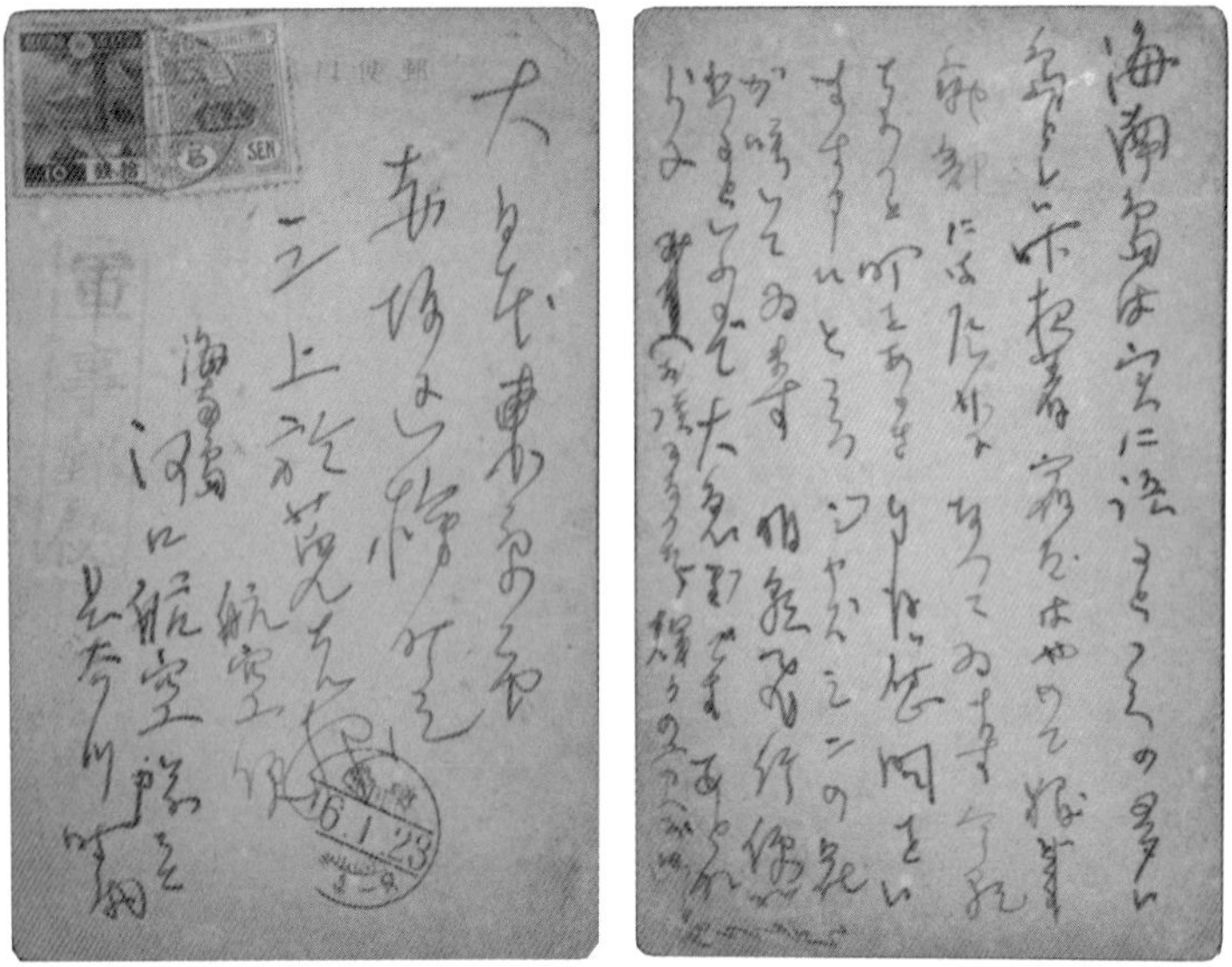

1941年，海南島から三上於菟吉に宛てられた葉書

1941年1月，「輝ク」部隊で南支文芸慰問団を組み，中国の前線基地を廻る
前列左より一人おいて熱田優子，円地文子，時雨。前列右端に尾崎一雄（県立神奈川近代文学館蔵）

口絵協力：尾形明子／県立神奈川近代文学館／
中央区立郷土天文館（タイムドーム明石）

長谷川時雨作品集　目次

注＝尾形　大
装丁＝作間順子

長谷川時雨作品集

凡例

一　各原文の底本は、「解題」に明記してある通りである。但し、左記の方針で表記を改めた箇所がある。

一　旧漢字・旧かなづかいを、新漢字（書き替え字を除く）・現代かなづかいに改めた。但し、文語・文語調のものは旧かなづかいのままとした。

一　現在ではほとんど用いない繰り返し記号（ゝ ゞ ヽ ヾ 〳〵）は、それぞれ該当のかな、漢字に置き換えた。但し、前述の通り、文語・文語調はその限りではない。

一　漢字の繰り返し記号（々）は適宜用いた。

一　明らかな誤字は正した。

一　用字・送りがな等は底本どおりとし、書き替え・統一は避けた。

一　ふりがなは、原則として底本のママとするが、総ルビのものは一部ふりがなを削除した。

一　送りがなの不足をふりがなで補った箇所がある。また、現在漢字で表記されることが例外的な副詞、代名詞、接続詞等にもふりがなを付した場合がある。

一　その他適宜、〔ママ〕等を付記し、原表記を活かした。

一　単行本名は『　』、作品名、新聞・雑誌名は「　」で示した。

一　注は、該当語の右に番号で示し、それぞれの作品末にまとめた。

一　現在不適当と思われる表現もあるが、改変は行わなかった。

長谷川時雨　人と作品

尾形明子

一九四一（昭和一六）年八月二四日正午、長谷川時雨の葬儀が、東京・芝の青松寺で執り行われた。蟬の声が降りしきる境内では、本堂に入りきらない人々が、厳しい暑さに耐えていた。二二日の未明に死去した時雨は、翌二三日、落合火葬場で荼毘に付され、赤坂の自宅で通夜が営まれた。病名は白血球顆粒細胞減少症。発病後わずか一〇日の死だった。

脳梗塞に倒れ、右半分が不自由な夫の三上於菟吉と時雨の末の妹春子を中心に、文藝春秋、講談社、学芸新聞、輝ク部隊からそれぞれ葬儀委員が集り、〈輝ク部隊葬〉と決った。一九三九年に時雨の発議で創設された「輝ク部隊」は、戦時下の知識女性の拠点だった。各新聞が顔写真を入れて、時雨の死を報じた。

> 女流文壇の大先輩三上於菟吉氏夫人長谷川時雨女史は去る十九日以来肺炎で慶應病院に入院中二十二日午前三時四十分死去した。享年六十三、告別式は来る二十四日午後一時から三時まで芝青松寺で「輝ク部隊葬」をもつて執行する、女史は日本橋生れの生粋の江戸児、独特の絢爛な筆で早くから明治文壇に異彩を放つたものだが、その後女流作家を糾合して思想文芸雑誌「女人芸術」を発行、今事変になつてから同人達をもつて組織した銃後婦人団体「輝ク部隊」を率ゐて活躍してゐた。代表作としては曾て本紙に連載して好評を博した「春帯記」をはじめ「近代美人伝」「一葉全集評釈」などがある
>
> （昭和一六年八月二三日「朝日新聞」）

当初、葬儀は長谷川家の墓がある鶴見總持寺が予定されていたが、炎天下に遠過ぎると三上が言い、同

じく曹洞宗の江戸三寺のひとつ青松寺に決った。青松寺は、かつて一九一六（大正五）年一〇月一五日、「故女流作家追慕の会」が営まれた寺である。樋口一葉、瀬沼夏葉、大塚楠緒子を追悼した会は、「青鞜」後の女性文芸誌「ビアトリス」の主催によるが、時雨は一員として参列していた。その縁に思いをめぐらしたのは、おそらく平塚らいてう、富本一枝、岡田八千代、生田花世等、かつての「青鞜」のメンバーだけだったことであろう。

文芸家協会から海野十三、文藝中央会から戸川貞雄、女流文学者会からは林芙美子に代って村岡花子、輝ク部隊からは岡田禎子が代表して弔辞を読み、佐佐木信綱の弔歌を山本安英が朗読、最後に吉川英治が「長谷川時雨氏を讃える言葉」を朗読した。

王朝の才媛、近世の紅蘭や細香に比しても、わが時雨女史は劣るおひとでなかったと思ひます。明治に一葉あり昭和に時雨ありと後の文学史は銘記しませう。脚本に小説に、随筆に、女史の文化に寄与された多くのうちに『近代美人伝』の一著がありますが、いまおもふに、時雨さんその人こそこの書の巻頭にも描かれてよいおかたでした。

高い教養と伝統のにほひ濃い環境に下町娘として培はれた女史は、その生の終る日まで、人に老齢を思はせぬ女らしさと余香を失はず、明治、大正、昭和の烈しい時潮の中に、その芸術に生きるや熾烈、その家庭をまもるや優雅、わけて夫君三上於菟吉氏に侍いては、貞操のこまやか、われ等門を叩く騒客の徒もみなよく知るところでした――。

しばしば涙に声が詰まる吉川英治の弔辞は参列者の心にしみた。

一時からの一般告別式には、輝ク部隊員がたすきをかけて両側に並列し、予定の二時を過ぎても焼香の列は途切れることがなかった。

時雨の活躍は新聞が伝える範囲をはるかに越えていた。

女性史の嚆矢ともいうべき七冊の『美人伝』を残し、歌舞伎作者として「さくら吹雪」「江島生島」「丁子みだれ」等々、現在もなお上演されている脚本を書き、坪内逍遥のあとを受けて歌舞伎改良運動に取り組む。明治末「青鞜」に賛助員として参加した時雨は、昭和のはじめ、女性作家・評論家の発掘と育成を目指して「女人芸術」を創刊。林芙美子、円地文子、大田洋子、矢田津世子、佐多稲子、松田解子、尾崎翠——枚挙にいとまないほどの作家を育て、現代に続く女性作家の活躍の基礎を作った。

幅広く深い教養は持ちながらも、学歴では小学校も満足に出ていない人だった。女が生意気になっては嫁入りに差支えるからと本を読むことを禁じられ、一四歳で池田家の江戸屋敷に行儀見習いに出され、胸を病み、一八歳で政略結婚さながらに嫁がされる。近代の女性作家のイメージからはるかに遠い〈女としての生〉を強いられた日々を、「薄ずみいろ」や「石のをんな」に書き、さらに自伝「渡りきらぬ橋」につぶさに書き込んでいる。同時に江戸の香り濃い日本橋に生まれ育った日々を描いた『旧聞日本橋』『東京開港』のなんと魅力的なことか。

私が長谷川時雨を知ったのは大学院に通う頃だったから、すでに四〇年になる。その間、関心は「女人芸術」（一九二八―三二）や「輝ク」（一九三三―四一）にあった。健在だった「女人芸術」の人たちを訪ねて、聞き取りを続け、次第に浮かびあがってくる長谷川時雨の像に圧倒された。同時に、それほどの人がなぜ、歴史の中に埋没してしまったのか、あるいは埋没させられてしまったのか――。疑問は今も続いている。「女人芸術」「輝ク」に集った女性作家の生と文学のありようを追う作業は、そのまま、時代の制約の中で生きるしかない人間の生を問いかける作業であり、時雨を呑み込んだ昭和という時代と向き合う作業でもあった。

I　結婚まで

時雨女史には洗練されたる江戸があつた。つまり破壊されざる江戸が女史の性格の中にあつたのである。女史の語る時、女史の作を読む時に、その濃厚にして淡白な江戸の気流が、目前に浮動する。その楽しさを私は忘れる事が出来なかつた。

私は今病気をしてゐるが女史の全集が出たならば、又大いに慰められるであらうと楽しんでゐる。

時雨の死後に刊行された『長谷川時雨全集』第二巻月報に、与謝野晶子が書いている。堺の人であり、濃厚な上方の伝統の中にいた晶子だからこそ、同時代を生きた時雨を包む江戸を、誰よりも感じ取っていたのだろう。晶子と時雨の交友は、妹の画家春子が、晶子から「源氏物語」を学んでいたこともあって、濃やかだった。

長谷川時雨は、一八七九（明治一二）年一〇月一日に、東京日本橋の通油町一番地（後の大伝馬町三丁目一番地一号）に生れる。黒い土蔵ばかりが続く通りは、暖簾《のれん》も濃紺で、厚い木や鉄製の天水桶が、それぞれの店のはずれに備え付けられていて、中には金魚や緋鯉《ひごい》が泳いでいた。黒塀に囲まれた家の奥庭には、松や柏、柚子、梅、山吹も植えられていたが、外通りは大きな柳があるくらいで、花の木などはなく、「堅《かた》気《ぎ》一色」の大問屋街だった。通りの向こう側に伝馬町大牢御用の馬屋があったために、後にうまや新道と呼ばれる。

江戸大奥の呉服御用商だった祖父長谷川卯兵衛安備《やすとも》によって建てられた時雨の生家は「渡りきらぬ橋」によれば「五軒間口の塀は、杉の洗い出しであったし、門は檜の節無を拭き込んで、くぐり戸になっていたし、玄関前までは御影石が敷きつめてあって、いつも水あとの青々して、庭は茶庭風で、石の井筒も古びていた。奥蔵の三階の棟木には、安政三年癸戌之建、長谷川卯兵衛安備《やすとも》と墨色鮮かに大書」されていたという。

父深造は安備の次男。お玉が池千葉道場に入門、北辰一刀流の使い手として知られ、江戸城本丸明け渡し後の守護を勤め、その後刑部省に出仕し法律を学んで、日本で最初の代言人（弁護士）一二名のひとりとなった。はやくから自由党に属していたが、同時に書画を好み、渓石の号を持つ芸術家タイプだった。江戸から東京への変遷の様子を画と文章で描いた『実見画録』奉書木版刷りが、一九一九（大正八）年八月没後一年の供養に、時雨によって出されている。

母多喜（戸籍では多起）は、江戸生れの仙台藩士で後に直参の株を買った湯川金左衛門の娘。徳川家瓦解で静岡に移住した折、一家の生活を助けて御前崎の塩田で働き、親孝行の褒状をもらったほどの働き者だった。深造の先妻が二人の子供を残して結核で死去したあと、長谷川家に入り、最初に生れたのが時雨だった。本名やす（康）。病弱で、無口で、はにかみ屋の時雨は、幼い頃「アンポンタン」と呼ばれていた。続けて、マツ（明治一四年一一月）、マル（明治一六年一〇月）、フク（明治一九年一一月）、虎太郎（明治二三年三月）、二郎（明治二五年六月）、はる（明治二八年二月）が生まれた。

母に抱かれる妹たちを羨ましがる時雨を誰よりも愛したのが、祖母の小りんだった。伊勢朝長の庄屋の娘で、領主籐堂家に御殿奉公していたことが自慢だった。日本橋で呉服御用商を営む兄を頼って上京、番頭の安備と結婚して商人の妻となったが、主家のプライドが強く、一家に君臨していた。明治二七年三月、八八歳で死ぬまで身だしなみを整え、孫娘を俥《くるま》に同乗させて、神社や芝居小屋をまわった。夜になると、家中の女たちが見事な家具の置かれた小りんの部屋に集って、裁縫の指導を受けながら、昔話に耳を傾けたという。

六歳になった時、時雨は、赤い裏のついた黒いマントを着て、祖母に連れられ、引き出し付きの手習い机、硯等の文房具一式を女中と書生、車夫に持たせて、寺子屋風の秋山源泉学校に入学する。読み書きそろばん、唱歌の手ほどきを受けるのだが、放課後は長唄、いけばな、裁縫、二絃琴と、下町娘の教養を身につけて過した。

時雨の受けた教育は、七歳年上の樋口一葉とほとんど変わらない。一葉は父親の理解を得て、中島歌子の歌塾「萩《はぎ》の舎《や》」で学ぶ事を許されたが、時雨は一切の読書を禁じられた。「おんなが学問すると生意気になる」「近眼になり結婚に差し障る」「胸を悪くする」等々、母親はあらゆる理由をつけて少女の知的な好奇心を封じ込めた。すぐ下の妹たちは女学校に進んでいるから、時雨は自分が〈継子〉ではないかとさえ疑っていた。本を焼かれ、土蔵に閉じ込められたり、折檻を受けたりしても、時雨の心に芽生えた文学や学問への関心を抑えることはできず、書生の鵜沢聡明が一高に入学すると、彼を先生にしてさまざまな知識を吸収していった。

母親の異常な対応は、いつも女性がいたという夫や口やかましく君臨する姑への腹いせだったのかもしれない。二人の秘蔵っ子である時雨にぶつけるしかなかったのだろう。小りんが死去すると、時雨は、池田公爵の江戸邸に御殿奉公に出される。「ご奉公」にその時の様子が詳しく記されているが、御殿奉公は、「ご殿奉公をしたことがない女は」と姑から、ことごとくに言われ続けた母親の夢だった。

父親が池田候の相談役であり、お家騒動を処理していたので、その縁故で、一五歳の時雨は老候夫妻の小間使になった。小間使といっても時雨自身に下女中が付くのだから、行儀見習いという事だったのだろう。時雨の周りにいた若い人は、乳母にかしずかれる孫姫くらいで、新しい時代におよそ無縁の世界だった。

が、ここで時雨ははじめて母親の目から解放され、自由に本を読むことができた。六円の給金の半分は食費だったが、残りで「女鑑」や「大日本女学雑誌」等を買い、夜中、ろうそくの灯りで思う存分に読むことが出来た。しかしながら幼い頃からの胸の痛みが本格化し、意識を失い、生死の境をさまようことになる。肋膜炎だった。

冬の初め、母親に付き添われて家に戻るが、命をとりとめ、あと養生もしないで翌年二月の末には池田邸に戻った。その直前に、時雨は女中をともなって神田小川町の佐佐木信綱のもとを訪ね、竹柏園への入門を申し込んでいる。花簪《はなかんざし》を挿し、ちりめんの前掛けをしめていた時雨の姿は、信綱夫妻の印象に残った。邸では嘆息と心臓病とに悩むことになるが、それでも自由に読書できる自由は時雨には魅力的だった。が、息切れと膝の関節炎が悪化し、足かけ三年目、一七歳の初夏に自宅に戻った。

「今は昔小川町なる講義の日源氏をきくと君きましゝか」——時雨の葬儀に信綱は弔歌を送って早すぎた死を悼んだが、娘時代の時雨にとって一番幸福だった時が、竹柏園での日々だった。母親ももはや何も言わなかったが、月謝も小遣いの範囲でしか払えず、講義の日には信綱邸の玄関に、欄間《らんま》までぎっしり積んである本を借りた。父親は妻に遠慮しながら『万葉集』を買ってくれたり、小遣いを渡してくれた。

一八九七（明治三〇）年一二月末、一九歳の時雨は、小伝馬町に住む鉄成金の水橋信蔵のもとに嫁ぐ。騙し打ちのように連れ出された見合いの席で決められ、時雨は必死で抵抗し病気になるが、全快すると、すべての仕度は華やかに整っていた。

時雨は決意する。親の元を離れ、自由を得る門出にすればいいのだと自分に言い聞かせながら、町中に掲げられた祝い提灯の中を、籠に揺られて両国橋を渡った。

II　釜石にて

すべてに陽気で派手好きな水橋家にとって、時雨は異端な嫁だった。水橋家は資産家なのに新聞も取らず、本といえば絵草紙しかなかった。時雨は家に閉じこもり、出入りの貸し本屋から本を次々取り寄せては読みふけった。背の低い小太りな夫を時雨はどうしても好きになれなかった。「青鞜」(五巻九—一一号・六巻一号)に発表した「薄ずみいろ」は衝撃的な作品である。自分が貧しい家の娘だったらどんなにいいことかと、新婚早々の主人公は思う。遊廓で客の相手をすることで、両親や兄弟が助かるのならどんなに嬉しいことだろう。が、現実は、黄金の鍵を持った男が、夫という権利を振りかざして、自分を陵辱する行為に対して、なんら抵抗することもできない。「新小説」(明治四一年三月)に発表した中編小説「夢見草」でも、当時の時雨の無残な日々を垣間みることができる。

夕暮れになると、時雨は両国橋の畔に佇んで、川を見つめて過した。橋を渡れば対岸へ逃げ出す事はできるのに、帰るべき場所はなかった。父親の困惑を思うと家には戻れなかった。といって川に身を投げることもできない。遺稿の題名「渡りきらぬ橋」は、まさに当時の時雨の思いだった。

夫の放蕩はやまず、さらに賭博で二回も警察にあげられたこともあって、婚家は信蔵を勘当し、岩手県釜石の鉱山に追いやった。時雨は離婚を申し立てたが、姑に「息子の嫁だとは思っていない、娘だと思っている」と言われて、三年の約束で同行することになった。

時雨の結婚は、古鉄商から紳商にのし上がろうとしていた水橋家が、土地の名望家であり自由党員として勢力をもっていた時雨の父親を、利用しようとしたものであり、一方の長谷川家でも政治家として政界へ進出するための資金が必要だった。いわば両家合意の政略結婚だったが、おそらくはすべてに恬淡《てんたん》としていた父親よりも、やり手の母親の意思だったのだろう。

時雨は深造が他所に産ませた娘だったのではないか、と私自身も思うことがある。誰よりも時雨を愛しながら、何ひとつ妻には逆らえない気弱な父親だったようだ。星亭と親しかった深造は、一九〇〇（明治三三）年、東京府の塵芥処理請負事件から、電車敷設問題にまで広がる疑獄事件に巻き込まれ、さらには鉄管贈収賄事件に連座してすべての公職から退いていた。

鉄管事件とは、東京都の水道敷設に伴う鉄管納入に関する贈収賄事件であったが、深造は、連日のように宴会に連れ出す水島家の意図に気付きながらも、娘を人質に取られた思いで、深入りしてしまったのだろう、と『東京開港』に時雨は書いている。

わが身の不幸を嘆き、父親を顧なかった自分を責め、もっと強くなることこそが、自立への第一歩だと、翌一九〇一年初め、二二歳の時雨は、人間修業の覚悟で東北の釜石鉱山に向った。上野駅まで深造が見送りにきて、「二度とやりたくないのだが」と呟いた。彼はすでに佃島で隠棲生活に入っていた。

息のつけないほどの吹雪の中を時雨は馬橇《ばそり》で、遠野を過ぎ、仙人峠を越えて釜石に向った。馬橇についてきた屈強な男に背負われて山を登りきると、眼下に将棋の駒を立てたような板小屋が連なっているのが見えた。中央に事務所、そのむこうに溶鉱炉と通風機が組み立てられた工場があった。四辺の山々に圧迫されて、さすがに高い煙突も「ぽかりと、古綿のやうな燻ぶった煙を丸く吹出す棒」（「冬」）にしか見えなかった。

しかし、東京育ちの文学少女だった所長夫人の好意もあって、時雨はその地で、生まれて初めてすべてから解放された日々を過すことになる。甘やかされて育った夫は、山暮らしに我慢できず、二日もかかる交通もいとわず、時々、東京に戻っていた。その間時雨は自由だった。森鷗外訳の「即興詩人」や樋口一葉の小説を夢中で読み、疲れると、県道を下りて、大きな岩に囲まれた瀬川を見て過した。心の奥からいくらでも言葉が湧き出し尽きることがなかった。雪に眼を傷め、獣医も外科も内科もかねる医者の手術を受けて、眼帯をしていない、もう一方の眼を机に近づけ大きな文字で時雨は書き始めた。

書き上げた一〇枚足らずの短篇を「うづみ火」と題して、時雨は「陸中国釜石鉱山内　水橋康子」の名で博文館発行の「女学世界」に送った。一九〇一（明治三四）年一一月の定期増刊号「磯ちどり」才媛詞藻冬の巻・小説頁の冒頭に特賞として載り、主幹の松原岩五郎から励ましの手紙とともに、賞金一〇円が送られてきた。

作品末尾に、無記名だが「書き方は稍《やゝ》や古風なれど筆のあゆみ凡ならず、二洲橋半隠居ずまいの光景より、年の暮れのそわそわしき、婚礼のごだごだまで描きて余情ふかし、病に悩める内気娘が嫂の妹に恋を奪われつつ猶父の為家の為おのれを捨てて切なきおもいをじっと耐ゆるあたり滔々たる才媛文学をして顔色なからしむ」の選評がある。病弱な女主人公に時雨は自分自身を重ねたのだが、同時に娘を誰よりも愛しながら、何ひとつ出来ない父親の悲しみをも書きたかったのであろう。

甥の長谷川仁氏が、日本近代文学館に寄贈した遺品の中に、初期の短篇を雑誌からはずして、一冊に合本し、『若葉のこぼれ』と題した文集がある。その中の短篇「落日」（「帝国文学」明治四二年二月）は、遠い地に住む娘が、夫に内緒で実家に送金しての帰り道、刑を終えたばかりの菅笠姿の父親の幻影を見るというストーリーである。送金はともかく、鉱山からふもとの村へ、山道を手紙を出しに毎日のように時雨は通ったのではないか。

一九〇二（明治三五）年一一月の小品「晩餐」（読売新聞）で、時雨は「しぐれ女」の筆名を使う。時雨の名は、しのびやかに内緒でという思いと、晩秋の時雨の風情とをあわせてとも、仙台地方の小唄「さんさしぐれ」からとも言われているが、本名の水橋康子では書きづらくなっていた。

書くことは時雨に生きることへの自信と同時に、自活することの出来る収入をもたらした。約束の三年の月日が経ち、時雨は帰京する。今度こそは離婚する覚悟で、佃島の家に戻った。

III　女性歌舞伎作者としての出発

「渡りきらぬ橋」に時雨は、帰京のひとつの理由として「あたしの山に居ることを聞いて、作品から慕つてくれていた少年があつたから、あたしは、心にもなき家に止まつて、その少年の愛を告げる心を摑んでいるのは、両方に対して心苦しく感じたからでもあつた」と書いている。

この少年について時雨は生涯、沈黙を守るが、後に早稲田文学派の作家として活躍する中谷徳太郎である。帰京直後から、「芝居の時代」といえる明治末から一九一八（大正八）年、三上於菟吉との同棲に入るまでの間の、時雨のプライベートな伝記はほとんど空白となっていた。

しかしながら、中谷徳太郎が「早稲田文学」に残した作品「抜け裏」（大正三年九月）「かけら」（大正五年一月）「黄昏のこゝろ」（大正五年一月）「男化粧」（大正五年一一月）「物語の時代」（大正六年四月）、あるいは「文章世界」に発表した「孔雀夫人」（大正四年六月）「過ぎ行く幻影」（大正七年七月）等々を追うなら、二〇代から三〇代にかけての時雨とその恋のありようや交情が、小説であることを差し引いたとしても、実に鮮やかに浮かびあがってくる。時雨が頑ななまでに黙したのは、三上への配慮だけではなく、妹のはる（春子）への気遣いもあったのではないかと想像される。

中谷徳太郎は一八八六（明治一九）年七月七日、東京深川木場に生れる。父親が番頭を勤める材木問屋に丁稚として入るが、文学への関心はやみ難く、一九〇四（明治三七）年、早稲田大学英文科の聴講生となり、坪内逍遥の指導を受ける。一九〇九（明治四二）年に卒業。時雨との関係は、雑誌に発表された時雨の作品に対するファンレターから始まったようだ。まだ丁稚の時代だった。時雨との文通を通して、文学への思いが強まっていったのだろうし、時雨にとっては気持ちの支えになったのだろう。

二人が出会うのは時雨が帰京した一九〇四年秋、徳太郎一九歳、時雨二五歳だった。佃島に住む時雨を訪ねてきた徳太郎の若々しさと演劇への情熱、しかも木場の若主人として身についた江戸人的な趣味性に、時雨は惹かれる。徳太郎の影響もあって、幼い時に祖母や父親に連れられて通った歌舞伎への興味が時雨の中でふくらみ、一九〇五年七月「読売新聞」の脚本募集に応募した一幕もの「海潮音」が、坪内逍遥の選により特選となった。

これを契機として、逍遥との師弟関係がはじまり、やがて逍遥を継いで歌舞伎改良運動に入っていくことになる。舅の死や夫が勘当を解かれて独立したこともあって、しばらく結婚生活が続いたが、一九〇七（明治四〇）年八月、ようやく協議離婚が成立した。「物語の時代」には、日露戦争後、賠償をめぐっての政府の交渉に不満を募らせた国民が暴徒と化した東京を舞台に、行き場のない愛に苦しむ人妻と青年の絶望が書き込まれている。

この頃、箱根塔之沢の温泉旅館「玉泉楼新玉《しんぎょく》の湯」の経営に乗り出した母親から、時雨は一七歳年下の妹春子の教育を託され、春子をフランス系のミッション学校である築地の女子語学校に入学させた。同時に時雨も午後からの選科コースに入学する。父親の食事を用意してから駆けつける日々だったが、一二、三歳の少女と共に英語を学んだ日々を、時雨は「女学校時代の回想」(「女性改造」大正一三年一月)に書いている。

年代がはっきりしないが、一九〇九(明治四二)年には女子語学校は雙葉高等女学校として麹町に移っているのと、〇七年に歌舞伎座で時雨の芝居が初めて上演されて、一躍注目されるようすが描かれているから、一九〇七年秋から〇八年春ごろのことだろう。時雨に憧れて、女優志願者が続出し、静かな学舎は騒然となり、結局半年で時雨は退学せざるをえなかった。

離婚後の時雨の活躍は目覚しい。

一九〇七年、日本海軍協会が、艦隊にちなんだ中幕物の脚本を五〇〇円で懸賞募集した。当選作を舞台にのせて寄附興行することを条件に、歌舞伎座に依頼する。時雨はただちに「覇王丸」を書き上げ、応募者七二名の中から入選。〇八年二月、「花王丸」と改題した一幕三場の史劇として歌舞伎座で演じられた。

題材を「増鏡」後半から取り出し、倭寇を扱い、花王丸の船出をもって幕とする。女性の書いた戯曲が尾上菊五郎、市川羽左衛門、中村吉右衛門らの一流役者により上演され、若く美しい時雨のブロマイドが売り出されるなど、大評判だったが、劇評は「だいたいに淋しく、俳優に芝居気を出させない、余裕のない目方の軽いもの」（明治四一年二月「演芸画報」）と厳しかった。

続いて狂女の恋を描いた「海潮音」が上演されるが、劇壇における時雨の地位が確立したのは、一九一一（明治四四）年二月、歌舞伎座で上演された「さくら吹雪」による。

一九一〇年八月号・九月号の「演芸画報」に分載された「操」を五幕物の史劇とし、改題した「さくら吹雪」は、時雨の造語である。戦国時代、斎籐龍興の庇護により夫の仇を討った勝子は、そのために斎籐家に災禍を及ぼしたことを知り自害する。貞女烈女と賞賛された勝子だったが、実は龍興への秘めた恋に気付いての死だった。「貞女二夫にまみえず」という世間や道徳に対する時雨の抵抗だったのだろう。当時、帝劇に座付き役者を引き抜かれ、混乱の中にいた歌舞伎座だったが、連日大入りを続け、孤軍奮闘していた菊五郎、坂東三津五郎とともに、時雨にも歌舞伎座から金メダルが贈られた。

文壇人をも含む二〇〇名ものファンが集り「時雨会」ができたり、時雨の住む佃島は「しぐれ島」と呼ばれるなど、時雨人気は高まる一方だった。

同時に時雨は、長谷川家のまとめ役でもあった。一家は父親、母方の祖父、弟、妹、それに番頭が住む佃島の家と、母親と妹マツを中心とした箱根の温泉宿に分れていたが、母親が芝の紅葉館を引き受けたことから、時雨は月に一〇日ほど箱根を手伝うようになっていた。時雨ファンの青年たちに宛てて、当時の情況を書いた手紙が残っているが、長女としての責任を果たし、家事万端に目配りし、家族の健康にこころを砕く時雨の姿が浮ぶ。その中での演劇活動だった。かたわらにはいつも中谷徳太郎がいた。時雨と共に中谷はしばしば箱根の宿に逗留していた。

中谷の「男化粧」は、箱根塔之沢での時雨の様子を知ることのできるおそらく唯一の作品である。主人公澤田と静枝は中谷と時雨、一九一一（明治四四）年一二月のマツの再婚が書き込まれているから、翌年の初春の情景だろう。「もう十年にもならうといふのに、よく飽きも飽かれもしないものだと思つた。二人は離れることも一緒になることもできずにゐる」ような男と女の、行き場を失った姿が浮びあがってくる。山に囲まれ渓流に沿った、おしゃれな割烹店と待合をかねたような宿は、ゆたかな温泉に恵まれ、東京からの、ほどよい隠れ家となり、芸者たちの遠出にも使われて、繁盛していたようである。

Ⅳ 「シバヰ」発刊、「舞踊研究会」と「狂言座」

明治末年から大正のはじめにかけては、時雨にとってもっとも華やかな時代だった。

一九一二（明治四五）年一月、時雨は中谷徳太郎とともに演劇雑誌「シバヰ」を発刊する。中谷の友人楠山正雄を発行人として、島村民蔵、秋田雨雀ら早稲田系の人々を中心とする同人誌だった。資金は時雨によるが、箱根塔之沢の新玉の湯の広告が多い。折からの新劇運動に刺戟されて、新しい演劇の創造を目的として、評論、翻訳、創作戯曲などを掲載し、表紙を坂本繁二郎らの新進画家が受け持った。創刊号には時雨の戯曲「竹取物語」が掲載されたが、同時に一月の歌舞伎座新春興行で上演された。五代目中村歌右衛門が扮する赫耶《かぐや》姫の宙乗りが大評判となった。

「シバヰ」は七月まで六冊（四・五号合併）発刊され、時雨の戯曲や細部にわたっての芝居評、楠山正雄の戯曲「死の前に」、島村民蔵の翻訳「伯爵令嬢」（「令嬢ジュリー」と改題）、中谷によるゴードン・クレイブの演劇論の翻訳「未来の劇場美術家のために」、秋田雨雀の日記や新劇評など、清新な意欲に満ちていて、当時の演劇界の盛況を今に伝える。七号で終るが、翌一九一三（大正二）年二月、今村紫紅の表紙絵で再刊される。再刊にあたって時雨は年賀状に「追白」として、次のような挨拶を書いている。

劇団に志を伸さうとする人々と手をたづさへ、舞踊の道につきても一層研究いたして、休刊中の雑誌「シバヰ」を二月より発行いたす事にいたしました。此二個の真面目な事業の経済が、豊ならぬ時雨の負担でござります故、どうか三号雑誌の名をとりたくないと存じてをります。御同好の御方により御引立のほどを、此処にあはせて願ひあげます。

メンバーはほぼ同じだが、坪内士行、本間久雄、島村抱月も加わり、編集発行人は中谷徳太郎となっている。中谷が「さくら畑」（チェーホフ「桜の園」）を翻訳、海外の演劇論や戯曲の紹介に努めたのに対し、時雨の関心は舞踊と歌舞伎改良にしぼられ、「いつ行っても二人で喧嘩ばかりしていた」（岡田八千代）状態だったようだが、五号では舞踊研究会大会で「空華」を上演するための後援会を組織するなど、中谷は全面的に時雨を支えている。「狂言座」発足の忙しさの中で五号で中絶したのだろう。

「シバヰ」発刊とあわせて、一九一二（明治四五）年四月、時雨は新舞踊の発表と古典舞踊の復活を目的として「舞踊研究会」を創立する。歌舞伎座で大会を二回、紅葉館で例会を五回催し、菊五郎、三津五郎、猿之助等の俳優、藤間勘十郎、花柳米松等の舞踊家、清元延寿太夫、吉住小三郎、常盤津文字兵衛等の邦楽家、鈴木鼓村、親友の朱絃舎萩原浜子等の箏曲、杵屋和三郎の長唄、舞台背景・衣装は松岡映丘等々、超一流を総動員した。さらに新橋芸妓や紅葉館の芸者まで動員し、その都度大評判となった。

時雨作「玉ははき」「空華」(「昴」明治四三年一月)「江島生島」(「歌舞伎」明治四二年六月)は、現在も上演され、「江島生島」は菊五郎のあたり役となった。贅沢この上ない試みだったが、一九一四(大正三)年六月紅葉館での第七回の例会を以て終わる。二日間にわたる最後の会では、帰朝間もない小山内薫が、ニジンスキーやアンナ・パブロア等々を紹介し、幻燈を使って「白鳥の湖」「サロメ」「火の鳥」などの舞台、踊りを説明したという。夏目漱石も一枚一円の切符を二枚買って、二回、小宮豊隆を誘っている。

すでに一九一三(大正二)年一二月、時雨は六代目菊五郎と共に「狂言座」を立ち上げていた。「舞踊研究会」の成功を受けての旗揚げだった。「私達の集りについて」という趣意書が残っている。

此度『狂言座』という名称のもとに新らしい芸術にあくがれてゐるものの一団が生れました事をお知らせいたします。／『狂言座』と称えましても決して固定した劇場を持つてゐるのではありません。自由に芸術の園に逍遥しようとするものゝ集りへ仮に名付けた名称にしか過ぎません。／わたくし達の集りは自分達の進んで行く道を自分で作つて行かうとする希望を持つた若いものゝ集りです。或る時は迷路へ踏み込んでしまふ時もないとは申されませぬが、互に声を掛け合ひ手を引き合つて行く道と信じた方へ進んで行かうとする自信を持つたものの集りです。／何故わたくし達は『狂言座』といふ古めかしい名を選んだかと云ふと歌舞伎狂言座といふ名が最も日本劇団には由来のあるわたくし共には大切な名称だと思ひますゆゑ其名を汚さぬやうにしたい望みで名づけました。／わたくし達の胸に何時となく自然と芽ぐんだのは日本の芝居を新しい心持で演じて見たいといふことでした。それは大変大胆な望みかもしれませんが、古い名作で研究して見たいもの、また今の文壇の新しい作物、いづれにしても、とても現在の興行界では近くには演じられる望みのないものを研究して舞台の上に現して見たいと思つております。／その上に新舞踊についても出来る限り研究する心得でをります。わたくし達は声ばかり張り上げて趣意を述べたて反響の大きく広くなるのを悦んでするのでは決してありません。少数の人でも同意同好の方々がわたくし達の志のあるところを酌んで下されば嬉しいと思ひます。どんな仕事をしますか、わたし達の未来を心長く見て戴く事を望んでをります。／『狂言座』はさういふ夢をみてゐるものの生命として生まれましたのです。

大正二年十二月／狂言座代表　尾上菊五郎　長谷川時雨

長い引用となったが、この期の時雨の意図したものや夢が生きいきと伝わる。坪内逍遥による歌舞伎改良運動を第一期とするなら、時雨、菊五郎の運動はその後を継ぐものだった。趣意書にあふれる清新で弾んだ時雨の心持と情熱、自信が周囲を動かし巻き込んでいったのだろう。坪内逍遥、佐佐木信綱、森鷗外、夏目漱石の家を、菊五郎とともに訪ね顧問の依頼をし、全員が快く引き受け、鷗外は新作を約束した。漱石宅で出会った津田清楓が、まるい眼鏡をかけた時雨を「産婆さんのよう」だったと記している。

第一回狂言座公演は、一九一四（大正三）年二月二六日から三日間、帝劇で、河竹黙阿弥の「夜討曾我狩場曙」を改作した森鷗外の「曾我兄弟」、中谷徳太郎「夜明前」、坪内逍遥「新曲浦島」を上演した。場内の禁煙を時雨が主張し、現在まで続いている。

第二回は同年一一月二一日から三日間、市村座で、奈々子「ふらすこ」、木下杢太郎「南蛮寺門前」、吉井勇「俳諧亭句楽の死」、時雨「歌舞伎草子」を上演。「南蛮寺門前」は山田耕筰がオーケストラの作曲・指揮をするなど話題を呼んだが「作意が晦渋で、作者の狙つた処もしつかり攫へる事が出来ぬ」（伊原青々園）など、二回ともに評判は、もうひとつだった。奈々子は時雨のペンネームであり、〈名無し〉を意味する。

時雨は後年、「狂言座」の挫折を、「古い革袋に新しい酒を入れようとしたため」と語っているが、この二回きりで「狂言座」は立ち消えとなる。時雨の理想主義をそのまま受け入れるには、歌舞伎や舞踊の世界はあまりに古い体質を持っていたし、時雨をバックアップしていた坪内逍遥も、島村抱月、松井須磨子をめぐる早稲田内部のトラブルに巻き込まれていた。しかも時代は小山内薫、市川左団次らの築地小劇場を中心とする小劇場主義の新劇運動に移行していた。そこに資金難が加わり、それらを撥ね返すには時雨を囲む情況は重すぎたといいえる。

V　パートナー・中谷徳太郎

一九一五（大正四）年五月の「青鞜」に、時雨は〈奈々子〉の筆名で短篇小説「石のをんな」を発表する。時雨と親しかった琴の名手萩原（朱絃舎）浜子と時雨自身をモデルにして、いわゆる〈石の女＝産まず女〉である二人が、幼い子供の母親となった経緯を書いている。その年の春、時雨の弟虎太郎の妻が二〇歳の若さで死去し、残された子供の仁を育てることになる。佃島の家で、子育てをする時雨の様子は中谷徳太郎の「抜け裏」にも描かれるが、一四年末ごろから時雨と中谷の関係も微妙に変化していた。「抜け裏」に描かれた、佃島に住む舞踊研究所を主宰する主人公の義姉は、時雨をモデルにしているのだろう。幼い子供を中心とした一家の様子が描かれるが、主人公は義姉の一番下の妹に惹かれ、プロポーズしようかと迷っている。無邪気な少女は美しく成長し、今では結婚した姉たちに代って、長姉の手助けをしていた。時雨、春子、中谷の関係をふと推測したくなる。

同年の六月、中谷は「文章世界」に「孔雀夫人（接吻の話）」を書く。これまで「早稲田文学」では認められていたが、この作品から中谷は中央文壇に登場する。孔雀夫人と呼ばれた美しく「趣味そのもの〻化身」のような謎めいた年上の女性が急逝して五年が経ち、夫人を中心に集っていた五人の青年は、偶然のことから、それぞれがかつて夫人に憧れ、しかも接吻を与えられていたことを知る。あきらかに時雨と「シバヰ」の仲間たちをモデルとした作品だった。夫人の描写はそのまま、明治末から大正にかけての時雨を伝える。

あの不思議な魅力を持つた眼――、人と話をする時はあの眼を屹と張つて、相手の顔から外らさない。さうして浅黒い皮膚の表へ異様な若々しい興奮が上つてきて、（夫人はそのとき二十七八でもあつたろうか……、無論年よりは若かつた。）ルビイのやうな不透明な、それで底光りのする艶があの静かな表情を生々と彩るのだつた。人を打つやうな気韻が顔全体に漂つてゐた。『えゝ、ですけれど――。』さう言ひだすと夫人は容易に自分の主張を枉《ま》げなかつた。剃刀でものを切るやうな冴えた声で、落ちついて話しだした。それでゐて夫人の側にゐる間は、何となく懐みの深い、優しい女らしさを感じずにはゐられなかつた。それよりもあの絢爛《けんらん》な姿が一番輝いてゐた。

のちに「女人芸術」や「輝ク」で時雨の身近にいた人たちが、ぴったりと同じことを口にした。時雨の本質を中谷は鮮やかに浮び上げ、時雨への思いを自らに断ち切ったのだろう。この作品を時雨がどのように受け止めたのかわからないが、沈滞の中にいた時雨を刺戟したことは間違いない。三上於菟吉が『春光の下に――又はゼ・ボヘミアン・ハウスの人々』を時雨に送ってきたのはこの年の八月だったが、まだ出会ってはいない。

しかしながら、この年、時雨一家は父親の疑獄事件以来の大事件に巻き込まれることになる。母親の多喜が経営を引き受け、ようやく立て直した紅葉館に、株主が乗り込んでくる。倒産寸前の紅葉館に母親が注いだ情熱と資金、努力は並大抵ではなかったが、ここにきてようやく〈東洋の紅葉館〉として、日本を代表する料亭となり、これからという時だった。もともと金持ちや貴族の合資組織だったが、繁盛する様子に彼らが権利を主張し、経営能力はあっても法的知識のなかった母親は、ほとんどだまし討ちに会ったように退却せざるを得なかった。金策に奔走するが、結局、一一月末に、大勢の男衆、女衆を引き連れて撤退することになる。

ショックから母親は床に伏し、時雨がすべての処理にあたる。七〇代半ばの父親は、中風を患い、もはや頼りにならなかった。箱根の旅館、佃島の土地・家を処分して、失職した人たちと家族のために、時雨は奔走する。鶴見の花香苑に売りに出ていた二千坪の土地を購入、料亭を建設、浅草弁天山下に開いた分店「新玉」の経営には弟の虎太郎をあてた。もうひとりの弟二郎は、上智大学をやめ、自分の力で生きるからと鉱山に入っていった。生涯を硫黄の発掘に情熱を傾けた母方の祖父湯川金左衛門の影響もあった。父と仁、自分と古くからいる老人のためには生麦に広い農家を借りた。

もはや「シバヰ」の仲間たちも、「舞踊研究会」「狂言座」の華やかな日々も遠かった。時雨はこの時に黒ダイヤをはじめ装身具の一切を処分している。

一九一六(大正五)年二月一日、花香苑新玉が開業する。「開業御披露」の葉書によれば「鶴見川を左に西北は山を屏風に廻らしたる岡の家」で「東南に海を」見渡す広大な敷地に、離れ家を点在させた風雅な割烹旅館だった。床の間の掛軸から器物に到るまで、時雨と母親の趣味で贅を凝らし、女中は紅葉館から連れてきている。美人で作法が行き届いていると評判だった。

時雨は、生麦の家と花香苑を行き来するが、再婚したマツに代って、春子が母親を手伝っていた。中谷徳太郎の「黄昏のこゝろ」に、この頃の時雨の様子が仄見える。「ほとんど十年近く」同じ道を歩き、「どうしても離れられなくなつてゐた」女と、ふっと心がそれるようになる。女の家のごたごたもあって、しばらく会わないでいた間、日夜、女に情熱的な手紙を届ける若い詩人が現れ、彼に誘惑される直前に、女は男のもとに救いを求めるように戻ってきた。が、これからのことを相談する間もないままに、女は再び去ってしまう。男は女の妹に手紙を託すのだが、実はその妹を恋していた時があった。

フランス映画を見るようなデリケートな描写が続くが、主人公は一九一六年夏から秋にかけての時雨と中谷自身であり、若い詩人は三上於莵吉なのだろう。中谷は時雨より七歳年下であり、三上は一二歳年下だった。自分より一七歳年下の妹春子に気持を動かした中谷への時雨のこだわりは、おそらくは滓のように残り、だからこそいっそう、三上の情熱が快かったのかもしれない。まもなく三上を受け入れ、一緒に暮らすのは一九一九（大正八）年からである。

その後の中谷徳太郎については、坪内士行が早稲田派の作家白石実三に宛てた一九一六年一二月二七日付書簡の中で「あの男も時雨女史が今後あいてにせずにゐてやればかへつて真実味のある物を書くやうになるだらうと思ひます」とある。が、中谷は一九二〇（大正九）年一月一八日、三四歳の若さで、スペイン風邪にかかって死去した。

『秋田雨雀日記』第一巻を追うなら、「昨日の朝、中谷徳太郎が流行性感冒で死んだ。中谷が長谷川時雨にわかれてからの生活は悲惨であつた。恋愛の勢力は驚くべきものだ。非常な才人だつたが、いくらかノルマルではなかつた。」（一月一九日）「晴。風が非常に冷たい。午後二時から、築地本願寺の中谷徳太郎君の法事に出席した。中谷は木場材木商関係の家の子供で、文学青年として長谷川時雨女史と親しんで、後では同棲生活をしていた。早稲田の文科の聴講なぞをしていた。文才のある男だつたが、官能的な一種のインセニテイをもつた男だつた。死の直前には、長谷川女史と離れていた」（三月六日）と書いている。

死後、坪内逍遥序、上司小剣、坪内士行らの追悼文、著作年譜の入った楠山正雄編集の遺稿集『孔雀夫人』（大正一〇年二月、富士印刷出版部）、下町の俳句仲間、知友による遺稿集『三人の女に』（大正一〇年六月、小田原書房）が編まれた。逍遥は序に「君は、要するに、季節を誤つて蒔かれ培はれた珍しい草の花であつた」と書いている。今回、中谷徳太郎のほぼ全作品にあたり、現在にも十分に通じる作家であったことを改めて思った。大正期のどこかガラス細工のような青年の心理や恋愛が、繊細で艶麗な筆致を通して浮かびあがってくる。一九二六（大正一五）年一一月、新潮社から出たストリンドベリー「白鳥姫」の翻訳もよくこなれている。

VI　女性評伝の先駆「美人伝」

演劇から退いた時雨は、「美人伝」の執筆に力を注ぐ。美人伝という命名にこだわるむきもあるが、男の歴史の中で、ひたすら懸命に生きた女性たちの意であり、女性評伝の先駆である。

一九一一（明治四四）年一一月に聚精堂から〈新婦人叢書〉の第一編として出版された『日本美人伝』が始まる。上古（櫛名田比売《くしなだひめ》、真間の手古奈《てこな》、衣通媛《そとおりひめ》、光明皇后等二二名）中古（小野小町、弘徽殿《こきでん》の女御、常盤御前、祇王、建礼門院徳子等五四名）近古（静御前等一六名）近世（淀君、出雲のお国、吉野太夫、蓮月尼等二九名）の時代にわけて、神話、「日本書紀」「古事記」、物語、歴史に登場する女性たち、さらには遊女までが事典風に網羅される。同じシリーズの第六編として翌年六月には『臙脂伝《えんじでん》』が出され、安寿姫、玉藻《たまも》の前、葛城太夫《かつらぎたゆう》、八百屋お七等二五人が取り上げられた。

時雨イコール美人伝として定着するのは、一九一三（大正二）年六月二四日から九月四日まで「明治美人伝」を五〇回、「読売新聞」に連載してからである。続いて翌一四年一月から一七年一二月まで「続明治美人伝」を「婦人画報」に連載。一九一八（大正七）年六月、「明治美人伝」と「続明治美人伝」の前半を『美人伝』として東京堂から出版した。英照皇太后、昭憲皇太后から始まり、大塚楠緒子、田沢稲舟、石上露子、山川登美子等、多岐にわたる評伝は興味深い。

その後も同誌に一九一八（大正七）年一月から一九二二（大正一一）年九月「平塚明子」まで「続明治美人伝」（後期）が連載された。インタビューを中心に資料、文献をも豊富に使って、同時代を生きる女性たちへの時雨のシンパシーや批判が率直に語られている。この間に歌舞伎のヒロイン一一名を伝記小説風に書いた『情熱の女』（大正七年一二月、玄文社）、大葉子《おおばこ》などの万葉の女性から奥村五百子《おくむらいおこ》まで一〇人の女性を描いた『名婦伝』（大正八年五月、東京・実業之日本社）が出版されている。また一九一九年七月から二一年九月まで「婦人世界」に「麗人伝」が連載された。

一九三六（昭和一一）年二月、三上於菟吉が経営するサイレン社から出版された『近代美人伝』は、『美人伝』に未収録の「続明治美人伝」から、「マダム貞奴」「樋口一葉」「松井須磨子」等一八篇を補筆し、「柳原白蓮」「九条武子」を大幅に加筆して二〇名の伝記とし、「序にかへて」と、巻末の女性史年譜を加えた。岡田八千代の夫岡田三郎助の淡いピンクにブルーが混ざったマーブルのような装丁が美しい。「序にかへて」は、雑誌に掲載した「明治美人伝」「明治大正美女追憶」の二本の評論を並べて、時雨の女性史総論の感がある。二九葉の一頁大の写真が、それぞれの女性の姿とその生を浮かび上げ、口絵には梅原龍三郎の油絵を使っている。緑濃いジャングル、ヌードの若い女性の横に虎が寄り添う、不思議な絵である。時雨はあとがきで「女の裏にある猛獣が躍り出すといふふうに表現されてゐるやうで――それは、私だけの考へかもしれませんが、大好きなので御懇望いたしました。私も、ああいふふうに、剝いて書くべきだつたと、さう思ひます」と記している。

翌三七年三月二一日から六月三〇日まで「東京朝日新聞」に「春帯記――明治大正女性抄」を連載、同年一〇月、岡倉書房から『春帯記』として出版した。自伝的な「おふうちゃん」をはじめ、「田沢稲舟」「モルガンお雪」「江夏歌子」「高間筆子」「河原操子」「鳥居きみ子」の八人の女性を書いている。その後も「続春帯記」を「婦人公論」(昭和一三年一月―八月)に連載、「久野久子」「遠藤清子」「江木欣々夫人」「朱絃舎浜子」「おいし姐御とその一党」の五人を取り上げる。

東郷青児のモダンでお洒落な挿絵の入った連載は、単行本にはならなかったが、『長谷川時雨全集』第二巻に「春帯記」として、あわせて一四人(モンゴルで活躍した河原操子と鳥居きみ子をあわせて「操子ときみ子」としているため、目次は一三篇)が収録された。

一九一一(明治四四)年から一九三七(昭和一三)年まで、四半世紀に及ぶ「美人伝」の歴史は、そのまま、明治・大正・昭和を生きた時雨自身の生活と意識の変遷に重なる。女であるがために読書さえ禁じられ、母親の意志に振り回されて過した少女時代、無残な結婚生活、歌舞伎界での日々、挫折の体験、恋愛と失意、さらに「女人芸術」「輝ク」を通して社会や女性たちと触れることにより、時雨の意識は大きく変る。その意味で、「美人伝」は時雨の生と文学の原点であり、女性史そのものといえる。

『近代美人伝』発刊に先立って、時雨は、新刊月報「サイレン」四号に、古代の美女の名と小伝を連ねただけの初期「美人伝」から、訪問し、資料を調べ「随分長く、横からもたてからも」調べたにもかかわらず、中期の「美人伝」は、結局は遠慮して「随筆的集積」としてしまった、と書く。それらに対して『近代美人伝』については、次のように述べている。

かなり丁寧に見たつもりでいる。いささかでも時代と女性の結びつきが出てくればよいがと、それだけを気にしている。そして、明治期を通して大きな影をなげた、芸妓という女の職業と、社会的なつながりを——花柳界婦人が、一般家庭におよぼした影響を、没落しつつあるブルジョア道徳を、そこにすこしでも見出し得るならば、それは思いがけない収穫と思い、同じ時代に呼吸して、どこやらにおなじような時代意識をもち、眼で見て来た人たちを伝して来たということに、偽らざるもののあることを力強く思っている。（昭和一〇年九月）

『続春帯記』で時雨は、「遠藤清子」（昭和一三年二月・三月「婦人公論」。目次題名は「明治期の末」）をとりあげている。女性の政治参加に奔走し、「青鞜」の新しい女の代表格となって「母の胎内において、男と女は平等であった」と言切った人である。自然主義の作家岩野泡鳴と結婚、長男を産むが、泡鳴に愛人が出来て離婚。年下の画学生との貧しい生活の中でも、自らを恃んで生きた女性だった。

一九三五（昭和一〇）年一二月一八日、谷中七丁目の了侃《ごん》寺に、かつての青鞜社の人たちが遠藤清子と長男民雄の墓を建て、久しぶりに集る。その光景から時雨は書きはじめる。「青鞜」から二五年の歳月が流れ、冷え込んだお堂で、みんなの老けた様子に胸が熱くなる。

みんな、たいした苦労だ――、と、それぱかりを嚙むやうに思つた。みんな、跣足《はだし》で火を踏んだやうな人達だ。今日の若人たちの眼から見たらば、灰か、炭のやうに、黒つぽけて見えもするであらうが、みんな火のやうに燃えてゐて、みな、それぞれ、その一人々々が、苦闘して今日の、若き女人たちが達しるといふより、その出発点とするところまでの茨の道を切り開き、築きあげて来たのだ。いたづらに増えた髪の霜でもなく、欠伸《あくび》をしてつくつた小皺でもない。――その間に、こんなにも、女人の出る道は進展した――

浪漫的な夢のような美女たちを並べた作者が行き着いたところに、胸を打たれる。志半ばに、時代や社会の波にもまれて消えた女性たちへの、時雨のレクイエムだった。

Ⅶ　三上於菟吉の登場

ようやく新たな生活が軌道に乗った時雨に宛てて、毎日のように分厚いラブレターを届ける青年がいた。前年の夏『春光の下に――又はゼ・ボヘミアン・ハウスの人々』（文好堂書店）を送ってきた三上於菟吉である。朝鮮独立運動に材を取ったこの作品は、発売と同時に発禁となったが、時雨は、作品の荒削りではあっても逞しいエネルギーと才能に惹かれた。

一八九一（明治二四）年二月二四日、埼玉県中葛郡桜井（現・春日部）の代々続く漢方医の長男として生まれた三上は、粕壁中学の頃から文学を志し、田山花袋に私淑。早稲田大学英文科に入るが中退し、「早稲田文学」や宇野浩二らとの同人誌「しれえね」（明治四五年三月）に作品を発表するなど文学の道を歩んでいた。

時雨が押し切られた形で始まった二人の関係だったが、牛込赤城下の於菟吉の家は、早稲田の文学仲間である宇野浩二、生田春月、葛西善蔵、広津和郎、谷崎精二、三富朽葉、今井白楊、近松秋江等々が集っていて、いつでも活気に満ちていた。彼らもまた年上のすでに著名な美しい時雨に憧れていた。かつての中谷を中心とした「シバヰ」のメンバーとも異なる、もっと世間知らずで素朴な文学青年たちだった。

生麦では老父と幼い仁の世話をし、鶴見の花香苑では商売の相談にのり、赤城下では文学青年たちと過ごす日々だったが、時雨が三上との同棲を決意したのは、一九一七（大正六）年夏、今井白楊と三富朽葉が千葉の犬吠埼で溺死したころではなかったか。正式に暮すのは、一九年春からである。前年七月に時雨の父を見送り、一九年春には、学齢期に達した仁を父虎太郎のもとに返して、生麦の家をたたんだのち、牛込矢来町の新潮社近くの借家に転居し、新たなスタートを切った。

二人が生涯、内縁関係のままだったのは、三上が長男であり、時雨も離婚後分家して独立していたために、廃家しない限り入籍できなかったからである。

時雨との同棲が契機となったように、三上は文壇に登場していく。一九二〇（大正九）年、谷崎精二と共訳した「モンテ・クリスト伯」がベストセラーになり、さらに翌年「講談雑誌」に連載した「悪魔の恋」が評判となり、大衆作家としての道を歩む事になる。三上の成功を確信した時雨は、ただちに家賃一八円の家から八〇円の門構えのある家に引越し、三上の母親を呼び寄せた。時雨の手の中で、三上は大衆作家として成長していくのだが、売れっ子となった三上の放蕩に、まもなく時雨は悩むことになる。

一九二二（大正一一）年七月の時雨の日記には、三上の浮気を知った苦悩が切々と書き込まれていた。於菟吉は三一歳、時雨は四三歳だった。

が、時雨はすくっと立ち上がる。

一九二三（大正一二）年六月には、山村耕花筆の彩色手刷り木版を挿入した、贅沢で美しい『動物自叙伝』を大鐙閣から出版し、七月には、長年の友人岡田八千代と二人で同人誌「女人芸術」を、三上が始めた出版社元泉社から創刊した。創刊号には戯曲「暗夜」を、二号には戯曲「犬」を発表、文壇へのカムバックを図った。犬にステーキを食べさせる貴族と、そのステーキを思わず貪り解雇される犬の世話係とその一家の悲劇を描いた「犬」は、一九二六（大正一五）年六月浅草松竹座で井上正夫、夏川静枝によって上演されるが、すでにプロレタリア文学の傾向が色濃く、驚かされる。

経済的にはゆたかに育った時雨だったが、釜石の三年間の生活で底辺に生きる人々を身近に見た。猫や犬の肉をご馳走といって食べ、寒さと不衛生、貧しさに、嬰児の死は日常的だった。

次の三号は、九月一日の関東大震災に、元泉社と共に消えた。当日、時雨は仁とともに鶴見にいて無事だった。「女性改造」二巻一一号の「大震災で最も深い印象を受けたこと」のコーナーに、「黒煙りが追ひかける空の下を、血にまみれ、土にまみれた人人が、流れるやうに丘に青いものの見える生麦、鶴見へと、焔と炎熱に焼けた線路の砂利を踏んで、流れるやうに来かかつたのを見た時、不思議に一切を諦めた気持ちの中に、よくも生きてきてくれたといふ感謝の涙が湧き出して止まりませんでした。苦しい〳〵中を生きた力、何物にもかへ難い尊いものだと、胸の中がグイ〳〵言つて声をあげて泣きたいやうでした」と書いている。

死者一四万人、数十万戸の家屋を焼き、東京は下町——神田、下谷、本所、深川、芝、本郷、浅草、赤坂、日本橋、京橋——を中心に瓦礫と化した。

三上が住んでいた家は無事だったが、直木三十五一家が避難していて、関西にむかうまで同居した。その年の暮れ、本郷の高台を見下ろす小石川上富坂に引っ越し、二年後には麹町と、七年間に、三年から二年の間隔で、少しずつ家賃の高い家へと引越しを繰り返し、時雨の思惑どおり、三上の文名は高まっていった。震災後の時雨は、ほとんど三上於莵吉の妻として過し、文筆活動から離れていた。一生の仕事と言っていた「美人伝」も、一九二二（大正一一）年七月号の「婦人画報」に掲載された「平塚明子」を最後に、雑誌社の都合で中断したままだった。

この間の仕事としては、『現代戯曲全集』（大正一五年五月、国民図書株式会社）第一八巻を編集、自分の作品からも「玉箒《ははき》」「空華」「江島生島」を収録している。

Ⅷ　女性の総合誌「女人芸術」

大震災を経て、東京の町も、そこで暮す人々の生活も大きく変った。「この世ながらの地獄」からの人々の脱出ははやかった。東京は、江戸の香の漂う古きよき町々を、不ぞろいで安手なビルディングが建ち並ぶ町に姿を変え、鉄道は郊外に延び、田畑が住宅地となり人口分布が変った。何もかもが変貌した中で、もっとも大きく変ったのは、マスコミ業界だったのかも知れない。

震災翌年正月、大阪朝日新聞、大阪毎日新聞の発行部数は一〇〇万部をこえ、「週刊朝日」は、それまでの旬刊を週刊に切り替える。一九二五（大正一四）年に創刊された講談社の大衆雑誌「キング」は、発売まもなく一〇〇万部を越える。そうした中で、一九二六年、大正が昭和に変る直前に、改造社が『現代日本文学全集』を出した。一冊一円、いわゆる円本ブームの始まりである。一九三〇年ごろまで一〇〇種類にも及ぶ全集が出され、はじめて大金を手にした作家たちは続々と海外旅行に出たり、アパート経営に乗り出した。

三上於菟吉の作品は『現代大衆文学全集』（平凡社）『現代長編小説集』（新潮社）を初め、その他コナン・ドイルの翻訳等々いくつもの全集に収められ、莫大な印税を得た。三上はその印税を時雨に「家でも指環でも買ったら」と言って差し出した。二万円とも三万円とも言われている。時雨には、指環への興味はもはやなかったし、家は借家で十分だった。「女だけの雑誌を作りたい」と時雨は言う。時雨の中で「青鞜」が浮かび、中絶した「女人芸術」が浮かんだ。

時雨の動きははやく、まず赤城下に生田春月と暮す生田花世を訪ね、花世と連れ立ち、かつての「青鞜」の人たち――岡田八千代、平塚らいてう、富本一枝、神近市子を訪ねた。神近が三上於菟吉の女性関係に苦言を呈したが、時雨はさらっと「あの人はそうしないと仕事のできない人だから」と返した。彼女たちを雑誌の運営にかかわらせる気はまったくなかった。「青鞜」の正統な後継誌として出発するための、いわば手続きだった。

さらに今井邦子、山川菊栄、ささきふさ、望月百合子を訪ね、編集者の人選は生田花世に任せた。城しづか(夏子)、堀江かど江、八木秋子が入り、三上於菟吉が推薦した新潮社の社員だった素川絹子を編集発行人とした。少し遅れて、やがて山内義雄夫人となる小池みどり、熱田優子が加わった。妹の春子が時雨にぴったり寄り添っていた。春子は時雨の紹介で洋画を梅原龍三郎に、日本画を前田青邨に学び、すでに画家としての道を歩んでいた。

表向きは「新人作家・評論家の発掘、育成、女性の連携」を標榜していたが、時雨の夢は膨らんでいた。かつて歌舞伎の改良を目指して「舞踊研究会」や「狂言座」を組織した時と同じような興奮が時雨を突き動かしていた。沈滞していた時雨自身の文壇へのカムバックともなるはずだったし、それ以上に、女性にあいかわらず理不尽な生を強いる社会のありようを、女性が連携する事によって変えていくことも出来るはずだった。時雨は「女人芸術」を、文学・思想、芸術をあわせもった日本で唯一の女性の総合雑誌にしたかった。かつての舞台の夢をそこに託したのかもしれない。台本・美術・音楽・舞踊・役者・観客――すべてが揃って完成する総合芸術を、雑誌で果たすことを思ったのではないか。

一九二八（昭和三）年七月一日の創刊号発売を記念して、時雨は六月二八日午後二時から内幸町の大阪ビル地下レインボー・ホールに、各界で活躍中の女性七〇名を招いて茶話会を開いた。「女人芸術」創刊の挨拶と協力の要請、意見や希望を聞くためだったが、これだけ多くの女性を集めた会合は初めてだった。手渡された創刊号に女性たちは歓声をあげた。その様子は、三〇日の「朝日新聞」婦人欄に載り、さらに「女人芸術」八月号に細述されるが、「いい作品、いい作品、その外に何があろう。私たちのほしいのはたゞそればかりだ。いい騎手も駿馬を要する。そこでわたし達の『女人芸術』がいい騎手のために駿馬たらんことをおもう」という時雨の言葉が記されている。

白地にブルーがかかった果物の絵が爽やかな表紙絵は、中堅画家の埴原久和代による。扉絵はマリア・ウーデンの「平和」。春子のカットは力強く瑞々しい。巻頭に山川菊栄「フェミニズムの検討」神近市子「婦人と無産政党」望月百合子「婦人解放の夢」の三本の評論を並べ、〈感想・随筆〉に岡田八千代、生田花世、若山喜志子、太田菊子、〈歌〉に岡本かの子、柳原燁子、今井邦子、〈詩〉に深尾須磨子、〈創作〉に、ささきふさ「遠近」平林たい子「生活」真杉静枝「ある妻」長谷川時雨「甘美媛」（戯曲）松村みね子「野にゐる牝豚」（翻訳）と、大家・中堅作家を並べる。さらに娯楽性を持たせるために「文壇・劇壇人気番付」を載せている。巻頭口絵としたモスクワでの中條（宮本）百合子近影は、その後の「女人芸術」を考えると暗示的ですらある。

編集後記に時雨は「水無月とは瑞々しくも晴朗な空ではないか。いたるところに生々の気はみちみなぎつてゐる。だがなんと、いま全世界で、この日本の女性ほど健かにめざましい生育をとげつゝあるものがあらうか？　初夏のあした、ぼつぱいと潮がおしあげてくるやうに、おさへきれない若々しい力をためさうとしてゐる同性のうめきをきくと、なみだぐましい湧躍を感じないではゐられない。あたしもその潮にをどりこみ、波の起伏に動きたいと祈る」と書く。

「ぼつぱい」と押上げてくる潮に包まれて、時雨は新たな一歩を踏み出そうとしていた。創刊の喜びを踊るように祈るように素直に綴りながら、四九歳の時雨は自分が歩んできた重く理不尽な日々を思い浮かべる。それらの日々こそが、時雨に「美人伝」を書かせ、「女人芸術」から「輝ク」に続く一三年間もの雑誌の主宰、「輝ク部隊」結成へと時雨を駆り立てていった原点であり、原動力だった。

七月七日夕方からは、明治外苑の日本青年館で「音楽・舞踊・映画の会」が、「女人芸術」創刊記念として開かれた。時雨に代って三宅やす子が発刊について熱弁をふるい、佐藤美子が「カルメン」を歌う。深尾須磨子のフルート演奏、山本安英のゲーテ「ファウスト」からの朗読、与謝野晶子、平塚らいてう等々の祝辞と、数百人の女性たちが夜の更けるのも忘れて「女人芸術」創刊を祝った。

わずか一三二ページの、発行部数も五〇〇〇部に満たない創刊号だったが、ジャーナリズムに、文壇に「女人芸術」は華やかに登場し、人々の注目を集め、新たな女性の時代を予感させた。

Ⅸ　「女人芸術」の作家たち

「女人芸術」は、一九三二（昭和七）年六月号まで、全五巻四八冊発行される。「青鞜」の五二冊に次ぐ。今ここに細述する余裕はないが、『女人芸術の世界――長谷川時雨とその周辺』『女人芸術の人びと』（ドメス出版）をご参照いただければ幸いである。

大正期から続く農村の疲弊は極限にまで到り、ウォール街から始まった世界恐慌は、日本をも覆った。新聞には行き倒れや凍死者数が載り、まさに「大学は出たけれど」の時代だった。ロシア革命の成功は、「平等の世界」の実現を願う若者たちの目的となった。資本主義体制、天皇絶対体制を堅持しようとする政府は、理想に燃える青年たちの運動を厳しく弾圧し、一方では国中を覆う閉塞状況からの脱出を植民地に求めて、中国への進出が始まる。世界大戦に向けて、時代は加速をつけて動き出している中での「女人芸術」刊行だった。上田（円地）文子は戯曲「晩春騒夜」（一巻四号）によって劇作家としてデビューし、林芙美子は、三上於菟吉の命名による「放浪記」（一巻四号―三巻一〇号まで二〇回）連載によって文壇に出る。

「女人芸術」は中本たか子、辻山春子、松田解子、尾崎翠、大田洋子、矢田津世子、大谷藤子、横田文子、平林英子、川瀬美子、平林たい子、窪川（佐多）稲子――文壇への新人作家の登竜門として、あるいは中堅作家の発表の場としての役割を果たした。同時に、与謝野晶子、生田花世、今井邦子、岡本かの子、三宅やす子、中條（宮本）百合子、長谷川かな女、深尾須磨子、片山広子（松村みね子）、松本恵子、宇野千代、真杉静枝等々、全女性作家の結集の場となり、昭和の女性文学はこの「女人芸術」から花ひらいていったといえる。

かつて「女人芸術」関係者からの聞き取りに、当時六〇代から八〇代だった方々を訪ねてまわった。それぞれの青春と重なる「女人芸術」の思い出は、時雨の思い出と重なっていた。佐多稲子は「ほんとうに大きな人でした。あんな大きな人はもう誰もいませんね」と呟くように言った。「宇宙のような人」とアナーキストの望月百合子が言い、マルキストの中本たか子は「私にとって母親のような人でした」と回想した。

劇作家である時雨が、自分の後継者とみなして大切にした作家の円地文子は、「男の作家たちは、地縁・血縁・学閥によってしっかり結ばれていましたからね。女の作家に期待するのは生け花のねじめ、剣山を隠す下草ね。少しでもそこから出ようとすると切られてしまう。『女人芸術』があってはじめて私たちは、自由にのびることが出来たんですよ」としみじみと語った。

一九二八年から三二年という時代、文学史的には自然主義・モダニズム・プロレタリア文学の、いわゆる「三派鼎立」の時代が終り、プロレタリア文学が主流となっていた。創刊から、時代のオピニオンリーダーをもって任じていた「女人芸術」もまた、プロレタリア運動全盛の中で左傾の道を歩む。

試みに四八冊の「女人芸術」を並べてみる。埴原久和代に続いて、深沢紅子、有馬さとえ、吉田ふじを等、中堅の女性画家による一巻目の表紙は、いずれも豊かでみずみずしい。二巻一号は亀高文子の若い女性の肖像。二号から七号まで外国人画家に変った表紙も、いかにも「女人芸術」の名にふさわしく、華やいだ芸術の香りがする。グレーとピンクを基調に、マリー・ローランサンの描くバレリーナを使った一周年記念号など、その典型である。

八・九号は簡単なデッサンとなり、一〇号から、白と赤を地に、黒い線と「女人芸術」の文字をアクセントとしたモンドリアン風な表紙に変る。飾りを捨てた強さに「女人芸術」が歩もうとする方向が思われる。赤旗を振る女性像が印象的な三巻四号、五号を覗いては、三巻、四巻も同様である。五巻になって表紙は黄色地となり、四号からはソビエトの女性の写真がレイアウトされる。渡仏した春子の代りに編集者として参加した画家の熱田優子のデザインだった。

表紙の変化はそのままあわただしかった時代の変化であり、同時に「女人芸術」そのものの変化でもあった。初期の芸術性や娯楽性が、次第に消えていったのは、時代の流れだけでなく、「文藝春秋」女性版を目指して春子が企画した「多方面恋愛座談会」（一巻一〇号）「異説恋愛座談会」（同一一号）、一二号から始まる男性訪問記、あるいは「自伝的恋愛小説号」（二巻三号）等々に対して、座談会「女人芸術一年間批判」（二巻六号）において平林たい子、林芙美子等から「エロティシズムに走りすぎる」「もっと真面目なものを読みたい」という不満が続出したことも一因であろう。春子はすでにフランスに留学していた。

次第にプロレタリア文学が中心となり、評論もまたフェミニズムからマルキシズムへと移行していく。二巻七号から「女人芸術」誌上で、半年にわたって繰り広げられたアナーキストとマルキストによる「アナボル」論争は無性格を標榜していた「女人芸術」にひとつの方向性をもたらし、高群逸枝、平塚らいてう、城夏子、望月百合子らアナーキストが退き、「婦人戦線」を新たな拠点とするようになる。

かわって神近市子を中心に、長嶋鴨子《よね》、中本たか子、松田解子らのマルキストが主流となった。やがてソビエト讃歌、ソビエト紹介が、雑誌の半分までを占めるようになり、職場や農村からの読者のルポルタージュが増えた。プロレタリア文学が確実に裾野を広げていく様子がうかがえるが、三回の発売禁止処分を受ける。世界恐慌のあおりを受けた不況に読者数が急減し、返本が相次ぎ、「赤い雑誌」のレッテルに、それまで何も言わずに赤字を補塡していた三上於菟吉からもクレームが出るようになった。

モスクワから帰国した中條（宮本）百合子、湯浅芳子の執筆も始まり、中本たか子の代表作となる「東モス第二工場」が連載される中、すでに印刷に回っていた五周年記念号の資金繰りがどうしてもつかずに、突然に終焉を迎える。病床に就いていた時雨には、なす術もなかった。

毎号のプラン、執筆依頼、編集のアドバイスから絶え間ない接客、毎月のように主催する出版パーティ、恒例の観劇、座談会や会合、さらに三上於菟吉の妻としての日常――。「女人芸術」を通して第一線に復帰した時雨の生活は、充実してはいたが、目のまわるほどに多忙だった。時雨が座っているのを見たことがない、と可愛がられて育った姪の飯島みすゞが回想する。執筆は深夜から明け方だった。多くのエッセイの他に、「女人芸術」に埋め草として書いた「旧聞日本橋」は、幼い時雨の目に映った江戸から東京の変遷を、実に生きいきと伝えて時雨の代表作となった。

左傾し、モップル（国際赤軍救援組織）やデモに参加し、次々と逮捕、収監される「女人芸術」の人たちに、毛布や下着を差し入れし、保釈時には身元引受人となって、その後の身のふり方まで世話をした。

過酷な取調べに精神を病み、松沢病院に入れられた作家の中本たか子は、面会室に来た時雨が「弱いものの味方するのはあたりまえだものね」と言って暖かな毛布と寝巻きを手渡してくれた日のことを繰り返し語っていた。中本の二回目の保釈時には、時雨は身元引受人を菊池寛に頼んでいる。

X 「女人芸術」から「輝ク」へ

一九三二（昭和七）年一〇月二〇日、内幸町のレインボーホールで、時雨慰労の会が女性作家たちによって開かれた。五年前の「女人芸術」創刊を祝ったと同じ会場だった。ようやく病床を離れた時雨のやせ細った姿に、誰もが胸をつかれた。席上、今井邦子が「五年前の集まりで、一人ずつ自己紹介した時は、皆さん蚊の鳴くような声でちっとも聞えなかった。それが今晩はどうでしょう。みんなどんな隅にいてもはっきり聞えるようにお名のりなさって、思うことをキッパリとおっしゃる。――私は女人芸術をつぶしたくない。私も出すから、皆さんも金をお出しなさい」と言った。

異議なしの声がまず平林たい子から始まり、次々とひろがり、神近市子は「この五年間に婦人の進出の目覚しいことは、それはその機運もあるが、女人芸術がどんなに役立ったか」としみじみと語った。

ついで一二月一八日、知名女性一二〇余名によって、目黒の雅叙園で「長谷川時雨氏慰労全快祝賀会」が開かれ、その席上、時雨を囲む会を、という提案がすんなり決った。作家・評論家・画家・音楽家・舞踊家・教育家・ジャーナリスト等々、文化にかかわる全女性の大集合だった。岡本かの子はひとりひとりを「時雨女史の回復を祝って演奏されるオーケストラの、それぞれの楽器」と称した。「女人芸術」がどれだけ支持され、時雨の存在が大きかったか、それは現代の私たちの想像を超える。

翌三三年元旦の「東京朝日新聞」社会面には、時雨を囲む「三三と輝く会」の誕生が掲載され、一月一七日、かつての「女人芸術」発送日を記念して、赤坂檜町の時雨の家で、「第一回輝く会」がもたれる。

「輝く」の命名は、一九三三年の「三三」からの連想「燦々と輝く太陽」による。「輝く」を「輝ク」としたのは、「く」は曲っているから、どこまでも延びていくイメージの「ク」にしようと、時雨が発案した、と初期の「輝ク」編集者、川瀬美子から聞いた事がある。四ページからなるリーフレット「輝ク」はその機関紙として、同年四月から発行された。

執筆者は時雨を中心に、岡本かの子、岡田八千代、大田洋子、円地文子、宮本百合子、平林たい子、窪川稲子、林芙美子、田村俊子、野上弥生子、吉屋信子、矢田津世子、大谷藤子、網野菊、平塚らいてう、高群逸枝、森三千代、板垣直子等々、「女人芸術」で活躍していた女性を総動員する。しかも単に執筆するだけでなく、自分たちの場として誰もが「輝ク」に参加し、忘年会や出版記念会、研究会や小旅行など、各種の集いを楽しんだ。そうした人たちにまじって、新人作家や詩人、あるいは金子しげり、狩野弘子(田中寿美子)、戸叶里子らが活躍した。

時雨サロンの華やかで贅沢な雰囲気と、ひたむきに人生や文学、時代とかかわろうとする情熱が、四ページの誌面にあふれている。それは「女人芸術」と同じ魅力だったが、激化する戦局に押されるように、時雨は一九三九(昭和一四)年七月一〇日、知識女性層による銃後の会「輝ク部隊」を発会させる。「趣意書」の冒頭には「目的」として「婦人の立場より時局認識を深め、国策に添ひたる婦人向上及国家奉仕の実現に努力します」と記されている。評議員一一二名には、外遊中の野上弥生子、病床にあった与謝野晶子をのぞいて、作家、歌人、詩人等のほぼ大半の名前が記されている。名を連ねただけの人もいたが、慰問袋募集、遺児のための白扇揮毫などには、ほとんど全員が参加した。

戦地慰問、慰問袋募集、留守家族や遺児たちのケアー、傷痍軍人慰問、三冊の慰問文集、中国はじめアジアからの留学生との交流等々、「輝ク部隊」は、多方面に活躍するが、この間の時雨を貫くものも、女性の社会進出の願い、連携への期待とともに、困難な中にいる兵士や留守家族、遺児たちへの、いたたまれない思いだった。今の時代からの批判は容易だが、時雨にとっては、雑誌を左傾するに任せたことも、銃後運動を担ったことも、ともに生真面目にその時代とかかわって生きた証だった。それは時雨を囲む「女人芸術」の多くの人たちに共通する姿勢でもあった。

批判精神によって、同時代と社会に向き合うには、層としての女性の目覚めはまだ浅かったといえるかも知れない。が、そうした中でも時雨は、当時内務省警保局から執筆禁止の措置を受けていた宮本百合子の原稿を、一九四〇（昭和一五）年一月号の「輝ク」巻頭に載せる。百合子の立場も思想も十分に承知したうえで、しかもぎりぎりのところで時局に対した感の強い原稿を、巻頭に載せる時雨の懐の深さはみごとであり、まさに佐多稲子がいうように「大きな人」のイメージが広がる。軽井沢に去った野上弥生子とのあたたかな交流も続いていた。

私生活では、三上於菟吉が一九三五（昭和一〇）年、出版社「サイレン社」を創立し、時雨の随筆集『草魚』、『近代美人伝』を出版する。が、翌三六年、三上は脳血栓で倒れる。時雨は献身的に看病すると同時に、「読売新聞」に連載中だった「日蓮」を、三上於菟吉の名のままで書き継いだ。右半身麻痺となった三上を支えながら、時雨の活躍は衰えることを知らない。評伝集『春帯記』、若い日からの念願だった『評釈一葉小説集』、随筆集『桃』『随筆きもの』時代小説集『紅燈和蘭船』を出し、さらに死後に出版された小説集『時代の娘』随筆集『働くをんな』自伝小説集『東京開港』等、すべて昭和一〇年代の仕事である。

夫の介護、「輝ク」の発行、演劇界への女性の進出を意図した「燦々会」の活動、「輝ク部隊」の結成と運営、「女流文学者会」の基礎とも言うべき「日本女流文学者会」(昭和一六年)の設立――列挙するだけでも、これらの仕事を六〇代にさしかかった時雨が、すべてあざやかにこなしていたことに驚嘆させられる。一九三八(昭和一三)年には、北京に渡ったばかりの弟二郎が、肺炎で急逝している。トンネル掘りに生涯を賭けた、時雨がもっとも頼りにしていた弟だった。時雨の無念と悲しみが響くような文章を「輝ク」(昭和一四年一月)に残している。

XI　その死、『長谷川時雨全集』

時雨の身体はすでに限界を超えていた。

一九四一(昭和一六)年一月三日午後一時、時雨を中心に輝ク部隊南支文芸慰問団の一行一〇名は特急「かもめ」で東京を出発、翌四日午前一〇時に七千トンのサントス丸に乗って神戸港を発った。基隆《キールン》、仙頭《スワトウ》、厦門《アモイ》、広東《カントン》の各前線を軍用飛行機や艦艇で移動し、日本舞踊、講演、懇親会と、兵士たちの慰問と交流に努め、二七日海南《ハイナン》島に到り、ここで三日間滞在した。東京に戻ったのは二月一一日だった。同行した円地文子は、南支の旅が時雨にどれだけ負担だったかを、後に「時雨女史を憶ふ」に回想している。

それでも、気疲れや身体の疲れは一向気になさらない風に、慰問に対しての熱心さは一方でなかつた。兵隊さんへのお話もこころのこもつたもので、本当に行く前から言つてゐられたやうに、戦地に戦つてゐられる人達の母親の心持を背負つて、話してゐられる風に見えた。何ぶん一行十人の中女は六人で、その中三人は演芸の人なので、踊の衣装など代へる時も手つだつて上げなければならない。長谷川さんは御自分も踊りがお上手なので、花柳寿錣《じゅせつ》さんの衣装つけなど殆ど全部して上げられた。その上、兵隊さんから依頼される揮毫は全部達筆で果たされたし、夜は夜で翌日の慰問に持つてゆくお土産の香水の包に、一々輝ク部隊の判を押す仕事をつづけてゐられた。

（「婦人朝日」昭和一六年一〇月）

帰国後も同じような忙しさが続いた。「日本女流文学者会」設立に奔走し、四月初めには文藝春秋社の主催で京都、奈良に行き、桂離宮や修学院離宮を初めてまわり、七月には大阪へ講演に出かけている。三上於莵吉と時雨の主治医だった医学博士安田徳太郎は、山本宣治の従兄であり、時雨が信頼する友人だったが、『思い出す人々』（一九七六年六月、青土社）に、中国に出立前の時雨が、ひどく痩せて肩こりに悩み、診察すると「からだはすっかり痩せ衰えて、両肩はコブのように盛り上がって、石のように硬かった」「精神だけは人並以上に強かったが、肉体のほうは疲労困憊のきわみ、いまにも折れそうであった」と回想している。しかも当時、体の不自由な於莵吉は、「輝ク部隊」の仕事に追われ外出勝ちの時雨に苛立ち、しばしばヒステリーの発作に見舞われていたという。

まさに何かに突き動かされるように時雨は銃後運動の先頭を走り続けた。最後の仕事が新案慰問袋の大募集であり、「日本女流文学者会」を設立したとはいえ、あまりに作家時雨からは離れた最晩年だった。熱田優子は、前述した「輝ク部隊日記」で、死の間際まで慰問袋を心配する時雨の様子を伝えると同時に、「みんなうるさい、うるさい」と言う、時雨をも記録している。

死の間際、時雨は甥の仁に向って「私はまだ死ねないよ。一葉を書かなくちゃ。私が書かなくて誰が書くのさ」と、喘ぎながら言ったという。時雨にとって、七歳年上の一葉は同じ東京に生まれ育ったこともあって、最も影響を受けた作家だった。

『近代美人伝』に一葉の生涯と文学を、その日記を中心に愛惜をこめて描いた時雨は、『評釈一葉小説全集』に綿密で、丁寧な作品評釈を展開する。同時代を生きた時雨の博識は、当時でさえも失われてしまった明治を生きいきと伝え、一葉研究の基礎をつくった。だからこそ伝記を書かなくてはならなかったのだろう。

林芙美子の追悼詩「翠燈歌」が、私の中でひろがる。

最後の昏れがたには、／もう庭も部屋もなく森閑として、／たゞ燈火《あかり》がひとつ……。／／長谷川さん、さうではありませんか。／いさぎよく清浄空白に還えられた佛様。／おつかれでせう……。／あんなに伸びをして、／いまは何処へ飛んでゆかれたのでせう。／勇ましくたいこを鳴らし笛を吹き、／長谷川さんは何処へゆかれたのでせうか。／／私は生きて巷のなかでかぼちやを食べてゐます。

「輝ク」の時雨追悼号のための原稿をもらいに行った若林つやは「さんざんに先生の悪口を言って、じゃあ書いてくるわねって。女中さんが笹の葉の上におむすびとゆで卵を運んできてくれてね、それが鬼の牙のようによく光って一粒一粒が立っているようなお米。それなのにかぼちゃを食べていますなんて、あの詩は載せなければよかった」と私に最後まで口惜しそうに言った。友引だからと青松寺の葬儀に出席もしなかった。

かつて聞き取りを通して親しんだ「女人芸術」の人たちの、林芙美子の評判は最悪だった。「恩を仇で返した」とか「近代美人伝の出版を邪魔した」とか。時雨敬慕と表裏一体の芙美子への評価だった。

しかし、芙美子が晩年の時雨の誕生日に、抱え切れないほどの赤いカーネーションの花束を届けていた事実を、私に語る人はいなかった。「女人芸術」なしには作家林芙美子の出発はなかった、と誰よりも自分でよく知っていたからこそ、かつて「どじょうすくいのお芙美さん」として扱った時雨や「女人芸術」の人たちへの、芙美子のこだわりと屈折は深かったのだろう。が、そうであったとしても、私はこの詩に林芙美子の慟哭を聞く。このように表現するしかないことのやり切れなさと苛立ちをこめた、芙美子らしいレクイエムだったのだと思う。

九年九号「輝ク」(昭和一六年九月号)は、創刊一〇〇号にあたる。実際は二一号が一九三四(昭和九)年一一月と一二月、重複していたので一〇一号になるのだが、誰も気がつかなかったようだ。記念号としての計画も進んでいたが、急遽「長谷川時雨先生追悼号」となり、全一二頁、いつもの三倍の紙面に、六一名の追悼文と五本の弔辞、熱田優子の「輝ク部隊日記」が並んだ。

岡田八千代は「時雨さん」と呼びかけ、劇作家時代の若く華やかな頃が一番時雨に似合っていたと書き、宮本百合子は「明治がその帷をかゝげた女性の新しい成長への希望と、更にそれよりも深い都会の伝統が長谷川さんの血に流れ合はされてゐてそこには独特の美しさと独特の矛盾をも醸し出し、積極な明治女性の勝気な俤は一種の風格をなして長谷川さんの御一生を貫いてゐます」と書く。

長谷川かな女は時雨の「柔らかい含んだ声、言葉」を「東京人をよく代表するものである。それも山の手で無い下町の声なのである。訛りのない洗練された言葉は段々聞かれなくなつて仕舞ふ」と偲ぶ。野上弥生子は「鷗外さんや夏目先生の今後の日本の文芸界に出現しないやうに、長谷川さんのやうな型の婦人をペンの仲間に見出すのはむずかしいであらう」と書いた。

どの追悼も心がこもり、それぞれのむこうに浮ぶ時雨は、ひたすらに美しい像を結び、彼女たちにとって、あるいは女性文壇に於いて、かけがえのない大きな存在を失ったことの悲しみと喪失感がただよう。それなのになぜ時雨は、その後、歴史の中に埋没し、文学史からかき消されてしまったのか。

戦時下の時雨の言動が、特に「輝ク部隊」の設立とその運動が関係していたことが、まず考えられる。しかしながら時雨の言説は、岡本かの子、与謝野晶子、平塚らいてう、吉屋信子等々に比べるなら、はるかにリベラルである。熱狂的な天皇賛美も紀元二六〇〇年の寿ぎもおよそ無縁であり、積極的な戦争加担は一切していない。時雨を駆り立てたのは、戦地に送られ、前線で生死と隣り合わせて過す無数の兵士たち、残された家族や遺児たちのために、何かをしないではいられない気持ちだった。その意味で林芙美子と似ている。

戦時下の時雨にこだわったのは、戦時下を生きのびた作家たちの側だったのではなかったか。「輝ク」での自らの言動を消し去ってしまうには、主宰者の時雨を封じ込めるしかなかった。おそらくは個々の作家にとっては、それほどに意識的なものでもなかったが、言葉にしない思いが集っていつの間にか大きな泡となって時雨を包みこみ、時雨を消し流してしまったのではなかろうか。

私が「女人芸術」の人たちを訪ねはじめたのは、一九七〇年代後半だったが、打ち解けるにしたがって、大学院生だった私に、彼女達は迸るようにそのころのことを語ってくれた。佐多（稲子）さんも円地（文子）さんも、時雨再評価を私に促がし、「輝ク」復刻版の刊行を委ねてくれた。時雨と「輝ク部隊」の封印が必要だったのは、自らの戦時下の言説と向いあうことをしないままに、新しい時代に適合して生きたかった作家たちだったかもしれない。

「輝ク」終刊号となった一〇一号（実際は一〇二号）には、『長谷川時雨全集』全五巻についての予告が載る。すでに通夜の席で、三上於莵吉を囲み、菊池寛、吉川英治、長谷川春子らによって発刊が決められていた。

一巻　小　説　円地文子編集・鏑木清方装画・装幀
二巻　女性伝　森三千代編集・藤田嗣治装画・装幀
三巻　美人伝　岡田八千代編集・上村松園装画・装幀

四巻　随筆他　真杉静枝編集・前田青邨装画・装幀
五巻　戯曲他　岡田禎子編集・梅原龍三郎装画・装幀

樋口一葉、与謝野晶子に次ぐ、女性作家で三人目の全集は、溜息が出るほどに美しい。一巻の鏑木清方が描く、巻紙に文を書く江戸の女性は、若い日の時雨に似ている。二巻の藤田嗣治は、白と赤の薔薇を裏表紙にまで描く。三巻の上村松園は、唐傘を持った気品ある美女を描き、四巻の前田青邨の紅梅は、背文字を挟んで表・裏表紙に大胆な構図で梅が広がる。五巻の梅原龍三郎は、表表紙に桃、裏表紙に石榴《ざくろ》を描いた。いずれの巻も、鏑木清方デザインの箱に入っている。贅沢この上ない全集が、一九四一（昭和一六）年一二月から一九四二（昭和一七）年六月にかけての戦時下に出されていたことに感嘆させられる。

物資のすべてが不足し、すでに用紙統制が始まっていたが、時雨を敬愛する海軍報道部の人たちによって手配されたようだ。『旧聞日本橋』のような当然入るべき作品が入らず、各巻の編集も校正も荒く、現在の全集の概念からいえば全集とは言えない。しかし、時雨の死を悼み、哀惜する人たちの心がそのまま凝縮したような全五巻の造本であり、全集の原点ともいえる。五巻の最後には、長谷川仁「時雨全集採録作品年表」と神崎清「長谷川時雨略伝」が収録された。長谷川仁「時雨の譜」（『長谷川時雨　人と生涯』長谷川仁・紅野敏郎編、ドメス出版、一九八二年三月所収）とともに、後年の長谷川時雨評伝の基礎となっている。

三上於菟吉は、この後、生家に近い北葛飾郡幸松村（現・春日部市）に疎開をかねて移転する。かつての愛人羽田芙蓉が、仙台から出て来て一緒に暮らし、春子が時折訪ねて世話をしたが、一九四四（昭和一九）

年二月七日、五三歳で死去した。
時雨の死後、遺品を整理する人たちに背を向けて、若い日の時雨からの手紙を不自由な手つきで、一通一通、引き裂いていたという。びりびりという烈しいその音がいまも耳に残っている、と若林つやが思い出して言った。そのエピソードは、神崎清が『長谷川時雨全集』第五巻のために書き下ろした「長谷川時雨略伝」の最後に書き込んでいる。

　家の人たちがいろいろ後片づけをしてゐたとき、三上氏は、その昔時雨さんから届けてきたなつかしい恋文を歯で嚙んで、ずたずたに引き裂いてゐた。それは、死人の骨を嚙むやうなはげしい愛情の現はれであつたにちがひない。

晩年、時雨や「輝ク会」と親しんでいた神崎も、若林とともにその光景を目にしたのだろう。時雨について書かれた最初の、優れた評伝である。
全集五巻に遺稿「渡りきらぬ橋」(「渡り切らぬ橋」と標記)が収録されている。幼い日から「女人芸術」創刊の頃までを随筆風に書いた自叙伝であり、死後、「新女苑」(昭和一六年一一―一七年一月)に分載された。中谷徳太郎にまったく触れていないなど、興味深い欠落はあるが、『旧聞日本橋』とともに時雨の代表作である。

「渡りきらぬ橋」とは何を意味するのか。本稿IIで私は、結婚した時雨が、夕方になると両国橋の畔に佇んで過した日々を書き、橋を渡って逃げ出すことも、川に身を投げることもできない時雨の思いを題名に重ねた。が、六〇代に入った時雨が、そのイメージだけで命名したとは思われない。明治・大正・昭和の時代を華やかに全力で走り続けてきた人が、自らの生をふりかえって「渡りきらぬ橋」と呟いたことに胸をつかれる。

作家としての仕事においても、「女人芸術」「輝ク」を経て「日本女流文学者会」設立までの女性の進出と連携の夢においても、未だ橋を渡りきらない、渡り切れなかった思いに、時雨は駆られていたのかもしれない。時雨が応援し続けた女性たちの進出や活躍そのものも、未だ「渡りきらぬ橋」だった。

かつて時雨は「輝ク」創刊号の大半を、「女人芸術はどうしてやめたか」の一文で埋めた。

私の心のかむつてゐる帽子は、死ぬまでとれないにしても、幸ひに帽子の下からのぞいてゐる眼は新時代の色彩を見あやまらなかつた。(…)「女人芸術」によつて声をあげた女性たちは、私同様に、心のかむりものが頭からどうしてもとれないおなじなげきをもつ人々とそんなものを嵌められまいともがく若人と、これから生れるものには、この桎こくをうけさせまいとするものとの、みな共通な、自分が生れぬさきぐ〱の虐げられた同性のうめきを、苦悩を背負つて、はじめて与へられた、自分たちのほんとの声をきく、たつた一つの場所であつたから我人共にどうか守つてゆかうと愛したのだ。

にもかかわらず、大不況による購買力の低下と三回にわたる発売禁止によって、負債は膨れ上がり、その心労に時雨は倒れた。病床に届いたのはすでに刷り上っているはずの五周年記念号ではなく、差し押さえの通達書だった。

怒りを込めて、廃刊時の情況を語った時雨は、「女人芸術」を総括して次のように結ぶ。

女人芸術は広げた傘のようだつた。(…)私といふものがかぼそかつたのか、いゝえ、それは私が代表しただけで、真実は未だ女性が頭でつかちであり、真にみんなして柄《え》をおさへてゐなかつたからだ。表面的な仕事には多くの人があらはれた。だが、二分して評論家と創作家だけで、学術的報告や、研究的感想はすけなく、雑誌創造の新機略をもつた人も現はれなかつた。小説にせよ、論文にせよ、階級運動へ飛込んでゆくにもせよ、女性独特のものがなく残念ながら男性に附従しすぎるきらひがあつた。

時雨にかぶされていた「帽子」とは、男中心の社会や家庭において規定されてきた「女はこうあるべきもの」という規範、通念だったのだろう。そこからの解放を目指しながら、結局はその中で安全に生きることを選んでしまう多くの女性たちに、時雨は苛立っていたのかもしれない。「渡りきらぬ橋」という言葉に、晩年の時雨がよく口にしたという「しょうがないねぇ」という声が重なる。その声の底に、時雨の絶望と諦念がある。

私たちは橋を渡りきれたのだろうか。

時雨の生と仕事の総量は、生半可な文学史では捉え切れない拡がりをもっている。時代のコーディネーターとして女性の文化運動と精神運動に与えた影響が大きすぎたため、作品主義のこれまでの文学史には収まり切れなかった作家だった。それが、時雨を文学史から消してしまった一因だった。

文学史を読み替え、見直していく機運の中で、時雨はようやく甦りつつあるが、改めてその生と仕事の広さと深さに驚かされる。時雨評価については、私自身「女人芸術」「輝ク」研究を通して、その一翼を担ってきたと自負している。が、演劇活動、劇作家としての評価、初期短篇から『旧聞日本橋』『東京開港』にいたる作品評価、「美人伝」の研究、さらにすっかり埋れてしまった「治国女性記」(「春日局」を解題)のような上質な時代小説、一葉研究評価、それらをすべて包括した長谷川時雨再評価は、スタートしたばかりである。

時雨再評価こそが、さまざまな試みがなされながらも、依然として鷗外・漱石を頂点としたピラミッド型の文学史に、地殻変動を起すことになるのではないか。それは当然、近代女性史のみならず近代史にも波及していくことになる、と思う。

第一章　近代美人伝

明治美人伝

一

空の麗《うるわ》しさ、地の美しさ、万象の妙《たえ》なる中に、あまりにいみじき人間美は永遠を誓えぬだけに、脆《もろ》き命に激《はげ》しき情熱の魂をこめて、たとえしもない刹那《せつな》の美を感じさせる。美は一切の道徳規矩《どうとくきく》を超越して、ひとり誇《ほこ》らかに生きる力を許されている。古来美女達のその実際生活が、当時の人々からいかに罪され、蔑《さげ》すまれ、下《おと》しめられたとしても、その事実は、すこしも彼女達の個性的価値《ねうち》を抹殺《まっさつ》する事は出来なかった。却《かえっ》て伝説化された彼女等の面影は、永劫《えいごう》にわたって人間生活に夢と詩とを寄与《きよ》している。

小さき夢想家であり、美の探求者《たんきゅうしゃ》であるわたしは、古今の美女のおもばせを慕ってもろもろの書史《ふみ》から、語草《かたりぐさ》から、途上の邂逅《かいこう》からまで、かずかずの女人をさがしいだし、その女《ひと》たちの生涯の片影《へんえい》を記《しる》しとどめ、折にふれて世の人に、紹介することを忘れなかった。美しき彼女達の（小伝）は幾つかの巻となって世の中に読まれている。

そしてわたしの美女に対する細《こま》かしい観賞、きりきざんだ小論はそうした書にしるしておいた。ここには総論的な観方《みかた》で現代女性を生んだ母の「明治美人」を記して見よう。

それに先だって、わたしは此処《ここ》にすこしばかり、現代女性の美の特質を幾分書いて見なければならない。それはあまりに急激に、世の中の美人観が変ったからである。古来《こらい》、各時期に、特殊な美人型があるのはいうまでもないが、「現代は驚異である」とある人がいったように、美人に対してもまたそういうことがいえる。

現代では度外《どはず》れということや、突飛《とっぴ》ということが辞典から取消されて、どんなこともあたり前のこととなってしまった。実に「驚異」横行の時代であり、爆発の時代である。各自《かくじ》の心のうちには、空さえ飛び得るという自信をもちもする。まして最近、檻《おり》を蹴破り、桎梏《しっこく》(1)をかなぐりすてた女性は、当然ある昂《たか》ぶりを胸に抱く、そこで古い意味の（調和）古い意味の（諧音《かいおん》）それらの一切は考えなくともよいとされ、現代の女性は（不調和）のうちに調和を示し、音楽を夾雑音のうちに聴くことを得意とする。女性の胸に燃えつつある自由思想は、各階級を通じて（化粧）（服装）（装身）という方面の伝統を蹴り去り、外形的に（破壊）と（解放）とを宣言した。調《ととの》わない複雑、出来そくなった変化、メチャメチャな混乱――いかにも時代にふさわしい異色を示している。

時代精神の中枢は自由である。束縛は敵であり跳躍は味方である。各自の気分によって女性はおつくり(2)をしだした。美の形式はあらゆる種類のものが認識される。

黒狐の毛皮の、剝製標本《はくせいひょうほん》のような獣の顔が紋服の上にあっても、その不調和を何人《なんぴと》も怪しまない。十年前、メエテルリンク(3)夫人の豹《ひょう》の外套《がいとう》は、仏蘭西《フランス》においても、亜米利加《アメリカ》においても珍重されたといわれるが、現代の日本においては、気分的想像の上ですでにそんなものをば通り越してしまっている。

その奔放な心持ちは、いまや、行きつくところを知らずに混沌《こんとん》としている。けれども、この思い切った突飛《とっぴ》の時代粧をわたしは愛し尊敬する。なぜならば進化はいつも混沌をへなければならないし、改革の第一歩は勇気に根ざすほかはない。いかに馴化《じゅんか》された美でも、古くなり気が抜けては、生気に充ちみちた時代の気分と合わなくなってしまう。混沌たる中から新様式の美の発見をしなければならない。そこに新日本の女性美が表現されるのであるから――

なごやかな、そして湿《しめ》やかな、噛《か》みしめた味をよろこぶ追懐的情緒は、かなり急進論者のように見えるわたしを、また時代とは逆行させもするが、過激な生活は動的の美を欲求させ、現代の女性美は現代の美の標準の方向を表示しているともいえるし、現代の人間が一般的に、どんな生き方を欲しているかという問題をも、痛切に表現しているともいえる。で、その時代を醸《かも》した、前期の美人観をといえば、一口に、明治の初期は、美人もまた英雄的であったともいえるし、現今のように一般的の――おしなべて美女に見える――そうしたのではなかった。「とても昔なら醜女《しこめ》とよばれるのだが、当世では美人なのか。」と、今日の目をもたない、古い美人観にとらわれているものは歎声を発しるが、徳川末期と明治期とは、美人の標準の度があまりかけはなれてはいなかった。

　無論明治期にはいって、丸顔がよろこばれてきていた。「色白の丸ポチャ」という言葉も出来た。女の眼には鈴を張れという前代からの言いならわしが、力強く表現されてきている。けれど、矢張《やは》り瓜実顔《うりざねがお》(4)の下《しも》ぶくれ――鶏卵形が尊重され、角《かく》ばったのや、額《ひたい》の出たのや、顎《あご》の突出たのをも異国情緒――個性美の現われと悦ぶようなことはなかった。

　瓜実顔は勿論徳川期から美人の標型になっていた。その点で明治期は美人の型を破り、革命《かくめい》をなし遂《と》げたとはいえない。そして瓜実顔は上流貴人の相である。その点で明治美人は伝統的なものであり、矢張《やは》り因習にとらわれていたともいえる。維新の政変はお百姓の出世時《しゅっせどき》というようなことを、都会に生れたものは口にしていたが、「お百姓の出世」とは、幕府直参《じきさん》でない、地方侍《ちほうざむらい》の出世という意味で、決して今日のように民衆の時代ではなかった。美人の型もおのずから法則があった。

　とはいえ、徳川三百年の時世にも、美人は必ずしも同じ型とはいえない。浮世絵の名手が描き残したのを見てもその推移は知れる。春信《はるのぶ》(5)、春章《しゅんしょう》(6)、歌麿《うたまろ》(7)、国貞《くにさだ》(8)と、豊満な肉体、丸顔から、すらりとした姿、脚と腕の肉附きから腰の丸味――富士額《ふじびたい》――触覚からいえば柔らかい慈味《じみ》のしたたる味から、幕末へ来ては歯あたりのある苦みを含んだものになっている。多少骨っぽくなって、頭髪などもさらりと粗《あら》っぽい感じがする。羽二重《はぶたえ》や、絖《ぬめ》(9)や、芦手《あしで》模様や匹田《ひった》鹿《が》の子《こ》(10)の手ざわりではなく、ゴリゴリする浜ちりめん(11)、透《すき》綾《や》(12)、または浴衣《ゆかた》の感触となった。然《しか》しこれは主《おも》に江戸の芸術であり、風俗である。京阪《けいはん》移殖《いしょく》の美人型が、漸《ようや》く、江戸根生《ねおい》(13)の個性あるものとなったのだった。錦絵(14)、芝居から見ても、洗いだしの木目《もくめ》をこのんだような、江戸系《えどけい》の素質を磨き出そうとした文化、文政(15)以後の好みといえもする。――その間に、明治中期には、中京美人の輸入が花柳界(16)を風靡《ふうび》した――が、あらそわれないのは時代の風潮で、そうしたかたむきは、京都を主な生産地としている内裏雛《だいりびな》にすら、顔立ち体つきの変遷《へんせん》が見られる。内裏雛の顔が尖《とが》って、神経質なものになったのは、明治の末大正の初めが甚《はなは》だしかった。

上古の美人は多く上流の人のみが伝えられている。稀《まれ》には国々の麗《うる》わしき少女《おとめ》を、花のように笑《え》めるおもわ、月の光りのように照れる面《おもて》とうたって、肌の艶《つや》極めてうるわしく、額広く、愁《うれい》の影などは露ほどもなく、輝きわたりたる面差《おもざし》晴々として、眼瞼《まぶた》重げに、眦《まなじり》長く、ふくよかな匂わしき頬《ほほ》、鼻は大きからず高すぎもせぬ柔らか味を持ち、いかにものどやかに品位がある。光明皇后《こうみょうこうごう》(17)の御顔をうつし奉《たてまつ》ったという仏像や、その他のものにも当時の美女の面影をうかがう事が出来る。上野博物館にある吉祥天女《きっしょうてんにょ》(18)の像、出雲《いずも》大社の奇稲田姫《くしいなだひめ》(19)の像などの貌容《がんよう》に見ても知られる。

平安期になっては美人の形容が「あかかがちのように麗々《れいれい》しく」と讃えられている。「あかかがち」とは赤酸漿《たんばほおずき》の実《み》の古い名、当時の美女はほおずきのように丸く、赤く、艶やかであったらしくも考えられる。赤いといっても色艶《いろつや》うるわしく、匂うようなのを言ったのであろう。古い絵巻《えまき》などに見ても、骨の細い、肉つきのふっくりとした、額は広く、頬も豊かに、丸々とした顔で、すこし首の短いのが描いてある。そのころは、髪の毛の長いのと、涙の多いのとを女の命としてでもいたように、物語などにも姿よりは髪《かみ》の美しさが多くかかれ、敏感な涙が多くかかれてあるが、徳川期の末の江戸女のように、意気地《いきじ》と張りを命にして、張詰めた溜涙《ためなみだ》をぼろぼろこぼすのと違って、細い、きれの長い、情のある眦《まなじり》をうるませ、几《き》帳《ちょう》のかげにしとしとと、春雨の降るように泣きぬれ、打《うち》かこちた姿である。

鎌倉時代から室町の頃にかけては、前期の女性を緋桜《ひざくら》、または藤の花にたとうれば、梅の芳《かんば》しさと、山桜の、無情を観じた風情《ふぜい》を見出すことが出来る。生に対する深き執着と、諦《あきら》めとを持たせられた美女たちは、前代の女性ほど華やかに、湿やかな趣きはかけても、寂《さび》と渋味《しぶみ》が添うたといえもする。この期の女性の、無情感と諦めこそ、女性には実に一大事となったのだが、美人観には記す必要もなかろう。

徳川期に至っては、元禄[20]の美人と文化以後のとはまるで好みが違っている。然《しか》しここに来て、くっきりと目立つのは、上流の貴女《きじょ》ばかりが目立っていたのから、すべてが平民的になった事である。ひとつには当時の上流と目される大名の奥方や、姫君などは、籠の鳥同様に檻禁《かんきん》してしまったので、勢い下々《しもじも》の女の気焔《きえん》が高くなったわけである。湯女《ゆな》[21]、遊女《ゆうじょ》[22]、掛茶屋[23]の茶酌女《ちゃくみおんな》等は、公然と多くの人に接しるから、美貌はすぐと拡まった。

当世貌《とうせいがお》は少しく丸く、色は薄模様にして、面道具《めんどうぐ》の四つ不足なく揃へて、目は細きを好まず、眉《まゆ》厚く鼻の間せわしからずして次第に高く、口小さく、歯並《はなみ》あらあらとして白く、耳長みあつて縁浅く、身を離れて根まで見えすき、額《ひたい》ぎはわざとならず自然に生えとまり、首筋たちのびて、後《おく》れなしの後髪、手の指はたよわく、長みあつて爪《つめ》薄く、足は八文《もん》三分《ぶ》の定め、親指反《そ》つて裏すきて、胸間常の人より長く、腰しまりて肉置《ししおき》たくましからず、尻はゆたかに、物ごし衣装つきよく、姿の位そなはり、心《こころ》立《だて》おとなしく、女に定まりし芸すぐれて万《よろず》に賤《いや》しからず、身にほくろひとつもなき——
と井原西鶴《さいかく》[24]はその著「一代女」で所望している。

明治期の美女は感じからいって、西鶴の注文よりはずっと粗《あら》っぽくザラになった（身にほくろ一つもなき）というに反して、西洋風に額にほくろを描くものさえ出来た。

徳川期では、吉原《よしわら》[25]や島原《しまばら》[26]の廓《くるわ》[27]が社交場であり、遊女が、上流の風俗をまねて更に派手やかであり、そして、女としての教養もあって、その代表者たちにより、時代の女として見られた。それに次いで、明治期は、芸者美が代表していたといえる。貴婦人《きふじん》の社交も拡《ひろ》まり、女子擡頭《たいとう》の気運《きうん》は盛んになったとはいえ、そしてまた、女学生スタイルが、追々に花柳界人の跳梁《ちょうりょう》を駆逐《くちく》したとはいえ、それは、大正の今日にかかる桟《かけはし》であって、明治年間ほど芸妓の跋扈《ばっこ》したことはあるまい。恰度《ちょうど》前代の社交が吉原であったように、明治の政府と政商との会合は多く新橋[28]、赤坂[29]辺の、花柳《かりゅう》明暗《めいあん》の地に集まったからでもあろう。芸妓の鼻息はあらくなって、真面目《まじめ》な子女は眼下に見下され、要路《ようろ》の顕官貴紳《けんかんきしん》、紳商は友達のように見なされた。そして誰氏の夫人、彼氏の夫人、歴々たる人々の正夫人が芸妓上りであって、遠き昔はいうまでもなく、昨日まで幕府の役人では小旗本といえど、そうした身柄のものは正夫人とは許されなかったのに、一躍して、雲井[30]に近きあたりまで出入することの出来る立身出世——玉《たま》の輿《こし》の風潮にさそわれて、家憲《かけん》厳しかった家までが、下々《しもじも》では一種の見得《みえ》のようにそうした家業柄の者を、いきなり家庭の主婦として得々としていた——これは中堅家庭の道徳の乱れた源となった。

然《しか》しながら、それは国事にこと茂くて、家事をかえり見る暇《いとま》のすけなかった人や、それほどまでに栄達して、世の重き人となろうとは思わなかった人の、軽率な、というより、止《や》むを得《え》ぬ情話などが絡《から》んでそうなったのを――しかもその美妓たちには、革進者《かくしんしゃ》を援《たす》ける気概のあった勝《すぐ》れた婦人も多かったのだ――世人は改革者《かいかくしゃ》の人物を欽仰《きんこう》(31)して、それらのことまで目標とし、師表(32)とした誤りである。ともあれ、前時代の余波をうけて、堅気な子女は深窓《しんそう》を出ず、几帳《きちょう》をかなぐって、世の中に飛出したものもなかったので、勢い明治初年から中頃までは、そうした階級の女の跳躍《ちょうやく》にまかせるより外はなかった。

ここに燦《さん》として輝くのは、旭日《あさひ》に映る白菊の、清香芳《かん》ばしき明治大帝(33)の皇后宮、美子《はるこ》陛下(34)のあらせられたことである。

陛下は稀《まれ》に見る美人でおわしました。明眸皓歯《めいぼうこうし》(35)とはまさに此君《この》の御事と思わせられた。いみじき御才学は、包ませられても、御詠出の御歌によって洩《も》れ承《うけたま》わる事が出来た。

明治聖帝が日本の国土の煌《かがや》きの権化《ごんげ》でおわしますならば、桜さく国の女人の精華は、この后であらせられた。大日輪の光りの中から聖帝がお生まれになったのならば、天地馥郁《てんちふくいく》(36)として、花の咲きみちこぼれたる匂いの蕋《しべ》のうちに、麗しきこの女君《めぎみ》は御誕生なされたのである。明治の御代に生れたわたしは、何時もそれをほこりにしている。一天万乗《ばんじょう》の大君の、御座《ぎょざ》の側《かたわ》らに此后《この》がおわしましてこそ、日の本は天照大御神(37)の末で、東海貴姫国とよばれ、八面玲瓏《れいろう》(38)の玉芙蓉峰《ぎょくふようほう》(39)を持ち、桜咲く旭日《あさひ》の煌く国とよぶにふさわしく、「竹取物語」(40)などの生れるのもことわりと思うのであった。

我等女性が忘れてならない此《この》后からの賜物《たまもの》は、長い間の習わしで、女性の心が盲目《もうもく》であったのに目を開かせ、心の眠っていたものに夢をさまさせ、女というもの自身のもつ美果を、自ら耕し養えとの御教えと、美術、文芸を、かくまで盛んに導かせたまいしおんことである。それは廃《すた》れたるを起し、新しきを招かれたそればかりでなく、音楽や芸術のたぐいにとりてばかりでなく、すべての文教のために、忘れてならないお方でおわしました。主上にはよき后でおわしまし、国民にはめでたき国の宝と、思いあげる御方であらせられた。

この、后の宮の御側には、平安朝の後宮《こうきゅう》にもおとらぬ才媛《さいえん》が多く集められた。五人の少女を選んで海外留学におつかわしになったことや、十六歳で見出された下田歌子《しもだうたこ》[41]女史、岸田俊子[42]（湘煙《しょうえん》）女史があり、女学の道を広めさせられた思召《おぼしめし》は、やがて女子に稀な天才が現われるときになって、御余徳《おんよとく》がしのばれることであろう。一条左大臣の御娘[43]である。

二

わたしは此処《ここ》に、代表的明治美人の幾人かの名を記《しる》そう。そしてその中からまた幾人かを選んで、短かい伝を記そう。上流では北白川宮大妃富子殿下[44]、故有栖川宮《ありすがわのみや》妃慰子《やすこ》殿下[45]、新樹《しんじゅ》の局《つぼね》、高倉典侍[46]、現岩倉侯爵の祖母君[47]、故西郷従道《さいごうつぐみち》侯の夫人[48]、現前田侯爵母堂[49]、近衛公爵の故母君[50]、大隈《おおくま》侯爵夫人綾子[51]、戸田伯爵夫人極子《きわこ》[52]を数えることが出来る。東伏見宮周子《かねこ》殿下[53]、山内禎子《やまうちさだこ》夫人[54]、有馬貞子夫人[55]、前田漾子《ようこ》夫人[56]、九条武子夫人[57]、伊藤燁子《あきこ》夫人[58]、小笠原貞子夫人、寺島鏡子夫人、稲垣栄子夫人、岩倉桜子夫人[59]、古川富士子夫人[60]の多くは、大正期に語る人で、明治の過去には名をつらねるだけであろうと思われる。

山県公[61]の前夫人は公の恋妻《こいづま》であったが二十有余年の鴛鴦《えんおう》[62]の夢破れ、公は片羽鳥《かたはどり》となった。その後現今の貞子夫人[63]が側近《そばちこ》う仕えるようになった。幾度か正夫人になるという噂《うわさ》もあったが、彼女は卑下して自ら夫人とならぬのだともいうが、物堅い公爵が許さず、一門にも許さぬものがあって、その儘《まま》になっているという事である。表面はともあれ、故桂《かつら》[64]侯などは正夫人なみにあつかわれたという、その余の輩《ともがら》にいたってはいうまでもない事であろう。すれば事実は公爵夫人貞子なのである。

貞子夫人の姉たき子は紳商益田孝《ますだたかし》[65]男爵の側室である。益田氏と山県氏とは単に茶事《ちゃじ》ばかりの朋友《とも》ではない。その関係を知っているものは、彼女達姉妹のことを、もちつもたれつの仲であるといった。相州[66]板橋にある山県公の古稀庵《こきあん》[67]と、となりあう益田氏の別荘とはその密接《みっせつ》な間柄をものがたっている。

姉のたき子は痩《や》せて眼の大きい女である。妹の貞子は色白な謹《つつ》ましやかな人柄である。今日の時世に、維新の元勲元帥の輝きを額にかざし、官僚式に風靡し、大御所《おおごしょ》公の尊号《そんごう》さえ附けられている、大勲位公爵を夫とする貞子夫人の生立ちは、あわれにもいたましい心の疵《きず》がある。彼女たち姉妹がまだ十二、三のころ、彼女たちの父は、日本橋芸妓歌吉と心中をして死んだ。そういう暗い影は、どんなに無垢《むく》な娘心をいためたであろう。子を捨ててまで、それもかなりに大きくなった娘たちを残して、一家の主人が心中する——近松翁[68]の「天《てん》の網島《あみじま》」[69]は昔の語りぐさではなく、彼女たちにはまざまざと眼に見せられた父の死方である。明治十六年の夏、山王《さんのう》[70]——麴町日枝《ひえ》[71]神社の大祭のおりのことであった。芸妓歌吉は、日本橋[72]の芸妓たちと一緒に手古舞《てこまい》[73]に出た、その姿をうみの男の子で、鍛冶屋《かじや》に奉公にやってあるのを呼んで見物させて、よそながら別れをかわした上、檜物町《ひものちょう》の、我家の奥蔵の三階へ、彼女たちの父親を呼んで、刃物で心中したのであった。

彼女たちは後に、芝居でする「天の網島」を見てどんな気持ちに打たれたであろうか、紙屋治兵衛《かみやじへえ》(74)は他人の親でなく、浄瑠璃(75)でなく、我親そのままなのである。京橋(76)八官町の唐物屋《とうぶつや》(77)吉田吉兵衛なのである。

彼女たちの父は入婿《いりむこ》であった。母は気強《きごう》な女であった。また芸妓歌吉の母親や妹も気の強い気質であった。その間に立って、気の弱い男女は、互いに可愛い子供を残して身を亡《ほろぼ》したのである。其処《そこ》に人世の暗いものと、心の葛藤《かっとう》とがなければならない。結びついて絡《から》まった、ついには身を殺されなければならない悲劇の要素があったに違いない。

その当時の新聞記事によると、歌吉の母親は、対手《あいて》の男の遺子たちに向って、お前方も成長《おおき》くなるが、間違ってもこんな真似をしてはいけないという意味を言聞かして、涙一滴《いってき》こぼさなかったのは、気丈な婆さんだと書いてあった。その折言聞かされて頷《うなず》いていた少女が、たき子と貞子の姉妹で、彼女の母親は、彼女たちの父親を死に誘った、憎みと怨《うら》みをもたなければならないであろう妓女《げいしゃ》に、この姉妹《きょうだい》をした。彼女たちは直《すぐ》に新橋へ現れた。

複雑な心裡《しんり》の解剖はやめよう。ともあれ彼女たちは幸運を贏《か》ち得たのである。情も恋もあろう若き身が、あの老公爵に侍《かしず》いて三十年、いたずらに青春は過ぎてしまったのである。老公爵百年の後の彼女の感慨はどんなであろう。夫を芸妓に心中されてしまった彼女の母親は、新橋に吉田家という芸妓屋を出していた。そして後の夫は講談師伯知《はくち》(78)である。夫には、日本帝国を背負っている自負《じふ》の大勲位公爵を持ち、義父に講談師伯知を持った貞子の運命は、明治期においても数奇なる美女の一人といわなければなるまい。

その他淑徳《しゆくとく》の高い故伊藤公爵の夫人梅子(79)も前身は馬関《ばかん》(80)の芸妓小梅である。山本権兵衛伯夫人(81)は品川(82)の妓楼に身を沈めた女である。桂公爵夫人加奈子(83)も名古屋(84)の旗亭香雪軒《きていかせつけん》の養女である。伯爵黒田清輝画伯夫人(85)も柳橋(86)でならした美人である。大倉喜八郎夫人(87)は吉原の引手茶屋《ひきてぢやや》の養女ということである。銅山王古川虎之助氏母堂(88)は、柳橋でならした小清さんである。

横浜(89)の茂木《もぎ》、生糸の茂木(90)と派手にその名がきこえていた、生糸王野沢屋の店《みせ》の没落《ぼつらく》は、七十四銀行の取附け騒ぎと共にまだ世人の耳に新らしいことであろう。その茂木氏の繁栄をなさせ、またその繁栄を没落させたかげに、当代の若主人の祖母おてふのある事を知る物はすけない。彼女は江戸が東京になって間もない赤坂で、常磐津《ときわづ》(91)の三味線をとって、師匠とも町芸者ともつかずに出たが、思わしくなかったので当時開港場として盛んな人気の集った、金づかいのあらい横浜へ、みよりの琴の師匠をたよって来て芸者となった伝法《でんぽう》な、気っぷのよい、江戸育ちの歯ぎれのよいのが、大きな運を賭《かけ》てかかる投機的の人心に合って、彼女はめきめきと売り出した。その折彼女の野心を満足させたのは、横浜と共に太ってゆく資産家野沢屋の旦那をつかまえたことであった。

野沢屋茂木氏には糟糠《そうこう》の妻(92)があった。彼女は遊女上りでこそあるが、一心になって夫を助け家を富《とま》した大切な妻であった。その他に野沢屋には総番頭支配人に、生糸店として野沢屋の名をなさせた大功のある人物があった。その二人のために流石《さすが》に溺《おぼ》れた主人も彼女をすぐに家に入れなかった。長い年月を彼女は外妾として暮さなければならなかった。

茂木氏夫妻には実子がなかった。夫婦の姪《めい》と甥《おい》を呼び寄せめあわせて二代目とした。ところが外妾の方には子が出来た。女であったので後に養子をしたが、現代の惣兵衛氏の親達で、彼女が野沢屋の大奥さんとして、出来るだけの栄華にふける種をおろしたのであった。

過日あの没落《ぼつらく》騒動があった時に、おなじ横浜に早くから目をつけて来たが、茂木氏のような運を摑《つか》み得ないで、国許《くにもと》に居るときよりは、一層せちがらい世を送っている者たちはこう言った。

「とうとう本妻の罰があたったのだ。悪運《あくうん》も末になって傾いて来たのだ。」

なるほど彼女はかなり深刻《しんこく》な悲惨な目を見たのである。彼女は王侯貴人にもまさる贅沢《ぜいたく》が身にしみてしまっていた。そして彼女のはなはだしい道楽――彼女が生甲斐《いきがい》あるものとして、生きいるうちは一日も止めることの出来ないように思っていた、芸人を集めて、かるた遊びをしたり、弄花《ろうか》(93)の慰《なぐさ》みにふけることは、どうしてもやめなければならないような病気にかかっていた。長い間の酒色《しゅしょく》、放埒《ほうらつ》のむくいからか、彼女の体は自由がきかなくなっていた。それでも彼女の奢《おご》りの癖は、吉原の老妓や、名古屋料理店の大升《だいます》の娘たちなどを、入びたりにさせ、機嫌をとらせていた。看護婦とでは、十人から十五人の人達が、彼女の手足のかわりをして慰めていた。風呂に入る時などは幕を張り、屏風《びょうぶ》をめぐらし、そして静々《しずしず》と、ふくよかな羽根布団にくるまれて、室内を軽く辷《すべ》る車で、それらの人々にはこばせるのであった。野沢屋の店が、この親子三人――彼女は祖母で、娘は未亡人となり、主人はまだ無妻であった――のために月々支払う生活費は一万円であったということである。無論たった三人のために台所番頭という役廻《やくまわ》りまであって、その人達は立派な一家をなし、中流以上の家計を営んでいたのである。

お上《かみ》女中、お下《しも》女中、三十人からの女中が一日、齷齪《あくせく》とすわる暇もなく、ざわざわしていた家である。台所もお上《かみ》の台所、お下《しも》の台どころとわかれ、器物などもそれぞれに応じて来客にも等差《とうさ》が非常にあった。

彼女はそうした生活から、そうした放縦《ほうしょう》(94)の疲労から老衰を早めた。おりもおり、さしもに誇りを持った横浜の土地から、或夜《あるよ》、ひそかに逃げださなければならなかった。彼女は幾台かの自動車に守られて、かねて東京へ来たおりの遊び場処にと、それも贔屓《ひいき》のあまりにかい取っておいた、赤坂仲の町の俳優尾上《おのえ》梅幸《ばいこう》(95)の旧宅へと隠れた。

とはいえ彼女は流石《さすが》に苦労をした女であり、また身にあまる栄華を尽したことをも悟っていたのか、家の退転《たいてん》については、あまり見苦しい態度はとらなかったということである。病床にある彼女はすっかり諦めて、これが本来なのだ。もともと通りなのだと達観《たつかん》しているとも聞いたが、何処《どこ》やらに非凡《ひぼん》なところがある女という事が知れる。

そうした幸運の人々の中には現総理大臣原敬《はらたかし》(96)氏の夫人(97)もある。原氏の前夫人は中井桜洲《おうしゅう》(98)氏の愛嬢で美人のきこえが高かったが、放胆《ほうたん》な家庭に人となったので、有為の志をいだく青年の家庭をおさめる事は出来にくく離別になったが、困らぬように内々《ないない》面倒は見てやられるのだとも聞いていた。現夫人は、紅葉館(99)の妓《ひと》だということである。丸顔なヒステリーだというほかは知らない。おなじ紅葉館の舞妓《まいこ》(100)で、栄《さかえ》いみじい女は博文館《はくぶんかん》(101)主大橋新太郎氏夫人須磨子(102)さんであろう。彼女は何の理由でか、家を捨て東京へ出て来ていたある旅館の若主人の、放浪中に生せた娘であったが、舞踏にも秀《ひい》で、容貌は立並んで一際《ひときわ》美事《みごと》であったため、若いうちに大橋氏の夫人として入れられた。八人の子を生んでも衰えぬ容色を持っている。越後[103]から出てほんの一書肆《しょし》にすぎなかった大橋氏は、いまでは経済界中枢の人物で、我国大実業家《じつぎょうか》中の幾人かであろう。傍《かたわ》らに大橋図書館をひかえた宏荘の建物の中に住い、令嬢豊子さんは子爵金子氏[104]令嗣《れいし》[105]の新夫人となっている。よろずに思いたらぬことのない起伏《おきふ》しであろう。明治の文豪《ぶんごう》尾崎紅葉[106]氏の「金色夜叉《こんじきやしゃ》」[107]は、巌谷小波《いわやさざなみ》[108]氏と須磨子夫人をとったものと噂されたが、小波氏は博文館になくてならない人であり、童話の作家として先駆者である。氏にも美しく賢《けん》なる伴侶《はんりょ》がある。

大橋夫人は美しかった故にそうした艶聞誤聞を多く持った。

長者とは——ただ富があるばかりの名称ではない。渋沢男爵[109]こそ、長者の相《そう》をも人柄《ひとがら》をも円満に具備《ぐび》した人だが、兼子夫人[110]も若きおりは美人の名が高かった。彼女が渋沢氏の家の人となるときに涙ぐましい話がある。それは、なさぬ仲の先妻の子供があったからのなんのというのではない。深川[111]油堀《あぶらぼり》の伊勢八という資産家の娘に生れた兼子の浮き沈みである。

油堀は問屋町で、伊勢八は伊東八兵衛[112]という水戸侯の金子《きんす》御用達《ごようたつ》であった。伊勢屋八兵衛の名は、横浜に名高かった天下の糸平[113]と比べられて、米相場にも洋銀《ドル》相場にも威をふるったものであった。兼子は十二人の子女の一人で、十八のおり江州《ごうしゅう》[114]から婿《むこ》を呼びむかえた。かくて十年、家附きの娘は気兼もなく、娘時代と同様、物見遊山《ものみゆさん》に過していたが、傾《かたむ》く時にはさしもの家も一たまりもなく、僅《わず》かの手違《てちが》いから没落してしまった。婿になった人も子までであるに、近江《おうみ》へ帰されてしまった。(そのころ明治十三年ごろか?)

市中は大コレラ[115]が流行していて、いやが上にも没落《ぼつらく》の人の心をふるえさせた。

彼女は逢《あ》う人ごとに芸妓になりたいと頼んだのであった「大好きな芸妓になりたい」そういう言葉の裏《うら》には、どれほどの涙が秘められていたであろう。すこしでも家のものに余裕《よゆう》を与えたいと思うこころと、身をくだすせつなさをかくして、きかぬ気から、「好きだからなりたい」といって、きく人の心をいためない用心《ようじん》をしてまで身を金にかえようとしていた。両国[116]のすしやという口入《くちい》れ宿は、そうした事の世話をするからと頼んでくれたものがあった。すると口入宿では妾《めかけ》の口ではどうだといって来た。

妾というのならばどうしても嫌《いや》だと、口入れを散々手古摺《てこず》らした。零落《おちぶ》れても気位《きぐらい》をおとさなかった彼女は、渋沢家では夫人がコレラでなくなって困っているからというので、後の事を引受けることになって連れてゆかれた。その家が以前の我家《わがや》——倒産した油堀の伊勢八のあとであろうとは——彼女は目くらめく心地で台所《だいどころ》の敷居を踏んだ。

彼女はいま財界になくてならぬ大名士《だいめいし》の、時めく男爵夫人である。飛鳥山《あすかやま》[117]の別荘に起臥《おきふ》しされているが、深川の本宅は、思出の多い、彼女の一生の振出しの家である。

三

さて明治のはじめに娼妓解放令[118]の出た事を、当今の婦人は知らなければならない。それはやがて大流行になった男女交際の魁《さきがけ》をしたもので、所謂《いわゆる》明治十七、八年頃の鹿鳴館《ろくめいかん》[119]時代——華族《かぞく》[120]も大臣も実業家も、令夫人令嬢同伴《どうはん》で、毎夜《まいよ》、夜を徹《てつ》して舞踏《ぶとう》に夢中になった、西洋心酔時代《せいようしんすいじだい》の先駆《せんく》をなしたものであった。その頃吉原には、金瓶楼今紫《きんぺいろういまむらさき》(121)が名高い一人であった。彼女は昔時《いにしえ》の太夫職《たゆうしょく》の誇りをとどめた才色兼美〔ママ〕の女で、廃藩置県《はいはんちけん》(122)のころの諸侯を呼びよせたものである。山内容堂《やまのうちようどう》(123)侯は彼女に、その頃としては実に珍しい大形の立鏡《たてかがみ》を贈られたりした。彼女は今様《いまよう》(124)男舞《おとこまい》(125)を呼びものにしていた。緋《ひ》の袴《はかま》に水干立烏帽子《すいかんたてえぼし》、ものめずらしいその扮装《ふんそう》は、彼女の技芸と相まってその名を高からしめた。明治廿《にじゅう》四年依田学海《よだがっかい》(126)翁が、男女混同の演劇をくわだてた時に、彼女は千歳米坡《ちとせべいは》(127)や、市川九女八《くめはち》の守住月華《もりずみげっか》(128)と共に女軍《じょぐん》として活動を共にしようと馳《は》せ参じた。その後も地方を今紫の名を売物にして、若い頃の男舞いを持ち廻っていた様であった。一頃《ひところ》は、根岸(129)に待合めいたこともしていた。晩年に夫としていたのは、彼《か》の相馬事件(130)——子爵相馬家のお家騒動で、腹違いの兄弟の家督争いであった。兄の誠胤《せいいん》(131)とよばれた子爵が幽閉され狂人とされていたのを、旧臣錦織剛清《にしごおりごうせい》が助けだした——の錦織剛清であった。

遊女に今紫があれば芸妓に芳町《よしちょう》の米八《よねはち》があった。後に千歳米坡と名乗って舞台にも出れば、寄席《よせ》にも出て投節《なげぶし》(132)などを唄っていた。彼女はじきに乱髪《らんぱつ》になる癖があった。席亭《せきてい》に出ても鉢巻のようなものをして自慢の髪を——ある折はばらりと肩ぐらいで切っている事もあった。彼女が米八の昔は、時の人からたった二人の俊髦《しゅんもう》(133)として許された男——末松謙澄《すえまつけんちょう》(134)と光明寺三郎《こうみょうじさぶろう》(135)——いずれをとろうと思い迷ったほど、思上った気位で、引手あまたであった。とうとうその一人の光明寺三郎夫人となったが、天《てん》は、その能ある才人に寿《じゅ》をかさず、企図《きと》は総《すべ》て空しいものとされてしまった。彼女はその後浮世を真っすぐに送る気をなくしてしまって、斗酒《としゅ》をあおって席亭で小唄をうたいながら、いつまでも鏡を見てくらす生涯を送るようになった。然《しか》し伝法《でんぽう》な、負けずぎらいな彼女も寄る年波には争われない。ある夜、外堀線《そとぼりせん》(136)の電車へのった時に、美女ではあるが、何処やら年齢のつろく〔ママ〕せぬ不思議な女が乗合わせた、と顔を見合わした時に、彼女はそれと察してかクルリと後をむいて、かなり長い間を立ったままであった。席《せき》はむしろすきすぎていたのであったが、彼女は正体を見あらわされるのを厭《きら》ったに違いなかった。艶やかに房やかな黒髪は、巧《こう》妙《みょう》にしつらわれた鬘《かつら》なのは、額でしれた。そして悲しいことに、釣り革をにぎる手の甲に、年数《としかず》はかくすことが出来ないでいた。

女役者として巍然《ぎぜん》[137]と男優をも撞着《どうちゃく》せしめた技量をもって、小《ちい》さくとも三崎座[138]に同志を糾合《きゅうごう》し、後にはある一派の新劇[139]に文士劇[140]に、なくてならないお師匠番として、女団洲の名を辱《はずか》しめなかった市川九米八《くめはち》――前名岩井条八《くめはち》――があり、また新宿[141]豊倉楼《とよくらろう》の遊女であって、後の横浜富貴楼《ふっきろう》の女将《おかみ》となり、明治の功臣の誰れ彼れを友達づきあいにして、種々な画策《かくさく》に預ったお倉[142]という女傑《じょけつ》がある。お倉は新宿にいるうちに、有名な堀の芸者小万[143]と男をあらそい、美事にその男とそいとげたのである。彼女は養女を多く仕立て、時の顕官に結びつくようすがとした、雲梯《うんてい》林田《はやしだ》亀太郎《かめたろう》氏[144]――粋翰長《すいかんちょう》として知られた、内閣書記翰長もまたお倉の女婿《じょせい》である。お倉は老《おい》ても身だしなみのよい女であって、老年になっても顔は艶々としていた。切髪のなでつけ被布《ひふ》[145]姿《すがた》で、着物の裾《すそ》を長くひいてどこの後室《こうしつ》かという容体であった。

有明楼《ゆうめいろう》のお菊は、白博多《しろはかた》のお菊というほど白博多が好きで名が通っていた。それよりもまた、その頃の人気俳優沢村宗十郎《そうじゅうろう》[146]――助高屋高助《すけたかやたかすけ》――を夫にむかえたのと、宗十郎が舞台で扮する女形《おやま》はお菊の好みその儘《まま》であったので殊更《ことさら》名高かった。ことに宗十郎の実弟《じってい》には、評判の高い田之助《たのすけ》[147]があったし、有明楼は文人画伯の多く出入《でいり》した家でもあったので、お菊はかなりな人気ものであった。待乳山《まっちやま》[148]を背《せ》にして今戸橋《いまどばし》[149]

のたもと、竹屋《たけや》の渡しを、山谷堀《さんやぼり》(150)をへだてたとなりにして、墨堤《ぼくてい》の言問《こととい》(151)を、三囲《みめぐり》神社の鳥居の頭を、向岸に見わたす広い一構《ひとかまえ》が、評判の旗亭《きてい》有明楼であった。いま息子の宗十郎が住《すま》っている家は、あの広さでも、以前の有明楼の、四分の一の構えだということである。

此処《ここ》に若いころは吉原の鳰鳥花魁《におとりおいらん》であって、田之助と浮名を流し、互いにせかれて、逢われぬ雪の日、他の客の脱捨《ぬぎす》てた衣服大小を、櫺子《れんじ》(152)外《そと》に待っている男のところへともたせてやって、上にはおらせ、やっと引き入《いれ》させたという情話をもち、待合「気楽の女将」として、花柳界にピリリとさせたお金《きん》の名も、洩《もら》すことは出来まい。この女も、明治時代の裏面の情史、暗黒史をかくには必ず出て来なければならない女であった。

清元《きよもと》お葉《よう》(153)は名人太兵衛《たへえ》(154)の娘で、ただに清元節の名人で、夫延寿太夫《えんじゅだゆう》(155)を引立て、養子延寿太夫(156)を薫陶したばかりでなく、彼女も忘れてならない一人である。京都老妓中西君尾《きみお》(157)は、その晩年こそ、貰いあつめた黄金を、円き塊《かたまり》にして床《とこ》に安置したような、利殖倹約《りしょくけんやく》な京都女にすぎないように見えたが、維新前の国事《こくじ》艱難《かんなん》なおりには、憂国の志士を助けて、義侠を知られたものである。井上侯(158)がまだ聞太《もんた》といった侍のころ深く相愛して、彼女の魂として井上氏の懐に預けておいた手鏡《てかがみ》――青銅の――ために、井上氏は危く凶《きょう》刃《じん》をまぬかれたこともあった。彼女は桂小五郎の幾松《いくまつ》(159)――木戸氏夫人となった――とともに、勤王党(160)の京都女を代表する美人の幾人かのうちである。

歌人松《まつ》の門《と》三艸子《みきこ》(161)も数奇な運命をもっていた。八十歳近く、半身不随《はんしんふずい》になって、妹の陋屋《ろうおく》でみまかった。その年まで、不思議と弟子をもっていて人に忘れられなかった女である。その経歴が芸妓となったり、妾となったりした仇者《あだもの》であったために、多くそうした仲間の、打解けやすい気易《きやす》さから、花柳界から弟子が集った。彼女は顔の通りに手跡《しゆせき》も美しかった。彼女の絶筆となったのはたつみやの襖《ふすま》のちらし書であろう。その辰巳屋《たつみや》のお雛《ひな》さん[162]も神田[163]で生れて、吉原の引手茶屋桐佐《きりさ》の養女となり、日本橋区中洲《なかす》の旗亭辰巳屋おひなとなり、豪極《ごうき》にきこえた時の顕官《けんかん》山田○○伯を掴《つか》み、一転竹柏園《ちくはくえん》[164]の女歌人となり、バイブルに親しむ聖徒《せいと》となり、再転、川上貞奴《さだやっこ》[165]の「女優養成所」[166]の監督となって、劇術研究に渡米し、米国ボストンで客死したとき、財産の全部ともいうほどを、昔日の恋人に残した佳話の持主で、書残されない女である。

三艸子《みさこ》の妹もうつくしい人であったが、尾上《おのえ》いろとも云い、荻野八重桐《おぎのやえぎり》とも名乗って年をとってからも、踊《おどり》の師匠をして、本所のはずれにしがない暮しをしていた。この姉妹が盛りのころは、深川の芸者で姉は小川屋の小三《こさん》といい、または八丁堀[167]櫓下《やぐらした》の芸者となり、そのほかさまざまの生活をして、好き自由な日を暮しながら歌人としても相当に認められ、井上文雄[168]から松の門《まつのと》の名を許され、文人墨客の間を縫うて、彼女の名は喧伝《けんでん》されたのであった。その頃は芸者が意気なつくりをよろこんで、素足《すあし》の心意気の時分に、彼女は厚化粧《あつげしよう》で、派手やかな、人目を驚かす扮飾をしていた。山内侯に見染められたのも、水戸の武田耕《こう》雲斎《うんさい》[169]に思込まれて、隅田川の舟へ連れ出して白刃《しらは》をぬいて挑《いど》まれたのも、みな彼女の若き日の夢のあとである。彼女たちは幕府のころ、上野の宮[170]の御用達をつとめた家の愛娘であった。下谷《したや》[171]一番の伊達者《だてしや》――その唄は彼女の娘時代にあてはめる事が出来る。店が零落してから、ある大名の妾となったともいうが、いかに成行《なりゆ》こうかも知らぬ娘に、天から与えられた美貌と才能は何よりもの恵みであった。彼女は才能によつて身をたてようとした。そして八丁堀茅場町《かやばちよう》の国分の大家、井上文雄の内弟子《うちでし》になった。彼女たちは内弟子という、また他のものは妾だともいう。然《しか》し妾というのは、その頃はまだ濁りにそまない、あまり美しすぎる娘時代であったので、兎角《とかく》美貌のものがうける妬《ねた》みであったろうと思われるが、後にはあまり素行の方では評判がよくなかった。

四

我国女流教育家の泰斗《たいと》[172]としての下田歌子女史は、別の機会に残して夙《つと》に后の宮の御見出しにあずかり、歌子の名を御下命になったのは女史の十六歳の時だというが、総角《あげまき》[173]のころから国漢文をよくして父君を驚かせた才女である。中年の女盛りには美人としての評が高く、洋行中にも伊藤公爵[174]との艶名艶罪《えんめいえんざい》が囂《かまび》すしかった。古い頃の自由党[175]副総理中島信行男[176]の夫人湘煙《しょうえん》女史は、長く肺患のため大磯[177]にかくれすんで、世の耳目《じもく》に遠ざかり、信行男にもおくれて死なれたために、あまりその晩年は知られなかったが、彼女は京都に生れ、岸田俊子といった。年少のころ宮中に召された才媛の一人で、ことに美貌な女であった。此女《このひと》は覇気《はき》あるために長く宮中に居られず、宮内を出ると民権自由《みんけんじゆう》を絶叫し、自由党にはいって女政治家となり、盛んに各地を遊説《ゆうぜい》し、チャーミングな姿体と、熱烈な男女同権、女権拡張の説をもち、十七、八の花の盛りの令嬢が、島田髷《しまだまげ》[178]で、黄八丈《きはちじょう》[179]の振袖で演壇にたって自由党の箱入り娘とよばれた。さびしい晩年には小説に筆を染められようとしたが、それも病のためにはかばかしからず、母堂に看《みと》られて此世《このよ》を去った。

女性によって開拓された宗教――売僧《まいす》俗僧《ぞくそう》の多くが仮面《かめん》をかぶりきれなかった時において、女流に一派の始祖を出したのは、天理教(180)といわず大本教《おおもときょう》(181)といわず、いずれにしても異なる事であった。その中で皇族の身をもって始終精神堅固に、仏教によって民心をなごめられた村雲尼公《むらくもにこう》(182)は、玉を磨いたような貌容《かおかお》であった。温和と、慈悲と、清麗《せいれい》とは、似るものもなく典雅玲瓏《てんがれいろう》として見受けられた。紫の衣に、菊花を金糸に縫いたる緋の輪袈裟《わけさ》(183)、御よそおいのととのうたあでやかさは、その頃美しいものの譬《たと》えにひいた福助――中村歌右衛門(184)の若盛り――と、松島屋――現今の片岡我童《がどう》(185)の父で人気のあった美貌《びぼう》の立役《たちやく》――を一緒にしたようなお貌《かお》だとひそかにいいあっていたのを聞覚《ききおぼ》えている。また、予言者と称した「神生教壇《しんせいきょうだん》」の宮崎虎之助氏夫人光子(186)は、上野公園の樹下石上《じゅかせきじょう》を講壇として、路傍《ろぼう》の群集に説教し、死に至るまで道のために尽し、諸国を伝道《でんどう》し廻り、迷える者に福音をもたらしていたが、病い重しと知るや一層活動をつづけてついに終りを早うした。その遺骨は青森県の十和田湖畔(187)の自然岩の下に葬られている。強い信仰と理性《りせい》とに引きしまった彼女の顔容は、おごそかなほど美しかった。彼女は夫と並んで、その背には一人子の照子を背負っていた。そしていつも貧しい人の群れにまじって歩いていた。ある時は月島(188)の長屋住居をし、ある時は一膳めしやに一食をとっていた。栗色の大理石《マーブル》で彫ったようなのが彼女であった。

宗教家ではないが、愛国婦人会(189)の建設者奥村五百子《いおこ》(190)も立派な容貌をもっていた。彼女が会を設立した意味は今日ほど無意義《むいぎ》なものではなかった。彼女は幼いころから愛国の士と交わっていたので、彼女の血は愛国の熱に燃えていたのである。彼女は尋常一様の家婦《かふ》としてはすごされないほど骨がありすぎた。彼女は筑紫《つくし》(191)の千代の松原近き寺院の娘に生れたが、父は近衛公の血をひいていて、父兄ともに愛国の士であったゆえ、彼女も幼時から女らしいことを好まず、危い使いなどをしたりした。しかし一たん彼女は夫を迎えると、貞淑温良な、忠実な妻であった。彼女の夫は煎茶《せんちゃ》を売りにゆくに河を渡って、あやまって売《う》りものを濡《ぬら》してしまうと、山の中にはいって終日、茶を乾《ほ》しながら書籍を読みふけっていて、やくにたたなくなった茶がらを背負って、一銭もなしで家に帰って来たりした。彼女は四人の子供を抱えて、そうした夫につかえるために貧苦をなめつくした。ある時は行商となり、ある時は車をおしてものを商《あきな》い、ある時は夫の郷里にゆく旅費《りょひ》がなくて、門附《かどづ》け[192]をしながら三味線をひいて歩いたこともあった。晩年に稍志《ややこころざし》望を遂げるようになっても、すこしも心の紐《ひも》はゆるめず、朝鮮に、支那[193]に、出征兵士をねぎらって、肺患の重《おも》るのを知りながら、薬瓶《くすりびん》をさげて往来していた。

五

高橋おでん[194]も、蝮《まむし》のお政《まさ》[195]も、偶々《たまたま》悪い素質をうけて生れて来たが、彼女たちもまた美人であった。おでんもお政も悪《あく》が嵩《こう》じて、盗みから人殺しまでする羽目になった。それにくらべては、花井お梅[196]は思いがけなく人を殺してしまったので、獄裡《ごくり》に長くつながれたとはいえ、それを囚人あつかいにし、出獄してから後も、囚人であった事を売物見世物《みせもの》のようにして、舞台にさらしたり、寄席《よせ》に出したりしたのはあんまり無惨《むざん》すぎる。社会は冷酷すぎる。彼女は新橋で売れた芸者であったが、日本橋区の浜町河岸《はまちょうがし》に「酔月《すいげつ》」という料理店をだした。そうした家業には不似合な、あんまり堅気な父親をもっていて、恋には一本気な彼女を抑圧《よくあつ》しすぎた。我儘《わがまま》で、勝気で、売れっ児で通して来た驕慢《きょうまん》な女が、お酒のたちの悪い上に、ヒステリックになっていた時、心がけのよくない厭味《いやみ》な箱屋に、出過ぎた失礼なことをされては、前後無差《ぜんごむさ》別《べっ》になってしまったのに同情出来る。彼女は自分の意識しないで犯《おか》した大罪を知ると直《す》ぐに、いさぎよく自首して出た。獄裏にあっても謹慎《きんしん》していたが、強度のヒステリーの為に、夜々《よよ》殺したものに責められるように感じて、その命日になると、ことに気が荒くなっていたということであった。幾度かの恩赦《おんしゃ》によって、再び日の光を仰ぐ身となったが、薄幸のうちに死んでしまった。

六

ささや桃吉《ももきち》、春本萬龍《はるもとまんりゅう》、(197)照近江《てるおうみ》お鯉《こい》、(198)富田屋八千代《とみたややちよ》、(199)川勝歌蝶《かわかつかちょう》、富菊《とみぎく》、などは三都歌妓の代表として最も擢《ぬきん》でている女たちであろう。そしても一人忘れる事の出来ないのは新橋のぽんた――鹿島恵津子《かじまえつこ》夫人(200)のある事である。

桃吉の「笹屋」は妓名の時の屋号ではない。笹屋の名は公爵岩倉具張《いわくらともはり》氏(201)と共棲《ともずみ》のころ、有楽橋《ゆうらくばし》の角に開いた三階づくりのカフェーの屋号で、公爵の定紋笹竜胆《じょうもんささりんどう》からとった名だといわれている。桃吉はお鯉の照近江に居たのである。照近江から初代お鯉が桂公の寵妾《ちょうしょう》となり、二代目お鯉が西園寺侯爵(202)の寵愛となった。二代つづいて時の総理大臣侯爵に思われたので、桃吉も発奮したのであろう、彼女は岩倉公を彼女ならではならぬものにしてしまった。そして大勢の子のある美しい桜子夫人との仲をへだてて館《やかた》を出るようにさせてしまった。そして二人は、桃吉御殿《ももきちごてん》とよばれたほど豪華な住居をつくって住んだりした果《はて》が、負債のために稼がなければならないという口実《こうじつ》で、彼女が厭《あ》きていた内裏雛生活《だいりびなせいかつ》から、多くの異性に接触しやすい、もとの家業に近い店をだしたのであった。彼女は笹屋の主人となり、ダイヤモンドをイルミネーションのように飾りたてて、幾十万円かの資産を有していたというに、あわれにも公爵家は百余万円の浪費《ろうひ》のために、公爵母堂は実家へ引きとられなければならないというほどになり、館《やかた》は鬼の高利貸の手に処分されるようになり、若くて有為《ゆうい》の身を、笹屋の二階の老隠居と具張氏はなってしまった。桃吉が資産家になり、権力《けんりょく》が加《くわわ》ってゆくと共に、今は爵位を子息にゆずって、無位無官の身となった具張氏は居愁《いづら》い身となってしまった。やがて二人の間に破滅《はめつ》の末の日が来て、具張氏は寂しい姿で、桜子夫人の許《もと》にと帰っていった。ささやの三階から立ち出た人には、あまり天日《てんぴ》が赫々《かくかく》とあからさますぎた事であろう。九《きゅう》尾《び》の狐《きつね》玉藻《たまも》の前《まえ》[203]が飛去ったあとのような、空虚な、浅間《あさま》しさ、世の中が急に明るすぎるように思われたでもあろう。その桃吉は甲州に生れ、旅役者の子だというが、養われたさきは日本橋の魚河岸だったという事である。

ぽんたは貞節の名高く、当時大阪の人にいわせると、日本には、富士山と、鴈次郎《がんじろう》[204]（大阪俳優中村）と、八千代があるといった。富田屋八千代は菅《すが》[205]画伯の良妻となり、一万円とよばれた赤坂春本の萬龍も淑雅《しゅくが》な学士夫人となっている。祇園の歌蝶は憲政芸妓として知られ、選挙違反ですこしの間罪《つみ》せられ、禅門《ぜんもん》に参堂し、富菊は本願寺句仏上人《くぶつしょうにん》を得度《とくど》して美女の名が高い。

芳町《よしちょう》の奴《やっこ》と嬌名《きょうめい》高かった妓は、川上音次郎《おとじろう》[206]の妻となって、新女優の始祖マダム貞奴《さだやっこ》として、我国でよりも欧米各国にその名を喧伝《けんでん》された。いまは福沢桃介《ふくざわももすけ》[207]氏の後援《こうえん》を得て名古屋に綿糸工場を持ち、女社長として東京にも名古屋にも堂々たる邸宅を控《ひか》え、日常のおこないは工場を監督にゆくのと毛糸編物《けいとあみもの》とを専《もっぱ》らにしている。貞奴の後に、彼地《かのち》で日本女性の名声《めいせい》を芸壇にひびかしているのは歌劇《オペラ》の柴田環《しばたたまき》[208]女史であろう。この人々は日本を遠く去ってその名声を高めたが、海外へは終《つい》に出なかったが、新女優の第一人者として松井須磨子《すまこ》[209]のあった事も特筆しなければなるまい。彼女は恩師であり情人であった島村抱月《ほうげつ》[210]氏に死別して後、はじめて生と愛の尊さを知り、カルメン[211]に扮した四日目の夜に縊《くび》れ死んだのであった。

それにくらべれば魔術師の天勝《てんかつ》[212]は、さびしいかな天勝といいたい。彼女はいつまでも妖艶に、いつまでもおなじような事を繰返している。彼女の悲哀は彼女のみが知るであろう。

豊竹呂昇《とよたけろしよう》[213]、竹本綾之助《たけもとあやのすけ》[214]の二人は、呂昇の全盛はあとで、綾之助は早かった。ゆくとして可ならざるなき才女として江木欣々《えぎきんきん》[215]夫人の名がやや忘られかけると、おなじく博士夫人で大阪の高安やす子[216]夫人の名が伝えられ、蛇《へび》夫人とよばれた日向きん子[217]女史は、あまりに持合わせた才のために、却《かえ》って行く道に迷っていられたようであったが、林きん子として、舞踊家となった。

九条武子、伊藤燁子《あきこ》は、大正の美人伝へおくらなければなるまい。書洩《かきもら》してならない人に、樋口一葉[218]女史、田沢稲舟《たざわいなぶね》[219]女史、大塚楠緒子《おおつかなおこ》[220]女史があるが余り長くなるから後日に譲ろうと思う。

――大正十年十月「解放」明治文化の研究特別号所載――

附記　樋口一葉女史・大塚楠緒子女史・富田屋八千代・歌蝶・豊竹呂昇は病死し、田沢稲舟女史は毒薬を服し、松井須磨子・江木欣々夫人は縊れて死に、今や空し。

（1）桎梏　人の行動を厳しく制限して自由を束縛するもの。
（2）おつくり　御作り。化粧を丁寧にいう女性語。
（3）メエテルリンク　一八六二―一九四九。ベルギーの詩人・劇作家。一九一一年、ノーベル文学賞受賞。詩集「温室」、戯曲「青い鳥」など。
（4）瓜実顔　瓜の種に似て、色白・中高で、やや面長な顔。
（5）春信　鈴木春信。江戸中期の浮世絵師。美人絵師としてきらびやかな錦絵の創製に尽力した。
（6）春章　勝川春章。江戸中期の浮世絵師。春章の役者似顔絵は、当時の浮世絵界に主導的役割を果たした。
（7）歌麿　喜多川歌麿。江戸中期の浮世絵師。美人大首絵という新機軸によって当代一流の美人絵師となった。
（8）国貞　歌川国貞。江戸末期の浮世絵師。柳亭種彦作の「正本製」「修紫田舎源氏」の挿絵が大人気となる。
（9）絖　生糸を用いて繻子織にして精練した絹織物。
（10）匹田鹿の子　絞り染めの一種。鹿の子絞りよりやや大きい四角形で一面に絞ったもの。
（11）浜ちりめん　滋賀県長浜地方を主産地とする厚地の上等な縮緬。
（12）透綾　透けて見えるような、薄くさらりとした絹織物。夏の女性着尺用。
（13）江戸根生　江戸生粋のという意。
（14）錦絵　多色刷りの浮世絵版画。一七六五年、絵師鈴木春信を中心に彫り師や摺り師が協力して創始した。錦のように精緻で美しい版画。浮世絵の代名詞ともなった。
（15）文化、文政　老中松平定信の失脚（一七九三）から天保の改革の開始（一八四一）までの約五〇年間を指す。
（16）花柳界　芸者や遊女の社会。遊里。
（17）光明皇后　奈良時代の皇后。藤原不比等と県犬養三千代の娘。名は安宿媛。光明子ともいった。聖武天皇の皇后。
（18）吉祥天女　福徳を授ける仏教守護の女神。毘沙門天の妻とされる。立ち姿の天女として表される。
（19）奇稲田姫　『古事記』『日本書紀』にみられる女神。出雲の簸伊川の川上に住み、八岐大蛇に食べられるところを素戔嗚尊に救われ、同神と結婚する。「稲の実る田」を象徴した女神。
(20) 元禄　江戸中期、東山天皇の時の年号。一六八八年九月三〇日―一七〇四年三月一三日。
(21) 湯女　入浴の世話をする接客婦で、鎌倉時代に有馬温泉におかれたのが最初とされる。江戸時代以降、夜になると盛装して三味線をひき小歌などを歌って客を集め、売春をした。
(22) 遊女　遊芸をもって宴席に侍り、また枕席にも仕えることを職業とした女性。
(23) 掛茶屋　路傍や公園などによしずを差し掛けて腰掛けを置き、通行人を相手に茶や菓子を供する茶屋。腰掛け茶屋。
(24) 井原西鶴　一六四二―九三。俳人、浮世草子作者。著作に「好色一代男」「好色一代女」「日本永代蔵」「世間胸算用」などがある。
(25) 吉原　江戸の遊廓。現在の東京都台東区浅草北部にあった。一六一七年、それまで市中各所に散在していた遊女屋を、幕府が日本橋葺屋町に集めて公認。一六五七年には大火で焼けたために浅草に移された。前者を元吉原といい、後者を新吉原という。
(26) 島原　京都市下京区、西本願寺西方の一地区。江戸時代は西新屋敷といい、一六四〇年六条三筋町から移った遊廓があった。京都唯一の公許遊廓。
(27) 廓　遊廓。
(28) 新橋　東京都港区北東部の一地区。一七〇〇年汐留川にかけられた橋を新橋（後の芝口橋）と呼んだことに由来。
(29) 赤坂　東京都港区の地名。元東京市の区名で青山まで含まれた。
(30) 雲井　宮中、皇居、雲の上。
(31) 欽仰　尊敬し慕うこと。
(32) 師表　世の人の模範・手本となること。また、その人。
(33) 明治大帝　一八五二―一九一二。第一二二代天皇。在位一八六七―一九一二。
(34) 皇后宮、美子陛下　一八四九―一九一四。明治天皇の皇后。左大臣一条忠香の子。旧名一条美子。

(35) 明眸皓歯　美しく澄んだひとみと白く整った歯。美人のたとえ。
(36) 馥郁　よい香りがただよっている様。
(37) 天照大御神　天照大神。『古事記』『日本書紀』、神話などにみえる最高神の女神。天皇家の祖先神として伊勢神宮（内宮）にまつられている。
(38) 八面玲瓏　心が清らかで、何のわだかまりもないこと。どの方面から見ても曇りなく明るい様。
(39) 玉芙蓉峰　玉は接頭語で貴重あるいは美麗を表す語。または、天子の物事に冠らせていう語。ここでは後者か。芙蓉峰は富士山の異称。
(40)「竹取物語」　平安初期の物語。一巻。作者、成立年未詳。仮名文による最初の物語文学。竹取翁物語。かぐや姫の物語。
(41) 下田歌子　一八五四―一九三六。岐阜県生。教育者。一八七二年に女官となり、皇后から歌子の名をうける。
(42) 岸田俊子　一八六一―一九〇一。京都生。自由民権運動家、女権論者。湘煙と号した。一八歳で宮中文事御用掛に出仕。その後自由民権運動に参加した。
(43) 一条左大臣の御娘　一条左大臣は左大臣一条忠香。その娘とは皇后宮美子陛下を指す。
(44) 北白川宮大妃富子殿下　北白川宮能久親王妃。宇和島藩知事伊達宗徳の二女。島津久光の養女。一九三六年没。
(45) 故有栖川宮妃慰子殿下　一八六四―一九二三。前田慶寧の四女。一八八〇年有栖川宮威仁親王と結婚。夫の威仁は一九一三年没。
(46) 高倉典侍　一八四〇―一九三〇。高倉寿子。明治元年忠香の三女美子が明治天皇の皇后になったとき宮中にはいり、典侍、女官長をつとめた。「新樹の典侍」とも呼ばれた。「新樹の局」と同一人物か。
(47) 現岩倉侯爵の祖母君　現岩倉家侯爵は岩倉具栄（一九〇四―七八）を指す。具栄の父は具張、祖父が具定。よって「祖母君」とは具定の夫人、沢久子を指すか。なお、父具張の隠居にともなって、具栄は一九一四年に公爵の爵位を継承している。

(48) 故西郷従道侯の夫人　西郷従道（一八四三―一九〇四）は明治期の政治家、軍人で西郷隆盛の弟。従道の妻は西郷清子を指す。

(49) 現前田侯爵母堂　現前田侯爵とは前田利為（一八八五―一九四二）を指す。母堂とはその父利昭の正室春子（酒井忠恒の娘）を指すか。

(50) 近衛公爵の故母君　近衛公爵は近衛文麿（一八九一―一九四五）を指す。その父篤麿の前妻衍子は一八九一年に死去。

(51) 大隈侯爵夫人綾子　一八五〇―一九二三。大隈綾子。侯爵大隈重信の妻。

(52) 戸田伯爵夫人極子　一八五七―一九三六。戸田極子。岩倉具視の次女。一八七一年に戸田共氏と結婚。石井筆子とともに「鹿鳴館の華」と呼ばれた。

(53) 東伏見宮周子殿下　一八七六―一九五五。公爵岩倉具定の長女。東伏見宮依仁親王の妃。

(54) 山内禎子夫人　一八八五―一九六六。伏見宮貞愛親王の長女。侯爵山内豊景夫人。

(55) 有馬貞子夫人　一八八七―一九六四。伯爵有馬頼寧夫人。

(56) 前田漾子夫人　一八八七―一九二三。前田利嗣の長女。侯爵前田利為夫人。

(57) 九条武子夫人　本書所収「九条武子」参照。

(58) 伊藤燁子夫人　本書所収「柳原白蓮」参照。

(59) 岩倉桜子夫人　公爵岩倉具張夫人。西郷従道の長女。

(60) 古川富士子夫人　男爵古河虎之助夫人不二子（西郷従道の娘）を指すか。

(61) 山県公　一八三八―一九二二。公爵山県有朋。軍人、政治家。陸軍・政官界の大御所。第三代、第九代内閣総理大臣。

(62) 鴛鴦　オシドリのつがい。夫婦の仲のむつまじいことのたとえ。

(63) 貞子夫人　公爵山県有朋夫人。吉田安兵衛の娘。

(64) 故桂侯　公爵桂太郎（一八四八―一九一三）を指すか。一九一一年に公爵叙任。

(65) 益田孝　一八四八―一九三八。実業家。男爵。三井財閥の基礎を固めた。たき子はその側室。

(66) 相州　相模国の異称。現在の神奈川県の大部分に相当する。
(67) 古稀庵　現在の神奈川県小田原市板橋に建てられていた山県有朋の別荘。
(68) 近松翁　一六五三―一七二五。近松門左衛門。元禄期を代表する浄瑠璃作者、歌舞伎狂言作者。著作に「曾根崎心中」、「国性爺合戦」などがある。
(69) 「天の網島」「心中天の網島」。近松門左衛門作の浄瑠璃。また、これに基づく歌舞伎劇。同年大坂網島で起こった心中事件を脚色した世話物。
(70) 山王　東京都千代田区にある日枝神社の異称。
(71) 麹町　東京都千代田区の町名。古名は国府方。江戸時代初期より甲州街道沿いに半蔵門から四谷見附まで商店街をなしていた。
(72) 日本橋　東京都中央区、日本橋川にかかる橋および旧日本橋区の区域。
(73) 手古舞　江戸の祭礼で余興に行われた舞。後に舞は絶え、特殊な男装をした女性が、男髷に片肌ぬぎで腹掛け・たっつけ袴・脚絆などをつけ、紺たび・わらじをはき、花笠を背に掛け、鉄棒を引き、牡丹を描いた黒骨の扇を持ってあおぎながら木遣りなどを歌って、山車や神輿の前を練り歩くものとなった。もとは氏子の娘たち、後には芸妓などが扮した。
(74) 紙屋治兵衛　「心中天の網島」の登場人物。
(75) 浄瑠璃　語り物のひとつ。室町中期から、琵琶や扇拍子の伴奏で座頭が語っていた牛若丸と浄瑠璃姫の恋物語にはじまるとされる。後に伴奏に三味線を使うようになり、題材・曲節両面で多様に展開。一六八四年、竹本義太夫が大坂に竹本座を設けて義太夫節を語りはじめ、近松門左衛門と組んで人気を博す。ここに浄瑠璃は義太夫節の異称ともなった。
(76) 京橋　東京都中央区中部の地名。商業地区。江戸時代、日本橋を起点に京へ上る最初の橋があった。
(77) 唐物屋　中国からの輸入品を売買していた店や商人。古道具屋。
(78) 講談師伯知　一八五六―一九三二。猫遊軒伯知（松林伯知）を指すか。著書に『徳川栄華物語』などがある。

(79) 故伊藤公爵の夫人梅子　一八四八―一九二四。公爵伊藤博文夫人。元長門（山口県）裏町の芸妓。前名は小梅。
(80) 馬関　山口県下関。
(81) 山本権兵衛伯夫人　一八六〇―一九三三。海軍軍人、政治家であった伯爵山本権兵衛（一八五二―一九三三）の夫人山本登喜子。生家が貧しかったために、女郎屋に身売りされる。後に山本によって身請けされ結婚した。
(82) 品川　東京都の区名。江戸時代、東海道五十三次の第一宿駅として栄えた。
(83) 桂公爵夫人加奈子　公爵桂太郎（一八四八―一九一三）の三人目の夫人桂可那子。
(84) 名古屋　愛知県西部の市。もと尾張徳川氏の城下町。中部地方の商・工業、交通の中心地。
(85) 伯爵黒田清輝画伯夫人　明治大正期の洋画家子爵黒田清輝（一八六六―一九二四）の夫人黒田照子（金子種子）を指すか。
(86) 柳橋　東京都台東区南東部、隅田川右岸、神田川北岸の地区。かつては神田川にかかる柳橋の南側も指した。江戸第一の花柳街として、明治以後もにぎわった。
(87) 大倉喜八郎夫人　大倉財閥の創設者で実業家の男爵大倉喜八郎（一八三七―一九二八）の夫人徳子を指すか。
(88) 銅山王古川虎之助氏母堂　古河市兵衛長男で古河財閥三代目・男爵古河虎之助（一八八七―一九四〇）の母親古河為子（古河市兵衛の妻）を指すか。
(89) 横浜　神奈川県東部の市。東京湾に面し、一八五九年の開港以来、国際貿易港として発展。
(90) 横浜の茂木、生糸の茂木　一八二七―九四。初代茂木惣兵衛。一八六四年、横浜に生糸売込商野沢屋茂木商店をひらき、明治初年には原善三郎の亀屋とならぶ売込問屋に成長させた。
(91) 常磐津　常磐津節。浄瑠璃の流派の一。一七四七年、常磐津文字太夫が創始。江戸で歌舞伎舞踊の伴奏音楽として発展した。時代物にすぐれ、曲風は義太夫節に近い。
(92) 糟糠の妻　貧しい時から連れ添って苦労をともにしてきた妻。

(93) 弄花　花札で賭け事をすること。
(94) 放縦　何の規律もなく勝手にしたいことをすること。また、そのさま。
(95) 尾上梅幸　一八七〇―一九三四。歌舞伎役者の六代目尾上梅幸。
(96) 原敬　一八五六―一九二一。政治家。一九一八年、初の政党内閣を組織し平民宰相と呼ばれた。
(97) 原敬氏の夫人　原敬の後妻浅。東京新橋の芸者。なお、先妻は貞子（一九〇五年離婚）。
(98) 中井桜洲　一八九四年没。政治家。滋賀県知事、元老院議官、京都府知事等を歴任。
(99) 紅葉館　東京の芝の紅葉山に一八八一年に開業した会員制の高級料亭。
(100) 舞妓　舞子とも記す。京都における雛妓の称。一般に雛妓は芸者見習中の少女のことをいい、玉代が半額なので半玉ともいう。これに対し舞妓は宴席では舞を主とするが、玉代は一本の芸者と同額で、だらりの帯に裾をひき、赤衿の襦袢を着る。
(101) 博文館　出版社。一八八七年に大橋佐平が創立した。
(102) 大橋新太郎氏夫人須磨子　一八八一―一九四九。大橋佐平の三男大橋新太郎（一八六三―一九四四）の夫人大橋須磨子。紅葉館の人気芸妓で、尾崎紅葉の代表作「金色夜叉」のお宮のモデルといわれる。
(103) 越後　現在の新潟県の、佐渡をのぞく全域にあたる。
(104) 子爵金子氏　一八五三―一九四二。子爵（後に伯爵）金子堅太郎を指すか。官僚、政治家。
(105) 令嗣　他人の家の跡継ぎを敬っていう語。
(106) 尾崎紅葉　一八六八―一九〇三。小説家。一八八五年に近代最初の小説結社硯友社を結成。同年機関誌「我楽多文庫」創刊。「二人比丘尼色懺悔」（一八八九）で文壇にデビュー。
(107) 「金色夜叉」　尾崎紅葉の小説。一八九七―一九〇二。未完。主人公間貫一は、許婚の鴫沢宮が富に目がくらんで変心したことを知り、高利貸しになって宮や社会に復讐しようとする。
(108) 巌谷小波　一八七〇―一九三三。児童文学者、小説家。一八九一年におとぎ話「こがね丸」が好評を得、以後童話に専念。「少年世界」編集長をつとめ、「日本昔噺」「世界お伽噺」などをまとめる。
(109) 渋沢男爵　一八四〇―一九三一。男爵渋沢栄一。実業家、大蔵官僚。一九二〇年に子爵叙任。

(110) 兼子夫人　男爵渋沢栄一夫人兼子。伊藤八兵衛の次女。
(111) 深川　東京都の旧区名。一九四七年城東区と合併、江東区となった。隅田川河口左岸の低湿地を占め、運河が縦横に通じる。江戸初期に開発され、富岡八幡宮、深川不動尊などの門前町や木場を中心に発達した。
(112) 伊藤八兵衛　一八一三―七八。「伊東」は誤記。農家の長男として生まれる。弟とともに質商伊勢屋長兵衛へ丁稚奉公し、その後伊藤家の婿養子となり伊藤八兵衛と名乗る。男爵渋沢栄一夫人兼子は八兵衛の次女。弟は画家の小林（淡島）椿岳。
(113) 糸平　一八三四―八四。自らを「天下の糸平」と呼んだ田中平八を指す。生糸商、両替商。横浜で糸屋の商号で店を開き、両替商（洋銀売買）と生糸売込で財をなした。
(114) 江州　現在の滋賀県にあたる。近江の異称。
(115) コレラ　法定伝染病及び国際検疫伝染病。コレラ菌の経口感染による急性消化器系伝染病。日本には一八二二年初めて侵入し、以後しばしば流行する。死亡率が高いためコロリと称せられた。
(116) 両国　東京都墨田区と中央区を結んで隅田川にかかる両国橋両岸の地名。
(117) 飛鳥山　東京都北区、王子駅西側の台地。江戸時代上野、隅田と並ぶ桜の名所で、王子稲荷参拝客や遊山客でにぎわった。
(118) 娼妓解放令　一八七二年の明治政府による公娼制度公認の売春制度廃止の布告。「娼妓芸妓は牛馬と同じ。牛馬に借金の返済を迫る理由はない」としたところから「牛馬解き放ち令」ともいわれた。
(119) 鹿鳴館　英国人コンドルの設計により、一八八三年に東京日比谷に落成。外国貴賓接待と上流階級社交を目的とした西洋館。二階のホールでは、外国使節、政府高官、華族らによる夜会や舞踏会が開催され、鹿鳴館時代とも呼ばれる。外相井上馨の欧化政策の象徴的存在となった。
(120) 華族　公・侯・伯・子・男の爵位を有する者。一八六九年、旧公卿・諸侯の身分呼称として定められたが、一八八四年の華族令で五等爵を制定。国家に功労ある者もこれに加えられ、種々の特権を伴う世襲の社会的身分となった。日本国憲法施行により廃止。
(121) 金瓶楼今紫　一八五三―一九一三。遊女、舞台女優。一六歳で江戸吉原の大黒楼にはいる。一八七二年の芸娼妓解放令で吉原を出て、芝居茶屋や待合をひらいた。一八九二年に役者となり三崎座に出演。画家の高橋広湖を養子とする。

(122) 廃藩置県　一八七一年、明治政府が中央集権化を図るため、全国二六一の藩を廃して府県を置いたこと。全国三府三〇二県がまず置かれ、同年末までに三府七二県となった。

(123) 山内容堂侯　幕末の土佐藩主。士族山内豊著の子。公武合体運動を推進。一八七二年没。

(124) 今様　平安末期に流行した声楽。その当時として「今様」、つまり現代ふうという意味で名づけられた。

(125) 男舞　中世、白拍子が白い水干に立烏帽子、白鞘巻の太刀という男装で舞ったという舞。

(126) 依田学海　一八三四―一九〇九。漢学、文学者。団十郎らの演劇改良を後援し、森鷗外、幸田露伴らと小説合評をするなど幅広く活動した。

(127) 千歳米坡　一八五五―一九一八。東京下谷の桜木町に生まれる。芳町で米八と名乗り芸者に出ていた。三三歳で新劇俳優伊井蓉峰（一八七一―一九三二）の済美館旗揚げに参加。新演劇の女優第一号とされている。

(128) 守住月華　一八四六―一九一三。女役者。「女団洲（女団十郎）」と称された。初代市川九女八（名跡）、本名は守住けい。前名は岩井粂八。俳名は月華。屋号は成田屋。

(129) 根岸　東京都台東区北部地区。明治以降も正岡子規、中村不折ら文人や作家が多く住んだ。

(130) 相馬事件　明治年間に起こったお家騒動。家族が藩主相馬誠胤を精神病として宮内省に報告、自宅監禁したが、旧臣の錦織剛清がその病状を疑い、家族を告発した事件。

(131) 兄の誠胤　一八五二―九二。子爵相馬誠胤を指す。相馬充胤の子。慶応元年（一八六五）陸奥中村藩藩主相馬家一三代となる。

(132) 投節　江戸後期の流行歌で、そそり節の一種。歌詞は七・七・七・五調で、間に「な」「やん」という囃子詞が入る。

(133) 俊髦　衆にぬきんでてすぐれた人。

(134) 末松謙澄　一八五五―一九二〇。官僚、政治家。法制局長官、貴族院議員を務め、逓信大臣、内務大臣を歴任。子爵叙任。

(135) 光明寺三郎　一八四九―九三。光妙寺三郎（末松三郎）を指す。官僚。一八七〇年、渡仏し法律を学ぶ。帰国後、東洋自由新聞記者を経て太政官に勤務。一八九〇年衆議院議員。

(136) 外堀線　外濠線。東京の皇居の外濠に沿って走っていた路面電車を指す。一九〇四年、御茶ノ水から土橋までが開通した。

(137) 巍然　ぬきんでて偉大な様。

(138) 三崎座　一八九一年に神田三崎町に開設された劇場。三崎町には他に「川上座」「東京座」があり、「三崎座」とあわせて「三崎三座」と呼ばれ、東京の演劇界の中心として賑わった。

(139) 新劇　明治末期に興った歌舞伎でも新派でもない新しい演劇形態。既成演劇に対抗してヨーロッパ近代劇の影響下に成立したもので、新興市民階級の思想感情を反映した戯曲を中心に、新時代の演劇の創造を目指した。

(140) 文士劇　作家や新聞記者などの文学関係者が出演者となって上演される演劇。一九〇五年に複数の新聞社によって組織された若葉会を中心に展開した。

(141) 新宿　東京都の区名。江戸時代の甲州街道と青梅街道の分岐点の宿駅（内藤新宿）の名をとった。

(142) お倉　一八三七―一九一〇。料亭経営者。遊女や芸者を経て一八七一年豪商田中平八の出資で横浜に料亭富貴楼をひらく。その才気と美しさから井上馨、陸奥宗光、伊藤博文ら政治家にひいきにされ、政界の内幕に通じた。

(143) 堀の芸者小万　江戸時代後期の芸者。江戸浅草山谷堀の船宿武蔵屋から一六歳で座敷にでる。大田南畝にひいきにされ、南畝の狂歌「詩は詩仏書は米庵に狂歌乃公芸妓小万に料理八百善」で評判も高まった。

(144) 雲梯林田亀太郎　一八六三―一九二七。官僚、政治家。衆院議員となり、一九二二年に革新倶楽部に参加して普通選挙法法案の起案に携わる。

(145) 被布　着物の上にはおる上衣。襠があり、たて衿、小衿がつき、錦の組紐で留める。江戸時代に茶人や俳人などが着用して流行し、後に一般の女性も用いた。

(146) 沢村宗十郎　一八三八―八六。四代目助高屋高助を指すか。没後、六代目沢村宗十郎を追贈された。五代目助高屋高助は肥満体であり、その特異な風貌のため役柄も限られた。よって、「宗十郎が舞台で扮する女形はお菊の好みそのままであったので」という文脈からはずれる。作者の記憶違いか。
(147) 田之助　一九〇二—六八。歌舞伎役者。五代目沢村田之助。兄は五代目助高屋高助。
(148) 待乳山　東京都台東区浅草にある小丘。隅田川西岸に位置し、聖天宮がある。
(149) 今戸橋　新吉原へ続く山谷堀に架かっていた橋。
(150) 山谷堀　東京都台東区、隅田川の今戸から山谷にいたる掘割。新吉原の遊廓へ通う山谷船の水路として利用された。
(151) 墨堤の言問　墨堤は隅田川およびその土手の意。言問は東京都墨田区向島、隅田川東岸地域の旧称。
(152) 櫺子　木や竹などの細い材を、縦または横に一定の間隔を置いて、窓や欄間に取り付けたもの。
(153) 清元お葉　一八四〇—一九〇一。浄瑠璃太夫。二代清元延寿太夫の娘。四代延寿太夫の妻。演奏と作曲にすぐれ、夫をたすけて清元節の発展につくす。市川九女八、三代哥沢芝金とともに明治女芸人の三幅対と称される。
(154) 名人太兵衛　一八〇二—五五。二代目清元延寿太夫を指す。浄瑠璃太夫。初代清元延寿太夫の子。清元節家元。栄寿太夫をへて二代目を名のり、後に太兵衛（初代）と改める。美声で知られ、端唄をとりいれるなど工夫をこらし、「名人太兵衛」とよばれた。
(155) 延寿太夫　一八三二—一九〇四。清元節家元。二代目延寿太夫の次女のお葉に婿入りし、四代目延寿太夫を襲名した。
(156) 養子延寿太夫　四代延寿太夫とお葉夫妻の養子となり、三代栄寿太夫を経て五代延寿太夫を襲名。芸に対して厳しく、曲調を改訂して品格を高めた。また「清元会」を主催するなど清元節の普及に努め、邦楽界の名人とうたわれた。
(157) 京都老妓中西君尾　一八四四—一九一八。一八歳で京都祇園の座敷にでる。高杉晋作、井上馨らに目をかけられ、「勤王芸者」と呼ばれる。品川弥二郎との子、巴を生んだ。
(158) 井上侯　一八三六—一九一五。侯爵井上馨。政治家。一八六〇年、長州藩主より聞多の名を賜る（聞太は誤記）。外務卿として外交問題に取り組み、条約改正を実現するための欧化政策を推進した。
(159) 幾松　一八四三—八六。桂小五郎（後の木戸孝允）夫人木戸松子。父の死後京都祇園の芸妓となる。桂小五郎の尊攘運動を助け、後に結婚。芸妓名は幾松。
(160) 勤王党　勤王とは天皇のために忠義を尽くすこと。特に江戸末期、佐幕派に対し、天皇親政を実現しようとした思潮。または、その政治運動。団体としては、幕末の土佐藩で土佐勤王党が組織された。
(161) 松の門三艸子　一八三二—一九一四。歌人。井上文雄の門に学ぶが、家が没落し深川で芸者となる。小三と称し、美貌と才気でならす。後年、歌誌「しきしま」の選者をつとめ、歌塾をひらいた。本姓小川、名は美佐子。
(162) 辰巳屋のお雛さん　一八五七—一九〇九。加藤雛子を指す。東京中洲の辰巳屋の女将。一九〇八年、川上貞奴が帝国劇場の補助金で設立した帝国女優養成所の副所長となる。欧米の演劇界視察で外遊中ボストンで病死。
(163) 神田　東京都千代田区の旧神田区地域。神田川北岸の外神田などと、南側の駿河台、一ッ橋、神保町、内神田、東神田などに分かれ、江戸初期鎌倉河岸から発達。
(164) 竹柏園　一八九九年に佐佐木信綱を中心に結成された短歌結社。会名は信綱の別号竹柏園による。機関誌「心の花」を刊行。
(165) 川上貞奴　一八七一—一九四六。女優。はじめ葭町の芸者で奴を名乗り、伊藤博文、福沢桃介らと知り合う。一八九四年に川上音二郎と結婚。海外でマダム貞奴の名を高めた。
(166) 「女優養成所」　一九〇八年開設の帝国女優養成所を指す。日本を代表する多くの女優が育った。
(167) 八丁堀　東京都中央区中部の一地区。寛永年間長さ八町の掘割を作ったのが地名の由来。江戸時代は町奉行所の与力・同心の組屋敷があった。
(168) 井上文雄　一八〇〇—七一。江戸後期の国学者、歌人。著書に歌学歌論書『伊勢の家づと』などがある。
(169) 水戸の武田耕雲斎　一八〇四—六五。幕末の水戸藩尊攘派の首領。
(170) 上野の宮　「三山管領宮」「日光宮」「上野宮」「東叡大王」など様々な呼称がある。江戸庶民からは「上野宮様」と呼ばれた。とくに北白川宮能久親王（一八四七―九五）は、親しみを込めて「上野の宮」と呼ばれた。

(171) 下谷　東京都の旧区。一九四七年浅草区と合して台東区となった。南部は江戸時代の大名屋敷、武士町、北部は小商工業地区から発達。

(172) 泰斗　泰山北斗。その道の大家として最も高く尊ばれる人。

(173) 総角　髪がのびたのを左右二つに分け、耳の上で両髻を小さく角のように結ぶ形。おもに少年の髪形であるが、女性の間でも結われた。ここでは幼い頃からの意。

(174) 伊藤公爵　一八四一―一九〇九。公爵伊藤博文。政治家。松下村塾で吉田松陰に学び尊王攘夷運動に参加。初代内閣総理大臣。ハルビン駅頭で韓国の民族運動家安重根に狙撃され死去。

(175) 自由党　ここでは、一八八一年に板垣退助を中心に結成された政党を指す。フランス流急進的自由主義を唱えた。一八八四年解散。

(176) 中島信行　一八四六―九九。幕末の土佐藩の郷士。官僚、政党政治家。男爵。自由党副総理、初代衆院議長、イタリア公使等を歴任。妻は中島湘煙（岸田俊子）。

(177) 大磯　神奈川県中南部の地名。相模湾に臨む。もと東海道の宿場町。一八八五年、日本最初の海水浴場が開かれ、別荘地として発展。

(178) 島田髷　日本髪の代表的な髪形。前髪と髱を突き出させて、まげを前後に長く大きく結ったもの。主に未婚女性が結う。

(179) 黄八丈　黄色地に茶・鳶色などで縞や格子柄を織り出した絹織物。初め八丈島で織られたのでこの名がついた。

(180) 天理教　神道十三派の一。大和の農婦、中山みきを教祖とし、一八三八年に創始。一九〇八年に一派独立。

(181) 大本教　明治末、出口ナオを教祖として出口王仁三郎が組織した神道系の新宗教。

(182) 村雲尼公　一八五五―一九二〇。村雲日栄。日蓮宗の尼。尼門跡村雲瑞竜寺の第一〇世。伏見宮邦家親王の第八皇女。村雲婦人会を組織し、教化と社会事業につくした。

(183) 輪袈裟　幅六センチくらいの綾布を輪に作った略式の袈裟。首にかけて前に垂らす。天台宗・真言宗・浄土真宗などで用いる。
(184) 中村歌右衛門　一八六五―一九四〇。五代目中村歌右衛門。四代目中村福助（ともに歌舞伎役者の名跡）。その美貌と品格のある演技から、明治から昭和にかけて歌舞伎界で名女方といわれた。
(185) 片岡我童　一八八二―一九四六。一二代目片岡仁左衛門。一〇代目片岡仁左衛門の子。四代片岡我童を経て一九三六年に一二代仁左衛門を襲名。天性の美貌と品位ある演技で女方を得意とした。屋号は松島屋。
(186) 宮崎虎之助氏夫人光子　宗教家であり、第三の予言者、メシヤ（救世主）と自称して、世間の話題となった宮崎虎之助（一八七二―一九二九）夫人光子。木村駒子、西川文子らとともに「新真婦人会」（一九一三）を結成。
(187) 十和田湖　青森、秋田の県境にあるカルデラ湖。
(188) 月島　東京都中央区の地名。隅田川河口を埋め立てて、明治時代に造成された人工島。初め築島といったが、後に「月」の字を当てた。
(189) 愛国婦人会　近代日本の軍事援護事業を目的とした婦人団体。北清事変従軍の奥村五百子が主唱し、傷病兵、遺族の援護を目的に一九〇一年設立。趣意書は下田歌子が起草。上流婦人を中心として軍国主義化の波に乗り、一九〇五年会員は五〇万人近くに膨張した。
(190) 奥村五百子　一八四五―一九〇七。明治期の社会活動家、婦人団体創始者。一九〇一年に愛国婦人会を結成した。
(191) 筑紫　九州地方の称。また、特に筑前・筑後にあたる九州北部の称。
(192) 門附け　人家の門前に立って音曲を奏するなどの芸をし、金品をもらい受けること。
(193) 支那　中国の異称。現在の中国本土を指す。秦の音に由来するといわれる。
(194) 高橋おでん　一八五〇―七九。高橋お伝。明治時代の犯罪者。仮名垣魯文の『高橋阿伝夜叉物語』、河竹默阿弥の「綴合於伝仮名書」などに希代の「毒婦」として喧伝された。
(195) 蝮のお政　前科十犯を勲章とした女掏摸、女盗賊。新聞の続き物の題材として好まれ、その人物像は誇張された「毒婦」とされていった。

(196) 花井お梅　一八六三―一九一六。はじめ東京新橋の芸者、後に日本橋浜町に待合酔月楼をひらく。一八八七年、実父との不和にからんで番頭箱屋峰吉こと八杉峰三郎を刺殺して無期徒刑。特赦で一九〇三年に出獄し、舞台で体験を演じる。歌舞伎の題材となった。

(197) 春本萬龍　一八九四―一九七三。万竜、万龍、萬竜などとも。明治末に「日本一の美人」とうたわれた芸妓。本名田向静。東京赤坂の置屋・春本抱えの芸妓。後に東京帝国大学の学生恒川陽一郎と結婚。

(198) 照近江お鯉　一八八〇―一九四八。芸妓。一四歳で東京新橋の芸妓となる。市村家橘（一五代市村羽左衛門）、桂太郎に落籍されたがともに死別。銀座にカフェーを開業。帝人事件に関係し出家、妙照尼と号し東京目黒の羅漢寺の再興につとめた。旧姓は小久江。本名は安藤照。

(199) 富田屋八千代　芸妓。大阪一の名妓として知られる。菅楯彦と結婚、世人を驚かせた。

(200) 鹿島恵津子夫人　一八八〇―一九二五。鹿島ゑつ。芸妓。東京新橋玉の家の抱えでぽん太と称する。写真館をいとなむ鹿島清兵衛の美人絵葉書のモデルとなった縁で身請けされ妻となる。

(201) 公爵岩倉具張氏　一八七八―一九五一。岩倉具視の孫。西郷従道の長女桜子と結婚。放蕩生活により多額の負債をかかえ、親族会議の結果、家督を剥奪された。

(202) 西園寺侯爵　一八四九―一九四〇。西園寺公望。政治家。後に公爵叙任。一九〇六年に第一次内閣、一九一一年に第二次内閣を組織。一九〇七年には、当時の文学者たちを集めたサロン雨声会を主催した。

(203) 九尾の狐玉藻の前　平安後期に鳥羽上皇の寵愛を受けたとされる伝説上の美女。天竺や中国で王法や仏法を破壊したのち、日本に渡来した妖狐の化身で、体から妖光を発することから、玉藻前と呼ばれた。

(204) 鴈次郎　一八六〇―一九三五。初代中村鴈治郎。歌舞伎役者。和事を得意とし世話物をよくした。大阪出身。

(205) 菅画伯　一八七八―一九六三。菅楯彦。日本画家。きめの細かい大和絵風の歴史画や大阪の風物を好んでとりあげ、軽妙洒脱な趣をもつ。名妓富田屋八千代を娶って世人を驚かせた。

(206) 川上音次郎　一八六四―一九一一。正しくは川上音二郎。俳優、興行師。新派劇の祖。名は音吉。「オッペケペー節」で一世を風靡した。自由民権思想の普及につとめた。
(207) 福沢桃介　一八六八―一九三八。実業家。福沢諭吉の娘婿。相場師として名と財をなし、電力事業に力をそそいだ。
(208) 柴田環　一八八四―一九四六。三浦環。オペラ歌手（ソプラノ）。歌劇「蝶々夫人」の国際的歌手として著名。
(209) 松井須磨子　本書所収「松井須磨子」参照。
(210) 島村抱月　一八七一―一九一八。評論家、美学者、新劇指導者。松井須磨子との恋愛によって、一九一三年に母校早稲田大学の教壇を去り芸術座を旗揚げ。イプセンやトルストイといった西欧近代劇の名作を各地で上演。著書に評論集『近代文芸之研究』などがある。
(211) カルメン　フランスの小説家メリメ（一八〇三―七〇）の小説。伍長ドン・ホセがセビリャでジプシー女カルメンのため恋のとりことなり、淪落の果てに彼女を殺して自首するという物語。ビゼーによるオペラがある。
(212) 魔術師の天勝　一八八六―一九四四。松旭斎天勝。奇術師。家が没落したため十一歳のとき松旭斎天一の下に一〇年二五円の約束で弟子入り。「泣かずのおかつ」と評された勝気さと美貌で一座の花形となる。
(213) 豊竹呂昇　一八七四―一九三〇。女義太夫の太夫。名古屋の竹本浪越太夫、大阪の初代豊竹呂太夫に学ぶ。一九〇八年から東京の有楽座での名人会に出演。一九二四年引退。美声と達者な三味線による弾き語りで人気をえた。
(214) 竹本綾之助　一八七五―一九四二。明治時代、東京に娘義太夫全盛期をもたらした中心的太夫。一八八五年頃に上京して浅草の寄席に男装で出演、花形となる。同じ年に竹本綾瀬太夫に入門し綾之助の名を得る。端麗な容貌と美声で、熱狂的な男子学生ファンが多かった。
(215) 江木欣々　一八七七―一九三〇。本名栄子。愛媛県令関新平の次女。新橋で芸者となり、法律学者の江木衷（一八五八―一九二五）と結婚。一九三〇年自殺。
(216) 高安やす子　一八八三―一九六九。歌人。高安国世の母。与謝野鉄幹、晶子に学び、紫絃社をおこす。後に斎藤茂吉に師事し、「アララギ」同人となる。関西女性歌人の中心として活躍。

(217) 日向きん子　一八八六—一九六七。日本舞踊家の林きむ子（戸籍名は「きん」）。初代西川喜洲、九代西川扇蔵に師事、西川扇紫を名のる。夫日向輝武と死別、林柳波と再婚。児童舞踊や創作舞踊をめざして林流を創始。

(218) 樋口一葉　本書所収「樋口一葉」参照。

(219) 田沢稲舟　一八七四—一九六。小説家。「医学修行」「しろばら」（ともに一八九五年）で注目される。山田美妙と結婚するが三カ月で破綻。「五大堂」が遺作。

(220) 大塚楠緒子　一八七五—一九一〇。小説家、歌人、詩人。佐佐木弘綱、佐佐木信綱に師事。樋口一葉亡きあとの文壇で、女性作家として活躍した。日露戦争下の女の悲しみをうたった詩「お百度詣」などがある。死に際し夏目漱石が「あるほどの菊投げ入れよ棺の中」と詠んだ。

明治大正美女追憶

最近三、五年、モダーンという言葉の流行は、すべてを風靡《ふうび》しつくして、ことに美女の容姿に、心に、そのモダンぶりはすさまじい勢いである。で、美女の評価が覆《くつが》えされた感があるが、今日のモダンガールぶりは、まだすこしも洗練を経ていない。強烈な刺戟《しげき》は要するにまだ未熟で、芸術的であり得ないきらいがある。つねに流行は、そうしたものだといえばそれまでだが、デパートメントの色彩で、彼女らはけばけばしい一種のデコレーションにすぎない。

さて振りかえって過ぎ越しかたを見る。そこにはいつも、一色《いっしょく》の時代の扮飾《ふんしょく》はある。均一の品の多いのは、いつの世とてかわりはないが、流石《さすが》に残されるほどのものには、各階級を支配し、代表した美がある。尤《もっと》も現代の理想は、差別を廃し、平等《びょうどう》となる精神にある。とはいえ、根本は一つでありながら、美と善とは両立せねばならぬ。そして生れながらにして、美を心に、姿に授けられたものは、砂礫《されき》のなかのダイヤモンド、生《いき》るにけわしき世の、命の源泉として、人生を幸福にするものといえる。

かつて、「現代女性の美の特質」とて、大正美人を記《しる》した中に、あまりに世の中の美人観が変ったとて、「現代は驚異である」とわたしは言っている。現代では、度外《どはず》れということや、突飛《とっぴ》ということが辞典《じてん》から取消されて、どんなこともあたりまえのこととなってしまった、実に「驚異」横行《おうこう》の時代であり、爆発《ばくはつ》の時代である。各自の心のうちには空さえも飛び得るという自信をもちもする。まして最近、檻《おり》を蹴破《けやぶ》り、桎梏《しっこく》をかなぐりすてた女性は、当然ある昂《たかぶ》りを胸に抱《いだ》く、それゆえ、古い意味の（調和）古い意味の（諧音《かいおん》）それらの一切は考えなくともよしとし、（不調和）のうちに調和を示し、音楽を夾雑音《きょうざつおん》のうちに聴くことを得意《とくい》とする。女性の胸に燃えつつある自由思想は、（化粧）（服装）（装身）という方面の伝統を蹴り去り、外形的に（破壊）と（解放）とを宣告《せんこく》し、ととのわない複雑《ふくざつ》、出来そくなった変化《へんか》、メチャメチャな混乱《こんらん》、――いかにも時代にふさわしい異色を示している――と語っている。

その時代精神の中枢は自由であった。束縛《そくばく》は敵であり、跳躍《ちょうやく》は味方だった。各自の気分によって女性はおつくりをしだした。美の形式はあらゆる種類のものが認識され、その奔放な心持ちは、ゆきつくところを知らずにいまも猶混沌《なおこんとん》としてつづいている。

この混沌たる時代粧よ。

改革の第一歩は勇気に根ざす、いかに馴化《じゅんか》された美でも、古くなり気が抜けては、生気《せいき》に充《み》ちた時代の気分とは合わなくなってしまう。混沌たる中から新様式の美は発しる。やがて、そこから、新日本の女性美は現《あら》わされ示《しめ》されるであろう。

古《いにしえ》から美女は京都を主な生産地《せいさんち》としていたが、このごろ年毎《ごと》に彼地へ行って見るが、美人には一人も逢《あ》わなかったといってよいほどであった。一世紀前位までは、たしかに、平安朝美女の名残りをとどめていたのであろうが、江戸のいんしんは、彼地から美女を奪ったといえる。徳川三百年、豊麗な、腰の丸み柔らかな、艶冶《えんや》な美女から、いつしか苦味をふくんだ凄艶《せいえん》な美女に転化《てんか》している。和歌よりは俳句をよろこび、川柳《せんりゅう》になり、富本《とみもと》(1)から新内節《しんないぶし》(2)になった。その末期《まつご》は、一層ヒステリックになった。

そのヒステリーが、ひとつ、ガチャンと打破したあとに、明治美人は来た。その初期は、維新当時、男にも英雄的人物が多かった通り、美女もまた英雄型であった。と、いうのは、気宇《きう》のすぐれた女ばかりをいうのではない、眉《まゆ》も、顔だちも、はれやかに、背丈《せたけ》などもすぐれて伸々《のびのび》として、若竹のように青やかに、すくすくと、かがみ女の型をぬけて、むしろ反身《そりみ》の立派な恰好《かっこう》であった。

上代寧楽《じょうだいなら》の文明は、輝かしき美麗な女を生んで、仏画に、仏像に、その面影を残しとどめている。平安期は貴族の娘の麗わしさばかりを記している。鎌倉時代、室町《むろまち》のころにかけては、寂《さび》と渋味を加味し、前代末《ぜんだいまつ》の、無情《むじょう》を観じた風情《ふぜい》をも残し、武家跋扈《ばっこ》より来る、女性の、深き執着と、諦《あき》らめをふくんでいる。徳川期に至って目に立つのは、美女が平民に多く見出《みいだ》されることである。これは幕府が大名の奥方、姫君などを籠《かご》の鳥同様、人質《ひとじち》として丸の内上屋敷《かみやしき》に檻禁《かんきん》させていたので、美しき女の伝もつたわらぬのでもあれば、時を得て下層《かそう》の女の気焔《きえん》が高まったのでもあろう。湯女《ゆな》、遊女、水茶屋の女たちは顔が売ものである。そのなかで、上代にはあれほど手練《しゅれん》のあった貴婦人たちが、干菓子のように乾《ひ》からびた教育を、女《おんな》庭訓《ていきん》(3)とするようになってから、彼女たちに代ったものはなんであったか、大名たちの下《しも》屋敷や国許《くにもと》における妾《めかけ》狂いは別として、自由なる社交場として吉原《よしわら》や島原の廓《くるわ》が全盛になった。機を見るにさかしい者達は、遊女《ゆうじょ》らの扮粧《ふんそう》を上流の美女に似せ、それよりも放逸《ほういつ》で、派手やかであり、淫蕩《いんとう》な裲襠《しかけ》(4)姿《すがた》をつくりだし、その上に教養もくわえた。で、高名な浮世絵師えがくところの美女も、みなその粉本《ふんぽん》はこの狭斜《きょうしゃ》のちまたから得ている。美人としての小伝にとる材料も多くはこの階級から残されている。その余力《よりき》が明治期のはじめまで勢力のあった芸妓《げいぎ》美である。貴婦人の社交も拡《ひろ》まり、その他女性の擡頭《たいとう》の機運《きうん》は盛んになったとはいえ、女学生スタイルが花柳人《かりゅうじん》の跳梁《ちょうりょう》を駆逐《くちく》したとはいえ、それは新しく起った職業婦人美とともに大正期に属して、とにかく明治年間は芸妓の跋扈《ばっこ》を認《みと》めなければならない。歴々たる人々の正夫人が芸妓上りであるという風潮に誘われて、家憲《かけん》の正しいのを誇《ほこ》った家や、商人までが、一種の見得《みえ》のようにして、それらの美女を根引《ねびき》し、なんの用意もなく家婦とし、子女の母として得々としたことが、市民の日常、家庭生活の善良勤倹《ぜんりょうきんけん》な美風をどんなに後になって毒したかしれない。その軽率《けいそつ》さ、いかに国事《こくじ》ことしげく、風雲に乗じて栄達《えいたつ》し、家事をかえり見る暇《いとま》がなかったといえ、その後、頻々《ひんぴん》として起った、上流子女の淫事は、悲しき破綻《はたん》をそこに根ざしている。

　思えば、国家の大事を議する人々の、機密《きみつ》の集りだという席が酒亭であって、酌するものを客の数より多くをならべて、敢《あえ》て恥《はじ》ず、その有様を撮《と》らせ、そのまた写真を公然と新聞に掲げていたのが、漸《ようや》く影を見せなくなったのは、やっと、大正十二年大震(5)後のことではないか。

　あの謹厳《きんげん》な、故山県《やまがた》老公もまた若くて、鎗踊《やりおど》りをおどったとさえ言伝えられる、明治十七、八年ごろの鹿鳴館《ろくめいかん》時代は、欧風心酔の急進党が長夜の宴を張って、男女交際に没頭《ぼっとう》したおりであった。洋行がえりの式部官戸田子爵夫人極子《きわこ》が、きわめて豊麗な美女で、故伊藤公が魅惑《みわく》を感じて物議をひきおこしたとの噂《うわさ》もあった。岩倉公爵夫人――東伏見宮《ひがしふしみのみや》大妃周子《かねこ》殿下の母君も、殿下が今もなおお美しいがごとく清らかな女だった。大隈《おおくま》侯夫人綾子も老いての後も麗々しかったように美しかった。その中にも故村雲《むらくも》尼公《にこう》は端麗なる御容姿が、どれほど信徒の信仰心を深めさせたか知れなかった。

富貴《ふっき》楼お倉、有明《ゆうめい》楼おきく、金瓶《きんぺい》楼今紫《いまむらさき》は明治の初期の美女代表で、あわせて情史を綴《つづ》っている。お倉は新宿の遊女、今紫は大籬《おおまがき》(6)の花魁《おいらん》、男舞で名をあげ、吉原太夫《よしわらだゆう》の最後の嬌名《きょうめい》をとどめたが、娼妓《しょうぎ》解放令と同時《どうじ》廃業し、その後薬師錦織《にしごおり》某と同棲《どうせい》し、壮士芝居勃興《ぼっこう》(7)のころ女優となったりして、男舞《おとこま》いを売物に地方を廻っていたが、終りはあまり知れなかった。お倉は妓籍にあるころよりも、横浜開港に目をつけて、夫と共に横浜に富貴楼の名を高め、晩年も要路の人々の仲にたって、多くの養女をそれぞれの顕官に呈《てい》して、時世の機微《きび》を覗《うかが》い知っていた。有明楼おきくは、訥升《とっしょう》沢村宗十郎の妻となって――今の宗十郎の義母――晩年をやすらかに逝《い》ったが、これまた浅草今戸橋のかたわらに、手びろく家居《かきょ》して、文人墨客《ぶんじんぼっかく》に貴紳に、なくてならぬ酒亭の女主人であった。

芳町《よしちょう》の米八《よねはち》、後に今紫と一緒に女優となって、千歳米坡《ちとせべいは》とよばれた妓《こ》は、わたしの知っている女の断髪の最初だと思う。彼女は若いころの奔放《ほんぽう》さをもちながら、おとろえてゆく嘆きに堪えないでか、大酒をあおって、芝居見物中など大声をあげていた。浴衣《ゆかた》の腕をまくり、その頃はまだ珍らしい腕輪を見せ、稍《やや》長めの断髪の下から、水入りの助六《すけろく》（九代目市川団十郎(8)歌舞伎十八番）のような鉢巻《はちまき》を手拭《てぬぐい》でして、四辺《あたり》をすこしもはばからなかった。彼女が米八の若盛りに、そのころの最新知識の秀才二人を見立て、そのうちの誰が、この米八の配偶として最もよいかという事になり、めでたくその一人と結びはしたものの、その人に早く死別して、あたら才女も奇嬌《ききょう》な女になってしまったのであった。また赤坂で、町芸者常磐津《ときわづ》の師匠ともつかずに出ていたおてふが、開港場の人気の、投機的なのに目をつけて横浜にゆき、生糸王国をつくった茂木、野沢屋の後妻となり、あの大資産を一朝にひっくりかえした後日譚《ものがたり》の主人公となったのも、叶屋《かのうや》歌吉という、子まである年増《としま》芸妓と心中した商家の主人の二人の遺子が、その母と共に新橋に吉田屋という芸妓屋をはじめ、その後身が、益田《ますだ》男爵の愛妾《あいしょう》おたきであり、妹の方が、山県有朋《やまがたありとも》公のお貞の方であるというのは、出世の著《いちじ》るしいものであろう。尤《もっと》も、故伊藤公の梅子夫人も馬関《ばかん》の妓、桂《かつら》かな子夫人(9)も名古屋の料亭の養女ではある。女流歌人松《まつ》の門三艸子《とみきこ》は長命であったが、その前身は井上文雄の内弟子《うちでし》兼妾《めかけ》で、その後、深川松井町の芸妓小川小三《こさん》である。水戸《みと》の武田耕雲斎に思われ、大川の涼み船の中で白刃《はくじん》にとりまかれたという挿話《そうわ》ももっている。

さて、駈足《かけあし》になって、列伝のように名だけをならべるが、京都の老妓中西君尾《なかにしきみお》は、井上侯が聞太《もんた》だった昔の艶話《つやばなし》にすぎないとして、下田歌子《しもだうたこ》女史は明治初期の女学、また岸田俊子、景山英子《かげやまひでこ》(10)は女子新運動史をも飾る美人だった。愛国婦人会を設立した奥村五百子《いおこ》も、美丈夫のような美しさがあった。上野公園の石段にたって叫んでいた宮崎光子も立派であった。有島氏と(11)死んだ中央公論社の婦人記者波多野秋子《はたのあきこ》(12)、さては新劇壇の明星松井須磨子《すまこ》も書きのこされまい。芳川鎌子《よしかわかまこ》(13)を知る人は、それより一足前にあった、大坂鴻池《こうのいけ》夫人福子(14)の哀れな心根に、女の一生というもののわびしさをも感じるであろう。そういう点で、いまは宮崎龍介《みやざきりゅうすけ》(15)氏夫人であるもとの筑紫《つくし》の女王白蓮《びゃくれん》女史の燁子《あきこ》さん(16)は幸福だ。

猶《なお》多くの人の名をつらねても、伝の一片を書き得ないのを怨《うら》みとしてこれを終る。

——昭和二年六月十五日「太陽」明治大正の文化特別号所載——

（1）富本　富本節。浄瑠璃の流派のひとつ。一七四八年に、江戸で富本豊志太夫が常磐津節から分かれて創始。常磐津節と清元節の中間的節回しで、一七七二—八九頃全盛を誇ったが、その後衰退した。
（2）新内節　浄瑠璃の流派のひとつ。一七四五年、宮古路加賀太夫が豊後節から脱退、富士松薩摩を名乗ったのが遠祖。この富士松節から出た鶴賀若狭掾は鶴賀節を立てたが、文化年間（一八〇四—一八）に二世鶴賀新内が人気を博して以来、新内節というようになった。
（3）女庭訓　江戸時代、女子の手本となるような教訓などを記した書物。
（4）裲襠　朝廷の儀式のとき、武官が束帯の上に着用したもの。長方形の錦の中央にある穴に頭を入れ、胸部と背部に当てて着る貫頭衣。裲襠。
（5）大震　関東大震災。一九二三年九月一日に、相模湾を震源として発生した大地震。関東一円に被害を及ぼした。マグニチュード七・九。家屋倒壊に火災を伴い、全壊約一三万戸、全焼約四五万余戸、死者・行方不明者約一四万名。
（6）大籬　江戸吉原で、最も格式の高い遊女屋。入り口を入ったところの格子（籬）が全面、天井まで達している。大店。総籬。
（7）壮士芝居　明治中期、自由党の壮士や青年知識階級の書生が、自由民権思想を広めるために始めた演劇。一八八八年に角藤定憲、一八九一年に川上音二郎が一座を興した。後に新派劇に発展。書生芝居。
（8）九代目市川団十郎　一八三八—一九〇三。歌舞伎役者。優れた才能を持ち、「劇聖」と呼ばれ、五代目菊五郎、初代左団次と共に団菊左と並び称された。演劇改良運動に共鳴し、その中心となって活躍した。

（9）桂かな子夫人　公爵桂太郎（一八四八―一九一三）の三人目の夫人桂可那子。

（10）景山英子　一八六五―一九二七。福田英子。社会運動家、女性解放運動の先駆者。大阪事件（一八八五）で入獄。婦人参政への請願や足尾鉱毒被災民救援などで活躍。

（11）有島氏　一八七八―一九二三。小説家有島武郎。有島武の長男。「白樺」同人に加わり、「カインの末裔」「生れ出づる悩み」「或る女」などを発表。社会運動への関心から北海道の農場を解放した。一九二三年六月九日軽井沢で波多野秋子と心中。

（12）波多野秋子　一八九四―一九二三。中央公論社記者。軽井沢で有島武郎と心中し、当時の世にセンセーションを巻き起こした。

（13）芳川鎌子　一八九一―一九二一。伯爵芳川顕正の四女。底本の吉川は誤記。政治家の子爵曽禰荒助の息子と結婚。一九一七年、お抱え運転手倉持陸助と千葉で心中事件を起こす。倉持は即死するが、鎌子は一命をとりとめた。後に再び出奔。

（14）大坂鴻池夫人福子　一八七九年生まれ。三井銀行社長等を歴任した三井高保（一八五〇―一九二二）の娘。一八九六年に鴻池家に嫁ぐが、まもなく未亡人となる。亡き夫の弟と再婚。家のために自分を殺す生活に耐えかねて、使用人とともに朝鮮に出奔を試みるが失敗。「不義の女」と呼ばれた。

（15）宮崎龍介　一八九二―一九七一。弁護士、社会運動家。柳原白蓮との恋愛・結婚事件で知られる。

（16）白蓮女史の燁子さん　本書所収「柳原白蓮」参照。

樋口一葉

一八七二―一九六（明治五―二九）。歌人、小説家。東京生まれ。本名奈津（なつ）、夏子ともいう。父則義は東京府官吏を経て運送業を営む。経済的には中流の家庭であった。八六年八月、当時全盛期だった中島歌子の歌塾萩の舎に弟子入りし、和歌・書道・古典を学ぶ。翌年長兄泉太郎が病死し、一葉が樋口家の家督相続人となる。まもなく多額の負債を残したまま父則義が病死し、苦しい生活を余儀なくされる。母と妹とともに針仕事や洗濯などの内職をこなし、一方で東京朝日新聞小説記者半井桃水の指導を受けて小説を書きはじめる。九二年三月創刊の雑誌「武蔵野」にデビュー作「闇桜」、同年末から当時名高かった文芸雑誌「都の花」に「うもれ木」を連載した。九四年一二月から九六年一月までに、「大つごもり」「にごりえ」「十三夜」「たけくらべ」といった数々の名作を発表し、「奇蹟の一四ヶ月」と呼ばれる。九六年一一月二三日、数え年二五歳でその生涯を閉じた。

一

秋にさそわれて散る木の葉は、いつとてかぎりないほど多い。ことに霜月は秋の末、落葉も深かろう道理である。私がここに書こうとする小伝の主一葉女史《ぬしいちよう》も、病葉《わくらば》が、霜の傷《いた》みに得堪《えたえ》ぬように散った、世に惜まれる女《ひと》である。明治二十九年十一月二十三日午前に、この一代の天才は二十五歳のほんに短い、人世の半《なかば》にようやく達したばかりで逝《い》ってしまった。けれど布《ぬの》は幾百丈あろうともただの布であろう。蜀《しよく》江《こう》の錦《にしき》は一寸でも貴く得難い。命の短い一葉女史の生活の頁《ページ》には、それこそ私達がこれからさき幾十年を生伸《いきの》びようとも、とてもその片鱗《へんりん》にも触れることの出来ないものがある。一葉女史の味わった人世の苦味《にがみ》、諦《あきら》めと、負《まけ》じ魂との試練《しれん》を経た哲学――

信実のところ私は、一葉女史を畏敬《いけい》し、推服してもいたが、私の性質《さが》として何となく親しみがたく思っていた。虚偽《いつわり》のない、全くの私の思っていたことで、もし傍近くに居たならば、チクチクと魂にこたえるような辛辣《しんらつ》なことを言われるに違いないというようにも思ったりした。それはいうまでもなくそんな事を考えたのは、一葉女史の在世中の私ではない、その折はあまり私の心が子供すぎて、ただ豪《えら》いと思っていたに過ぎなかった。明治四十五年に、故人の日記(1)が公表《おおやけ》にされてからである。私は今更《いまさら》夢の多かった生活、いつも居眠《いねむ》りをしていたような自分を恥じもするが――幾度かその日記を繙《ひもと》きかけては止《や》めてしまった。愛読しなかったというよりは、実は通読することすら厭《いや》なのであった。それは私の、衰弱しきった神経が厭《いと》ったのであったが、あの日記には美と夢とがあまりすくなくて、あんまり息苦しいほどの、切羽詰《せっぱつま》った生活が露骨《ろこつ》に示されているのを、私は何となく、胸倉《むなぐら》をとられ、締めつけられるような切なさに堪えられぬといった気持ちがして、そのため読《よ》む気になれなかった。

しかし、今はどうかというに、私も年齢《よわい》を加えている。そして、様々のことから、心の目《め》を、少しずつ開かれ風流《ふうりゅう》や趣味《しゅみ》に逃げて、そこから判断したことの錯誤《あやまち》をさとるようになった。この折こそと思って、私は長くそのままにしておいた一葉女史の日記を読むことにした。すこしでも親しみを持ちたいと思いながら——

で、お前はどう思ったか？

と誰かにたずねてもらいたいと思う。何故ならば、私はせまい見解を持ったおりに、よくこの日記を読まないでおいたと思ったことだった。拗《ひね》くれた先入観があっては、私はこの故人を、こう彷彿《ほうふつ》と思い浮べることは出来なかったであろう。よくこそ時機のくるのを待っていたと思いながら、日記のなかの、ある行にゆくと、瞼《まぶた》を引き擦《こす》るのであった。それで私に、そのあとでの、故人の感じはと問えば、私はこう答えたい気がする。

蕗《ふき》の匂《にお》いと、あの苦味《にがみ》

お世辞気のちっともない答えだ。四月のはじめに出る青い蕗《ふき》のあまり太くない、土から摘立てのを歯にあてると、いいようのない爽《さわ》やかな薫《かお》りと、ほろ苦い味を与える。その二つの香味《こうみ》が、一葉女史の姿であり、心意気であり、魂であり、生活であったような気がする。

文芸評に渡るようにはなるが、作物を通して見た一葉女史にも、ほろ苦《にが》い涙の味がある。どの作のどの女《ひと》を見ても、幽艶、温雅、誠実、艶美、貞淑の化身《けしん》であり、所有者でありながら、そのいずれにも何かしら作者の持っていたものを隠《かく》している。柔風《やわかぜ》にも得堪《えた》えない花の一片《ひとひら》のような少女、萩《はぎ》の花の上におく露のような手弱女《たおやめ》に描きだされている女達さえ、何処にか骨のあるところがある。ことに「にごり江」(2)のお力《りき》、「やみ夜」(3)のお蘭《らん》、「闇桜《やみざくら》」(4)の千代子、「たま襷《だすき》」(5)の糸子、「別れ霜」(6)のお高《たか》、「うつせみ」(7)の雪子、「十三夜」(8)のお関《せき》、「経づくえ」(9)のお園――と数えれば数えるものの、二十四年から二十八年へかけての五年間、二十五編の作中、一つとして同じ性格《せいかく》には書いてないが、その底の底を流れて、隠《かく》しても隠しきれない拗《す》ねた気質は、日記から読みとった作者の、どこか打解けにくいところのある、寂《さび》しい諦めと、我執《がしゅう》を見逃《のが》されない。

私は一葉女史の作中の人物をかりて、女史に似通っている点をあげて見たいと思った。も一つは、どの作が作者の気に入っていた作か知りたいと思った。それよりも深く知りたいのは、どの作のどの女性が、最も深く作者の同情を得、共鳴のあるものかということであった。最も高く評価されたのは「濁り江」のお力、「十三夜」のお関、「たけくらべ」(10)のみどりであったが、すべての女主人公を一固めにして、そして太く出た線こそ、女史の持っているほんとうの魂だという事が出来るであろう。

「経づくえ」は小説としては「にごり江」や「たけくらべ」に競《くら》べようもない、その他の諸作よりも決して勝《すぐ》れてはいない。その構想《こうそう》も「源氏物語」の若紫を今様《いまよう》にして、あの華《はな》やぎを見せずに男を死なせ、遠く離れたのちに、男が死んだあとで、十六の娘が其人《その》の情《なさけ》を恋うという、結末を皮肉にした短いものである。けれども、その少女お園の心持ちは、内気な少女《おとめ》には、よく頷《うなず》かれもし、残りなく書尽《かきつく》されてもいる。我と我身が怨《うら》めしいというような悩みと、時機《じき》を一度失えば、もう取返しのつかない、身悶《みもだ》えをしても及ばないくいちがいが、穏《おだや》かに、寸分《すんぶん》の透《すき》もなく、傍目《わきめ》もふらせぬようにぴったりと、悔《くい》というかたちもないものの中へ押込めてしまって、長い一生を、凝《じ》っと、消《きえ》てしまった故人の、恋心《こいごころ》の中へと突進《つき》めてゆかせようとするのを、私は何とも形容することの出来ない、涙と圧迫とを感じずにはいられない。――動きのとれない苦しみを知る人でなければと思うと、私はお園の上から作者の上へと涙をうつすのであった。

――私の書方《かきかた》は、あんまり一葉女史を知ろうために、急ぎすぎていはしまいか。

或《ある》人は女史を決して美人ではないといった。また馬場孤蝶《ばばこちょう》(11)氏の記するところでは、美人ではなかったが決して醜い婦人ではない。先《ま》ず並々の容姿であったとある。親友の口からそう極《きわ》めがつけられているのを、見も逢いもせぬ私が、何故《なぜ》美人にしてしまうのかと、審《いぶか》しまれもしようが、私が作物を通して知っている一葉女史は、たしかに美人というのを憚《はばか》らぬと思う自信がある。写真でも知れるが、あの目のあの輝き、それだけでも私は美人の資格は立派にあるといいたい。脂粉《しふん》に彩《いろ》どられた傾国《けいこく》の美こそなかったかも知れないが、美の価値を、自分の目の好悪《こうお》によって定める、男の鑑賞眼は、時によって狂いがないとは云えない。あまりお化粧もしなかったらしい上に、余裕のある家庭ではなし、ことに、

――なまめかしいという感じを与える婦人ではなかった、艶《つや》はない、如何《いか》にもクスんだ所のある人であった、娘というよりは奥さんと云い度《た》いような人であった。当時の普通《ふつう》一般の女を離れて、男性の

方に一歩変化しかけたように感ぜられる婦人であった。挙止《きよし》は如何にもしとやかであった。言葉はいかにも上品であった。何処に女らしく無いというところは挙《あ》げ得られないに拘《かかわ》らず、何処となく女離れがして居るように感ぜられた。多分は一葉君の気魄《きはく》の人を圧するようなところがあったからであろう。要するに、共に語って痛快な婦人の一人であったろう。男が恋うることなしに親しく交わりえられる婦人の一人だと私は思って居た。――馬場氏記――

とあるのから見ても、そうした婦人《ひと》で、並々の容色と見えれば、厚化粧で人目を眩惑《げんわく》させる美女よりも、確かであるということが出来ようかと思われる。

その上に、もし一度《ひとたび》興起り、想漲《そうみなぎ》り来《きた》って、無我《むが》の境に筆をとる時の、瞳は輝き、青白い頬《ほお》に紅潮のぼれば、それこそ他の模倣をゆるさない。引緊《ひきしま》った面に、物を探る額の曇り、キと結んだ紅い唇《くちびる》、懊悩《おうのう》と、勇躍とを混じた表情の、閃《ひらめ》きを思えば、類型の美人ということが出来よう。

誰に聞いても髪の毛は薄かったという事である。背柄《せがら》は中位であったという。受け答えのよい人で話上手《じようず》で、あったとも聞いた。話込んでくると頬に血がのぼってくる、それにしたがって話もはずむ。冷《れい》嘲《ちよう》な調子のおりがことに面白かったとかいう。礼儀ただしいので軀《からだ》をこごめて坐って居るが、退屈をすると鬢《びん》の毛の一、二本ほつれたのを手のさきで弄《いじ》り、それを見詰めながらはなす。話に油がのってくると、間《あいだ》をへだてていたのが、いつの間にか対手《あいて》の膝《ひざ》の方へ、真中にはさんだ火鉢《ひばち》をグイグイ押してくるほど一生懸命でもあったという。

半日に一枚の浴衣《ゆかた》をしたてあげる内職をしたり、あるおりは荒物屋《あらものや》(12)の店を出すとて、自ら買出《かいだ》しの荷物を背負《せお》い、ある宵《よい》は吉原《よしわら》の引手茶屋《ひきてぢやや》(13)に手伝《てつだ》いにたのまれて、台所《だいどころ》で御酒のおかんをしていたり、ある日は「御料理仕出し」の招牌《かんばん》(14)をたのまれて千蔭流《ちかげりゆう》(15)の筆を揮《ふる》い、そうした家の女達から頼まれる手紙の代筆《だいひつ》をしながらも、

小説のことに従事し始めて一年にも近くなりぬ、いまだよに出したるものもなく、我が心ゆくものもなし、親はらからなどの、なれは決断の心うとく、跡のみかへり見ればぞかく月日ばかり重ぬるなれ、名人上手と呼ばるゝ人も初作より世にもてはやさるゝべきにはあるまじ、非難せられてこそそのあひも定まるなれと、くれぐ〵せめらる、おのれ思ふにはかなき戯作《げさく》のよしなしごとなるものから、我が筆とるはまことなり、衣食のためになすといへども、雨露しのぐための業《わざ》といへど、拙なるものは誰が目にも拙とみゆらん、我れ筆とるといふ名ある上は、いかで大方のよの人のごと一たび読みされば屑籠《くずかご》に投げらるゝものは得《え》かくまじ、人情浮薄にて、今日喜ばるゝもの明日は捨てらるゝのよといへども、真情に訴へ、真情をうつさば、一葉の戯著といふともなどかは価のあらざるべき、我れは錦衣《きんい》を望むものならず、高殿《たかどの》を願ふならず、千載《せんざい》にのこさん名一時のためにえやは汚がす、一片の短文三度稿をかへて而《しか》して世の評を仰がんとするも、空《むな》しく紙筆のつひへに終らば、猶《なお》天命と観ぜんのみ。

(一葉随筆、「森のした草」の中より)

おろかやわれをすね物といふ、明治の清少《せいしよう》といひ、女西鶴《さいかく》といひ、祇園《ぎおん》の百合《ゆり》がおもかげをしたふとさけび小万茶屋がむかしをうたふもあめり、何事ぞや身は小官吏の乙娘《おとむすめ》に生まれて手芸つたはらず文学に縁とほく、わづかに萩《はぎ》の舎《や》が流れの末をくめりとも日々夜々の引まどの烟《けむり》こゝろにかかりて

いかで古今の清くたかく新古今のあやにめづらしき姿かたちをおもひうかべえられん、ましてやにほの海に底ふかき式部が学芸おもひやらるままにさかひはるか也、ただいささか六つななつのおさなだちより誰つたゆるとも覚えず心にうつりたるもの折々にかたちをあらはしてかくはかなき文字沙《ざ》たにはなりつ、人見なばすねものなどことやうの名をや得たりけん、人はわれを恋にやぶれたる身とやおもふ、あはれやさしき心の人々に涙そそぐ我れぞかし、このかすかなる身をささげて誠をあらはさんとおもふ人もなし、さらば我一代を何がための犠牲などこと〲敷《しく》とふ人もあらん、花は散時《ちりどき》あり月はかくる時あり、わが如きものわが如くして過ぬべき一生なるに、はかなきすねものの呼名《よびな》をかしうて、

うつせみのよにすねものといふなるは
　つま子もたぬをいふにや有らん

をかしの人ごとよな（一葉随筆、「棹《さお》のしづく」より）

と、心を高く持っていたこの人のことを、私は自分の不文を恥じながらも、忠実に書かなければならないと思う。兎《と》も角《かく》も、私はまずこの人の生れた月日と、その所縁《しょえん》のつづきあいとを書落さぬうちにしるしておこう。

二

一葉女史は江戸っ子だ、いや甲州⒃生れだという小さな口論争《くちあらそい》を私は折々聴いた。それはどっちも根拠の

ないあらそいではなかった。女史が生れたのは東京府庁のあった麴町《こうじまち》の山下町に初声《うぶごえ》をあげた。明治五年には他《ほか》にどんな知名の人が生れたか知らぬが、私たち女性の間には、ことに文芸に携わるものには覚えていてよい年であろう。数《かぞ》え年《どし》の六歳に本郷《ほんごう》小学校へ入学した。その年は明治の年間でも、末の代まで記憶に残るであろう西南戦争のあった年で、西郷隆盛が若くから国家のために沸かした熱血を、城山の土に濺《そそ》いだ時である。翌年の七歳には特に手習《てならい》師匠にあがった。一葉女史の筆蹟が実に美事であるのもそうした素養《そよう》がある上に、後に歌人で千蔭流の筆道の達者であった中島師(17)についたからだ。十五年の夏には下《した》谷《や》池《いけ》の端《はた》の青海小学校へ移り、その翌年に退校した。その後は他で勉学《べんがく》したとは公にはされていない。十九年になって中島歌子刀自《とじ》の許《もと》へ通うまでは独学時代であったろうと考えられる。

それまでが女史の両親の揃《そろ》っていた勉学時代、少女時代で、甲州は両親の出生地であった。父君は樋口《ひぐち》則義《のりよし》、母君は滝《たき》といって、安政年間に志をたてて共に江戸に出、母は稲葉家《いなばけ》に仕え、父は旗本菊池家に奉公し、後《のち》に八丁堀《はっちょうぼり》衆（与力同心）に加わった。そして維新後に生れた女史は、両親の第四子で二女である。甲斐《かい》の国東山梨郡大藤村は女史の両親を生んだ懐《なつか》しい故郷なので。

小説「ゆく雲」の中には桂次《けいじ》という学生の言葉をかりて、

> 我養家は大藤村の中萩原《なかはぎわら》とて、見わたす限りは天目山《てんもくざん》、大菩薩峠《だいぼさつとうげ》の山々峰々垣をつくりて、西南にそびゆる白妙《しろたえ》の富士の嶺《ね》はをしみて面かげを視《しめ》さねども、冬の雪おろしは遠慮なく身をきる寒さ、魚《うお》といひては甲府まで五里の道をとりにやりて、やう〱鮪《まぐろ》の刺身が口に入る位――

とある。その後の章には、

小仏《こぼとけ》の峠もほどなく越ゆれば、上野原、つる川、野田尻、犬目、鳥沢も過ぎて猿《さる》はし近くに其《そ》の夜は宿るべし、巴峡《はきよう》のさけびは聞えぬまでも、笛吹川の響きに夢むすび憂《う》く、これにも腸《はらわた》はたたるべき声あり勝沼よりの端書《はがき》一度とどきて四日目にぞ七里《ななさと》の消印ある封状二つ……かくて大藤村の人になりぬ。

と故郷の山野の景色がかなり細叙《さいじょ》してある。

父則義氏は廿《にじゅう》二年ごろに世を去られた。それからの女史の生活は流転をきわめている。陶工であった兄の虎之助氏は早くから別に一家をなしていたので、女史は母瀧子と、妹の国子と、疲細《かぼそ》い女三人の手で、其《その》日の煙りを立てなければならなかった。廿四年廿歳の時から廿九年までの六年間が製作の時代であった。生活の流転《るてん》は、その感想、随筆、日記、が明《あか》らさまに語っている。女史の幼時にも彼女の家は転々した。本郷に移《うつ》り下谷に移り、下谷御徒町《おかちまち》へ移り、芝高輪《たかなわ》へ移り、神田《かんだ》神保町《じんぼうちょう》に行き、淡路町《あわじちょう》になった。其処《そこ》で父君を失《うし》なったので、その秋には悲しみの残る家を離れ本郷菊坂町《きくざかちょう》に住居した。その後下谷《したや》龍泉寺町に移った。俗に大音寺前《だいおんじまえ》という場処で、吉原の構裏《かまえうら》であった。一葉の家は京町《きょうまち》の非常門に近く、おはぐろ溝《どぶ》の手前側《てまえがわ》であったという。ここの住居の時分から、女史の名は高くなったのである、そして生活の窮《きゅう》乏《ぼう》も極《きょく》に達していた。荒物店《あらものや》をはじめたのも此家《ここ》のことであれば、母上は吉原の引手茶屋で手のない時には手伝いにも出掛けた。女史と妹の国子とは仕立《したて》ものの内職《ないしょく》ばかりでなく蟬表《せみおもて》(18)という下駄《げた》の畳表《たたみおもて》をつくることもした。一葉女史のその家での書斎は、三畳ほどのところであったという。荒物店の三畳の奥で、この閨秀《けいしゅう》の傑作が綴《つづ》りだされようと誰が知ろう、それよりもまた、その文豪が、朝は風呂敷包みを背負って、自ら多町《たちょう》の問屋まで駄菓子を買出しにゆき、蠟燭《ろうそく》を仕入れ、羽織を着ているために嘲笑《ちょうしょう》されたと知ろうか。彼女の家から灯が暁近くなるまで洩《も》れるのは、彼女の創作のためばかりではなかった。あの、筆をもてば、忽條《たちどころ》に想をのせて走る貴《とうと》い指さきは、一寸の針をつまんで他家《たけ》の新春の晴着《はれぎ》を裁縫するのであった。半日に一枚の浴衣《ゆかた》を縫いあげるのはさして苦でもなかったらしいが、創作の気分の漲《みなぎ》ってくるおりでも、米の代、小遣《こづか》い銭のために齷齪《あくせく》と針をはこばなくてはならなかったことを想像すると、わびしさに胸が一ぱいになる。明治廿五年の正月には、元日ですら夜《よる》まで国子氏と仕立物をしていたという事を日記が語っている。

国子当時蟬表《せみおもて》職中一の手利《てきき》に成《なり》たりと風説あり今宵《こよい》は例より、酒甘《うま》しとて母君大いに酔《よい》給ひぬ。

――片町といふ所の八百屋《やおや》の新芋《いも》のあかきがみえしかば土産にせんとて少《すこ》しかふ、道をいそげばしとど汗に成りて目にも口にもながれいるをはんけちもておしぬぐひ〱して――

とあるのにも其《その》生活の一片が見られる。父の則義氏は漢学の素養もあり文芸の何物かをも知っていられたが、母君は普通の気量《きがさ》な、かなり激しい気質の人であったらしい。日記にあらわれた借財のことは、廿年の九月七日にはじまっている。そして、

――我身ひとつの故成《ゆえな》りせばいかゞいやしきおり立《たち》たる業《ぎょう》をもして、やしなひ参らせばやとおもへど、母君はいといたく名をこのみ給ふ質《たち》におはしませば、児賤業《じせんぎょう》をいとなめば我死すともよし、我をやしなはんとならば人めみぐるしからぬ業をせよとなんの給ふ、そもことはりぞかし、我両方《わがふたかた》ははやく志をたて給ひてこの府にのぼり給ひしも、名をのぞみ給へば成りけめ。

とあるにも母君の面影が知れる。そうした気位が高くていながら、乏しい暮しのために、しかもそうした堅気《かたぎ》の士族出が、社会の最暗黒面《さいあんこくめん》である廓《さと》近くに住居して、場末《ばすえ》の下層級《かそうきゅう》の者や、流れ寄った諸国の喰詰《くいつ》めものや、そうでなくても闇《やみ》の女の生血《いきち》から絞りとる、泡《あぶ》く銭《ぜに》の下滓《かす》を吸って生きている、低級無智な者の中にはさまれて暮して居なければならなかった母君の、ジリジリした気持ち――（気勝者《きしょうもの》）といわれる不幸《ふしあわせ》な気質は、一家三人の共通点であった。

一葉女史が近視眼だったのは、幼時土蔵の二階の窓から、ほんの黄昏《たそがれ》の薄明りをたよりにして、草双紙《くさぞうし》を読んだがためだという事ではあるが、そうした世帯の、細心《ほそしん》の洋灯《ランプ》の赤《あか》いひかりは、視力《しりょく》をいためたであろうし、その上に彼女は肩の凝《こ》る性分で、曾《かつ》て、年若い女史にそう早く死の来ることなどは、誰人《たれ》も思いよらなかったおり（死の六年前に）医学博士佐々木東洋氏が「この肩の凝りが下へおりれば命取りだから大事にせよ」と言われたということなどを思って見ても、早世は天命であったかも知れないが、あまり身心《しんしん》を費消《ひしょう》させた生活が、彼女の死を早めさせたのだ。

私は頃日《このごろ》馬琴《ばきん》翁(19)の日記を読返して見て感じたのは、あの文人が八十歳にもなり、盲目にもなっていながら、著作を捨てなかった一生が、女史のそれと同様に、焼火箸《やけひばし》を咽喉《のど》もとに差込まれるような感じをさせることであった。

女史の記録を読むと、明治廿四年――（一葉廿歳の時）十月十日に兄の家は財産差押えになるという通知をうけたくだりに、金三円斗《ばか》りもあれば破産の不幸にも至るまいという書状から押《お》しても、杖《つえ》とも頼む男《おとこ》兄弟の、たよりにならなかったことがしれ、却《かえっ》て妹達の方が苦しいなかからその急を救った。「家の方は私の稽古着《けいこぎ》を売ってもよいから」といって、親子の膏《あぶら》であり、血となる代《だい》の金四円を、母を車に乗せて夜中ではあれど届けさせた。

ある時は貧に倦《うん》じた老女の繰言《くりごと》とはいえ、

「あな侘《わび》し、今五年さきに失《うせ》なば、父君おはしますほどに失《うせ》なば、かゝる憂き、よも見ざらましを我一人残りとゞまりたるこそかへすぐ〳〵口をしけれ、我詞《ことば》を用ひず、世の人はたゞ我れをぞ笑ひ指《ゆび》さすめる、邦《くに》も夏もおだやかにすなほに我やらむといふ処、虎之助がやらむといふ処にだにしたがはば何条ことかはあらむ、いかに心をつくりたりとて手を尽したりとて甲斐《かい》なき女の何事をかなし得らるべき、あないやいやかかる世を見るも否也《いや》」

と朝夕に母に掻《かき》くどかれては、どれほどに心苦しかったであろう。おなじ年（廿六年四月十三日の記に）

母君更《ふけ》るまでいさめたまふ事多し、不幸の子にならじとはつねの願ひながら、折ふし御心《みこころ》にかなひ難きふしの有《ある》こそかなし。

とあるに知る事が出来る。

朝には買《かい》出しの包みを背負《せお》って、駄菓子問屋《だがしどんや》の者達から「姐《ねえ》さん」とよばれ、午後には貴紳《きしん》の令嬢達と膝《ひざ》を交えて「夏子の君」と敬される彼女を、彼女は皮肉に感じもした。けれども恩師中島歌子は、一葉の夏子を自分の跡目をつぐものにしようとまで思っていたのであった。であればこそ、同門の令嬢たちも、一葉という文名嘖々《さくさく》と登る以前にも、内弟子同様な身分である夏子を卑しめもしなかったのであろう。ある時女史は雨傘を一本も持たなかった。高下駄《あしだ》の爪皮《つまかわ》もなかった。小さい日和洋傘《ひよりがさ》で大雨を冒《おか》して師のもとへと通った。またある時は（新年のことであったと思う）晴着がないので、国子の才覚《さいかく》で羽織の下になるところは小切《こぎ》れをはぎ、見える場処《ところ》にだけあり合せの、共切《ともぎ》れを寄せて作った着物をきていったことがある。勿論裾廻《もちろんすそまわ》しだけをつけたもので、羽織が寒さも救えば恥をも救い隠《かく》したのである。そうしても師の許《もと》へ顔をだす事を怠《おこた》らなかったわけは、他《ほか》にもあるのであった。歌子は裁縫や洗濯《せんたく》を彼女の家に頼んで、割《わり》のよい価を支払《しは》らっていた。師弟の情誼《じょうぎ》のうるわしさは、あるおり、夏子に恥をかかせまいとして、歌子は小紋ちりめんの三枚重ねの引《ひき》ときを、表だけではあったが与えもした。

「蓬生日記《よもぎう》」の十月九日のくだりには

師の君に約《やく》し参らせたる茄子《なす》を持参す。いたく喜びたまひてこれひる飯《げ》の時に食《く》はばやなどの給ふ、春日《かすが》まんぢうひとつやきて喰《く》ひたまふとて、おのれにも半《なかば》を分《わけ》て給ふ。

とあるにも師弟の関係の密なのが知られる。けれども歌子は一葉をよく知っていた。あるおり「読売新聞」の文芸担当記者が、当時の才媛について、萩《はぎ》の屋門下《やもんか》の夏子と龍子《たつこ》——三宅花圃《みやけかほ》(20)女史——の評《ひょう》を求めたおり、歌子は、龍子は紫式部であり夏子は清少納言であろうと言ったとか、一葉も自分《じぶん》で、清少納言と共通するもののあるのを知っていたのかとも思われるのは、随感録「棹《さお》のしづく」に、

少納言は心づからと身をもてなすよりは、かくあるべき物ぞかくあれとも教ゆる人はあらざりき。式部はおさなきより父為時がをしへ兄もありしかば、人のいもうととしてかずく\におさゆる所もあり

たりけんいはゞ富家に生れたる娘のすなほにそだちて、そのほどほどの人妻に成りたるものとやいはまし——仮初《かりそめ》の筆すさび成りける枕の草紙をひもとき侍《はべ》るに、うはべは花紅葉《もみじ》のうるはしげなることも二度三度見もてゆくに哀れに淋しき気《け》ぞ此中《このなか》にもこもり侍る、源氏物がたりを千古の名物《めいぶつ》とたゝゆるはその時その人のうちあひてつひにさるものゝ出来《いでき》にけん、少納言に式部の才なしといふべからず、式部が徳は少納言にまさりたる事もとよりなれど、さりとて少納言をおとしめるはあやまれり、式部は天《あめ》つちのいとしごにて、少納言は霜ふる野辺にすて子の身の上成《な》るべし、あはれなるは此君やといひしに、人々あざ笑ひぬ。

と同情している。

とはいえ其《その》間に女史一代の天華は開いた。

「名誉もほまれも命ありてこそ、見る目も苦しければ今宵は休み給へ」

と繰返し諫《いさ》める妹のことばもききいれず、一心《いっしん》に創作に精進《しょうじん》し、大音寺前《だいおんじまえ》の荒物屋の店で、あの名作「たけくらべ」の着想を得たのであった。けれどもまた、漸く死の到来《とうらい》が、正面に廻って来たのでもあったが、そうとは知りようもなく、ただ家の事につき、母を楽しませる事についても、一層気掛りの度合《どあい》が増したものと見え、彼女は相場《そうば》をして見ようかとさえ思ったのだ。

私は此処《ここ》まで書きながら、私も母の望《のぞ》みを満《みた》そうと、そんな考えを起した事が一再《いっさい》ならずあったので、この思いたちが突飛《とっぴ》ではない、全く無理もないことだと肯定する。その相場に関して、「天啓顕真術《てんけいけんしんじゅつ》本部」という、妙な山師《やまし》のところへ彼女がいったことから、すこしばかり恋愛をさがしてみよう。

荒物店《あらものや》を開いた時のことも書残してはならない。

――夕刻より着類《きるい》三口持ちて本郷いせ屋にゆき、四円五十銭を得、紙類《かみるい》を少し仕入れ、他のものを二円ばかり仕入れたとある。

今宵はじめて荷をせをふ、中々に重きものなり。

ともいい、日々《ひび》の売上げ廿八、九銭よりよくて三十九銭と帳をつけ、五厘六厘の客ゆえ、百人あまりもくるため大多忙《だいたぼう》だと記《しる》したのを見れば、

なみ風のありもあらずも何かせん
　一葉《ひとは》のふねのうきよなりけり

と感慨無量《かんがいむりょう》であった面影が彷彿《ほうふつ》と浮かんでくる。

三

廿七年二月のある日の午後に、本郷区真砂町《まさごちょう》　卅《さんじゅう》二番地の、あぶみ坂上の、下宿屋の横を曲ったのは彼女であった。その路は馴染《なじみ》のある土地であった。菊坂《きくざか》の旧居は近かった。けれども其処を歩いていたのは、謹厳深《つつしみぶか》い胸に問いつ答えつして、様々に思い悩んだ末に、天啓顕真術《てんけいけんしんじゅつ》会本部を訪れようとしていたのであった。

黒塀《くろべい》の、欅《けやき》の植込みのある、小道《こみち》を入って、玄関に立った彼女は、その家の主、久佐賀《くさか》先生というのは、何々道人とでもいうような人物と想像していたのであろう。秋月と仮名《かめい》して取次ぎをたのんだ。

彼女は久佐賀某に面接したおり、

（逢《あい》見ればまた思ふやうの顔したる人ぞなき）

と、「つれづれ草」の中にある詞《ことば》を思出しながら、四十ばかりの音声の静かにひくい小男に向合《むき》った。鑑定局《かんていきょく》という十畳ばかりの室《へや》には、織物が敷詰められてあり、額《がく》は二ツ、その一つには静心館《せいしんかん》と書してあり、書棚、黒棚、ちがい棚などが目苦《めまぐるし》いまでに並べたててあり、床《とこ》の間《ま》には二幅対《にふくつい》の絹地の画、その床を背にして、久佐賀某は机の前に大きな火鉢を引寄せ、しとねを敷いていて彼女を引見したのであった。

「申歳《さるどし》の生れの廿三、運を一時に試《ため》し相場をしたく思えど、貧者一銭の余裕もなく、我力にてはなしがたく、思いつきたるまま先生の教えをうけたくて」

と彼女は漸《ようや》くに口を切った。それに答えた顕真術の先生は、

「実に上々のお生れだが金銭の福《ふく》はない。他の福禄《ふくろく》が十分にあるお人だ。勝《すぐ》れたところをあげれば、才もあり智もあり、物に巧《たくみ》あり、悟道《ごどう》の縁《えに》しもある。ただ惜むところは望《のぞみ》が大きすぎて破れるかたちが見える。天稟《てんりん》にうけえた一種の福を持つ人であるから、商《あきな》いをするときいただけでも不用なことだと思うに、相場の勝負を争うことなどは遮《さえぎ》ってお止めする。貴女はあらゆる望みを胸中より退《のぞ》いて、終生の願いを安心立命《あんしんりつめい》しなければいけない。それこそ貴女が天から受けた本質なのだから」

と言った。彼女は表面慎《つつま》しやかにしていても、心の底ではそれを聴いてフフンと笑ったのであろう。

「安心立命ということは出来そうもありません。望みが大に過ぎて破れるとは、何をさしておっしゃるの

でしょう。老たる母に朝夕のはかなさを見せなければならないゆえ、一身を贄《にえ》にして一時《いちじ》の運をこそ願え、私が一生は破《や》ぶれて、道ばたの乞食《こじき》になるのこそ終生の願いなのです。乞食になるまでの道中をつくると悶《もだ》えているのです。要するところはよき死処がほしいのです」

と言出すと、久佐賀は手を打っていった。

「仰《おっ》しゃる事は我愛《わがあい》する本願《ほんがん》にかなっている」

彼女と久佐賀との面会は話が合ったのであろう。月を越してから久佐賀は手紙をもって、亀井戸の臥《が》龍梅《りゅうばい》へ彼女を誘った。手紙には、

君が精神《せいしん》の凡ならざるに感ぜり、爾来《じらい》したしく交はらせ給はば余が本望なるべし

などと書いたのちに、

君がふたゝび来たらせ給ふをまちかねて、として、

とふ人やあるとこゝろにたのしみて

そぞろうれしき秋の夕暮

と歌も手も拙《つた》ないが、才をもって世を渡るに巧みなだけな事を尽してあった。とはいえ、それを受けたのは一葉である。そんな趣向《しゅこう》で手中《しゅちゅう》にはいると思うのかと、直《すぐ》に顕真術先生の胸中を見現《みあらわ》してしまった。日本全国に会員三万人、後藤大臣並びに夫人（象次郎《しょうじろう》伯）の尊敬一方《ひとかた》でないという先生も、女史を知ることが出来ず、そんな甘い手に乗ると思ったのは彼《か》れが一代の失策であったであろう。

彼女は久佐賀の価値《ねうち》を知った。彼れは世人の前へ被《かぶ》る面《マーク》で、彼女も贏得《かちう》ることが出来ると思ったのであ

ろう。彼女の手記《しゅき》には利己流《りこりゅう》のしれもの、二度と説を聴けば、厭《いと》うべくきらうべく、面に唾《つば》きしようと思うばかりだとも言い、かかるともがらと大事を語るのは、幼子《おさなご》にむかって天を論ずるが如きものだ、思えば自分ながら我も敵を知らざる事の甚だしきだと、自分をさえ嘲笑《あざわら》っている。けれども久佐賀の方では、自分の方は名と富と力を貯えているものだと、慢《まん》じていたのであろう。そしてその上に、一葉の美と才と、文名《ぶんめい》とを合せればたいしたものだと己惚《うぬぼれ》たのであろう。他の者には洩《もら》すのさえ恥《はじ》ているだろうと思われる貧乏を、自分だけがよく知っていると思いもしたのであろう。まだそれよりも、彼女が親と妹のために、物質《ぶっしつ》の満足《まんぞく》を得させたいと願っている弱みを、彼れは自分一人が承知しているのだと思い上っていた。それのみならず彼れは、一葉を説破《せっぱ》しえたつもりでいたかも知れない。

久佐賀は、金力を持って、さも同情あるように附込《つけこ》んでゆこうとした。そうした男ゆえ、俺ならば大丈夫良かろうと錨《いかり》をおろしてかかったのかも知れない。とも角《かく》彼れはやんわりと、勝気なる、才女を怒らせないような文面をもって求婚を申入れた。それは廿七年の六月九日のことで女史が廿三歳の時である。

(貴女の御困苦《ごこんく》が私の一身にも引くらべられて悲しいから、御成業《ごせいぎょう》の暁までを引受けさせて頂きたい。けれども唯《ただ》一面識のみでは、お頼みになるのも苦しいだろうから、どうか一身を私に委《ゆだ》ねてはくれまいか。)

そんな風な申込に対して苦笑せずにいられるだろうか? いうまでもなく彼女は彼れを評《ひょう》して、笑うにたえたしれもの、いい、投機師《とうきし》と罵《ののし》っている。世のくだれるをなげきて一道の光を起さんと志すものが、目前《もくぜん》の苦しみをのがれるために、尊ぶべき操《みさお》を売ろうかと嘲笑した。とはいえ救いは願っていたのである。そうした悲しい矛盾《むじゅん》を忍ばなければならなかった貧乏は、彼女に女らしさを失わぬ返事を認《したた》めさせた。

（どうかそういう事は仰しゃらないで、大事をするに足りるとお思いになるならば扶助《ふじょ》をお与え下さい。でなければ一言《ひとこと》にお断り下さい）

と彼女は明らかな決心を持って、とはいえ事の破れにならぬようにと、余儀《よぎ》なく祈る返事を出した。其《その》後も五十金の借用を申込んだこともある。久佐賀も彼女の家を度々《たびたび》訪ずれた。

久佐賀と懇意になった後《のち》、直《じき》に彼女の一家は本郷へ引移った。荒物店を譲って、丸山福山町の阿部家の山添いで、池にそった小家へ移った。其処《そこ》は「守喜《もりき》」という鰻屋《うなぎや》の離れ座敷に建てたところで、狭くても気に入った住居であったらしかった。家賃三円にて高しといったのでも、質素な暮しむきが見える。現にこの間《あいだ》歌舞伎座で河合、喜多村の両優によって、はじめて女史の作が劇として上場されたあの「濁り江」(21)は、此家《この》に移ってから、その近傍の新開地にありがちな飲屋《のみや》の女を書いたものであった。女史は其処に移ってからもそうした種類の人達に頼まれて手紙の代筆《だいひつ》をしてやった。ある女は女史の代筆でなくてはならないとて、数寄屋《すきや》町の芸妓になった後もわざわざ人力車に乗って書いて貰《もら》いに来たという。「濁り江」のお力は、その芸妓になった女をモデルにしたとも云われている。そしてそこが終焉《しゅうえん》の地となった。

引越しの動機が彼女の発起でないことは、

国子はものに堪《たえ》忍ぶの気象とぼし、この分厘にいたく厭《あき》たるころとて、前後の慮《おもんぱかり》なくやめにせばやとひたすら進む。母君もかく塵《ちり》の中にうごめき居らんよりは小さしといへど門構への家に入り、やはらかき衣類にても重ねまほしきが願ひなり、されば我もとの心は知るやしらずや、両人とも進むること切なり。されど年比《としごろ》売尽し、かり尽しぬる後の事とて、此店《この》を閉ぢぬるのち、何方《いずかた》より一銭の入金のあるまじきをおもへば、ここに思慮《しりょ》を廻《めぐ》らさざるべからず。さらばとて運動の方法をさだむ。まづかぢ町《ちょう》なる遠銀《えんぎん》に金子《きんす》五十円の調達を申込む。こは父君存生《ぞんしょう》の頃よりつねに二、三百の金はかし置《おき》たる人なる上、しかも商法手広く表をうる人にさへあれば、はじめてのこととて無情《なさけな》くはよもとかゝりしなり。（「塵中日記」より）

私はもう此辺《この》で、その人のためには、茅屋《ぼうおく》も金殿玉楼と思いなして訪《と》いおとずれた、その当時はまだ若盛りであった、明治文壇の諸先輩の名をつらねることも、忘れてならない一事だろうと、ほんの、当時の往来だけでもあっさり書いておこうと思う。

第一に孤蝶子――馬場《ばば》氏が日記の中で巾《はば》をきかしている――先生の熱心と、友愛《ゆうあい》の情には、女史も心を動かされた事があったのであろう。その次には平田禿木《とくぼく》氏(22)であろう、この二人の為にはかなり日記に字数《じかず》が納められている。そしてこの二人の親密《しんみつ》な友垣の間にあって、女史は淡い悲しみとゆかしさを抱いていたのであろう。

「水の上日記」五月十日の夜のくだりには、池に蛙《かえる》の声しきりに、灯影《とうえい》風にしばしばまたたくのところ、座するものは紅顔《こうがん》の美少年馬場孤蝶子、はやく高知の名物とたたえられし、兄君辰猪《たつい》(23)が気魄を伝えて、別に詩文《しぶん》の別天地をたくわゆれば、優美高潔《ゆうびこうけつ》かね備えて、おしむところは短慮小心《たんりよしようしん》、大事のなしがたからん生れなるべけれども歳は、廿七、一度跳《おど》らば山をも越ゆべしとある。

平田禿木は日本橋伊勢町の商家の子、家は数代の豪商《ごうしょう》にして家産今漸《ようや》くかたぶき、身に思うこと重《かさ》なるころとはいえ、文学界中出色の文士、年齢は一の年少にして廿三とか聞けり。今の間に高等学校、大学校越ゆれば、学士の称号目の前にあり、彼れは行水《ぎょうずい》の流れに落花しばらくの春とどむる人であろうとい い、（親密親密）これは何の言葉であろうと言い、情に走り、情に酔う恋の中に身を投げいれる人々と、何気なくは書いているものの、更《ふ》けて風寒く、空には雲のただずまい、月の明暗《めいあん》する窓によりて、沈黙する禿木氏と、灯火《ともしび》の影によく語る孤蝶子との中にたって、茶菓《さか》を取まかなっていた女史の胸は、あやしくも動いたのであろう。

此処《ここ》へ川上眉山《びざん》氏(24)がまた加わらなければならない。彼女は初めて逢った眉山氏をどう見たろうか、彼女はこう言っている。

年は廿七とか、丈《たけ》高く、女子の中にもかゝる美しき人はあまた見がたかるべし、物言ひ打笑《うちえ》むとき頬のほどさと赤うなる。男には似合しからねど、すべて優形《やさがた》にのどやかなる人なり、かねて高名なる作家ともおぼえず心安げにおさなびたり。

とて、孤蝶子の美しさは秋の月、眉山君は春の花、艶《えん》なる姿は京の舞姫《まいひめ》のようにて、柳橋《やなぎばし》の歌妓にも譬《たと》えられる孤蝶子とはうらうえだと評した。

馬場氏の思いなげに振舞うのが、禿木の気を悪くするのであろうと、侘《わび》しげにも言っている。そして眉山氏も一葉党の一人になってしまった。禿木は孤蝶子との間に疑いを入れて、ねたましげでもあったであろう。それも其筈《そのはず》で、孤蝶子よりの便り此月《このつき》に入りて文三通、長きは巻紙六枚を重ねて二枚切手の大封《おおふう》じなり。

とある。同じ中に、

優なるは上田君(25)ぞかし、これも此頃《このころ》打しきりてとひ来る。されど此人《このひと》は一景色《ひとけしき》ことなり、万《よろず》に学問のにほひある、洒落《しゃらく》のけはひなき人なれども青年の学生なればいとよしかし

とあるは、柳村、敏《びん》博士のことである。其他《そのた》に一葉の周囲の男性は、戸川秋骨《しゅうこつ》(26)、島崎藤村(27)、星野天知《てんち》(28)、関如来《にょらい》(29)、正直正太夫《しょうじきしょうだゆう》(30)、村上浪六《なみろく》(31)の諸氏が足近かった。

正太夫は緑雨《りょくう》の別号をもつ皮肉屋である。浪六はちぬの浦浪六と号して、撥鬢奴《ばちびんやっこ》小説で溜飲《りゅういん》を下げてしかも高名であった。渋仕立《しぶじたて》の江戸っ子の皮肉屋と、伊達小袖《だてこそで》で寛濶の俠気を売物の浪六と、舞姫のように物優《ものやさ》しい眉山との三巴《みつどもえ》は、みんな彼女を握ろうとして、仕事を巧みすぎて失敗した。眉山は強《し》いて一葉の写真を手に入れたのちに、他から出た噂《うわさ》のようにして、眉山一葉結婚云々と言触《いいふら》したのでうとまれてしまった。

正太夫年齢は廿九、痩《や》せ姿の面《めん》やうすご味を帯びて、唯口許《ただくちもと》にいひ難き愛敬《あいきょう》あり、綿銘仙《めんめいせん》の縞《しま》がらこまかき袷《あわせ》に木綿《もめん》がすりの羽織は着たれどうらは定めし甲斐絹《かいき》なるべくや、声びくなれど透《す》通れるやうの細くすずしきにて、事理明白にものがたる。かつて浪六がいひつるごとく、かれは毒筆のみならず、誠に毒心を包蔵せるのなりといひしは実に当れる詞《ことば》なるべし

と評した斎藤緑雨を、そう言ったほど悪くはあしらいもしなかった。却《かえ》って二人は人が思うより気が合った。皮肉《ひにく》屋同士は会心の笑みをうかべあいもした。妻帯の事についてもかなり打明けて語りあっている。

でありながら最後に（彼《か》れの底の心は知らぬでもない）と冷たくあしらったのは、あまり正太夫が自分の筆になる鋭利な小説評が、その当時の文壇の勢力を左右した力をもって、折々何事にもあれ一葉の行方を差示《さししめ》し顔に、その力量をほのめかして、感得させようとしたのから、反抗を買ってしまった。浪六にはその前年から頼んであった金策のことで、大晦日《おおみそか》の夜も待明《まちあか》したのであったが、其《そ》の年の五月一日になってもまだ絶えて音信をしなかったので、

誰もたれも言ひがひのなき人々かな、三十金五十金のはしたなるに夫《それ》をすらをしみて出し難しとや、さらば明かに調《ととの》へがたしといひたるぞよき、えせ男作りて、髭《ひげ》かき反《そら》せどあはれ見にくしや

と吐《ほ》きだすように言われている。その他に樋口勘次郎は、身は厭世教を持したる教育者で、然《しか》も不娶《めとらず》主義の主張者でありながら、おめもじの時より骨のなき身になったといって、

勿体なくも君を恋まつれる事幾十日、別紙《べっし》御《ご》一覧《いちらん》の上は八つざきの刑にも処したまへ

とて熱書《ねっしょ》を寄せもした。されば、

にくからぬ人のみ多し、我れはさは誰と定めて恋渡るべき、一人のために死なば、恋しにしといふ名もたつべし、万人のために死ぬればいかならん、知人《しるひと》なしに、怪しうこと物にやいひ下されんぞそれもよしや。

と思慕の情を寄せてくれる人々に対して誠《まこと》を語っている。とはいえ、それは思われるに対してである。物思う側の彼女をも、思われた唯《ただ》一人の幸福者をも記《しる》そう。

四

さても、さほど迄《まで》に多くの人々に懐かしまれた女史の、胸の隠処《おくが》に秘めた恋は、片恋であったであろうか、それともまた、互に口に出さずとも相恋の間柄であったであろうか。日記に見える女史の心は動揺している。すくなくとも八分の弱身はあったように見られる。はじめから女史はその人を恋人として見たのではない。最初は小説の原稿を見てもらうために先生として逢い、同時に、原稿を金子《きんす》に代えることも頼んだのだ。その人の友達が一葉の友でもあったので、二人を紹介したのがはじめだった。ところが、その人《ひと》は、友達のように親しく一葉に同情し、友達よりも深い信実心《まごころ》を示した。いかほど用心深い性質《さが》でも、若い女には若い血潮が盛られている。十九の一葉はその人を心から兄と思い慕った。そしてその慕わしさは恋心となった。

「よもぎふ日記」二十六年四月六日の記に、

こぞの春は花のもとに至恋《しれん》の人となり、ことしの春は鶯《うぐいす》の音に至恋《しれん》の人をなぐさむ。

春やあらぬわが身ひとつは花鳥の
　あらぬ色音にまたなかれつゝ

とある末に、

もゝのさかりの人の名をおもひて、
　もゝの花さきてうつろふ池水の

　　　ふかくも君をしのぶころかな

とある。桃のうつらう水というのこそ、彼女の二なき恋人の名なのである。その人こそ現今《いま》も「朝日新聞」に世俗むきの小説を執筆し、歌沢《うたざわ》寅千代の夫君として、歌沢の小唄《こうた》を作りもされる桃水《とうすい》、半井《なからい》氏(32)のことである。

半井氏を一葉はどれほど思っていたであろうか、そして半井氏は――

昔時《むかし》は知らず稍《やや》老いての半井氏は、訪客の談話が彼女の名にうつると、迷惑そうな顔をされるということである。そして一ことも彼女については語らぬということである。関如来氏の談《だん》によれば、ある日朝から一葉が半井氏を訪《たず》ねたことがある。彼女の声が、訪れたということを格子戸《こうしど》の外から告げられると、二階に執筆中の半井氏は不在《るす》だと言ってくれと関氏に頼んだ。関氏が階下へおりてゆくと、彼女は上って坐って待っていた。関氏は何時《いつ》も彼女の家を絶えずおとずれる訪客の一人であって、いつも彼女に饗応《きょうおう》をうける側《かわ》の人であったので、こういう時こそと、自らが主人気取りで、半井氏が留守ならばとしきりに暇《いとま》を告げようとする女史を引止めたうえに、鮨《すし》などまでとって歓待した。そして午《ひる》ごろまで語りあった。階上の半井氏は、時がたつにしたがって、階下に用事があるようになったが、さりとて留守と言わせたのでおりる事は出来ず、人を呼ぶことは出来ず、其《その》上灰吹《はいふき》をポンとならして煙管《キセル》をはたくのが癖であることを、彼女がよく知っているので、そんな事にまで不自由を忍ばなければならなかったので、彼女が辞し去ったあとで、こんな事ならば逢って時間をつぶした方がよかったと呟《つぶや》いたということである。その一事《ひとこと》をもって総《すべ》ての推測《すいそく》を下すのではないが、憎くはないがこの女一人の為には、何もかも失《うしな》ってもと思い込むほどの熱情は、なかったのであろう。その、どこやら物足らなさを、彼女の魂の中の暴君が、誇を疵《きず》つけられたように感じ、恋もし、慕いもしたが、また悔みもした。

勝気の女はかなしかった。女人の誇りを、恋人の前でまで、赤裸《せきら》に投捨てられないものの恋は、かなしいが当然で、彼女は自ら火《ひ》を点《つ》けた焔《ほのお》を、自らの冷たさをもって消そうと争った。

彼女の恋愛記《れんあいき》は成恋でもなければ勿論《もちろん》失恋でもない。恋というものに対して、自らの魂のなかで、冷熱相戦《あいたたか》った手記であると同時に、肉体と霊魂との持久戦でもあった。彼女もまた旧道徳に従って、秘《ひそか》に恋に苦しむのを、恋愛の至上《しじょう》と思っていたらしい。

彼女を恋に導いた友達――野々宮某女は、思いあがった彼女の誇りを利用して、巧みに離間しようとして成功した。とはいえ、その実それは、一葉自身の弱点でもあった。

恋するものの女らしさ――私はそう思う時に女心の優しさにほほえまずにはいられない。それは彼女が初めて島田髷《まげ》に結《ゆ》った時のことである。その日彼女が半井氏を訪れたのは、人の口に仇名《あだな》がのぼり、あらぬ名をうたわれるのを憤って、暫時《ざんじ》、絶交《ぜっこう》しようと思っての訪問であった。そうした日であるのに珍らしくも一葉は島田髷の初結《はつゆい》をした。その日は二十五年六月二十五日のことである。

「しのぶぐさ日記」には、
梅雨《つゆ》降りつゞく頃はいと侘《わび》し、うしがもとにはいと子君伯母《おば》君二《に》処《しょ》居たり、君は次の間の書室めきたるところに打ふし居たまへり。雨いたく降りこめばにや雨戸残りなくしめこめていと闇《くら》し、いと子君伯母なる人に向ひて、御覧《ごろう》ぜよ樋口さまのお髪《ぐし》のよきこと、島田は実によく似合給へりといへば、伯母君も実に左《さ》なり〳〵、うしろ向きて見せたまへ、まことに昔の御殿風《ごてんふう》と見えて品よき髷の形かな。我は今様《いまよう》の根の下りたるはきらひなどいひ給ふ。半井君つと立《たち》て、いざや美しうなりたまひし御姿みるに余りもさし込めたる事よとて、雨戸二、三枚引あく、口の悪き男かなとて人々笑ふ。我もほゝゑむものから、あの口より世になき事やいひふらしつると思ふにくらしさに、我しらずにらまへもしつべし。

とある。けれども、何の為にさまで憎く思ったかといえば、その前日、彼女が師の家にて同門の友達と雑談にふけったおり、誰彼の噂《うわさ》に夜をふかすうちに、姦《かしま》しきがつねとて、誰にはかかる醜行あり、彼れにはこうした汚行ありと論《あげ》つらうを聞いて、彼女はもう臥床《ふしど》に入ろうとした師歌子の枕許《もと》へいって身の相談をしようとした。それはそれより前の日に、伊藤夏子という人が席を立って一葉をものかげに呼び、声をひそめて、

「貴女は世の中の義理《ぎり》の方が重いとお思いなさるか、それとも御家名《ごかめい》の方が惜《おし》いと思いなさるか」

と聞かれたので、

「世の義理は重んじなければならないものだと私は思います。けれども家の名も惜くないことはありません。甲乙《こうおつ》がないといいたいけれど、どうも私の心は家の方へ引かれがちです。何故《なぜ》というのに、自分ばかりのことでなく、母もあれば兄妹《きょうだい》もあるので」

と答えた。

「では言わなければならないことでありますが、貴女は半井《なからい》さんと交際《こうさい》を断つ訳にはいかないでしょう

か」

といった。

彼女は友の視線があまりまぶしいので、何事と知らねど胸の中にもののたたまるように思われた。

「妙なことを仰《おっ》しゃるのね。それは何時《いつ》ぞやもお咄《はなし》したとおり、あの方はお齢《とし》も若いし、美しい御顔《おかお》でもあるし私が行ったりするのは、憚《はば》からなけりゃなるまいと思っています。幾度交際《こうさい》を断とうと思ったかも知れはしません。けれど受けた恩義もあり、そうは出来かねているのよ、私というものの行いに、汚れのないのを御存知でありながら……」

と彼女は怨《うら》みもした。

「そりゃあ道理はそうですけれど——まあ訳《わけ》はいずれ話しますが、どうしても交際が断《た》てないというのならば、私でも疑うかしれませんよ」

そういって友は立別れた。一葉はふと其日《その》の訝《いぶか》しい友の言葉を思い出したので、歌子によってその惑《まど》いを解いてもらおうとしたのであった。

「半井さんの事は先生がよく御承知《ごしょうち》であって、訪問をお止めにならないのを、何ぞ噂するのでございましょうか」

と歌子にたずねた。すると歌子の返事は、実に意外《いがい》に彼女の耳に鳴り響いた。

「では、行末《ゆくすえ》の約束を契ったのではないのか」と。

彼女は仰天《ぎょうてん》して、七年の年月を傍においた弟子の愚直な心を知らないのかと、怨《うら》み泣いた。

「でも、半井氏という人は、お前は妻だと言触《いい》らしているというではないか。もし縁があってゆるしたのならば、他人がなんと言おうとも聞入れないがよい。もしそうでないのならば、交際しない方がよいだろう」

と歌子は諭《さと》した。それ故にこそ彼女は梅雨の日を訪ずれたのである。そして、絶交する人の目に、島田に結んだ姿を残そうとしたのである。

愛するあまりに、妻とも言ったであろうかの恋人に、その故に絶交しなければならない彼女は、たった一月前には思う人の病を慰めるためにと、乏《とぼ》しい中から下谷の伊予紋《いよもん》（料理店）へよって、口取《くちと》りをあつらえたり、本郷の藤村へ立寄って蒸菓子《むしがし》を買いととのえたりして訪れていた。ある時は、朝早くから訪れて午過《ひるす》ぎまで目ざめぬ人を、雪の降る日の玄関わきの小座敷につくねんと、火桶《ひおけ》もなく待《まち》あかしていたこともあった。彼女が手伝《てつだ》って掃除《そうじ》すると、まめやかな男主《あるじ》は、手製のおしるこを彼女にと進めたりした。

彼女はその日のことを記した末、

半井うしがもとを出《いで》しは四時ころ成りけん、白皚々《はくがいがい》たる雪中、りん〳〵たる寒気をおかして帰る。中中おもしろし、堀ばた通り九段の辺《あたり》、吹《ふき》かくる雪におもてもむけがたくて頭巾《ずきん》の上に肩かけすつぽりとかぶりて、折ふし目斗《めばかり》さし出すもをかし、種々の感情《かんじよう》胸にせまりて、雪の日といふ小説の一編あまばやの腹稿なる。

とある。恋に対して傲慢《ごうまん》であった彼女にも、こうした夢幻境《むげんきょう》もあった。恋という感想に

我はじめよりかの人に心をゆるしたることもなく、はた恋《こい》し床《ゆか》しなどと思ひつることかけてもなかり

き。さればこそあまたたびの対面に人げなき折々はそのことゝもなく打かすめてものいひかけられしことも有《あり》しが、知らず顔につれなうのみもてなしつるなり。さるを今しもかう無き名など世にうたはれて初《はじめ》て処せくなりぬるなん口惜《くちお》しとも口惜しかるべきは常なれど、心はあやしき物なりかし、此《この》頃降りつゞく雨の夕べなどふと有し閑居のさま、しどけなき打とけたる姿などそこともなくおもかげに浮びて、彼《か》の時はかくいひけり、この時はかう成りけん、さりし雪の日の参会の時手づから雑煮《ぞうに》にて給はりし事、母様の土産にしたまへと、干魚の瓶漬送られしこと、我参る度々に嬉しげにもてなして帰らんといへば今しばし〳〵君様と一夕の物語には積日の苦をも忘るるものを、今三十分二十五分と時計打眺めながら引止められしことまして我為にとて雑誌の創立に及ばれしことなどいへば更なり、久しう病《わず》らひ給ひその後まだよわよわと悩ましげながら、夏子さま召上りものは何がお好きぞや、此《この》頃の病のうち無聊《ぶりよう》堪《たえ》がたく夫《それ》のみにて死ぬべかりしを朝な夕なに訪ひ給ひし御恩何にか比せん、御礼には山海の珍味も及ぶまじけれどとて、兄弟などのやうにの給ふ。我料理は甚だ得手なり殊に五もくずし調ずること得意なれば、近きに君様正客にしてこの御馳走《ごちそう》申すべしと約束したりき。さるにてもその手づからの調理ものは、いつのよいかにして賜はることを得べきなど思ひ出《いづ》るまゝに有しこと恋しく、世の人のうらめしう、今より後の身心ぼそうなど取あつめて一つ涙ひぬものから、かく成行《なりゆき》しも誰ゆゑかは、其《その》源はかの人みづから形もなき事まざ〳〵言触しうしたればこそ……

とあるが、其《その》実は野々宮某という女友達の嫉妬《しっと》から言《いい》触らされたのを知らなかったのである。

彼女は恋人から離《はな》れたと思い信じたが、彼女の心はそうゆかなかった。或時は

吹風のたよりはきかじ荻《おぎ》の葉の

みだれて物を思ふころかな

とまで思い乱れ、またある時は伯父《おじ》の病床に侍して（かかる時の折ふしにも猶《なお》彼の人を忘れ難きはなぞや）といい、ある時は用もなきに近き路《みち》をえらんでゆき、その人の住む家の前を通りて見、その家の下女《げじょ》に行逢《ゆきあ》いて近状《きんじょう》を聞き、（万感万嘆《ばんかんばんたん》この夜睡《ねむ》ることかたし）と書いたのは、彼女の青春二十一歳のことであった。次の年の一月二十九日雪の降るのを見つつ、

わが思ひ、など降る雪のつもりけん

つひにとくべき中にもあらぬを

と嘆き四月の雨の日の記には、

わが心より出たるかたちなればなどか忘れんとして忘るゝにかたき事やあると、ひたすら念じて忘れんとするほど、唯身にせまりくるがごとおもかげまのあたりに見えて得堪《え》ゆべくも非《あら》ず、ふと打みじろげばかの薬の香のさとかをる心地して思ひやる心や常に行通ふとそゞろおそろしきまでおもひしみたる心なり、かの六条の御息所《みやすどころ》のあさましさを思ふにげに偽《いつわ》りともいはれざりける。

おもひやる心かよはゞみてもこん

さてもやしばしなぐさめぬべく

恋は、

見ても聞きてもふと思ひ初《そ》むるはじめいと浅《あさ》し、いはでおもふいと浅し、
これよりもおもひかれよりも思はれぬるいと浅し、
これを大方《おおかた》のよに恋の成就《じょうじゅ》とやいふならん、逢《あい》そめてうたがふいと浅し、
わすられてうらむいと浅し、
逢んことは願はねど相思はん事を願ふいと浅し、
名取川《なとりがわ》瀬々のうもれ木あらはればと人のため我ためをしむたぐひ、うきに過たる年月のいつぞは打とけてとはかなきをかぞへ、心はかしこに通ふものか、身は引離れてことさまになりゆく、さては操を守りて百年《ももとせ》いたづらぶしのたぐひ、いづれか哀れならざるべき、されど恋に酔ひ恋に狂ひ、此《この》恋の夢さめざらん中々《なかなか》此《この》夢のうちに死なんとぞ願ふめる、おもへば浅きことなり——誠入立《いりたち》ぬる恋のおくに何物かあるべきもしありといはゞみぐるしく、憎く、憂く、愁《つら》く、浅間しく、かなしく、さびしく、恨めしく取つめていはんには厭《いとわ》しきものよりほかあらんとも覚《おぼ》えず、あはれ其《その》厭ふ恋こそ恋の奥なりけれ……

彼女の恋の信仰《しんこう》は頑固《がんこ》であった。彼女は何処までも人生のほろにがさを好んだ。

暖《あたた》かくかなしい心持を抱《いだ》いて帰った雪の途中で出来上った小説「雪の日」はその翌年《よくねん》に発表された。十六になる薄井《うすい》の一人娘のお珠《たま》が、桂木《かつらぎ》一郎という教師と家出をしたというのが筋である。「媒《なかだち》は過し雪の日ぞかし」ともあれば「かくまでに師は恋しかりしかど、ゆめさら此《この》人を夫と呼びて、倶《とも》に他郷の地を

ふまんとは、かけても思ひよらざりしを、行方なしや迷ひ……窓の呉竹《くれたけ》ふる雪に心下折《こころしたお》れて、我も人も、罪は誠の罪になりぬ」

とある。言わずともわが身――世馴《よな》れぬ無垢《むく》の乙女《おとめ》なればこうもなろうかと、彼女自身がそうもなりかねぬ心の裏《うち》を書いて見たものと見ることが出来よう。

彼女は恋に破《やぶ》れても名には勝った。困窮《こんきゅう》は堪忍《たえ》び得たが病苦《びょうく》には打敗《うちまけ》てしまった。彼女の生存の末期は作品《さくひん》の全盛時にむかっていた。「国民の友」(33)の春季附録には、江見水蔭《えみすいいん》、(34)星野天知《ほしのてんち》、後藤宙外《ごとうちゅうがい》、(35)泉鏡花(36)に加えて彼女の「別れ路《みち》」(37)が出た。評家は口をそろえて彼女を讃《たた》えた。世人はそれを「道成寺《どうじょうじ》」(38)に見たて、彼女を白拍子《しらびょうし》一葉とし、他のものを同宿坊と言伝えたほどであった。それは二十九年一月のことである。その年の四月には咽喉《のど》が腫《は》れ、七月初旬には日々卅九度の熱となった。山龍堂樫村博士《さんりゅうどうかしむらはかせ》(39)も、青山博士(40)も医療は無効《むこう》だと断言した。十一月の三日ごろから逆上《のぼせ》のために耳が遠くなってしまった。そして二十三日午前に逝去《せいきょ》した。曾《かつ》て知人の死去のおりに持参する香奠がないとて、

我こそは達磨《だるま》大師になりにけれとぶらはんにもあしなしにして

といい、また他行のため洗張《あらいは》りさせし衣を縫うに、はぎものに午前だけかかり、下まえのえり五つ、袖《そで》に二つはぐとて、

宮城《みやぎ》のにあらぬものからから衣なども木萩《こはぎ》のしげきなるらん

と恬然《てんぜん》と一笑した人の墓石は、現今も築地《つきじ》本願寺の墓地にある。その石の墓よりも永久に残るのは、短

い五年間に書残していった千古不滅の、あの名作名篇の幾つかである。

――大正七年六月――

昭和十年末日附記・随筆集『筆のまに〳〵』は、佐佐木竹柏園《ちくはくえん》先生御夫妻の共著だが、その一二五頁「思ひ出づるまに〳〵」大正七年六月の一節に「自分がいつか夏目漱石さんの所へ遊びに行って昔話などをした時、夏目さんが、自分の父と一葉さんの父とは親しい間柄で、一葉さんは幼い時に兄の許嫁《いいなずけ》のようになっていた事もあったと言われた。明治の二大文豪の間に、さる因縁があったとは面白いことである」とあった。

（1）日記　明治二〇年（一八七七）一月から晩年近くまで断続的に書かれた。「身のふる衣」「若葉かげ」「わか草」「筆すさび」「蓬生日記」「しのぶぐさ」「塵の中」「水の上日記」などの題名がついた。私小説のような内容で、一葉の作品中でも、もっとも優れたものという評価もある。
（2）「にごり江」　短篇小説。「にごりえ」。明治二八年（一八九五）九月「文芸倶楽部」。
（3）「やみ夜」　短篇小説。明治二七年（一八九四）七月「文学界」。
（4）「闇桜」　短篇小説。明治二五年（一八九二）三月「武蔵野」。
（5）「たま襷」　短篇小説。明治二五年（一八九二）三月「武蔵野」。

（6）「別れ霜」 短篇小説。「浅香のぬま子」の筆名で、明治二五年（一八九二）三月三一日から四月一七日まで全一五回「改進新聞」に掲載。
（7）「うつせみ」 短篇小説。明治二八年（一八九五）八月二七日―三一日「読売新聞」。
（8）「十三夜」 短篇小説。明治二八年（一八九五）一二月「文芸倶楽部」。
（9）「経つくえ」 短篇小説。明治二五年（一八九二）五月「甲陽新報」。
（10）「たけくらべ」 短篇小説。明治二八年（一八九五）九月―二九年一月「文学界」に掲載。
（11）馬場孤蝶 一八六九―一九四〇。翻訳家。「文学界」同人として詩、小説、評論、翻訳などを発表。晩年は随筆家として知られた。
（12）荒物屋 家庭用の雑貨類を売る商売。また、その店。雑貨屋。
（13）引手茶屋 遊廓で客を遊女屋へ案内する茶屋。
（14）招牌 看板のこと。
（15）千蔭流 歌人、国学者であった加藤千蔭（一七三五―一八〇八）の書は千蔭流と称され、多くの人がその書風を学んだ。
（16）甲州 山梨県北東部にある市。大菩薩峠をかかえる山岳地帯から南西に甲府盆地が広がる。
（17）中島師 一八四一―一九〇三。中島歌子。江戸日本橋生まれ。一説には一八四四年生まれ。東京小石川で歌塾萩の舎をひらいた。門人に三宅花圃、樋口一葉らがいる。歌日記に「秋の道しば」。
（18）蟬表 籐表、籐面ともいう。籐（ヤシ科の蔓植物）で編んだ夏用の表で、下駄や草履に付けられた。
（19）馬琴翁 一七六七―一八四八。滝沢馬琴。戯作者。山東京伝の門にはいり、京伝の代作や黄表紙を執筆。「復讐―月氷奇縁」で文名をたかめ、以後読み本を量産する。途中でほとんど失明しながら嫁の路の代筆で大作「南総里見八犬伝」を二八年かけて完成させた。
（20）三宅花圃 一八六九―一九四三。東京生。父は幕臣で外交官の田辺太一。一説には一八六八年生まれ。三宅雪嶺の妻。一八八八年坪内逍遥の推挙で開化期の女学生像をえがいた『藪の鶯』を刊行。中島歌子の歌塾での同門樋口一葉を文壇に紹介した。一九二〇年に夫とともに「女性日本人」を創刊。

(21)「濁り江」一九一八年五月、歌舞伎座で新派の河井武雄、喜多村緑郎によって上演された。
(22) 平田禿木　一八七三—一九四三。英文学者、随筆家。東京生。「文学界」創刊に参加。女子学習院、三高などで教え、のち翻訳に専心した。
(23) 辰猪　一八五〇—八八。馬場辰猪。自由民権運動家。馬場孤蝶の兄。
(24) 川上眉山　一八六九—一九〇八。小説家。尾崎紅葉らを知り、一八八六年硯友社の同人となる。九〇年「墨染桜」で文壇に登場。「書記官」「うらおもて」は観念小説とよばれ、好評を博した。一九〇八年六月一五日自殺。
(25) 上田君　一八七四—一九一六。外国文学者、詩人。帝国大学在学中に「帝国文学」の創刊に参加し、小泉八雲に学ぶ。夏目漱石とともに東京帝大英文科講師をつとめ、後に京都帝大教授。「明星」などに訳詩、評論を発表し、一九〇五年に訳詩集「海潮音」を刊行。マラルメ、ボードレールらを紹介した。
(26) 戸川秋骨　一八七一—一九三九。英文学者、随筆家。一説には一八七〇年生まれ。戸川エマの父。島崎藤村らと親交を結び、「文学界」創刊、同人となる。一九一〇年慶応義塾教授。エマーソンなどの翻訳やユーモアあふれる随筆で知られる。
(27) 島崎藤村　一八七二—一九四三。詩人、小説家。東北学院、小諸義塾などの教師をつとめる。一八九三年北村透谷らの「文学界」創刊に参加。一八九七年『若菜集』で新体詩人として出発し、ついで『一葉舟』『落梅集』を刊行。一九〇六年に『破戒』で自然主義文学の代表的作家となり、『新生』『夜明け前』などを発表した。
(28) 星野天知　一八六二—一九五〇。評論家、小説家。明治女学校教師をつとめるかたわら一八九〇年女学雑誌社から「女学生」を創刊、主筆。一八九三年には北村透谷らと「文学界」を創刊した。
(29) 関如来　一八六六—一九三八。新聞記者、美術評論家。読売新聞記者、後に美術評論家として活躍。一九一四年、日本美術院再興の際には横山大観とともに画壇革新に尽力した。
(30) 正直正太夫　一八六八—一九〇四。斎藤緑雨を指す。一説には一八六七年生まれ。小説家、評論家。仮名垣魯文に師事し、一八九一年「かくれんぼ」「油地獄」を発表。また「今日新聞」「東京朝日新聞」「萬朝報」

などで辛辣な風刺的批評、評論を執筆した。
(31) 村上浪六　一八六五—一九四四。小説家。一八九一年、「郵便報知新聞」に連載した「三日月」で流行作家となる。後に「東京朝日新聞」に移り、撥鬢（ばちびん）小説とよばれた一連の任侠ものを発表した。
(32) 半井桃水　一八六一—一九二六。小説家。一説には一八六〇年生まれ。大阪魁新聞社などを経て、一八八八年東京朝日新聞社に入社し連載小説を書く。夫人は新橋の芸妓歌沢寅千代（若枝）。
(33) 「国民の友」　総合雑誌「国民之友」。明治二〇年（一八八七）に徳富蘇峰が創刊。民友社発行。平民主義を掲げ、進歩的な社会評論を主にしたが、後に国家主義に転じ、同三一年（一八九八）廃刊。
(34) 江見水蔭　一八六九—一九三四。小説家。巌谷小波を知り硯友社に入る。一八九二年に江水社を結成。「女房殺し」「泥水清水」などが好評をえた。
(35) 後藤宙外　一八六六—一九三八。小説家、評論家。秋田生。春陽堂の「新小説」を編集し、反自然主義の立場に立った。
(36) 泉鏡花　一八七三—一九三九。小説家。尾崎紅葉に師事。「夜行巡査」「外科室」で脚光をあびる。一八九六年発表の「照葉狂言」から幻想的でロマンにみちた独自の世界をきずいた。代表作に「高野聖」「婦系図」「歌行灯」など。
(37) 「別れ路」　短編小説。「わかれ道」のこと。明治二九年（一八九六）一月「国民之友」。
(38) 「道成寺」　紀州道成寺に伝わる伝説。紀伊牟婁の清姫（安珍清姫）が、自宅に泊まった僧安珍に恋慕し、大蛇に化身して後を追い、道成寺の鐘の中に隠れた安珍を焼き殺す物語。能、謡曲、浄瑠璃などの題材。
(39) 山龍堂樫村博士　一八四八—一九〇二。樫村清徳を指す。医師。一八八六年神田駿河台に山龍堂病院を開いた。
(40) 青山博士　一八五九—一九一七。青山胤通を指す。内科学者。ベルリンから帰国後、帝国大学医科大学の教授となり、一九〇一年同大学長。癌研究会をおこし会長、伝染病研究所長などをつとめる。

松井須磨子

一八八六―一九一九（明治一九―大正八）。新劇女優。長野県生まれ。本名小林正子。一九〇九年、文芸協会付属演劇研究所に入所し、坪内逍遙、島村抱月の指導を受ける。一一年の文芸協会第一回公演「ハムレット」のオフェリア、「人形の家」のノラで好評を博す。妻子ある抱月との恋愛事件によって文芸協会を退所処分となる。協会を辞任した抱月とともに一三年に芸術座を起ち上げ、新劇の普及に努めた。翌年、芸術座第三回公演「復活」において須磨子のカチューシャ役が大当たりとなる。また、劇中歌として歌った「カチューシャの唄」（中山晋平作曲）が大ヒットとなり、須磨子は日本で最初の〈歌う女優〉となった。一八年一一月、抱月がスペイン風邪で急死し、その二ヶ月後の月命日に芸術座で後追い自殺。著書に自らの芸術論を語った「牡丹刷毛」（一九一四）がある。

一

大正九年(1)一月五日の黄昏時《たそがれどき》に私は郊外の家から牛込《うしごめ》の奥へと来た。その一日二日の私の心には暗《くら》い垂衣《たれぎぬ》がかかっていた。丁度黄昏どきのわびしさの影のようにとぼとぼとした気持ちで体をはこんで来た、しきりに生《せい》の刺《とげ》とか悲哀《ひあい》の感興《かんきょう》とでもいう思いがみちていた。まだ灯火《あかり》もつけずに、牛込では、陋居《ろうきょ》の主人(2)をかこんでお仲間の少壮文人たちが三、五人談話の最中で、私がまだ座につかないうちにたれかが、

「須磨子《すまこ》が死にました」

と夕刊を差出した。私はあやうく倒れるところであった。壁ぎわであったので支《ささ》えることが出来た。それに何よりもよかったのは夕暗《ゆうやみ》が室《へや》のなかにはびこっていたので、誰にも私の顔の色の動いたのは知れなかった。死ねるものは幸福だと思っていたまったただなかを、グンと押して他《ほか》の人が通りぬけていってしまったように、自分のすぐそばに死の門が扉《とびら》をあけてたおりなので、私はなんの躊躇《ちゅうちょ》もなく、

「よく死にましたね」

と答えてしまった。みんな憮然《ぶぜん》として薄ぐらいなかに赤い火鉢の炭火を見詰めた。

「でも、ほんとに死ねる人は幸福じゃありませんか？　お須磨さんだって島村先生だから……」

すこし僭越《せんえつ》な言いかたをしたようだと思ったので私はなかばで言いさした。私は須磨子の自殺の原因がなんだかききもしないうちから、きくまでもないもののように思っていた。

「彼女が芸術を愛していれば死ねるものではないだろうに……死ななくったって済むかと思われますね。

財産もあるのだというから外国へでも行けば好いに」

電気が点《つ》くと、そう言った人のあまり特長《とくちょう》のない黒い顔を見ながら、この人は恋愛を解《かい》さないなと思った。一本気《いっぽんき》で我執《がしゅう》のかなり強そうだったお須磨さんは、努力の人で、あの押《おし》きる力は極端に激しく、生死のどっちかに片附けなければ堪忍《がまん》できないに違いない。

「兎《と》に角《かく》よく死んだ。是非《ぜひ》はどうとも言えるが、死ぬものは後《あと》の褒貶《ほうへん》なんぞ考える必要はないから」

と言うものもあった。死んだという知らせを電話で聞いて、昂奮《こうふん》して外へは出て見たが何処へいっても腰が座《すわ》らないといって、モゾモゾしている詩人もあった。けれど、みんな理解を持っているので、芳川鎌子の事件の時なぞほど論じられなかった。

「島村さんの立派な人だったってことが世間にもわかるだろう。須磨子にもはっきりと分ったのでしょう」

そんなことが繰返えされた。全く彼女は、島村さんの大きい広い愛の胸に縋《すが》り、抱《だか》れたくなって追《お》っていったのであろうと、私は私で、涙ぐましいほど彼女の心持ちをいじらしく思っていた。

連中が出ていってしまってからも私はトホンとして火鉢のそばにいた。生《いき》ている悩みを、彼女も思いしったのであろう。種々《さまざま》な、細《こま》かしい煩《うる》さが彼女を取巻《とりま》いたのを、正直でむきな心はむしゃくしゃとして、共にありし日が恋しくて堪えられなくなったのであろうと思うと、気がさものばかりが知るわびしさと嘆きを思いやり、同情はやがて我心の上にまでかえって来た。

抱月氏《ほうげつ》のおくやみにいったのも、月はかわれど今夜とおなじ時刻だと思いながら、偶然におなじ紋附きの羽織を着て来たことなどを気にして芸術倶楽部の門を這入《はい》った。秋田氏に導かれて奥の住居の二階へといった。抱月氏のおりには芸術座の重立《おもだ》った人はみんな明治座へ行っていたので、座員の一人が、

「松井が帰りましたら申伝えます」

と弔問を受けたが、居るべき人がいないので淋しかった。それがいま、突然の死に弔《とむ》らわれる人となろうとは夢のようだと思いながら案内された。旧臘解散《きゅうろうかいさん》した脚本部の人達の顔もみんな見えた。誰れもかれも落附かないで、空気が何処となく昂奮していた。

居間の前へくると杉戸がぴったりと閉切《しめき》ってあった。室内では死面《デス・マスク》をとっているのであった。次の室にも多くの人がいた。手前の控室のようなところには紅蓮洞《ぐれんどう》(3)氏がしきりに気焔《きえん》をあげていた。杉戸が細目《ほそめ》に中から開《あ》けられて、お湯が入用だといったときに、座員の一人は紫色の瀬戸ひきの薬鑵《やかん》をさげていった。洗面器が入用だというと身近く使われていたらしい女中が「先生のときに一つつかってしまって、一つしかないのだけれど」と、まごまごしていると、室のなかから水をなみなみと入れた洗面器をもちだして来てあけにいった。

(あの人の死骸《しがい》はこの杉戸一枚の向うにある)

引締った心持ちで佇《たたず》んでいると、頭の底が冷たくなって血が下へばかりゆくような気がした。何やら面倒《めんどう》な問題があったと噂《うわさ》された楠山《くすやま》(4)氏が側へ来たが、

「死なななくってもよかったろうと思うのですが……」といって、「これから郊外へかえるのは大変ですね」

と話題をそらした。

洗面器のことで呟《つぶ》やいていた年増《としま》の女中は杉戸の外にしゃがんでいたが、秋田さん(5)が気附いたように、

「何か棺のなかへ入れてやるものでもないですか？　好きなものであったとか、大事にしていたものであったとか……忘れてしまうといけないから」

というのに、ろくに考えもせずに、

「お浴衣《ゆかた》が着せてありますから、あの上へ経《きょう》かたびらを着せればよいでございましょう。時計だの指輪だのというものは、却《かえっ》てとってあげたほうがよろしいでしょうよ。ああしたお方でしたから。島村先生の時にはお好きだからって、あの方が林檎《りんご》とバナナをお入れになりました。ですから蜜柑《みかん》のすこしも入れてあげたらよろしゅうございましょう」

と無ぞうさな事を言っていた。

素朴なのは彼女の平常であったかも知れないが、名を残した一代の女優の、しかも若く、美しく、噂《うわさ》の高かったロマンスの主であり、恋愛に生きた日を慕って、逝《い》った人を葬むるのに、そんな無作法なことってないと腹立《はらだた》しかった。こんな女に相談をかけるとはと、秋田氏をさえ怨《うら》めしく思った。死んだ女は詩のない人であったが、その最後は美しく化粧《けわい》して去《い》ったというではないか、私は彼女に、第一の晴着《はれぎ》を着せたかった。思出のがあるならば婚礼の夜の衣裳といったようなものを、そしてあるかぎりの花で彼女の柩《ひつぎ》のすきまは埋めたかった。諸方から来る花環は前へ飾るよりも、崩《くず》して彼女の亡骸《なきがら》に振りかけた方がよいに、とも思った。

（親身でもないに立入ったことは言われない）

そう思ったときに、生々としていて、なんの苦悶《くもん》のあともとめない死顔が目に見えるようであった。暗い寒い静かな明方《あけがた》に、誰れも気づかぬとき、床の間の寒牡丹《かんぼたん》が崩れ散ったような彼女の死の瞬間が想像され、死顔を見るに堪えなくなって暇《いとま》を告げた。

秋田さんは玄関まで連立って来ながら、

「あすこへね、あすこから卓《テーブル》と椅子《いす》を持っていって、赤い紐《ひも》で縊《くび》れたのです。ちゃんと椅子を蹴《け》ったのですね息をのんだと見えて口を閉じていたし、それは綺麗な珍らしい死方だそうです」

こういうおりに送り出されるは忌むのが風習ではあるけれど、話しながら送りだされてしまった。

私は道を歩きながら彼女に逢ったおりの印象を思いうかべていた。舞台外では幾度と逢ったのではないが、いつでもあの人はキョトンとした鳩《はと》のような目附きで私の顔を眺めていた。文芸協会の生徒の時分もそうであったし、芸術座の女王《クイン》、女優界の第一人者となってからもそうであった。貞奴《さだやっこ》が引退興行のときとおなじように招かれて落ち合ったおり、野暮《やぼ》なおつくりではあるが立派な衣裳になった彼女は飾りけのないよい夫人《おくさん》であった。田村俊子《たむらとしこ》(6)さんが、

「何故《なぜ》挨拶《あいさつ》しないのよ。だまって顔ばかり見ていてさ。一体知っているの知らないの」

こう言っても、やっぱり丸い眼をして――舞台で見るのとはまるで違う、生彩のない無邪気な眼をむけて、だまって、度外《どはず》れた時分《じぶん》にちょいと首を傾《かし》げて挨拶とお詫《わび》とをかねたこっくりをした。それが私には大変よい感じを与えたのであった。可愛いところのある女だと思った。

自分のことと須磨子の事件とがひとつになって、新聞を見ていても目の裏が火のように熱く痛くなった。彼女が臨終七時間前に撮《うつ》したという「カルメン」の写真は、彼女の扮装《ふんそう》のうちでもうつくしい方であるが、心なしか見る目に寂しげな影が濃く出ている。どうした事かそのおりばかりは、写真を撮《と》るのを嫌がって泣いたのを、例の我儘《わがまま》だとばかり思って、誰れも死ぬ覚悟をしている人だとは知らないので、「そんな事を云わないで」といって無理に撮らせて貰《もら》ったのだというが、死の前に写した、珍らしい形見の写真になってしまった。屹度《きっと》彼女の目のなかは、焼けるように痛かったであろう。抱月氏の逝去《せいきょ》された翌日、須磨子は明治座の「緑の朝」の狂女になっていて、舞台で慟哭《どうこく》したときの写真も凄美《せいび》だったが、死の幾時間かまえにこんなに落附いた静美をあらわしているのは、勇者でなければ出来得ない。私は須磨子を生活の勇者だとおもう。

——誰れの手からも離れてゆくこの女の行途《ゆくて》を祝福して盛んにしてやりたいから、という旧芸術座脚本部から頼まれた須磨子のための連中は、七草の日に催される筈《はず》であった。けれどももう見ることは出来ない。芝居の大入りつづきのうちに一座の女王《クイン》が心静かに縊《くび》れて死んでしまうということは、誰れにも予想されない思いがけない出来ごとであって、幾年の後、幾百年かの後には美しい美しい伝奇として語りつたえられることであろう。

その最後の夜、須磨子としては珍らしく白《せりふ》を取り違えたり、忘れてしまったりして、対手《あいて》をまごつかせたというが、そんなことは今まで決してない事であった。舌がもつれて言いにくい様子を不思議がったものもあった。カルメンの扮装をしたままで廊下にこごみがちに佇《たたず》んでいたというのは、凝《じっ》としては部屋にいられなかったのでもあったろう。そしてホセに刺殺されるところは真にせまっていたが、なんとなく悦んで殺されるようで、役柄とは違っていたという。

内部のある人のいうには、一体に島村先生に別れてからは、芝居のいきが弱くなって、どうもいままでの役柄にあわなくなっていた。ことに今度のカルメンなどは、彼女に最も適した漂泊女《ジプシィ》の女であり、鼻っぱりの大層強い性格で、適役《はまりやく》でなければならないのに、どうもいきが弱かったと言った。

彼女は死ぬ幾日かまえに、

「あなたはもっと真面目《まじめ》に人生を考えなければいけませんよ」

といわれたときに、

「今にほんとに真面目になって見せますよ」

と答えた。もうその時分から死ぬことについて考えていたのかもしれなかった。カルメンの唄《うた》う調子が低くって音楽にあわなかったというが、その心地をぽっちりも洩らすような友人のなかったのが哀れでならない。

後からきけば種々《いろいろ》と、平常《ふだん》に変ったことが多くあったのである。抱月氏でなくとも、彼女を愛する肉親《にくしん》か、女友達があったならその素振《そぶ》りを見逃がさなかったであろう。何か異状のあることと気をつけていたに違いない。彼女は写真を撮るまえに泣いたばかりでなく、ひとり淋しく廊下に佇《たたず》んで床を見詰めていたばかりでなく、その日は口数も多くきかなかった。夕食《ゆうしょく》に楽屋《がくや》一同《いちどう》へ天丼《てんどん》の使いものがあったが、須磨子の好きな物なのにほしくないからとて手をつけなかった。帰宅してからも食事をとらなかった。夜更けてかえると冷《ひえ》るので牛肉を半斤ばかり煮て食べるのが仕来《しきた》りになっていた。それさえ口にしなかった。十二時すぎになると、抱月氏を祭った仏壇のまえでひそひそと泣いていたが、それは抱月氏の永眠後毎日のことで、遺書は四時ごろに認《したた》められた。

　最後の日の朝、洗面所を見詰めて物思いにふけっていたというが、生前抱月氏は手細工《てざいく》の好きな人で、一、二枚の板ぎれをもてば何かしら大工仕事をはじめて得意でいた。洗面台もそうしたお得意の細工であったのである。毎朝毎朝顔を洗うたびに凝《じっ》と見詰めているが、そのおりも何時《いつ》までも何時までも立ったままなので風邪《かぜ》をひかせてはいけないと、女中が気をつけに側へいったのに驚いて、歯を磨きだした。そしてその翌朝は、そこのとなりの、新らしく建増《たてま》した物置きへ椅子や卓《テーブル》を運んでいったのであった。つい隣りの台所では下女《げじょ》が焚《た》きつけはじめていたということである。坪内《つぼうち》先生(7)と、伊原青々園《いはらせいせいえん》(8)氏と、親類二名へあてた遺書四通を書きおわったのは暁近くであったであろう。階下の事務室に寝ているものを起して六時になったら名宛《あて》のところへ持ってゆけと言附けたあとで、彼女は恩師であり恋人であった故人のあとを追う終焉《しゅうえん》の旅立ちの仕度にかかった。

　彼女は美しく化粧した。彼女は大島の晴着に着代え、紋附きの羽織をかさね、水色繻珍《しゅちん》の丸帯をしめ、時計もかけ、指輪も穿《は》めて、すっかり外出姿《そとですがた》になって最後《さいご》の場へ立った。緋の絹縮《きぬちぢみ》の腰紐《ひも》はなめらかに、するすると、すぐと結ばるのを彼女はよく知っていたものと見える。

あの人は変っている、お連合《つれあい》と口論したら、飯櫃《めしびつ》を投《ほう》りだして飯粒だらけになっていたって——家がお堀ばたの土手下で、土手へあがってはいけないという制札があるのに、わざと巡査のくる時分に駈《かけ》上ったりするって。ということを、まだ文芸協会(9)の生徒の時分に聞いた。そのうち舞踊劇の試演があって、坪内先生のいらっしゃる楽屋にお邪魔していると、ドンドンドンという音がして近くで大きな声がした。何だろうと思っていると、

「正子《まさこ》さんの白《せりふ》のおさらいだ」

と説明するように傍の人が言ったが、四辺《あたり》にかまわぬ大きな声は、悪口をいえば瘋癲《ふうてん》(10)病院へでもいったように吃驚《びっくり》させられた。今度の騒ぎで諸氏の感想を種々聴くことが出来たが、同期に女優になり、いまは「近代劇協会」を主宰している良人《おっと》の上山草人《かみやまそうじん》(11)氏と御夫婦しておなじ協会の生徒であった山川浦路《やまかわうらじ》(12)氏の談話によると、生徒時代から須磨子は努力の化身のようで、手当り次第に台本を持ってきて大きな声で白《せりふ》をいったり朗読したりし、対手《あいて》があろうがなかろうがとんちゃくなく、すこしの暇もなく踊ったりして、火鉢にあたっている男生の羽織の紐をひっぱっては舞台へ引出して対手をさせる。その人が労《つか》れてしまうとまた他の人を引っぱりだしてやらせる。皆が嫌がると終《しま》いには一人で、オフィリヤでもハムレットでも墓掘りでもやってしまう。自分の役でない白でも狂言全体のを覚えこむという狂的な熱心さであったということである。

生徒時代には身なりにとんちゃくなく、高等女学校や早稲田《わせだ》大学出の人達の間へはさまり、新時代の高級女優となって売出そうという人が、前垂《まえだ》れがけの下から八百屋で買って来た午蒡《ごぼう》と人参《にんじん》を出してテーブ

ルの上へのせておいたまま「これはお菜《かず》です」とその野菜をいじりながら雑誌を一生懸命に読出したということや、他の生徒たちと一所に帰る道で煮豆やへ寄って、僅《わず》かばかりの買ものを竹の皮に包ませ前掛けの下にかくし「これで明日のお菜もある」といった無ぞうさや、納豆《なっとう》にお醬油《しょうゆ》をかけないで食べると声がよくなるといわれると、毎日毎日それればかりを食べて、二階借りをしていたので台所がわりにしていた物干《ものほ》しには、納豆のからの苞苴《つと》が稲村《いなむら》のようなかたちにつみあげられ、やがてそれが焚附《たきつ》けにもちいられたということや、卒業間近くなって朝から夜まで通して練習《れんしゅう》のあったおりなど、みんながそれぞれのお弁当《べんとう》をとるのに、袂《たもと》のなかから煙の出る鯛焼《たいやき》を出してさっさと食べてしまうと、勝手にさきへ一人で稽古《けいこ》をはじめたということなど、そうもあったろうとほほえまれる逸話をいろいろと聞いている。

「須磨子は地方《ちほう》へゆくと、座員《ざいん》のお弁当まで受負《うけお》うのですとさ。一本十三銭五厘だって。だって、たしかな人がいうのですもの嘘ではない。それでね大奮発《おおふんぱつ》で手製《てせい》なのですって、お手伝《てつだ》いをさせられるものは大弱りだわ。みんながよく食べるかって? ううん、不味《まず》くっていやだというものが多いから大儲《おおもう》かりなの。だって自弁は御勝手で、つまり芸術座から賄《まかない》費用《ひよう》が出るのだから。手っとりばやく芸術座の儲けの幾分が、女優須磨子の利益の方へ加わるだけの事だから。そしてね、おかずは何だと思うの、毎日毎日油揚げの煮附け」

いまは外国へいった友達がはなした。私たちは「まさか!」といって笑っていたが、ある夜は、芸術倶楽部の居間を訪れての帰りがけに立寄った人が、

「大変先生も機嫌がよかった。いま一杯やるところだからと進められたが、お須磨さんが土瓶《どびん》をもってい

るからなんだと思ったら、土瓶でお燗《かん》をして献酬《けんしゅう》しているところだった」

細《こま》かしいことには無頓着《むとんちゃく》な須磨子の話しをした。極《ご》く最近、地方興行が当って、しかも此次《このつぎ》からは松竹の手で興行をするようになるので、万事そうした方の心配がなくなるというような、芸術座の前途が明るくなった話しのつづきに、

「こんどの地方興行が当ったので、島村さんもいくらか楽になったので、座の会計の都合が悪かったときに、電話を担保《たんぽ》にしてお須磨さんから借りた金を、返そうといったらば、彼女がいうのには、あの時分より電話の価《ね》があがっているから、あれだけでは嫌だというので、それでは止めようとそのままになってしまった」

と言った。それこそ私は根もないことだろうと打ち消すと、

「ほんとなのですよ。先生は貧乏――つまり芸術座は貧乏でも、お須磨さんは財産《ざいさん》をつくっているのです。かなりあるのです」

と云いはった。奮闘克己という文字に当嵌《あては》まった彼女だ。

二

傲慢《ごうまん》なほど一直線であった彼女の熱情――あの人の生き力は、前《まえ》にあるものを押破《おしやぶ》って、バリバリとやってゆく、冷静《れいせい》な学者の魂に生々《なまなま》しい熱い血潮をそそぎかけ、冷凍《こお》っていた五臓《ごぞう》に若々しい血を湧返《わきかえ》らせ、絶《たえ》ず傍《かたわ》らから烈しい火を燃しつけた。彼女は掌握《つかみ》しめてしまわなければ安心することの出来ない人で

あった。そうするには見得《みえ》も嘲笑《ちようしよう》も意にしなかった。其《その》ためには抱月氏がどんな困難な立場であろうとかまわなかった。彼女の性質は燃えさかる火である、むかっ気である。彼女に逢ったときにうけた顔の印象には、すこしの複雑さも深みも見られなかった。彼女は文芸協会演芸研究所の生徒であった時分に、山川浦路さんに英文の書物のくちゃくちゃになったのを見せて、

「英語を教わって癇癪《かんしやく》がおこったから、本を投げつけちゃった。出来ないから教えて貰《もら》うのに、良人がいくらおしえても解らないなんて言うから」

といったそうだ。抱月氏と同棲《どうせい》してからも激しい争闘がおりおりあったとかいうことである。向いあっているときは屹《きつと》何か言いあいになる。頬《ほ》っぺたへ平打《ひらう》ちがゆくと負けていないで手をあげる。そうしたことは鳥渡聴《ちよつと》くと仲が悪いようにきこえるが、喧嘩《けんか》もしないような家庭が平和で幸福があるとばかりはいえない。激しい争闘のあとに、理解と、熱い抱擁とが待っているともいえる。

「奥さんがもすこしなんだったら――坪内先生の奥様のように優しく、なにかのことを気をつけてくださるようだといいのだけれど……」

こういった須磨子は自分勝手だったかも知れない。そうはいっても須磨子自身も、先方の思いやりなどはちっとも出来ないたちで、噂だけか、それとも誠のことか、ある時抱月氏の令嬢たちに手紙をやって、これから貴女《あなた》がたは私をお母さんと思わなければなるまい、といったとか、自信も勇気も、過ぎると野猪《いのしし》のむこうみずになるが、彼女が脱線したのには一本気な無邪気《むじやき》さもある。かつて私はあの人の芸が、精力的《エネルギッシュ》で力強いのを畏敬《いけい》したが、粗野なのに困るという気持ちもした。感情も荒っぽいので、どうして

もあの人とならんで、も一人、繊細な感情の持主であり、音楽的波動《おんがくてきはどう》で人にせまる、詩的《ポエテイカル》な女優がなくてはならないと思っていた。陶冶《とうや》されないあの駄々《だだ》っ子《こ》は、あの我儘が近代人だといえばそうとも言われようが、気高い姿体と、ロマンチックな風致をよろこぶ女にも、近代人の特色を持った女がないとは言われない。

ひたぶるに突進んでいって、突きあたる壁のあったのをはじめて発見したのだ。彼女が勢力にまかせて押退けたおりには、奥深くへと自然に開けていった壁が――何の手ごたえもない幕のように見えた壁が、巌壁《がんぺき》のように巍然《ぎぜん》と聳《そび》えたっていて、弾《はじ》き飛ばした。彼女ははじめて目覚めて、鉄のように堅く冷たい重い壁を繊手《せんしゅ》をのべて打叩《うちたた》いて見た。そしてその反響は冷然と響きわたり、勝手にしろと吼《ほ》えた。そのおりには、もう彼女の住む広い胸はなかった。底知れなかった愛人の情をしみじみとさとり知ったおり、そこに偉大な人格を偲《しの》ばなければならなかった。

傲慢な舞台、中ごろが一番激しかった。ことに幕切れなどは、傍若無人《ぼうじゃくぶじん》という難をまぬがれないおりもあって、見ていてさえハラハラしたものである。女王に隷属《れいぞく》するのは当り前ではないかといった態度《たいど》が歴然《れきぜん》としていた。最後までそれで通して行こうとしたのが、何か気が阻《はば》んだのだ。一本気だけに絶望の底は深かった。

彼女が大層他人《ひと》当りがよくなったという事を聴いたのもかなり前のことで、抱月氏のお通夜《つや》の晩に、坂本紅蓮洞《ぐれんどう》の背中を、立ったまま膝《ひざ》で突つくものがある。冬のはじめの、夜中のこととて、紅蓮さんは暖まるものを飲んでいた一杯気嫌で、

「誰だ」

と強くいって振りむいて見ると、須磨子がうつむき加減に見おろしていて、

「どいてくれない？」

其座《そのざ》にかわって居たいのだという。末席《まっせき》の後《うしろ》の方だったので、やっぱり棺《かん》の側《そば》にいた方がよかろうというと、

「でも、あの女が私の方ばかりじろじろ見ているのだもの」

と島村未亡人の方を指差したということである。我儘ものだが、どこかにしおらしい、自分から避ける心持ちも持っていたのである。

でも彼女は、島村氏の令嬢たちが芸術座へ生活費《せいかつひ》を受取りに来たとき優《やさ》しくは扱わなかった。門前払《もんぜんばら》い同様にしたといわれ、ずっと前の家では格子戸《こうしど》を閉《た》てきり、水をぶっかけようとしたこともあるという。それは何かしら心の安定を失っていたときと見た方がよかろう。でなければ、いかに仲に立った人が適当の処分をし、よく斡旋《あっせん》したからとて、抱月氏の死後、彼女が未亡人や遺孤《いこ》に対して七千円を分割し、買入れた墓地まで、心よく島村家の人達に渡してしまう筈《はず》はない。

「私も此《この》墓地へはいるのだから」

彼女は墓地の相談のときにこういっていたそうである。島村家へ渡したといっても、自分が買って、大切な先生の遺骨《ほね》を埋めたところゆえ、自分のものだという心持ちでいたのであろう。それでも不安心なところもあったかして、その隣地の背面の空地《あきち》を買っておこうと呟《つぶ》やいていた。けれど誰れがそのおり須磨

子の心のどん底に、死ぬことを考えてもいたと思いつく道理はなかった。

抱月氏は須磨子のために全部を奪われてしまっているものだとさえ思われたが、ある興行師は須磨子にむかって、

「も一儲《ひともう》けするのなら、抱月さんと別れて見せることだ。人気が湧《わ》けば金もはいる」

といったとやら。金、金、金……利殖よりほか楽しみのないもののようにいわれた彼女が、女優生活の十年に残しえた三万円を捨ててかえり見ず、縊《くび》れ死んでしまって、そういう人達に啞然《あぜん》とさせたのは痛快なことではないか。

「死んだときいたら、嫌だったことはさらりと消えてしまって、ほんとに好い感情を持つことが出来た。何だかこう、昨夕《ゆうべ》まで濁っていた沼の面《おも》が、今朝《けさ》起きて見ると、すっかりと澄みわたっているので、夢ではないかと思うような気がする。僕はそんな心持ちがするといったら、N氏もほんとにそうだ、私もそういう気持ちがしたと言った」

と抱月氏とも須磨子とも交りのふかかったA氏が話された。そのおりに言葉のつづきで、

「あの人は死によって、あの人の生活を清浄なものにした」

「あの人のぐらい自然《しぜん》な感《かん》じのする死はない」

「僕はもうすこしあの人を親切にしてやればよかった」

讃美と感激《かんげき》ののち、沈黙《ちんもく》がつづいたはてに、突然ある人が、

「しかし、松井君は随分憎らしかったね」

と言出すと、その一言《ひとこと》でその座の沈黙《ちんもく》が破《やぶ》れて、その言葉に批判《ひはん》があたえられずに、

「そうだ。やっぱり憎らしい人だったね」

と前の讃美とおなじように連発された。その二つの、まるで異《ちが》った意味の言葉は、一致しそうもない事でありながら、松井須磨子の場合には不思議に一致して、

（立派《りっぱ》な死方《しにかた》をした、然《しか》し随分《ずいぶん》憎らしい記憶《きおく》をおいていってくれた人だ）

これが須磨子を知っている人の殆《ほと》んどが抱《いだ》いた感じではなかったろうか、この偶然の言葉が須磨子の全生涯を批評しているようだといわれた。

あの人は怒っているか笑っているか、どっちかに片附いている人だったが、泣くということがふえて、死ぬ前などは、怒っているか、笑っているか、泣いているかした。

「先生と私との間は仕事と恋愛が一緒になったから、あんなに強かったのよ」

といい、

「私がほんとうに家庭生活というものを知ったのはこの二、三年のことですよ、先生もほんとに愉快そうですわ」

といったりした彼女が、泣虫になったのはあたり前である。むしろ笑いが残っていたのが怪しいほどだ。

恋人と緑の朝の土になり

と川柳久良岐《せんりゆうくらき》氏は弔した。「緑の朝」は伊太利《イタリー》の劇作者ダヌンチオ(13)の作で「秋夕夢」と姉妹篇《しまいへん》であるのを、小山内薫《おさないかおる》氏(14)が訳されたものである。どうしたことかこの「緑の朝」には種々の出来ごとがついて廻

った。最初去年の夏、帝劇で市村座連の出しものであったとき、劇評家と、狂主人公に扮した尾上《おのえ》菊五郎との間に、何か言葉のゆきちがいから面白くないことが出来て、菊五郎の芝居は見るの見ぬのと紛紜《いざこざ》があった。小山内氏は訳者《やくしゃ》という関係ばかりではなく、市村座の演劇顧問という位置からしても、舞台上の酷《こく》評《ひょう》には昂奮《こうふん》しないわけにはゆかなかった。それから間もなくその舞台装置の責任者であった、洋画家小糸《こいと》源太郎《げんたろう》氏が、どうしたことか文展へ出品した額面を、朝早くに会場へまぎれこんで、自分の手で破棄したことにつき問題が持上り、小糸氏は将来絵筆をとらぬとかいうような事が伝えられた。口さがない楽屋《がくや》雀《すずめ》はよい事は言わないで、何かあると、緑の朝ですかねというような反語を用いた。その評判を逆転しようとしたのが松竹会社の策略であった。松竹は芸術座を買込み約束が成立すると、その魁《さきがけ》に明治座へ須磨子を招き、少壮気鋭の旧派の猿之助《えんのすけ》や寿美蔵《すみぞう》や延若《えんじゃく》たちと一座をさせ、かつて兎角物議《とかくぶつぎ》の種《たね》になった脚本をならべて開場した。

二番目には寿美蔵延若に、谷崎潤一郎[15]作の小説の「お艶《つや》殺し」をさせることになった。これは芸術座が新富座《しんとみざ》で失敗《しっぱい》した狂言である。お艶《つや》を須磨子が、新助は澤田正次郎《さわだしょうじろう》が演じて不評で、其《その》後直《じき》に澤田が退座してしまったのを出させ、その代《かわ》りに中幕《なかまく》へ「祟《たた》られるね」というような代名詞につかわれている「緑の朝」を須磨子に猿之助が附合《つきあ》うことになった、無論菊五郎にはめ、男にした主人公を原作通り女にして須磨子の役であった。

稽古《けいこ》の時分《じぶん》に須磨子は流行の世界感冒《せかいかぜ》[16]にかかっていた。丁度私が激しいのにかかって寝付いているとA氏が見舞に来られて、私が食事《しょくじ》のまるでいけないのを心配して、島村さんも須磨子も寝ているがお粥《かゆ》が食べられるが、初日が目の前なので二人とも気が気でなさそうだとも言っていられた。二人とも日常非常《ひごろ》に壮健《じょうぶ》なので——病《わず》らっても須磨子が頑健《がんけん》だと、驚いているといっていたという、看病人の抱月氏の方がはかばかしくないようだった。どうにか芝居《しばい》の稽古《けいこ》までに癒《なお》った彼女は、恩師を看《み》る暇もなく稽古場《けいこば》へ行った。

十一月四日の寒い雨の日であった、舞台稽古にゆく俳優たちに、ことに彼女には細かい注意をあたえて出してやったあとで抱月氏は書生を呼んで、

「私は危篤《きとく》らしいから、誰が来ても会《あ》わない」

と面会謝絶《めんかいしゃぜつ》を言いわたした。出してやるものには、すこしもそうした懸念をかけなかったが、病気の重い予感はあったのだった。慎《つつ》しみ深《ぶか》い人のこととて苦しみは洩《もら》さなかった。却《かえっ》て、すこし心持《こころも》ちがよいからと、厠《かわや》にも人に援《たす》けられていった。だが梯子段《はしごだん》を下《お》りるには下《お》りたが、登《のぼ》るのはよほどの苦痛で咳入《せきい》り、それから横になって間《ま》もなく他界の人となってしまった。

不運にも、その日の「緑の朝」の舞台稽古は最後に廻された。心がかりの時間を、空《むな》しく他の稽古の明くのを待っていた芸術座の座員たちは、漸《ようや》く翌日の午前二時という夜中に楽屋で扮装を解いていると、

「先生が危篤ということです」

と伝えられた。取るものも取りあえず駈戻《かけもど》ったが、須磨子は自用の車で、他の者は自動車だったので、一足さきへついたものは須磨子の帰るのを待つべく余儀なくされていると、彼女はすすりなきながら二階へ上っていったが、忽《たちま》ちたまぎる泣声がきこえたので、みんな駈上《かけあが》った。

彼女は死骸《しがい》を抱いたり、撫《な》でさすったり、その廻りをうろうろ廻ったりして慟哭《どうこく》しつづけ、

「なぜ死んだのです、なぜ死んだのです。あれほど死ぬときは一緒だといったのに」

と責《せめ》るように言って、A氏の手を振りまわして、

「どうしよう、どうしよう」

と叫び、狂うばかりであった。どうしても、も一度注射をしてくれといってきかないので、医者は会得《えとく》のゆくように説明のかぎりをつくした。

「あんまりです、あんまりです。どうにかなりませんか？　どうかしてください。これではあんまり残酷です」

狂い泣きをつづけた。

三

神戸に住む擁護者《パトロン》のある貴婦人に須磨子がおくった手紙に、

私は何度《なんど》手紙を書きかけたか知れませんけれど、あたまが変《へん》になっていて、しどろもどろの事ばかりしか書けません。一度お目にかかって有《あり》ったけの涙をみんな出さして頂きたいようです。奥様、役者《やくしゃ》ほどみじめな者は御座いません。共稼《ともかせ》ぎほどみじめな者はございません。私は泣いてはおられずあとの仕事をつづけて行かなくてはなりません。今の芝居のすみ次第飛んでいって泣かして頂きたいのですけれども、仕事の都合でどうなりますやら……

奥様、私の光りは消えました。ともし火は消えました。私はいま暗黒《あんこく》の中《なか》をたどっています。奥様さっして下さいませ。

「私は臆病《おくびょう》なため死遅《しにおく》れてしまいました。でも今の内に死んだら、先生と一緒《いっしょ》に埋めてくれましょうね」

笑いながら、戯言《じょうだん》にまぎらしてこう言ったのを他の者も軽《かる》くきいていたが、臆病と言ったのは本当《ほんとう》の気臆《きおく》れをさして言ったのではなくって、死にはぐれてはならない臆病だったのだ。適当の手段を得ずに、浅間しく生恥《いきはじ》か死恥《しにはじ》をのこすことについての臆病だったのだ。一番容易に死ぬことが出来て、やりそくないのない縊死《いし》をとげるまで、臆病と自分でもいうほど、死の手段を選んでいたのだ。

座の人たちが思いあたることは、この春の興行に、「ヘッダガブラア」(17)が候補《こうほ》になったところ、彼女はどうしても嫌だと言張った。ヘッダのようなあんな烈《はげ》しい性格《せいかく》のものばかりやるのは嫌だといってきかなかった。其時《そのとき》の反対のしかたが異状《いじょう》だったので、脚本部の人達も驚いていたのだが、いま思えば自殺《じさつ》の決行《こう》について絶えぬ闘争があったのではなかったかと言っている。ヘッダは最後にピストルで自殺する役である。それかあらぬか、それよりもすこし前に彼女はピストルを探して、弾丸《たま》だけ探しだして、「先生のピストルは何処へやっちゃったのだろう。いくら探しても見つからない。私が死にやしないかと思って誰れか隠したのよ」

と呟《つぶ》やいていたそうだ。

彼女に近《ちか》い人のなかには泣かれ役《やく》という言葉があった。青い布《ぬの》をかけた卓《テーブル》の上に、大形《おおがた》の鏡《かがみ》がおいてある室《へや》が彼女の泣き室なのであった。彼女は孤独でいる時は、その鏡のなかへ具合よく写ってくる壁上にかけた故人の写真を見ては泣いている。人がはいってゆけば、その人を対手《あいて》にして尽《つき》ることなく、綿々《めんめん》と語り、悲嘆にくれるので、慰めようもなくて、捕虜になるのは禁物だと敬遠しあったほどだった。

かつ子にわか子という二人の養女は、まだやっと十二、三位で二人《ふたり》とも郷里《くに》の親戚《しんせき》から来ている。も一人いつぞや「人形の家」(18)のノラを演じたときに、幼ない末子を勤めた女の子があった。あれは松井の子だったのではないかしら、あんまりよく似ているというようなことを、今度その少女《むすめ》も葬式に来たときに内部の人は言った。しかしその少女のことは遺書にはなかった。二人の養女にもよい具合にしてやってくれと書いてあっただけである。かつ子といった方が相続者になったが、須磨子の母親のおいしという、七十の老女が後見人になり、縁類《えんるい》の某海軍中将がその管理人《かんりにん》になった。そして彼女の一七日がすむと、雪深い故郷の信州へと帰っていった。残された建物――旧芸術倶楽部――故人二人《なきひとたち》の住んでいた記念の建物はどうなるのやら、その儘《まま》で帰ってしまった。

死面《デスマスク》は、彼女の生際《はえぎわ》の毛《け》をすこしつけたままで巧妙に出来上ったそうで、生《いき》ているときより可愛らしい顔だといわれた。

可愛らしい顔といえば、彼女の愛敬《あいきょう》のある話をきいたことがある。彼女はあるおり某氏をたずねて、女優になりたいが鼻が低いからとしきりに気にしていた。其処《そこ》で某氏はパラフィンを注射した俳優に知合《しりあい》のある事をはなして、そんな例もあるから心配するにも及ぶまいというと、彼女はその俳優の鼻が見せて貰《もら》いたいといいだしたので連れてゆくと、やっと安心して其後《その》注射した。

鼻の問題ではも一つ面白い挿話《エピソード》がある。佐藤(田村)俊子さんが、文芸協会の女優になろうとしたことがある。女史は充分に舞台を知っているうえに、遠くない前《まえ》に本郷座《ほんごうざ》で「波」というのを演《や》って、非常な賞讃を得た記憶が新しかったから、気まぐれではなかったのにどうしたことか中止してしまった。ある日そのことを言出して、噂《うわさ》は嘘だったのか本当だったのかと聞くと、

「嘘《うそ》のことはない。やろうと思ったから行ったのだけれど中止《やめ》にしてしまったの。だって、須磨子の鼻《はな》を見ていたら——鼻の低いものが寄合ったってしょうがないじゃないの」

あの女史はポンポンと言ってしまったけれど、口のさきと心の底と、感じたものとおなじであったかどうかはわからない。感覚の鋭い女史が、激しい気性の須磨子と上になることも下になることも出来にくいと、見てとったと思うのは推測にすぎるかもしれないが、低《ひく》い鼻という愛敬にかたづけてしまった俊子女史の機智《ウイツト》もおもしろい。いま米国《アメリカ》の晩香波《バンクーバー》に新しい生涯を開拓しようとして渡航した女史のもとに、彼女の訃《ふ》がもたらされたならばどんな感慨にうたれるであろう。

須磨子の年老《と》った母親は他人が悔みをいったときに、

「どうせ死神《しにがみ》につかれているのですから、今度《こんど》死ななくなったって、何処かで死んだでしょうから」

と諦《あき》らめよく言切ったそうである。

彼女の故郷は? そうした母親の懐《ふところ》! 彼女が故郷への初興行は、たしかズウデルマンの「故郷」のマグダであったかと思う。そのおりの名声《めいせい》はすさまじいもので、県の選出代議士某氏は、信州から出た傑物《けつぶつ》は佐久間象山《さくましようざん》(19)に松井須磨子だとまで脱線した。けれどその須磨子の幼時は、故郷の山河は人情の冷たい

ものだという観念を印象させたに過ぎなかったのだ。

長野県埴科郡松代在《はにしなごおりまつしろざい》、清野村《きよのむら》が彼女の生れた土地《ところ》で、先祖は信州上田の城主真田《さなだ》家の家臣、彼女の亡父も維新のおりまで仕官していた小林藤太という士族である。芸術倶楽部の一室に、九曜の星の定紋のついた陣笠がおいてあった。幕府の倒壊と共に主と禄《ろく》に離れた亡父も江戸に出て町人になったが、馴《な》れぬ士族の商法に財産も空しくして故山に帰《か》えった。

信州の清野村に小林正子の彼女が生れたのは、明治十九年の十二月で八人の兄と姉とを持った末子であった。六歳《むっつ》のときに親戚にあたる上田市の長谷川家へ養女に貰われていった。小学校時代から勝気で、男の児《こ》に鎌を振りあげられて頭に傷《きず》を残している。十六歳の時になって不幸は萌《きざ》しはじめた。養父の病死に一家は解散し、誠の母親よりも慈愛に富んでいた養母とも離れることになった。実家に引き取られ、その年の秋には、実父にも別れた。僅《わずか》の間に二人の父を失った彼女は、草深《くさぶか》い片田舎《かたいなか》に埋もれている気はなかった。姉を頼りにして上京したのが、明治卅《さんじゅう》五年の四月、故郷《ふるさと》の雪《ゆき》の山々にも霞《かすみ》たなびきそめ、都《みやこ》は春たけなわのころ、彼女も妙齢十七のおりからであった。

彼女が頼みにして来た姉の家は麻布飯倉《あざぶいいくら》の風月堂という菓子舗《かしや》であった。義兄の深切で嫁《とつ》ぐまでをその家でおくることになったが、姉夫婦は鄙少女《ひなおとめ》の正子を都の娘に仕立《したて》ることを早速にとりかかり、気の強い彼女を、温雅《おんが》な娘にして、世間並みに通用するようにと、戸板裁縫女学校を選《え》らまれた。

彼女が後に文芸協会の生徒になって、暫時独身《ざんじひとりみ》でいたとき、乏しいながらも二階借りをして暮してゆけたのは一週に幾時間か、よその学校へ裁縫を教えにいって、すこしばかりでもお金をとる事が出来たからで、その時裁縫女学校へ通ったという事はかの女《じょ》の生涯にとって無益《むだ》なものではなかった。

都の水で洗いあげられた彼女は風月堂の看板になった。——彼女は美しい、いや美人ではないということが時々持ちだされるが舞台ではかなり美しかった。厳密にいったなら美人ではなかったかも知れないが、野性《ワイルド》な魅力《チャーム》が非常にある型《タイプ》だ。

正子が店に座るとお菓子が好《よ》く売れるという近所の評判は若い彼女に油をかけるようなものであった。縁談の口も多くあったが断るようにしているうちに、話がまとまって彼女は嫁《とつ》いだ。十七歳の十二月はじめに上総《かずさ》(20)の木更津《きさらづ》の鳥飼《とりかい》というところの料理兼旅館《りょかん》の若主人の妻となった。

彼女はどこまでも優しい新妻《にいづま》であり、普通の女らしい細君であったが、信州の山里から出て来たのは、こんな片田舎《かたいなか》の料理店の細君《さいくん》として納《おさ》まってしまう約束であったのであろうかと思わぬわけにはゆかなかった。それに彼女の故郷の風習《ふうしゅう》と、木更津あたりの料理店の女将《おかみ》である姑《しゅうとめ》の仕来《しきた》りとは、ものみながしい、つくりとゆかなかったその上に、若主人は放蕩《ほうとう》で、須磨子は悪い病気になったのを、肺病だろうということにして離縁された。

……私は思う。勝気な彼女の反撥心《はんぱつしん》は、この忘れかねる、人間のさいないみにあって、弥更《いやさら》に、世《よ》を経《ふ》るには負《まけ》じ魂《だましい》を確固《しっかり》と持たなければならないと思いしめたであろうと——

嫁入《よめい》ってたった一月《ひとつき》、弱まりきった彼女はまた飯倉の姉の家にかえってきた。健康が恢復《かいふく》して来ると、五年の星霜《せいそう》は、彼女には何かしなければならないという欲求が起って来た。

正子が松井須磨子となる第一歩は、徐々《じょじょ》に展開《てんかい》されるようになった。彼女に結婚を申込んだ人に前澤誠《まえざわせい》助《すけ》(21)という青年があった。高等師範に学んでいたが、東京俳優学校の日本歴史教師を担任していた。俳優学校というのは、新派俳優の故参、藤澤浅次郎《ふじさわあさじろう》が設立《せつりつ》したもので、そのころ米国哲学博士の荒川重秀《あらかわしげひで》氏も新劇団を起し、前澤はその方にも関係を持っていた。その青年の求婚《きゅうこん》は須磨子の方でも気が進んだのであろう。前澤の乏しい学生生活《がくせいせいかつ》に廿二歳の正子という華やかな色彩が加わった。

堅気《かたぎ》の家に寄宿して、出京しても一度も芝居を見なかった若い細君の耳《みみ》へ、毎日毎日響《ひび》いてくるのは、劇《げき》に新生面《しんせいめん》を開いてゆかなければならないと、論じあう若き人々の声ばかりであった。新時代の要求は立派な女優であるというような事も響いた。良人《おっと》の前澤は妻にもそれを解らせようとした。彼女は知らずしらずに動かされて女優修業をしようと思い立った。前澤の関係のある俳優学校は女優を養成しなかったので、坪内先生の文芸協会へはいることになった。

当時《とうじ》、文芸協会の女優生徒の標準は高かった。英文学の講義、英語の素読というような科目もあった。彼女は試験委員の一人であった島村氏の前へはじめて立ったおり、島村氏はじめ他の委員も彼女の強壮《きょうそう》なのと、音声の力強いのと、体軀《からだ》の立派なのに合格としたが、英語の素養のないので退学させられるということになった。

彼女の異状な勉強はそれからはじまる。彼女は二つのおなじ英語の書籍を持って、一つにはすっかりと一字一字仮名をつけ、返り点をうち、鵜呑《うの》みの勉強をはじめた。教える方が面倒なために持てあますほどであった。その熱心さが坪内博士を動《うご》かして、特別《とくべつ》に別科生として止まる事が出来たのであった。彼女は熱心と精力のあるかぎりをつくしたのでＡＢＣもよく出来なかったのが三ケ月ばかりのうちに、カッセル版《ばん》の英文読本《えいぶんとくほん》をもってシェクスピアの講義を聴くことが出来た。他の生徒に負けぬように芝居に関する素養も造っておこうというので、学校の余暇《よか》には桝本清《ますもときよし》について演芸の知識を注入《ちゆうにゆう》した。

文芸協会の第一期公演は、第一期卒業の記念として帝国劇場で開催された。それが須磨子にも初舞台である。多くあった女生《じよせい》もその時になると山川浦路《うらじ》と松井須磨子とだけになっていた。ハムレット劇の王妃ガーツルードは浦路で、オフィリヤは須磨子であった。それは明治四十四年の五月のことで、新興劇団の機運はまさに旺盛《おうせい》の時期《じき》とて、二人の女優は期待《きたい》された。

廿五歳になったおり卒業を前に控えて彼女の第二の離婚問題はおこった。自分の天分にぴったりとはまった仕事を見出すと、彼女の倨傲《きよごう》は頭を持上げはじめた。勝気で通してゆく彼女は気に傲《おご》った。それに漸《ようや》く人物の価値《ねうち》の分るようになった彼女は前澤との間が面白くなくなりだした。満たされないものがはびこりはじめた。良人との衝突も度重《たびかさ》なって洋灯《らんぷ》を投げつけるやら刃物三昧《はものざんまい》などまでがもちあがった。とうとう無事に納まらなくなってしまった。その間に彼女は卒業した。

ヒステリー気味《ぎみ》な所作《しうち》は良人《おっと》へばかりではなかった。同期生の男達が、山出《やまだ》しとか田舎娘などとでも言ったら最期《さいご》、学校内でも火鉢が飛んだりする事は珍らしくなかったのである。けれども気性のしっかりしているのも群を抜《ぬ》いていたという。一度言出したことは先生の前でも貫《つらぬ》こうとする。そういった気性が女王《クイン》になった芸術座でもかなり人を困らせたのだ。

彼女もまた時代が命令して送りだした一人の女性である。たまたま彼女が泰西《たいせい》の思想劇《しそうげき》の女主人公となって舞台の明星《スター》となったときに、丁度我国の思想界には婦人問題《ふじんもんだい》が論ぜられ、新しき婦人とよばれる若い女性達《じょせいたち》の一団は、雑誌「青鞜《せいとう》」を発行して、しきりに新機運を伝えた。すべて女性中心の渦《うず》は捲《ま》き起り、生々とした力を持って振《ふる》い立った。その時に「人形の家」のノラに異常な成功をした彼女は、驚異の眼をもって眺められた。彼女の名はあがった。

ある夜更《よふ》けに冷《つめ》たい線路に佇《たた》ずみ、物思いに沈む抱月氏を見かけたというのもそのころの事であったろう。ノラの舞台監督で指導者の抱月氏に、須磨子が熱烈な思慕を捧《ささ》げようとしたのも其頃《その》のことであった。恋と芸術の権化《ごんげ》——決然と自己を開放した日本婦人の第一人者——いわゆる道徳を超越した尊敬に値いする人——『須磨子の一生』(22)の著者はそう言っている。

彼女は猛烈《もうれつ》に愛した。彼女はその恋愛によって抵抗力《ていこうりょく》を増した。けれど抱月氏の立場は苦しかった。総《すべ》てのものが前生活《ぜんせいかつ》と名をかえてしまった。家庭の動揺《どうよう》——文芸協会失脚——早稲田大学教職辞任——

彼女にも恩師であった坪内先生の、畢世《ひっせい》の事業《じぎょう》であった文芸協会はその動揺から解散を余儀なくされてしまった。島村氏も先生にそむいた一人になった。

嫉視《しっし》、迫害《はくがい》、批難攻撃《ひなんこうげき》は二人の身辺《しんぺん》を取りまいた。抱月氏の払った恋愛の犠牲は非常なものだったが、寂しみに沈みやすいその心に、透間《すきま》のないほどに熱を焚《た》きつけていたのは彼女の活気であった。そして抱月氏が生《いき》る道は彼女を完成させなければならなかった。かなり理解を持っているものですら、学者は世間見ずのものであるが、ああまで社会的に堕落してゆくものかとまで見られもした。貨殖《かしょく》に忙《せわ》しかった彼女が種々《いろいろ》な客席へ招かれてゆくので、あらぬ噂さえ立ってそんな事まで黙許《もくきょ》しているのかと蜚語《ひご》されたほど

である。「緑の朝」のすぐ前に、歌舞伎座で「沈鐘《ちんしょう》」(23)の出されたおり楽屋のものが、

「あの人はあれで学者の傑《えら》い先生なんですってね、男衆《おとこしゅ》かと思ったら」

そんなに見縊《みくび》られても黙々と、所信の実行を示すだけであったが、芸術座と松竹会社との提携《ていけい》が成立したので、これからこそ島村氏の学者としての復活だと予想されたおり忽然《こつねん》として永眠《えいみん》されてしまった。座員、脚本部員、事務員と、島村氏のもとに統率された芸術座もその年の暮にはまず脚本部が絶縁し、芸術座は解散し、須磨子一座ということになってしまった。

オフィリヤで狂乱の唄《うた》をうたい、カチューシャでさすらいの唄から、一段と世間的に須磨子の名は広まった。行《ゆ》こうかもどろかオロラの下へ――という感傷的《センチメンタル》な唄声は市井《しせい》の果《はて》から田舎人の訛声《だみごえ》にまで唄われるようになった。そして最後にカルメンの悲しい唄声《うたごえ》を残して彼女は逝《い》った。流行唄はすぐさまこんなふうに悲しい彼女の身の上を唄った――

君に離《はな》れてわしゃ薔薇《ばら》の花。濡《ぬ》れてくだけてしおしおと、ゆうべさびしい楽屋入《がくやいり》、鬘衣裳《かつらいしょう》も手につかず、幕の下《お》りると待ちかねて、すすり泣くぞえ舞台裏――

彼女の葬式はすべて抱月氏のにならっておこなわれた。日も時刻も何もかもみんなおなじようであった。ただ柩《ひつぎ》に引添う彼女が見られなくなったばかりで、式場の光景は一層盛大で、数々の花環に取りかこまれ、名ある新旧俳優も列《れっ》し、弔辞が捧《ささ》げられた。けれども彼女が遺書の中に繰りかえし繰りかえして頼んでいった抱月氏との合葬のことは問題になった。坪内先生の説は並べて墓を建てたらというので、それは未亡人も、

「坪内先生のおっしゃる事にはそむかれない」
と許したのであったが、却《かえ》って彼女の親戚側の方から、
「島村氏と一緒に居たことさえ良いとは思わなかったのだから」
と頑迷《がんめい》なことを言出したため、彼女がとっておいた島村氏の遺髪《いはつ》と一所に葬ることにして、遺骨《いこつ》は信州へ持ちかえられた。彼女ほどに透徹《とうてつ》した人生をおくったものが、墓地などの形式を気にかけたのはおかしいが、古来の伝説や何かに美化《びか》されたものを思いだしたのでもあろう。

彼女は何故《なぜ》死んだ、芸に生きなかったかとは言いたくない。彼女には宗教もない、彼女の信仰は自分自身であったのであろう。その本尊《ほんぞん》が死を決したときに芸術も信仰も残らぬ筈《はず》である。楠山氏への偏愛問題《へんあいもんだい》とかが脚本部動揺の基《もと》になっていたようであったが、彼女がこの後いくら生《いき》ていて誰れに愛を求めようとも、抱月氏の高さ、尊さが、胸に響きかえってくるばかりで、決して満足のある筈《はず》はない。かの女《じょ》の死は当然のことである。

私は彼女のことを詩のない女優といったが、あの女《ひと》の死は立派な無音の詩、不朽な恋愛詩を伝えるであろう。ほんとに死処《しにどころ》を得た幸福な人である。

松井須磨子の名は、はじめて芸名をさだめる時に、印刷物の都合でせきたてられたとき、松代《まつしろ》から出たのだから松代須磨子《まつしろすまこ》としようといったら、傍から、まっしろ（真白）須磨子ときこえると茶化したので、それでは松井にしようといった。するとまた、まずい須磨子ときこえるといった。けれど「まずくっても

好い」と小さな紙裂《かみき》れへ書いて出したのが、大きな名となって残るようになった。
とはいえ彼女はやっぱり慾張《よくば》っていた。死ぬまで大芝居《おおしばい》を打って、見事に女優としての第一人者の名を贏得《かちえ》ていった。乏《とぼ》しい国の乏しい芸術の園《その》に、紅蓮《ぐれん》の炎《ほのお》が転《ころ》がり去ったような印象を残して――

――大正八年四月――

（1）大正九年　大正八年の誤り。
（2）陋居の主人　三上於莵吉のこと。大正八年（一九一九）春から牛込矢来下で同棲をはじめた。
（3）紅蓮洞　一八六六―一九二五。坂本紅蓮洞。文学者。立教中学などの教員や新聞記者をつとめたが、文学者と交わり、放浪生活を送る。奇癖の逸話が多く、文壇の名物男として知られた。
（4）楠山氏　一八八四―一九五〇。楠山正雄。演劇評論家、児童文学者。一九一三年、島村抱月の芸術座に参加し、ツルゲーネフ「その前夜」、ハウプトマン「沈鐘」などを翻訳、脚色。また冨山房で児童文学の編集、翻訳にあたった。
（5）秋田さん　一八八三―一九六二。秋田雨雀。劇作家、児童文学者。島村抱月の芸術座に参加。後に社会主義運動に進み、「太陽と花園」などの童話を書く。一九三四年、新協劇団結成に参画。戦後は舞台芸術学院長。
（6）田村俊子　一八八四―一九四五。小説家。幸田露伴に師事。田村松魚と結婚。一九一一年「あきらめ」で認められ、女性の解放を官能的な筆致でえがいた「木乃伊の口紅」などで流行作家となる。一九一八年、愛人の鈴木悦を追ってカナダに渡る。後に上海で雑誌「女声」を創刊。一九四五年四月一六日同地で急死した。
（7）坪内先生　一八五九―一九三五。坪内逍遥。小説家、劇作家、評論家。東京専門学校の講師を経て教授。

一八八五年に評論「小説神髄」、小説「当世書生気質」を発表し、近代的な写実主義文学を唱える。一八八九年に「早稲田文学」を創刊。演劇の改良を志し、戯曲「桐一葉」などを創作。一九〇六年文芸協会を組織。シェークスピアの全作品を完訳した。

(8) 伊原青々園　一八七〇―一九四一。劇評家、小説家。本名、敏郎。坪内逍遥の勧めで日本演劇史研究を終生の課題とした。一八九七年から晩年まで「都新聞」で劇評と小説などを書く。一九〇〇年、三木竹二と「歌舞伎」を創刊。

(9) 文芸協会　一九〇六年、坪内逍遥・島村抱月らを中心に、演劇・文学・美術などの改革を目的として設立された団体。一九〇九年に演劇団体として改組、日本の新劇運動の起点となった。一九一三年解散。

(10) 瘋癲　精神の状態が正常でないこと。また、その人。

(11) 上山草人　一八八四―一九五四。映画俳優。近代劇協会設立に参加。新劇俳優として活躍後、一九一九年に渡米し、ハリウッドで「バグダッドの盗賊」など多くの映画に出演した。妻は山川浦路。

(12) 山川浦路　一八八五―一九四八。女優。東京生まれ。上山草人と結婚。一九一二年、草人の近代劇協会に参加し「ファウスト」「桜の園」などに出演する。協会解散後、家族とともに渡米。

(13) ダヌンチオ　一八六三―一九三八。イタリアの詩人、小説家、劇作家。耽美派の代表者。第一次大戦後、国家主義運動に参加。詩集「アルチヨーネ」、小説「快楽」「罪なき者」「死の勝利」、戯曲「聖セバスチャンの殉教」など。

(14) 小山内薫　一八八一―一九二八。劇作家、演出家。「新思潮」(第一次)を創刊してヨーロッパの演劇運動や新文芸の紹介につとめる。一九〇九年、二代市川左団次らと自由劇場を結成。イプセン、ゴーリキーらの戯曲を試演して近代演劇の基礎を築いた。一九二四年に土方与志らと築地小劇場を創設。

(15) 谷崎潤一郎　一八八六―一九六五。小説家。「新思潮」(第二次)発表の「刺青」が永井荷風に激賞され、耽美派作家として文壇に登場。関東大震災を機に関西に移住し、作風は「痴人の愛」に代表されるモダニズムから「吉野葛」「春琴抄」などの古典趣味に変貌した。戦時中は「源氏物語」の現代語訳に取り組み、発禁となった「細雪」を執筆。晩年の作品に「鍵」「瘋癲老人日記」など。

（16）世界感冒　スペイン風邪。一九一八―一九年にかけて全世界に流行したインフルエンザ。悪性で伝染力が強く、死亡者数は第一次大戦による死者数を上回ったといわれる。
（17）「ヘッダガブラア」　イプセンの戯曲「ヘッダ・ガブラー」。四幕。一八九〇年作。平凡な大学教師の妻ヘッダが、著述で名声を博しているかつての愛人レーブボルグに自殺を命じ、自分も死ぬ。解放された女性が確固とした生き方を見いだせない悲劇。
（18）「人形の家」　イプセンの戯曲。三幕。一八七九年作。弁護士の夫から人形のように愛されていただけであったことを知ったノラが、一個の人間として生きるために夫と子供を捨てて家を出る。女性解放の問題を提起した近代社会劇の代表作。
（19）佐久間象山　一八一一―六四。武士、思想家。妻は勝海舟の妹。江戸で佐藤一斎に学び、神田で塾を開く。また、江川英龍に西洋砲術を学び、勝海舟らに教えた。一八五四年吉田松陰の密航事件に連座。後に公武合体、開国を説き、一八六四年七月一一日京都で尊攘派に暗殺された。
（20）上総　現在の千葉県中部にあたる。
（21）前澤誠助　一八八〇―一九二三。長野生。長野師範学校卒業後、俳優養成所日本史教師となる。
（22）『須磨子の一生』の著者　秋田雨雀、仲木貞一。『恋の哀史　須磨子の一生』一九一九年、日本評論社。
（23）「沈鐘」　ハウプトマンの童話詩劇。五幕。一八九六年初演。鐘造り師と山の妖精との悲恋を描く象徴劇。

平塚明子（らいてう）

一八八六―一九七一（明治一九―昭和四六）。評論家、社会運動家。東京生まれ。本名奥村明（はる）。日本女子大学家政科卒業。一九〇七年六月、閨秀文学会に参加し、与謝野晶子、生田長江、森田草平らに教えを受ける。翌年三月、森田草平と塩原で心中未遂事件を起こし、世を騒がせた（煤煙事件）。一一年九月、日本で最初の女性による女性のための文芸雑誌「青鞜」を創刊し、発刊の辞「元始女性は太陽であった。――青鞜発刊に際して」を掲載。以降、文芸運動、女性解放運動に積極的に参加し、指導的役割を果たす。一八年には母性保護をめぐって与謝野晶子と論争、二〇年三月には市川房枝、奥むめおらと新婦人協会を結成した。戦後は平和運動のリーダーとなり、生涯女性の社会的、政治的地位向上のための活動をつづけた。

一

らいてうさま、

このほどお体は如何《いかが》で御座いますか。爽《さわ》やかな朝風に吹かれるといかにもすがすがしくて、今日こそ、何もかもしてしまおうと、日頃のおこたりを責められながら、私は、貧乏な財袋《さいふ》よりもなお乏しい頭の濫《らん》費《ぴ》をしつつ無為な日を送っております。

御あたりはお静かでございますか。田舎《いなか》での御生活は、どこやら不如意《ふによい》なようでいて、充実されたものであろうと、お羨《うらやま》しくぞんじます。あなたのお体にもよし、御家庭にもしみじみとした味の出た事と存じます。お子さまがたは、御自分たちのお母さまとして、日夜お傍《そば》に親しむことのお出来になるのを、どんなに現わし得ない感謝をもって、およろこびなされている事かと、あたくしでさえ嬉しい心地がいたします。そして風物は悠々《ゆうゆう》として、あなたの御健康を甦《よみが》えらせていることとぞんじます。

二

らいてうさま、

那須野《なすの》を吹く風は、どんな色でございましょう。玉藻《たまも》の前《まえ》の伝説などからは紫っぽい暗示をうけますが、わたくしの知る那須野の野の風は白うございます。冬など、ふと灰色がかるようにも感じられますが、わたくしには何となく白いように思われます。その白さも、薔薇《ばら》の白《ホワイト》ではなくて、白夜、白雨といった感じ、夏らしい清新の感がともなっております。

わたくしは那須野をよく知りません。奥州《おうしゅう》へ行ったおり、時折通りすぎた汽車の窓からあかず眺めて通ったところで御座います。あの広々した野を見ると、せせこましい、感情にのみ囚《とら》われている自分から解きほどかれて、自由な、伸々《のびのび》した、空飛ぶ鳥のような勇躍をおぼえました。わたくしは山は眺《なが》めるのを好みます。海の眺めも好きです。が、野の景色ほどしみじみと好きなものはございません。あかず行く雲のはてを眺め、野川の細流《せせらぎ》のむせぶ音を聞き、すこしばかりの森や林に、風の叫びをしり、草の戦《そよ》ぎに、時《とき》の動きゆく姿を見ることが望みでございます。むさしのに生れて、むさしのを知らぬあこがれが、わたくしの血の底を流れているのでございましょう。

いま、わたくしの目の前、小さな窓も青葉で一ぱいで御座います。思いは遠く走って、那須野の、一望《いちぼう》に青んだ畑や、目路《めじ》のはての、村落をかこむ森の色を思いうかべます。御住居《おすまい》は、夏の風が青く吹き通していることと思います。白い細《こま》かい花がこぼれておりましょう。うつ木《ぎ》、こてまり、もち、野茨《のいばら》――栗の葉も白い葉裏をひるがえしておりましょう。塩原へ行く道を通っただけの記憶でも、那須は栗の沢山あるところだと思いました。小さな、一尺二、三寸の木の丈《たけ》で、ほんの芽生《めば》えなのに青い栗毬《いが》をつけていたことを思い出します。

昨夜は、もう入梅であろうに十五日の月影が、まどかに、白々と澄んでおりました。夏の月影の親しみぶかさ――そんなことを思いながら眺めておりました。そちらの月の夜は、夜鳥《よどり》もさぞ鳴きすぎることでございましょう。月明《つきあかり》に、夜空に流れる雲のたたずまいもさぞ眺められることで御座いましょう。そして静寂な中に、ともしびをかこんで、お子様がたのおだやかな寝息に頭をまわしながら、静かに、あなたがたは何をお読みになっていらっしゃるか、何をお思いになってお出《いで》であろうか、又《また》は、何についてお談話《はなし》をなされてであったろうかと、ふと何ともいえぬ懐《なつか》しみが湧《わ》き上りました。

らいてうさま、あなたのお健康《からだ》は、都門《ともん》を離れたお住居《すまい》を、よぎなくしたでございましょうが、激しい御理想に対してその欲求《おのぞみ》が、時折何ものも焼尽《やきつく》す火のように燃え上るおりがございましょう。けれどもまた、長い御一生に——あなたばかりでなく、お子様がたにも——おだやかな、滋味のしたたるような今の御生活が、しみじみと思い出されるおりがあろうと思いますと、只今《ただいま》の楽しいお団欒《まどい》が、尽きない尽きない、幸福の泉の壺《つぼ》であるようにと祈られます。

三

らいてうさま、

時折来訪される人で、あなたをよく知らないで嫌いだといって、あなたの事といえばよく聞きもしないで悪くキメつけるお爺《じい》さんが御座います、紅蓮洞《ぐれんどう》という人です。その実その人は、決してあなたが嫌いなのではないので御座います。その人として嫌いなはずがないので御座います。奇人ゆえ、ふとした事から嫌いにしてしまうと、もう取返しがつかなくなって、しつこいほど意地わるく悪口をするので御座います。けれどわたくしはその人がひそかにあなたには敬意をもっていることを知っています。奇人にはちがいありませんが、洒脱《しゃだつ》、飄逸《ひょういつ》なところのない今様《いまよう》仙人ゆえ、讃美する的《まと》が外《はず》れて、妙に反《そ》ぐれてしまったのだと思います。そのくせその人が好意を示しているもので、あんまり感心した女はないのです。そして好意を持ちながら侮蔑《ぶべつ》しきっているのです。

それとは事かわりますが、世の中には、誉《ほ》めたいのだが、他人があんまり感心するから嫌だといったふうな旋毛曲《つむじまが》りがかなりにあります。口に新時代の女性を謳歌《おうか》しながら、趣味としては、義太夫節などにある、身を売って夫を養う妻を理想として矛盾を感じない男もあります。

近代生活思潮に刺戟《しげき》をうけながらも、その不安をごまかして、与えられる物質だけに満足して、倦《もの》うい日々をおくるのを、高等な生活のように思いこんだ婦人たちは、あなたが新しい女と目されて、社会の耳目を敧《そば》だたせたおりに――無気力無抵抗につくりあげられた因習《いんしゅう》の殻《から》を切り裂いて、多くの女性を桎梏《しっこく》の檻《おり》から引出そうとしたけなげなあなたを、男が悪口する以上な憎悪《ぞうお》の目をもって眺めさげすみました。知識階級にある男達までが好《い》い気になってあなたの恋愛――他人に何等《ら》の容喙《ようかい》をも許されないことにまで立入って、はずかしげもなくあげつらい得々《とくとく》としていました。しかしそれは日本人の癖で、ちょっと他の者が答えかねる事を――賤《いや》しさを、口にするのが、妙な風に感心させようとする手段で、他をはずかしめると共に自らを低《ひく》くする事に平気なのです。無神経なのです。それをまた得々として雷同するものが多いのは情《なさけ》ないことです。

あなたはそうした意味であらゆる人の、口の端《は》におかかりでした。けれど、皆《み》んな、やっぱり其内心《そのないしん》は、今様仙人とおなじ型だったのです。

あなたはほんとによくお働きでした。あれではとてもたまりません。「青鞜《せいとう》」時代――「新婦人協会」(1)

時代——その間に御自分だけの生活としても、かなり複雑な——あなたの恋愛、母親となったあなた、それは一つひとつにはなすことの出来ない、あなたの思想と密接な関係のあったものとはいえ、時代にさきだって事にあたったあなたには、どの一つでも勇気と自信のいることでした。あなたのなさった事がみんな無意味でなく、空論ではありませんでした。

もともと仙人とは空気を食べてたふうのものでしょうから、今様仙人が空論を吐くのは、ゆるすとして、その他の人が口だけで、兎《と》や角蔑《かくさげ》すむのを憎みます。このごろ、あなたが衝《しょう》にあたってお出《いで》でないという事が、新婦人協会の内部《うちわ》もめをおこしたというのを聞き、今更と思う思いがいたしました。

四

らいてうさま、

昨年、一昨年、一般社会に普選ということが問題とされ喧《かま》びすしかったおり、あなたもまた、婦人参政権を求め、婦人もまた一個の人間としての扱《あつか》いを要求し、めざましい御活動で、各地を遊歴なさいましたその折にも、例の京童《きょうわらべ》は、あなたのあれが商売だともうしました。商売とは、昔者《むかしもの》の言葉でいえば、世渡りの綱で、心にもない事も言って生活の代《しろ》を得る——というふうに、そうした言葉で、その折にもそうした意味に用いられました。

わたくしはかなりの憤《いきど》おりを感じました。親譲りの財産でもないかぎり、また有《あり》あまった収入の道があって体が暇な人がするお道楽なら知らず、食べないで働けるものではありません。昔の高僧とよばれる人でさえ、人間を救いながら喜捨《きしゃ》はうけていました。与えられた食物を糧《かて》にして救《すく》いました。それがすこしも賤しい事でも何でもありません、立派な生活です。一本の敷島《しきしま》を煙にしてもそれだけの失費があり、自分の足で歩くのだといばっても、跣足《はだし》ではあるけない世の中に衣食するものが、得るものがなくてなんで過してゆけましょう。ましてその人は、洋画家の収入の僅《きん》少《しょう》なのを知っているのです。それに幼少な子達さえおありになるあなたの御家庭が、中々《なかなか》費《つい》えのある事を思わず、またそうした苦悩をしのんでも、志した道に精進して、婦人の覚醒《かくせい》に力をつくされる、社会的な、広義な愛を——新人の味わう悲痛を知ろうとしないのに、憎らしささえ覚えました。

らいてうさま。あなたは、言うにいえない、人知れぬ苦い涙を、幾度お味《あじわ》いなさいましたろうとおいとしく思います。あなたは、優しい夫君、いとしいお子たちに取りまかれて、静かに出来るだけの日を静養なさいまし。そして心身ともに以前に倍しておすこやかになり、ともすれば懶惰《らんだ》に、億劫《おっくう》になりがちなわたしたちのために、発奮させる原素となって下さいまし。

五

らいてうさま、

わたくしはもう「煤煙《ばいえん》」(2)を読んだおりの感想を思い出すことが出来ません。たしか寒い、雪の中を、あなたが気強さを守り通して、一人で山の方へ立っておしまいなさったということをおぼえておるだけです。そのうち、「煤煙」の作者を、ずっと後に見かけた事があります。大柄な、肥《ふと》った、近眼鏡をかけた色の白い、髪を短くかった方でした。以前からお連添《つれそ》いになっている藤間勘次さんが、藤間静枝(3)の「藤蔭会《とういんかい》」の第一回に出られた時のことで、日本橋の常盤《ときわ》倶楽部で御座いました。その折にわたくしは何故となく「煤烟」は男の方から見ただけで書いたものだという気持がしました。その後、「青鞜」から尾竹紅吉(4)さんの「サフラン」が生れ、「青鞜」が伊藤野枝《いとうのえ》(5)さんのお手に移ってやめられてから、「青鞜」の第二世と云う「ビアトリス」(6)が新《あらた》に生れ、そしてその同人山田田鶴子《やまだたずこ》さんに時折お目にかかる機会が来たときに、山田さんから伺ったはなしでは「煤烟」の作者は、幾度「煤烟」を繰《くり》かえそうとなすっているかと、ほほえまれるので御座いました。

あの事件――あなたのお名がわたくしにも親しみ深くなったおり、あなたの処女作でおありだろうと思う、たしか二場ばかりの脚本を載せた小さな雑誌の寄贈をうけたことがありましたが、「煤烟」の中のあなたらしい女性をとりあつかった題材で、脚本そのものは、平ったくもうせば、よかったとはもうせませんが、わたくしは大変興味をもって読みました。そのまたあなたが禅をお学びだということもそのうち承わりました。

いつぞや有楽座で、チェホフの「叔父《おじ》ワーニャ」を素人《しろうと》の劇団の方たちが演じたおり、奥村さん(7)がギターを弾《ひ》く役をなさった事がありました。あの節お招きを頂きながら田端《たばた》のアトリエへうかがわなかったのを、いまでも大層残念に思っております。お宅が芝居のおけいこばになっているから見に来てくれるようにとお言《こと》づてのあったおり、わたくしは何ともいえぬ和気藹々《わきあいあい》としたものを感じました。わたくしもあなたがたを取巻く劇中の一人のはやくになって、田端の画室の仮《かり》けいこ場へ登場して、御家庭にも親しんでみたいと思っておりましたが、なかなか家を出ないのがわたくしの癖で、そうしなければと思っているうちが、何んでも一番心持が緊張している時で、さあという段《だん》になると気が重くなるのがわたくしの悪い習慣なのでございます。

あなたをぜひ美人伝に入れなくてはならない方だと、わたくしがいったのを、人づてにお聞きになって「どうぞお書き下さい。だが、どんな風にお書きになるでしょう」と仰しゃったというお言《こと》づてを伺ったのも、もう三年も前になります。どんなふうにといって、あなたは単に美人伝ばかりの人ではありませんから、わたくしは、あっさりと、あなたのお名を加えて自分の満足だけに致すのです。貴女の伝記は、思想家として——近代女性の母としてあるべきです。

あなたというお方は、気持の優《やさ》しい方だと思います。知らない方は、あなたをまるで違ったふうに思っているでしょうと思います。女丈夫だから、若く、ねんごろにつかえる夫を持ったなどと推測にすぎることを言って平気なものもありますが、それは大変あやまった事で、あなたほどの方が夫から敬されたのはあたり前です。それ以上の親しみと愛が、そんな事を包んでしまうのを知らないのです。妻というものは台所の俎板《まないた》と同様、または雑巾《ぞうきん》ぐらいに見てよいものだといって憚《はばか》らないものがあることゆえ、妻の偉さを知っているものを白眼で見て、羨《うらや》ましさから起る嫉妬《しっと》にしか過ぎません。なんであなたほどのかたが、妻におもねり、機嫌ばかり取っているような、そんな男を男と見ましょうか、伴侶《はんりょ》として選みましょうか。見せかけだけでしか標準をさだめ得ない、世の中の軽薄さを思わせられます。

田村俊子さんがお書《かき》になった日記の中で、読んだことがあります。みじかい文のなかに、あなたという方がくっきりと浮いて見えたのをおぼえております。見つけだしましたから書いて見ましょう。

十一月廿四日、夕方平塚さんが見える。今日は黒い眼鏡がないので顔の上から受ける感じが明るい。話をしている間に深味のある張《はり》をもった眼が幾度も涙でいっぱいになる。この人を見ると、身体じゅうが熱に燃えている、手をふれたら焦《こ》げただらされそうな感じがするでしょう、とある人の云った事を思いだす。厚い口尻に深い窪《くぼ》みを刻みつけて、真っ白な象牙《ぞうげ》のような腕を袖口から出しながら、手を顎《あご》のあたりまで持っていって笑うとき、一寸《ちょっと》引き入れられる。私はこの人の声も好きだ。

わたくしはあなたのお顔を天平《てんぴょう》時代の豊頰《ほうきょう》な、輪廓のただしい美に、近代的知識と、情熱に輝き燃《もえ》る瞳《ひとみ》を入れたようだとつねにもうしておりました。

らいてうさま、

あなたが濡《ぬ》れそぼちて、音楽会の切符を持ち廻られたり、劇場と特約した切符を売ったり、なれない場処で、芝居の座席の割りつけに苦心してお出《い》でなさるのを見るのはお気の毒のようにさえ思いおりました。くれぐれも只今の御生活を、お身体《からだ》の滋養となさって、御休養を切に祈ります。これからの激しい世波《よなみ》を乗り越すには、気力も、体力も、智力《ちりょく》の下《した》に見る事は出来まいと思います。

御自愛なさいましらいてうさま。

――大正十二年七月――

附記・明治四十四年十月、(8)平塚らいてう(明子)さんによって「青鞜」が生れたのは、画期的な——女性覚醒《かくせい》の黎明《れいめい》の暁鐘であった。このブリュー・ストッキングを標榜《ひょうぼう》した新人《しんじん》の一団《だん》は、女性擡頭《たいとう》の導火線となったのだった。

「青鞜」創刊の辞に、

原《げん》〔元〕始《し》、女性は太陽であった。真正の人であった。

今、女性は月である。他に依《よ》って生き、他の光によって輝く、病人のような蒼白《あおじろ》い顔の月である。

偖《さ》てここに「青鞜」は初声《うぶごえ》を上げた。

現代の日本の女性の頭脳と手によって始めて出来た「青鞜」は初声を上げた。

女性のなすことは今は只《ただ》嘲《あざけ》りの笑を招くばかりである。

私はよく知っている、嘲りの下に隠《かく》れた或《ある》ものを。

そして私は恐れない。

(中略)

——私共は隠されたる我が太陽を今や取戻さねばならぬ。

わたくしは新らしい女である。わたくしは太陽であると、らいてうさんは叫んだ。

「新らしい女」という名が、讃美、感嘆、中傷、侮辱、揶揄《やゆ》と入り交って、最初は青鞜社員から社友に、それからは一般の進歩的婦人の上にふりそそがれた。

「青鞜」は最初、社会的に全然地位も自由ももたない婦人たちが、文芸を通じて心の世界に自由を求め、そこに自分の生命を見出そうと、中野初子《なかのはつこ》（日本女子大学国文科出身）木内錠子《きうちじようこ》（同）保持研子《やすもちよしこ》（同）物集和子《もずめかずこ》（夏目漱石門人・物集《もずめ》博士令嬢）平塚明子《ひらつかはるこ》（日本女子大学家政科出身）の五人の発起だった。

この人たちの勇気と決心は、婦人解放運動の巨火《きよか》となったのだ。

「青鞜」の編輯は、最終《さいしゆう》のころは、伊藤野枝さんにかわっていた。野枝さんは後に大杉栄《おおすぎさかえ》(9)氏夫人となって、震災のおり×〔殺〕されてしまった。

この附記は、らいてうさんの出発点をよく知らぬ人のために、蛇足《だそく》かもしれぬが記《しる》しておく。

（1）新婦人協会　一九二〇年に平塚らいてう、市川房枝らが組織した婦人団体。婦人の政治活動を禁じた治安警察法第五条の撤廃請願運動などを展開した。一九二二年解散。

（2）「煤煙」　森田草平の小説。明治四二年（一九〇九）発表。作者と平塚らいてうとの心中未遂事件を題材に、近代青年の苦悩に満ちた恋愛を描いた。

（3）藤間静枝　一八八〇—一九六六。日本舞踊家。本名内田八重。はじめ藤間静枝を名乗り、一九一七年に藤蔭会を結成。坪内逍遥の「新楽劇論」にはじまる新舞踊の道を開いた。一九三一年藤蔭流を創立。家元となり藤蔭と改姓。

（4）尾竹紅吉　一八九三―一九六六。本名富本一枝。随筆家。一九一二年青鞜社に加わる。その奔放な言動が「新しい女」として物議をかもし、退社。一九一四年に神近市子らと「番紅花（サフラン）」を発刊。同年陶芸家富本憲吉と結婚。「婦人公論」などに随筆、評論を書き、戦後は山の木書店を設立した。

（5）伊藤野枝　一八九五―一九二三。社会運動家。一九一三年平塚らいてうらの青鞜社に加わり、後に「青鞜」誌を主宰した。一九一六年大杉栄と同棲し無政府主義運動をすすめるが、関東大震災直後の一九二三年九月一六日憲兵大尉甘粕正彦らに虐殺された。

（6）「ビアトリス」　大正五年（一九一六）七月―同六年四月。全八号。底本「ピアトリス」は誤記。生田花世、山田たづ（山田田鶴子）らが中心となる。「文芸を愛好及創作する女性」が集ったという意味で、「青鞜」の路線を引き継いだ雑誌と見ることもできる。

（7）奥村さん　一八四五―一九〇七。奥村五百子。社会運動家。高杉晋作、野村望東尼と交わり尊攘運動に参加。北清事変の際、日本軍を慰問したことをきっかけに、一九〇一年軍事援護を目的とする愛国婦人会を組織。全国を遊説して組織の拡大につとめた。

（8）十月　九月の誤り。

（9）大杉栄　一八八五―一九二三。社会運動家。妻は伊藤野枝。幸徳秋水らの平民社に加わる。一九一二年、荒畑寒村と「近代思想」を発刊。以後「文明批評」などを刊行し、無政府主義を論じた。一九二三年パリのメーデーで演説し送還される。同年九月一六日、関東大震災後の混乱の中、憲兵大尉甘粕正彦らによって虐殺された。

柳原燁子（白蓮）

一八八五―一九六七（明治一八―昭和四二）。歌人。東京生まれ。本名宮崎燁子（あきこ）。伯爵柳原前光の次女として生まれ、北小路随光の養女となる。一九〇〇年、北小路資武と結婚、五年後に離婚。東洋英和女学校に入学、英文学、聖書などを学ぶ。佐佐木信綱の竹柏園に入門。一一年、九州筑豊の炭鉱王伊藤伝右衛門と結婚し、福岡に住む。この頃から「心の花」に短歌を投稿。一五年、佐佐木信綱序文、竹久夢二装幀の第一歌集『踏絵』を上梓する。この年落成した別府の広大な別荘は、当地の文人、ジャーナリストの交流の場となり、「筑紫の女王」と呼ばれた。二一年一〇月、「大阪朝日新聞」に夫伝右衛門への絶縁状を掲載し、まもなく離婚。二三年に宮崎龍介と結婚。龍介とともに社会運動に従事した。出征していた長男香織の戦死をきっかけに、戦後「悲母の会」を結成し、平和運動の中心的存在となった。歌誌「ことだま」主宰。

一

ものの真相はなかなか小さな虫の生活でさえ究《きわ》められるものではない。人間《にんげん》と人間との交渉など、どうして満足にそのすべてを見尽《みつく》せよう。到底《とうてい》及びもつかないことだ。微妙《びみょう》な心の動《うご》きは、わが心の姿さえ、動揺《どうよう》のしやすくて、信実《まこと》は書きにくいのに、今日《こんにち》の問題の女史《ひと》をどうして書けよう。ほんの、わたしが知っている彼女の一小部分《しょうぶぶん》を――それとて、日常《にちじょう》傍《かたわ》らにある人の、片っぽの目が一分間見ていたよりも、知《し》らなすぎるくらいなもので、毎朝《まいあさ》彼女の目覚《めざめ》る軒端《のきば》にとまる小《こ》雀《すずめ》のほうが、よっぽど起居《ききょ》を知っているともいえる。ただ、わたしの強味《つよみ》は、おなじ時代に、おなじ空気を呼吸《こきゅう》しているということだけだ。

火の国筑紫《つくし》の女王《じょおう》白蓮《びゃくれん》と、誇らかな名をよばれ、いまは、府下中野の町の、細い小路のかたわらに、低い垣根と、粗雑《そざつ》な建具《たてぐ》とをもった小屋《しょうおく》に暮している燁子《あきこ》さんの室《へや》は、日差しは晴やかな家《うち》だが、垣の菊は霜にいたんで。古くなったタオルの手拭《てぬぐい》が、日当《ひあた》りの縁《えん》に幾本か干してあるのが、妙にこの女人《ひと》にそぐわない感《かん》じだ。

面《おも》やせがして、一層美をそえた大きい眼、すんなりとした鼻、小さい口、鏝《こて》をあてた頭髪《かみ》の毛が、やや細《ほそ》ったのもいたいたしい。金紗《きんしゃ》お召の一つ綿入れに、長じゅばんの袖は紫友禅のモスリン。五つ衣《ぎぬ》を剝《は》ぎ、金冠をもぎとった、爵位《しゃくい》も金権《きんけん》も何もない裸体になっても、離れぬ美《び》と才《さい》と、彼女の持つものだけをもって粛然としている。黒い一閑張《いっかんばり》の机の上には、新らしい聖書《せいしょ》が置かれてある。仏の道に行き、哲学を求め、いままた聖書に探《たず》ねるものはなにか——やがて妙諦《みょうてい》を得て、一切を公平に、偽りなく自叙伝に書かれたらこんなものは入《い》らなくなる小記だ。

燁子さんは、故伯爵前光卿《さきみつきょう》を父とし、柳原二位のお局《つぼね》を伯母《おば》として生れた、現伯爵貴族院議員柳原義光氏の妹で、生母《せいぼ》は柳橋の芸妓だということを、ずっと後《のち》に知った女《ひと》だ。夜会《やかい》ばやり、舞踏《ぶとう》ばやりの鹿鳴《ろくめい》館《かん》時代《じだい》、明治十八年に生れた。晩年こそ謹厳いやしくもされなかった大御所《おおごしょ》古稀庵《こきあん》老人(1)でさえ、ダンス熱に夢中になって、山県の槍《やり》踊りの名さえ残した時代、上流の俊髦《しゅんぼう》前光卿は沐猴《もくこう》の冠《かん》したのは違う大宮《おおみや》人《びと》(2)の、温雅優麗な貴公子《きこうし》を父として、昔《むかし》ならば后《きさき》がねともなり得《う》る藤原氏《ふじわらし》の姫君に、歌人《かじん》としての才能《さいのう》をもって生《うま》れてきた。

実家《じっか》だと思《おも》っていたほど、可愛《かあい》がられて育った、養家《さと》親の家《うち》は、品川の漁師だった。其《その》家でのびのびと育って年頃《としごろ》のあまり違わない兄や、姉のある実家に取られてから、漁師言葉のあらくれたのも愛敬《あいきょう》に、愛されて、幸福に、華《はな》やいだ生涯の来るのを待っていたが、花ならばこれから咲《さ》こうとする十六の年に、暗い運命の一歩にふみだした。ういういしい花嫁君《はなよめぎみ》の行く道には、祝《いわ》いの花がまかれないで、呪《のろ》いの手が開《ひろ》げられていたのか、京都下加茂《しもがも》の北小路家へ迎えられるとほどもなく、男の子一人を産んで帰った。その十六の年の日記こそ、涙の綴《つづ》りの書出しであった。

芸術の神は嫉妬《しっと》深いものだという。涙に裂くパンの味を知らない幸福なものには窺《うかが》い知れない殿堂だという。

だが、燁子さんは明治《めいじ》四十四年の春、廿《にじゅう》七歳のとき、伯爵母堂とともに別居《べっきょ》していた麻布笄町《こうがいちょう》の別邸から、福岡の炭鉱王伊藤伝右衛門氏にとつぐまで、別段《べつだん》文芸に関心はもっていられなかったようだった。竹柏園《ちくはくえん》に通われたこともあったようだったが、ぬきんでた詠があるとはきかなかった。しかし、その結婚から、燁子さんという美しい女性《じょせい》の存在が世に知られて、物議《ぶつぎ》をも醸《かも》した。それは、伝右衛門が五十二歳であるということや、無学《むがく》な鉱夫あがりの成金《なりきん》だなぞということから、胡砂《こさ》ふく異境《いきょう》に嫁《とつ》いだ「王昭君《おうしょうくん》(3)」のそれのように伝えられ、この結婚には、拾万円の仕度金《したくきん》が出たと、物質問題《もんだい》までが絡《から》んで、階級差別もまだはなはだしかったころなので、人身御供《ひとみごくう》だとまでいわれ、哀《あわ》れまれたのだった。

人身売買と、親戚《しんせき》補助とは、似ていて違っているが、犠牲心の動きか、強《し》いられたためか、父と子のような年のちがいや醜美《しゅうび》はともかくとして、石炭掘りから仕上げて、字は読めても書けない金持ちと、伝統と血統を誇るお公卿《くげ》さまとの縁組みは、嫁《とつ》ぐ女《ひと》が若く美貌《びぼう》であればあるだけ、愛惜《あいせき》と同情とは、物語りをつくり、物質が影《かげ》にあるとおもうのは余儀《よぎ》ないことで、それについて伯爵家からの弁明《べんめい》はきかなかった。だが、そのままでは、燁子さんはありふれた家庭悲劇の女主人公になってしまう。甘《あま》んじて強いられた犠牲となったのかどうか。それは彼女の後日《ごじつ》が生《い》きて語ったではないか。

この手紙は今年の春(大正十一年)中野の隠《かく》れ家《が》からうけた一節で、

只今お手紙ありがたく拝見いたしました。実《じつ》はわたくし、二、三日前からすこし気分がすぐれませんので床《とこ》についております。急に脈がむやみと多くなって、頭がいやあな気持ちになる、なんとも名のつけられない病気が時たま起りますので。でも今日は大分《だいぶ》よろしゅう御座いますから、早速御返事申上げて置こうと、床の中での乱筆よろしく御判読願い上げます。（中略）仰せの通り世間のとかくの噂《うわさ》の中にはずい分、いやなと思う事もないでも御座いませんけど、これも致方《いたしかた》がないなり行《ゆ》きだと、今までもあまり気にかけたことも御座いません。

私信の一部を公にしては悪いが、わたしの筆に幾万言を費《ついや》して現わそうとするよりも、この書簡の断片の方がどれだけ雄弁に語っているか知れない。はじめからそういうふうに冷淡に、噂《うわさ》を噂として聞流す女性はすくない。

いつぞや九条武子《くじようたけこ》さんと座談のおり、旅行のことからの話ついでに、

「別府《べっぷ》には燁《あき》さまの御別荘がおありですから、それはよろしゅう御座いますの。随分前から御一緒に行くお約束になっていて、やっと参《まい》りましたのよ。伊藤さんがお迎えながらいらっしゃる筈《はず》でしたところ、風邪《かぜ》をおひきになったたって電報が来たものですから、燁《あき》さまは急いでお帰りになりましたの。だから残念でしたわ。」

語る人のあでやかな笑顔《えがお》。それよりも前に、わたしはかなり重く信用《しんよう》してよい人から、こういうふうにも聞いていた。

「白蓮《びゃくれん》さんは伝右衛門氏のことを此方《このかた》が、此方がといわれるので、何となく御主人《ごしゅじん》へ対して気の毒な気がして返事がしにくかった。それに、あの人の歌は、どこまでが芸術で、どこまでが生活なのか——あの生活が嫌《いや》なのだとはどうしても思われない。」

手紙のことといい、武子さんの話の断片《だんぺん》といい、この歌の評といい、突然なので、知らない読者には解しかねるであろうが、この間には、例の白蓮女史失走《しっそう》事件があり、彼女の生活の豪華であったことが、知らぬものもないというほどであり、和歌集『踏絵《ふみえ》』を出してから、その物語りめく美姫《びき》の情炎に、世人は魅せられていたからだ。

この結婚は、無理だというのが公評《こうひょう》になっていた。作品を通して眺めた夫人は、キリスト教徒のためされた、踏絵や、火刑《かけい》よりも苦しい炮烙《ほうらく》の刑に居る。けれど試《ため》す人は、それほど惨虐《ざんぎゃく》な心を抱いているのではない。それどころか、宝として確《しっ》かりと握っていたのだとも思われる。冷たさにも、熱さにも、他の苦痛など、てんで考えている暇のない専有慾の満足と、自由を願うものとの葛藤《かっとう》だったのだ。もとより、いつも摑《つか》むものは強い力《ちから》をもち、かよわいものが折り伏せられるのは恒《つね》だが——

二

——これは前《まえ》のつづきではない。前章は、大正十一年の二月に書いたのだが、その続《つづ》きがどうしても見当らない、図書館にも幾度かいって探してもらったが、続きの載《の》った筈《はず》の雑誌はあっても出ていない。そこで、よく考えてみたならば、こんなことがあったのを忘れて、続きが出たとばかり思っていたのだった。

こんなこととは、燁子さんの兄さんの柳原伯が、わたくしの母をわざわざ横浜の手前の生麦《なまむぎ》(4)まで訪《たず》ねられて、続稿を、やめさせてくれまいかと頼まれたのだった。箱入り一閑張《いっかんば》りの、細長い柱《はしら》かけの、瓢簞《ひょうたん》の花入れのお土産《みやげ》を取出して見せながら、母は言い憎そうにいうのだった。わたしは、そのふらふら瓢簞をみながら、止《や》めるとも止めないともいわないで、母のいうことだけきいていた。

「お困りだそうだから――」

わたしはただ笑った。ありとある新聞が、徹底的に書きつくしたのに、今になってと。だが、その、今になってが困るのかなと思った。だが、母の弱さにも嘆息《ためいき》した。母は合資《ごうし》の、倒れかけた紅葉館《こうようかん》を建て直《なお》して、儲《もう》けを新株にして、株式組織に固め、株主をよろこばせたうえで、追出《おいだ》された。年老《としお》いて、我家《わがや》も投《ほう》り出しておいて、故中澤彦吉さんに見出《みいだ》されたからと、意気に感じて、夜《よ》の目も眠《ね》ないで尽した誠実はみとめられずに、喧嘩《けんか》のように出されて、子たちがいる家にも足《あし》むけが出来ないと、死《し》にもしかねない有《あり》様《さま》に、当時、草茫々《ぼうぼう》とした、破《あば》ら家《や》を生麦《なまむぎ》に見つけだして、そこに連れて来てあげて、やっと心持ちを柔らげさせたのではなかったか。そのおり、利益《りえき》のあったときには、長谷川さん長谷川さんとやさしくした株主のだれが、優しい言葉をかけたか？　もとより、無智だった母《はは》の、法律的なことは知らずに、感情からのゆきちがいはあったとしても、権利、義務を主とした会社ではなく、酒と媚《こび》の附属する料理店で、お客であって株主でもある人達は、一番やすく遊んで食べて、利益も得ている、その株主の一人で柳原さんもあったのだ。顔馴染《かおなじみ》を利用するのが、あんまり現金《げんきん》すぎるとも思い、引受けた母までが嫌《いや》だった。だからといって、それとこれを混《こん》じて、ものを書くような卑劣《ひれつ》さを持《も》つかとおもわれるより、そう思うほうが、よっぽど賤《いや》しいと思ったのだった。だが、原稿の続きは出なかったのだ。ガン張《ば》っても誌面は自分のものでないから、どうにもしようがなかったのだ。だから、つづきはわるいが、ここからは新しく書くことにする。

白蓮さんを見たのは、歌集『踏絵《ふみえ》』が出て、神田錦町《かんだにしきちよう》の三河屋という西洋料理やで披露《ひろう》があったとき、佐佐木信綱先生から、御招待があったのでいったときだった。柳原伯夫人のお姉さんの、樺山《かばやま》常子夫人が介添《かいぞえ》で、しっとりとしていられたが、白蓮さんには『踏絵』で感《かん》じた人柄《ひとがら》よりも、ちょくで、うるおいがないと思ったのは、あまりに『踏絵』の序文が、

「白蓮」は藤原氏の娘なり「王政ふたたびかへりて十八」の秋《あき》、ひむがしの都に生れ、今は遠く筑紫《つくし》の果《はて》にあり。――半生《はんせい》漸《ようや》くすぎてかへり見る一生の「白き道」に咲き出でし心の花、花としいはばなほあだにぞすぎむ。――さはれ、その夢と悩みと憂愁《ゆうしゆう》と沈思《ちんし》とのこもりてなりしこの三百余首を貫《つらぬ》ける、深刻にかつ沈痛なる歌風の個性にいたりては、まさしく作者の独創《どくそう》といふべく、この点《てん》に於《おい》て、作者はまたく明治大正の女歌人にして、またあくまでも白蓮《びやくれん》その人なり。ここに於《おい》てか、紫のゆかりふかき身をもて西の国《くに》にあなる藤原氏の一女《じよ》を、わが『踏絵』の作者白蓮として見ることは、吾等《われら》の喜びとするところなり。

こういう書《か》きかたであって、しかも『踏絵』が次に示すような、哀愁をおびた、情熱的《パッショネート》ななかに、悲しい諦《あき》らめさえみせているので、感じ易《やす》いわたしは自分から、すっかりつくりあげた人品《ひとがら》を「嫦娥《じようが》」(5)というふうにきめてしまっていたのだった。『踏絵』の装幀《そうてい》が、古い沼の水のような青い色に、見返しが銀で、白蓮にたとえたとかきいたが、それからくる感じも手伝《てつだ》って、嫦娥と思いこませ、この世の人にはな

い気高さを、まだ見ぬ作者から受取ろうとしていた。

だが、わたしは、そのおりの印象を、ふらんすの貴婦人のように、細《ほそ》やかに美しい、凜《りん》としているといっている。そして、泉鏡花さんに、『踏絵』の和歌《うた》から想像した、火のような情《じょう》を、涙のように美しく冷《つめ》たい体《からだ》で包んでしまった、この玲瓏《れいろう》たる貴女《きじょ》を、貴下《あなた》の筆で活《いか》してくださいと古い美人伝ではいっている。

貴下のお書きになる種々な人物のなかで、わたくしの一番好《す》きな、気高い、いつも白と紫の衣《きぬ》を重ねて着《き》ているような、なんとなく霊気《れいき》といったものが、その女をとりまいている。譬《たと》えていえば、玲瓏たる富士《ふじ》の峰《みね》が紫に透《す》いて見えるような型《かた》の、貴女をといっている。これはだいぶ歌集『踏絵』に魅せられていた。

たしかに、わたしは『踏絵』のうたと序文によっぱらいすぎてはいたが、昔ならば、女御《にょご》、后《きさき》がねとよばれるきわの女性が、つくし人《びと》にさらわれて、遠《とお》いあなたの空から、都をしのび、いまは哲学めいた読《よみ》ものを好むとあれば、わたしの儚《はかな》んだロマンスは上々のもので、却《かえっ》て実在の人を見て、いますこしうちしめりておわし候え、と願ったのもよんどころない。それほどに『踏絵』一巻は人の心をとらえた。

われは此処《ここ》に神はいづくにましますや星のまたたき寂《さび》しき夜《よ》なり
われといふ小《ちい》さきものを天地《あめつち》の中に生《う》みける不可思議おもふ
踏絵《ふみえ》もてためさるる日の来《き》しごとも歌反故《ほぐ》いだき立てる火の前《まえ》
吾《われ》は知《し》る強《つよ》き百千《ももち》の恋ゆゑに百千の敵《てき》は嬉しきものと
天地《あめつち》の一大事なりわが胸《むね》の秘密の扉《とびら》誰《たれ》か開きぬ

わが魂《たま》は吾《われ》に背《そむ》きて面見《おもみ》せず昨日《きのう》も今日も寂《さび》しき日かな
骨肉《こつにく》は父と母とにまかせ来《き》ぬわが魂《たましい》よ誰れにかへさむ
追憶《ついおく》の帳《とばり》のかげにまぼろしの人ふと入れて今日《きょう》もながむる
船ゆけば一筋《すじ》白き道のあり吾《われ》には続《つづ》く悲しびのあと
誰《たれ》か似《に》る鳴《な》けようたへとあやさるる緋房《ひぶさ》の籠《かご》の美しき鳥《とり》

歌集のようになるが、もう二、三首《しゅ》ひきたい。

殊更《ことさら》に黒《くろ》き花などかざしけるわが十六の涙の日記
わが足は大地《だいち》につきてはなれ得ぬその身もてなほあくがるる空《そら》
毒《どく》の香《こう》たきて静かに眠《ねむ》らばや小がめの花のくづるる夕べ
おとなしく身をまかせつる幾年《いくとし》は親《おや》を恨《つら》みし反逆《はんぎゃく》者ぞ
殉教者の如《ごと》くに清く美しく君に死なばや白百合の床《とこ》
昔《むかし》より吾《われ》あらざりし其世より命《いのち》ありきや鈴蘭《すずらん》の花
息絶ゆるその刹那《せつな》こそ知るべくや死《しに》の趣《おもむき》恋のおもむき

三十三歳の豊麗《ほうれい》な、筑紫《つくし》の女王白蓮は、『踏絵』一巻でもろもろの人を魅了しつくしてしまって、銅御《あかがねご》殿《てん》の女王火の国の白蓮と、その才華美貌を讃《たた》える声は、高《たか》まるばかりであった。伝右衛門氏は、それほどの女性《ひと》を、金で摑《つか》んでいるというふうに、好意をよせられないのもしかたがなかった。

だが、その時でも、どこまであの生活がいやなのか、あの歌のどこまでが真実なのかといったのは、彼女をよく知っていた人だと私は前にもいったが――

三

大正十年十月廿《にじゅう》二日の、「東京朝日新聞」朝刊の社会面をひらくと、白蓮女史失踪《しっそう》のニュースが、全《ぜん》面《めん》を埋《う》めつくし、「同棲《どうせい》十年の良人《おっと》を捨てて、白蓮女史情人の許《もと》へ走る。夫は五十二歳、女は二十七歳で結婚」と標柱《ひょうちゅう》して、左角の上には、伊藤燁子《あきこ》の最近の写真の下に宮崎龍介《りゅうすけ》氏のが一つ枠《わく》にあり、右下には、伊藤伝右衛門氏と燁子さんの結婚記念写真が出ていた。

その記事によると、十月二十日午前九時三十分の特急列車で、福岡へかえる伝右衛門氏を東京駅へ見送りにいったまま、白蓮女史は旅館《りょかん》、日本橋の島屋《しまや》へかえらず、居なくなってしまったということや、恋人は帝大新人会員の宮崎龍介氏であることや、結婚の間違っていたことや、柳原家の驚きや、まだ福岡の伊藤氏は知らないということが、紙面《しめん》一ぱいで、誰《たれ》にも、ああと叫《さけ》ばせた。

次の日、廿三日の朝刊社会面には、伝右衛門氏へあてた、燁子さんからの最後の手紙――絶縁状《ぜつえんじょう》が出た。全文《ぜんぶん》を引《ひ》かせてもらうと、

私は今貴方《いまあなた》の妻として最後の手紙を差上げます。

今私がこの手紙を差上げると云うことは貴方にとって、突然《とつぜん》であるかもしれませんが私としては当然

の結果《けっか》に外《ほか》ならないので御座います。貴方と私との結婚当初から今日までを回顧《かいこ》して私は今最善《さいぜん》の理《り》性《せい》と勇気との命《めい》ずる処に従ってこの道を取《と》るに至《いた》ったので御座います。御承知の通り結婚当初から貴《あな》方《た》と私との間には全く愛と理解とを欠《か》いて居ました、この因襲的《いんしゅうてき》結婚に私が屈従したのは私の周囲《しゅうい》の結婚に対する無理解とそして私の弱少《じゃくしょう》の結果で御座いました。しかし私は愚《おろか》にも此《こ》の結婚を有意《ゆうい》義《ぎ》ならしめ出来得る限《かぎ》り愛と力とを此《こ》の中《なか》に見出して行き度《た》いと期待《きたい》し、且《かつ》努力しようと決心しました。私が儚《はか》ない期待《きたい》を抱いて東京から九州へ参りましてから今はもう十年になりますがその間の私の生活《せいかつ》はただ遣瀬《やるせ》ない涙を以ておおわれました。私の期待は凡《すべ》て裏切られ私の努力《どりょく》は凡て水泡《すいほう》に帰《き》しました。貴方の家庭は私の全く予期《よき》しない複雑《ふくざつ》なものでありました。私はここにくどくどしくは申しませんが、貴方に仕えている多くの女性の中には貴方との間に単なる主従関係のみが存在するとは思われないものもあります、貴方の家庭で主婦の実権《じっけん》を全く他の女性に奪われていたこともありました。それも貴方の御意志《ごいし》であった事は勿論《もちろん》です。私はこの意外な家庭の空気に驚いたものです。斯《こ》ういう状態《じょうたい》に於《おい》て貴方と私との間に真《しん》の愛や理解が育《はぐく》まれよう筈《はず》がありません。私は是等《これら》の事についてしばしば漏らした不平や反抗《はんこう》に対して貴方は或《あるい》は離別《りべつ》するとか里方《さとかた》に預けるとか申されて実に冷酷《れいこく》な態度を取られた事をお忘れにはなりますまい。又可《またか》なり複雑《ふくざつ》な家庭が生む様々な出来事に対《たい》しても、常に貴方の愛はなく従って妻としての価《あたい》を認《みと》められない私はどんなに頼り少《すくな》く淋しい日を送ったかはよもや御承知なき筈《はず》はないと存じます。

私は折々我身の不幸を果敢《はか》なんで死を考えた事もありました。然《しか》し私は出来得る限り苦悩《くのう》を、憂愁《ゆうしゅう》を抑《おさ》えて今日まで参りました。この不遇《ふぐう》なる運命を慰めるものは、唯歌《ただうた》と詩《し》とのみでありました。愛なき結婚が生んだこの不遇と、この不遇から受けた痛手《いたで》から私の生涯は所詮《しょせん》暗い帳《とばり》の中に終るものだと諦《あきら》めた事もありました。しかし幸《さいわい》にして私には一人の愛《あい》する人が与えられて私はその愛によって今復活《ふっかつ》しようとしているのであります。このままにして置いては貴方に対して罪ならぬ罪を犯すことになることを怖《おそ》れます。もはや今日は私の良心の命ずるままに不自然なる既往《きおう》の生活を根本的《こんぽんてき》に改造すべき時機に臨みました。虚偽《きょぎ》を去り真実につくの時がまいりました。依《よ》ってこの手紙により私は金《きん》力《りょく》を以って女性の人格的尊厳《そんげん》を無視《むし》する貴方に永久の訣別《けつべつ》を告げます。私は私の個性の自由と尊貴《そんき》を護《まも》り且培《かつつちか》う為《た》めに貴方の許《もと》を離れます。永い間私を御養育下された御配慮《はいりょ》に対《たい》しては厚く御礼を申上げます。

二伸、私の宝石類を書留郵便で返送致します。衣類などは照山《てるやま》支配人への手紙に同封しました目録通り凡《すべ》て夫々《それぞれ》に分け与えて下さいまし。私の実印は御送り致しませんが若《も》し私の名義となって居るものがありましたらその名義変更《めいぎへんこう》のためには何時《いつ》でも捺印《なついん》致します。

十月廿一日　　　　　　　　　　　　燁　子

伊藤伝右衛門様

この手紙が出るまでもなく、前日《ぜんじつ》の家出だけでも、事件はお釜《かま》の湯《ゆ》が煮《に》えこぼれるような、大騒ぎになっていた。各新聞社は、隠れ家《が》の捜索《そうさく》に血眼《ちまなこ》だったが、絶縁状が「朝日新聞」だけへ出ると物議《ぶつぎ》はやかましくなった。しかも、その手紙が、肝心な夫《おっと》伝右衛門氏の手にはまだ渡《わた》っていないのに、新聞の方がさきへ発表したというので騒《さわ》いだ。黒幕《くろまく》があるというのだ。

おなじ廿三日の、おなじ欄に、伝右衛門氏の九州福岡での談話が載《の》った——

「天才的《てんさいてき》の妻《つま》を理解していた」という見出しで、

互《たがい》の世界はちがっていても、謙遜《けんそん》しあうのが夫婦の道、だが絶縁状《ぜつえんじょう》を見たうえは、何《なん》とか処置する。勿論、今朝《けさ》の（廿二日）新聞で事情《じじょう》の大略は知ったが、しかし、そんな事が実際《じっさい》あるべきものとは思われない。燁子としても、そんな無分別《むふんべつ》なことを果《はた》してしたものだろうか。本月末には博多《はかた》に帰って来る約束をしてある。家庭のことを振《ふ》りかえって見ても、不愉快や、不満に思うふしは毛頭《もうとう》ある筈《はず》がないと思います。随分我儘《わがまま》な女です。何不自由なく、世間《せけん》から天才《てんさい》とか何とかいわれるまで勉強もさせ、小遣《こづかい》だって月五十円はおろか一万円にものぼることすらある。あの女を、伊藤《いとう》なればこそ養《やしな》っているなどと噂《うわさ》もある。

それは柳原さんや、入江《いりえ》さんも知っている。

私は田舎者の無教育ですから、燁子《あきこ》が住んでいる文学の世界などは毛頭知《もうとうし》りません。だからその点《てん》遠慮して、どんな事をしようが、何一ツ小言《こごと》をいった事はありません。

「忘れがたき別府《べっぷ》の一夜《いちや》」の題下には、大正八年一月末に（『踏絵』が出てから数えて三年目）湯《ゆ》の町《まち》の別府《べっぷ》に、宮崎氏が白蓮さんをたずねた。その後「解放」の同人たちに噂が高く、春秋の上京に、散歩、観劇などを共にしていたとある。

雑誌「解放」は、吉野博士を中心《ちゅうしん》にして、帝大法科新人会の人達《ひとたち》が編輯《へんしゅう》をしていた、高級な思想文芸雑誌だった。白蓮女史の劇作《げきさく》「指鬘外道《しまんげどう》」を掲載《けいさい》することについて、誰かがうちあわせにゆくことになり、宮崎氏がいったのだった。そのあとでは、宮崎氏の机上はうずたかくなるほど、電報で恋の歌がくるというので、みんなが羨《うらや》んだということだった。

この事件についての、世間の反響の一部分を、おなじ新聞からとってみると、廿三日のに、九大の久保《くぼ》猪之吉《いのきち》(6)博士夫人より江さんが――この夫妻も、帝大在学「雷会」時代からの歌人で、

上京前に訪問したら、涙ぐんで、めいりこんでいて「伊藤が愛《あい》がないのでさびしくてしかたがない。高い崖《がけ》の上からでも飛降《とびお》りて死んでしまいたい」といっていたが、感情が昂《こう》じてこんな事になったのか、ある意味《いみ》で白蓮さんはうたを実行《じっこう》されたのだ。

と語っている。

また、九条武子さんは、まあと大きな吐息をついて、

只今が初耳《はつみみ》でございます、随分思いきった事をなさいましたねえ。あの方《かた》とは、昨年お目にかかりました後《のち》は、お互にちょいちょいゆき来《き》はしておりますが、唯うたのお友達《ともだち》というだけ、それ程《ほど》深い話もありません。先日《せんじつ》も九州でおめにかかりましたが、それほど深いお悩みのあることは、素振《そぶり》にもお見せになりませんでした。御主人は太《ふと》っ腹《ぱら》な、それは気持ちのいい方です。まさか短気《たんき》なことは遊ばしはしませんでしょうね。お年もとり、御思慮《ごしりょ》も深い方ですが、どうなる事でしょう。

と、さすがに友達の身を案じて、じっとしてはいられぬという面《おも》もちだったとある。

博多中券《はかたなかけん》の芸妓ふな子は二十歳で、白蓮さんに受出されて、おていさんという本名になって、伊藤家にいる。その女《ひと》のいうのには、

燁子さんは、お父さまにつかえているつもりだといって、平生《へいぜい》からさびしそうにしていたが、（私が）妾《めかけ》になったのもうけだされたのも、奥さまからなので、嫌《いや》だけれど納得《なっとく》したのに――


といっている。

廿三日附朝刊には、論説《ろんせつ》も「燁子事件について」とあって、その概略《がいりゃく》をつまんでみると、

燁子の事件はあくまで概嘆《がいたん》すべきものか、あるいはかえって謳歌《おうか》すべきものか、吾人《ごじん》はこれを報道した責任として、ここにいささか批評を試みたい。（略）
彼女の精神生活は甚《はなは》だ同情すべきものだが、技巧《ぎこう》と粉飾《ふんしょく》が臭気《しゅうき》の高い歌で訴えるように事実《じじつ》苦しみぬいていたかどうか。（略）この行動《こうどう》が、はたして自動的か他動的か、これもまた批判してその価値をさだめる有力な材料でなくてはならない――
――燁子事件の真相と燁子の思想とによってわかるるものと思う。更に細論《さいろん》の機会をまたんとす。

といっている。

廿五日ごろになると、帝大法科《ほうか》の教授連が批判回避《ひはんかいひ》の申合せをし、白蓮問題は、暫《しばら》く何もいうまいということになったが、牧野、穂積《ほづみ》両博士(7)が興味をもっているとあり、投書の「鉄箒《てっそう》」欄が段々やかましくなっている。

白村《はくそん》の近代の恋愛観のエッセイを読み続《つづ》けてゆくと、家名、利害をはさまず、人格《じんかく》と人格の結合、魂《たましい》と魂との接触《せつしよく》というが、白蓮、伊藤、宮崎各々《おのおの》辿《たど》るべきをたどった。（鉄箒）

「法廷に立《た》て」伝右衛門が白蓮女史に送った手紙《てがみ》誰が書いたのか、甚だもって伝右衛門らしくない。彼がとる態度《たいど》は、有夫姦《かん》の告訴、白蓮は愛人をともなって法廷に立て。（鉄箒）

「栄華の反映」自分を崇拝《すうはい》している年下《としした》の男の方が、自分の弱点を知る石炭みたいな男より我儘《わがまま》が出来るのが当然だが愛がなくても同棲十年は、相当情誼《そうとうじようぎ》を与えた筈《はず》だ。（鉄箒）

天才は不遇な裡《うち》に味もあれば同情もあるのだ――虚名《きよめい》を求《もと》めて彼女の轍《てつ》を踏むときバクレンとなるなかれ。（鉄箒）

「鉄箒」欄がいっている伝右衛門の手紙《てがみ》というのを引《ひ》きたいが、夕刊紙かまたは他紙《たし》のであったのか、見《み》当《あた》らなかった。震災《しんさい》が中《なか》にあったので、とっておいた参考紙も失《うし》なってしまったのでいまではわからない。で、柳原家の方では、合理的処置《ごうりてきしよち》――円満離婚の上で自邸《じてい》に引取る方針だ。その上で当事者の考えで解決するといい、宮崎氏は、燁子はきっと保護する。ただ父に（滔天《とうてん》氏）(8)叱《しか》られはしまいかと、いかにも若々しい学徒の純情でいっている。

厨川白村《くりやがわはくそん》氏の「近代の恋愛観」が廿回ばかりつづいて、やはり「東朝」に出ていた時分だったので、白村氏は「鉄箒氏」に答えて、

――今日の見合いの方法に、改良を加え青年男女に正当《せいとう》な接触《せっしょく》を与えるのが、今日の社会のために望《のぞ》ましい事である。私は本紙に、近代の恋愛観というのを草《そう》し、連載中燁子事件突発《とっぱつ》。近代生活の重要な問題として、概括的《がいかってき》に一般に恋愛と結婚について述《の》べたかの一文の中に、今回の事件について、凡《すべ》て私の見解にはあまり明瞭《めいりょう》すぎて、露骨なほど明《あきら》かに書いておいたから、いま質問《しつもん》を受けるのを遺憾と思う。

――今度の行動《こうどう》には多くの欠点手落ちがあった。絶縁状《ぜつえんじょう》が相手に落ちないうちに発表され、自分が独立しないで多くの人に依頼したこと、自ら妾《しょう》を夫《おっと》に与えていた事、非難の点多し。これは外面的な、従属的《じゅうぞくてき》なことである。

――今度のようなことは、男でも女でもちょっと思いきって決行《けっこう》出来ないのが普通《ふつう》だ。それを断行《だんこう》した事によって、このインフェルノから救われたのは、独《ひと》り『踏絵』の女詩人ばかりではなく、伝右衛門氏にとってもまた幸福であったことを考《かんが》えねばならぬ。(概略)

白蓮さんの方で、着物も指輪《ゆびわ》も手紙をつけて送りかえしたといえば、伝右衛門氏の側では、絶縁状は未《み》開封《かいふう》のまま突きもどすといい、正式に離婚をするといっている。各々《おのおの》の立場が違《ちが》って、宮崎氏の方は、燁子さんの環境《かんきょう》から見ても、どこまでもああした、自覚的態度《じかくてきたいど》を強調させようとし、事件《じけん》が大袈裟《おおげさ》になることは、もとより覚悟の上であったろうが、絶縁状の字句《じく》が、何《なに》やらん書生流《しょせいりゅう》で、ほんとに、心《しん》から底《そこ》から、がまんのなりかねた女《おんな》がつきつける手紙《てがみ》としては――情熱の歌人の書いたものとしては、おなじキッパリしすぎるなかに欠けたもののある感じと、踊《おど》らせよう、騒ぎたたせようとするいとがあるふうにも感じられる子供《こども》っぽい理窟《りくつ》、世馴《よな》れない腕白《わんぱく》さがあるのとは反対に、伝右衛門氏の方で、正式に離縁《りえん》というのは、どことなく、どっしりして、わるあがきがちょっと去《い》なされたかたちにもとれる。

廿三日には隠れ家も知れて、黒《くろ》ちりめんの羽織《はおり》を着《き》て、面《おも》やつれのした写真《しゃしん》まで出ていた。軽《かる》い風邪《かぜ》で寝《ね》ていて、親戚《しんせき》の人にも面会を避けると、自殺《じさつ》の噂が立ったり、警察《けいさつ》でも調べたとあった。

そのころ、丁度ワシントン会議のあったころで、徳川公爵や、加藤友三郎大将の両全権が、鹿島丸《かしままる》でアラスカの沖を通っている時に、日本からの無電《むでん》は白蓮事件をつたえ、乗組の客はみんな緊張《きんちょう》して、すさまじい論戦が戦《たたか》わされた。それは廿四日のことだとも伝えてきた。

と、いうだけでも、どんなこの事件が、何処《どこ》もかもを沸騰《ふっとう》させたかということがわかるではないか。まして生家《せいか》の御同族がたをや！　真《しん》に、白蓮燁子《びゃくれんあきこ》は身《み》の置《お》きどころもない観だった。

だが、ああいった武子さんは、自分で綿入れを縫《ぬ》って隠れ家へ届けている。

わたしが訪ねたのは、もう写真班の攻撃《こうげき》もなくなった、燁子さんの廻《まわ》りも、やっと落附いてきた時分だった。山本安夫と表札は男名でも、燁子さんと台所に女の人が居ただけだった。ふと、痩《や》せた女《ひと》の、帯のまわりのふくよかなのが目についた。そのことを、どこの何にも書いてなかったのは、気がつかなかったのかも知れないが、煩《うる》ささが倍加《ばいか》しなくてよかったと、わたしは心で悦んでいた。晒《さら》し餡《あん》で、台所の婦人《ひと》がこしらえてくれたお汁粉《しるこ》の、赤いお椀《わん》の蓋《ふた》をとりながら、燁子さんが薄《うす》いお汁粉を掻《か》き廻している箸《はし》の手《て》を見ると、新聞の鉄箒欄の人は、自分を崇拝《すうはい》している年下《としした》の男の方《ほう》が、我儘が出来るのは当然だがといったが、どんなところから割出《わりだ》したものかと思った。昨日《きのう》までは、精神的の苦痛はあっても、いわゆる我儘な生活が出来たのだ。こんどは、精神的幸福はあっても、我儘な生活が出来るわけがないではないかといいたかった。ほんとの、生きた生活に直面《ちょくめん》するのに――生《い》きた生活とは、そんな生優《なまやさ》しいものではない。

長男香織《かおり》さんは生れた。生《うま》れる子供の籍だけは、こちらへほしいとは伝右衛門氏の願いだった。柳原家で拒《こば》んだのだという。生れた子のことで、燁子さんは姿《すがた》をかくさなければならなかった。わたしは子供を離さずに転々《てんてん》していた燁子さんを、あんなに好《す》いたことはなかった。昨日は下総《しもうさ》に、明日《あす》は京都の尼寺《あまでら》にと、行衛《ゆくえ》のさだまらないのを、はらはらして遠《とお》く見ていた。あとでの話《はなし》では、却《かえっ》てその時分《じぶん》は経済的《けいざいてき》に楽だったのだということで、何処《どこ》かしらから物質《ぶっしつ》は乏しくなく届いていた。愁《つら》かったのは宮崎家の人となってから、馴《な》れぬ上に、幼児は二人になり、龍介氏は喀血《かくけつ》がつづいて――ただ一人のたよりの人は喀血がつづく容体で――その時の心持ちはと、あるとき、語《かた》りながら燁子さんは面《おもて》をふせた。

燁子さんは働《はたら》きだした。達者《たっしゃ》に書いた。長編小説でもなんでも書いた。選挙運動《せんきょうんどう》には銀座の街頭にたって、短冊《たんざく》を書いて売った。家庭には荒《あら》くれた男の人たちも多くいるし、廃娼《はいしょう》したい妓《ひと》たちも飛込んできた。そのなかで一ぱいに立《た》ち働《はた》らきもする。かつての溜息《ためいき》は、栄耀《えよう》の餅《もち》の皮だと悟《さと》りもした。

いつわらぬ心境を歌《うた》にきこうと、最近、以前《いぜん》のと近ごろとの歌《うた》を自選してくださいとおたのみしたらば、こんなのが来た。

筑紫《つくし》のころ

われはここに神《かみ》はいづこにましますや星《ほし》のまたたきさびしき夜なり
和田津海《わだつみ》の沖に火もゆる火の国《くに》にわれあり誰《た》そや思はれ人は
われなくばわが世もあらじ人もあらじまして身をやく思ひもあらじ

その後《ご》

思《おも》ひきや月も流転《るてん》のかげぞかしわがこし方《かた》に何をなげかむ
かへりおそきわれを待ちかね寝《いね》し子の枕辺《まくらべ》におく小さき包《つつみ》
子らはまだ起きて待つやと生垣《いけがき》の間《あい》よりのぞく我家のあかり
子をもてば恋《こい》もなみだも忘れたれああ窓にさす小《ちい》さなる月
ああけふも嬉しやかくて生《いき》の身《み》のわがふみてたつ大地《だいち》はめぐる

なんという落附《おちつ》いた境地《きょうち》だろう。この安心立命《あんしんりつめい》の地《ち》を、武子さんはどう眺《なが》めたろう。おおそういえば、燁子さんは面白い話《はなし》をしたことがある。武子さんが九州へゆかれたとき、伊藤伝右衛門氏は、筑紫の女王のところへ、本願寺の生菩薩《いきぼさつ》さまが来られるときいて有頂天《うちようてん》になり、座ぶとんは揃《そろ》えて、緞子《どんす》、夜具類《やぐるい》はちりめん、襖《ふすま》をはりかえさせ、調度《ちょうど》は何《なに》もかも新《あたら》しく、善《ぜん》つくし、美《び》を尽《つく》さねばならぬときめた。それはおなじ九州のある豪家《ごうか》へ武子さんが招《よ》ばれた時には、何千円かを差上げて来ていただいたというのに、我家《わがや》へは無償《むしょう》でこられるということより何より、それほどの人《ひと》にわが成金《なりきん》ぶりと、何処《どこ》にも負けない豪奢《ごうしゃ》ぶりを見せなければおさまらないのだった。それをふと、

本願寺さまだってお手許《てもと》(9)が――武子さんはそんなにおごってはいません、といってしまったらば、急に見下げて、何もかも新しい調度は取消しにして、何《なに》もさせないので困《こま》ってしまったということだ。

それが、何もかもを語《かた》っているとおもう。出来ない辛抱《しんぼう》は、今の道《みち》にくるまでの、新《あた》らしい生活にもあったかもしれない。けれど、澄《す》みたる月は暴風雨《あらし》のあとにこそ来る。あらしはすぎた。燁子さんのこしかたも大《おお》きな暴風雨《あらし》だった。

――昭和十年九月十七日――

燁子さんの生母《おかあ》さんのことも、このごろわかったが、もうお墓の下にはいっていて、燁子さんは墓参りをしただけで、なんにも言えなかったのだ。若くて死んだお母さんは、柳橋でお良《りょう》さんと名乗《なの》り、左褄《ひだりづま》をとった(10)人だった。姉さんは吉原芸妓の名妓だったが、その老女は、燁子さんを姪《めい》だということを、どんな親しい人にも言ったことがないほどかたい人だった。この姉妹は幕末の外国奉行新見豊《にいみぶ》前守《ぜんのかみ》の遺児だという。ここにも悲しき女《ひと》はいたのだ。

(1) 古稀庵老人　公爵山県有朋を指す。

（2）沐猴の冠したのは違う大宮人　明治政府の高官となった薩長の田舎武士とは異なる朝廷貴族、という意。
（3）王昭君　中国、前漢の元帝の宮女。名は嬙（しょう）。昭君は字。後に明妃・明君とも呼ばれる。匈奴との和親政策のため呼韓邪単于（こかんやぜんう）に嫁がせられた。その哀話は、戯曲「漢宮秋」などの文学作品や、人物画「明妃出塞図」の題材となった。生没年未詳。
（4）生麦　横浜市鶴見区南西部の地名。江戸時代は東海道沿いの漁村であった。同地には長谷川時雨とその母親が経営する割烹旅館花香苑があった。
（5）嫦娥　中国、古代の伝説上の人物で、月に住む仙女。羿の妻で、夫が西王母からもらい受けた不死の薬を盗んで飲み、月に入ったといわれる。姮娥。転じて月の異称。
（6）久保猪之吉　一八七四―一九三九。耳鼻咽喉科学者、歌人。京都帝大福岡医科大学（現九州大学）教授。手術法、機器を開発して近代耳鼻咽喉科学を開拓。短歌は落合直文に学び、尾上柴舟らと「いかづち会」を結成、浪漫的な歌風で知られた。
（7）牧野、穂積両博士　牧野英一、一八七八―一九七〇、刑法学者。穂積重遠、一八八三―一九五一、民法学者、をそれぞれ指す。
（8）滔天　一八七一―一九二二。宮崎滔天。生年は異説有り。中国革命の協力者。熊本生。本名、寅蔵。亡命中の孫文と知り合い、その革命運動を支援した。宮崎龍介は息子。
（9）お手許　ここでは、生計をたてるための金、または暮らし向き、という意。
（10）左褄をとる　芸者が左手で着物の褄を取って歩くところから、芸者勤めをすること。

九条武子

一八八七―一九二八（明治二〇―昭和三）。歌人。京都生まれ。浄土真宗本願寺派二一世法王・伯爵大谷光尊の次女。兄は大谷光瑞。一九〇九年に男爵九条良致と結婚し渡欧したが、翌年単身帰国。以降、十数年の別居生活となる。一六年佐佐木信綱に師事。著書に歌集『金鈴』（二〇年）、『薫染』（二八年）、『白孔雀』（三〇年）、歌文集『無憂華』（二七年）などがある。西本願寺仏教婦人会連合本部長として女子大学設立趣意書を発表（一二年）するなど、女子教育の重要性を訴え、その拡充に尽力した。

一

人間は悲《かな》しい。

率直《そっちょく》にいえば、それだけでつきる。九条武子と表題《ひょうだい》を書いたままで、幾日もなんにも書けない。白いダリヤが一輪《りん》、目にうかんできて、いつまでたっても、一字もかけない。

遠くはなれた存在《そんざい》だった、ずっと前に書いたものには、気高《けだか》き人とか麗人とか、ありきたりの、誰しもがいうような褒《ほ》めことばを、ならべただけですんでいたが、そんなお座《ざ》なりを云うのはいやだ。

その時分書いたものに、ある伯爵夫人が——その人は鑑賞眼が相当《そうとう》たかかったが、

あのお方《かた》に十二単衣《ひとえ》をおきせもうし、あの長い、黒いお髪《ぐし》を、おすべらかしにおさせもうして、日本の女性の代表に、外国《ほうぼう》へいっていただきたい。

ああいうお方《かた》が、もう二人《ふたり》ほしいとおもいます。一人は外交官の奥さまに、一人は女優に——

和歌《わか》をおこのみなさるうちでも、ことに与謝野晶子《よさのあきこ》さんのを——

歌集『黒髪』(1)に盛《も》られた、晶子さんの奔放《ほんぽう》な歌風《かふう》が、ある時代を風靡《ふうび》したころだった。

その晶子さんが、

京都《きょうと》の人は、ほんとに惜《おし》んでいます。あのお姫《ひめ》さまを、本願寺から失《な》くなすということを、それは惜んでいるようです、まったくお美しい方って、京都が生んだ女性で、日本の代表の美人です。あの方に盛装して巴里《パリー》あたりを歩いていただきたい。

といわれた。米国《アメリカ》の女詩人が、白百合《しらゆり》に譬《たと》えた詩をつくってあげたこともあるし、そうした概念から、わたしは緋《ひ》ざくらのかたまりのように輝かしく、憂いのない人だとばかり信《しん》じていた。もっとも、そのころはそうだったのかもしれない。

桜《さくら》ですとも、桜も一重《ひとえ》のではありません。八重《やえ》の緋《ひ》ざくらか、樺《かば》ざくらともうしあげましょう。五ツ《いつ》衣《ぎぬ》で檜扇《おうぎ》をさしかざしたといったらよいでしょうか、王朝式といっても、丸いお顔じゃありません、ほんとに輪郭《りんかく》のよくととのった、瓜実顔《うりざねがお》です。

と、おなじ夫人がいったことも、わたしは書いている。

それなのに、なぜ、その時のままのを、他《ほか》の人のとおりに、古いままで出さないのかといえば、わたしは女でなければわからない、女の心を、ふと感じたからで、あたしには偽《いつわ》りは言えない。といって、生《い》きているうちから伝説化されて、いまは白玉楼中《はくぎょくろうちゅう》に、清浄におさまられた死者《ししゃ》を、今更批判《いまさらひはん》するなど、そんな非議《ひぎ》はしたくない。ただ、人間《にんげん》は悲《かな》しいとおもいあたるさびしさを、追悼《ついとう》の意味で、あたしの直覚《ちょっかく》から言ってみるに過《す》ぎない。笞《しもと》の多くくるのは知っているが、手《て》をさしのべて握手するのも目に見えぬ武子さんであるかもしれない。

昭和二年ごろだった。掠屋《りゃくや》が――商業往来にもない、妙な新手のものが、階級戦士ぶってやって来ていうには、

「九条武子さんとこへいったら、ちゃんと座敷《ざしき》へ通《とお》して、五円くれた。」

それなのに、五十銭銀貨ひとつとは、なんだというふうに詰《なじ》った。女というものはそういったらば、まけずに五円だすとでも思っている様子なので、

「あちらには、阿弥陀《あみだ》さまという御光《ごこう》が、後《うしろ》にひかっていらっしゃるから、お金持ちなのだろう。われわれは、原稿紙の舛目《ますめ》へ、一字ずつ書いていくらなのだから、お米《こめ》ッつぶ拾っているようなもので、駄目《だめ》だ。」

と断わったことがあったが、吉井勇《いさむ》(2)さんが編纂《へんさん》した、武子さんの遺稿和歌集『白孔雀《しろくじゃく》』のあとに、柳《やなぎ》原燁子《はらあきこ》さんが書いていられる一文に、

「――ある日のことだった。思想のとても新らしい若い男が、あの方と話合った事があった、その男の話は常日頃《つねひごろ》そうした話に耳なれていた私でさえ、びっくりさせられる様《よう》なことを、たあ様の前でべらべらとしゃべった。それにあのたあ様は眉根《まゆね》一つ動かたさずにむしろその男につりこまれたかの様《よう》に聞いて居られた。そしてその男の話に充分の理解と最も明晰《めいせき》な洞察《どうさつ》をもって、今の社会の如何《いか》に改造すべきや、現内閣の政治上の事に至るまで、とても確かな意見を出して具合よく応答されたのには聞いていた私が呆《あき》れた。

「どうせ華族の女だもの、薄馬鹿に定まってらあ、武子っていう女は低脳だよ」

たしかにこんな陰口をたたいた事のあったこの男も、すっかり参ってしまって、辞去する頃には、

「ねえ、僕らの運動の資金をかせいで下さいな、何？　丁度新聞社から夕刊に出す続きものを頼まれ

てるんですって？　そいつはうまいや、いや、どうも有難う。」
その男が帰ってしまったあとで私はたあ様に訊《き》いた。「たあ様の周囲にあんな話をして聞かせる方もありますまいに、いつのまにあんな学問なさったの？」その時、たあ様は笑いながら、「私だってそう馬鹿にしたもんじゃありませんよ。」（下略）

この一節《いっせつ》に思いあわせたのだった。その訪問者の軽率なのも、掠屋《りゃくや》にもおかしさもあったが、武子さんの晩年の救済《きゅうさい》事業《じぎょう》が、なんとなく冴《さ》えてきた心境を感じさせていたので、人を選《よ》るいとまもなく、聞《き》こうとしたものがあったのだと思《おも》わせられた。死んでしまった、古《ふる》い宗教から脱《ぬ》けて、自分の救いを――と、いってわるければ、新しくゆく道《みち》を探《たず》ねていた人ではないかと、思っていたことにこの一節がぴたときたのだった。

武子さんを書く場合に、普通常識ではかりきれないものがあるということを、はっきりさせておかないと具合《ぐあい》がわるい。身分《みぶん》があるとか、金持ちだとかいうのとは、また異《ちが》っている。それらの人たちからも拝《おが》まれてもいれば、一般からもおがまれている。ある時は人間であり、ある時は阿弥陀《あみだ》さまと同列《どうれつ》に見られ――見る方《ほう》が間違っているのだが、特別人あつかいで、それが代々、親鸞聖人《しんらんしょうにん》以来であり、しかもその祖師《そし》は、苦難をなされはしたが、もとが上流の出《で》であり、いかなる場合にも凡下《ぼんげ》とはおなじでなく、おがまれ通してきた血であることだ。本願寺さまは本願寺さまでなければならぬところを、大谷家《おおたにけ》になり、子爵と定まり、伯爵となったが、それだけでも門徒《もんと》には大打撃だったのだ。生仏《いきぼとけ》さまの血脈《おちすじ》が、身分《みぶん》が定まってしまったのだから、信徒の人々には一大事で浅間《あさま》しき末世《まっせ》とさえおもわれたのだ。

武子さんはそうした家柄の、本派本願寺二十一代法主《ほっす》明如上人《みょうにょしょうにん》（大谷光尊《こうそん》）の二女に生れ、長兄には、英傑《えいけつ》とよばれた光瑞《こうずい》氏がある。

で、また、ここに、他の宗教家と著しく違うところに、親鸞聖人の妻帯は、必死《ひっし》の苦悩《くのう》を乗りこした浄土であったのだが、いつからのことか、このお寺だけはお妾《めかけ》のあることがなんでもないことになっていて、お生母《はら》さんというものがあることなのだ。姻戚《いんせき》関係もおおっぴらで、もっとも縁の深いのが九条家で、月《つき》の輪関白兼実《わかんぱくかねざね》の娘玉日姫《たまひひめ》と宗祖の結婚がはじまりで、しかも宗祖は関白の弟、天台座主《てんだいざす》慈円の法弟《ほうてい》であったのだから関係は古《ふる》い。ごく近くでは、光瑞氏夫人が九条家から十一歳の時に輿入《こしい》っているし、光瑞師の弟光明師には、夫人の妹が嫁《とつ》がれている。重縁《じゅうえん》ともなにとも、感情がこぐらかったら、なかなか面倒《めんどう》そうだ。

山中峯太郎氏著、『九条武子夫人』[3]を見ると、父君光尊《こうそん》師は幼いころから武子さんを愛され、伏見桃山の麓《ふもと》の別荘、三夜荘《さんやそう》にいるころは、御門跡《ごもんぜき》さまとお姫《ひい》さまのお琴《こと》がはじまったと、近所のものが外へ出てきたりしたという。武子さんの文藻《ぶんそう》はそうしてはぐくまれたというが、この父君の雄偉な性格は長兄光瑞師と、武子さんがうけついでいるといわれているそうで、武子さんは暹羅《シャム》の皇太子に入輿《にゅうよ》の儀が会議《かいぎ》され——明治の初期に、日支親善のため、東本願寺の光瑩《こうけい》上人の姉妹《はらから》が、清《しん》帝との縁組《えんぐみ》の交渉は内々《ないない》進んでいたのに沙汰《さた》やみになったが——武子さんのは、十七の一月三日、暹羅《シャム》皇太子が西本願寺を訪問され、武子さんも拝謁《はいえつ》されたが、病いをおして歓迎《かんげい》、法要《ほうよう》をつとめ、その縁談に進んで同意《どうい》だった、父法主《ほっす》が急に重態となり遷化《せんげ》されたので、そのままになってしまったという、東本願寺の元老、石川舜台師《しゅんたいし》の懐旧談がある。――兄光瑞師――新門様《しんもんさま》――法主《ほっす》の後嗣者《あとつぎ》が革命児で、廿二、三歳で、南洋や、西蔵《チベット》へいってい
ることを見ても、その人達と似た気性《きしょう》といえば、武子さんはなみなみの小さい器《うつわ》ではない。
しかし、愛された父法主《ほっす》は逝《ゆ》き、新門跡《しんもんぜき》は印度に居てまだ帰らず、ここで、木のぼりをしても叱られないでお猿《さる》さんと愛称された愛娘《まなむすめ》に、目に見えない生活の一転期があったことを、見逃《みのが》せない。それは、新門跡夫人の父君、九条道孝《みちたか》公が、家扶《かふ》をつれて急いで東京から来着し、主《おも》な役僧一同へ、

――かねて双方《そうほう》の間に約束いたしおきたることは、若《も》し当山に万一の事ありし時は、速《すみや》かに私が罷《まか》り出て、精々《せいぜい》御助力いたすべく――

これはみな、前記山中氏の著書のなかにあるから、信頼してよいものと思う。こうなると、前法主お裏《うら》方《かた》の勢力《せいりょく》も、お生母《はら》さんのお藤の方もなにもない、お裏方よりは愛妾《おめかけ》お藤の方のほうが、実はすべてをやっていたのだというが、もはや新門跡《しんもんぜき》夫人の内房《ないぼう》でなければならない。と、同時《どうじ》に、武子さんの位置もおなじお姫さまでも、かわったといわなければならない。
十八、十九、二十と、山中氏の著書の中にも、美しき姫の御縁談御縁談と、ところどころに書いてあるが、武子姫の御縁談のことを、重だってお考えになる方は、お姉君の籌子《かずこ》夫人が、その任に当られる様《よう》になりましたとある。本願寺重職の人々が、それぞれ控えていまして、その人々の意見もあり、籌子夫人お一方のお考えどおりには、捗行《はかゆ》かぬ煩《わず》らわしい関係になっているのでした、ともある。
その一節を引くと、

二十の春を迎え給《たま》いし姫君、まして、世の人々が讃美《さんび》の思いを集めています武子姫の御縁談《ごえんだん》につきまして、本願寺の人々が、今は真剣に考慮する様《よう》になりました。

「たあさまは、二十にお成《な》りあそばしたのだから」

「しかし、それについて、御法主《ごほっす》は何とも仰せがないから、まことに困《こま》る。」

「我れ我れから伺《うかが》ってみようではないか」

と、室内部長《しつないぶちょう》とか、執行部長とか、本願寺内閣の要職にある人々が、鏡如様（光瑞師）の御意見を、伺い出ますと、

「お前たちが選考して好《よろ》しい。己《おれ》には今、これという心当りがない」と、一任するという意味でした。

（註『九条武子夫人』、一四九頁）

それよりさきに、若き新門様光瑞師《しんもんさまこうずいし》は、外国にいたときに、愛妹《あいまい》武子さんの将来を托《たく》す人をたった一人選《えら》みだしたのだった。よき伴侶《はんりょ》と見きわめ、妹を貰《もら》ってくれといったのだというふうに、わたしはきいている。私は一連枝《いちれんし》(4)にすぎないからと、先方は一応辞退《じたい》されたのを、人物《じんぶつ》を見込んで言いだした人は、地位《ちい》などで選みはしなかったのだから、二人だけの約束は結ばれた。帰朝すると、夫人にもその事は話《はな》され、武子さんもきいて、その人《ひと》も帰ると表向《おもてむ》きの訪問が許され、内園《ないえん》を、連れ立っての散歩も楽《たの》しげだったというのに、それはどうして破《やぶ》れたのか――

その間《かん》の消息は、山中氏の著書ばかり引《ひ》くようだが、

あらためて申すまでもなく、才貌《さいぼう》ともにお麗《うるわ》しく気高い武子姫に、御縁談の申込みは、すでに方々から集まっていました。中にも、先《ま》ず指を折られるのは、東本願寺の連枝《れんし》（法主の親戚《しんせき》）の方でした。（中略）東本願寺の連枝へ、武子姫が入輿されますと、両家《りょうけ》の間《あいだ》はいよいよ親密に結ばれることになるのでした。しかしながら、西本願寺の重職の人々にしてみますと、法主の妹君として、まして世に稀《ま》れなる才能と、比《たぐ》いなき麗貌《れいぼう》の武子姫が、世間的に地位なく才能なき普通の連枝へ、御縁《ごえん》づきになる事は、法主鏡如様の権威《けんい》に関《かか》わり、なお自分たち一同の私情よりしても、堪《た》えられないことに思われるのでした。――

おお！　まあ、そんなことで否決して、会議は幾度も繰りかえされたのだ。

「明如様《みようによさま》（光尊師《こうそんし》）が御在世ならば、御一存ですぐ決《き》まるのだけれど……」

「――たあさまが家格《かかく》の低《ひく》い所へ御縁《ごえん》づきというのでは、我《わ》れ我れが申訳《もうしわ》けないことになる。」

「それは無論、御在世ならば、先方《せんぽう》の人物本位にと仰せられるに相違はない。」

「いや、しかし、子爵以下では、何とも当家の権威に係《かかわ》る」――（『古林の新芽』、一五二頁）

おお！　まあ、なんと、そんなことで、華族名鑑をもってきても、選考難《せんこうなん》に苦しんだとは――

ここで、前記《ぜんき》の、

「お前たちが選考《せんこう》してよろしい、己には今、これという心当りがない。」

という光瑞師《こうずいし》のいったことが、まことに痛切《つうせつ》に響いてくる。

私は一連枝《れんし》にすぎないからと、一応辞退《じたい》したというその人にも先見の明《めい》がある。私はその名もきいたが

――「世間的《せけんてき》の地位《ちい》なく」と断わるのは、若《わか》い人《ひと》にむかって無理《むり》だと誰《たれ》しもおもおう。それは、東《ひがし》の法主《ほっす》の後嗣者《こうけいしゃ》でもないのにという意味にとればわかる。だが、「才腕《さいわん》なき普通《ふつう》の連枝《れんし》」とは、失礼《しつれい》なことを言ったものだ。この人、先ごろからの、東本願寺問題に、才腕ある連枝だとの評《ひょう》が高い。

かりそめの　別れと聞《き》きておとなしう　うなづきし子《こ》は若《わか》かりしかな
三夜荘《さんやそう》　父《ちち》がいましし春の日は花もわが身も幸《さち》おほかりし
緋《ひ》の房《ふさ》の襖《ふすま》はかたく閉《と》ざされて今日も寂《さび》しく物おもへとや

――『金鈴《きんれい》』より――

二

東西本願寺の由来《ゆらい》は、七百年前、親鸞聖人の娘《むすめ》、弥女《いやおんな》が再婚し、夫《おっと》から譲《ゆず》られた土地に、父親鸞《しんらん》上人の廟所《びょうしょ》をつくったのにはじまる。この弥女《いやおんな》は覚信尼《かくしんに》といい、この人の孫が第三世覚如《かくにょ》。親鸞《しんらん》の子善鸞《ぜんらん》から、如信《にょしん》となり、覚信尼の孫《まご》、覚如の代となるまでには、覚信尼は創業の苦労と煩悩《ぼんのう》もあったわけだった。十世証如《しょうにょ》のころは戦国時代ではあり、一向一揆《いっこういっき》は諸国に勃発《ぼっぱっ》し、十一世顕如《けんにょ》に及んで、織田信長と天正《てんしょう》の石山合戦《がっせん》がある。

八世の蓮如《れんにょ》上人の時《とき》、伝道教化《きょうげ》につとめ、九世実如のとき、準門跡の地位にまでのぼったのだ。

石山本願寺は、現今《いま》の大阪城本丸の地点《ちてん》にあって、信長に攻められたのだが、一向宗は階級的な強さがあるので、負けるどころではなかったが、綸旨《りんし》が下《くだ》って和議《わぎ》となったのだった。天正十九年に、豊臣秀吉《とよとみひでよし》から現在の、京都下京堀川、本願寺門前町に寺地《じち》の寄附を得た。しかし、この時に今日《こんにち》の東西本願寺——本願寺派本山のお西《にし》と、真宗大谷派本願寺のお東《ひがし》とが分岐《ぶんき》した。東《ひがし》は、西《にし》の十一世顕如《けんにょ》の長子教如の創建で、長子が寺《てら》を出たということには、意見の相違があり、閨門《けいもん》の示《し》唆《さ》によって長子が退けられたともいわれている。

東本願寺教如上人は、徳川家康の寄進で、慶長七年に六町四方の寺地《じち》を七条に得《え》、堂宇も起してもらったが、長子であって本山を追われたという苦《にが》い経験《けいけん》が、世々代々《せせだいだい》、長子伝灯の法則《ほうそく》が厳しい。そこに、いかなる凡庸《ぼんよう》でも長子より法主なくということになり、見込《みこ》みのある御連枝《ごれんし》（兄弟、近親）でも、御出世《ごしゅっせ》はないものと見られ、せめて子爵でなくとも、男爵でもおありならと、武子さんの配偶《はいぐう》が断られた訳もそこにある。三百年間親戚としての往来はおろか、敵視状態《てきしじょうたい》だったのが、明治元年に絶交を解いて、交際が復活したからとて、両方の法主《ほっす》——光尊《こうそん》、光瑩《こうけい》の両裏方《りょううらかた》を、お互《たが》いに養女《ようじょ》としあって、戸籍上の姻《いん》戚《せき》関係をむすんだといっても、お宝娘《たからむすめ》の武子さんを、となると、惜《お》しんだもののあったのも、わからなくもない。

本願寺さんのお姫《ひい》さんは、本願寺さんのでおきたいと、京都の人たちは惜《お》しんでいるというのも、いつまでもあの麗人がお独身《ひとりみ》でと、案じているというのも、結びあわせてみると、卑俗《ひぞく》な言いかただが、西から東へ人気《にんき》が移《うつ》る憂いは充分ある。お西さんからお東さんへ、掌《て》のなかの玉《たま》をさらわれるふうに考えたものもなくはあるまい。

なんと、因襲《いんしゅう》と伝統の殻との束縛よ、進取的な、気宇の広い若人《わこうど》たちには住みにくい世界よ、熟議熟議に日が暮れて、武子さんの心はぐんぐんと成長してゆく、兄法主には、大きく世界の情勢を見ることを啓発《けいはつ》され、うちにはロシアとの戦争に、報国婦人団体が結成され、仏教婦人会の連絡をとり、籌子《かずこ》夫人についで各地遊説《かくちゆうぜい》に、外《そと》の風《かぜ》にも吹かれることが多くなって、育ちゆく心はいつまでおかわいいお姫《ひい》さまでいるであろうか。人を見る目も出来れば人の価値も信実もわかってくる。阿諛《あゆ》と権謀《けんぼう》の周囲で、離れてはじめて貴《たっ》とさのわかるのは真《まこと》だけだ。

一葉《いちよう》女史の「経《きょう》づくえ」は、作として他《ほか》のものより高く評価《ひょうか》されていないが、わたしはあの「経づくえ」のお園の気持ちを、いまでも持っている女はすけなくはなったであろうが、あるとおもう、明治年代の、淑《しと》やかに育てられた、つつしみぶかい娘には、代表してくれている涙を包んでいる。あの中には、一葉女史の悲恋《ひれん》をも多分にふくめているが、武子さんにあの読後感をききたいとおもいもした。無論、あすこはぬけ出てしまって雑誌「白樺《しらかば》」(5)の武者小路《むしゃのこうじ》(6)氏の愛読者となったのは、心持ちが整理されてからではあろうが、別れてのちに、しみじみと知るまたとなきその人よさ、世をふるにしたがって、思いくらべて惜しむ心《こころ》はなかなかにあわれは深《ふか》い。

もとよりわたしは、たしかにそうと断定しない。わたしがその人《ひと》の口《くち》からきいたのではないから。それにもかかわらず、わたしはいたましく思い、人世とはそんなものだとしみじみと感じる。もしそこに、若《わか》き灼熱《しゃくねつ》の恋《こい》があったら、桃山御殿《ももやまごてん》の一部で、太閤《たいこう》秀吉の常の居間であったという、西本願寺のなかの、武子さんが住んでいた飛雲閣《ひうんかく》から飛出されもしたであろうし、解決《かいけつ》は早くもあったろうに、若き御連枝はムッとしてそのまま訪問されず、しかも、その人も配偶をむかえてから、代《かわ》る女《もの》はなかったとの歎《たん》をもたれたのだから悲しい。

も一度《ど》、

かりそめの　別れと聞きておとなしううなづきし子《こ》は若《わか》かりしかな。

この歌《うた》は、嫁《とつ》がれてのち、夫君《つまぎみ》を待って読んだ歌《うた》だと解釈されているけれど、もうそのころ、武子さんは二十三歳、令嬢としては出来上りすぎている立派な人だった。十八に、十七に、十九におきかえて考えると、おとなしゅううなずきし子《こ》が目《め》に見えてくる。

爵位局より発布の「尊族簿《そんぞくぼ》」が幾度もひっくりかえされているうちに、日は経《た》ってゆく。お家柄第一、二十六、七歳より三十歳までの若様で、勝《すぐ》れた家の爵位を嗣《つ》ぐ人、宗教は浄土真宗。これだけ具備した人を探《さが》しだそうとするのだが、幾度繰ってても頁数はおなじで、居なかった人物が紙の上に飛出してくる筈《はず》もない。ここまで来て籌子《かずこ》夫人から、天降《あまくだ》り案《あん》が提出《ていしゅつ》されたのだから、捏《こ》ね廻《まわ》してしまったものには具合がよかったと、ことが運《はこ》んだわけだった。

山中氏の『九条武子夫人』百六十二頁に、

――重職会議へ極《きわ》めて内々のお諮《はか》りがありました。御生家《ごせいか》の九条公爵の御分家たる良致《りょうち》男爵を選考する様《よう》にとの、それは夫人よりの直接の御相談なのでした。

籌子《かずこ》夫人は十一歳の時に、鏡如様のお許嫁《いいなずけ》として、大谷家へ入輿せられ、幼き日より朝夕を、武子姫と共に――良致男爵は籌子夫人の弟君に当られます。なお、夫人の妹君には九条家に紝子《きぬこ》姫がいられるのでした。ことに、良致男爵へ武子姫が、なおまた鏡如様の弟君の惇麿《あつまろ》様（光明師）へ紝子《きぬこ》姫が、御縁《ごえん》づきになりますことは、篝子夫人御自身の深いお望みなのでした。その暁《あかつき》には、九条家と大谷家との御兄弟が、互にお三方《さんがた》とも御結婚になり、両家にとりてこの上のお睦《むつ》みはないのでした。篝子お裏方《うらかた》より直接のお諮《はか》りを受《う》けまして、重職の人々は、九条良致男爵を、初めて選考の会議に上すようになりました。それまでは、子爵以上とのみ考えていたのです。

なぜ、子爵だ、男爵だというのか、それは前に、東の御連枝という人を、無爵《むしゃく》だといって断わったからで、男爵というのに拘《こだ》わるのも、それでは男爵になれるようしますからとまでいって来たのを、すくなくも子爵でなくてはと拒絶したといわれているのを、わたし自身が頷《うなず》くために、引いてみたのだが、良致氏は前から男爵ではなく、武子さんを娶《めと》る前《まえ》になったのだった。

良致氏はお気の毒な方《かた》で、やったり、とったりされた人《ひと》だった。ずっと前《まえ》に他家《たけ》へゆかれ、それから一条家の令嬢の婿金《むこがね》として、養《やしな》われていたが帰されて——やっぱりこれも例をひいた方《ほう》がよいから、山中氏の前のつづきを拝借すると、

——嘗《かつ》て一条公爵家の御養子として、暫《しばら》く同家に生活していられました。それは、元来一条家よりの懇《ねんご》ろなお望みがありまして、御結縁《ごけつえん》になったのでした。しかし、家風《かふう》の上から、その後《のち》、男爵は再び九条家へ、お復《かえ》りになったのでした。（前掲、一七四頁）

なぜ、この山中氏の著書からばかり引例にするかといえば、材料の蒐集《しゅうしゅう》に、「婦人倶楽部」の多くの読者と、武子さんの身近かな人々からも指導と協力を得ているといい、筆者はもうすにおよばず、発行が、野間清治氏の雄弁会出版部であり、およそ間違いのないものであること、著者の序に、初校《しょこう》を終《お》る机のそ

ばに、武子さんが、近く来《きた》りていますように感じつつ、合掌、と書かれた敬虔《けいけん》な著であるので、信頼して読ませて頂いたからだ。その行間からわたしは何《なに》を見たか——

籌子《かずこ》夫人のこのお婿さん工作も、愛弟だったときけば領《うなず》けるし、実家《じっか》の嫂《あによめ》は東本願寺からきた人で、例の御連枝《ごれんし》と縁《えん》のある方《かた》であり、それらの張合もないとはいえまいが、良致氏は、籌子夫人の手許《てもと》へ引《ひ》きとられていたというものがあるから、武子さんとも顔を合せていなくてはならないのに、此書《この》では、結婚の日が初対面と記されてある。この初対面という方に従ってゆくと、これはまた、あれほど大切《たいせつ》にしたお姫《ひい》さんを、なんと手軽にあつかったものだか——もとより何もかも、知《し》りすぎる位にわかってる方が進めてゆくのだから、誰にも安心はあったであろうが、いやしくも人生の最大事業をおこなう男女当事者が初対面とは——無智蒙昧《むちもうまい》な親に、売られてゆく、あわれな娘ならば知らず、一万円持参で、あの才色絶美、京都では、本願寺からはなすのはいやだと騒《さわ》がれた美女《ひと》なのに——

籌子夫人は幾度か上京し、仕度万端《したくばんたん》、みな籌子夫人の指図《さしず》だった。

も一度。

緋《ひ》の房《ふさ》の襖《ふすま》はかたく閉《と》ざされて、今日も寂《さび》しく物おもへとや
三夜荘《さんやそう》父がいまししし春の日は花もわが身も幸《さち》おほかりし

緋の房の襖《ふすま》の向うは、彼女の胸の隠家《おくが》でなくて、なんであろう。

結婚式をあげに東京へ出発、馬車のうちにはうなだれがちに、武子さんがいた。本願寺の正門から、

七条の駅へ――けれども、御婚儀の日が、初対面の日なのでした。――昨日《きのう》までの武子姫は、良致男爵……その人について、何も御存《ごぞん》じがないのでした。男爵においても、それは同《おな》じく、新夫人の性格そのほか、更に御承知はないのでした。

（『九条武子夫人』より抄）

――七条駅近くの大路には、東本願寺の門がある。

性格も趣味も教養も、まさしく反対の二点《てん》にたっているとも書かれている。九月二十五日に九条家に入り、新男爵邸に即日移り《そくじつうつり》、十二月には、先発の法主《ほっす》夫妻のあとを追って新婚旅行に、欧洲へ渡航する。しかも新郎は、英国に留学する約束だった。黙々《もくもく》読書する良致氏に、仕度《したく》の相談にゆくと、

「よろしいように」

と静かに答えるだけだったという。

印度《インド》では光瑞《こうずい》法主一行の、随行員も多く賑《にぎ》わしくなった。少女時代をとりかえしたように武子さんが振《ふる》舞《ま》うと、明るい笑声のうちに、いつも姿を見せないのが良致氏であったという。籌子夫人が気にすると、船室《せんしつ》にかくれて読書しているという。一方が明るくなると、一方はだんだん寡黙《かもく》になる。

船室でお茶がすんで、ボーイが小さなテーブルの上をかたづけにくると、武子さんは立上る、

「では失礼します。」

「どうぞ。」

水の如き夫妻だ。

武子さんも気にせず、良人《おっと》もそれに不満足を感じるような、世俗的なのではないと、山中氏はいっていられるが、しかし、わたしははっきり言う。それはどっちかが軽蔑《けいべつ》しているのだ。どっちかがすくんでいるのだ、でなければもっと、重大な、何か、ふたりは、表向きだけの夫婦ごっこ、互に傀儡《かいらい》になったことを知《し》りすぎているのだ。性格的相違だけには片づけられないものがある。そして、短かい外遊期間中なのに、良致男は別居してしまった。だが、武子さんは社会事業の視察《しさつ》、見学をおこたらなかった。

シベリア線《せん》で、籌子夫人と武子さんが帰朝ときまったとき、袂別《けつべつ》の宴《えん》につらなった良致氏は、黙々として静かにホークを取っただけで、食後の話《はなし》もなく、翌日、出立《しゅったつ》のおりもプラットホームに石の如く立って、

「ごきげんよう」

と、別れの言葉《ことば》は、この一言だけだとある。

良致さんという人が、この通り沈黙寡言《ちんもくかげん》な、哲学者かと思っていたらば、先日、ごく心易くしていたという男の人が来て話すには、中々隅《なかなかすみ》におけない、白粉《おしろい》を袖《そで》や胸《むね》にもつけてくる人だというし、またある人も、気さくなよいサラリーマンだといった。新婚のころは、特別に、そんなムッとした人にならざるを得ぬことがあったものとおもえる。世間からは花の嫁御《よめご》をもらって、日本一の果報男《かほうおとこ》といわれたが、他人ではわからないものが、その人にとってないとはいえまい。

また、それでなければ、新婚三月の新夫人をかえしてしまって、滞欧十年、子までなさせて、そこの水

に親《した》しんではいられない筈《はず》だ。

三年たった。ここいらから武子さんが、麗《うる》わしい武子だけでなく、同情と、人気とその人のもつ才能とが一つになって、注目される婦人となった。武子さんはいよいよ光り、良致さんはよく言われなかった。空閨《くうけい》を守らせるとは怪《け》しからん。と、よく中年の男たちが言っていた。操持《そうじ》高《たか》き美しき人として、細川お玉夫人のガラシャ(7)姫《ひめ》よりももっと伝説の人に、自分たちの満足するまで造《つく》りあげようとした。

この間《あいだ》も、斎藤茂吉《さいとうもきち》博士の随筆中に、武子夫人が生《いき》ていられたうちは書かなかったがと、ある田舎《いなか》へいったら、砂にとった武子さんのはいせき物《ぶつ》を見て、ふといふといと下男たちが笑っていたということを記《しる》されたが、そんなばかげた事もおこるほど、よってたかって窮屈な型のなかへ押込んでいった。

三

武子さんの第一歌集『金鈴《きんれい》』を、手許においたのだが、ふととり失なってしまって、今《いま》、覚えているのは、思いだすものよりしかないが、

ゆふがすみ西の山の端《は》つつむ頃ひとりの吾《われ》は悲しかりけり
見渡せば西も東も霞《かす》むなり君はかへらず又春や来《こ》し

作歌の年代を知るよしもないが、これらはずっと古くうたわれたものときいている。一年半以上も外国でくらして、秋《あき》も深《ふか》くなって帰ると翌年の春、籌子夫人が急逝された。その人の望みによって武子さんの

生涯は定まってしまったのに、それを望んだ人は死んでしまって、妻《つま》という名の、桎梏《しっこく》の枷《かせ》をはめられて残《のこ》された武子さんの感慨は無量であったろう。全く運命というものは変《へん》なものだ。

しかし、おかくれ遊ばした総裁様《そうさいさま》の御意志《ごいし》をお伝えするが使命と、武子さんのうるわしい声が、各地《かくち》巡回宣伝《じゅんかいせんでん》にまわられると、仏教婦人会の新会員は増えてゆくばかりなので、九条武子となっても、本願寺に起臥《おきふし》して、昔にもまさって本願寺の大切な人であった。そして、思い出したように、お美しい方が空《くう》閨《けい》に泣くとは、なぞと、時々《ときどき》書いたりいわれたりしたが、武子さんの場合だけは、それが不自然ではなく、なんとなくそれで好《い》いような気がしていた。語《かた》らざる了解があるように思われた。そうしているほうが、お互《たがい》が気楽なのではないかと思えた。

遺稿和歌集の『白孔雀《しろくじゃく》』をとって見ると、

百人《ももたり》のわれにそしりの火はふるもひとりの人の涙にぞ足《た》る
その一歩《いっぽ》かく隔りの末をだに誰《たれ》かは知りてあゆみそめむぞ
この風や北《きた》より吹くかここに住むつめたき人のこころより吹く
この胸《むね》に人の涙をうけよとやわれみづからがくるしみの壺
おもひでの翼《つばさ》よしばしやすらひて語れひとときその春のこと
影ならば消《け》ぬべしさはれうつそ身のうつつに見てしおもかげゆゑに
引《ひ》く力拒《ちからこば》むちからもつかれはてて芥《あくた》のごとく棄《す》てられにしか
たまゆらに家をはなれてわれひとり旅に出《い》でむと思ふときあり

たたかへとあたへられたる運命《うんめい》かあきらめよてふ業因《ごういん》かこれ
執着《しゅうちゃく》も煩悩《ぼんのう》もなき世ならばと晴れわたる空の星にこと問ふ
空《むな》しけれ百人《ももたり》千人《ちたり》讃《たた》へてもわがよしとおもふ日のあらざれば
夢《む》寐《び》の間《ま》も忘れずと云《い》へどわするるに似たらずやとまた歎けりこころ
むしろわれ思《おも》はれ人《びと》のなくもがなあまりに病めばかなしきものを

――滞洛手帖十四首の中から――

ふるさとはうれし散りゆく一葉《ひとは》さへわが思ふことを知るかのやうに
ふるさとはさびしきわれの心知れば秋の一葉《ひとは》のわかれ告《つ》げゆく
叫《さけ》べども呼《よ》べども遠きへだたりにおくれしわれの詮《せん》なきつかれ
岐《わか》れ路《じ》を遠く去《さ》り来《き》つ正《ただ》しともあやまれりとも知らぬ痴人《しれびと》
夕されば今日《きょう》もかなしき悔《くい》の色昨日《きそ》よりさらに濃《こ》さのまされる
水のごとつめたう流れしたがひつ理《ことわ》りのままにただに生《い》きゆく

震災後《しんさいご》下落合《しもおちあい》に家を求《もと》めてからを知っている人が、武子さんの日常《にちじょう》を、バサバサしたなつかしみのない、親分の女房みたいだと評し、わざとらしいしなをつくるが、電話の声と地声とはちがい、外から帰ると寛袍《どてら》にくつろぎ、廊下《ろうか》は走りがちに歩《ある》く、女中にきいてみたら、京都へゆく汽車の中では、ずっと身じろぎもしないで、座ったままだというのに――と、良致さんとの夫婦生活を、およそ男性のもとめるイットのないものとくさしたが、わたしは胸が苦しかった。武子さんはもうそのころ自分の表面的な職分と、自分の心だけでいるときとの、けじめがはっきりついて、卑近《ひきん》な無理解など、どうでもよいとの決心がついていたにちがいない。なぜなら、その人がいったようなただ、あざけた女《ひと》に、こんな心の声があろうか、

さくら花散りちるなかにたたずめばわが執着《しゅうちゃく》のみにくさはしも
ちりぢりにわがおもひ出も降りそそぐひまなく花のちる日なりけり
さくら花散りにちるかな思ひ出もいや積《つ》みまさる大谷《おおたに》の山
まぼろしやかの清滝《きよたき》に手をひたし夏をたのしむふるさとの人
やうやくに書《か》きおへし文いま入れてかへる夜道のこころかなしも

これはみんな、世《よ》にない人を思い出した歌ではない。ふるさとの人とは、誰《たれ》をさしていったものだろう、そんなことは言っては悪《わる》いと叱られるかもしれない。だが、それだからこそ人間ではないか、それだからわたしは武子さんが悲しく、そして忘れないのだ。ただ、わたしは云《い》う、あの豪気《ごうき》な、大《おお》きい心の人が、なぜその苦しみとひたむきに戦《たたか》わなかったか、この人間の苦しみこそ、宗祖親鸞《しんらん》も戦かって戦いぬいて、苦悩の中に救いを見出《みいだ》し大成したのではなかろうか、良致氏が外国で家庭生活をもっていたことが、却《かえっ》て武子さんを小乗的《しょうじようてき》にしてしまったのかもしれない、仏教のことばなんかつかっておかしいが、そんなふうにもおもえる。さし詰《せま》った苦しさというものは、勇気を与えるが、それも長く忍《しの》んでいると詠歎的になってしまうものだ。

『白孔雀』の巻末に、柳原白蓮《びゃくれん》さんが書いているから、すこし引いて見よう、

百人《ももたり》のわれにそしりの火はふるもひとりの人の涙にぞ足《た》る

第一この歌に私はもう涙ぐんでしまった。あのたあ様《さま》は本当に深い深い胸の底に涙の壺を抱いていた人だった。

私が今の生活に馴《な》れるまでの間を、たあ様はどんなに励《はげ》まし、かつ慰めてくれたことであったろう、「貴女《あなた》は幸福よ。」この一言によって私は考えさせられた。人というものはどうかすると自分の幸福を忘れている事がある。幸福だという事を忘れれば幸福にはぐれてしまう、という事を教えられた。私は何と云ってあの方に感謝していいかわからない。人こそ知らね私には深い思いがあるからである。

美しき裸形《らぎょう》の身にも心にも幾夜かさねしいつはりの衣《きぬ》

「ねえ、私だって、ああなのよ、斯《こ》うなのよ、ねえ、よう。」甘えるように私の手をとってゆすぶったりした。私は、「そんなら御勝手になさいまし、只《ただ》、くしゃくしゃ語ったって、私がどうにもして上げられるもんじゃなし。」とつんと突き放したもの云いをすると、その時、ほっとためいきをつきながら「もう云わないから、かんにんよ。」あの時の少女のような身のこなしが、今も目に浮かんで来てしようがない。

――たあ様の歌は本当《ほんとう》の実感《じっかん》から生《うま》れたものだった。

私の友《とも》よ、友の霊《れい》よ、この歌の一つ一つが貴女《あなた》の息《いき》から生《うま》れたものなのだ、それぞれに生命《いのち》があるのだ――

人生の裏《うら》も底《そこ》も、涙も知りつくした筈《はず》の歌人、吉井勇《いさむ》さんが『白孔雀』巻末に書いた感想をひいてみると、

——今その手録《しゅろく》された詠草を見ると、『薫染《くんぜん》』に収《おさ》められた歌以外のものに、かえって真実味に富んだ、哀婉痛切《あいえんつうせつ》なる佳作が多いような気がする。私は先《ま》ず手録された詠草の最初にあった、

百人のわれにそしりの火はふるもひとりの人の涙にぞ足る

の一首に、これまでの武子夫人の歌に見られなかったような情熱を覚えると同時に、かなり感激した心持でこの新しい歌集『白孔雀』の編輯《へんしゅう》に従うことが出来たのであった。

この十一月初旬、この遺稿の整理《せいり》をしに往《い》った別所温泉は、信濃路《しなのじ》は冬の訪れるのが早いのでもう荒涼たる色が野山に満ちて、部屋の中にいても落葉《おちば》の降《ふ》る音《おと》が雨のように聴えた。が、手録の詠草を一首一首読《よ》んでゆくうちに、私の耳にはだんだんそんなもの音も聴こえなくなった。私は真実味の深い歌が見出される度毎《たびごと》に、若うして世を去った麗人を傷《いた》むの情に堪《た》えなかったのである。

死ぬまでも死にての後もわれと云ふものの残せるひとすぢの路

そういう死をうたった歌や、

この胸に人の涙もうけよとやわれみづからが苦しみの壺

といったような悲しみの歌を読むと、私の目はひとりでに潤《うる》んだ。

たまゆらに家を離れてわれひとり旅に出でむと思ふときあり

たたかへとあたへられたる運命かあきらめよてふ業因《ごういん》かこれ
うつくしき人のさだめに黒き影まつはるものかかなし女《おみな》は
そのことがいかに悲しき糸口《いとぐち》と知らで手《て》とりぬ夢《ゆめ》のまどはし
まざまざとうつつのわれに立ちかへり命いとしむ青空のもと
しかはあれど思ひあまりて往《ゆ》きゆかばおのがゆくべき道あらむかな
何気《なにげ》なく書きつけし日の消息がかばかり今日《きょう》のわれを責むるや
酔ざめの寂《さび》しき悔は知らざれど似たる心と告げまほしけれ

こう云う寂しい心境をうたった歌を読んで、その人がもうこの世にないと云うことを考えると、人生、一路の旅の、果敢《はか》なさを思わずにはいられなかった。

――『白孔雀』から――

吉井さんにしても、燁子《あきこ》さんにしても、人世の桎梏《しっこく》の道を切開《きりひら》いて、血みどろになってこられたかたたちだ、その人の心眼に何がうつったか？　ただ、寂《さび》しい心情《しんじょう》とのみはいいきれないものではなかったろうか。白蓮さんの感想には、書かれない文字《もじ》や、行間《ぎょうかん》に、言《い》いたいものがいっぱいにある気がする。遠慮、遠慮、遠慮！　昔だったらわたしなど、下々《げげ》ものがこんなことを言ったら、慮外《りょがい》ものと、ポンとやられてしまうのであろうが、みんなが武子さんを愛《いと》しむ愛しみかたがわたしにはものたらない。こんな、生《い》きた人間《にんげん》を、なんだって小さな枠《わく》に入れてしまうのだろう。

――いや、武子さんは、御自分《ごじぶん》のしていることがお好きなのでした。御満足だったのです。一番好きなことをしていたのです。

こういった中年男は、良致さんが大好きで、男は何をしても、細君はいとまめやかに、愛《あい》らしくという立場《たちば》だから、失礼《しつれい》なことをいうのも仕方《しかた》がない。どんな売女《ばいじょ》でももっている、女《おんな》っぽさや、女の純《じゅん》なものがないの、けちんぼだの、勘定《かんじょう》が細《こま》かいのといった。わたしはそれに答えてはこういう。

武子さんは、「女」を見せることを、きらったのだ、誰《たれ》にも見られたくなかったのだ。わざとする媚態《びたい》があるというが、それは、多くのものに、よろこばせたい優《やさ》しみを、とる方がそうとりちがえたのではないか。算当《さんとう》が細かいというのは、本願寺はある折《おり》、疑獄事件《ぎごくじけん》があって、光瑞法主はそのために、責《せめ》をひいて隠退《いんたい》され、武子さんは、婦人会の存続について大変心配された。そんなことから、日常のことにも気をつけるようになられたのだろう。『無憂華《むゆうげ》』の中の、「父に別れるまで」の一節に、

――今思うとこんなこともあった。そのころの道具掛《どうぐがかり》の者が知らなかったのかどうか、割《わ》れ無《な》くていいというような意味から、金《かね》の水指《みずさし》を稽古《けいこ》用に出《だ》してくれたのが、数年《すうねん》のあとで名高《なだか》い和蘭陀毛織《オランダモウル》の抱桶《だきおけ》であったことや、又幾千金《またいくせんきん》にかえられた雕朱《ついしゅ》のくり盆《ぼん》に、接待煎餅《せったいせんべい》を盛って給仕《きゅうじ》が運んでおったのもその頃《ころ》であった。

そうした器物《きぶつ》まで払《はら》いさげられたりして、経済《けいざい》のこともよくわかっていたのであろうし、それよりも、これはあとにもいうが、つまらないことで失《うしな》いたくない、要用《ようよう》なことにと、いつも心に畳《たた》んでいられたのだと思う。

武子さんは、あまり広《ひろ》く愛されて、世間のつくった型へはめられてしまって、聖《せい》なる女として、苦しんだ。その切《せつ》ないなかに生《い》きぬいて、自分の苦しんだのとは、違う苦しみかたをしている気の毒な層《そう》の人たちを、広《ひろ》く愛そうとする、真に、しっかりした心の転換期がきたのではあるまいか。二十年、恋は空《むな》しいと観じ、本願寺婦人会の救済事業を通じて、心身を投じようとしたその時《とき》に、あわれ死がむかって来《き》たのではあるまいか——

おせっかいな世間は、武子さんが完全《かんぜん》な人《ひと》となろう、としているときに——外国にいる人《ひと》も、そちらに居る方が家庭円満であったかもしれないのに、麗人に空閨《くうけい》を十年守《まも》らせるとは何事だと、あちらで職についていて、帰りたがらぬ良致氏を無理に東京へ転任ということにしたということだが、十年ぶりで、帰《かえ》る人《ひと》にも悩《なや》みは多《おお》かったであろうし、武子さんは、まぶたもはれあがるほど泣きに泣いて、こころをつくろう人《じん》世《せい》へのお化粧をしなおされたということだ。

死ぬる日の半月ばかり前《まえ》に、偶然《ぐうぜん》に行《ゆ》きあったのは、かの、かりそめの別れとすかされて、おとなしく頷《うな》ずいて別れた東の御連枝《ごれんし》だった。だが、今度はかりそめの、この世での、それが長い別れになってしまった。おもいがけない病《やまい》が急に重《おも》って、それとなく人々が別れを告《つ》げに集《あつま》るとき、その人も病院を訪《おとず》れたというが、武子さんは逢《あ》わなかったのだった。お別《わか》れはもう先日《せんじつ》ので済《す》んでおりますと、伝《つた》えさせたということ。

私が、戯曲的に考えれば、生母《せいぼ》の円明院《えんみょういん》お藤《ふじ》の方が、手首《てくび》にかけた水晶の珠数《じゅず》を、武子さんが見て、おかあさま、そのお珠数《じゅず》を、私《わたし》の手《て》にかけてください。

といわれたということが、新聞にも出ていたが、その水晶の珠数《じゅず》は、かつて、武子さんが、御生母《ごせいぼ》へあげたものだということから、その珠数《じゅず》には、母子だけしか知らない温《あたた》かい情《もの》が籠《こも》っているかもしれないと、思うことだった。

君にききし勝鬘経《しょうまんぎょう》のものがたりことばことばに光《ひか》りありしか

君をのみかなしき人とおもはじな秋風ものをわれに告《つ》げこし

この日ごろくしき鏡を二ツもてばまさやかに物をうつし合ふなり

勝鬘経《しょうまんきょう》は、印度舎衛《いんどしゃえ》国王波斯匿《はしのく》と、摩利夫人《まりぶにん》との間に生れて、阿踰闍国王《あゆしゃこくおう》に嫁した勝鬘夫人《しょうまんぶにん》が仏教に帰依《きえ》した、その説示だという、最《もっと》も大乗《だいじょう》の尊さを説いたもので、わが聖徳太子も、推古《すいこ》女帝に講したまいし御経《おんきょう》ときいたが、君とは、父法主《ほっす》でも、兄法主でもない人を差している。

築地《つきじ》別院に遺骸《いがい》が安置され、お葬儀《そうぎ》の前《まえ》に、名残《なご》りをおしむものに、芳貌《ほうぼう》をおがむことを許された。二月八日の宵《よい》だった。梅の花がしきりに匂《にお》っていた。わたしは心ばかりの香《こう》を焚《た》いて、「秋の夜」と署名した武子さんからの手紙を出して、机上においた。そこへ、安成二郎《やすなりじろう》(8)さんが訪《おとず》れられて、どうしてお別れにいって来《こ》ないのかといわれた。蘭灯《ぼんぼり》にてらされて、長い廊下を歩いていって、静《しずか》な、清《きよ》らかな美しいお顔を見ると、全くこの世の人ではない気がしたといわれた。そして、どうしてゆかないのかと、再《ふたた》び問《と》われた。

あまり多くのものに、死者の顔を見せるのは嫌いだから、見られるのはお厭《いや》だろうと思うと、答えたわたしの胸には、ちょっと言いあらわせないものが走《はし》った。

震災前《しんさいぜん》、あの別院が焼けない前《まえ》に、ある日《ひ》の日《ひ》かげを踏《ふ》んで、足許《あしもと》にあつまる鳩《はと》を避《よ》けて歩きながら、武子さんに、ずっと裏《うら》の方の座敷で逢ったことがあった。その時《とき》ふと胸にきたものは、あんなに麗《うらら》かな面《おも》ばせで、れいれいとした声で話《はな》されるに、憂苦《ゆうく》といおうか、何《なに》かしら、話《はな》してしまいたいといったようなものを持っていられるということだった。

その時《とき》、

「燁《あき》さまは、どうしてあんなことをなすったのでしょうね。」

と、突然と武子さんがいった。それは、白蓮《びゃくれん》さんが失踪して間もなくで、世上の悪評の的になっているときだった。

二人《ふたり》は目《め》を見合《みあ》わせたきりで、探《さぐ》りあう気持ちだった。この人《ひと》は、もっともっと大きい苦悶《くもん》をかくしているなと、思《おも》った。

震災《しんさい》に、なんにも持《も》たずに逃《のが》れ出《で》たが、一束《ひとたば》の手紙だけは――後に焼きすてたというが、――あの中《なか》で、おとしたらばと胸をおさえて語ったお友達がある。――そういえば、秋の夜であり、きくであり、そのほかにも、種々のかえ名《な》があるにはあったが――

武子さんは、もうちゃんと、ああ出来上ってしまって、あれがいいのだから、美人伝へよけいな感想なんか書いてはいけないと。知っている人たちがみんなこういう。もとより、武子さんはわたしも大事にする。けれど、もっと大胆《だいたん》に、いいところをいってもいい、人間らしいところを話《はなし》ても、あの方の苦節《くせつ》に疵《きず》はつきはしない。お人形さんに、あの晩年の、目覚《めざ》めてきた働きは出来《でき》ない。本願寺という組織に操《あやつ》られてでも、それを承知で、自分自身《じしん》だけの、一ぱいの働きをするということは、ああいう場処《ばしょ》にいる人には、あれでよいので、あらゆる事に働き出そうとしたことは、劇《げき》や舞踊の方にまで進んで、かなり一ぱいの努《ど》力《りょく》だったと思《おも》う。

そういえば、武子さんは快活な、さばけたところのあるのは、幼いときからだというが、人徳《にんとく》を知《し》るのに面白い逸話がある。ある美術家のうちの床《とこ》の間《ま》に、ブロンズのドラ猫があった。埃《ほこ》りまみれでよごれているのを、武子さんは猫《ねこ》が好《す》きだったが、震災《しんさい》で焼《や》いてしまったので、その埃《ほこ》りまみれの置物《おきもの》を、かあいい、かあいいと撫《な》で廻していた。その事を、あとで、猫《ねこ》を作《つく》った某氏にその人が話《はな》して、君《きみ》が逢えばきっと猫《ねこ》をつくらせられてしまうよといったらば、いや決して僕は魅惑されないといっていたのが、いつか銀《ぎん》の猫《ねこ》をつくって、呈上してしまって、そういったものへは内密にしていた。だが、それが縁《えん》で、デスマスクはその人がつくったということだ。

あなかしこ神にしあらぬ人の身の誰《たれ》をしも誰《たれ》が裁《さば》くといふや
ただひとりうまれし故にひとりただ死ねとしいふや落ちてゆく日は

をみなはもをみなのみ知る道をゆくそはをのこらの知らであること

——歌集『薫染《くんぜん》』より——

はつ春の夜《よ》を荒るる風に歯のいたみまたおそひ来ぬ——

この最後の一首は、磯辺《いそべ》病院で失《う》せられた枕《まくら》もとの、手帳に書きのこされてあったというが、末の句をなさず逝《ゆ》かれたのだった。

「嵯峨《さが》の秋」という脚本のなかで蓮月尼《れんげつに》には、こう言わせている。

みめよい娘《こ》じゃとて、ほんに女《おんな》は仕合せともかぎりませんわいな。
おお、そうですぞ、おまえさんの正直な美《うつく》しい恋《こい》のまことが、やがてきっと、大きな御手《みて》にみちびかれてゆきまする。

昭和三年一月十六日より歯痛、発熱は暮よりあった。十七日、磯辺病院へ入院、気管支炎も扁桃腺炎《へんとうせん》も回復したが、歯を抜いたあとの出血が止まらず、敗血症になって、人々の輸血も甲斐《かい》なく、二月七日朝絶息、重態のうちにも『歎異鈔《たんにしょう》』(9)を読みて、

有碍《うげ》の相《そう》かなしくもあるか何を求め何を失ひ歎《なげ》くかわれの

この人に寿《ことほぎ》あって、今《いま》すこし生《い》きぬいたらば、自分から脱皮し、因襲をかなぐりすてて、大きな体得《たいとく》を、

苦悩の解脱《げだつ》を、現《あき》らかに語《かた》ったかもしれないだろうに――

――昭和十年九月――

（1）『黒髪』　歌集。与謝野晶子編、金尾文淵堂刊。明治四〇年（一九〇七）一月。
（2）吉井勇　一八八六―一九六〇。歌人、劇作家、小説家。新詩社にはいり、「明星」に短歌を発表。一九〇八年パンの会を結成。翌年「スバル」の創刊に参加。耽美派の中心として活躍した。
（3）山中峯太郎氏著、『九条武子夫人』　大日本雄弁会講談社刊。一九三〇年一月。底本の中山峯太郎は誤記。一九二八年「婦人倶楽部」一～一二月号連載。
（4）連枝　（もとを同じくするところから）貴人の兄弟姉妹。
（5）「白樺」　文芸雑誌。明治四三年（一九一〇）四月創刊、大正一二年（一九二三）八月廃刊。同人は武者小路実篤、志賀直哉、里見弴、有島武郎、有島生馬、長与善郎ら。
（6）武者小路　一八八五―一九七六。武者小路実篤。小説家。武者小路実世の四男。一九一〇年志賀直哉らと「白樺」を創刊。一九一八年理想主義の実践として、宮崎県に「新しき村」をひらく。小説、戯曲のほか、詩、画業にも活躍した。
（7）細川お玉夫人ガラシャ　一五六三―一六〇〇。明智光秀の娘。細川忠興の妻。本能寺の変後、夫により丹後（京都府）味土野に幽閉される。豊臣秀吉に許されて復縁。高山右近らの影響で受洗を受ける。関ケ原の戦いに際し、石田三成方の人質要求を拒否し、自らの命を絶った。名は玉。ガラシャ（伽羅奢）は洗礼名。
（8）安成二郎　一八八六―一九七四。歌人、ジャーナリスト。「実業之世界」編集長、「読売新聞」「大阪毎日新聞」記者をつとめ、後に平凡社に勤務。そのかたわらで「近代思想」「生活と芸術」などに生活派短歌を発表した。徳田秋声に師事。
（9）『歎異鈔』　鎌倉時代の仏書。親鸞の言行録。

第二章　自伝

薄ずみいろ

一

私はこんなものをかいておいて、誰に見ていただこうというあてもありません。親にも妹にもはずかしくって見せられはしません。これはほんのわたしの心ゆかしでしょう。自分と自分に書残《かきのこ》して、魂を慰めてやっているのでしょう。私の薄墨色《うすずみいろ》のくらしも、まあこんなものでも書いていて、自分を悲しがってやれるように、心にゆとりのできただけが、すこし諦めのついたしるしかと思います。何にも云わないで死《しん》でしまうということは、よっぽど傑《えら》い人でなければ出来ないことでしょう。わたしは自分と、とわずがたりをするだけでも屹度《きっと》、汚されぬ霊魂の童貞というものがあれば甦ってくれることと信じています。わたしは二十歳の女ですが、もしも此《この》「薄ずみいろ」が人様の御目にはいるときに、今時こんな古い思想をもったり、こんなみじめな自分というもののない暮しかたがあるものかと思われるかもしれません。けれどもわたしは下町の、大店《おおだな》の蔵と蔵との間のあんまり現代の風が急にははいってこない、堅気《かたぎ》一方な場所に生れて、生れたてには大変な長命をした、文化うまれの大祖母さんや、文政何年とかの祖母さんたちがいて、その方達のお部屋には、行灯《あんどん》をつけていましたし、二人の老女は前帯に結んで、おひきすそでいたほどですから、家内もよっぽど世間とは足並が遅れていて女というものは三界《さんがい》に家なしという流儀に育てられてきたということを、すこしでも知っていていただかないと、わたしというものの苦しみは、屹度《きっと》くだらないものに違いないと思います。わたしはまったくくだらない涙に自分の一生をくらさしてしまって、名もない小さなお墓の主になってしまうのかもしれません。あんまり自分が可哀《かわい》そうなのです。けれども我儘《わがまま》なのかもしれません。何処《どこ》の国に嫁《かた》づいて、自分の身が穢《けが》れたと苦しむ女がありましょうか。

私は寺小屋(1)育ちで、現代の風には吹かれたくっても吹かれることが出来ませんでした。結綿《ゆいわた》に結っているわたしの髷《まげ》の下の頭の心には、学問もなければ考えもありはしません。なんにもしらない従順なわたしというものばかりしかありはいたしません。そのわたしが一人で切ながっていることが、もし悪い、ゆるせないことなのならば、わたしというものはもっと強く苦しんで、早く此世《このよ》にいなくなってしまう方がよいのだと思います。わたしは此《この》書きかけを、箪笥《たんす》の底へかくして見たり、帯上げの中へ入れて見たりしています。もし目《め》っかったら大変です。あの人に見られたらば、「張り殺すぞ」と怒鳴られてわたしはあの太い腕で一打ちに殺されてしまうのに違いありません。わたしは死にたくないことはちっともありませんが、あの人に息の音までとめられるのは嫌なのです。あの人が厭《いと》わしいばっかりに苦しんでいるのです。といって決してあの人は悪人ではありません。善人すぎるのかも知れません。お金持ちで、ちっとも教育がなくって酒呑《さけのみ》で、お酒のために眼病みをしている人です。

わたしは祖母さん子に育てられて、年頃の御友達をもたないせいか、ほんとに好き嫌いがはげしいのです。子供のおりは食べるものも嫌いな方が多かったと覚えています。豆腐がまっしろでぐにゃぐにゃとしていて、冷たそうなくせに折悪く暑かったので気味悪がったり、まっ黒にすっぺりした茄子《なす》が大嫌いであったのを、飯事《ままごと》の遊びにお歯黒《はぐろ》だといって口に入れられた晩に、急に胸を差込ませたりしたほどでした。よく祖母は、この子は妙な子だ、一目見て嫌だ、厭《きら》いだといった人は、不思議に好い人じゃないと云ったりいたしました。私はそれが病気なのでしょうか。女は生涯にたった一度嫁《かた》づくものだと、ちいさい時から言いきかされて、死んでも帰られないところだと思っているのに、撰《よ》りもよってとうとうその病気がこない前から出てしまいました。

口だけでは親切な出入の人達や、心の病を知らない慈愛の深いみよりの方達は、あの医者がよいの、この薬がよいのと云って下さいますが、私のこの痩《やつ》れはなんで癒《なお》りましょう。二六時中《しじゅう》心が顫《ふる》えていて、虐げられる弱い魂が、反抗して苦熱を起して悩んでいるのですもの。

もっと働けば元気が出る、考えこんでいるのが病気の源だとみんなが云います。わたしも働いてわすれられる事ならば、堀井戸の水を日に何十荷くみあげようと、石垣の石を幾度背《せ》負《おっ》てはこぼうと、霊魂さえ楽に休ませてもらえれば嬉しいと思いますが、わたしの寝室はわたし一人の自由にならない牢獄で、わたしを保護してくれるという美しい名の下に、黄金の鍵をもっている人があって、わたしは妻という名の下に声をたてることの出来ない猿轡《さるぐつわ》をはめられてしまって、見えぬ鎖で足械《あしかせ》をかけられた五体は、云うことも出来ない屈辱をしのばなければなりません。私は思いつかれたすこしの間の昼間の眠りにも、懐《ふところ》に蛇が巣《す》うようで切なさに叫ぶことさえあります。

　わたしは自分一人がよいものになって、あたりの人をみんな悪いものに書こうとは思いもしません。わたしの心一つが鬼をも生み蛇をも生むのは知っていますが、女というものは、こんな心持ちをもっているものもあるということを、誰にも話せないのが可哀《かわい》そうだと思います。広い世の中のことゆえ、同じような気の弱い方が一人や二人はあるでしょうに、お互に死ぬまで洩らさないことですから、泣きあうことも出来やしません。

　わたしは身の廻りに、何か変ったことがあればいいと思うようになりました。もしひょいと見て、ちょいとでも私の好きそうな人が、もしか鉄砲でうたれでもするような場合があったら、わたしはいきなり其《その》人を突抜けて、身代りになってやろうと思います。たといそれがわたしを知ってくれる人であろうがあるまいが、気狂女が出てきたと思おうがかまいはしません。

　わたしはどうしてこんな風に思うようになったか、ちっとも熱しないで、ありきたりにこうなっていった私の心持ちを回顧《ふりかえ》って見ましょう。心の鏡にうつる姿が、わたしに同情するか、わたしの我儘《わがまま》をいましめるか、それは自分にも分りません。

　これだけが前書です。本文は前書よりみじかいうちに書きたくなくなるかも知れませんが、もしそのうちに私が消《きえ》るようになくなったらば、殺されたのでも、自害したのでもないおしゅんという女の書置きだと見て下さいまし。

山茶花《さざんか》が咲いて、爽やかな渡鳥の声が小春日和《こはるびより》のあしたをおとずれるころ、わたしは何とも名のつけようのない、憂鬱《ゆううつ》な、気の引立たない病気にかかってやすんでいました。

「十九の厄《やく》が、軽くってもおさしになったのでしょう。」なんて、何にも知らない生花《いけばな》の先生などは、見舞にきてそう云ってなぐさめてくれましたが、それにしてもはかばかしくないのが困ったというように眉を顰《しか》めたりしました。

たったそれだけの事を云われても、わたしは、何にも知らないのだ、わたしの心持ちは誰にも分らないのだと諦めながら、それでも泪組《なみだぐ》んでいました。わたしのなやみを、すこしでも察しているのは、妹とお母さんと二人ぎりでしょう。妹はたった一つ違いでいてて私よりずっと老成《ませ》た姉さん気取りの人でしたから、枕許に他人のいないときなんぞは、私を納得させようとして、

「いつまでも考えているものじゃありませんよ。おしゅんちゃんが機嫌を悪くしているとお母さんが案じていて可哀そうですからね。」と云ったり、「そんなに気にするほど嫌な家ではなさそうよ、みんな面白い人達ですとさ。」と、其家《その》のことを知っているという様子を見せて、聴きたければ話してあげましょうという素振りを見せたりしました。

「お君ちゃんは、お母さんにたのまれて、わざと聞かせようとするのだ。」と思うと、わたしは小夜着を額までかぶって、どんなことがあっても聞くまいとしました。

そんなにするとすぐ熱があがってきて、苦しいので胸まで掛ものを反退けるときには、ほっと息をして汗ばんだ胸や手をきゅっきゅっと拭くと、妹も気の毒そうにして額に濡れついた髪をとってくれたりしてだまってしまいました。

「困ってしまうね。そんなに気が進まないのなら、聞いたときにはじめっから嫌だと云ってくれれば好いに。今更どうすることも出来やしない。今になって、いつもの病気だと云えはしません、親がついていてさ。」「だけれど、おしゅんちゃんも可哀そうね。」

「可哀そうなことはありません。親達が取りきめた、こんないい縁談を嫌がるなんて我儘《わがまま》です。親不孝なのですよ。」

うとうとしている枕許で、お母さんとお君ちゃんが、わたしに内密《ないしょ》のような、態《わざ》と聞かせるような話をしていると、わたしの半眠りの眼からは、熱い泪《なみだ》がだらだら流れて、それから目を開いてお母さんの顔をまともに見るまでには、

「だってお母さんは、私に返事を一言もさせなかったじゃありませんか。取《とり》きめても好いだろうねとおしまいに厳敷《きびしく》おっしゃったとき、わたしは大変だと思って一生懸命に、(どうか待って下さい、お願いですからわたしの云うことも聞いて下さい)と云おうとするとそれを察しないお母さんじゃないのに、私に口をきかせないで(昔っから婿《むこ》の方でとやかく云っても、望まれて、よく探してから申込《もうしこま》れた女の方から、見合まですましておいて、嫌だということは出来ないものなのですよ。そんなのは男撰《えら》みだといわれます。あす娘子供が男の容貌《きりよう》を好きぎらいするというのは、親の教育がいたらないからだと親まで笑われます。

この家は羽子板《はごいた》のように、幾人嫁入りざかりの娘をならべておくのかと、お前さんの心得ひとつで、妹達まで縁遠いように笑われます。今更嫌といっても親が許しはしませんから）と圧石《おもし》で押しつけるように云って、わたしの泪《なみだ》なんか目にも入れないで、とりつきようのない、（好いだろうね）と念をおすにもあたらないほど圧制だったくせに、（聞いたときに、嫌ならいやといえば好いに）と、あんな人聞きの好いことを仰《おっ》しゃる。」と怨《うら》めしさがいっぱいになりました。お母さんはどんな顔をして、あんなことが云えるのだろうと、心のうちで親を睨めながら目をあいて見ると、口で強く云っても、気苦労にしているらしい目の色に、わたしの心はまた弱くなってしまいました。

其日《その》はまだお昼前で、誰も奥にお客にきていそうもないのに、台所の方で仕出し屋の小僧の声がしていました。ふと気がつくと、お母さんもお君ちゃんも、髪をちゃんとさどやの丸髷《まるまげ》と島田に好い恰好な結《ゆい》たてでした。わたしの髪といったらば、先月に島田をほぐしたぎり、それからろくに櫛の歯も入れてはないのです。自分でもすこし気分の引立ったときには、結んでおいてもらおうかと思わなくはないのですが、それを云立《いいたて》にお床上げでもされてから、何のかのと嫁《ゆ》かなければならない下ごしらえをされては大変だと思って、それが胸につかえてきて、わたしは起上った頭をまた枕につけてしまったりしました。

「こんな好い時候なのに、私も一枚綿入れを着て、好い恰好に髪を結って、久しぶりでお茶のお稽古にでもゆきたい。私は嫌なことばかりなので厭《あき》てしまった。」

わたしの押附けることとの出来ない若い娘心は、健康がもとのようになれば、すぐに嫁《や》られてしまうのを恐れながら、柔らかい日ざしの小春日和の町を、青竹の鼻緒の白木の台の下駄で歩く、裾さばきの軽さや、久しくつけぬ白粉《おしろい》の、頸《くびすじ》の肌ざわりをなつかしく思ったりして、妹の島田の出来ばえのよいのを眺めていました。すると、手もちなさそうにしていたお君ちゃんが、

「姉さんも結って見なくって」といいますと、お母さんは急立《せきた》てるように、

「それが好いよ、それが好いよ。そうすれば熱なんか下ってしまいますよ。そんなにしているから逆上《のぼせ》るのでさあね」と元気な声をだして「だれでも好いから、お六さんが手があいたら帰してしまわずに、此処《ここ》へよこしておくれよ。おしゅんちゃんが御髪《おぐし》をおあげなさるからってね」

「島田髷でしょう」とお君ちゃんがいうと、わたしは何の気もなしに首をふりました。

「島田さあ、結うくらいなら島田でなけりゃ。」

お母さんはそんなことを云いながら立《たち》かけて、「それでもよかった、髪でも結う気になってくれて」と、何だか意味があるらしい口ぶりでした。

髪結いがすぐに来たのは、お母さんがわたしの気のかわらないうちにと思って、他のものは結いかけにでもしてよこしたのに違いない早さでした。わたしはほんの雲脂《ふけ》をとって櫛の歯だけいれて巻いておいてもらおうと思っていると、

「何時《いつ》おあげになったきりでしたろう、」とお六さんが云いました。

わたしの胸は、はッとするとどきどきとして耳があーッと鳴ってしまいました。何ともいえぬ腹立しさに一時耳の根まで赤くなったのを、お六さんは意味をとりちがえたのでしょう、

「あら、おからかいまをしたのじゃ御座いませんよ。御免ください、なんてわたしは胴忘れなのでしょ

う」と云いました。

どう挨拶をしてよいのか、腹立しさといまいましさに口をとじていますと、

「それでも今日は御気分がよくって結構でございますね。肝心のあなたがおよっていらっしゃっちゃ、親御さまだって張合がございませんやね」といったり、「早くお床上げをなさって、御当日までにみっしり下稽古をさせて下さいまし。いくら結いつけても、あたくしの腕に捻《より》をかけなくってはね」と笑いながら、鏡のなかのわたしの顔をのぞきこんだりしました。

わたしは耳の底へそんな話はいれまいとして、しまいには目をつぶってしまいました。それでも元結をもつ手がわなわな顫《ふる》えだしたので、お六さんも気がついたか、

「お大事なお体なんですから、今日はお髪《ぐし》だけになさった方がよいでしょう。お湯はおよしあそばせよ」

といって帰ってゆきました。

わたしはいきなり、島田のいゝちの紫の色元結に手をかけて、鋏《はさみ》を持ちなおしました。それもあてつけがましいと思ってまたやめました。末の子が一花もってきて、薬瓶ののせてある、黒塗りのおぼんの上へおいていった。お会式のときに売っている、吉野紙でこしらえた山茶花《さざんか》が目につきました。その花は粗末な造花なのに、色なり風情なり生々としているのに、わたしは生《いき》ていながら、自分の云いたいことの一言すらいえず、こんなみじめな身になるために、今迄生《いき》て育ったのかと思うと自分の心の弱いのがくやしくなって、髷《あたま》を捲《むし》りこわすかわりに、吉野紙の山茶花《さざんか》の花を引きむしってしまいました。

「親を憎むのではないけれど」そう言訳をしながらも、其時《その》ばかりは怨みました。それは此前《このまえ》に島田髷に

結ったときで、その日より一月ばかり前の袷《あわせ》になりたての時分のことでした。

二

通り雲がするとと日がかげって、またぱっと秋の日がさす逆上《のぼせ》る日でした。紫の色がいかにもよく美しく見える日で、高いところを揃って飛んでゆく赤とんぼをわたしは眺めていました。一つ二つ群にはなれたのが、水鉢の水を呑みにきたりして髭《ひげ》に結んだ水玉を頭をふるっておとしながら、ついと飛ぶと、揃ってきた仲間の見当を見失って、蔵の黒壁へぶつかったり、張板へ戸惑いをしたり狼狽《あわて》るのもありました。わたしは心持ち張ものの薄のりが、手にこわばって残っているのを洗おうとすると、つくばいの水の上を一寸ばかり、飛びもせず動いてもいないように、羽根のすきだけ細かく風をきっている一羽がありました。ふと子供らしい悪戯《いたずら》心がおこって、指のさきで輪をこしらえて、水をはじきかけてやると、うすものの袖に露のこまかい雫《しずく》をのせながら、日影を背負《せお》って逃げてゆくのが、あんまり美麗なので見ほれていますと、お君ちゃんが黒ぬりのお盆へまっかな枝柿をのせて、小刀までつけてもってきてくれました。するとその後から、も一人の妹が何か袖にかくすように抱いて急いできました。

「あら私のまで張って下さったの、随分のぼせたでしょう。」と云いながら、お君ちゃんはよく熟したのを一つ剝いてくれました。

わたしが柿をうけとろうとすると、次の妹は、

「おしゅんちゃん、もっと好いものよ、もっと好いものよ。」と椽側の板を足踏みして、お君ちゃんには

見せたくないように、袖の中の品に気がつけというような様子をしました。

「お君ちゃんてしようがない、おしゅんちゃんがどっちがほしいかきめてしまってから、見せようと思っていたのに。」

二人が二人とも柿の方へばかり気をとられているので、仕方がなそうに袖のなかからだしたのは、緋鹿《ひかの》子《こ》のやかま絞りと、紫の麻の葉絞りの、両方とも二尺からある巾のままのでした。

「大丸からおしゅんちゃんの帯と一所に絞れてきたのですって。紫の方を半えりにしますか、緋《あか》い方を根掛けにほしいと思いますかって。それとも半分ずつお君ちゃんと分けますかって。私は帯上げにもう買って頂いてしまったの。」

お君ちゃんは緋鹿の子の方を手にとりました。わたしは紫絞りの方をとりました。二人とも同じように襟へあててお互に眺めあいました。袷《あわせ》の黒繻子《しゅす》の襟にどちらもよく似合うので両方半分ずつにわけて、じゅばんの襟にすることに極《き》めました。わたしは十九になっても年弱なので、緋鹿《ひか》の子《こ》の襟をかけても誰も派手だとは云いませんでした。自分でも赤い襟をかける妹達と、ちっとも違った心持ちではなかったのでした。

それからすこしたつと、私とお君ちゃんは現金に、長じゅばんを出してきて、半襟をかけていました。どっちからさきへかけようかと迷ったあとで、もしお正月に結綿《ゆいわた》に結うかもしれないから、緋鹿《ひか》の子《こ》の方はとっておこうということに一致しました。緋ぢりめんの襟裏をつけてくけている時には、霜月《しもつき》の芝居と、お稽古などとの納浚《おさら》いや納会のことばかりを思っておりました。わたしの其《その》時の心持ちは赤蜻蛉《あかとんぼ》の群の一つのようで、妹達と一所にいて、同じに、一つに集った楽しみでした。自分だけが仲間はずれになったら、屹度戸惑《きっととまど》いをして狼狽《うろた》えたに違いありません。

「今日のような日に、栗を拾いに田舎へ連れてってもらいたいわね。」

そんなことを云っているときに、お母さんがわたしにだけ用があるとよばれました。

わたしは虫が知らせたのか、其時《そのとき》にお母さんのお供で他所へ出掛けるのを気が進みませんでした。折角《せっかく》妹達とおんなじことをして、おんなじような気持になっているのに、わたし一人だけ他所へ連れてゆこうというのを嬉しくなく思いました。それにもう午後で、このごろは直《じき》に日もおちるのに、何で今頃から盆《ぼん》石《せき》の会なんぞへ出掛けるのかと、出不しょうなお母さんの日常を知《しっ》ているだけに不思議にも思いました。小さい末児《すえっこ》までおいて、わたしとお母さんとだけが夕方にかけて出かけるというのが、何とも云えぬほどお君ちゃんたちへも気の毒でなりませんでした。百方逃れようとしたのですけれど、

「是非私に見てくれと藤井さんの奥さまに頼まれていたのだし、井口まで迎いにおよこしだから行かないわけにもならないし、私にはてんから趣味がないのだから、どうか一所にいっておくれ。」

強《しい》てこう云われると、今までの教育が嫌と我をはらせないのが習慣になっているので、わたしは意久地《いくじ》なくお母さんの云うなり次第になって、納戸色《なんどいろ》がかった紫がすりのお召《めし》の袷《あわせ》に、黒地でも華やかな大和《やまと》錦《にしき》の帯をしめて、前の車にはお母さん、後のには井口が乗って、私は二人にはさまれて出かけました。

それは盆石の会には違いありませんでした。が、わたしを連れて出たお母さんの目的は外にあったのでした。井口という出入りの道具屋も迎いに来たのには違いありませんが、藤井さんの奥さんから頼まれて

来たのでないことが、愚鈍なわたしには察しられました。お母さんと井口とは時間まで極《き》めてあって、帰りにわたしを知らない人の家に連れてゆきました。

わたしは何という正直ものでしたろう。十九という年を喰っていながら、女は他家へやられるもの、それには見逢いということがあるものぐらいなことは、知っていながら、ちっともお母さんを疑ろうとはしませんでした。あんまり御不沙汰をしたし、すぐ御近所だから、門口からよってゆくという家の名は、私のちっとも知らない姓名でした。けれど井口もそれがよろしゅうござりましょう、さぞお悦びでしょうと云っているので、何の気もつかずにいました。門口からというのを引上げられて座敷へ通ると、暫《しばら》くたってから、其家《その》の主婦とは違った婦人が出てきて、

「丁度《ちょうど》よいところでお目にかかりました。私もあの会を見物に参りました帰りで、ちょいと寄りましたら」というような挨拶をお母さんと取りかわしていました。

其女《その》はわたしも顔は知った女でした。わたしの家のじき近所の角店の、何の商業なのですか問屋らしい店附きの家で、古い家柄ばかりそろっている町内では新しい住人なのと、派手な、請負師《うけおいし》(2)じみた家なのとで、よく家庭の乱脈なことやなにかが他人の口の端にのぼる家の御内儀《おないぎ》でした。

主婦の老女の儀式ばった物云いや、お辞儀とお世辞ずくめの井口の追縦《ついしょう》とに、わたしは一刻もはやく帰りたいと思っていました。家へ帰って御飯をお君ちゃんや、おっちゃちゃんと一所にたべて、先刻の鹿の子の残り裂《ぎ》れを、紫と緋とはぎあわせにして、三人の銀貨入れをこしらえようと約束したことを、みんなも待っているだろうと考えていました。せまい庭の、板塀の方へ幾段にも棚を釣って、鉢植物を沢山に

したてであるのを厭々《あきあき》しながら眺めていたりしました。来逢わしたという御内儀とお母さんの咄《はなし》はいつまでたっても果《はて》しがなくって何か耳のはたで云うと、お母さんが、

「左様でございますとも、左様でございますとも」と頷《うなず》いて、調子ばかりあわせているのに、わたしは私自身の心淋しいより、家に残っているものの、待遠しがっているのが目についてきて、小さい児が「母さん」というのに、お君ちゃんがなだめてやっている、夕暮の、まだ灯火のつかない、たどたどしい室《へや》のさまや、早く帰ってきてくれれば好いなあと思っている、皆の気持ちがひしひしと、黄昏《たそがれ》の色とともにわたしの胸にせまってきて堪られないので、

「お母さん御用があるのなら、私だけ先へ帰っても好いでしょう」と云いますと、

「まあお待ち、私もすぐお暇《いとま》するから」と云って、好いからお帰りとはいってくれませんでした。

其《その》うちに御内儀によく似た、背のひくい、大変横ぶとりのした、赤ら顔で白髪の多い、そのくせまだ若いらしい男が出てきて、お母さんに四角ばって挨拶をしていました。

「おしゅんちゃん」と、改まってお母さんが呼んだようでしたけれど、私は帰りたいが一心だったので、椽側の方からちょいと向直ってお辞儀をしただけで、新来のお客に対しては注意もしなければ好意も悪意も持ってはいませんでした。時々其《その》男が、妙にいがらっぽいような咳ばらいをするので、私のぼんやりと考えている魂が、威嚇《いかく》されたようにびっくりして其《その》方を見ると、咳払いをしながら其《その》男は自分の正面にあたっている天井の隅の方を眺めていました。何か不思議なものでもあるのかと其方を見ても、天井には変った節穴もなければ壁に大きな蜘《くも》も見えませんでした。

いつの間にかお膳が出ました。すると其男は無言《だま》ってお辞儀をして下ってゆきました。あの人は帰るのかしら、あの人を残しておいて、私を帰してくれれば好いにと思っていると、また其男が出てきました。こん度は紋付きの羽織をよして、縞の糸織のつッぱったのを着てきて、また済ましてお膳の前に座りました。

おかしな男だと思っていますと、主婦が私の前へきて、不思議な御縁だとか何だとか妙なことを云うので、わたしは何といってよいのか困っていると、

「折角《せっかく》ですから、ほかのものは頂かないでも好いから、嫌いだといわずに、今夜だけはお蕎麦《そば》へ、お箸をつけるまねだけもなさいよ」と小さな声で云って、「幾久《いくひさ》しく」とか、「何分不束《ふつつか》ものですが」とか、そんな言葉を二人の老女たちと、お母さんは取代《とりか》わしていました。わたしは「おや」と思いました。「さあ大変だ」とも思いました。わたしは山東京山《さんとうきょうざん》(3)や、恋川春町《こいかわはるまち》(4)のくさ草紙(5)から教えてもらった智識で、花屋敷(6)の茶店に腰かけている男の前を、娘をつれた連中が通りかかると、伴のもの同志とか、こちらの連れと先方の父親が知己だとか何とか都合よくこしらえてあって、両方が落会うように仕組んであるのを思いだしました。それでは、今日は何もかもお母さんは知っていて、そしてあんな白々《しらじら》しい挨拶をして見たり、何気ないふうをして私を連れてきたりしたのかと、気がつくと親子のくせに妙なことをしたものだとへだてられたような嫌な心持ちがしました。それにしても、何にも知らなかったのは私一人か、それとも妙な咳払いばかりしているあの男も知らないのか、知らないのなら御同様に、傀儡子《くぐつし》(7)につかわれている人形のように気の毒でもあるし、知っているとすれば、私一人がまるで下見でもされるようなもの、知っていたな

ら今迄こうやって凝《じっ》としていた時間が、耻《はず》かしくって、どんなにか長い切ない時間であったかもしれない、けれど知っていてならば、まるで品物のように、眺められたり心の中で品評されたりするのを、ぼんやりと的《まと》になっていはしなかったろうにと、だまされたというような腹立しさがこみあげてきて、私の胸はお茶一口入れることも出来ないように、切なさが一ぱいになって涙までがこみあげてくるので、もう一時も座にいられなくなって、

「さ帰りましょう、帰りましょう」と急立《せきた》てました。

それを気がついた耻《はず》かしさから、座にいたたまらなくなったのとでも思ったのでしょう。主婦が、「お若いからねえ」と云うようなことをいうと、お母さんまでがおかしくもないのに声を合せて笑いました。

外へ出ると、もう暗くなっていたのでわたしは車の上で、拭いても拭ききれないほどにぼろぼろ涙をこぼしていました。それでもお母さんの仕方をなるたけ好い方にとって、私にしらせておいてくれなかったのは、先方が嫌だといったときに私にきかせるのが可哀そうだとでも思ったのか、私が不承知なときに断りよいようにと、そう取りはからったのかも知れない。泣くことはありはしない。家へ帰ったらすぐに、もうお嫁にやられるのならわたしは嫌ですといってしまおう、直《すぐ》でないといけないと気をとり直しながらも、お母さんの心持ちが知れかねて心を痛めていました。

わたしは聖人ぶるのでも、天乙女《あまのおとめ》のように清浄がるのでも、小町のように思いあがっているのでもありませんが、老人達が生《いき》ている時分、その人達の秘蔵っ子であったわたしは、婿をとらせるのだとか、別

家をさせるのだとか口癖のように云っていました。弟もありますし老人のいっていたことを其《その》通りになるのだとは思ってもいませんでしたが、それでも此家《この》へなりは嫁くかとか、嫌なら嫌といったがよいということ位は聞いてもらえて、嫁《や》られるものと思っていました。今度は屹度《きっと》両親の前で返事をしなくってはなるまい、そのときに何時《いつ》ものように胸がせまって、涙がさきへ出てしまうと、つい曖昧《あいまい》な返事になってしまう、それを思いちがえなさると取返しがつかなくなる、強《しっ》かりしなくってはいけない、強《しっ》かりしていなくってはいけないと、滅入りこみたがる気をひきたてて、私はぱちんの金具をはがしかけたのをやめて、大祖母さんに守っていてもらおうと、お灯明《とうみょう》を掻立てて、お仏壇の中へ顔を突きこむようにしておがみました。

帰るとすぐにお母さんはお父さんと秘々《ひそひそ》おはなしをなさって、それから私のそばへお出で、わたしが御仏壇から顔を出すまで無言《だま》って待っていてから、

「お前も十九だから、おおかた今日の様子はおわかりだったろう。お父さんも大変気がむいてお出《い》でだし先刻もあの場で先方のお母さんが、ぜひにとお云いだから、今もお父さんと相談をして、私達はやることにきめましたよ。お前にしても身のきまることだから嫌とはお云いなさるまい、両親が望んでいるとおりに取極《とりき》めてもよかろうね。」

と、きっぱり、それこそきっぱりと圧《おし》かぶせるように言渡《いいわた》されてしまいました。十九年の間、強いお母さんだと思ったこともありました。ある時はわたしだけ継《まま》っ子なのかしらと、よくないことを思ったこともありましたが、厳敷《きびしく》っても何処かやさしみのある懐しいのが、母親だと思っていましたのに、取りつく

島もない、あんまりはっきりした口上《こうじょう》なので、わたしは今迄に覚えのない峻厳《しゅんげん》という味をお母さんに見出しました。

もうすこしほかに云いようがあったら、わたしはお母さんの膝に縋《すが》りついて、この次にはどんなところへでも嫁きますから、どうか今日の見逢いの人だけへは許しておいて下さい、私は自分が怖いように自分の直覚《しらせ》を信じていますから、とても今日の人と見逢いをしたとは思っておりません、わたしとあの人とは、どうしても他人ですと、我儘かも知れませんが、どうしても打消《うちと》けることのできない、私というものをわたしは知っていますから、そういってお母さんに謝《わび》たに違いありませんが、そうはさせてもくださらないし、とても私の返事なんぞ聞いて下さりそうもなく、低徊《うなだ》れている私の頭の上から、

「好いだろうね」と念をおして立ってしまいなさいました。

私の長閑《のどか》な、楽しかった娘心の華やかな日は、其日《そのひ》の外出まえで終りになってしまいました。手箱に入れた緋鹿の子は、其《そ》のままに見かえられもしなくなりました。半襟にかけた紫鹿の子は、涙がかかって伸たところが出来る運命でした。

一日二日、私は堪えにこらえて何気なくはしていましたが、あんまりの愁《つら》さに三日目の夕暮、小夜着をだして引被《ひっかむ》って泣いて寝てから、ぶらぶらと寝ついてしまいました。

一月あまりで進められて髪をとりあげさせると、やっぱり魔の日でした。髪結いさんのいったことが気になって、おっちゃちゃんにそっときくと、

「御結納《ごゆいのう》がくるのですってさ」気にもかけていない様子でそう云いました。

「おしゅんのは我儘病だ、亭主をもたせれば嫌でも癒ってしまう」とお父さんは云っていたそうで、お母さんは、

「あの子はあんまり物を苦にしすぎるので困ります。けれどあんな賑《にぎ》やかな派手な家庭へいったら、気が引立って屹度《きっと》人が違ったようなおかみさんになるでしょう。何の病気ってありゃあしません、年頃の娘をああしておくと、妙な気質になるものです」と云っていたとも聞かせました。

三

私の此《この》日頃は、眠っているのでなく目ざめているのでもないような日が続いているので、神経ばかり高じていました。間をへだてていても、誰かしら語っていることが自分の身についてのことだと、すぐに心に響いて、すっかり聞逃すまいとするように聞きとりました。それでいつとなく私というものは、此度《このたび》嫁られる家から望まれたのは初《はじめ》てでないことも知りました。跡取り息子の方へと云ったときもあったそうでしたが、それが纏《まとま》らなかったので、此度は次男にもらうのだというのでした。

それから次男の品行の悪いことも、わたしの両親は知っているということもお君ちゃんが洩らしました。横浜の方の大店《おおだな》へあずけてあったのが、松代から悪い遊びをおぼえて幾度父親から勘当されたか知れないのを、母親のとりなしで、堅気から嫁をとってそれを規模に別家させて貰うのだということや、おしゅんちゃんを貰えば堅くなると云ったからと、先方の親達が云っていたとて、お父さんもお母さんも満足しているということも聞かせてくれました。

家内のもののなかにも私に味方をしてくれるものもあれば、出入りの人のなかにも気の毒がってくれる者もありました。けれど其《その》人達は表向きから、わたしの為になるようなことは云ってくれる資格がありはしません。わたしの枕許へきては小さな声で、なぐさめるつもりで何やかと聞かせてくれたりしました。其《その》人達の云うのによると、わたしの両親は婿の気質なんぞはすこしも知らないで、すっかり先方の両親にまるめられてしまっているのだと云いました。手のつけようのない懶惰者《なまけもの》へは、売人《くろうと》上りではいけない、すこしは押《おし》のきく実家をもっていて、順従な子をという注文に私が撰《よ》りだされたということや、親さえ承知すればすむからと井口が骨を折って仲へはいり、話の進むようなうまい事ばかりお母さんの耳へ入れたり、面白い御酒の席へ度々《たびたび》お父さんをお招きしたりして、とうとう結びつけてしまったということを、大《たい》概《がい》見当のつくだけによせあつめて、話してくれました。

それに裏書きをするようなことを、時々お母さん自身からも洩しました、あの派手者の内儀はお前が死んだ末の娘と同い年なので、以前からほしがっていたのだとか、実の娘だと思って、これからは二人連れで諸方へ出かけるといったの、私のもっているものはみんなやりますの、新調《こしらえ》るものはみんな態《わざ》と派手好みにしてあるのも其《その》つもりだからのと、わたしがそれを悦ぶかとでも思ってでしょう、

「好いじゃないかね、そんな姑が鉦《かね》太鼓で探したってありゃあしないよ。私もどうかそういう気になって嫁が探したいよ、そうしたら、来たがるものは降るほどあるだろうね」

子供だましというばかりでもなく、信実そう思っているらしい口振りなので、悪くとるのじゃない、お母さんは長い間二人のおばあさんを姑に持って、いつまでも嫁あしらいにされて欝屈していたので、姑の

気さくなのに何もかもあとのことは大目に見てしまうのだと好い意味に母の云うことは解釈しても、わたしの耳にはちっとも心地よく響かなければ、それで嫁く気にもなれはしませんでした。

お母さんはこうも云いました。「あすこの家風はちっとも好いとは思っていやしませんよ。好んでやろうとは思わなかったけれど、お前さんは別になるのだし、何もかも此方ではあすこの家の成立を知っているから、屹度《きっと》お前さんを大事にしてくれるに違いないから、私のように姑で苦労をさせまいと思ってですよ。」

そうかと思うと、跡取りの方のお嫁さんがそれ者あがりなので、仮親をして花嫁らしく来はしたものの、あんまりばらがきで困ると云っていたが、私の娘とくらべて見てもらいたいというようなこともほのめかしていました。私はお母さんの、そんなつまらない意地張り見たいな野心の為にやられるのも、お母さんが姑が気さくだからという、自分の満足の足しにされるのも、みんなお母さんが今迄押《おし》つけられていた反動だと思いました。そうして嫁られるわたしの、此《この》思いの反動はどうなるのだろうとも思いました。

わたしにもしか恋人があったら――。わたしはそんな大胆なことまで思いついて見ました。

そのおりに、わたしに恋人があったら、私の心はもすこし張《はり》がついたであろうと思いました。わたしはこんな心を朽《くち》らせて病気していることはない、わたしはいくら親不孝になっても好いから、屹度連退《きっとつれの》いてもらおうにとも思いました。恋人でなくっても好い、わたしの心一つで思っているだけの人でも好い、そういう方さえあれば、わたしの心はどんなにか強いだろう。其方《そのかた》の方ばかりを一心に見詰めていて、わたしはどうしても嫌ですと死ぬような目に逢うまでも、強情を張りとおそうに、わたしには一心に縋《すが》っていたいにもそう云った縋りどころがありませんでした。わたしは自分の涙に体も心も朽《くち》させてしまうほど血の涙を絞っていても、どうしていやなのかといわれては、自分の心の厭った、自分の魂の許さない男に、大事な操をよごされるのは、死ぬより嫌ですということが、どうしてもお母さんに分るように云うことも出来ないし、自分自身にもどう解釈をつけてよいのかさえわからなかったのでした。

私はつくづく、恋人がほしいと思いました。こういう果敢《はか》ない思いを抱いて、自分と自分の成行きを憎み、生きていたくもない体と心をもってゆくものを、助けてくれるのは恋人ばかりだろうと思っていました。女の魂などというものは自分のものじゃない、自分のものだと思っていても、ちっとも自分で大切にしてやることも、撫恤《いたわ》ってやることも出来はしない。救ってやることも出来はしない。といって親のものでもない、親は自分の所有品と同様に、どうにでも扱かえると思っているかも知れないが、そう手安く取りあつかえるものでもない、まして同胞の自由にもならない。預けておくのは信じきった恋人の胸ばかりであろうに、わたしには確《しっ》かりと預けておくところがない、縋っていたくても投げあたえられた綱がない。

わたしは自分の運命を、自分でつくることの出来ない意気地のない女でした。そうしてあせりながら、富士の山の須走《すばし》りというところを辷《すべ》りおちるように、ずるずるずると、引《ひき》おろされてゆかなければなりませんでした。わたしは一日生《いき》ているのは、一日だけ自分の心の堕落だと知りながら、どうすることも出来ない、死ぬだけの決心もつきかねて、すこしでも生を楽しもうとする見えない慾のために苦しんでおりました。

わたしの恋は自分の心の領地に自由でした。わたしは異性の人に逢うおりが多くなかったので、わたしに恋の根を植えつける人には逢いませんでした。わたしの恋の自由境には、わたしの空想につくりあげた人が時折往来するばかりでした。時代は、室町時代の武家のこともあれば、鎌倉の殿原《とのばら》になっているおりもありました。わたしも徳川の末の屋敷娘になっている気の時もあれば、下髪の大時代の姿になっているときもありました。それはほんの、解物をしている、縫糸を如〔ママ〕く間だけの短い恋もあれば、ふと庭の面などを見ていて、涙ぐんできた眼に、五彩の虹がまぶしすぎるほどの強く焼きつくような幻影を眼瞼《まぶた》の裏に見ることもありました。桜を生けて寐《ね》た春の夜の夢が、明けてもさめぬことがあって、その夜降りだした春雨のように、二日も三日もつづいて、たれこめて思いこんでいる時もありました。日が出るとともに心の帳《とばり》の影から恋人は帰ってしまって、そういう時はわたしもはればれ敷《しく》気が軽くなるのでした。そうした私の思い人は、幽雅《ゆうが》で、思いやりの深い勇気のある、一面に豪放な町奴《まちやっこ》式のところもあれば、大宮人《おおみやびと》のような雅やかな趣きもあり、義理がたい武士の血潮もふくんでおりました。

　その何もかもを持った人でなければ、わたしは妻にならないというのではありませんが、せめて断片だけも持つ人と認めてから、取極めてもらいたかったのでした。それはこんどの人もお腹の底の方には、すこしばかりそういうところはあるかも知れませんが、たった一度とはいえ、はじめて逢ったときが一番其《その》人の心持ちがよく知れるものですのに、決して私にはあの人と融けあうような心地にはなれないと、どう考えて見直して思われるのでした。それでもこれも我儘なのだからかも知れません。けれども、我儘なのならば、たとえどんな悪い噂を聞いていましょうとも、自分であの人ならと思えば耳にもかけはしません。そして私というものはちっとも斟酌《しんしゃく》なしに自分を押通して、両親の心持ちなんぞを酌んで、病《わずら》うような弱虫にはならなかったろうと思います。お母さんは顫《ふる》えている私の魂の吐息を聞いて下さるには、あんまりありふれた推量のしようでありました。

「男撰《えら》みをするような、そんな浮気な娘じゃあない。」

そういった信念がお母さんの胸にはありました。固くそう信じていてくださるのは有難くっても、顔かたちが気に入らなかったばかりで、いつまでふてていいるのだろうと思うだけでは、生の親でも子の悩みはしれないものなのかと、泣くより胸が痛みました。

これまで縁談の申込みのあったことも、耳にしたのはすくなくもありませんでしたが、そう何時も顔を赤らめてばかりはいませんでした。そうして親を信じている心安さは、どうせどれか一つに極るのであろう。其時《そのとき》は屹度《きっと》改めてなんとかおっしゃる。わたしは親も許し、自分の耳にもとまって反感をもたないほどの人ならその時はいいといえば、よいのでそういう人のあるまでは返事をしなければならない都度《つど》、微笑って座を立ってしまうか首を振って断わってしまえばよい、かりにも私を生んで下さったお母さんが、私を育てながら気質も知っていてくださるのに、私の嫌いなものぐらいは知っていらっしゃるからと、平々凡々に淡い考えをもっていて、太平無事な日をおくっておりました。それがどうでしょう私は信じていたお母さんから、地獄の底へつきおとされるような気がして、縋りつこうとすると悪鬼のような顔をして睨められるような悲しさを、現《うつつ》にも夢見るようになりました。

一度こういうことがありました。ある時ある男がたずねてきて帰ったあとで、お母さんがわたしにむかって、「あの人がお前がほしいのだそうだよ」と云われた時に、わたしは家中に疾風《しっぷう》を起すほど駈出して蔵の二階へとじこもってしまいました。お君ちゃんが来ようがおっちゃちゃんが来ようが、二階へはあげさせませんでした。そうして御飯もたべずに泣いていたので、

「さっさと下りてこないか、お母さんの云ったことは極《き》まったことではない、戯譃《じょうだん》なのだ。」

父親に下から怒鳴られたことがありました。私はそのとき一心になって、四つ谷怪談のお岩様(8)みたいな方に願ったら、此《この》縁談はやめになるだろうと思いついて、箪笥へ顔をぴったり押つけたまま「どうか破談になりますように」と、膏汗《あぶらあせ》が出るほど一心になって祈ったときに気のせいかぐらぐらと二階が動いたように思いました。それゆえ親が声をかけてくれた時に、戯譃だといったのを疑いませんでした。お父さんが戯譃にしてしまってくれたのは、みんなお岩様のおかげだと信じていましたから。

そんな事もあったので、なまじ私に知らせると、調《ととの》うものも破れると思って親の慈悲で取極めてしまったのかも知れません。専断な、圧制な親だと怨むのは重々済まないことでしょう。けれど、けれど、けれど、子だとて別の魂をもっています、私だとて親のお影で生《いき》て育っている外に、わたし自身というものも生ています。悲しいけれど、親不孝といわれても私自身も可愛そうだと思いました。

四

もし万一わたしの家が退転するとか、一家が離散するような場合で、私をためになる家へ嫁《や》ろうというのなら、わたしは何もかも諦めた上で、そう親達を困らせはしなかったでしょう。売女に売られるのと同様な心持ちになられれば、心の操がどうの、自分に潔《いさぎ》よくないのと、いま思っているようなことは自分か

ら封じこめて、自分と自分の思想を入定《にゅうじょう》させてしまいましょう。もしまた、私が子飼のときから勤めをさせるつもりの太夫衆に育てられてきていたら、心の貞操と肉体とを、ひとつにして泣死にするようなことも、慥《たしか》今のままの心持ちでいてもなかろうと思います。けれども、わたしは清浄でなくってはならない処女です、一度破れたらば心の疵《きず》は体とともに、どうして癒すことが出来ましょう。わたしは嫌というこどの理由の云いにくい、切ない立場に泣いている、わたしの魂のために泣いて泣いてやって、病《わず》らっているのが無理ではないと自分では慰めてやっていますが、家の人達は泣くために病気しているとは思ってもおりませんでした。病気のためにああ泣くのだと云っておりました。わたしは芝居や、ものの本で知っている、嫌な人を嫌い通した、傾城《けいせい》や芸妓を羨ましく思うと一所に、嫌が嫌で通らない、堅気《かたぎ》な家の娘ほど虐げられるものはないと呪わしいことさえ思ったりいたしました。

わたしの枕許には、二の膳つきの御膳部に、赤の御飯をつけて据えられました。先方からよこした結納の品々もずらりと飾りつけられました。帯代に金貨の包んであったのが、昔の小判ほど品位がないというようなことも咄されていました。わたしは金貨を包んだということや、け、ば、け、ばしい大きな島台やなにかを見ても、先方のうちの家風というものが知れると思っておりました。

「こんな安心した嬉しいことはないよ」とお母さんは一人でにこにこなさってでした。わたしはもう取りかえしのつかない羽目になったので、涙も干涸《ひから》びてしまいました。自分の身にかかわる事ではないような気さえ起ってきました。ゆっくり養生して、来月の末にと云われたのだけが耳にはいりました。来月まで、

来月まで、わたしはこうしてはいられない、一日も早く起《おき》て、わたし自身の生《いき》ている日の残りだけを、自分の心ゆくばかりに暮そう、そして其日《その》までに、自分の通ってゆく路をきめてしまおう、死のうと決心をしようか、逃げようか。

——逃げて何処《どこ》へゆく、お前のうちの親類はあいにくと東京ばかりではないか、それも御維新に大きな店はつぶれてしまうし、お母さんの実家の方の親類は士族なので、みんなしがなくなってしまっているではないか、何処《どこ》に頼母《たのも》しいかくまい手がある。

わたしの心は味方のないことをこうも私語《つぶや》きました。全く手をわけて探しだして手柄にしようとするものはあっても、かくまってくれるような近親はありませんでした。では死ぬか、と云えば、死んでは親達へ済まないという、母の胎内にいるうちから教えられた伝習と、わたしというものを作りあげている遺伝の血潮とが、親不孝という名のもとに、わたしの折角《せっかく》の勇気もうちくだいてしまうのでした。わたしは全くどうしてよいか、自分の体内で、二つの矛盾した考えが戦っているのを、制することも出来なければ、どちらかを征伏《せいふく》してしまうことも出来ずに、心の葛藤に疲れながら、人に云われるよろこびの言葉をつらつら聞きながら、近づいてくる悲しみの日を逃れるあてもなく、寝たり起《おき》たりしてくらさなければなりませんでした。

私の心は日がたつままに不思議と落附きが出てきました。よい考えがついたというのでないのに、自分でも不思議なほど落附くことが出来ました。両親はそれを見てはじめて安堵したような顔を見せました。

井口は口癖のように「恐悦、恐悦」と云ってお辞儀の安売りをしに来ました。私は人ごとかなにかのようにそれを聞いていました。妹が袖を縫ってくれれば自分でも下じゅばんなぞを縫ったりしました。胸の中では親の味方と、自分の味方とが一刻のやすみもなく戦いあっているのに、表面だけは影が薄く見えるほど、さびしく思いあきらめた風情がたもてていました。師走《しわす》にはいってから、やつれた肩へ重い新調の縮緬《ちりめん》の羽織をきて、お母さんにつれられて仲人の家へ挨拶にゆきました。

先方から頼まれて仲人に立った御夫婦は、私のうちの者はみんな初対面でした。五十以上の旧家の御夫婦は、お宝は沢山にあっても子供のない方達でした。二人とも禅をおやりになって、そしてお茶人でした。

おちかづきのお盃《さかずき》がすんだあとで、

「この娘さんをあすこへおやりになるのはお可愛そうだ。まるで肌合《はだあい》が違います。私達が早く知っていたらやらせるのではなかったのに。」と奥さんが、思いやりの深そうな目つきをして私の方を見ながら仰《おっ》しゃりました。

わたしは初《はじめ》て聞いた救いの言葉なので、堪えようとしても涙の方がさきへ迸《ほと》ばしってしまって、かくすことも出来ませんでした。其場《そのば》をつくろうために、よんどころないように、

「どうも気が進んではいないらしゅうございますが、先方様があんまり御懇望なものですから。」

お母さんはお仲人へも私へもかねた言訳けらしく、そういって困ったという薄笑いをされました。

あの方を伯母さんだと思って——、そんな突飛なことが出来るものではないと知りながら、溺れるものが縄のはしへも縋るように、あの方にかくまってもらおうかしらとも頼めないことも頼み甲斐のあるよう

にも附会《くっつ》けて見たりしました。

わたしという心の卑怯者が、天の裁判にあう日が来てしまいました。わたしは其日《そのひ》をどうして暮しましたろう。そしてどうして其夜をすごして、今まで此世《このよ》の呼吸を吸って生伸《いきのび》ているのでしょう。わたしはあんまりわたしというものが、生の執着にふかいのが憎くなってきました。怨む人はない、誰を怨むにもあたらない自分を怨めと、わたしは二六時中《じじゅう》自分の魂を掻《か》きむしるようにしています。わたしは自分の心へ対しての反逆者です。自分の心への裏切りをして、肉体はあんかんとしています。霊魂の貞操は汚さないと、安直な気安めをいって、生《い》きているねうちもないのに日をつんでいます。

其宵《そのよい》も逃げだそうとして、振袖を着たままで幾度立って見たり座って見たりしましたでしょう。勇気といったらこれっぱかりもない、卑怯なものにはそれ相当の思いやりが出て、わたしが身を隠したら、宴席につらなっている、お父さんとお母さんはどんなに面皮《めんぴ》をかくだろう。寄ってたかってお二人を詰り苛責《なじさいな》むだろうと思うと、わたしには思いきったことも出来なかったのでした。其場《そのば》の様を自分の心に描きだして、平日家のことにはあんまり関渉しない、やさしい、割合に年の多くつもったお父さんに、老いてからの恥を満座の手前からしたくもない、おどおどと取乱した様をさせたくないと思う下から、色直しのなんのと、幾度か着代る着がえのたびに、時間のすぎてゆくのと、蟻が蟻地獄へおちた刹那の思いに身をしめられて、心を戦《おのの》かせ、冷たい汗を絞っていました。

盃のとりかわしの時に、私は無意識に盃を上へあげました。女蝶男蝶《めちょうおちょう》の小さい子供達は、なんの思慮もなくつぐのをやめました。けれどその盃の酒を一口もふくまなかったからとて何の心ゆかしになりましょう。花笄《はなこうがい》の片々が破れておちたときに、人々は不吉の祥のように顔をしかめて、其場をほどよく取りつくろおうとしました。わたしはそんなことでも嬉しいと思ったのです。今では身がそこなわれて死ぬか、でなければ、今の薄墨色の生活が破壊されなければ、わたしは誠の人間にはなれない、生れてきただけの価値がないと思うようになりました。

わたしの心持ちを書きたいのは、これからの事なのですが、また折があったらにしましょう、どうやら書いているのが人目についたようですから。

（1）寺小屋　江戸時代の庶民の教育施設。僧侶・武士・神官・医者などが師となり、読み・書き・そろばんを教えた。教科書は「庭訓往来」「童子教」など。明治以後、義務教育の普及によって消滅した。
（2）請負師　土木・建築工事などの請負を職業とする人。
（3）山東京山　一七六七―一八五八。江戸深川生。江戸最後の戯作者。山東京伝は兄。「復讐妹背山物語」「昔模様評判記」などを記す。随筆「歴史女装考」は近世風俗考証の貴重資料。長谷川時雨の愛読書であった。
（4）恋川春町　一七四四―八九。江戸中期の戯作者。武士出身。「金々先生栄花夢」で黄表紙のジャンルを開拓。松平定信の改革を風刺した「鸚鵡返文武二道」をめぐり、自殺したといわれている。
（5）くさ草紙　草双紙。江戸中期以降に流行した大衆的な絵入り小説本の総称。各ページに挿絵があり、多くは平仮名で書かれた。

（6）花屋敷　東京都台東区の浅草公園にある遊園地。江戸後期に植木屋森田六三郎が開いた草花の陳列上にはじまり、明治中期から遊園地となる。あるいは、東京都墨田区にある百花園を指す。ここでは前者。
（7）傀儡子　傀儡師。人形を使って諸国を回った漂泊芸人。とくに江戸時代、首に人形の箱をかけ、その上で人形を操った門付け芸人をいう。傀儡回し。人形つかい。
（8）四つ谷怪談のお岩様　歌舞伎狂言「東海道四谷怪談」の通称。四世鶴屋南北作。一八二五年初演。江戸四谷に住む浪人民谷伊右衛門の女房お岩が、夫の不実に憤死し、亡霊となって祟ったという巷説をもとに複雑な因縁をからませたもの。

石のをんな

この小拾年《こじゅうねん》ほど、手紙らしい書信をしたことのない人に、どういう心持ちからこんなことを書いてやろうと思いたったのか、自分でもそれがわからなかった。真面目でいながら何処《どこ》ともなくくすぐったい。友達に書こうとしているのではなくって、自分の心を自分に説明するようにも思われた。

それでも奈々子は心の底でこう思った。今書きかけようとしている手紙を、友達に見せなくってもよいし、それよりかも書きかけていて馬鹿馬鹿しくなったら、止めてしまってもよい。何がなんでも友達に見せなくってはならないものではない。自分にしてもどうしても書かなくってはならないほどの用事でもない。

用事という語の響きをおかしいと思った。決して此処《ここ》へあてはめる語ではない。これが用事ならば、天下に用事でないものはない、無用という言葉がなくなってしまうと、約《つま》らないことを考えても見た。今朝目がさめた時には、南向きの室《へや》に暖かい日影が長閑《のどか》にさしこんでいた。お正月も七草をすぎた日の雪が、庭にはまだらに残っている。残雪の上には黒く、枯芝の上には鼠っぽく見える雀の群が、小松の脚もとに沢山遊んでいた。三才になる男の子が、夜の明けるのを待ちかねていて、鳩の餌をふりまいてやると、飼ってある土鳩や、白い貴公子風な朝鮮鳩のあさる餌のこぼれを、雀が一生懸命に拾っている。空からも三四羽連立《つれだ》って何処からか鳩がおりてきた。

　奈々子は珍らしく元気よく飛起《とびおき》て、すぐ机の前にいって筆をとったのであった。けれど、この手紙のようなものを書こうと思いたったのは、前の晩の思いたちであったのである。そして、あの女は怒るかしらと思っても見た。吃度《きっと》怒らない、あの女の事ゆえ、くすりと笑った儘《まま》で、読みすてた文殻《ふみがら》を丁寧にまいて、何年何月何日としるしをつけて手箱へしまってしまうだろう。そうして火鉢へよってから静かに考えなおして、またくすりとして、何となく操《はれ》ぼったい顔を掌で撫で廻すことであろう。白い梅の咲いている家であった。牡丹に霜よけのしてある前栽《せんざい》を前にして、家の人達と咄《はな》しをする時には済ました顔をしていて、一人になると吃度《きっと》二、三日の間は其事《そのこと》ばかりを思っているに違いない。自分と違った気質で、何事にも綿密で、投げやりにしておけない友達のことゆえ、何かしらん其《そ》の中から人生を探くり出そうとするに違いない。――沈香《じんこう》が入れてあるかしら。それとも奢《おご》って真那伽《まなか》(1)でも炷《た》くかしら――奈々は、まだ出しもしなければ書きもしない手紙について、受取る方の人の心持ちや四辺《あたり》の様子を想像して見たりした。そして空想好きな自分の癖に酔ってしまって、肝心の書こうとしたことなどは次の問題にしてしまった。

　今朝目がさめると、此頃にない引締った心持ちで、どうしても書いてしまわなければならない気がした。顔を洗いにいってしまうと、其儘《そのまま》火鉢に取《とり》ついて新聞に引きつけられてしまう。すると午前中は髪を結ったり、子供と一所になって日向ぼっこをしたりして暮してしまうのが、冬になってからの仕きたりになっている。そうしてしまうと、何も書かなくったってすむことだ。手紙でもなんでも、貰《もら》って読んでいる方が、気楽で好い。自分から世話しい面倒くさいことをこしらえるには及ばないという、いつものなまけ癖が出てしまう。日向ぼっこの子供のお友達にごく相当した、呑気《のんき》な心持ちになってしまうに相違ない。すると自分の心持ちも平らかな代りに、友達と私の仲は至極平和かも知れないが、こんな事をお互の身の上について考えて見たということが消《きえ》てしまうことになる。どうせ自分なんぞの考えゆえ、今朝の空に時雨雲の薄い影も目にとまらないように、社会の人の為になることでも、婦人問題とかなんとかいうような有益なことでもないのは知れている。じいやが庭の隅で焚いている落葉の煙りが、庭境いの椎《しい》の木の梢を潜って逃げてゆくようなものだとも思った。もっともっとそれよりもたいしたものでなくって、雀の羽撃《はばた》きが、暗い影をほんの小さな丸さに、人間が瞬きをする間に土の上に落したようなものに過ぎなかろう。けれども、自分と友達とは、それがため妙に思いあうことがあるまいものではないが、奈々子の心の底には、こんな影のさす時があるということを友達が知ってくれて、そして、友達のくすりが、怒った笑いか、軽蔑した笑いか、同じような心持ちでの笑いかが、奈々子の心の底へ響くのを聞くのは無益でもないように思えた。それで、今朝も平日のように、新聞を読んで日向ぼっこのお仲間になって、この心持ちを反《そら》さしてしまうのを恐れた。

　三十を越したばかりの友達は、いきなり十ばかりになる女の子の母親になった。それとかれこれ同じ頃に、奈々子も自分の子供同様な男の子が出来た。それはやっと明けて三才になったばかりで、漸《ようや》く青成《たんせい》(2)が見えて可愛らしくなってきた盛りである。二人とも子持ちになったことは偶然なのであった。友達は奈々子が何もかも子供のためには犠牲にしてしまって、このごろは育児ということばかりに没入しきっているのを、笑うことの出来ないほど真面目なことに見ていたが、奈々子には友達の子供を貰ったのが、何の為だか分りかねるところがあった。それが日が経つままにすこしずつ分ってきて、友達の心持ちが鮮かに見えるような気がしだした、で、自分の児持ちになったのはこんなに幸福に思いながら、友達のためには薄らがなしい思いがおこらないでもなかった。

それで手紙にはのっけに「石のおんな」ということを知っていますか、と書こうとした。何だか落し噺《ばなし》じみている。もしそんなおどけたものに最初っから感じられてしまっては残念だとも思った。「石のおんな」とは石女とかいてうまず女《め》と読むでしょう、貴女と私とのことです。生ず女の雛かしづくぞあはれなる、とかいうような句も読んだことがあります。そんなことよりも何よりかも、石女なんていう字を見ると、石の人という冷《つ》めたい淋しい感じはしても、どこか寂しい中に静美な気が動いているではありませんか、石人石馬とかいって、支那の古い陵に立並んでいるところがあるそうですが、私には別に自分達を石女と書いてもちっとも嫌な気が起りません。けれど、この頃の二人の上には、丁度苔《こけ》の生えかかった石の上に、薄くれないの花の蕾《つぼみ》がこぼれて来たようには思いませんか。薄くれないの花といえば、お宅のしいちゃんは海棠《かいどう》の蕾、うちの大事な坊やは紅梅の蕾。――頭の中の白紙には、こういったような文字がずんずん並べられたが、其処《そこ》までくると、家の坊やの紅梅はほんとによい、うまく譬《たと》えたと満足する下から、しいちゃんの海棠は、あんまり文字に囚われすぎて、きれいな文章に見せようとする虚飾のような気がした。そして他人の持つものならば、おやおやと思うような俗悪なものにも、結構なのですねえという空世辞がついて廻る、女の癖の賤しさを思って、私は友達にまでこんな見えすいた虚《うそ》をいうのかしらと嫌な気がした。

海棠の莟――どうも具合が悪い。いつぞや友達と二人きりになった時に、こんなことを云ったのを奈々子自身でも覚《おぼえ》ている。「大変な子を貰ったのね。もちっと美しい子がなかったの、まるで無花果《いちじく》のようだ。」あの時、うまい事を云ったといって、笑っていた友達は吃度覚《きっとおぼえ》ているに違いない、頭のよい女で、何年何月にはどういう事があったということを、とんでもない時に思出していうことがある。その上素《き》帳面《ちょうめん》で其日《その》のことは、寝る前にちゃんと日記につけておく女である。奈々子は時折妹にむかって、あの女は頭の中がきちんと片づけてあって、何番目の何側の引出しにはそういう口の考えがしまってある。奥の方の鍵をまわせば、大事な時の智恵が畳みこんであるといったような女だ。たいがい日平《ふだん》のことは、口許の小出しにしてあるので、あんなふうに無口で、まじめで、おかしくもない顔をして、何にも趣味のないようなふうに見られていて、どうしてどうしてとても凡人ではないよといっていたほどである。奈々子のずぼらなのとは反対に、いつも机の上はきちんとしている。手廻りの品もそうである。することは時間内にしてしまって、沢山の余裕をつくっては、自分の仕事のことを考えつづけている。奈々子の頭の中はいつも乱れがちで、雑草が欝然と処を得顔に根をはっている。それで何事かをしようとする時には、まず雑草の刈取りに無益な時間をとられがちで、それだけの仕事に精根を労《つか》れさせてしまって肝心なことにかからないさきに討死《うちじに》をしてしまう事が多かった。そんな時にはいつも、友達の名をよんで、あの女の頭のように、日本銀行の穴蔵のようにしておけばよかったと云ったりした。

友達は理屈っぽそうに見える女だ。なんとなく角ばっているところがある様に見える。字がそうだ、活字を並べたような、仮名まじりならば版下にするようにきちんとかく、着物も四角に着る。紙入もこっちの方が十円札、こっちの方へは一円札というようにわけてあって、それも一枚ずつ素帳面《きちょうめん》に新らしいのが畳んで揃えてある。田舎者のはくような不意気な恰好の下駄に太い鼻緒をすげて、済《すま》して町を確《しっ》かりと四角に歩いている。好きになると葡萄《ぶどう》を半年の間欠《かか》さずに、毎日食べつづけていた。ある時の病後には昼食にビフテキの一皿を進められてから、一年あまりつづけていたことがある。御飯をたべるのにも長い時間の入用の女であった。何事もよく咀嚼《そしゃく》する気質が、それとはまるで違って、一生の半分以上を無益《むだ》づかいにしてしまっている奈々子とは、面白いほどに反対であった。それでいながら江戸っ子は宵越しのお金をもたないという、其時《そのとき》勝負の奈々子を、人一倍に信じて、奈々子の心持ちを尊重してくれ、物質の心配なんぞをさせたくない、奈々子には出来るだけの駄々をさせてやりたいと云っていた。奈々子が子供の世話を引受けるようになったときには、また癖の物好きがはじまったと思っているらしかった。それにばかり溺れてしまっては困るというような様子も見せた。それが妙なことに、すこしばかりたつと、八歳になる女の児の母親になってしまった。奈々子はその事について、別段相談もされなかったが、ある日友達が自作の曲を譜にとっていながら、鉛筆をはさんだ次の指で、軽く膝のところを打ちながら、「そうそう咄《はな》すことがあった。」といって、眼鏡の下からちょいと覗いておきながら、語うことはそっちのけで譜をしるしていた。

「話しって何なの。」と急《せ》っつくと、引連《ひきれん》の手つきをして、それをちゃんと譜にしてしまってから、

「子供が出来るかも知れない。」と真面目くさって云った。

その時の譜は、手ほどきからすこし進んだ、小学位な程度のもので、ごく大間な古曲と近代的の心持ちとを組合せて、むらのないものを幾つか作曲しておきたいというので、奈々子は丁度読んでいた雑誌に載せてあった、晶子女史の小曲の幾つかの中から、節をつけてよいと思うのを抜いて見せた。その中の「蟬」というのに手をつけていたのであった。海に近い江のほとりの、奈々子の家には明るすぎるほどに、初夏の光りがさしこんで、青空の下と天井のある室の中と、たいした違いのないほど晴々したところに、障子をすっかりあけきって、二人は心ゆくばかりに其日のあたりと親しみあっていた。折々若葉の青い匂いや、強い花の香を誘ってくる風に、梢の新緑が幽《かすか》にもめて、ほどのよい曇りを二人の膝の上におとした。さし潮の夕暮にはまだ間があったので、爽やかな風に湿りけもなかった。友達が膝の上へ引きのせて、指で軽くあたって見る楽器から、丸っこい、すこし重味のある音色が、十三の絃とは思われないほどに、かなり復雑して響いた。曲は歌詞のどこいらまで進んでいたのかわからなかったが、奈々子は却《かえっ》て爪をかけていないので、若い蟬が土からはいだして樹へ登って、やっと柔らかい羽根が出たので、そっと音をたてて見た最初のおどおどした調子や、風は目に爽やかに吹いても、真夏から秋にかけてのように、木の葉が強くなっていて、軽く吹かれる音でない、柔かい葉の重なりあって湿っぽいほどしっとりしている上を、若い娘が花見衣をぬいで、初袷《あわせ》になった素足のいなせを、自分で心持ちがよくってたまらないように吹いてくる風が、勢いあまって上すべりをさせられる、といったような調子が出てるのを面白く思って聴い

ていた。そして此女《この》は稀に見る名人だと思っていた。手法ばかりが冴えているのではない、作曲でも現今で一、二の人だと、いつも感心することを繰かえしていた。

「何処から貰おうというの。そんな話きいたこともなかった。」奈々子が思いだしたように貰い児のことを聴きだすと、友達も思出したように「何ね、貴女も知らないところのじゃない、鎌倉にいた女の遺していった中の一人なの。なんだか引取らなければ、私の心持ちが済まないような気がするから。」そんなことを云いながらも、矢っ張り色々の音を出していた。

今まで聞かせなかったのは、よく嚙んでいたのだなと、奈々子はお腹の底の方でくゝゝすりとした。それをすぐに顔へ出してしまうのを、友達は無関係のように顔も振りむけないでいた。

鎌倉にいた女というのは肺病で死んだ女友達のことで、その女の夫は狂人であった。夫の実家は資産家であったが、どういう訳か今では兄弟が跡目《あとめ》になっていて、狂人の方はあってもなくってもよい人になっているらしかった。肺でなくなった女と、奈々子はつい一度も落合ったことはなかったけれど、かなり古くから名に懇意な女で、その女は奈々子に眼つきがよく似ていたということは、口のおもい友達から度々聞かされた。時折は懐かしそうに見つめていることなどあった。

「七人からあるのだから、誰か一人世話をしたいと思っている」といっていたが、其中の、たった一人の女の子を貰ったのであった。

「貴女のことだから、吃度《きっと》よく考えたうえのことに違いない。」奈々子は狂人や肺病を、其子の上にまで考えたくないと思っていた。奈々子自身も、ついその前まで、父親に気違いをもった娘を預かって、可愛がっていたことがあるので、却《かえっ》てそういう両親をもった子に同情していた。貰えばどうせ家督にしなくってはならない家なのに、そんな小むずかしい事をちっとも云わないところは、流石《さすが》に此女だからこそと忝《かたじ》けないような気もした。鎌倉にいた女が、臨終のおりに実の親子も頼まない事を、此友達だけに云残していったというのも頷《うな》ずかれた。此薄命な女《ひと》も自分達におっつかっつの年齢で、よい家に生れて、資産のある家に嫁《かたづ》きながら、あんまり若くて多くの子持ちになりすぎて、死ぬまえには年端のゆかぬ子供達に取りまかれて、何にも云わずに涙ばかりぽたりぽたりと流していたのであった。友達は病む女が、そんな心細そうにしている折に行きあわせて、もしもの時には吃度《きっと》一人は引きうけると、言わず語らずに約束してきていたに違いない。そして其《その》女の死後に、ちょうちょうしく世話をやきたてずに、遠くから子供達のなりゆきを見守っていて、此度愈々《いよいよ》引取ることにしたのであろう。ビフテキを一年も食べつづけ、葡萄を半年も食べていたというと、石の上にも三年流の、いかにも落附きすぎて、味覚も、趣味も何にもない女のようにきこえるが、今日の肉は火が通りすぎていた。昨日のは小牛にしては弾力があったというふうに、ソースや辛子《からし》にごまかさない調理の味をこまかに吟味するほど、鋭敏でありながら、それも聞かれなければ別段口にも出さないという、一事が万事であった。野暮に見える底に意気をすっかり包んでしまっているのが此女の流技だと思っていた。奈々子が水の細い流れなら友達は岸の石のようだ、いつも苔の衣は代りないように見えてる、春はこまかい青白い花が咲いて、白っぽく粧《よそお》われるし、夏は浅緑から濃い涼しげなのにいつか代っている。眺めても眺めても四季同じようでいながら、趣のある、どうしても退けられないもののような気がする。裾を廻る水の流れは気持ちがむりで、濁ったり澄んだり、瘦せたり枯れかけたり急に水量をましたりしても、根もゆるがせずにゆったりとしている。とても真似の出来ない女だ、自分の学ぶべき女だと、いつも感心を深くしながら、村田屋でこしらえさせる着物を、あんな風に着ころしてしまって、あんな太い緒をすげた、あんまさんの穿くような下駄は、自分自身で阿波屋へ誂《あつ》らえにゆくのかと思うと、おかしくもなりたがるのをそうでない、流行だの粋だのと、広告の字や他人の見る装飾のためにでなく、自分自身のためにしっくり似合うのを知っているのは、友達なればこそである、自分をほんとによく知って、他人の物でなく生《いき》ているのは、行いに出している他の誰彼より、よっぽど勝れていると又更に感じたこともあった。

遠くの花の香を嗅ぐような目附きをして、奈々子がそんな思出をたどっていようと知らぬ友達は、ふと何か云いかけようとして振りかえると、奈々子が自分を見詰めているので、そんなに感激しているとは知らずに、例の通り何か書くものについて想を集中していると思ったのか、云いかけたのを中止して雲もない空の方を見た。奈々子もそのあとを追っかけて見やると、其処《そこ》には鳶《とんび》が一羽、遠くからくる飛行機のように斜に翼をのして、水の方へだんだんにさがってゆくところであった。友達の軽《か》るそうに結っている丸髷の中からも——友達は自分の好みの、竹の筒のように向うが見える髷入れを用いている——浅黄《あさぎ》の手柄の色が消《きえ》てしまうように、青い空が透いて見えた。

七人の中の女一人、吃度《きっと》引取って貰うのには、美しい人好きのする児をよこそうというのであろうと思っていた、奈々子の考えは違った。

「貴女は其子を見ると、吃度当《あて》がはずれるに違いない。」と友達は笑った。

忘れるともなく、貰子のはなしを聞いたままで幾日か過ぎてしまった。秋になってからある日妹が琴の稽古ながら二、三日宿りにいってきて、しいちゃんのお広めに、昨日は親類廻りをしていたので、お稽古をして貰わなかったといった。奈々子はそれを聞くと、おやおやそんなに遊んでいたのかと呆れた。別段形式だって祝ったりするには及ぶまいと思った。友達の親類は富豪のよりあいであった。格式につれて、やったりとったりする祝事に忙殺されて、さぞ苦い顔をしているだろう。外出をしては風をひいて、アンチピリンを飲むと口のはたを紫色にしている、悩ましそうな顔を見るように思いうかべた。ある日奈々子は楽劇の作曲のことについて、友達をたずねる必用が出来た。友達の家は汽車へ乗っても、旅へ出たという心の起らないうちについてしまうほどのところで、小高い岡の上に品のよい住心のよい家居をしていた。「おばさま、はじめまして。」友達は例の通り真面目くさって、貰い児の初対面の挨拶を代って述べた。そして自分が今述べた二重の挨拶が、いかにも奈々子と自分の間には、滑稽に聞えるのを辞むわけにはゆかないように、底の底の方で自分の矛盾を笑っているようにも思えた。奈々子が其時に祝辞にかえた言葉は、驚胆した意味も籠って、「無花果《いちじく》のような。」という、とんでもない御挨拶であった。

それをいかに無意識にかいたとしても、字面の飾りに筆がそう運んでいったとしても、「海棠の花の莟」では、褒《ほめ》られて却《かえっ》て蔑られるよりも心持ちの悪い、擽《こそ》ばゆいものに違いない。といって、石の上に無花果でもあるまい。そんなこんなから、別段書かなくってはならないという、纏《まとま》ったこともないので、石のおんなの謎は取消しになりそうになった。と、妹が苦いお茶を入れてきてくれた。手をひかれて奈々子の大事な宝の、紅梅の莟《つぼみ》もちょこちょこと歩いてきた。

「ぼん、ぼんというからお盆をだしてやったらば、貴女のお湯呑みをのせて、こんどはぶうだというんですって。坊やがお茶を入れさせたのだから召上れ。」と妹は云った。

子供は奈々子の膝の上を恋しがって、妹がそう云っている間に上ってしまった。そして奈々子の襟と頬とへ片手ずつかけて、近々と顔をよせてしきりに片言を云っていた。黒水晶のように澄んで光っていて曖昧のこもっているうるおいと丸味のある瞳が、奈々子の眼の中に融《と》けこんでくる。何か云ってしまうと小首を傾けているさまが、小鳥が興ありそうに囀《さえず》ってから、きょとりと首をかしげるにも似て、その可愛さは目にはいっても痛くないという、古い諺《ことわざ》が全く事実であった。

奈々子は甥を抱きしめながら石の女に母親の情は分らないかも知れないが、此子《このこ》と自分との友愛の情の深さとたっとさは、決して母親にも見られないものだと慢じていた。全く奈々子が甥に対するには、母親の注意も父親の注意もすっかり整えていた。子供は天地の何物よりも、奈々子一人を目にも頭にも止めている。奈々子には生んだから育てる、自分から生れたから自分の子だというような、打算的な感念や、親だからという概念の下に、知らず知らずに愛しながら圧制になってゆく、親というものの歩く道とは違ったこの子一人に対しての献身的なあるものがあった。二人にも三人にも分けられる親の愛ではなかった。奈々子と甥との間はどこまでも二人を二人で、他に分る余裕は極めてすくないといってもよいほどである。

石の女の手紙の感想をつづめていえば、まあそんなものであった。私にはこの子が天と地で、此児《この》には私が天と地でしょう。私においてはそれが永遠にそう思われることで、此子にしても、すけなくも十年や十五年はそういう天地に生るでしょう。親という、しかつめらしい名に教育することは私には丁度幸に不用です、此子の友達として、此子の相談合手、遊び合手になりながら、此子の持っているなる丈《たけ》美質を出させることに勤めて、教育してゆけばよいのです。私は此子と同じ年になって——此子と向いあっている間は——よく遊んで、よく寝むって、二人の間に毛一筋のへだたりもないようにすればよいと思います。私は此子を育てたという事について、すこしも恩にきせるいわれはないと考えています。却《かえっ》て私は面倒くさい人生に離れて、三ツ子の昔にかえって、真から清新《ふれっしゅ》に自然に生き、自然に楽しむ悦びをわけ与えられています。私の狂人じみた混線した頭の中は、此子の新らしい美しい、ほんのりとした紅梅色の血潮で洗われて涼しいほどです。私は此子を見る眼の欲の愛よりも、もっと尊いものを精心の上に貰っています。私は此子を寝かしつけるときに、私のお宝さんやと云いますと、子供は無心で「ええ、え」と返事をします。そしてすぐに眠い声で「ばあば」と私をよびます。それはとんと「私のお宝さんや」というのに答えて感謝しているのにちがいありません。私はそれを子供の声と調子に知ることが出来ます。私が此子を育てる心持ちを、気の毒ながら子を生んだ女には知ることが出来なかろうと思います。其処で貴女は如何か、というような意味なのであった。

その返事を友達から聞くことが出来たら、天から授かったと思って、お宝さんやといって育てている石の女と、一つは義俠から、一つは貰わなければならない家庭の淋しさから、急に八才になる女の子を貰った、天才的の石の女との考えが、何処まで似よっているか、まるで違っているかが分るのも興味がある。それが二人とも世間的な、世話女房でないのも面白いと思った。

お宝さんは奈々子の懐をさがしながら、ぽっぽ、ぽっぽと、庭へ下りている鳩の方を見て、奈々子にも見逃すなと教えていたが、日あたりの心よさと、膝の上へのったあまえとにうっとりとしてきて、やがて奈々子の細い腕の上へ安心した眠りをのせてしまった。妹は紙の白いのを見詰めていた奈々子の顔を見て、例のがはじまったというように、

「折角《せっかく》お仕事をしはじめたのに、邪魔をしてしまって。」とくやんでいた。今日気がそれてしまうと、また半年位其儘《そのまま》にしておくのであろう、呑気な人が甥の面倒を見るようになってから、大きな赤ん坊のようになってしまったと思っていた。時折には「家では二人赤ん坊が出来たのですよ。」ということもあった。

「手紙を書こうと思ったの、横浜へ。」というと、それは珍らしいというような眼つきをして、「何の用で」と云った。

「用なんぞありゃあしない、石の女って書くの。それは私と二人のことで、それから坊やが紅梅の莟《つぼみ》で、しいちゃんが海棠の莟。」

「あはははは。」声をだして妹が笑いだした。

「だからさ、そこのところで行きどまっちゃったの。無花果とも書けないし。」

「叔母さんが大騒ぎやって、赤い着物をきせたりしているのよ。だけれども可愛がられているから仕合せね。」妹は叔母さんが、友達のちいさい時分に着たものやなにかを、そっくりとっておいたのを、とっかえ引きかえ着せてよろこんでいるといった。友達はそんなことはすっかり母親まかせにしておいて、その子の教育のことだけを、だまっているようで厳敷《きびしく》していると云った。そして自分の関係しないですむ時には、室《へや》に籠っていて、箏《こと》についてしきりに著述をしているとも云った。それをきくと、奈々子には片っぽ

の石の女の心持ちが、すこしは分ったような気がした。そうではないかと思わないでもなかったが、母親になった友達はほんの中次ぎで、つまりおばあさんの養女が出来たのであった。

「それではあの子は、家庭的な子だろう。」おかしな言葉ではあったが、奈々子はそういって妹にたずねて見た。

「ええ、どうもお台所のことや、奥の方のことに気があいそうだって悦《よろこ》んでいましたよ。おかしいでしょう、おばさんが悦ぶのはわかっているけれど。」

「そうでない。あの女の方が悦ぶ筈《はず》よ。」というと、「何故」と妹は解せない顔をした。

「名人が二代続くものでないというでしょう。質のわからないのを仕込んで焦々《いらいら》するよりも、家の方へ自分の代理をこしらえておいて、自分がゆっくり研究する方がよっぽど経財だから。」

「貴女が経財なんていうのもおかしい。ほんとにおかしな人達だ。」何がおかしいのか妹はそう云いながら、白い紙の上へ楽〔ママ〕書をしていたのをやめて、暖かそうなところへ甥の昼寝のしつらいをした。

友達の母は、蜀山人が小唄にまでうたいこんだ、山谷の有名な割烹店に生れて、日本橋の大商人に嫁入りをした女であった。友達はたった一つぶだねの娘で、四才の時に踊の稽古にあげられたのを、どうしても嫌だといってゆかなかった。その時分から子供にしてはかなり異った性質だったということである。箏《こと》は生来好んでいたので、母親が自分が習いたかったのを、つい折がなくて嫁入りをしてしまったから、どうかして女の子を生んで早く箏《こと》が習わしたいと、それをたった一つの願望のようにしていたということを、子心にも頭にとめていたと見えて、十才ばかりの時中の島検校《けんぎょう》(3)と手合せをして、此子はと舌を巻かしたほどであった。伊達好きな父親は、脆弱《かよわ》い一人娘をいとしがって、なる丈気の晴れるようにしたいと、充分な小遣いをもたせては山谷の家へあずけた。山谷の方では家業柄なので、出入の者から店のものまでが、五ツ六ツのお嬢様を御本尊のように祭りあげて、時候のよい時分には毎晩のように吉原まで遊びにつれていったりした。そんな風に育てられても友達はどっか水に染まない気質があった、何処までも自分の素一本なところが磨きだされていた。母親や父親の慈愛と物好きとから、飾りたてられていても、石で彫った人形のように——木で彫ったと云いたいが——超然としているところがあった。書籍なども男性の好みそうなものにまで目を通していた。それかといってむずかしい理屈を並べようとするのでもなかった。歴史ものや物語りなどを読むにも専門家のように、細かいところまで自分の会得するまで研究して読みふけっていた。

　奈々子はよく和歌の会や、琴曲の会で、いつも時間に遅れずに来ている友達の姿後を眺めていたことがあった。あんまり大きくない体に、紫の矢がすりに大和錦の立派な帯を背負って、文金《ぶんきん》の高髷に結ったのを見ると、どうも不調和のように思った。ある時などは特色のある昔のお大名の奥方のい《(結)》う吹輪のような丸髷に、赤い鹿の子の手柄で、鼈甲《べっこう》の花の挿こみの後ざしをさして、派手な鼠っぽい色の模様ものをきて、強度の近眼鏡を光らせているのを見かけた時には、今日はまるで花嫁さんのおつくりだのに、持《もち》ものから扮装まで表面はそっくりおばさんのお好みで、着ている御本体はちっともつくりけのない友達だと笑い出したことがあった。其時も友達は白いものをちっともつか《(け)》ずに、まっ黒な顔をしてすましかえっていた。

男にも女にも、奈々子の知っている限りの人の中で、あの女ぐらい芝居気のない人はないと思ったことがある。近眼と、めんどくさいとが手伝っているとしても、友達の髪は髪結いまかせであった。結手が違って前髪が角ばろうと丸かろうとそんな事は気にしなかった。それでいておしゃれな事は非常なものであった。奈々子が友達のことをおしゃれというと、友達も見当違いのような顔をした。聞く人達も希有な顔をした。けれど奈々子は、虚飾のためにするのでない。本当の意味のおしゃれで贅沢屋は友だといいはっていた。世間の大概の人のおしゃれと贅沢は、多く見得が手伝って、見るものがあって満足するものだと奈々子はいっていた。

石のおんな二人の、子供についての考えは、まるで別のものだということが奈々子に感じられた。友達は貰い児を、奈々子が甥に対するように、自分の若い新らしい生命だと考えているのでない。あの脱俗的な女は、自分の代りのものをお母さんへ差上げようとしているのであった。家柄だけの社交というような方面にも、母親がなくなってから自分がわずらわせられないように、道をつけておこうとしているのかも知れない。それには勿論《もちろん》逝った友達との黙契を果すということが、一番重〔要〕なことだったには相違ないが。

あの女は何にも云わずに、自分自身がどこまでも生《いき》ようとする女であったと、友達のためにも研究している道のためにも、奈々子は、何ともいえぬ悦ばしさをおぼえた。そして奈々子自身も幸福であると思った。考えようが違っていたからといって、どっちが幸福でないということは出来ない。異った道を歩いていっても、落《おち》るところは安心立命の地であるから。

「なるほど、海棠の莟でなくって好い筈だ。おもちゃや慰みに貰ったのではないから。」

と奈々子は一人言をいった。そして手紙を書くことも中止にした。

「今日もおやめですか、じゃお茶菓子でも持ってきましょう。」

妹は甥の寝顔をながめて、たわいもなく嬉しがっている奈々子の様子に、今日も仕事はお留守になったのだろうと思っているらしかった。

「今日に限ったことじゃありません。貴女の魂は此頃はすっかりお留守になっているのですもの。」

と云いながら妹は立っていった。

奈々子には其《その》言葉がおかしかった。この小さいものの魂は、今夢で何処に飛んでいっているであろう。そうすると其後から自分の魂も追っかけてゆく。これが暗い夜中だったら、うっすりでも影が見えようも知れないが、こんな糸遊《かげろう》でもたちそうな、ほかほかした冬日和で、何処もかも黄ばんでいては、煙のような魂なんぞ見える筈がないと、駄じゃれをお腹の虫にきかせていた。

そうして其日《そのひ》も日向ぼっこで、短かい日を暮してしまいそうであった。

（1）真那伽　沈香木の一種。伽羅と並ぶ高級天然木。
（2）青成　丹青。青と赤に色が分かれることから、ここでは個性、分別という意。
（3）中の島検校　一八三八―九四。中能島検校を指す。山田流箏曲家、平曲家。江戸生。三歳で失明する。小名木検校に師事。名は松勢一。明治期には松声と称した。中能島派の始祖。平家琵琶もよくし、富本節にも通じていた。

渡りきらぬ橋

一

お星さまの出ていた晩か、それとも雨のふる夜《よ》だったか、あとで聞いても誰《たれ》も覚えていないというから、まあ、あたりまえの、暗い晩だったのであろう。とにかく、わたくしというものが生《うま》れた。

戸籍《こせき》は十月の一日になっているが、九月二十八日だとか二十九日だとか、それもはっきりしない。次々と姉弟《きょうだい》が生まれたので、忘れられてしまったのか、とにかく、露《つゆ》の夜《よ》ごろ、虫の音《ね》のよいころではあるが、あいにく、武蔵野生《むさしのうま》れでも、草の中へも、木の下でも生まれず、いたって平凡に、市中《しちゅう》の、ある家の蔵座敷《くらざしき》で生をうけた。明治十二年、日本橋区通油町《にほんばしくとおりあぶらちょう》一番地。ちっぽけな、いやな赤ン坊だったので、何処《どこ》からか帰って来て見た父は、片っぽの手にとって見てすぐ突きかえしたと、よく母が言っていた。

父には三人目の子、母には初児《はつご》だが、わたくしが生《うま》れたときには姉も兄も、みな幼死《ようし》していなかった。

清潔《きれい》ずきで、身綺麗《みぎれい》だった祖母に愛されたとはいえ、祖母はもう七十三歳にもなっていたので、抱きかかえての愛ではなく、そしてまた、祖母の昔気質《むかしきしつ》から、もろもろのことを阻《はば》まれもしたり、そのかわりに軽薄《けいはく》に育たなかったという賜《たま》ものをも得た。

次へ、次へ、次へと、妹が三人、その次へ弟が二人、また妹が一人と、妹弟《きょうだい》が増えて、七人となったが、丁度《ちょうど》、二人ばかり妹が出来た時分のこと、コンデンスミルクを次の妹に解《と》いてやったり、その次の子が、母親の膝《ひざ》の上で、大きな乳房《ちぶさ》を独《ひと》りで占領して、あいている方《ほう》の乳房《ちぶさ》まで、小さな掌《てのひら》で押《おさ》えているのを見ると、わたくしは涎《よだれ》を流して羨《うらや》ましそうに眺めていたという。

二歳ぐらいの時だったのであろう、釣洋灯《つりランプ》がどうしたことか蚊帳《かや》の上に落ちて、燃えあがったなかに、わたくしは眠っていたので、てっきり焼け死んだか、でなければ大火傷《おおやけど》をしたであろうと、誰《たれ》も咄嗟《とっさ》に思ったそうだが、気転《きてん》のきいたものが、燃えている蚊帳《かや》の裾《すそ》から、ふとんごと引き出すと、そんな騒ぎはすこしも知らずに、そのまま眠りつづけていたので、運の好《よ》い子だといわれたときいた。

あたくしの眼《め》に、居廻《いまわ》りの家並《やなみ》などが、はっきり印象されるようになった時分の、小伝馬町《こでんまちょう》、大伝馬町《おおでんまちょう》、人形町《にんぎょうちょう》通《どお》り、大門通《おおもんどお》りといった町は、黒い蔵《くら》ばかり、田舎《いなか》とちがって白壁《しらかべ》の土蔵《どぞう》は、荷蔵《にぐら》ぐらいなもので、それも腰の方は黒くぬってあって、店蔵《たなぐら》も住居《すまい》の蔵《くら》も、黒くぴかぴか光った壁であった。それに、暖《の》簾《れん》も紺、長暖簾《ながのれん》もおなじく、屋号《やごう》と、印《いん》を白く染めぬいた紺のれんで、鉄や厚い木の天水桶《てんすいおけ》が店のはずれに備えつけてあって、中には中々《なかなか》立派な金魚や緋鯉《ひごい》が住んでいた。ちらちらと町に青いものが見えれば、それは大概《たいがい》大きな柳《やなぎ》の木だ。奥庭《おくにわ》には、松や榧《かや》や木斛《もっこく》や、柏《かしわ》も柚《ゆず》の木も、梅《うめ》も山吹《やまぶき》も海棠《かいどう》もあって、風に桜の花は飛んで来ることはあっても、外通《そとどお》りはかたぎ一色な、花の木などない大問屋町《おおどんやまち》であった。問屋《とんや》が多いので、積問屋《つみとんや》――運送店《うんそうてん》――の大きいのも、すぐ近くに二軒もあったし、荷馬車《にばしゃ》がどこかしらに繋《つな》いであるので、泣けば、お馬さんを見せましょうというか、夕方ならば、月《のの》さんが出たと門につれだされる位《ぐらい》、蟬《せみ》の声もあんまりきかない四辺《あたり》で、そのくせ、大問屋町《おおどんやまち》というのは妙に奥や裏の方は森閑《しんかん》としていたもので真夏《まなつ》でも、妙に冷たい風のくる路《みち》のあるような、家居《いえい》であった。

あたくしの家も、祖父のころは呉服《ごふく》を大名《だいみょう》の奥に納める家業、近所にあった祖母の兄の店が大きかったというが、その兄が死んでから、後妻が、御殿女中上《ごてんじょちゅうあが》りだったので、子供に甘くて、店をつぶしてしまったし、時も丁度御維新《ちょうどごいしん》の、得意筋《とくいすじ》の幕府大奥《ばくふおおおく》や、諸大名の奥向《おくむ》きというところがなくなったので、祖父も店をやめてしまって、あたくしが生《うま》れたころには、もはや祖父卯兵衛《うへえ》は物故《ぶっこ》し、父は代言人《だいげんにん》を職としていた。

しかし、どうも、祖父の家業は、呉服御用《ごふくごよう》という特種なので、もとより、問屋《とんや》でもなし、店売《みせうり》でもなく、注文品を、念入りにしらべて納めるものであったようだ。反物《たんもの》を畳《たた》む、がっしりした小机《こづくえ》とか、定木《じょうもく》とか、模様ものの下絵を描《えが》いた、西の内紙《うちがみ》で張って、絹さなだ紐《ひも》をつけた、お召物《めしもの》たとう紙《がみ》などが残っていたり、将軍さま御用《ごよう》の残り裂《ぎ》れで、人形の帯や巾着《きんちゃく》が出来ていたが――もっとも、明治十二年の大火《たいか》に蔵《くら》だけ残して丸焼《まるや》けになって、本所《ほんじょ》の回向院境内《えこういんけいだい》まで、両国橋《りょうごくばし》を渡って逃げたということであるから、住居《すまい》の具合は変《かわ》りもしたであろうが、とにかく、五軒間口《けんまぐち》の塀は、杉の洗い出しであったし、門は檜《ひのき》の節《ふし》無《なし》を拭《ふ》き込んで、くぐり戸《ど》になっていたし、玄関前までは御影石《みかげいし》が敷きつめてあって、いつも水あとの青々《あおあお》して、庭は茶庭風《ちゃにわふう》で、石の井筒《いづつ》も古びていた。奥蔵《おくぐら》の三階の棟木《むねぎ》には、安政三年 癸戌《みずのといぬ》之建《のけん》、長谷川卯兵衛《うへえ》安備《やすとも》と墨色《ぼくしょく》鮮《あざやか》に大書《たいしょ》してあった。

祖父は能書《のうしょ》であって、神社の祭礼や、稲荷《いなり》の登旗《のぼり》に、大書《たいしょ》を頼まれることが度々《たびたび》あって、父は幼年から亀田鵬斎《かめだほうさい》や、その他の書家たちから可愛《かあい》がられ、六、七歳の時分から、絵のたちがよいというので師匠の国年《くにとし》や芳幾《よしいく》に、養子にくれと懇望《こんもう》されたということであった。そんな風なので、父は書や画《え》などを好み、剣術は北辰一刀流《ほくしんいっとうりゅう》の、お玉が池千葉《いけちば》の弟子になってかなりな使い手になっていたので、彼は江戸ッ子でも、江戸本丸《えどほんまる》明け渡しのあとを、守護する役などに用いられたりして、刑部省《けいぶしょう》へ出頭《しゅっとう》するようになった。

そんなことから法律を学び、増島博士《ますじまはくし》(1)をはじめ十二人の代言人《だいげんにん》が――後《のち》弁護士と改称――出来た最初の、その一人になった。彼は早くから自由党に属していた。

わたくしが生《うま》れた年の元旦試筆《しひつ》には、忘れて仕舞《しま》ったが大物《おおもの》を書き、酒が好き、撃剣《げきけん》が好き、磊落《らいらく》であったが、やや、痩《や》せがまんの江戸ッ子肌で、豪傑でもなければ、学者でもなく、正直な、どっちかといえば法律などは柄《がら》にもなく、芸術家タイプの、時によると心にもない毒舌を弄《ろう》してよろこぶ性質だった。母は、父の浅黒く長身なのとちがって、真白な、健康そのもののように艶々《つやつや》した、毛の黒い、そのかわりあまり美人ではなく、学問はないが働くことでは、徳川家の瓦解《がかい》の時、お供《とも》をして静岡へ行った一家で育ち、無禄《むろく》の士族たちが、遠州御前崎《えんしゅうおんまえざき》の浜で、塩田《えんでん》をつくったおりに、十四歳の少女で抜群の働きをして、親孝行の褒状《ほうじょう》をもらったという女で、父とは十六ばかり年がちがっている。わたくしはこの母が、人出入りの多い家で、厳しい祖母によくつかえ、よく教えられて、子供《こども》がふえても女中の数をまさずに、終日クリクリと、実によく忠実に尽して、しかも祖母の諭《いま》しめによって、いかなるおりも髪かたちをくずさず、しじゅう身ぎれいに、家の内外も磨きあげるようにして、終日、ザブザブと、水を豊かに酌みあげているような日常を見て、人は働くものだ、働くことは美しいとの観念を大層《たいそう》植えつけられている。そして、また、その当時の、知的階級に属した家に生《うま》れながら、奥さまぶった容体《ようたい》を学ばずに過《すご》し得たことは、母を徳としている。それもこれも、祖母の睨《にら》みがきいたからだと、後日母はいっていたが——

そこで、わたくしは六歳の年に入学した。学齢ではないのだが、私立尋常小学校という札《ふだ》の出たのは後《のち》のことで、秋山源泉《あきやまげんせん》学校という、別室には、習字と裁縫と、素読《そどく》だけに通ってくる大家《おおどこ》の娘たちもあるので、六歳でも通えるのだった。

引出《ひきだし》を二ツももった、廉品《そまつ》な茶塗《ちゃぬ》りの手習い机と、硯箱《すずばこ》が調《ととの》えられた。白紙を一帳綴《じょうと》じたお草紙《そうし》、字が一字も書いてない真っ白な折手本《おりてほん》椎《しい》の実筆《じっひつ》と、水入れと、㊇の柏墨《かしわずみ》が用意され、春のある日、祖母に連れられ、女中と書生と車夫《しゃふ》が机をかついで、二丁《ちょう》足らずの、真っすぐな新道《しんどう》を通って、源泉学校へ入学した。児童たちへおみやげの菓子の大袋《おおぶくろ》は、幾つかさきに届けられているので、白砂糖の腰高折《こしだかおり》と目録包《もくろくづつみ》が校長の前へ出された。白い四角な顔の、お習字を教える校長のお母さん、黒い細い顔で菊石《あばた》のある校長、丸い色白の御新造《ごしんぞう》さんたちが、苦いお茶を出し、羊羹《ようかん》を出してもてなした。先生に連れられてお座《ざ》——席のこと——につくと、幾人かの生徒が、お盆に盛りあげた、瓦《かわら》せんべいだの、巻《まき》せんべいだの、おこしだの、落雁《らくがん》だのを、全校の生徒にくばるのに、二個三個と加えてゆくのだった。後に、あたくしも貰《もら》うようになったおり、一日に、二人も三人も新入生があると、冬は蜜柑《みかん》などがまざって、子供たちをよろこばせた。

幼年生《ようねんせい》のときの思出《おもいで》は、赤い裏の、海軍士官の着るような黒いマントを着て通った。小さい前髪と両鬢《りようかつら》に奴《やっこ》さんを結んだおかっぱの童女が、しきりに手習い草紙《ぞうし》を墨でくろくしていたことだ。それから、机の引出《ひきだ》しや硯箱《すずりばこ》の中へ千代紙《ちよがみ》を敷いて、白紙《かみ》を丸めた坊主《ぼうず》つくりや、細くたたんで、兎《うさぎ》の耳のように、ちょいと結んだ、借定《かてい》の人形の首に、色紙《しきし》の着ものを着せて飾り、おばさんごっこをすることを覚えた。

二年すると妹があがって来た。利口《りこう》ものの妹は、両親の寵児《ちようじ》だったが、強情《ごうじよう》なので学校ではよくお残りをさせられて、あたくしの方がかなしくなって日暮《ひぐれ》まで、ガランとした教場《きようじよう》でオロオロしていたが、祖母は一層《いつそう》厳しく仕附《しつ》けてくれるようにと、そんな時は礼を述べさせに人をよこしたりした。勿論《もちろん》、先生に御母堂《ごぼどう》や御新造《ごしんぞう》がとりなして帰してくれようとしても、家の者は、お連れ申しますと叱られますと、わたくしたちを残していった。

教場《きようじよう》の——それは、先生の住居《じゆうきよ》を廻った、かぎの手なりの平屋建《ひらやだ》ての、だだっ広い一棟《ひとむね》で一室だけだったが、畳があげられて板を張りわたし、各自の机や、五、六人並べる、学校で備えつけの板だけの長い机が何処《どこ》にか取りかたづけられて、二人ずつ並ぶ、腰かけつきの、高脚《たかあし》の机になった時、代用《だいよう》小学校という木札《きふだ》にかわって、高等科はないが温習科《おんしゆうか》というものが二年出来た。唱歌《しようか》の教師が通って来て、英語もその教師が望むものだけへ教えることになった。すべて、六歳が、ものの手ほどきによい年齢というので、長唄《ながうた》なども習わせかたはきびしい方だった。踊《おどり》は、すぐ近くの師匠が、ちいさい時分から眼《め》をつけて、連れに来ては舞台へあげて遊ばせていたが、踊《おどり》の師匠の母親が、あまりツベコベ追従《ついじゆう》するので、祖母がいやがって行《ゆ》かせないようにしてしまった。どうも、このことは、何か家庭に関係することがあって、あたくしに芸を一ツ覚えさせなかったことになったようだ。

堅田《かただ》という囃子方《したかた》の師匠の妹が父の世話になっていて、あたくしを可愛《かあい》がるのが、母におもしろくないのが原因だったようだが、それよりも、あたくしにとって、大変な不運だったのは、母方の祖母が何かの便次《つて》があって、わたくしを下田歌子《しもだうたこ》女史の関係する塾とかに——それが、何処《どこ》であったのか知らないが、入れたらと言って来たときには、こんどはどういう意味で祖母が反対したのか、小軋轢《こあつれき》があったふうで、沙汰止《さたや》みになってしまった。「小学生徒心得」(2)という読本《とくほん》が、楷書《かいしよ》入の本を読み習った最初なので、下田《しもだ》歌子《うたこ》の名は幼少な耳にも止めていた名だった。そんなことで、わたくしに対する家庭教育は、世の中や、家の業《ぎよう》とは大層《たいそう》異《こと な》った、後《あと》びっしゃりなものであった。

ともかく泣いて願って、英語は習うことになったが、あいにく、ぶらさげていった赤インクの大きな罎《びん》を、白地のゆかたの出来たての膝《ひざ》へ、前の席のものが立ったはずみにひっくりかえされて、血をあびたようにこぼしてしまってから、それが長唄杵屋《ながうたきねや》のお揃いで、学校の帰途《きと》に行《ゆ》く月浚《つきさら》いに、間にあうように新しく縫われた浴衣《ゆかた》であるにしろ、それだけの過失で、英語は下げられてしまった。

しかし、子供というものは不思議《ふしぎ》なところで自分を生かすものである。読みと、算術——珠算《しゆさん》を主にして、手習いと、作文だけの学校でも楽しかった。遊び時間はかなりあるから、あたくしはみんなの石版《せきばん》をならべて、即興のでたらめのお話——児童作品長編小説を、算用数字の2の字へ二本足をつけて、毎日つづけて話すのだった。これはたいした人気で、あたくしのお座《ざ》は、十重《とえ》にも取りまかれ、頭の上からも押つかぶさるほどで愛された。

　このことを、ある時、校長秋山先生が自慢で、家へ来て話されるとどうも、いけない結果があらわれて来た。

　折もおり、幼少から可愛《かあい》がって、自慢の弟子にしてくれていた長唄《ながうた》六三郎派の老女師匠《としよりししょう》から、義理で盲目の女師匠に替えられたりして、面白味をなくしていたせいか、九歳の時からはじめていた、二絃琴《にげんきん》(3)の師匠の方へばかりゆくのが、とかく小言《こごと》をいわれるたねになっていたところ、この二弦琴のお師匠さんがまた、褒《ほ》めるつもりで、宅《たく》へお出《い》でなすっていても、いつも本箱の虫のように、草双紙《くさぞうし》ばかり見てお出でなのに、何時《いつ》耳に入れているか、他人のお稽古で覚えてしまって、世話のないお子ですと、お世辞《せじ》をいったのだった。

　わたくしは、草双紙《くさぞうし》に実《み》が入って、日が暮れてから、迎えをよこされて帰って来て叱られると、大勢のお稽古を待っていたというのが逃げ口上だったのが、すっかり分《わか》ってしまった具合のわるい時だったので、俄然《がぜん》取りしまりが厳しくなって、よからぬ習慣は、寸《すん》にして摘まずばといったふうに、ともするとわたくしは、奥蔵《おくぐら》の縁の下に押込《おしこ》まれたり、蔵《くら》の三階に縛りつけられたりして、本を——文字《もんじ》のあるものを見ることを厳禁されてしまった。

　それもまた、親の情《なさけ》であったかもしれない。わたくしは、アンポンタンとよばれ、総領の甚六とよばれ、妹の色の白さに対して烏《からす》とよばれ、腺病質《せんびょうしつ》でもあったのか、左の胸がシクシクして何時《いつ》もそっと揉《も》んでいたが、十二、三には、祖母を揉みに毎日くる小《こ》あんまに、叩いてもらうほど苦しかったので、母は、机にギッシリと胸を押しつけてばかりいるからだと怒ってもいた。だが、おそろしく幼時は臆病だったので、蔵《くら》へは独《ひと》りでものを取りにゆけないし、我家《わがや》でありながら、ぼんぼりをつけなければ、厠《かわや》へもゆかないというふうであったから、十一やそこらで、床《ゆか》の高い、石でかこった、土蔵《どぞう》の縁の下に、梯子《はしご》をとりあげられ、筵《むしろ》一枚の上におかれることは、上の格子《こうし》から光のくるのを遮《さえ》ぎられてしまうと、冷汗《ひやあせ》を流して、蟋蟀《きりぎりす》に脅えたり、夏であると風窓《かざまど》が明《あ》いていると、そこへ顔を押しつけていたものだった。そんな時、まだちいさかった三人目の妹や四人目の妹が、外から覗《のぞ》きに来て、そのまま土に坐り込んで、黙っていつまでも風窓《かざまど》の内外から顔をおしつけっくらして居るのだった。はしごをはずされて三階に縛《いま》しめられていても、彼女たちは、いろいろな智恵をふるって鼠《ねずみ》のように登って来て、縛《いま》しめを解いてくれて、そこでお話をせびったり、石版《せきばん》をもって来て絵を描《か》かせたり、するのだった。

十三歳になると学校をさげられて、あらたに生花《いけばな》と茶の湯とに入門させたが、午前九時から午後五時までは裁縫をしこまれた。

我家《わがや》の家憲《かけん》としては、十一、二歳を越すと、朝の清掃《せいそう》を大人同様、女中も書生もわかちなく一様にさせることで、妹弟《きょうだい》の世話、床《とこ》のあげさげが、次の妹へと順送りになると、煙草盆掃除《たばこぼんそうじ》から、客座敷《きゃくざしき》の道具類の清《きよ》ぶきになる間までに、庭掃除から、玄関掃除、門口《かどぐち》に箒目《ほうきめ》を立てて往来の道路まで掃くこと、打水《うちみず》をすること、塀や門をあらったり拭いたりすること、敷石《しきいし》を水で洗いあげることを、手早く丁寧に助けあって励んでやらなければならない。それは夏冬をきらわず、足袋《たび》などはいていてするような、なまやさしいやりかたではゆるされなかった。働かないのは、一番目上で老齢である祖母と、幼いものたちだけだった。父も自分の床《とこ》をあげてキチンとしまい、書斎の掃除まですることもあった。裁判所へ行《ゆ》く前に、多くの客が、二階へも階下へも、離れへも、それぞれ他人に聴かせたくない用をもって来るので、母は一時二時に寝ても、朝は五時かおそくも六時前には起きていた。

夏など、みんなが目ざめる前に、三味線《しゃみせん》の朝稽古をすまして来ようと、夜《よ》の白々《しらじら》あけに、縁《えん》の戸《と》を一枚はずして庭へ出ると、青蚊帳《あおがや》のなかに、読みかけた本を、顔の上に半分伏せたまま眠っている母を見ると、母も本は読みたいのだなあと、大変気の毒な気がして、早く行って帰って来て、掃除やなにか手つだおうと思った。

二

朝夕に、腰を撫《な》で、肩をもんであげた祖母は、八十八歳でわたくしの十五の春に死んだ。わたくしを一番愛していたが、厳しいしつけでもあった。一《ひと》ツ身《み》を縫うにも、二度三度といて縫い直しをさせるのだった。そういうことをはずかしがらないアンポンタンでも少々気まりの悪いこともあるし、教える人の方が、まだ小娘《こむすめ》さんなのにあんまりひどいと怒ることもあった。

ともかく、わたくしの教育は、本を読ませないことというように、何時《いつ》かきまってしまっていたが、まだしも祖母の居るうちは、わたくしも小さくなっていたし、母達も幾分祖母へ遠慮をしていたが、段々とわたくしは智恵を出して来た。読み書きするのに、母が労《つか》れて眠る時分をはかり、妹と二人寝る室《へや》の障子《しょうじ》の方へは、屏風《びょうぶ》やら何やらで火影《ひかげ》をさえぎり、これでよしと夜中の時間を我《わが》ものがおに占領しだした。

ところが、洋灯《ランプ》の石油はへって、ホヤは油煙《ゆえん》で真っ黒くなる上に、朝寝坊《あさねぼう》になって、父が怒って冷水《みず》をあいている口へつぎ込むことなど、仕置《しお》きされることが重なってしまった。ある夜中には、寝たと思って母が室《へや》へはいって来て、大いに怒って父を呼び、父が優しくて見逃しているのだというので、父から揚弓《ようきゅう》をもって激しく折檻された。祖母の居るころでも、母が強く怒ると、姐《あね》さまのはいっている手箱も、書きものの手箱も、折角《せっかく》、かくして、ぽつぽつと溜《た》めた本類も、みんな焚《も》やしてしまわれたりしたが、そんなにしても、妹たちも好きだったので、いろいろな工夫《くふう》をしてくれた。家《うち》にも何かしら読みものは多くあった。母が浴衣《ゆかた》ならば、家内《かない》が多いので、一度に十反《たん》くらいを積んで、縫えと出すと、もう家《うち》に居て縫うようになっていたので、静かな、なる可《べ》く母の目から通〔遠〕い二階の部屋にあがって、それこそ朝の仕事も早くすませ、身じまいも早くしてしまって坐る。そうなると、頭をよく働かして、大変手早く巧者《こうしゃ》に裁断《たっ》てしまって早縫いの競走なのだが、母が見廻りにくると実に丁寧な縫いかたをしている。で、一日に一枚はこの分ではどうかと思ってもらっておいて、次の妹と二人がかりで、二枚も三枚も拵《こしら》えあげてしまって、それからの残りの時間を、雑読《ざつどく》、乱読《らんどく》、熱読《ねつどく》の幾日かをものにしていた。

そこで、おかしいのは、母は、なんでそんなに厳しくしたかといえば、出来もしないことにふけって、なま半可《はんか》な女《もの》になるのを、ばかに怖れたのではないかと思う。だから、あたくしが、書いたり、読んだりするのは気に入らないが、ほかのことで、皆《みな》とひとなみに、楽しみとして見聞きすることは許さないのではないから、あたくしがずっと小さいころ、書生が幻灯会《げんとうかい》をして近所のものに見せたりするのを、共に楽しんで見ていたように、友達たちで三味線《しゃみせん》などひいて芝居《しばい》ごっこなどしても、それは遊びとして大目《おおめ》に見ていた。そして、わたしどもが、幾分、新知識を得ようとするとき、玄関の大火鉢《おおひばち》の廻りや、紫檀《したん》の大《おお》机《づくえ》のもとに集《あつま》って、高等学校から来る大先生に、西洋ものの小説や劇の話をきくのも、それも許した。

大先生といっても、一高生徒だった鵜沢聡明《うざわそうめい》(4)氏が、まだ惣一《そういち》といった昔のことで、はじめあたくしたちは、千葉の田舎《いなか》から来たほやほや中学生の書生さんの頭に、白髪《しらが》が多くあるので、黒い毛の方を抜いてしまう方が汚なくないなんぞと、頭の毛を引っつかんだりした、いけない幼女《ようじょ》だったが、独逸人《ドイツじん》の教師の家《うち》へ寄宿してやがて一高の生徒になると、忽《たちま》ちわたしたちの大先生にあがめ、新しい話——つまり文学を聴くのに貪慾《どんよく》になって、それから、それからとせがんだものだった。次の妹は、趣味の共通から、共同の陣を張りはするが、もともと母の秘蔵娘《ひぞうっこ》であるところから、ちょろりと裁縫の時間の打幕《うちまく》を洩《もら》してしまったりする。そこで、いよいよ懲《こら》しめのため、も一ツには行儀《ぎょうぎ》見習い、他人の御飯《ごはん》を頂かないものは我儘《わがまま》で、将来人が使えないという立派な条件を言いたてに、母が大好きで、自分が、旧幕時代《きゅうばくじだい》の大名奉公《だいみょうぼうこう》というもの、御殿女中《ごてんじょちゅう》というものにあこがれていた夢を、時代の違った時になって、娘によって実現して見ることにきめてしまった。父が旧岡山の藩主であった、池田侯の相談役《そうだんやく》であったのと、そのすこし以前にお家騒動《いえそうどう》が起《おこ》りかけたりしたのを処理したので、そんな縁故から頼み込んで、旧藩臣の身分のある者の娘でなければつかわなかったという、老侯夫妻《ろうこうふさい》のお小姓《こしょう》——平《ひら》ったくいえば、小間使《こまづか》い見たいな役につけてもらうことになった。十六歳だった。

若いものなどは皆無《かいむ》居ない広い邸《やしき》だった、鼻の頭の赤い老臣《ろうしん》が、フーフーと息を吹きながら、袴《はかま》の裾《すそ》で長い廊下《ろうか》を拭《ふ》くように歩いていった。それが有名な国文《こくぶん》の学者だといった。表門《おもてもん》の坂を車なり馬車なりが下《さが》ってくると、飛び出して、主人の時などは土に手をつく人品《じんぴん》の好《よ》い門番《もんばん》が、以前は一番上席《じょうせき》の家老《かろう》だったというふうで、小使《こづかい》も下《しも》の女中《じょちゅう》もみんなお婆さんかお爺さん。たまたま二、三人、上女中《かみじょちゅう》でないものに若い女が居たが、年寄りもおんなじことで、ただ年が若いというだけ、新時代に対してなんにも知らない人たちばかりだった。

鍾愛《しょうあい》の、美しい孫姫《まごひめ》さんが、御方《おんかた》に（姫の住居《すまい》――離れたお部屋《へや》に）乳母《うば》たちにかしずかれていた。侯爵夫人になられた細川博子《ひろこ》さんがそのお姫さまであったが、あたくしが奉公《ほうこう》してから間もなく、ウエスト夫人という西洋人のところへ、英語を学ばれに通うことになったとき、その乳母《うば》さんが附いてゆくのが、およそわたくしが、生涯に羨《うらや》ましいと、人のことを羨《うらや》んだ、たった一つのことで、お今《いま》さん、あなたは傍《そば》にいらっしゃるのときいたら、はいすぐお傍《そば》に居ますが、なんにも覚えてませんといった。何とやらん無念のおもいが、胸にグンと来るのを、どうしようもなかったのは、志望してそのお伴《とも》のまたお伴に、ついてゆけることなど、およそ出来るわけのものでもなかったからだ。次の室《へや》に居ようとも、わたしの耳は発音をきくだろう、耳で覚えたものを寝てからブックに照《て》らし合せても解《わか》る筈《はず》だとは――とは、とはと、思いもするが、わたくしは読ませないようにという意味が、御奉公《ごほうこう》の眼目《がんもく》におかれているので、お下《さが》りの新聞さえ読ませられないのだ。御家令《ごかれい》というのが、もとの上席家老格《じょうせきかろうかく》で、その人がわたしの父の親友、そしてその人が母からよく頼まれて、どうも変な子だということを、年寄りたちに伝えてあるし母がまた一々《いちいち》、他の人にも、わたくしの病《やまい》の虫《むし》のように話したのであるから、或《あるい》は老侯爵は面白がって許してくれるかもしれないが、傍《そば》のうるささが思いやられてお孫姫《まごひめ》さま英語御教授をおうけになるお供を、お願いする機会はなかった。

だが、それは、その場合大望《たいぼう》すぎたのだ。わたくしはこれで中々《なかなか》自由の時間を持っていたのだ。家《うち》に居る時とちがって、夜中の時間は絶対に自由に出来る。といって、もとより人に知れないようにではあるが、そこにはまた何やらん、やりよさがあった。お上女中《かみじょちゅう》の部屋は二、三人ずつの共同部屋で、八畳、六畳、四畳半、三畳の四室《よへや》に屋根裏二階が物置きになっていた。わたしが置かれた部屋は格の好《よ》い方で老侯の愛《あい》妾《しょう》の部屋に隣り、殿様附きの老女格《ろうじょかく》の人と、御前様《ごぜんさま》づきのお側女中《そばじょちゅう》との二人が一人の下女中《しもじょちゅう》を雇っている世帯《しょたい》へ、食事は御番《ごばん》――主人の食事係が賄《まかな》うことにして、室《へや》だけ居候《いそうろう》だった。

老女中さんたちは自分賄《まかな》いの共同台所をもっているのだから、勢《いきお》い物質《ぶっし》の消費を節約する御殿《ごてん》は電灯であったが、おひけになると御寝所《ごしんじょ》や次の間は燭台《しょくだい》になって西洋蠟燭《ろうそく》が灯《とも》される。それを朝毎《あさごと》に掃除するのもわたくしの役目の一ツだ。あたくしは、涙を垂らした灯《とも》しかけの蠟燭《ろうそく》を、折角《せっかく》きれいにした燭台《しょくだい》へさすのは景気がよくないので、日毎《ひごと》に新しくした。夜《よ》が長いと灯《とも》しかえるように、新しいのを一本添えておくことも忘れなかった。それで、知らず知らずにともしかけが大きな箱へ溜《たま》ってくる。それを一本もって来て、ごく短いのを机の角《かど》に立てて、ふとんの上でニヤニヤしていたものだが、今度は、そのうちの長いのを選《よ》って、部屋用にさせて、灯《とも》しかけは、それまでは取り捨ててしまわれたそうなのだが、老女たちは感心だとよろこんだ。

それによい事は、隣りの部屋主《へやぬし》も夜中は不在、わが部屋もお詰め処《どころ》へ寝る番が二人とも一緒の日が多い。そうなると居候《いそうろう》が大威張《おおいば》りで、自室の女中も、となり部屋の女中も、若いものがお引けすぎに寄って来て、芝居の噂話をよろこんでして、お菓子を食べて帰ってからが我世《わがよ》なのだった。権威のあった御愛妾《ごあいしよう》さんも、御酒が飲めるほうで、毎晩部屋で晩酌のあとは、部屋女中から、わたくしからきいた芝居の話をきくのを珍らしがって、夜中の仕事もきかぬではないが、そんなに好きなら仕方がないと、大目《おおめ》に見てくれたりした。わたくしは六円の月給をはじめて得て、三円を食費の足しに差《さし》ひかれても、残るお金で毎朝小使いさんが下町へ買いものに出るのに頼んで、書籍を購《あがな》うことが出来た。その時分「女鑑《じよかん》(5)」だとか「大《だい》日本女学講義録《にっぽんじよがくこうぎろく》(6)」などが出て学びたい餓《が》をすこしばかりは満たしてくれた。

しかし、間もなく、わたくしの胸は本痛《ほんいた》みになり、隠していたが、ある日の正午ごろ、おくれた朝の仕事をおわって、身じまりにかかろうと、倒れそうな身を湯殿《ゆどの》へはこび、風呂にはいるとだめになった。ここで倒れては大変と、拭《ぬぐ》うひまもなく衣服に身をくるんで、部屋までどうして帰ったか、壁ぎわに横になったまま、半《なか》意識《ば》を失って、死生《しせい》の間を彷徨《ほうこう》する日が十日もつづいた。幸《さいわい》と赤十字社の難波《なんば》博士が主侯《しゆこう》の診察に来られる定日《ていじつ》だったので、あたくしに肋膜炎《ろくまくえん》の手当がほどこされた、冬のはじめのことだった。

赤十字病院へ入れるにしても暖かい日の真昼、釣台《つりだい》(7)でといわれたのを、母は家へ連れて帰りたいと願った。彼女も死ぬと思ったのであろう。わたくしは夢中で、暫《しば》らく帰らない家も見たいと思っていた。送るものは、早く癒《なお》って、また帰って来なさいと、主侯夫妻《しゆこうふさい》まで部屋に来て見送ってくださったが命冥加《いのちみようが》にもどうやら命はとりとめた。二月の末に病上《やみあが》りの、あと養生《ようじよう》もしないで邸《やしき》へ帰った。その時は息切れがひどいぐらいでわからなかったが、喘息《ぜんそく》がその次の冬になってわたしを苦しめ、心臓も悪かった。でも、どうにか押し隠して、自分の自由のある夜《よ》の世界を楽しんでいたが、息切れと、膝関節炎《ひざかんせつえん》になって、日本《にっぽん》館《かん》の長い廊下や、西洋館の階段を終日歩き回る役は、だんだんつらくなって、人の見ていない時は這《は》ったりしだした。

足かけ三年目の初夏、奉公《ほうこう》をさげられた。わたくしは家《いえ》に居て、また裁縫《さいほう》やときものの時間を利用しだした。

おかしな事に、肋膜《ろくまく》で病《わずら》ったあの大病のあとの、短い日数のうちに、わたくしは竹柏園《ちくはくえん》へ入門していることだ。ほんとは、もっと早く奉公に出されぬ前、祖母が死ぬとじきに、弟をねんねでおんぶした仲《なか》働《ばたら》きが、人形 町《にんぎょうちょう》までといって出た、わたしの買《かい》ものの供に附けて出されたが、この女中は二十歳を越していて、何かよくわかったから、却《かえっ》て道案内をしてくれて、神田小川町《かんだおがわまち》の竹柏園《ちくはくえん》の門に立ったことがあったのだ。まだお若かった佐佐木《ささき》信綱《のぶつな》先生と、新婚早々の雪子夫人(8)は、その時、花簪《はなかんざし》を挿した、ちりめんの前かけをしめていた、わたしの姿を今でも時々おっしゃる。

さて、入門したといっても、こっちがしたつもりだけで、実のところ、束脩《そくしゅう》もおさめたやら、どうやら、福島の人で、わたしたち姉妹《きょうだい》を可愛《かあい》がってくれた、あまり裕福でない、出入りの夫婦にたのんで、榛原《はいばら》(9)で買った短冊《たんざく》に、しのぶ摺《ず》りを摺ってもらいにやって、それが出来て来たのを、十枚ばかりおみやげに持っていったのが、ありったけの心持ちだったのだ。ずっと帰って来てからは、大胆になって、かまわずに稽古日には朝から出かけた。もとより本はないから、先生のうちの、玄関の、欄間《らんま》までギッシリ積んである本箱の上の方から出して頂くのだった。夏の朝、早くから行くので、昌綱《まさつな》さん(先生の弟御《おとうとご》)が大急ぎで座敷を掃いて、踏《ふみ》つぎをして、上の方の本箱から納めてある和綴本《わとじぼん》の大判のを出して貸してくだされた。源氏や万葉《まんよう》のお講義、その他の物語のこともあった。先生の奥様が、母の妹の連合《つれあい》の上官で、官舎であったのかどうか、おなじ猿楽町《さるがくちょう》の、大きな門のある構内に、お住居《すまい》があったのと、藤島さんの一粒だねの令嬢《れいじょう》をおかたづけになったほどなのだからと、先生については、よほどの信用があったから、母も国文学を学びに通うことは見て見ぬふりをしてくれるようになりはしたが、許可されたのではないから、足りても足りなくってもお小使いのうちから小額の月謝をもっていったのだが、気まりわるくも思わなかった。朝の仕事をすますと御飯を食べている暇がなかった。神田小川町《かんだおがわまち》まではあるが歩いて通わなければならない。大雨が降ると、帰りには足駄《あしだ》をぬいで跣足《はだし》で歩いてくるので、漸《ようや》く、近所の眼がうるさくなりだした。そんな日には、大問屋《おおどんや》の店の者は、欠伸《あくび》をしているのもあるから、わたくしの育ちを、赤んぼの時から知っている、旦那《だんな》たちまでが気にしだした。

「先生んとこのお嬢さん、どちらへおやりになっているのかと、申すものもございります。」

と、父に耳打ちをする者もあるので、母が気にしだした。縁談なども、選《よ》りにもよって近所の鉄成金《てつなりきん》で、家中《うちじゅう》で芸妓遊《げいしゃあそ》びをするといった派手な家からの所望を、昔を知っているから大事にするだろうとか――厳しく躾《しつ》けたのは、そんなところへやる為ではなかったであろうに、若い娘は、暮《くら》しむきの賑《にぎ》わしさに眩《げん》惑《わく》されて、生来《せいらい》の気質をあらためるかとでも思ったあやまりであったであろう、もとから知りあっていた両家は頻繁に往来し、道楽《どうらく》で勘当《かんどう》されていたという次男に分家支店《ぶんけしてん》をもたせ、わたくしを貰《もら》うことにきめてしまった。

――いやだ、いやだ、いやだ。

訴えるすべもないので、わたくしは枕もとの行灯《あんどん》を、一晩中に真黒におなじ字で書きつぶしてしまった。父に見られたら、どうにかなるという思いで一ぱいだったが、なんのこと、翌日は真っ白に張りかえられてある。どうしてよいか分らぬ憂欝《ゆううつ》に、病《わずら》いついた。長く寝てしまったが、漸《ようや》く床《とこ》の上に起きあがれる日、びっくりしたのは、立派な結納《ゆいのう》の品々が運びこまれ、紋附《もんつ》きの人たちが、病気全快のあいさつと一緒に、祝着《しゅうちゃく》申しますとわたくしに悦《よろこ》びを述べた。

だが、決心はついた。自由を得る門出《かどで》に、と、わたしは寒い戦慄《せんりつ》のもとに、親のもとを離れる第一歩を覚悟した。昔の人が厄年《やくどし》だという十九歳の十二月の末に、親の家から他家へ嫁入《よめい》りとなって家を出た。嫁にやられるには違いはないが、わたくしは円満に親の手を離れる決心であった。だから、途中からでも逃げたい気持ちだったが、父の恥を思うと躊躇《ちゅうちょ》させられた。それにまた、華々《はなばな》しいほどの出入りの者にかこまれて、身動きも出来ない羽目《はめ》となっていた。母は、流石《さすが》に、子の心は察しがつくと見えて、紙入れをもたせなかった。一銭の小使《こづか》いもわたさなかった。

以上が、明治十二年末から、卅《さんじゅう》年の末までの、東京下町の、ある家庭の、親に従順な一人の娘の、表面に現れない内面的生活争闘史である。以下は、彼女は、彼女自身で、茨《いばら》を苅《か》りながら、自分の道へと、どうにかこうにか歩き出して来た道程であるが、はじめから本道を歩きださぬものには、よけいな道草《みちぐさ》ばかり食って、いくらも所念《しょねん》の道は歩いていない。振りかえって見るのも嫌なくらいである。わたくしはまっしぐらに、面《おも》もふらず行こうとすると、屹度障触《きっときしきさわり》が出来てくる宿命に生《う》まれついてでも居るようだが、いって見れば畢竟《ひっきょう》は努力が足りないのだ。断っておきたいのは、日に日に進歩した女子教育とは、およそ反対の歩きかたであったので、これが明治女学勃興期の少女の道と思ってもらいたくない。きわめて歪《ゆが》んだかたちなのだ。女流小説家として有名な、故一葉《いちよう》女史は、その前年明治廿《にじゅう》八年末に物故されている。

三

そこで、生活は一変したが、婚家では困ったお嫁さんをもらったのだった。陽気な家のものたちは、あからさまに言った、水に油が交《まじ》ったようだ、面白くない、みんながこんなに楽しく団欒《だんらん》して食事をするのに、この娘は先刻から見ているると、一碗の飯を一粒ずつ口へはこんで、考え込みながら噛《か》んでいる――貧乏公卿《くげ》の娘でもないに、みそひともじか――お姑《しゅうと》さんはあられげもなく、そっと書いたものを見つけると、はばかりへもっていって捨ててしまう。

病気がちなわたくしは、芝居《しばい》のお供、盛《さか》り場での宴席、温泉場《おんせんば》行《ゆ》きもみんな断わって留守番を望んだ。出入りの貸本屋《かしほんや》にお金を出して新本をかわせ、内密《ないしょ》で読んで、直《じき》にやってしまうので、彼は註文次第で、どんなむずかしい書籍も買って来てくれた。わたくしはまた、解《わか》ろうがわかるまいがむずかしいものに噛《かじ》りついて、餓《う》えきった渇きを癒《いや》した。だが、道楽息子が直《ただち》にまた勘当《かんどう》されたとき、この時こそ自分を生かす時機《とき》がきたと、離婚のことを言い出すと、先方の親たちは妙なことを言出《いいだ》した。倅《せがれ》の嫁にもらったのではない、家《いえ》の娘にもらったのだ。だから、何処《どこ》へいっても嫁とはいわなかった、娘《むすめ》だといってきていた、実子《じっし》の娘《むすめ》だといっていたではないか、帰さないと。

わたくしは世間知らずだった。自己のことばかり目がくらんでしまって、明瞭《はっきり》した眼《め》をもたなかった。

真の愛情がないものが、なんでそんなことをいうのか――変だとは思わないで、ただ厭《いや》だとばかり思った。だから、厭《いや》さが昂《こう》じて死にそうな病気ばかりした。生《うま》れた土地に名声のある我家《わがや》を、古鉄屋《ふるてつや》から紳商《しんしょう》になりかけた家が、利用するのを察知しなかった。父の身辺にすこしの危惧も警戒もしなかった。

父は、前にも言った通り、自由党の最初に籍をおいたが、脱党して以来口ぐせのように、法律も身にあった職業ではない、六十になったら円満にこの家業《かぎょう》もやめると、子供であったわたくしなどにさえ、時折洩《も》らしていたほどで、わたくしを相手に茶をたてたり、剣を磨いたり、下手《へた》な俳句をひねったりして、よく母に、貴夫《あなた》が発句《ほっく》をつくるので考え込むから、おやすが真似をして溜息《ためいき》をつくと、間違った抗議をしたり、したものだった。父は幼少のわたくしを連れて、撃剣《げきけん》の会へいったり、釣堀《つりぼり》にいったり、政談演説会へいったりした。種々《しゅじゅ》な名誉職をもって来られても、迷惑だと断わるのがつねだった。よんどころなく弁護士会長とか、市の学務委員とか、市参事会員とかにはなっていたが、恬淡《てんたん》な性質で、あばたがあるので菊石《きくいし》と号したりしたのを、小室信夫《こむろしのぶ》(10)氏が、あまりおかしいから渓石《けいせき》にしろといったというふうな人柄だった。

しかし、父の酒飲みなのを知って舅《しゅうと》たちが毎夜酒宴《しゅえん》を張って、料亭に招《しょう》じるのを、わたくしは見まい聞くまいとばかりしていた。いつであったか、父は米国から帰って来た星亨《ほしとおる》(11)氏に内見《ないけん》を申し込まれ、星氏が総理大臣になることがあったら、父に市長になってくれといわれたが、嫌だといったということは、わたしに話したが――どうも、わたしの婚家のいやな気風が、生家の、あのものがたい家憲《かけん》の一角を、ぶちこわしている気がして、不安に思いながら、わたくしは父と母にも遠くなっていた。

父は、不名誉な鉄管事件(12)というものに連座した。父は手紙でもっていってよこした。長く考えて居た良いことを、ちょっとした短い短い分時《ふんじ》にぶちこわしてしまった。間違った思慮は一分時《いっぷんじ》で、悔《くい》は終生だ、子供に済まない――

わたくしは、それをよんで矢《や》っ張《ぱ》り父だったと嬉しく思った。誰《たれ》のことも、そのよってきた道程もいわない、すべてをみんな自分で背負おうとしているのに、わたしは父を見た。

よし、わたくしは、この後自分のゆるさぬ曲《まが》ったことを一分《ぶ》もすまい、潔癖すぎて困るほど清廉に生きて、父のあやまちは性分《しょうぶん》ではなく、弱さから負った過失だ。自己の罪として受けた心根《こころね》を知るわたしだけが、銭《ぜに》を愛さず、心志《しんし》とちがった父の汚名を、心だけで濯《すす》ごうと思いをかためた。で、読み、書くために自立しようとして来たそれまでの志望《こころざし》を曲げて、まず、人間修業から出直しすることにした。独立するまで、二度は帰るまいと立出《たちいで》た実家へ帰って、病をやしない、すこし快くなると釜石鉱山《かまいしこうざん》(13)へいった。そこで三年もすごせば勘当息子の帰参が叶《かな》うという約束のもとに行ったのだ。そのあとでわたくしはわたくしの道へ出ようと思った。鉱山所長の横山氏夫妻が、その息子一人では預かれぬといったから、行ってもらいたいというのが、先方《せんぽう》の両親の願いだった。

事件の最中で、心弱くなっていた父は病みやつれたわたくしを上野駅まで見送ってくれて、二度とやりたくないのだがと呟《つぶや》いていた。しかし、この山住《やまず》みの丸三年は、わたくしに真の青春を教えてくれた。肝《かん》心《じん》の預けられた息子は居たたまれなくて、何かにつけて東京へ帰って長く居るので、わたくしは独居の勉強が出来た。県道からグット下におりて、大きな岩石にかこまれた瀬川《せがわ》の岸に、岩を机とし床《ゆか》として朝から夕方まで水を眺めくらして、ぼんやりと思索していた。ある時は、水の流れに、書いても書いても書きつくされないいような小説を心で書き流していた。「一元論《いちげんろん》」を読み、「即興詩人(14)」を読み、馴《な》れない積雪に両眼《りょうがん》を病んで、獣医も外科医《げかい》も、内科も歯科もかねる医者に、眼の手術をしてもらって、それでも東京へは出ず、頑固《がんこ》に囲炉裡《いろり》のはたや炬燵《こたつ》のなかで、繃帯《ほうたい》をした眼で、大きな字を書いて日を送っていた。

横山所長は、釜石鉱山をものにするまでに、座敷牢《ざしきろう》へ入れて止められたほどの、苦労をして来て、くされ半纏《はんてん》に縄帯《なわおび》ひとつで、鉱夫と一緒になって働いた人であるし、夫人は夫を信頼して、狐狸《こり》の住家《すみか》だった廃鉱の山へ来たという、東京生れの女性であっただけに、大変わたしを愛《いと》しんでくれた。

——はじめきいていたことと、あんまり異《ちが》うので——と夫人は言われた。他のものなら、しんぼうなさいというのだが、あなたにはそうは言わない。すこしも早く、あなたは自分だけになる方が好《よ》い。もう山になんぞ居ないで、十分に自分の道へ出た方が好《よ》い。

そういわれて、はじめて道が開けた気がしだした。わたしはこの山住《やまず》みで、小さな作《もの》を投書して特賞を得たりしたが、これらは実力がどの位《くらい》な辺《へん》かという試しにしたことで、これならばというたかぶった気持ではすこしもなかった。

東京へ帰ると、舅《しゅうと》が没したりして、離婚のことを言い出せなかった。だが、ぽつぽつと書くものは通るようになって来て、今度は離婚に、婚家の方で意地悪をはじめ、かなり苛酷《かこく》な目にも逢ったが、その為わたくしの健康がおとろえ、もはや生きまいと思われたほどだったので、肺病ではしかたがないと、漸《ようや》く事がきまった。

その前にわたくしは家を出て、実家の世話になっていた。それは一つは、勘当息子にも以前の家をあてがわれ、多少の資本をもわけられるようにもなったから、わたくしの心に定めた通りになったから、やましきところがなかったのと、も一つは、わたくしの山に居《お》ることをきいて、作品から慕ってくれていた少年があったから、わたくしは、心にもなき家に止《とど》まって、その少年の愛を告げる心を摑《つか》んでいるのは、両方に対して心苦しく感じたからでもあった。

わたくしは、漸《ようや》くものを書き出しうるようになりつつあった。遅まきながら築地《つきじ》にあった女子語学校《じょしごがっこう》⑮の初等科に、十二、三の少女たちと一緒になって英語をまなび出した。そのころ父は、一切の公職から隠退《いんたい》して、いくら進められても出ずまことに世捨人《よすてびと》のごとく、佃島《つくだじま》の閑居《かんきょ》に隠遁《いんとん》していたので、わたくしは父の傍《そば》にいて、父を慰めながら、住吉《すみよし》の渡船《わたし》をわたって通い、日本橋植木店《にほんばしうえきだな》の藤間《ふじま》の家元《いえもと》に踊《おどり》をならいなどして、劇作《げきさく》を心がけ、坪内《つぼうち》先生によって新舞踊劇《しんぶようげき》にこころざしていた。

四

そのころ、母もまだ巣立たぬ弟妹《ていまい》たちのために、父にかわって、生活の保障をしようとして彼女の性《しょう》分《ぶん》にあった働きをしていた。以前《もと》すこしばかり、其処《そこ》を手に入れる時に、お金を用立《ようだ》てた人が死んで、その後家《ごけ》たちは、新橋《しんばし》で旅館をもとからの商業《しょうばい》にしているので、丁度《ちょうど》引受け手を探していた、箱根塔《はこねとう》の沢《さわ》の温泉をゆずってもらって、経営しはじめた。

馴れないことではあったが、母は働きすぎであったし、客あしらいも知っているのに、父のまがつみを同情する知己《ちき》の贔屓《ひいき》もあって、温泉亭《おんせんてい》家業《かぎょう》は思いがけないほど繁昌《はんじょう》した。それだけに、母も漸《ようや》く、女も、何か知らなければ、こんなことしか出来ないと悟った。かような家業《かぎょう》でなければ子供を教育しながらも出来るのにと、それは、ひしひしと彼女に後悔《こうかい》に似たものを思わせて、わたくしを、今度は以前とはあべこべに大事にしてくれ、もはや、家を出てくれるなと言い出した。

わたくしの自立は、また此処《ここ》で一頓挫《とんざ》しなければならないことになった。しかし、書いたものは、歌舞《かぶ》伎座《きざ》や、新富座《しんとみざ》などで、一流中の一流俳優によって上演されるのがつづくようになった。女流劇作家も他に居なかったし、女流の作が劇場外からとられるのも最初だったが、どうしたことか、絵ハガキなぞも上《かみ》方屋《がたや》から売り出されたりしたので、母はいよいよ悦《よろこ》ばされ、袴《はかま》をはいてくれれば、頸《くび》からかける金鎖《かなぐさり》と時計を買ってあげるなどと、とぼけたことをいったりするほどであった。そして彼女も、一層《いっそう》活動しようとした。

そのころ、芝公園《しばこうえん》内の、紅葉館《こうようかん》という、今でこそ、大がかりな料亭も珍しくないが、明治十四年ごろの創立で、華族《かぞく》や紳商《しんしょう》が株主になって、いわゆる鹿鳴館《ろくめいかん》時代の、一方の裏面《りめん》史を彩る役目《やくもく》をもっていたとうちが、創立者の野辺《のべ》知翁《ちおう》が死んでから萎微《いび》していたのを、当時の社長におされた中澤銀行の中澤彦吉《ひこきち》氏が、母を見込んで引き受けてくれないかと再々《さいさい》足を運ばれた。

中澤氏の後妻には、遠縁《とおえん》の女もいっているので、母は大変気乗りがして、繁昌《はんじょう》な箱根《はこね》の店を投出《なげだ》してまで紅葉館《こうようかん》をやろうとした。わたくしは反対したが負けた。ともあれこれは、我家《わがや》の第二の招いた災難になったのだった。母は精神をすりへらして挽回し、積累《せきるい》の情弊《じょうへい》を退ぞけたが、根本《こんぽん》の利益を目的の株式組織ということをよくのみこまないでいた。意志の疎通せぬ為に、中澤氏が歿《ぼっ》せられると、母は憤死しはせぬかと思うばかりの目にあって、結局やめた。眼の届かなかった箱根《はこね》の方もやめなければならなかった。

わたくしはその間《ま》に、舞踊研究会をまとめて、歌舞伎座《かぶきざ》で大会を二回、紅葉館《こうようかん》で例会を六回催した。新舞踊劇と、古く、忘れられがちな踊《おどり》の復活を旨《むね》とした。幸《さいわい》に、菊五郎《きくごろう》も三津五郎《みつごろう》も猿之助《えんのすけ》も、米吉《よねきち》（時蔵《ときぞう》）男寅《おとら》（男女蔵《おめぞう》）の、踊れる俳優たちと、藤間《ふじま》は勘十郎《かんじゅうろう》、勘右衛門《かんえもん》の両家、花柳《はなやぎ》からも、あらそって出演し、新橋芸妓《しんばしげいぎ》では踊手《おどりて》の七人組をはじめ大勢出てくれた。

自作の新舞踊劇「空華《くうげ》」は奈良朝時代の衣装背景で、坪内先生の「妹背山《いもせやま》」の試演がその式で紅葉館《こうようかん》で催されたことはあるが、そうした服装での舞踊ははじめてであった。衣装は松岡映丘《えいきゅう》(16)氏、後景《こうけい》は組みものだけが大道具の手でつくられ、画幕《がまく》は氏のほかに美術学校から大勢来られて描かれた立派なものだった。作曲は鈴木鼓村《こそん》(17)氏の箏《こと》を主楽《しゅがく》にしたもので三味線楽《しゃみせんがく》もあしらったが、箏曲《そうきょく》をもとにしたのは、やはり最初でもあった。

また、劇場には出演しない薄屋町《うすやまち》の吉住《よしずみ》一門の歌舞伎《かぶき》の舞台に出てもらい、小三郎《こさぶろう》(18)氏の作曲になる「江島生島《えじまいくしま》」を初演したのもその会であった。もとより、井上八千代《やちよ》(19)流の京舞《きょうまい》をも出した。小山内薫《おさないかおる》氏がロシアやフランスからもって来た、洋行《ようこう》みやげの舞踊談《ぶようだん》も、幻灯《げんとう》で示されたりしたのもこの会の収穫だったのだ。

これが動機となった菊五郎《きくごろう》一門の、新らしい劇研究の「狂言座《きょうげんざ》」を経成《けいせい》した。帝国劇場での第一回公演には坪内逍遥《つぼうちしょうよう》先生の新舞踊劇「浦島《うらしま》」をさせて頂くおゆるしをうけた。森鷗外《おうがい》(20)先生には「曾我《そが》(21)」を新しく書いて頂いた。で二回には、木下杢太郎《もくたろう》氏(22)の「南蛮寺門前《なんばんでらもんぜん》」を中澤弘光《ひろみつ》氏(23)の後景《こうけい》、山田耕筰《こうさく》氏(24)の作曲でやった。吉井勇《いさむ》氏の「句楽《くらく》の死」は平岡権八郎《ごんはちろう》氏(25)に後を描《か》いて頂いたりした。

わたしはまっしぐらに、所信《しょしん》のあるところへ、火のような熱情をもって突きすすんでいった。だが、母の打撃《だげき》は見てすごされなかった。それに実家では、弟の若い嫁が、赤んぼを残して死んだ。わたくしの手にそれは受けなければ、残された子は死にそうなほど弱かった。それに、も一つ、三上は恋愛を申入れてきかない、それに自分の方へ引っぱってしまおうとする。わたくしは、家庭婦《かていふ》として、あっちこっちに入用《いりよう》になって、引きちぎれるように用をおわされた。それを振りちぎったらば、今日、もすこしましな作を残しているであろうが、父のことに対して、心に植えた自分自身との誓《ちかい》は頭を持上《もちあ》げてまず、人の為になにかする——

そうして、すべてを捨ててかえり見ぬこと幾年？　昭和三年に「女人芸術《にょにんげいじゅつ》」に甦《よみが》えってからの爾来《じらい》は、あまり生々《なまなま》しいから略《りゃく》することにする。

（1）増島博士　一八五七—一九四八。増島六一郎。東京帝大法学部卒業後、イギリスに留学。代言人組合会長。英吉利法律学校（現中央大）の創設に加わり、初代校長となる。法律書籍を集めた正求律書院（現最高裁判所内の正求堂文庫）を開設。
（2）「小学生徒心得」　一八七三年一一月、文部省によって布達。
（3）二絃琴　日本の琴のひとつ。板状の胴に張った二絃を同音高に調律し、左手で勘所を押さえつつ右手で弾き、単旋律を奏する。

（4）鵜沢聡明　一八七二―一九五五。千葉生。弁護士から衆議院議員、貴族院議員となる。明治大学総長。極東国際軍事裁判では、日本側の弁護団長。

（5）「女鑑」「女性とジャーナリズム」の項参照のこと。

（6）「大日本女学講義録」「女性とジャーナリズム」の項参照のこと。

（7）釣台　人や物を乗せて運ぶ台。板を台とし、両端をつり上げて前後からかつぐ。

（8）雪子夫人　藤島雪子。作家、歌人。佐佐木信綱夫人佐佐木雪子。

（9）榛原　一八〇六年以来日本橋で営業している小間紙屋。

（10）小室信夫　一八三九―九八。尊攘運動家、実業家。一八七四年板垣退助らと民撰議院設立建白書を提出。一八八三年に品川弥二郎らと共同運輸（後の日本郵船）を設立した。貴族院議員。

（11）星亨　一八五〇―一九〇一。政治家。イギリス留学後自由党に入党し活躍。一八九二年衆議院議員（当選四回）。衆議院議長、駐米公使をつとめ、一九〇〇年に政友会を創立。第四次伊藤内閣の逓信相。翌年六月二一日伊庭（いば）想太郎に刺殺された。

（12）鉄管事件　明治二〇年代後半に建設された淀橋浄水工場建設に伴う疑獄事件を指すか。日本鋳鉄疑獄、水道疑獄事件などと呼ばれる。日本鋳鉄会社による鉄管の納期遅延を重く見た東京市は、同社の鉄管購買契約を解除、処分した上で、あらためて同社と契約し直す事を議決。それにも関わらず、再度の遅延や製品の品質偽装が発覚し、大きな刑事事件へと発展。政界を巻き込む大事件となり、東京市政は大きく混乱した。長谷川時雨の父も連座した。

（13）釜石鉱山　岩手県釜石市の鉄鉱山。一七二七年に発見され、明治半ばには銑鉄の生産量が全国の過半を占めていた。一九九三年閉山。

（14）「即興詩人」　アンデルセンの小説。一八三五年刊。イタリアを舞台に、詩人アントニオの遍歴の旅と、友情、恋を描く。森鷗外の翻訳が有名。

（15）築地にあった女子語学校　一八七五年、サンモール修道会（幼きイエス会）の尽力で東京に築地語学校が開校された。一九〇九年、同校を母体として雙葉高等女学校創立。翌年、雙葉女子尋常小学校、同付属幼稚

園が設立された。一九〇七年秋から翌年春頃まで、長谷川時雨は午後の選科コースで英語を学んでいた

(16) 松岡映丘　一八八一—一九三八。日本画家。橋本雅邦、山名貫義に学ぶ。東京美術学校（現東京芸大）教授。新しい大和絵を目指し、金鈴社、新興大和絵会また国画院を結成した。民俗学者柳田國男は実兄。

(17) 鈴木鼓村　一八七五—一九三一。箏曲家、日本画家。陸軍時代に箏曲、洋楽を学ぶ。高安月郊、与謝野鉄幹夫妻らと交流し、新体詩に作曲して新箏曲を提唱、京極流を名乗った。

(18) 小三郎　一八七六—一九七二。四代目吉住小三郎を指す。長唄唄方。長唄を純粋鑑賞音楽として演奏する「長唄研精会」を一九〇二年に組織。そこで三代目杵屋六四郎との合作や、小三郎自身が作曲した新曲を発表しつつ演奏活動を行った。

(19) 井上八千代　京舞井上流の家元が世襲する名。特に三代目は能と、長唄、常磐津、清元曲を取り入れ、本行舞を完成させた。

(20) 森鷗外　一八六二—一九二二。軍医、評論家、翻訳家、小説家。一八九〇年「舞姫」を発表して文壇に登場。最盛期の一九〇九年から一九一六年にかけて「ヰタ・セクスアリス」「青年」「妄想」「雁」や歴史小説「興津弥五右衛門の遺書」「阿部一族」、史伝「澁江抽斎」などを執筆。また原作以上と評された「即興詩人」の翻訳や、評論、歴史研究など活動は多岐にわたり、数多くの業績を残した。

(21) 「曾我」　森鷗外作の戯曲「曾我兄弟」（一九一四年三月）を指す。

(22) 木下杢太郎　一八八五—一九四五。詩人、劇作家、医学者。一九〇八年北原白秋らと「パンの会」をおこし、耽美派文学の中心に。翌年「スバル」創刊に参加。皮膚科学者としても知られ、一九三七年東京帝大教授。

(23) 中澤弘光　一八七四—一九六四。洋画家。堀江正章、黒田清輝らに学び白馬会に加わる。一九〇七年「夏」で文展入選。

(24) 山田耕筰　一八八六—一九六五。作曲家。日本で初めて交響楽団を組織し、交響楽やオペラの興隆に尽力。また日本語の特徴を生かした多くの歌曲を作曲。作品に「赤とんぼ」「この道」「からたちの花」など。

(25) 平岡権八郎　一八八三—一九四三。洋画家。はじめ鈴木華邨、竹内栖鳳に日本画を学び、後に白馬会研究所に加わり洋画に転じた。一九一〇年文展に「コック場」が入賞。

第三章　戯曲

犬

現今
郊外

古島七兵衛　六十八歳（犬の番人）
お　民　廿二歳（七兵衛の娘）
お　高　十三歳（七兵衛の孫）
中畑老人　六十五、六歳（庭園取締）
長次郎　四十歳位（園丁長）
園丁
請願巡査
草刈女
飼犬ペス　巨大なる洋犬

晩夏の夕暮。貴族の別荘の裏庭の一隅。

表面奥に、鉄柵のある表は向うむきになっている瀟洒《しょうしゃ》な洋風つくりの犬小屋がある。建物の裏側（舞台表面）には出入口がある。

左手の一隅に木立に取りかこまれ、古島七兵衛一家三人が雨露をしのいでいる粗末な番人小屋がある。

草刈の女が息抜《いきぬき》に木かげへ廻って来る。

草刈一　とても日かげへ這入《はい》らないじゃ居られない。
同二　あの獣たち、終日《いちんち》怠けてるのに、ちょいと休むと目の敵にしやがる。
同一　働くものばかりがばかあ見るのさ。
同三　あらッ！　民ちゃんだ。
（木かげに蹲《うず》くまっているお民を見ると叫ぶ。）
同三　――ああ、吃驚《びっくり》した。
同二　どうしたのさ？
同三　だって、またやりゃあしないかと思って……こら、こんなに冷汗をかいちゃった。
同二　あの娘《こ》赤んぼを埋めたんだってね。
同三　こんども産月だから……
同一　何しろ狂人《きちがい》だからね。

同二　（ふと苦い顔をする。不意に）ええ畜生ッ。他人《ひと》のことまで心配してたまるものか。

同一　そりゃそうさ、他人《ひと》ごとじゃないさ、自分の餓鬼《がき》さえ乾《ほ》し殺しかねないんだから。

同三　悪い家《とこ》へ奉公にやっちゃメチャクチャだね。良い娘を気狂にされたり、罪人にされたりして、主人は大手を振ってるのだからね。

同一　こちとらあ何にしたってみじめだよ。此処《ここ》の邸《やしき》だってそうだ、兇状《きょうじょう》もちは寄せつけちゃいけないっていうそうだが、親父《おやじ》が引きとらないで、誰が狂人を引きとるのだ。

同三　それにね、おばさん、呆れかえっちゃうじゃないか、園丁《あいつ》ら、正気のないものに悪戯《いたずら》をしやあがるんだよ。

同二　（お民が出て来たのを見つけて）――笑ってるじゃないか？　民ちゃん、何をしてたんだい。

同三　ほんとに、お前に脅《おど》かされちゃったよ。

（お民は知らん顔をして、四辺《あたり》をキョロキョロ見廻している。）

同三　何を言ったってだめだ。空吹く風だ。

同一　なまじ顔が奇麗だから……

同三　（吐きだすように言う）あんなこと言ってら。醜《まず》いったって打っちゃっておくものか。

（声をひそめて）ねえ、穴ん中へ隠しちゃった方が好いだろう。めっかりこはないから……。

（複雑な無言に草刈女達は顔を見合せる。）

お民　（一人の園丁が番小屋と犬の家の方とを覗いて、行きがけにお高〔民〕をこづく。）

園丁　気違い、おれの色女になるか？
お民　（押附けるようにした園丁の顔を強く押す）
園丁　この畜生ッ。
草刈三　（お民が打たれたので憤《むつ》として）何をするのだ。
園丁　生意気だからよ。
草刈三　厭なものは誰だって厭なのだよ。ふられたからって、酷《ひど》いことをしないが好い。
園丁　きいた風なことを言うな。手前たちゃさっさと掃除をしろ。
草刈二　何を言ってやがるんだ、爺《じい》さんが居ないのを狙って来やがって、照れかくしに酷いことをするな。
園丁　殴られたいのだな、口のはた張り裂くぞ。
草刈三　張り裂いて見ろ、狂人を孕《はら》ましておいて……
お民　（拳固を振りあげた園丁をグングン木立の方へ引っぱって行く）掘っておくれ、ね、深く掘っておくれ。
園丁　何をしやあがる、厭だ。
お民　——貧乏人！
園丁　貧乏人？——その通りだ。お前は金持ちが好きで、金持ちに賺《だま》されて監獄へいったのだからな。金持ちが好きだろうよ、どうだ、ペスを世話をしようか？　え？　ペスは三万円だぜ、あんな豪義な家を持ってらあ。

（淫《みだ》らな賤しい笑いを聞兼《ききかね》て、草刈女の二と三が激しい気色で争いかけるとき、犬を散歩に連れていった七兵衛が帰ってくる。）

七兵衛はお民が嬲《なぶ》りものになっているのを見ると眼を伏せて通り過ぎ、犬の家の扉を開き、犬を曳いて中にはいってゆく。（ペスは頗《すこぶ》る傲然たる雄犬、贅沢を極めたる首輪、鎖。七兵衛を従えて、曳ずるようにして這入ってゆく。）

七兵衛の気分に圧しられて、園丁も草刈女達も無言に立去ってしまう。七兵衛は扉口から出てくると小屋に行き、土竈にかけてある釜からバケツにお湯を汲みとり、加減を見て又扉口にはいる。犬のために用意されてある器物は新しくて高価な品。

七兵衛は仕事を終って出て来ると、目の前に、土に坐って、機嫌よげに分らない唄をうたいながら土を掘っているお民を見て、釘附けにされたように停んでしまう。バケツの汚水を捨るのさえ忘れている。

七兵衛　（突然抱締めたいほどいじらしくなって呼びかける）たみ！

お民　お退《ど》き、邪魔だ。

七兵衛　（幼児に言うように）もう止《や》めろ、そんなことするな。

お民　奪《と》られないようにしているのだよ、お前は鬼だからね。

七兵衛　（暗い暗い手に両眼を被われたように居縮む）

お民　赤ん坊をどうしたろう、人形もとられちゃったかしら？　探して来なくっちゃ。

七兵衛　これ、何処へ行くのだ？

お民　（引き止められ呆《ぼん》やりとしている）

七兵衛　（ホロリとして）俺は――何にも頭を下げない俺だ。なあお民、俺は正直だからだ、心に暗いことがなければ誰奴《どいつ》にだって頭を下げることはない、神様にだってそうだ、祈る事も願うこともない、貧乏はしても天道様は見ていらっしゃる、俺の貧乏は正直すぎるからだ、と思って慰めている。だが、俺はお前にだけはすまない事をしたと思っている。申訳けのないことをしたと悔んでいる。俺はお前にばかりは、これ、こうやって詫びる。な、だから、すっかり前のことを忘れてしまってくれ、浅間しい真似をしてくれるなよ。好いか、好いか？　分ったか？

お民　心配しなくったって好いよ。

七兵衛　ああ！　分ってくれたな。

お民　あたいも一所に穴へ這入ってしまうからね、奪《と》りにくるなら死んでくるが好い。

七兵衛　と、とんでもない、そんな事は考えてくれるな、な。

お民　（七兵衛が足で土を寄せるのを憤として）退《ど》かないか？　（凝《じっ》と睨む）お前だ、お前だ。怒ったのはお前だ。（太い声を出す）捨てしまえ、犬の仔なら売れるが……。

七兵衛　（狼狽《うろたえ》てお民の口を押える）こんなに詫《わび》ているのが分らないのか？　情けない奴め。――お父さんのむかっ腹立ちなのは、ちいさい時分から知っているだろう。な、お父さんはその為に自分の一生をメチャメチャにしたばかりか、とうとうお前までだいなしにしてしまった。あとさき見ずに腹を立てて、長く後悔するのがお父さんの癖だ。お前が犯した罪だって、お前がしたのではない、お父さんがさせてしまったのだ。無分別な俺が罪を犯させたようなものだ。堪忍してくれ、お民。だから、もう言ってくれるな。

お民 お父さんはないのだよ。

七兵衛 なくったって好い。父親《おやじ》なんざなくったってお前の子だったのだ。それを俺は気がつかなかった。腹を立てて目が眩《くら》んでしまっていたのだ。――とんでもないことをした。お前が雇われていた家の主人て奴の仕ぐさがあんまり袖ないので、賺《だま》されたお前までが憎かったのだ。腹が立って腹が立って、縊《くび》り殺してくれようかとまで一時は逆上した。俺があんなに気違いじみたほど怒ったので、お前まで血が上ってしまって……。

お民 犬の仔は高いんだからね。

七兵衛 そうだ、慥《たし》かに、俺はあの時そう言った。

お民 (笑い出す)あたいのお尻がまだはいらないんだよ、掘っておくれ。

七兵衛 お民。(強《し》っかりと抱きしめる)もう一度癒《なお》ってくれ、よ、も一度癒って幸福《しあわせ》に生《いき》てくれ。お前は、お前は、この儘《まま》じゃあんまり可哀そうだ。

(突然お高が、ものに追われて転がるように走って来て、二人には目もかけず小屋のかげへ逃込む。続いて巡査と園丁が駈けてくる。)

(七兵衛は審しげに走過ぎたかげを追っていたが、巡査を見ると無意識に穴を埋めようとする。お民はそれをさせまいとする。）
巡査　古島さん、逃込んで来たものはありませんか？
七兵衛　別に……
巡査　すると、どっちへ行ったかなあ。
七兵衛　何者でございます？
巡査　不良少女――女の子だっていうのですがね。
七兵衛　（少し急込《せきこ》んで）け、決して、そんなもの……
園丁　そうも言えないだろうぜ、高公だって……
七兵衛　（気色ばむ）それがどうしたというのだ。
巡査　君！　あの女《ひと》、何をしてるのです？
七兵衛　（脅えた物腰で）あれは、その――また暴れだしましたので……
巡査　（注意深く見て居る）
七兵衛　旦那さまも御承知の通り……
巡査　知っています。だが、以前も間違いをやったそうだから、気をつけなければいけないね。
七兵衛　（救われたように首を下げる）
園丁　どうしましょうね、もううっちゃっときましょうか？　今夜ちょいと行くところがあるのだが……
巡査　いや、僕が気をつけますから出かけてもよござんすよ。別段、たいしたこともしないでしょう。

お民　やいッ。

（行きかけた巡査たちの後から叫びかける。）

お民　縛るなら縛れ、殺して埋めたのだぞ、其処を掘って見ろ！

七兵衛　（吃驚《びっくり》して）これッ何をいう？　めっそうもない。

（一度歩みを止めはしたが巡査は先に立って去ってしまう。）

（秋蟬の声姦《かしま》しく、日足は急に傾く。）

（七兵衛は屈託そうに歩みを運び、小屋にはいって横倒れになる。）

（草刈女の一人が仲間の道具を集めて預けにくる。）

草刈女　おや、おとっさん呻吟《うな》っているね、どうかしたのかい？　──明日もこの分じゃまだ暑いね。

（井戸側に取散した砥石《といし》などをかたづけ、顔を洗ったりする。）

草刈女　高ちゃんが二、三日見えないじゃないか。

七兵衛　（不機嫌に）あれも不良だからな。

草刈女　まあ！　嫌だよ、また気に障ったのかい？

七兵衛　生恥《いきはじ》かきの、ろくでなし揃いだよ。

草刈女　おとっさんの性分は、損だねえ。

七兵衛　生れつきだ、仕方がない。

草刈女　いくら生れつきだって、華族さんや金持ちならそれで済むけれどね、子供たちだって随分損をしてるよ。ここの本邸だって大変な慈善家だというのに、民ちゃん一人位置いといてくれるぐらいなんでもなさそうなものだけれど、矢《や》っ張《ぱ》りおとっさんが可愛がられないからだよ。

七兵衛 ……

草刈女 憎まれちゃ立ちゆかないよ、およしよ。

七兵衛 そりゃあ知ってる。俺はこの強情で、とうとう零落《おちぶれ》てしまったのだ。——俺は生れつき不仕合せな人間なのだ。

草刈女 不運なのはお前ばかりじゃないよ、あたしたちだってみんなそうだね。——だがおとっさんも苦労が多くって気の毒だね。

七兵衛 （返事を反《かえ》して）お高は、二、三日子守に頼まれていったよ。

草刈女 お前さんも遅い子持ちだが、もうすこしだね。

七兵衛 なあに、俺にはお民が末っ子だよ、彼女《あいつ》の兄がお高の父親《おやじ》だが——鉱山で死んでしまったのだ。

草刈女 まあ、なんてこったろうね。

七兵衛 （諦めかねた笑いを紛らわして）俺も不運のどんづまりさ、もうこの上悪いことは来ようがありゃしない。よくよく悪い星の上に生れたものだな。

お民 ——なぜ、こんな悪いことをしやあがったのだ、好いことをしておきゃあがって——此奴《こいつ》が、此奴が。（両の頬をかわるがわるに自分で打つ）

草刈女 （見兼《みかね》て）まあ、民ちゃん！

お民　監獄へ来てごらんなさい。そりゃあ広いのですよ、お出《いで》なさい、ね。

草刈女　嫌だよ、ろくな事をいやあしない。

（草刈女は呟きながら帰ってしまう。間近な梢でつくづくおしいが一声高く鳴出すと、犬の家の扉口の上にかけてある時計は六時を打つ。）

（七兵衛は重たく身を起して、母屋の厨房へと犬の食事を取りに行く。）

（鏡を眺めたり身づくろいしたりしていたお民は、断れ断《き》れ《ぎ》に卑俗な鼻唄をうたいながら、ふらりと歩いていってしまう。）

（夕暗《ゆうやみ》が四辺《あたり》を占領すると、木立の茂みからお高が眼を光らせて、近寄ってくる足音を狙っている。）

（七兵衛は大事そうに犬の食事を運んでくる。手に下げた籠の中には幾種かの食物があり、白いナプキンがかけてある。お民〔高〕はその匂いを嗅ぎつけると飛出していって、七兵衛の腕にぶらさがるようにかじりつく。）

七兵衛　（危く器をとりおとしそうにして）危ない！　誰だ。

お高　あたいだよ。

七兵衛　あ――お高か？　何処をほっついて歩いてたのだ。

お高　何処って、そこら中さ。好いじゃないか、帰って来たのだから、ね、ね。

七兵衛　ばか言え、帰って来ない方がよっぽどましだ。

お高　屹度《きっと》かい？　嘘つき！　そんなに怒ってやしないいじゃないか。

（お高は七兵衛が叱るのも頓着なく、ナプキンをまくって覗き込み、中のものを抓《つま》んで食べる。）

七兵衛　止《よ》さないか、こらッ、誰か見ると悪い。犬の夕飯だ——

お高　見て悪いんなら見なくったたって悪いんだ、どっちだっておんなじじゃないか。

七兵衛　そんな無法な……

お高　おじいさん何時もそう言ってるだろう、世の中の奴が無法なんだって。おじいさんは正直なのだろう、だから好いじゃないか。

七兵衛　抓み食いは正直なことではない。

お高　正直だよ、食べたいから食べるのだもの正直だよ。お食《た》べよ、おじいさん、こんなうまい肉犬《もの》にやるなんて勿体《もったい》ないや。

七兵衛　やめないと撲《なぐ》るぞ。

お高　撲られたって食べた方が好いや、お腹が空《す》いちゃったのだもの。

七兵衛　お前、飯《めし》もくわずに歩いてたのじゃないか？

お高　食べてごらん、ね、うまいだろう。

七兵衛　（抓み入れられたのを嚥込む）

お高　うまかったろう。も一つおあがりよ。

七兵衛　（身にしみて哀しげに）全くうまいなあ。——俺は、俺は……（膝を抱いて泣く）

お高　（鼻をつまらせ、眼を引きこすって）おじいさん、今にたんと食べさしてやるよ。

七兵衛　（頑なに首を振る）俺はもう駄目だ。はずかしいが、こんなうまいものを食っている犬もあるのかと思うと、生きているのが嫌になった。俺はなんのために生れて来たのかわからなくなった。──たか、お前は勝手なことをして暮らせ、俺たちよりもずっとよく暮してくれ、おじいさんのお願いだ。

お高　あたりまえだよ、おじいさんは人間なみの暮しをしてやしないよ、それより悪かったら大変だ。──さあ、もひとつお食べ。

七兵衛　（覗く）すこしは残しておけ、時間を外して取りにいったので小言をいわれてやっととって来たのだ。──然《しか》し、俺たちは三日も四日も食わなくったって、死ぬまで気がついてくれる者はないな。

お高　ばかだね、時間よりなるたけ早く行ってさ、お世辞をつかって、なるたけ上等なものを貰って来て食べちゃう方が好いよ。

七兵衛　俺はつくづく人間が嫌になった。なんで俺はこうやっていなくてはならないのだ。お前のためか？　ふん！　聞いただけでもばからしいと思うだろう。お前のためにおじいさんは何をした。何にもしやあしない。しないどころか居ない方がよっぽど好い位なものだ、俺が居なければ、俺のような貧乏人の孫だといわれないだけでもお前の為めには好い。そうだろう、お前もそう思うだろう。では、お民のためかといえば、どうして、為になるどころか、俺はあれのためには悪い奴だ。俺なんぞが生きていたから彼女《あれ》は気違いにもなったのだ、子殺しまでしてしまったのだ。罪人にもなったのだ。あんな人の好い、可愛らしい娘だったお民が……だからどの道俺は居なくってすむ人間だ、居ない方が結構な人間なのだ。

お高　そら、またはじめた。そんな事言わないで、面白く生きてたら好いじゃないか？

七兵衛　まあ、だまっててくれ、俺は思案がついてきた。一寸さきは暗《やみ》とはよく言ったものだ。

お高　おじいさん。（七兵衛の膝を揺り動かす）あたい何処へ行ってたか知ってるかい？　姉ちゃんの敵のとこへいったのだよ。

七兵衛　……

お高　姉ちゃんを困らした主人ていう奴《やつ》がね、自動車に乗って出るとき転がってやったのだよ、門のところで、

七兵衛　（凝《じっ》と聴耳をたてる）

お高　乗った奴が違ってたから、骨折損をしちゃった。お嬢さんがね、「まあ、民の妹さん？」なんて済ました声を出して、「ほんとにすまなく思っていますわ、民はどうしています。」なんて、悲《かな》しそうにして見せたよ。

七兵衛　そのお嬢さんは優しい女《ひと》だったか？

お高　（唇を曲げて）馬鹿正直だから駄目だ。本当に悲しいんじゃないよ、悲しそうにしたのだよ。その位なことおじいさんにだって分るだろう。だからあたい、有難うございますって言ってやった。「民ちゃんは赤んぼを殺して狂人になりました、監獄へも入って来ました」って、丁寧にお辞儀をしてね、何かくれたから、門のところの溝へたたき込んでやった。

（七兵衛は思わず話に釣り込まれて、末恐ろしげにもあれば、小気味よい感も交えた微笑を、歪んだ

唇にうかべる。）

お高　ねえ、おじいさん、金をくれさえすりゃあ済むと思ってるのだね。子供だと思って、癪《しゃく》だあ。

（小暗がりに佇んで眺めていた長次郎が、突然七兵衛の後から突き倒《の》めすと、反動《はずみ》をうけて竹籠の中の器物は散乱する。長次郎は勢いに乗ってそれを踏み躙《にじ》る。）

長次郎　貴様たちは、こんな事を平時《しじゅう》してやがったのだな。

七兵衛　（憤然と）ば、ばかな、人を見て物を言え。

長次郎　俺の目は盲目《めくら》じゃないからな。

七兵衛　盲目だとは言わない、目が明いていても道理が見えないのだ。

長次郎　七兵衛、貴様気でも違ったのか？　俺を誰だと思ってるのだ。あんまりのさ、ば、る、な。

七兵衛　の、さ、ば、るどころか、俺は今日まで人間並の息も吐《つ》いていないのだ。お前が園丁長で、長次郎っていう男だということも忘れてはいない。

長次郎　いけ図々しいったら……盗棒め。（七兵衛の横顔を殴る）

（お高は長次郎に飛附いて二の腕に噛みつく。長次郎は二ツ三ツ続けてお高の頭を打ち漸くに振り離す。）

長次郎　盗人《ぬすっと》といったのが悪いか？　主人に食わす飯《めし》を盗《ぬす》めば盗人だ。

お高　（ヒステリックに）犬がなんで主人だ。

長次郎　主人じゃないか？　ペスに月給を貰っているのは誰だ。人間は犬のかわりに給料を払ってやってるのだ。使っているのは犬で、使われているのは七兵衛だ。

お高　嘘だ。

長次郎　無益《むだ》だよ、いくら言ったって。現在七兵衛が雇われていらあな、その泡で生きてる奴もあらあ。犬の飯を食ってよ。

お高　（反抗的に）食《く》って悪いか？　人間が食べて好いものだから食べたのだ。人間と犬とどっちが大事だと思ってるのだ。

長次郎　（見下げきって）そうさな、蛆《うじ》のような人間にゃ一文の値打もないが、犬でも三万両からするのがあらあ。まあ犬にでも生れてくるんだなあ。

（痛快な事を言ったように長次郎は行きかける。お高は草刈鎌を持出して来て、急ぐはずみに七兵衛に躓《つまず》くと、凝《じっ》と蟇《がま》のようにしゃがみ込んでいた七兵衛は、お高の帯の結目を摑んで引止める。）

お高　離せってば、離せ！

七兵衛　よせ！　かまうな。

お高　厭だッ、離せ。（藻掻《もが》く）

長次郎　（底気味悪そうに、口だけ強く）恐ろしい餓鬼《がき》もあったものだな、手前も矢ッ張り監獄ものだ。

（言捨て急いで行く背を目がけて、お高は踠《もが》きながら鎌を投げつける。）

お高　覚えてろ、畜生。（足摺りをして泣出し、七兵衛の頭をピシャピシャ続けて打つ）弱虫！　意気地なし！　おじいさんの馬鹿、ばか、ばか……

七兵衛　…………

お高　死んでしまえ、意気地なし。お前も民ちゃんも死んじまえ。あたいが……あたいが……

（七兵衛が思わず欷歔《ききょ》の声を洩すと、その暇にお高は身を翻《ひるが》えして飛んで去ってしまう。）

（七兵衛は引摺られるように二足三足追いかけながら呼ぶ。）

七兵衛　おたか――おたか！

（空虚な声に答えるものがないので、力がすっかり抜けきってしまったように坐り込んでしまう。やがて頭をあげて呟やきはじめる。）

七兵衛　――とうとうやって来た。――いよいよお迎が来た。お高が教えていってくれた。（呆《ぼん》やりと四《あ》辺《たり》を見廻して、やがて寂しい笑声を立てる）お高は怒ったが、長次郎のいうのは尤《もっと》もだよ。――全く四ツ足より劣っている。因果な生れだ。俺なんぞが生てるということは人間の恥辱だ。その通りだ、長次郎の言った通りだ。蛆虫のような俺には一文の値打もない、犬は三万両だ、たいしたものだ、豪勢なものだ。犬に生れかわってくる方がましかも知れない。

（やがて扉口からペスを曳出してくる。優しく犬を愛撫する。）

七兵衛　ペスさん、お世話になりました。あたしはお前と仲間ぐらいには思っていたが、御主人だとは気がつかなかった。不足だったろうが堪忍しておくんなさい。そこで貴下も二、三日楽をなさい、立派に生れすぎても窮屈なものだと、貴下を見るたびにわたしは思っていました。ばかな考えだったかも知れません。誰にも勝《まさ》った犬なのだと、貴下は繋がれていても自慢なのかも知れない、だが、まあ二、三日飛歩いて来るのもよいでしょう。珍らしい毛なみだから、直につかまるでしょうが、つかまえるものはどうせ貧乏人だから儲けさせてやって下さい。——さあ、そこまで送りましょう。

（七兵衛は犬を連れて木かげへかくれる。）

（十一日ごろの月影ほの白く香《にお》う夜となる。）

（番人小屋を訪ねて来た中畑老人と単独で帰ってきた七兵衛とが丁度行きあうと、七兵衛は犬の首輪と鎖を背に押しかくす。）

中畑　おお、七兵衛さん、どうも言憎い嫌な役目で来てね。

七兵衛　（落附いた態度で）長らくお世話さまになりました。

中畑　いや、どうもね、私もおなじような年齢《とし》なのに——それにお前のこの事情も知ってるのに、言いたくはないが……犬の運動が不足だそうで、若いものでなければ勤まるまいというのだが——そこで給料だがね、もちっとなくちゃならん筈だが、何か粗匆《そそう》をおやりだそうで、差引きとなった。だが、それにしてもあまりすけないので気の毒だが……

（銀貨の幾個かを静かに掌にうけて、七兵衛は凝《じっ》と見詰めている。）

中畑　（慰めかねたように）間違いはなかろうが？　たしかに、好いかね。

七兵衛　（他人ごとのように冷たく）よろしゅうございます。

中畑　それで、直にとも行くまいから、夜が明けたら出かけて下さい。——君も、もちっと楽な仕事を探すが好いね。

七兵衛　(白く笑う) わたくしの値打ちはこれでございます。(掌の銀貨を見せる)

中畑　(暗然として) さようなら、丈夫でおくらし。

七兵衛　左様なら！

(中畑老人は滅入った面持ちで帰って行く。七兵衛は後を見送って佇《たたず》む。)

(間。)

七兵衛　(呟く) とうとう一人になった。——俺の思うままになるのは今だけだ。

(見詰めていた銀貨を無意識に隠嚢《かくし》に入れ、気が注《つ》いたように犬小屋の扉口へと這入って行く。)

(間。)

(月光冴え渡る。)

(お民はふらりと帰って来て七兵衛を探《たず》ね廻り、犬の家の表の方へ廻ってゆく。)

お民の声　ぶらさがってるよ、あはははは、人間がぶらさがってる——

(四辺《あたり》沈黙。)

—— 幕 ——

氷の雨（一幕）

玉　代　若いころ自分を売品《うりもの》にして生きてきた女、末期に近い病人（五十二歳）
豊　子　玉代の生んだ娘（二十歳）
お　敬　看護婦
おとく　玉代の友達、カフェの女将
媼《うば》や　（六十位）

病室、正面床の間と並んで地袋の上に縁起棚と仏壇がある。その傍に火灯口。右手の冬枯れた庭の方に丸窓。左手は廻り縁、引込んで豊子の部屋、（この室の障子は閉切ってある。）

玉代が寝ている上の天井に、古びてはいるが精巧な西洋型帆船（二尺ばかりの）が釣るしてある。

夜、八時すぎ、病人の枕許に看護婦が日誌を記《つ》けている。雨の音。

豊子　（自分の室《へや》から出て来て、病室を覗き込む）くさいくさい、とても堪らない臭気《におい》だ、家になんか居られやしない。

お敬　（そっと立って来て）しずかに！　いまおよったばかりですから。

豊子　じゃ恰度《ちょうど》いいや、行こう、お出《いで》よ。

お敬　でもね、ちっと具合が悪いね。

豊子　なんだ、約束して待たせといたくせに。

お敬　だって！　病人はあなたのお母さんですよ。

豊子　ああそうだよ、途中からお母さんだって現われて来た人さ。

お敬　またあんなことといって、しょうがない人だね。医師《せんせい》にね、気をつけろって言われたんだからね。

豊子　（すこし気にかけて）でも、今晩ってことはないんだろう。

お敬　まあね、あんな病気だから、そんなに急なこともないでしょうよ。

豊子　なんだ、来たくって堪らないくせに！　附いてるったって、ただ坐ってるばかりじゃないか。こんな腐った空気、一分間だって吸ってられやしない。他《ほか》の者の方が病気になってしまわあ、つまんないじゃない？

お敬　でも、職業だもの。

豊子　いいよ、媼《うば》やが丁度いいよ、若いものにゃ堪らない。

お敬　仕様がないね。あたしゃ真面目なんだけれど、豊子さんそんなことといって――実際、この臭気には閉口だね。
豊子　それ見ろ、お出《いで》よ。
お敬　ちょいと行こうかね。邪魔じゃありませんか？
豊子　厭な奴！　心配するな、邪魔なところまで連れてかないよ。
お敬　おやおやだ。（白い眼をする）丁度いいや、おとくおばさんが見舞にくるって、病人が楽しんでいましたよ。
豊子　まずいなあ。（顔を大業に顰《しか》める）よけいなこと。いつけやしないかね。
お敬　あんたでもそんな事心配するかね。
豊子　まあいいよ、あんまりしゃべってて、目を覚まされると困るから。
お敬　そうだそうだ。（首を縮め、豊子のあとについて、豊子の室の前に行く）豊子さん、お小使銭貰って来ましょうか？　布団の間に入れてありますよ。
豊子　いらないよ、まだあるよ。
お敬　だけど、もう分らないんですよ。幾度も勘定なさるけれど――嫗やにでもチョロまかされると勿体《もったい》ないね。
豊子　はあだ、やってるな。
お敬　あらいやだ、そんなこたあしませんよ、こう見えても潔白なものだ。――なんだかあたしまで臭いようだね、香水を下さいな。めかすあてもないけれど——その羽織を借りてこうかしら。（室のなかへはいって、衣桁《いこう》から羽織をとって着る）なんぼなんでも派手かね？　ふん、いいお嬢さまだ。ねえ、豊子さん褒めなさいよ。

豊子　なんだなあ、騒々しい。（洋装して、姿見にむかい、帽をかぶったりする）

お敬　ねえ豊子さん、病人がばかにあの船を気にしてますよ。今朝っから、よっぽど甚《ひど》く気にするね、なんのためだろう。

豊子　（目をキラリとさせる）

お敬　（好奇心と慾心をまぜて）あるんでしょう。あの中に？

豊子　知らない。（お敬と探り合うような眼を見合わせる）なにがあるものか。私にはケチにしていて、おとく婆さんに巧く捲上げられてるから——あの船はおのろけなのだよ、あれに初恋が乗せてあるのだとさ。死んだら霊魂《たましい》を乗っけてくつもりなのだろう、冥土《めいど》にお輿《こし》入れの乗物なのさ。

お敬　それっきりですか？

豊子　ああ！　それっきり。

お敬　なんだか変だね。

豊子　変なこたあるもんか、さ行こう。

お敬　あたし、どうしよう、止そうかね、ばかに寒くなって来た、雪が降ってくると厄介だからね。

豊子　慾ばり、あの船は空っぽだよ。こいったら来いよ、うんと飲ませて、のろけでもなんでも聴いてやるよ。

お敬　あの人と二人でってんでしょ、こっちゃあ約《つま》んないや、酔いませんよ。（意味をもって）なにしろ、大病人を預かってるんだから。

豊子　勝手にしろ、狸め。

お敬　あなたは良い娘ですよ、感心なほどな不孝者だ。

（豊子はお敬にかまわず、左手の廊下の詰の開戸《ひらき》をあけて去ってしまう。）

お敬　（呟く）いくら、母親とは思わないったって、すこし甚《ひど》すぎるよ、他人より愛がないのだもの。

（そういいながらも、病室を覗いて見てから急いで豊子の室《へや》の電気を消し、あとを追ってゆく。）

（媼やが火灯口からそっとはいってきて、お敬の散らしたままの雑誌や新聞紙をかたづける。）

媼や　（鼻を袖口で被いながら、病人の顔を覗き込む）お痩せなすったねえ。——こんな大病《たいびょう》の方を、うっちゃらかして出ていってていいのだろうか？　なんだか気になるねえ。——いやに陰気だよ。早くあのおかみさん来て下さればいいが——これで五十燭かしら、暗いようだが——（奥の方へ、聴耳をたてて、救われたように）お出《いで》なすったのかね？（そそくさと奥へゆく）

（電気が消える。と、暗の中で、玉代の譫語《うわごと》が分明《はっきり》ときこえる。）

玉代　——まあ、若旦那、厭ですよう。死ね死ねったって。そんなに手軽に心中なんて出来るものじゃありませんよ。かにして下さいな、ね、——あらッ、そんな、刃物なんぞ出して、脅したって駄目ですよ、いやですってば！

（静まる。また声音を変えて言いはじめる。）

玉代　（媚をふくんで）あらいやだ、船長《きゃぷてん》。毒薬だなんておどかしてさ、うまい洋酒《おさけ》じゃないの。ほんとにあなたは、可愛い。たのもしい人だわ。だって、こんなに珍らしいお土産を、いつでも沢山もって来て下さるのだもの。あなた、ねえあなた、あたしをよっぽど愛してる？　あたり前だっていうの、なら、何故死んじゃったの。お金は残しといてくださったって、もうありゃあしないわ。——船長《きゃぷてん》、ちょいと、船長《きゃぷてん》たら、あたしを抱いて頂戴。——あッ、誰だい、そんな冷たい細い手を出すのは！　嫌だ、嫌だ、畜生、あたしを連れてくってのか？　誰が、誰がお前なんぞと死ぬものか。

（廊下の開戸《ひらき》から、媼やとおとくが出てくる。）

媼や　おや、電気が消えてしまった、どうしたのでしょう。

おとく　電球《たま》が断《き》れたのかもしれない。なにしろ真暗で病人を踏《ふ》んだら大変だ。

媼や　只今豊子さんのお室の方のをつけますから（手探りで障子を明けかける）

玉代　人殺し！　（叫ぶ）

（媼やは腰が抜けたように坐ってしまう。おとく、障子につかまって顫《ふる》えながら。）

おとく　媼やさん、はやく、あかり、あかりを——。

玉代　——あ！　誰か助けておくれ、助けておくれ。

おとく　玉代さん、玉代さん。（声をかけながら、あとずさりして媼やと手を組み合せる）

（電灯がポカリと点く。玉代が凝《じっ》と二人の方を見詰めている。）

おとく　（脅えながら）玉代さん、うなされていたのかえ。
玉代　（室内をじろじろ見廻す）
おとく　ばあやさん、そっちへも早く明りをおつけよ。
媼や　おかみさん、あたくしゃ、とても怖くって……
おとく　そんな事いっちゃ困るじゃないか、今に若い人達が帰ってくれれば陽気になるよ。なあに、なんでもありゃあしないさ、停電のときにうなされたりしたものだから、ちょいとおどされたけれど——（強《し》いて笑う）だが嫌だね、あたしはあの古い帆前船が、天井にブラブラしてるのが大嫌いなのさ。なんだってまた、こんな汚ならしい、古っくさいものを釣るしとくのだろうね。
媼や　こんな古船《もの》のあったのを、誰も知りませんのですよ、御病気になってから出させたのでございますよ。
おとく　随分古いものなのさ。ある船長さんがね、この帆船《ふね》に、うんとお土産を積んで、クリスマスの贈りものによこしたのさ。
媼や　その方でございますか、奥さんのお世話をなすってらしった、旦那というのは？
おとく　なんでもはじめは、青い帆や赤い帆が張ってあったが——白い帆にしたのは船長が死んだ時分からじゃなかったかしら？
媼や　あらあんな事おっしゃる、黒い裂《き》れの帆でございますよ。
おとく　黒い帆だって？　ま、いやだ、ばあや、ごらんな白い帆じゃないか！

嫗や　おや？　なるほど――あたくしゃ嫌ですよ、まるで、幽魂《ひとだま》がフワフワしてるようで――ああいやだ。
おとく　しッ、目が覚めているのだよ、気にするといけない――今晩は！　どうですね、ちっとはいい？
玉代　（ハッキリと）おや、いつ来て？　ちっとも知らなかったよ。
おとく　（あやふやに）なに、今来たばかりさ。
玉代　忙がしいだろうに、気の毒なね。
おとく　おかげさまとね、こんな晩でもお茶は挽かないけれど――なんだか逢いたがってるっていうから。
玉代　そりゃお前さん、待兼《まちかね》てたのさ、いろんな話があるもの。
（嫗や意味ありげにおとくの顔を見る。）
玉代　ばあや、何かおいしいもので御酒をもって来てあげておくれ。この人は陽気な性質《しょうぶん》だから、病人のそばじゃ嫌だろうけれど。
おとく　いつもおんなじような事言ってるね。
玉代　ほんとにさ、長いことだったねえ、交際《つきあ》っておくれなのも。
おとく　何をあらたまって言ってるのだよ。（しきりに香を炷《た》く）嫗やさんおかまいでないよ、寒いから、出がけに強い洋酒《おさけ》をやって来たのだよ。
玉代　ばあや、そこの戸棚のね、ずっと奥の方を見てごらん、種々《いろいろ》な瓶がある筈《はず》だから、それを出しておくれ。
嫗や　おやおやまあ、何日にも見たことのない瓶《もの》が、こんなに幾本も！

玉代　これを飲むのも、もうおしまいだと思ったから出させておいたのさ。（おとくに）船長《きやぷてん》が持って来たのだよ。

おとく　まあ、そんなに古いもの、とっておいたの？

玉代　（言葉なく笑う。やや懐古的に）船長《きやぷてん》はほんとに私には深切だったね、あの人のところへあたしゃ行きたいよ。

おとく　なにを言ってるのだよ。（強く打消して、瓶のレッテルをポツポツ読む）ベルモット——これは屹度《きっと》口当りがいいよ。（キルクを抜く）

玉代　あの人が自慢のだよ、あたしを抱いては、無理に飲ませたのもそれさ。

おとく　おやおやおやおのろけか？　洋酒《おさけ》は古いのがいいがのろけは新らしいのに限るよ、もっと近いところを願いましょう。

玉代　ないよ。

おとく　きいて呆れる、ないもないもんだ。そんな病気になったのも、なんのためだと言いたいほどだよ。

玉代　だって仕方がない、さびしかったんだあね。なんの為に生きてるのか分らなかったのだもの。

おとく　そりゃ誰にだって分りゃしないさ。豊ちゃんのお父さんを逃して、さびしかったのかい？

玉代　（首を振る）

おとく　そうじゃないんだって！　じゃ、矢っ張り船長さんか？　やりきれないね、廿《にじゅう》五年も前の旦那で、紅毛人た。子までなさせた男がきいたら、どんな気がするかね。

玉代　（冷たく）豊子は誰の子だか、わかりゃしないのだもの。

おとく　それだってお前さんが生んだのだろう。

玉代　それはそうだが、生みたくって生んだのじゃないのは、分ってるくせに。

おとく　（幽《かすか》に溜息をする）親不孝をされてもしかたがないねえ。

玉代　そうお言いだけれど、可愛いには可愛いんだよ、あの娘《こ》のことばかりが、心残りになって——（とぎれて、さめざめとする）あたしは罪の深い女だねえ。

おとく　（屹々《きっきっ》と）そりゃあ、お互いに罪がないとはいえないが、そんなに言ったものでもないさ。

玉代　（病いににげなくキッパリと）あたしはね、豊子の身もちの悪いのも感づいているけれど、自分に恥かしくって、叱ることが出来ないのさ。だけれど、たったひとつ、気になって、死にきれないのは、あの子のお父さんは誰なのか、あたしにも分明《はっきり》知れないという、情けないことなのさ。豊子のふてくされも、そんな事がもとなのじゃないかと思うと、ハッキリ聞かれたときになんて答えようかと、そればっかり胸にかたまっていて、あの娘を見るのが怖いのだよ。

おとく　もうよそうよ、そんな苦労までしては体に障るよ。ね、もうよしておくれね、豊ちゃんはもっと利口だから、そんなこと訊きはしないよ。お母さんの生活《くらし》かたを、すっかり呑込んでいるから、気をいためさせることなんぞ言出すものかね。

玉代　いいえそうはいかない、あたしがもう駄目だとなれば、屹度《きっと》そのことを訊くよ——そうしたらそうしたら、あたしはなんて言ったらいいだろう。

おとく　（ちょいと意地の悪い目をする）実はね、あたしも妙に気になっていたのさ。なんぼなんでもね今まで口のさきまで出てもね、言出せなかったのさ。お前さんが案じるのは、あの安田さんのことじゃないかい？

玉代　（喰入るようにおとくの眼を見詰めている）

おとく　（ギョッとして）――？　そう思ってるの？

玉代　（氷のような顔色になる。うつろの瞳を見張って顫《ふる》えている）

おとく　（吐息）そうだったの？　あの人はまた、ちっとも気にしてないのだもの。豊ちゃんを見るとね玉代さんの若盛りはこんな娘《こ》だったろうって、そりゃあ甘くなってるの。あたしも、まさかと思ってね――豊ちゃんはまた、お母さんの名なんぞ、これっぱかしも明さないものね、身分のある方の令嬢のような顔をしているから――だから、全く悪気じゃないのだよ、お前さんの生んだ娘《こ》だとは知らないからだよ。でも心配おしでない、決して案じないがいいよ、豊ちゃんはどうして、あれで仲々なんしゃしないから。男の方は夢中だけれど……

玉代　（呻く）あたしが逢って来よう。

おとく　と、とんでもない。まあお待ち。そうときけばあたしが二人にすっぱり言ってやるから、安心していておくれ、ね。

玉代　（おとくの手をグッと掴む）おそろしいことだよ。

おとく　では、はっきりそうだとお言いなのだね。

玉代　――

おとく　水かけ論だと、却《かえ》ってお前さんが恥をかくよ。ただ昔馴染だというだけだと、嫉妬《やきもち》のように思われて、火をつけるようなものだからね。そうなると、好《す》かない奴にも意地で惚れたりするからね。豊ちゃんばかりじゃないが、あの年頃はむちゃくちゃに生意気で、鼻っぱりばかり強いからね。

玉代　お前さんは知らないからだよ、あの娘《こ》の、ちょいとした癖がそっくりだもの、どうしようね、もしそうだと畜生になるよ。

おとく　いけない、いけない、そんなに気をたてては！　気が弱くなったねえ、そんな心配をしだしたら際限はないよ、はじめっから私達のかぎょうは出来ない筈だわね。お客さんだってそうだ、何処へ自分の子を捨てるか知れたものじゃない、その位なことは承知の上だあね。

玉代　（耳をふさいで）みんな船長《きやぷてん》の罰だ、豊子なんぞなしで死ねたらねえ。

おとく　（苦く笑う）勝手もの！　色女になったり、良い母親《おっかさん》になったりしようとするから苦しむんだ、船長にだってよくしやしなかったじゃないか。

玉代　――あの人は、あたしを抱いて歩く力があった。

おとく　（皮肉に）あの人一人にでも抱かれたようにさ。

玉代　あの人は、あたしが汽船へ乗っていたら、沈んで死んでしまわなかったかもしれないよ。

おとく　（伸をする）好きなことを仰《おっ》しゃる、病人だと思ってきいていると、随分だねえ。お前さんはあの船長を好いてやしなかったよ、あたしの方がほんとはよっぽど好きだった。

玉代　お前の悪い癖で、他人のものをとりたがるのさ、いやらしい眼附きをして、様子《しぐさ》で口説のだから
――男ばかりじゃない、あたしだって瞞《だま》されて金をつかわれるし、電話までもってってしまって――
おとく　なんだねえ、今ごろ、そんな真剣《しんけん》になって、古い嫉妬《やきもち》なんぞ――どうかしたの？
玉代　お前という人がくると、誰とでも、あたしの仲を突ッついてしまう。今やっと分った、船長《きゃぷてん》へ行こうかと相談したのを止《と》めたのもお前だ、安田さんを醒めさせたのもお前だった。豊子を安田に逢わせようとするのもお前の策略だね、昔のあたしへの面当《つらあて》なのだろう。
おとく　どうしたというのさ玉代さん。
玉代　お前をたった一人の友達だと思って、なにもかも打明けていたら――お前のために、何にもかもメチャクチャにされてしまった。
おとく　（ムッとしたのをおさえて）困るねえ、そんなことをいっては。お前さんの一生をだいなしにしたのは、みんなお前の浮気と我儘からだろうじゃないか。怨まれたりしちゃあ立瀬がないよ。言いたくはないが、誰が好きこのんで、こんな悪臭《くさ》い中に居るものかね。あたしだから辛棒《しんぼう》するのだよ、いいかげんにしておくれ、これで怨まれたり、悪口雑言《あくこうぞうごん》されたりしちゃあ、もうごめんだ。
玉代　大方そういうだろうと思っていたよ、お前の親切なんて、見え透ききっていらあ。形見でもあるかと思って狙ってるのだろう、財産なんか、これんばかりも残っていないときいたら、今迄して見せた深切が惜しくって残念だろう。
おとく　なんて呆れた口をきく人だろう。なんぼなんでもそんな賤《いや》しい女とは思わなかったよ。見違えた

のはあたしの呆気《ほうけ》さ、もうどんなに頼まれたって、おせっかいはしますまいよ。

玉代　どうぞそうしておくれ、お前のおせっかいで、あたしは一生の運を取逃して来たのだよ。

おとく　なんとでも言え、業つくばりの死にそくない。

玉代　ああ死にそくないだよ、死にそくないだとも！　覚えていろ、化けて出てやるから。（自分の口走ったことに竦然《しょうぜん》とする）

おとく　（竦然と佇んだまま、やがて泣出す）お前ぐらい甚《ひど》いことをいう女《ひと》もない、病人だから大概のことは堪えるけれど、あんまり甚いというものだよ。そりゃあ若いうちは、お互に、仲が良ければいいだけ猜《そね》みもしたり、憎みあったりしたけれど、こうなってまで変らない友達っていうのは、すけないものだよ。あたしゃ血縁《ちえん》には薄かったし、お前もたよりすくない身で、こんな難病をおしだから、どうか死水をとってあげたいと、あたしのような我《が》むしゃらでも優しい心になっているのに、お前っていう人も、なんぼなんだってあんまりじゃないか。

玉代　何言ってやがる、また口前《くちさき》でごまかすのだろう。（だが急に弱々しくなって）百も承知さ、——だけど、あたしだって、お前ばかりがたよりなのを知りきってるくせに、死目《しにめ》に近いものに腹を立てさせて、面白がっているから……

おとく　面白がるなんて——それどころじゃない、本当のことをいえば、何時お別れになるかしれないのに——仲よくしようよ、嫌な思いを残させないでおくれね。

玉代　——

おとく　ね、玉ちゃん、お前はもっと優しい女《ひと》だったよ。
玉代　（凝《じっ》と見て薄く笑う）
おとく　あたしがお前の男を奪《と》ろうとしたと思ってお出《いで》のかい？　そうじゃないよ、お前に、あたしより好きな人があるのが嫌《いや》だったのだよ。
玉代　（細く声をたてて笑う）
おとく　あたしが居ては嫌なら帰るよ。
玉代　（後から）おい！　帰ってしまうつもりか、薄情もの。頼む用があるじゃないか。なんのために来てくれたんだ。
おとく　豊ちゃんをめっけて来よう、ね。
玉代　そんなに狼狽《あわて》ないっだって、まだ死にゃあしないから、遺言じゃないのだよ。顔が拭きたいから、お湯をとらせておくれな。
おとく　（救われたように）あ、そんなことなのかい？　すぐ持ってくるよ。
（吐《ほっ》としておとくは火灯口に這入る。玉代、そのうち昏々として、また譫言《うわごと》を言いはじめる。）
玉代　いいお天気だねえ、朗々《さえざえ》とした空だ、洋《うみ》の上も屹度《きっと》静かだよ。――あら見えた、ね、青い空ともすこし黒青い海との間に、白い帆が見えて来たでしょう。あれあたしの船なのですよ。迎いにくるんですから、髪でも洗っとかなくっちゃあ！
おとく　（媼やに手伝わせて、洗面器にお湯を運んでくる。媼やに）ああ、どうして大変な元気さ。

玉代　(譫言《うわごと》)　おとくさん、窓から覗いてごらん、白い帆の船が、あたしを迎えに来たようだよ。
おとく　え?
玉代　いいお天気じゃないか、西はあんなに晴れている。
おとく　(小声で媼やに)　嫌《いや》だねえ、こんなに、氷のような雨が降っているのに!
媼や　(おなじようにひそめた声で)　なんだか今夜は、変でございますね。
おとく　(大きな声をする)　玉さん、お湯をとったよ。
玉代　(意識にかえって)　あ、ありがと。あんまりいいお天気で、気持ちがいいから、髪が洗いたかったの。
おとく　とんでもない、顔だけ拭いてあげよう。
玉代　じゃあ手だけ、洗わせてね。――アルコールをすこし入れて――それから、香水を垂らしておくれな。――爪ぐらいとってもいいだろう、こんなに伸びているもの――爪紅をさしてね。
媼や　(おとくに)　おかみさん、もっと明るい電灯にいたしましょうか。
おとく　(爪をとってやりながら)　あるのなら、そうおしよ。
媼や　(みどり色の笠のあるスタンドにも点ける)
玉代　ねえ、下身《しも》の癌《がん》は業病だっていうけれど、そんな気はしないよ。――全くいいお天気だね。
おとく　(うつむいて寂しそうに)　もう直に癒るのだろうよ。
玉代　ばあや、鏡台を此処へおくれな、あたし船へ乗る前に、安田さんにちょいと逢ってくるから。(おとくに）ね、あのことぶつかって見る気さ、あの人だけには、豊子を妙な目で見られちゃ、とても堪らない。あのキザな奴、そうとは思いたくないのだけれど……

おとく　（暗く）不快《いや》なこったねえ、つくづく！

玉代　（やる瀬なげに身悶えして）おとくさん、あの子は大丈夫だろうね？

おとく　（こわばった顔附きで）そうだよ。

玉代　たしかだろうか？

おとく　――

玉代　（暫《しばら》くして手を出す）水白粉を少し。（化粧をする）

おとく　（急に居たたまれないように立上る）

媼や　おや、どちらへ？　豊子さんなら、あたくしが見附けてまいりますよ。

おとく　（独言のように）取返しがつかなくなると大変だから。

媼や　だって。あたくし一人じゃ。

おとく　すぐ来るよ、此方だって気になるから、飛んで帰ってくるよ。（去る）

玉代　（続いて行こうとするばあやに）ばあや、鏡を見せておくれ。

媼や　はい大層おめかしなさいますね。（やっという）

玉代　久しぶりでね。（笑う）ばあや、そこの窓をあけておいておくれ。

媼や　めっそうな、あなた、みぞれまじりの氷雨《ひさめ》が降っております。

玉代　そんな事はなかろう、いいお天気の筈だから。明けて見せておくれ。――そんな、黒い穴なんぞ見せないで、明るい窓の方をおあけよ。

嫗や　（泣きそうに）これが窓でございますよ、真暗な晩なのでございますもの。

玉代　嘘ついてら。（寄りかかった枕から倒れながら天井の船にいう）ねえ、いいお天気ねえ、素晴らしい凪《なぎ》よ、ねえ。――ばあや、あたし、船に乗るのだよ。

嫗や　（夜具を着せかけて、辛棒しきれずに後退りしながら、奥へ逃げ込んでしまう）

（電球が断《き》れる。青いスタンド一個になる。）

玉代　（また昏々として）あ、入らっしゃい船長《きやぷてん》、よく入らっしゃったわねえ。ねえ船長《きやぷてん》、あなたに頂いたお鳥目《ちようもく》ね、この病気でみんなになってしまいましたわ。だから、あなたのところへ行こうかと思っていたのですわ。心細くなると、思出すのは矢っ張りあなたよ、あなたがいいわ。あら厭だ、安田なんか、ちょいとした迷いでさあね。――でもどうしましょう、あたし豊子のことが気になって――どうしたらいいのでしょう、なんにも知らないで、豊子がまた安田の子を生みやしないでしょうか？　自分のきょうだいを生みゃあしないでしょうか？　色魔には、どれもこれも女よ、母《おや》も娘《こ》もありゃあしない。――え、止めないで下さい、どうしてもちょぃと見て来ます。あんな奴に勝手な真似をされちゃあ堪らない。豊子はあたしの子です、あたし一人の子です。誰にだって指をさせるものか、父なし児だから心配するのだ。――そこにいるのは安田か！　お前はあたしをさんざん苦しめておきながらまだ足らないのか。もし豊子がお前の種だったら、どうするつもりなの。豊子を返しておくれ豊子をかえせ、豊子をかえせ！

（叫び声に、媼やが驚いて顔を出す。と、それきり平静になったので、また引込んでしまう。）

（みぞれの降る音、おとくとおけいが帰ってくる。媼やもあとからついてくる。）

媼や　（廊下を来ながら）豊子さんお帰りにならないのでございますか？

おとく　おけいさんが、おいてきぼりにされたのさ――あら、また電球が断《き》れてるよ。こっちの室へ点《つ》けよう。

（おとくさきに立って媼やと二人して、豊子の部屋にはいる。）

お敬　（スタンドを病人に近づけて見て叫ぶ）大変です。みなさん。

（おとくと媼やは、漸《ようや》く電灯を探りあてたまま、立竦《たちすく》んでしまう。）

お敬　早く医師《せんせい》を！　早く！　（その中でも、せわしなく玉代の体を調べながら）だめだ、もうだめだ。

媼や　（手を合せて顫《ふる》えながらおとくにささやく）おかみさん、油断がなりませんよ、あの看護婦、天井の帆船《ふね》に目をつけておりますよ。

おとく　（これも泣きながら頷く）

――幕――

第四章　評論・随筆

女性とジャーナリズム

婦人のジャーナリストとして適《てき》不適《ふてき》の問題は、今日《こんにち》の実際《じっさい》が明日《みょうにち》の答えであると思う。いま、女性は「婦人」という特種《とくしゅ》の帽子《ぼうし》を、何事《なにごと》をするにも頭の上へ乗せて、色別《いろわけ》をして交らなければならない。それはどうにも仕方《しかた》のない事だ。堂々《どうどう》と濶歩《かっぽ》する大人《おとな》と、ヨチヨチ歩く子供とでは、子供の方が多く振返らずばならず、仕事に向《む か》えば足手《あして》まどいになるのは当り前だ。社会一般、表立《おもてだ》った事には、女性が「婦人」という名の下《もと》に、共にたずさわるのを止められていたから、おのずから退歩《たいほ》してしまったので、言うまでもなく女性は、男性とは相対的《そうたいてき》に性《せい》を異《こと》にするだけで、必然異なった性能は具備《ぐび》するはずである。そんな事は知っていると男性の誰《だれ》でもがいう。どんな男でもいう。ただ、女は毛が三本足りないのだと――

だが、いいえ、である。今日《こんにち》の女は、女性であるをすこしも卑下《ひげ》しない。女性は男性になんの遜色《そんしょく》もない一個の人間であることを知った。ただ「婦人」という重苦しい、頭をおさえつけていた金甲《かなかぶと》を脱《ぬ》いで、はっきりと生活すべきだと知った。それが、生《うま》れてきたものの此世《このよ》で生きる権能《けんのう》だと知った。そして、冷静に自己を、又《また》は同性の身辺《しんぺん》を見廻《みまわ》した時、甚《はなは》だものたらなさを痛感している。あまりに男性の憐愍《れんびん》のもとに、生気《せいき》なき幾世《いくせい》を経てきたことかと、先代《せんだい》の同性達にたいしてあきたらなさと憤《いきどお》りを感じる。

なぜこうなったか！

それは、ここに論《かた》らうべきではない。いずれにせよ、今日《こんにち》の女性は自己の覚醒《かくせい》と完成に急いでいる。で「婦人とジャーナリズム」という課題を与《あた》えられて、明日《あす》の希望を語るのは、いくらでもあるが、希望は単に希望で、空想だと笑われても仕方《しかた》がない。今日《こんにち》のことは実行が示しているが、示しているそのものは貧弱でも、生《うま》れんとしている——生《うま》れつつあるものの根は大きい。私は、現在のそれに決して失望しない。何故《なぜ》なら、男性の造りあげたもろもろの機関は、動力も智力も体力も金力も、素張《すば》らしく完備されたものである。幾世《いくせい》かを逕《へ》て完備されたものだ。その組織、諸機構の中にはいった女性は、その大きな渦《うず》に、暫《しばら》く茫然《ぼうぜん》としなければならないほど、何等《なんら》の知識も経験も準備していない。全く大人《おとな》が赤《あか》ン坊《ぼう》を連れてあるくのと同等《どうとう》、激しい働きにはうっちゃられてしまっても仕方《しかた》のない状態だ。それは、いかに割引《わりび》いても、すぐに同等《どうとう》であるなどとはいえない。人間としては同等《どうとう》でも、力において我々は準備されてもいず無能だ。教えられ、習い、励《はげ》み、旧来《きゅうらい》の小感情《しょうかんじょう》にとじこもっていた世界から解放され、男性と共に、朗《ほがら》かに性能《せいのう》に適《てき》した職分《しょくぶん》につくべきであろう。

私は現在は貧弱《ひんじゃく》であるといった。けれど、今日《こんにち》の基礎を築いてくれ、明日《あす》の希望を私達に新らしくさせてくれた先輩たちの名を、いま、記憶からよびだして、忘れないようにしておくのも一つの責任だと思う。

我国《わがくに》の新聞は市井《しせい》の読みうり、瓦版《かわらばん》にはじまり、貼紙《はりがみ》、立札《たてふだ》に源《みなもと》を発《はっ》していることは知れている。小《お》野秀雄《のひでお》(1)氏の考証によれば元和《げんな》元年に発行された大阪夏の陣の一枚刷《ずり》が数種あるとさえいう。維新《いしん》前後、国《こく》情《じょう》物然《ぶつぜん》たる時に急に勃興《ぼっこう》し、つづいて明治十年、十五年あたり、発禁体刑《はっきんたいけい》と引きつづくなかに華々《はなばな》しく発展した。その頭初《とうしょ》運動に女性は参加したか？ その蔭《かげ》にあっての助力《じょりょく》はしらないが、新聞紙上で女性の名を認めうるのは——無論職業としての婦人記者ではないが、岸田俊子《きしだとしこ》、景山英子《かげやまえいこ》の名が喧伝《けんでん》された。

明治十五、六年ごろ、政党新聞が盛《さか》んで、フランスより新帰朝《しんきちょう》の西園寺《さいおんじ》氏が自由民権《じゆうみんけん》を叫び創刊した「東洋自由新聞」とは別に、自由党の「絵入《えいり》自由新聞」があった。例の「板垣《いたがき》死すとも自由は死せず」の熾烈《しれつ》な叫《さけ》びをうけて、小倉《こくら》の男袴《おとこばかま》のいでたちや、島田髷《しまだまげ》で黄八丈《きはちじょう》の娘姿《むすめすがた》の女政客《おんなせいかく》が、明快な口調で熱《ねっ》弁《べん》をふるって非常に世評《せひょう》にのぼった。自由党の箱入娘《はこいりむすめ》とよばれた岸田俊子《きしだとしこ》は、京都の同志社《どうししゃ》女学校に籍《せき》をおき、十七歳既《すで》に后《ひ》の宮《みや》（昭憲皇太后《しょうけんこうたいごう》）に漢詩の御進講《ごしんこう》を申上《もうしあ》げたという才媛《さいえん》である。

この鋭敏《えいびん》なる、若き女性が、時代の空気と歴史の進行に対して敏感なのは当然のことであろう。正義を信じ、正義に進む彼女の情熱と意気《いき》は、ついに下獄《げごく》までさせたが、その政治生活の間に中島信行《なかじまのぶゆき》氏と知り（後《のち》衆議院議長男爵《しゅうぎいんぎちょうだんしゃく》）当時《とうじ》としては破天荒《はてんこう》な自由恋愛結婚《じゆうれんあいけっこん》をして夫人《ふじん》となった。

彼女岸田俊子《きしだとしこ》は中島湘煙《なかじましょうえん》女史となった。——胸に病いを得て、多く湘南鎌倉《しょうなんかまくら》に住むようになってから湘煙《しょうえん》と号《ごう》したということを聞いたが——現今《げんこん》の「朝日新聞」の前身「めざまし新聞」に、漢詩、随筆風《ずいひつふう》のものを寄稿《きこう》していた。卒直《そっちょく》に言えば、私はこの先人《せんじん》たちに対《たい》して、大変杜撰《ずさん》な調《しら》べかたで、彼女たちを語ることを恥じている。彼女の論説の幾篇《いくへん》についての詳論《しょうろん》は後日に譲《ゆず》る。

頭脳明晳《ずのうめいせき》、口筆《こうひつ》ともにすぐれたこの先覚者《せんかくしゃ》は、晩年円覚寺《えんかくじ》の宗演師《しゅうえんし》(2)に参禅し、明治卅《さんじゅう》三年の「女学雑誌」(3)には、

――病人の着物の裏には柔かい絹か何かつけてほしい。甲斐絹《かいきぬ》のような衣《きぬ》ずれの音がするものは耳障《みみざわ》りになって、病人にとっては辛《つら》いことだ――（病床だより）

というようなデリケートな神経の尖《とが》りを見せている。

「女学雑誌」は唯一の婦人雑誌として生れたもので、明治十九年八月創立の進歩的なものである。基督《キリスト》教的《きょうてき》自由主義の立場から、人権問題に重きをおき、男女同権を叫んで輿論《よろん》に訴えていた。これは巌本善《いわもとぜん》治《じ》氏主宰で、その前年基督教《キリストきょう》日本人によって創立された明治女学校の半機関紙《はんきかんし》であった。その論説には「妓楼《ぎろう》全廃すべし」とか「男女の間は兄妹《きょうだい》の如《ごと》くなるべし」等々があり「女子の教育を論じ、併《あわ》せてヤソ教拡張を説く」（外山正一《とやませいいち》・後《のち》の文部大臣）などもあれば「善治儀《ぜんじぎ》一昨日三日箱根《はこね》に参る。今月下旬《げじゅん》までに帰京仕候《つかまつりそうろう》」云々《うんぬん》など、今日《こんにち》の編輯後記風のものもあり、新報欄には婦人会の報告や卒業式等の記事にまざって「甲府《こうふ》の製糸場《せいしじょう》の中には、規約の厳重なると、雇主《やといぬし》の苛酷《かこく》なるにより、同盟罷工《どうめいひこう》を謀《はか》りし工《こう》女《じょ》も往々《おうおう》ありしが――」とか「過日時事新報《じじしんぽう》の高橋義雄《たかはしよしお》氏上州《じょうしゅう》に趣《おもむ》きて、所々《しょしょ》の製糸場《せいしじょう》を巡覧《じゅんらん》ありたる報告のうち、女工に関する部分は殊《こと》に有益なる事実あれば――」等々、資本主義の初期発展時代、すでに製糸女工《せいしじょこう》のストライキの事実なども記《き》してある。

湘煙《しょうえん》女史は「男子の注意を望む」と題して「赤児《あかご》の大人《おとな》に養わるるごとく、女子も今日《こんにち》においては、男子の保護を得ざれば、争《いか》でか知識を増進するを得んや」といっているが、この雑誌によって現われた人

に、巌本《いわもと》氏夫人若松賤子《わかまつしずこ》氏(4)がある。あの有名な「小公子《しょうこうし》」の訳者である。その他《ほか》に、大塚楠緒子《おおつかなおこ》、相馬《そうま》黒光女《こくこうじょ》(5)、紫琴《しきん》女史(6)たちが多く執筆している。黒光《こくこう》女史はいま、新宿で名高いパンヤ中村屋《なかむらや》の女主人であることは知られている。

「女学雑誌」は明治三十四年に廃刊された。廃刊の前年、劇《はげ》しい輿論《よろん》を引きおこしていた足尾銅山《あしおどうざん》鑛毒事件(7)を社説に掲げ、また間もなく、その問題のために、たゆむ事なく奔走《ほんそう》して、明治の義民《ぎみん》佐倉宗五郎《さくらそうごろう》とよばれた田中正造《たなかしょうぞう》氏(8)の「鑛毒被害惨状《こうどくひがいさんじょう》の悲歌《ひか》」という痛激《つうげき》な散文詩《さんぶんし》風の文章を、鑛毒《こうどく》文学として掲載したかどで、発行者巌本《いわもと》氏が、新聞紙条例違犯《いはん》として告訴されたりしている。この雑誌は、ブルジョアデモクラシーの立場から当時ただひとつの先進的役割を果《はた》していた。

この、明治十五、六年から卅四年にかけての二十年間の女子教育は、日清戦役《にっしんせんえき》を経てのちの国運隆盛《こくうんりゅうせい》に従って著《いちじ》るしいものがある。そして、ここにはじめて我国《わがくに》職業婦人記者の最初の活動がはじまったが、羽仁《はに》もと子《こ》(9)、岸本柳子《きしもとりゅうこ》などという人達は、揃って明治女学校の出身である事も、見逃すことの出来ない功労である。

「女学雑誌」につづいて明治廿《にじゅう》四年に、基督教《キリストきょう》の自由女権論に対抗《たいこう》して生れた「花の園生《そのう》」(京都の仏教婦人団発行)は、日本婦人旧来の美徳を賞揚《しょうよう》し、仏徳《ぶっとく》を讃えている。

同じく明治廿四年八月には「女鑑《じょかん》」、廿六年十一月には「裏錦《うらにしき》」が発行され、二十七年十月には日本弘《にっぽんこう》道会《どうかい》から「婦人弘道叢記《ふじんこうどうそうき》」というのが出た。その編輯者は棚橋絢子《たなはしあやこ》(10)、編輯委員には現在割烹女学校長《かっぽうじょがくこうちょう》の指原《さしはら》てる子。三輪田真佐子《まさこ》(11)女史などの顔ぶれであった。

「花の園生《そのう》」の中の一論文（外山義文《とやまよしふみ》）の「婦人論」によれば、

――日本女流の婦徳《ふとく》に厚きは、事新《ことあた》らしく論づろうまでもなし。麗艶《れいえん》なる容貌は、温和なる情思《じょうし》と相依《あいよ》りて内外の美を表し、静粛《せいしゅく》なる挙措《きょそ》は幽妙《ゆうみょう》なる言詞《げんし》と相倚《あいよ》りて表裏《ひょうり》の誠《まこと》を証《しょう》す――西洋の婦人は、その愈々募《いよいよつの》りて、政治法律の上に迄立入《までたちい》りて辯《べん》を弄《ろう》して横議《おうぎ》し、特に、選挙場裏《せんきょじょうり》に狂奔《きょうほん》して公衆《こうしゅう》の輿論《よろん》をさえ左右せんとする至りては、自負心《じふしん》の貴《とうと》ぶべき所いずくに在るや――

という位なところであった。

「婦人弘道叢記《ふじんこうどうそうき》」の発刊の辞には、

――この冊子《さっし》は道徳の真理をきわめ、日本女子《にっぽんじょし》の特性を養い、道徳と云えることを教え導かん為に発刊す。

とある。全体に欧米婦人との比較論の多い事が一つの特徴であった。

だが、いまや全《まった》くこれらの雑誌は、存在した事さえ忘れ去られてしまっている。私《わたくし》たちの記憶にあるものは、その後に生《うま》れて、短命ではあったが、此後《このご》とも忘れ去られないであろう「青鞜《せいとう》」だけだ。

文筆にたずさわる婦人の数がふえ、婦人記者という職業が開拓されたのは明治三十一、二年前後からである。

「国民新聞」には竹越三叉《たけごしみさ》氏（与三郎《よさぶろう》）夫人竹代《たけよ》(12)氏、「二六新聞」には竹内《たけうち》つる子氏（伊藤銀月《いとうぎんげつ》前夫人）、「報知《ほうち》新聞」に松岡《まつおか》もと子氏、「萬朝報《まんちょうほう》」に川越輝子《かわごえてるこ》氏、「時事新報《じじしんぽう》」に大澤豊子《おおさわとよこ》(13)氏、「大阪毎日新聞」に岸本柳子《きしもとりゅうこ》氏。猶《なお》洩《も》れた人名もあるであろうほど賑《にぎ》わしくなった。

十年後には婦人記者隆盛時代が来たが、困難な開拓時代の人々の功績《こうせき》は大きい。この人々の努力によって今日《こんにち》の道は拓《ひら》けたのである。

時事《じじ》の大沢豊子《おおさわとよこ》氏は速記《そっき》が出来るというので懇望《こんもう》されたのであった。佃速記《つくだそっき》事務所長の姪である氏は、そのころの女子には珍らしい速記《そっき》の技術をもっていたのだった。大沢氏は「時事新報《じじしんぽう》」に二十年も勤めて、時事を辞してから三越呉服店の「流行《りゅうこう》タイムス」の編輯をし、現在では東京放送局の家庭部長として、時代の先端を行《ゆ》くラジオの番組編輯にたずさわっていられる。

岸本柳子《きしもとりゅうこ》氏は、原敬《はらけい》氏社長時代の「大阪毎日新聞」に、文芸部長菊地幽芳《きくちゆうほう》氏の下《もと》に働いていた。婦人訪問など目新《めあた》らしい仕事をしたが、退社してから、北浜《きたはま》銀行に、たった一人の女事務員として六年間も務めていた。其後《そのご》上京、羽仁《はに》氏の「婦人の友」編輯に協力し、又《また》、福島《ふくしま》氏の「婦女《ふじょ》新聞」に書いたりしていたのは明治四十年以後のことである。大正六、七年ごろ、東京赤坂に高級半えり店を開き、傍《かたわ》ら大日本婦《だいにっぽんふ》人教育会《じんきょういくかい》の会報の編輯をしていた。

「報知《ほうち》新聞」の松岡もと子氏は、現在の「婦人の友」主筆《しゅひつ》羽仁《はに》もと子である。羽仁《はに》氏が文筆に関係した最初は、明治女学校に在学中「女学雑誌」や、若松賤子《わかまつしずこ》氏の「小公子《しょうこうし》」の校正など手伝ったのに始まる。思想の衝突から結婚に破れて上京したが、彼女の希望は小説家として立ちたいという事だった。女医吉岡《よしおか》弥生《やよい》(14)氏の家に女中奉公《じょちゅうほうこう》していた窮迫《きゅうはく》時代もあった。

台所《だいどころ》のことを少しもしないで、新聞ばかり読んでいる変な女中《じょちゅう》だと思った。と吉岡氏が人に語ったというが「報知《ほうち》新聞」の校正がかりの募集に応じたのち、二、三ヶ月してから、その頃では珍らしい婦人記者として社会部で働くことになった。殺した。斬《き》った、警察だと、殺風景《さつぷうけい》な記事ばかりの三面に、生活的部面《ぶめん》がほしいという彼女の理想が実現され、育児の記事や、「雇人奨励会《やといにんしょうれいかい》」とかいうふうのものが取上げられて反響があった。大隈《おおくま》公爵の援助で洋行話《ようこうばなし》がまとまりかけたが、報知《ほうち》新聞社会部長羽仁吉一《はによしかず》氏との恋愛が結婚へと進み洋行《ようこう》は中止、夫妻ともに退社。

かくしてこの夫妻はその当時内外出版会社《ないがいしゅっぱんかいしゃ》から発行されていた「家庭の友」の編輯に当ったが、それが今日《こんにち》の「婦人の友」の前身ともいうべきものであった。

羽仁吉一《はによしかず》氏ともと子氏とは、明治女学校における巌本善治《いわもとぜんじ》氏と若松賤子《わかまつしずこ》氏との型《かた》を生かして「婦人の友」を発行し、自由学園を経営し、宗教的精神主義的傾向を一貫している。ジャーナリストとして三十年間忍苦《にんく》の羽仁《はに》氏は、いまや学園から送り出す多くの卒業生の中から「婦人の友」の経営も編輯も、その人達の手によって扱われて、氏の精神主義は躍如《やくじょ》として今や第二の羽仁《はに》もと子、第三の羽仁《はに》もと子を送り出さんとしつつある。

ここに過日《かじつ》、三十週年号を送りだした「婦女《ふじょ》新聞」に、社長福島四郎《ふくしましろう》氏の夫人貞代《さだよ》氏がある。「婦女《ふじょ》新聞」は明治卅三年に創刊され、主に地方の小学教員、婦人会員たちの間に勢力を占めていた。この週刊新聞は、時代の変遷《へんせん》とともに、若い時代からは忘れ去られようとしてるが、貞代《さだよ》氏の「貧乏と子供の中から」という親しみぶかい随筆は未《いま》だに知己《ちき》をもっている。

明治卅七年の春には、目白《めじろ》の日本女子大学が第一回卒業生を送り出して、桜楓会《おうふうかい》というのが出来た。新卒業生小橋三四子《こばしみよこ》(15)、橋本八重子《はしもとやえこ》は、

――ここに今日《こんにち》現《い》れ出でたる家庭週報は、もとより一般の家庭を導き、一般の婦人を教えんにはあまりに幼なくあまりに力足らぬものなるべし。われら世《よ》の多くの婦人とともに進みて、わが家庭の為に計らんとの心は切《せつ》なれども、未《いま》だ末遠《すえとお》きわざなるべし。わが母校なる女子大学は、この弥生《やよい》始めて百数十名の卒業生を出したり……

と発刊の辞を掲げて、その年六月下旬《げじゅん》「家庭週報」を出した。この雑誌は、編輯、経営、広告、みな女の手で処理する意気込《いきご》みの下《もと》に生れたもので、外報《がいほう》、戦報《せんぽう》、雑報《ざっぽう》、家庭欄、文苑《ぶんえん》、という形式であった。戦報欄《せんぽうらん》のあるのもいかにも戦時らしいが、すでに社会主義運動が戦争反対の叫びをあげていたにも拘《かかわ》らず、戦報《せんぽう》にはその影響は見受けられず、祝捷会《しゅくしょうかい》の記事などで埋《うず》められて、保守的女子大内の新人であるの感を深くさせた。

概《がい》してその頃《ころ》の「婦人雑誌」には、いまだ社会主義の影響は福田英子《ふくだえいこ》の「世界婦人」位にしか見出《みいだ》されなかった。西川幸次郎《にしかわこうじろう》氏、西川文子《にしかわふみこ》(16)氏が、木村駒子《きむらこまこ》(17)、宮崎光子《みやざきみつこ》夫人と共に「真新婦人」を発行した事があるが、それは「青鞜《せいとう》」に刺撃《しげき》されたもの以外ではなかった。そして最初の女権論は家庭主義となり、婦人雑誌は漸次《ぜんじ》色濃く営利《えいり》主義的となっていってしまった。

橋本八重子《はしもとやえこ》氏は柳敬助《やなぎけいすけ》氏と結婚して家庭の人となったが、未亡人になってから羽仁《はに》氏の「婦人の友」社に働いていた。

小橋三四子《こばしみよこ》氏は「家庭週報」から「読売新聞」に新設された婦人欄に、五来素川《ごらいそせん》氏(18)の下《もと》で働いた。その後《のち》「主婦の友」社の懇望《こんもう》でジャーナリズム研究にアメリカに二ケ年間いっていたが、その期待された手腕も発揮する間もなく帰朝後《きちょうご》間もなく、バセドー氏病で歿《ぼっ》し今でも惜しまれている。

明治四十四年十月、平塚《ひらつか》らいてう(明子《あきこ》)氏によって「青鞜《せいとう》」が生れたのは、画期的な——女性覚醒の黎明暁鐘《れいめいぎょうしょう》であった。このブリュー・ストッキングを標榜《ひょうぼう》した新人の一団は、女性擡頭《たいとう》の導火線となった。「青鞜《せいとう》」創刊の辞に、

原〔元〕始、女性は太陽であった。真正《しんしょう》の人であった。

今、女性は月である。他《た》に依《よ》って生き、他《た》の光によって輝く、病人のような蒼白《あおじろ》い顔の月である。

偖《さ》てここに「青鞜《せいとう》」は初声《うぶごえ》を上げた。

現代の日本の女性の頭脳と手によって始めて出来た「青鞜《せいとう》」は初声《うぶごえ》を上げた。

女性のなすことは今は只《ただ》嘲《あざけ》りの笑《わらい》を招くばかりである。

私《わたくし》はよく知っている、嘲《あざけ》りの笑《わらい》の下《もと》に隠れたる或《ある》ものを。

そして私《わたし》は少しも恐れない。

(中略)

——私共《わたくしども》は隠されたる我が太陽を今や取戻さねばならぬ。

わたくしは新しい女である。わたくしは太陽であると氏は叫んだ。

「新らしい女」という名が、讃美、感嘆、中傷、侮辱《ぶじよく》、揶揄《やゆ》と入交《いりまじ》って、最初は青鞜社員《せいとうしやいん》から社友《しやゆう》に、それからは一般の進歩的婦人の上に振りそそがれた。

「青鞜《せいとう》」は最初、社会的に全然地位も自由も有《も》たない婦人だが、文芸を通じて心の世界に自由を求め、そこに自分の生命《せいめい》を見出そうと、中野初子《なかのはつこ》（日本女子大学、国文科出）木内錠子《きうちじようこ》（同）保持研子《ほもちけんこ》（同）物《も》集和子《ずめかずこ》（夏目漱石門人《なつめそうせきもんじん》）平塚明子《ひらつかあきこ》（日本女子大学家政科出）の五人の発起だった。

とはいえ彼女たちの勇気と決心は、婦人解放運動の巨火《きよか》となったのだ。

「青鞜《せいとう》」の編輯は、最終のころは伊藤野枝《いとうのえ》氏が平塚《ひらつか》氏にかわっていた。

日露戦争後には、婦人記者はもう珍らしいものではなくなった。

「萬朝報《まんちようほう》」には二十年近くも勤めて、後《のち》に「主婦の友」社に入り、最近では蒲田《かまた》の公設市場に金物屋《かなものや》の店を開いている、変《かわ》り者の服部桂子《はつとりけいこ》がある。

「法律新聞」「婦人画報」社と、廿余年も名記者としてしられた水島幸子《みずしまこうこ》氏は、爾保布《じほふ》画伯《がはく》のよき同伴者であり「朝日新聞」にも二十年以上の竹中繁子《たけなかしげこ》(19)氏がある。竹中《たけなか》女史は津田英学塾《つだえいがくじゆく》の出身で、名社会部長とよばれた渋川玄耳《しぶかわげんじ》(20)氏に見出された。賢実《けんじつ》な彼女は勤勉だった。「学芸部」に「グラフ」に、「週刊朝日」に「計画部」にと栄転し、三年前、支那《しな》に遊び、最近「朝日」を退《しりぞ》いてから支那《しな》問題のために、つくそうと計画されている。

「日日《にちにち》新聞(21)」には幸徳《こうとく》事件(22)の菅野《すがの》すが子(23)氏、共に故人となった岩野泡鳴《いわのほうめい》(24)氏夫人の遠藤清子《えんどうきよこ》(25)氏があり、葉山《はやま》事件前の神近市子《かみちかいちこ》[26]と相《あい》ついで、センセーショナルな事件を引起したので、婦人記者にはコリたといって婦人記者に席をあたえなかったという有名な話さえ伝わっている。震災後一年ばかり八木秋子《やぎあきこ》[27]氏が居た。

「大阪朝日新聞」の恩田和子《おんだかずこ》[28]氏は日本女子大を出て読売に入ったが、直《ただち》に朝日に入社し、その後欧米を廻って来て、もうかなり長い日月《にちげつ》がたっている。朝日主宰の関西婦人会の重任《じゅうにん》を背負っている。

猶《なお》、現今《げんこん》美容《びよう》の大家小口《おぐち》みち子氏も婦人記者であった。歌人今井邦子《いまいくにこ》[29]夫人も中央新聞にいた。詩人の生《いく》田花世《たはなよ》[30]氏も読売新聞にいたことがある。小説家の若杉鳥子《わかすぎとりこ》[31]氏も中央にいた。

女優になったり、「二葉茶屋《はぢゃや》」の女将《おかみ》になったりした時事新報《じじしんぽう》の下山京子《しもやまきょうこ》、パリで名高《なだか》くなった武林《たけばやし》無想庵《むそうあん》の夫人、中央新聞の中平文子《なかひらふみこ》[32]、読売の本荘幽蘭《ほんそうゆうらん》、この三人は美貌と「お目見得《めみえ》日記」や「小間使《こまづかい》日記」で売出した。ずっとあとであるが、カフェー住込みで、京阪地方でヤンヤと騒がれたのが、やはり美貌でこの間死んだ北村兼子《きたむらかねこ》[33]は大阪朝日新聞記者であった。

雑誌の方面では松田鶴子《まつだつるこ》[34]氏と太田菊子《おおたきくこ》[35]氏との長い記者生活がある。

「婦女界《ふじょかい》」現編輯局長太田菊子《おおたきくこ》氏の、現職に栄達するまでの、彼女の自序伝は、昨年ごろの「婦女界《ふじょかい》」から連載されているから、それに譲る。

「主婦の友」にあった松田鶴子《まつだつるこ》氏も、太田《おおた》氏とおなじく生別《せいべつ》の違いこそあれ、二児を抱《いだ》いて記者生活に入り、よく困難と戦かった勇者である。はじめ、羽仁《はに》氏の「婦人の友」に料理、裁縫、安売買物《やすうりかいもの》などの実際《じっさい》記事《きじ》を担任《たんにん》し、その後、羽仁《はに》氏夫妻が顧問になった同文館《どうぶんかん》の「婦女界《ふじょかい》」を現今《げんこん》の「婦女界《ふじょかい》」社長都河《とがわ》氏が引受けた時に共に働き、大正六年石川武美《いしかわたけみ》氏が「婦女界《ふじょかい》」から分解して、「主婦之友」を創刊する時それに参加した。「主婦の友」が八千部から三十万部になった時に退《しりぞ》き、「婦人の国」の主筆となって新潮社によったが、廃刊となりフランスに一年間遊んだ。氏もまた二十幾年間の記者生活をした功労の人である。
最後に、婦人雑誌として三十年近くの長い伝統をもつ「婦人世界」の廃刊にさいし、一人のよき婦人記者を残さなかったことをさぶしみ、筆をおく前に、明治以後発行された婦人雑誌の概略を、年代順によって列記して見よう[36]。

女学雑誌――其社《そのしゃ》発行（明治十九年八月――三十四年十月）
花の園生《そのう》――京都・其社《そのしゃ》発行（明治廿四年一月――三十一年十一月）
女鑑《じょかん》――国光社《こくこうしゃ》発行（明治廿四年八月――四十年四月）
裏《うら》錦《にしき》――（婦学《ふがく》）――尚絅社《しょうこうしゃ》発行（明治廿六年十一月――四十年八月）
婦人弘道叢記《ふじんこうどうそうき》――日本弘道会《にっぽんこうどうかい》発行（明治二十七年十月――三十一年三月）
大《だい》倭《わ》心《しん》――女教社《じょきょうしゃ》発行（明治三十八年――不明）
女子の友――東浄社《とうじょうしゃ》（明治三十年六月――三十八年十一月）
淑《しゅく》女《じょ》――紫鸞社《しらんしゃ》（明治三十二年一月――三十四年十月）
婦女新聞――其社《そのしゃ》（明治三十三年五月――現在）
をんな――大日本女学会（明治三十四年――）
家庭――其社《そのしゃ》（明治三十四年――）
女学世界――博文館《はくぶんかん》（明治三十四年一月――）

女子新聞——其社《そのしゃ》（明治三十四年——三十七年二月）
愛国婦人——其会《そのかい》（明治三十五年三月——現在）
世界婦人——其社《そのしゃ》（——不明——）
家庭の友——内外《ないがい》出版会社（婦人の友前身）（明治三十五年——）
婦　人　界——金港堂《きんこうどう》（明治三十五年七月——三十七年十二月）
家庭週報——桜楓会《おうふうかい》（明治三十七年六月——四十二年六月）
婦人世界——実業之日本社（明治三十八年一月——昭和六年十月（第一期）——現在改造社）
女子文壇——其社《そのしゃ》（明治三十八年一月——大正二年八月）
婦　女　界——（第一期）同文館《どうぶんかん》（明治卅九年——）
ムラサキ——読売新聞社（明治四十年一月——四十四年一月）
新　婦　人——其社《そのしゃ》（明治四十年六月——四十二年一月）
婦人画報——東京社《とうきょうしゃ》（明治四十一年——昭和六年九月（第一期）——現在武俠社《ぶきょうしゃ》）
青《せい》　鞜《とう》——其社《そのしゃ》（明治四十四年九月——大正四年）
淑女《しゅくじょ》画《が》報《ほう》——博文館《はくぶんかん》（大正元年——大正六年）
婦　女　界——其社《そのしゃ》（大正二年一月——現在）
女の世界——実業世界社《じつぎょうせかいしゃ》（大正——不明）
真《しん》新《しん》婦《ふ》人《じん》——其社《そのしゃ》（大正二年）

婦　人——白水社《はくすいしゃ》（大正六年——不明）

婦人週報——其社《そのしゃ》（大正四年——不明）

婦人公論——中央公論社（大正五年一月——現在）

主婦之友——其社《そのしゃ》（大正六年三月——現在）

婦人界——東京社《とうきょうしゃ》（大正六年十月——）

女　性——プラトン社（大正九年一月——十三年六月）

婦人倶楽部《くらぶ》——雄辯社《ゆうべんしゃ》（大正九年一月——現在）

令《れい》女《じょ》界《かい》——宝文館《ほうぶんかん》（大正十一年四月——現在）

女性改造——改造社（大正十一年十月——十三年四月）

処《しょ》女《じょ》地《ち》——其社《そのしゃ》（大正十一年四月——十二年一月）

職業婦人（改題）婦人運動——其社《そのしゃ》（大正十三年十一月——現在）

婦　人——全関西婦人聯盟（大正十三年十二月十日——現在）

婦人の国——新潮社（大正十四年五月——十五年五月）

若《わか》草《くさ》——宝文館《ほうぶんかん》（大正十四年十月——現在）

女人芸術《じょにんげいじゅつ》——其社《そのしゃ》（昭和三年七月——現在）

婦人サロン——文藝春秋社（昭和四年九月——現在）

婦人戦線——解放社（昭和五年二月——現在）

婦人戦旗――戦旗社（昭和六年五月――現在）

個人雑誌及《およ》び同人《どうにん》雑誌を除いても、婦人のためにつくられた雑誌の数は既に四十種類からある。

（1）小野秀雄　一八八五―一九七七。抱月・須磨子の芸術座立ち上げに参加。「萬朝報」「東京日日新聞」記者。長年の研究をまとめて『日本新聞発達史』。澁澤秀雄の援助を得て、東京帝大に新聞研究室を設置。戦後「東京大学新聞研究所」となる。

（2）宗演師　一八六〇―一九一九。釈宗演を指す。生年は異説有り。臨済宗。今北洪川の法を継ぐ。慶応義塾に学び、スリランカに留学。後に円覚寺派、建長寺派の管長を兼務。一八九三年シカゴでの万国宗教大会に出席。はじめて欧米に禅を紹介した。

（3）「女学雑誌」　婦人雑誌。明治一八（一八八五）年七月創刊、同三七（一九〇四）年二月、五二六号で廃刊。はじめ近藤賢三、二四号から巌本善治が編集。キリスト教に基づく女性啓蒙誌であったが、北村透谷や島崎藤村らが執筆。後の「文学界」の母体となった。

（4）若松賤子　一八六四―九六。翻訳家、小説家。母校フェリス女学校の教師をつとめ、一八八九年巌本善治と結婚して明治女学校の経営に協力。また児童文学の創作と翻訳をおこない、口語体の名訳をのこした。旧名は松川甲子（かし）。本名は巌本嘉志子。通称は島田嘉志。訳書にバーネット「小公子」など。

（5）相馬黒光　一八七六―一九五五。実業家、随筆家。相馬愛蔵と結婚、新宿中村屋を創業。店を文化人のサロンに開放。荻原守衛、中村彝、エロシェンコ、ビハリ＝ボースらが集まった。

（6）紫琴　一八六八―一九三三。清水紫琴。小説家。景山英子らと女権拡張運動に活躍。後に「女学雑誌」記者となる。一八九一年「こわれ指環」で文壇に登場。「心の鬼」「したゆく水」などを発表。

（7）足尾銅山礦毒事件　明治中期、足尾銅山の廃液が原因となって起きた公害事件。汚染した渡良瀬川流域の被害農民らの再三の請願や、田中正造の天皇への直訴で、政治・社会問題となったが、政府の弾圧と切り崩し策で運動は衰退した。日本公害運動の原点とされる。

（8）田中正造　一八四一―一九一三。政治家、社会運動家。足尾銅山鉱毒問題で農民のため議会で奮闘したが解決せず、一九〇一年議員を辞職し明治天皇に直訴した。

（9）羽仁もと子　一八七三―一九五七。教育者、女性運動家。一八九七年報知新聞社に入社し日本初の女性記者となる。一九〇三年、夫である羽仁吉一と雑誌「家庭之友」（後の「婦人之友」）を創刊。一九二一年自由学園を創立し、自由、自治にもとづく生活教育を進めた。

（10）棚橋絢子　一八三九―一九三九。大阪生。棚橋大作と結婚。棚橋家没落で苦しい生活を送る。後に東京女子学校校長となる。明治婦人会の指導者として活躍。

（11）三輪田真佐子　一八四三―一九二七。教育者。三輪田元綱と結婚。一八八七年には上京して翠松学舎をひらき漢学を教える。一九〇二年三輪田女学校（現三輪田学園）を創立、良妻賢母教育を推進した。

（12）竹越三叉氏夫人竹代　一八七〇―一九四四。女性運動家。一八九〇年徳富蘇峰に招かれた夫の竹越与三郎（三叉）とともに上京。東京婦人矯風会、日本基督（キリスト）教婦人矯風会の委員。矢島楫子らと廃娼・禁酒禁煙運動を展開した。

（13）大澤豊子　一八七三―一九三七。ジャーナリスト。一八九九年時事新報社に入社し、婦人関係の記事などを書く。一九二六年に日本放送協会に入社し、婦人講座、教育番組を担当した。

（14）吉岡弥生　一八七一―一九五九。医師。済生学舎で学び、一八九二年医術開業試験に合格。一八九七年至誠医院を開業、一九〇〇年同医院内に東京女医学校（現東京女子医大）を創始した。東京連合婦人会長などをつとめ、女子医学教育、女性の地位向上に尽くした。

（15）小橋三四子　一八八四―一九二二。新聞記者。「読売新聞」記者を経て、一九一五年「婦人週報」を創刊。一九一九年アメリカに留学し、新聞学と女性問題を研究した。

（16）西川文子　一八八二―一九六〇。女性運動家。一九〇二年松岡荒村と結婚するも二年後に死別。平民社に入社。一九〇五年に西川光二郎と再婚、一九一三年真新婦人会の結成に参加。夫の実践道徳活動に協力し、一九二五年「子供道話」を発行した。
(17) 木村駒子　一八八七―一九八〇。社会運動家、舞台女優。一九一三年西川文子らと新真婦人会を結成し、「青鞜」に対抗して「真新婦人」を刊行した。後に浅草新劇に出演、ニューヨークでも日本舞踊を公演した。
(18) 五来素川　一八七五―一九四四。五来欣造。政治学者。ヨーロッパ留学後、「読売新聞」主筆などを経て一九二七年早大教授。ファシズムの研究で知られた。
(19) 竹中繁子　一八七五―没年未詳。新聞記者。東京で女塾を開き、一九〇一年から約七年間教鞭をとる。一九〇七年女子学院の教師、一九一一年には朝日新聞記者となった。
(20) 渋川玄耳　一八七二―一九二六。新聞記者。東京法学院（現中央大）、国学院に学ぶ。熊本の第六師団法務官を経て、一九〇七年東京朝日新聞社社会部長に迎えられる。朝日歌壇を再設し、石川啄木を選者に登用。藪野椋十の筆名で随筆を連載した。
(21) 「日日新聞」　東京日日新聞。一八七二（明治五）年に創刊された東京で最初の日刊新聞。岸田吟香の雑報、福地桜痴の政府支持の論説で知られた。一九一一（同四四）年大阪毎日新聞に買収され、昭和一八（一九四三）年毎日新聞に題号を統一した。
(22) 幸徳事件　大逆事件。一九一〇（明治四三）年、旧刑法の大逆罪「（皇族に）危害ヲ加ヘ又ハ加ヘントシタル者ハ死刑」を初適用。社会主義・無政府主義者ら二六人が起訴され、一審のみの裁判で二四人が死刑となった。
(23) 菅野すが子　一八八一―一九一一。正しくは管野（かんの）すが。社会主義者。大阪で宇田川文海に師事して新聞記者となり、木下尚江の影響で社会主義に近づく。一九〇六年「牟婁新報」へ移り、荒畑寒村と結婚。後に離婚して幸徳秋水と同棲。大逆事件にかかわり、一九一一年一月二五日処刑された。
(24) 岩野泡鳴　一八七三―一九二〇。詩人、小説家。一九〇九年「耽溺」で自然主義作家としての地位を築き、波乱の人生を「放浪」など五部作にあらわす。自己の思想を表明した「神秘的半獣主義」や一元描写論を主張した評論でも知られる。
(25) 遠藤清子　一八八二―一九二〇。女性運動家。電気通信社、東京日日新聞の記者をしながら治安警察法第五条改正運動に参加。一九一一年青鞜社に加わり、一九二〇年新婦人協会に加入。岩野泡鳴と結婚、一九一七年離婚。出会いから別れまでの記録『愛の争闘』を刊行した。

(26) 神近市子　一八八八―一九八一。女性運動家、政治家。女子英学塾（現津田塾大）在学中に青鞜社に参加し、一九一四年東京日日新聞記者となる。一九一六年恋愛関係のもつれから大杉栄を刺傷、服役。後に「女人芸術」などで文筆・評論活動をおこなう。戦後、衆議院議員（当選五回、社会党）。売春防止法の成立に尽力した。

(27) 八木秋子　一八九五―一九八三。社会運動家。「東京日日新聞」の記者を経て、「女人芸術」の編集に従事。マルキシズム、後にアナーキズムの影響を受け、女性解放の評論活動を行う。一九三一年農村青年社の創設に参加。戦後、母子更生協会を設立。

(28) 恩田和子　一八九三―一九七三。新聞記者、女性運動家。「読売新聞」記者を経て、一九一七年「大阪朝日新聞」の記者となる。一九一九年全関西婦人連合会が結成されるとその中心となり、婦人参政権運動を推進。一九四一年の解散まで理事長をつとめた。

(29) 今井邦子　一八九〇―一九四八。歌人。一九一六年「アララギ」に加わり、島木赤彦に学ぶ。一九三六年、女性だけの歌誌「明日香」を創刊、主宰した。

(30) 生田花世　一八八八―一九七〇。小説家。河井酔茗に学ぶ。一九一三年平塚らいてうの「青鞜」同人となり、一九二八年「女人芸術」の創刊に参画した。夫生田春月の死後「詩と人生」を主宰。

(31) 若杉鳥子　一八九二―一九三七。小説家。茨城県古河の芸者置屋の養女となるが、家業を嫌って上京し「中央新聞」記者となる。一九二五年「文芸戦線」に発表した「烈日」が認められて、女性プロレタリア作家の草分けとなった。

(32) 中平文子　一八八八―一九六六。武林文子、宮田文子。随筆家。一九二〇年武林無想庵と結婚、パリに渡る。一九三四年離婚し、翌年ベルギー在住の貿易商宮田耕三と結婚。戦後は自伝や旅行記を執筆。

(33) 北村兼子　一九〇三―三一。ジャーナリスト。大阪朝日新聞記者となり、一九二七年退社、翌年「婦人記者廃業記」を書く。一九二九年万国婦人参政権大会に出席し、女性の地位向上を訴えた。

（34）松田鶴子　一八六八―没年未詳。陸奥国南津軽郡尾上（現青森県尾上町）生まれ。一八八三年、在日米国大使ダーシと結婚。後に渡米。

（35）太田菊子　一八九一―一九五九。正しくは大田菊子。編集者。一九一七年出版社東光園に入社。後に婦女界社の記者となり、一九二四年編集長。一九三四年に生活と趣味之会を起ち上げ、雑誌「生活と趣味」を発行。一九四九年婦人経済連盟創立発起人、理事。一九五二年から「日本婦人新聞」の編集にあたった。

（36）列記して見よう　以下の女性雑誌の概略に関しては、誤記が多いため解題で一覧した。

花火と大川端

花火という遊びは、金を飛散させてしまうところに多分の快味があるのだから、経済の豊《ゆたか》なほど豪宕《ごうとう》壮観なわけだ。私という子供がはじめて記憶した両国《りょうごく》川開きの花火は、明治二十年位のことだから、広告花火もあったではあろうが、資本力の充実した今日から見れば、三業組合(1)——花柳《かりゅう》界の支出費だけで、大仕掛《おおじかけ》のものはすくなかった。

江戸時代の川開きとは、納涼船が集ってくる、五月廿八日から八月廿八日までをいったものだというが、納涼舟から打上げた花火の競いが、一夕、日をさだめて盛んに催されるようになったものと思える。客寄せに岸の割烹《かっぽう》店が行なったよりは、富む者たちが打上げさせた方が、金力が豊だったことはいうまでもない。

　一両が花火間《ま》もなき光かな
　この人数船なればこそ涼かな

と俳人宝井《たからい》其角《きかく》は(2)元禄四年にその盛況をよみ残しておいてくれている。その当時の物価と金の価格を引きくらべたら、一両はいまのいくらになるか知らないが、其角ほどの人がそう読んだのは、一両がかなり高価であったと見ることが出来る。

江東一帯は工業地区となり、隅田川は機械油を流しうかべる現今こそ、金の集散は著しいであろうが、昔の大川筋に、物資の力と花火の発達なぞというのはおかしいようだが、武蔵(3)と下総の国境《くにざかい》を、渡し舟が人を運んだ人煙《じんえん》稀薄《きはく》な大昔《おおむかし》はとにかくとして、あれだけの橋が幾筋も出来上るには、かけなければならない交通と、物資のふくらみとがあったわけだ。大川が大都会を貫く水路になって、江戸の文明と密接な関係をもってくると、有名な浅草海苔《のり》も、もうその時分から産物ではない。

隅田川本流大川に橋のかかったのは、萬治三年の両国橋——最初は大橋、または二洲橋——と名附けられ、対岸の深川、本所は（もとの名、永代島、牛島）とうに御府内に抱えこまれていて、橋こそなかったが、芦《あし》や葭《よし》の生《は》えた洲《す》ばかりだと思うと大違いの賑わしいところであったのだ。

橋のかかった原因は、三年前の、明暦三年正月、本郷丸山からの大火事(4)に、浅草見附《みつけ》の広場に家財道具を持出したものが積み重なり、逃げ道をふさいで、十万七千人というおびただしい焼死者があったから、時の政府が急に造橋を思立ったのだった。次の大火事に構えるところに、いかに江戸に大火がつきものだったかということがわかり、しかもその翌年正月、駒込吉祥寺に大火があり、年をつづけて千代田城も焼亡している。この年の大火難と、大正拾弐年の関東大震災とは、橋をへだて世をへだてて、両岸に偶然なおなじ出来ごとがあったのだった。震災のは本所横網に紀念堂が祀られ、明暦大火のは、諸宗《しょしゅう》無縁《むえん》寺《じ》回《え》向院《こういん》が建立された。その時の焼死者は舟で運んで、六十間四方に掘り埋めたという。

　この大火の町《まち》、深川にも、本所にも幕府《ばくふ》の倉庫があり、商庫《しょうこ》もあったことは、深川の河岸蔵《かしぐら》には、米十万七千俵、其他に、豆、麦、酒、油など莫大だったと、伊勢貞丈《いせていじょう》(5)の随筆には記載されているということである。

　橋のかからない前の深川浦《ふかがわうら》――蛤町辺《はまぐりちょうへん》をいう――は、天正ごろから魚市場があり、造船匠《ふなだくみ》も多く居たといい、八幡宮は寛永年間には一の鳥居よりうち三、四町の間、両側茶肆、酒肉店軒をならべ、木場《きば》は元禄十年に現在のところへ移ったが、其前《そのまえ》は佐賀町《さがちょう》が材木河岸で、お船蔵は新大橋――両国橋のつぎにかかった――附近、幕府の軍艦安宅丸《あたけまる》は寛永八年に造られて、ここの蔵におさまっていたのだ。

　橋がかかってからの深川は、府内第一の豪華な歌舞酒地とされた。富岡門前の繁華は、浅草新吉原をも凌駕したという。八幡鐘《はちまんがね》の後朝《きぬぎぬ》(6)は、江戸情史にあんまり有名すぎる位だ。洲崎は今の遊廓が明治になって本郷根津《ほんごうねづ》から移ってきてから賑わしくなったのではなく、

　洲崎茶屋十五六ばかりなるみめかたちすぐれたる女を抱へおき、酌をとらせ、小唄をうたはせ、三味線引き、鼓を打て、後はいざ踊らんとて、当世流行伊勢おんどう手拍子を合せて踊り、風流なること三谷の遊女（新吉原）も爪をくはへちりをひねる。

と「紫の一本《むらさきのひともと》」(7)にはあり、天明ごろの「蜘蛛《くも》の糸巻」(8)には、

　昔は江戸に飯を売る店はなかりしを、天和の頃始めて浅草並木町に奈良茶飯《ならちゃめし》の店ありしを、諸人《しょにん》珍らしとてわざわざゆきしよし、近古《きんこ》のさうしに見えたり。しかるに都下《とか》繁昌につれて、追々食店多く

なりし中に、明和のころ深川洲崎の料理茶屋は、升屋祝阿弥《ますやしゆくあみ》といふ京都風に倣《なら》ひたるべし、此者夫婦の機を見る才あり、しかも事好、広座敷、二の間《ま》、三の間《ま》、小座敷、小亭、又は数奇屋鞠場《まりば》まであり、中庭《なかにわ》推して知るべし。雲洲《うんしゆう》の隠居南海殿《なんかいどの》、次男雲川殿、しばしば遊びたまへり。此処殿は、其ころ大名の通人《つうじん》なり。諸家の留守居、府下の富高の振舞、みな升屋定席、その繁昌比すべきなし。

といっている。洲崎は春は潮干狩、冬の月には千鳥と風流がられた。

江戸人は風流心のないということを恥辱としたが、風流という字は風と流れだ。隅田川筋を唯一の極楽地とし、郊外散歩と遊蕩と社交をかねた人達に、なんとぴったりした字であろう。

幕末《ばくまつ》、天保のころになると、江戸繁昌記(9)深川のくだりには、

大川横川、名所小航の便、施舫客船日夜織る如し

とある。巽巳芸者《たつみげいしゃ》(10)の俠《きゃん》な名や、戯作者為永春水《ためながしゅんすい》(11)述るところの「梅暦《うめごよみ》」の色男丹治郎などは、つい先頃までの若者を羨ましがらせた代物《しろもの》だ。その狭斜が生んだ、江戸末期的代表デカタンが丹治郎だ。

江戸の大火は、明暦後《めいれきご》も度々あったのに、どうしたことか両国橋がとりはらわれたことがある。それは橋が出来てから廿二年後のことだった。しかし、また直に再営された。

芭蕉(12)が、

名月や門へさしくる潮がしら

と吟じ、深川に住っていたのは元禄のころだった。三派《みつまた》に新大橋がかかったとき

ありがたやいただいてふむ橋の霜

の句がある。この三派《みつまた》の片岸《かたぎし》、浜町――大川の浦には、五、六十年後の宝暦十年には、国学者縣居《あがたい》の翁《おきな》賀茂真淵《かものまぶち》(13)が居た。

宝暦十年の秋、浜町といふ所へ家をうつして、庭を野辺、又は畑につくりて、所もいささかかたへなれば、名を縣居《あがたい》といひて住みそめける。九月十三夜に月めでんとて、したしき人々集ひて歌よみけるついでによめる

こほろぎの鳴やあがたの我宿に月かげ清しとふ人もかな

縣居のちふの露はらかきわけて月見に成つる都人かな

野わきしてあがたの宿はあれにけり月見にこよと誰に告まし

本居宣長(14)、橘千蔭(15)、平春海(16)もこの縣居へ訪れもしたであろう。向島には文人墨客の居住のあともと思いもするが、大川端の明治座のさきに、名高き文章の博士が住んでいたことを、土地の人とても多くは知るまい。真淵は田安家の招き(17)によって江戸へ下ったのだ。三派《みつまた》はいまの中洲《なかす》のあたりの名で、月の名所になっている。別れの淵《ふち》という名は、海《うみ》の潮《しお》と川水《かわみず》の相逢う場所からの名で、古くから遊女歌舞伎たち、ここに船をうかべて宴を催し、「江戸雀」には、納涼の地といい、舟遊びの船に、波のつづみ、風のささら(びん鬂《ささら》を言いかけてか)芦の葉の笛吹きならしとある。太宰春台(18)は、

風静叉江不起波　　軽舟汎々酔過

天遊只在人間外　　長嘯高吟雑掉歌

と賞しているが、傾城高尾(19)が舟中で仙台様になぶり斬りにされたつるし斬りの伝説もこの三派《みつまた》だ。

萬治元年[20]、ここにあった、本がんじ[21]御堂は築地浜に移転したとあるから、前年の大火事にもその年の正月の大火にも焼失したであろうが、参詣人は多《おお》かったことと思われる。

新大橋の日本橋区側《がわ》の方をいってみると、人形町通、および大門通《おおもんどお》りの旧吉原（元和三年に商売はじめ）と歌舞伎芝居の勢力を見逃すことも出来ず、魚市場、金座、大商売、本丸も控えている。ここの吉原も大火に焼けて浅草へ移ったのだ。芝居が浅草へ移ったのはずっと後のことだ。

流《なが》れにそって京橋区内にはいると、霊岸島湊町《みなとちょう》に御船手番所があり、新川《しんかわ》三十間堀には酒醬油の問屋と銀座があり、木挽町にも正保元年から山村座がある。萬治三年には森田座が出来、見世物が賑わっていたということで、此処の芝居も、日本橋葺屋町堺町のと同時に浅草山の宿へ（これも隅田川流岸）移ったが、それは天保になってから、例の水野越前[22]の勤倹の時代、御趣旨のときである。芝口《しばぐち》は品川浜につづいて駅路の賑わったことはもうすまでもなかろう。

浅草と本所とへ、大川を逆流させると、花火とは誠に趣のちがったものとなるが、向柳原の町会所のことと、蔵前の札差のことを並べなければ、大川のもつ富の半分を書き落してしまうことになる。向柳原は浅草見附のすぐそばで、町会所《まちのかいしょ》は寛政三年に創立されたのだから、今まで書いてきたものよりはずっと新しいが、松平越中守守信が市中町法を改正して、七分積金及市中窮民救恤を取扱ったところで、籾《もみ》や、金や、抵当の地所を持ち、後に明治になってから、道路、橋、及び瓦斯局や養育院創立の資金を支出した資源だという。吉田博士[23]の「地名辞書」はこの町会所と基金は、都市自治の故法を見る所以の者で、都人の当に永記すべきものだと述べている。

会所の規定は、幕府より一万両ずつ両度の差加金を得て、会所の基本元資にし、勘定所用達十人に委託して貸付け、その利子で吏員、用達商人、年番肝入り、名主の手当を給し一ヶ年の町費額を定め、前五ヶ年平均町費を差引き、其減額の一分は町内臨時の入費、二分は地主の増収、七分を積立金とし、明治初年、拝領地、拝借地返上のとき会へ抵当になっていた地所を下付されたので、千七百五ヶ所の地所をもっていたが、八年にはみんな売却してしまった。会所の金穀蓄積は、増大したおりには籾四十余万石、金は六七十万両あったということだ。

鳥越《とりごえ》の新堀川に天文台(24)のあったという古跡も私たちは知らなかった。

幕府の米倉は、蔵前《くらまえ》須賀橋から厩橋まで建つづき、大川に添って、南北三百二十間、東北百三十間面積三万六千六百余歩と記されている。八つの渠《きょ》があって、船の出入りを便にした。この渠は今でも知っている人が多くあるであろう、黒い柵があって水門が一つずつあった。鬱蒼蟠居《うっそうばんきょ》の古木とある首尾の松は、清元「梅の春」に首尾《しゅび》の松《まつ》が枝《え》竹町のとうたわれているが、この歌詞はたった一つ例にあげただけで、首尾の松は下谷根岸の時雨の松（お行《ぎょう》の松）と共に、江戸の小説歌曲にゆかりの深い名木だった。（書落したが、この浅草倉のほかに、浜町矢の倉、鉄砲洲新倉がある）本所横網のお竹蔵は浅草倉に向いあっていて、お竹蔵といっても米倉なのだ。これらの太倉《ふとくら》は、橋よりも古い以前に建てられ、ことにこの浅草倉は全国の貢米がはいってくるのと、庶士の俸禄を渡すところなので、江戸の米の価はというより、諸国の米の価が、この太倉の虚しいか盈《みち》ているかによって高下したのだ。お蔵前の札差《ふださし》といえば、私たちは豪富な町人で通人《つうじん》で、はじめから言う目の出た暮しをしていたものと、頭から特別階級のように思いこんでいたが、

はじめはそうではなかったのだ。しかし、寛永年間、札差がはじまって以来、天下の商人がおよそ羨んだに違いのないことは、

——家産殷富を占め、勢甚矜豪を持す、当時俗間富豪をさして、札差の如しという、以て其盛満を知るに足る——

と書かれてあるのでも知れるが、札差は一人一軒だけが富有なのではなく、百一人店を並べてみな致富なのだから、勢いは他の一人立ちの富者を圧したのであろう。この人々の金の捨てどころが深川の巽巳《たつみ》であり、吉原であり、両国橋畔なのであったから、まけじ魂の金持たちが争い集って来て遊楽に散じた金は、世智《せち》がらい当今ではちと思いおよばない高であったろうと考えられる。

しかし、札差はもとから富んでいたのかといえばそうでない。ぽんぽち米《まい》を食っていた痩侍《やせざむらい》の膏《あぶら》を吸ったのだ。米価を釣りあげて細民を餓えさせた余徳だ。

「大倉の辺に、札差を業いする豪戸あり、札差は他に比類なき一家業を営むもの」と記されてあるが、この豪戸は、たちまちにして豪戸になったのだ。他に比類なき一商業とは、計算利益にうとい武士どもがあったればこそ出来上った商売なのだ。

お蔵前の通りには、米倉に向って向側に、手形書替所が二ケ所あって、役所には書替奉行というものが各一人ずつあり、ほかに手代が居た。お切米《きりまい》、お扶持米《ふちまい》、御役料《おやくりよう》の手形書替えをする。札差の前身は、その役所近くに食物や、お茶を売っていた葭簾《よしず》ばりの茶店だったのだ。客を待たしておいて、書替に役所へ出入りしたり、大倉へ米をとりにいったりしているうちに、その道に明かになり、狡いこともうまくな

ったのだ。剰《あま》った米を安くかって米店をはじめたり、貧乏旗本や御家人《ごけにん》に金を融通して、扶持米《ふちまい》をとりあげたり、高利をとったりしたのだ。思うに、これはとてもぼろい商売だったのに違いない。算当知らずの二本差と、袖の下のきく商人のような役人たちが対手だから、面白いように儲かったのであろう。寛永ごろには立派な者になったから、この利益の多い職業の人数をかぎることを思いついた。いざこざはさぞあったであろうが、はじめ同商業は九十六人ということに定まり後《のち》に百一人になった。

——扶持米とは、一人一日の食料をもとにして、米を以て毎月給与する月給で、徳川幕府の定めは、一人一箇月の分が、玄米一斗五升。切米《きりまい》とは、扶持米を数回に分けてか、又は金銭に取《と》り替《か》えて渡すことをいうので、手形の書替とは、切米券《きりまいけん》を、請取にしてもらうことで、請取手形が渡ると、受取人の名を紙に書いて割竹に挟み、大倉役所の藁苞《わらづと》に挿込んでくるのである。そうして、御家人、又は旗本の代理人となって米を受取り、米を家へ送りとどけたり、残りを金に代えてやる面倒を見る、それが札差の名の基になっている。

札差の手数料は禄高百俵について金壱分、百俵以下は一分を限度として談合のことになっていたが、それは表面だけのことで、米相場の高低、秤の具合など、赤ん坊対手の商業のようなものであったろう。幕末には幕臣の多くが遊堕《ゆうだ》になって、狡くなり、中には札差を脅迫したり威したりしたでもあろうが、二百年もかかって絞りあげた富は莫大な高である。しかも大岡越前守が、御米渡しも夏冬の二季と定めてからは、札差の利徳はことに大きくなったのだ。貧乏旗本や御家人が、半年分の米を積んでおける余裕のある筈はないから、みすみす半期の飯米《はんまい》が消えてしまおうとも、金に代えなければならない。それよりも、その殆《ほとんど》が前期の利子に、元金の借に差引かれてしまったのだ。私は子供のころ小旗本の老人に、幕末時代のそんな愚痴をきかしてもらったことを覚えている。御歴々でもそうだといった。一年《いちねん》の取前高《とりまえだか》はみんな札差がとってしまって、諸払にと少しばかりわたされるので困ってねだりにゆくといった案配《あんばい》で、どっちが出入りなのだかわからなくなってしまって、お金も米も、先方の帳面によるのだから、何代前の主人が借たのかさえ分明しなかったともいった。

江戸の金融は、そのほかに幕府や諸藩の御金御用達があった。それらの少数の富豪たちの息のかからない芸人、粋人はなかったといっても間違いはなかろう。畢竟《ひっきょう》川開きもそれらの人たちからはじまったと見てもよいかと思う。

これだけでもあらかたの、徳川期隅田川筋の物資集散が知れるかと思う。大川橋《おおかわばし》という名でかかった吾妻橋上流の両岸は、あまり知れ亙《わた》りすぎているほどの東名所《あずまめいしょ》で、いわゆる風流の淵叢となっていた。

さて、花火のあがる両国船は、浅草見附升形を出ると、広小路には見世物小屋、小屋掛芝居、並び床（理髪）並び茶や、このところ船宿料亭多しと名所図絵には書いてある。荻生徂徠《おぎゅうそらい》[25]が、

両国橋辺動櫂歌　江風涼風水微波
怪来岸上人声寂　恰是彩舟宮女過

と詠じたのは、舟遊びをほめあげるために陸には人が居ないようにいっているし、

千人が手を欄干やはしすずみ

の其角は、橋の上の方の贔屓だ。

納涼は五月廿八日に始り、八月廿八日に終る。常に賑はしといへども、就中、夏月の間は尤も盛なり。見世物所せき斗りにして、其招牒の幟《のぼり》は風に篇翻《へんぽん》と飄《ひるがえ》り両岸の厦楼《かろう》高閣は大江に臨み、茶亭の床几は水辺に立て連ね、灯の光は耿々として水に映ず。楼船篇舟所せくもやひつれ、一時に水面を覆ひかくして、恰も陸地に異ならず絃歌鼓吹は耳やかましく、実に大江戸の盛事なり、俗に川開きという即是なり（名所図絵）

柳橋芸妓は巽巳《たつみ》の羽織——富が岡八幡門前仲町《もんぜんなかちょう》の芸妓——が止められてから柳橋へ移ったのだというが、本所一つ目お旅の弁天にも岡場所の芸妓たちが居た。こうした人気とりの世界に、きりはなせないのは角力場(26)で、はじめは深川八幡内で興行していたが、寛政三年になってから回向院が本場所となった。したがって、その附近の町に力士部屋があったから、場処がはじまると両国近所は町中《まちじゅう》が狂気のように興奮してしまったのだ。地元は八ケ町ととなえて、特別観覧の木札が渡って来ていたから、力瘤の入れ方も一層だったのであろうが、川風に吹きさらされ、大川に鳴り響き、江戸中の暁の夢を破る櫓太鼓《やぐらだいこ》(27)が、とても地元の者の元気を鼓舞したのだ。一たいに色彩や、音響や、光りに欠けていた時代に、櫓太鼓の破れるような強い音とか、花火の爆発とか、暗い空に開く火傘——といったものは、光りと音響と色彩に麻痺しつくした近代人の、考えてやれないほど特種の魅力だったに違いない。

だが、江戸の都市美には田園風景を多分に抱えこんでいた。いま、江戸憧憬者が惜《おし》がるのは、都の中にあった田園水郷の風趣が、都会的に洗練されて小ぎたならしくないのと、それに織りまざった豪奢な風流逸事を、現今の生活では、たとえ金があってやってみても気分がそれに伴いきれない怨みを、美しい追憶としているようだ。私も震災後の雑ばくたる下町へゆくと、生れ故郷ではあるけれど見たくない思いがする。それはあまり見馴れすぎていた旧文明の殻《から》が眼のうらにありすぎるからだ。両国橋畔の変りかたは実に汚ならしい。隅田川筋一帯がそうではあるが、他所《ほか》は近代的美を徐々に造りつつあるとき、両国橋附近も直《じき》にそうなるであろう。

何処やら物悲しく感傷的にさえさせた花火――花火がすんだ暗い川を、遠くに流《なが》れてゆく三味線の音をきき、船の櫓のきしみを耳にしながら、話も尽きて、無言で漕がれてゆくのはさびしかった。鉄橋や、鉄筋コンクリートの高楼や、高架線や、モーターボートや、種々な近代的都会美を輝やかせる花火の方が、どんなに花火らしい花火だか知れない。

草原などで、ポーン、ポーンと、青い玉や赤い玉の出るお粗末な花火を上げるのも好きだし、門の涼台であげる線香花火も可愛いと思うが、両国の川開きだけは立派な上にも豪壮なのが好い。近ごろでは仕掛け花火を主にするようだが、河畔に集る人にはそれでよいが、全市を飾る、両国の川開きなら、何処のビルヂングの窓からでも眺められる、遠景をおもんばかった、とても雄大な火傘が、つるべ打ちにうちあげられて、空を飾るのが近代都市美の上からいっても本当だと思う。そして時間は短かい方がいい。花火もお酒を飲みながら見ているとしても、飲みかたも違って来てはいはしまいか。麦酒を一ぱいグッと飲むと、パンパン、パンパンパンと空で裂ける音は景気がよかろう。胸がスーッとするだろう。おそらく元禄時代の昔の人は、そんな気持だったのだと思う。ハッと手に汗を握るくらい、気の弱いものは動悸がするほど目覚しくやったら、川開きの人気は両国の川の上ばかりではあるまい。柳橋三業組合にまかせておかないで、川開き花火を全市のものにすることを、高いところに窓をもつレストランやカフェや、空間の多いビルヂング経営者にもすすめる。高架線のプラットホームや、省線の窓からの見物なんかも素的《すてき》な近代風景ではないか。

――「改造」昭和九年七月――

（1）三業組合　料理屋・待合・芸者屋の三業種の営業者で組織された同業組合。
（2）宝井其角　一六六一―一七〇五。榎本其角。俳人。松尾芭蕉の高弟。「虚栗（みなしぐり）」編集。一六九四年大坂で芭蕉の死に立ち会い、追善集「枯尾花」を刊行。後に、洒落風と呼ばれる都会的な俳諧を推し進めた。
（3）武蔵　旧国名のひとつ。東海道に属し、現在の東京都と埼玉県のほぼ全域に神奈川県の東部を含めた地域。
（4）明暦三年正月の大火事　明暦の大火。明暦三（一六五七）年正月、江戸本郷の本妙寺から出火、江戸城および江戸市街の大半を焼失した大火事。施餓鬼（せがき）に焼いた振袖が火元といわれる。死者一〇万余。
（5）伊勢貞丈　一七一八―八四。有職家。生年には異説有り。伊勢流故実を継承、家伝の古書を研究して綿密な考証を加え、「貞丈雑記」「安斎随筆」「武器考証」など膨大な書物をあらわした。
（6）八幡鐘の後朝　深川の富岡八幡宮の鐘。端唄に「みだるる髪のつげの櫛／八幡鐘の後朝に／別れともなや送り船」明け六つの鐘をさす。
（7）「紫の一本」　江戸前期の歌人戸田茂睡（一六二九―一七〇六）の著書。江戸風俗・事件が書き込まれている。

(8)「蜘蛛の糸巻」 江戸後期の戯作者山東京山(一七六九―一八五八)の著書。一八四八年刊。

(9)「江戸繁昌記」 江戸後期の儒者寺門静軒(一七九六―一八六八)の著書。天保の頃の江戸風俗を紹介。当時の民衆文化を網羅している。本書は幕府から「敗俗之書」と見なされ、江戸を追放された。

(10)巽巳芸者 江戸深川の芸者のこと。男装をまねて宴席で羽織を着たので、羽織芸者とも呼ばれ、意気と俠気を売り物にした。

(11)為永春水 一七九〇―一八四三。人情本作者。式亭三馬の弟子となり、江戸の町人生活や男女の情痴世界を描いて人情本の形式を確立。天保の改革で風紀を乱したとして手鎖の刑を受け、憂悶のうちに病没。著書に「春色梅児誉美」「春色辰巳園」「春告鳥」などがある。

(12)芭蕉 一六四四―九四。松尾芭蕉。俳人。江戸に出て宗匠となり、一六八〇年深川に芭蕉庵をむすぶ。一六八四年の「甲子吟行」「野ざらし紀行」をはじめ、「笈の小文」「おくのほそ道」などの旅を経て、不易流行の思想、わび・さび・軽みなどの蕉風にたどり着く。

(13)賀茂真淵 一六九七―一七六九。国学者、歌人。田安宗武に国学をもって仕える。「万葉集」を中心に古典を研究、日本の古代精神の意義を強調した。また万葉風の歌をよみ、歌壇に影響を与えた。門人に本居宣長らがいる。

(14)本居宣長 一七三〇―一八〇一。国学者、医師。母の勧めで京都に遊学し、堀景山に儒学を学び荻生徂徠の学風や契沖の古典研究に啓発される。また武川幸順らに医学を学び、郷里で開業。かたわら国学を研究し賀茂真淵に入門。古語の実証的分析を進め、日本独自の「古道」をとなえた。

(15)橘千蔭 一七三五―一八〇八。加藤千蔭を指す。国学者、歌人、書家。賀茂真淵に学ぶ。歌風は平明、優雅で村田春海とともに江戸派を代表した。書は千蔭流とよばれ、画や狂歌も巧みであった。

(16)平春海 一七四六―一八一一。村田春海を指す。歌人、国学者。賀茂真淵の門人で、県門四天王の一人。雅文に優れ、加藤千蔭とともに江戸派の双璧と称される。

(17)田安家 一七一五―七一。田安宗武を指す。歌人、国文学者。徳川吉宗の次男。田安家初代。荷田在満、賀茂真淵に学ぶ。在満が献じた歌論書「国歌八論」をめぐる在満と真淵の論争では、真淵が尊重する「万葉集」の歌風を重視した。

(18) 太宰春台　一六八〇—一七四七。儒者。江戸で荻生徂徠に学ぶ。詩文の服部南郭に対して経世論の春台と称され、徂徠門下の双璧とうたわれた。著作に「経済録」「論語古訓」「聖学問答」など。

(19) 傾城高尾　生没年不明。仙台高尾。初代または二代高尾太夫とされる。仙台藩主伊達綱宗に身うけされたが、意に従わず、隅田川の中州で吊し斬りにされたと伝えられる。藩主は隠居、幼君が後を継ぎ、伊達騒動の火種となった。

(20) 萬治元年　寛永一六年（一六三九）。

(21) 本がんじ　ここでは築地本願寺。浄土真宗本願寺派西本願寺別院として、一六一七年建立。

(22) 水野越前　老中水野忠邦（一七九四—一八五一）。京都所司代、西丸老中を経て一八三九年に老中首座につき天保の改革を断行。厳しい奢侈取り締まりや年貢増などへの反発を受け、二年余で老中職を罷免された。

(23) 吉田博士　一八六四—一九一八。吉田東伍を指す。歴史地理学者。独学で歴史学をおさめ、一八九二年から落後生の筆名で「読売新聞」に史論を発表。十数年をかけて「大日本地名辞書」をまとめる。能楽の研究も進め『世阿弥十六部集』を校訂、刊行した。

(24) 鳥越の新堀川に天文台　江戸の天文学者渋川春海が、一六八九年に本所の邸内に築いたが、一七八二年に浅草片町裏に移転。葛飾北斎「富嶽百景」の「浅草鳥越の図」に描かれている。

(25) 荻生徂徠　一六六六—一七二八。江戸中期の儒学者。朱子学から出発しながらそれを越える古文辞学を提唱。茅場町に蘐園塾を開き、太宰春台、服部南郭ら多くの逸材を出した。また八代将軍徳川吉宗に「政談」を提出するなど、現実の政治にもかかわった。

(26) 角力場　相撲場。

(27) 櫓太鼓　相撲場または昔の劇場で、開場や閉場を知らせるために櫓の上で打つ太鼓。

紫式部——忙しき目覚めに

八月九日、今日も雨。

紫式部をもととした随筆の催促が、昨日もあったことを思って、戸をあけてから、蚊帳《かや》のなかでそんなことを考える。

水色の蚊帳ばかりではない、暁闇《ぎょうあん》ばかりではない。連日の雨に暮れて、雨に明ける日の、空が暗いのだ。それが、簀戸《すど》を透して、よけいに、ものの隈《くま》が濃い。

濡れた蟬の声、蛙も鳴いている。

今年は萩《はぎ》の花がおそく、芒《すすき》はしげっているのに、雁来紅《がんらいこう》(1)は色あざやかだがばかに短く細くて、雁来紅本来のあの雄大な立派さがない。

ふと、紫の一本が咲いているのが目につく。野菊ではない。友禅菊という、葉や、咲きかたや色の今めかしい品《ひん》のない花だが、芒のかげに一叢になっているのは、邪魔にもならないのでそのままにしてあるが、初元結《はつもとゆい》にはとてもおよばない。

初元結といえば、ずっと前に、もう物故《なくな》ってしまった朱紘舎《しゅげんしゃ》浜子（2）が、これが、初元結だといって、一束の菊の苗をもってきてくれた。可愛がって育てると、葉は紫苑《しおん》のさきの方に似て稍《やや》強く、スッとして花は単弁で野菊に似て稍《やや》大きかった。

その葉の色の青さ、その花の色の紫、それこそ春の山吹とともに、王朝時代の色をもった花だと見た。

その、初元結は、浜子のうちのも、あたくしのうちのも震災でどうなったかわからなくなってしまった。

浜子は源氏物語愛好者、娘時代から去年《こぞ》果《は》てるまで、繰返し愛読していた。それも、ただ読流すのではなく、研究的に読んでいた。

けれど、わたしは、いつも忙しく暮しているので、年更《た》けてから、用のほかはゆっくり話あった日がすくないので、どんな風に、あの物語につき、紫女《しじょ》について考えているかを聞洩《ききもら》してしまった。

初元結をもって来てくれた時分のこと、あたくしは彼女のことを、いかにも明石《あかし》の上《うえ》に似ているといったことを、書いたこともある。

それは、朱紘舎浜子の爪音《つまおと》が、ちょっと、今の世に、類のない箏《こと》の妙音であること、それは、古《いにしえ》から今にいたるまでも、数少ないものであろうと思っていたし、性格やその他、明石の上にたぐえる人だったので、白粉ぎらいな彼女のことを、この明石の上はお色が少々黒いといったらば、上《うえ》も浜育ちでしたろうと彼女は笑った。

明石の上も明石の浜育ち、自分も横浜の浜育ちという諧謔《かいぎゃく》であったのだ。

彼女は、あたくしが、まだ唐人髷《とうじんまげ》に結っていた十幾歳《いくつ》かの、乏しいお小遣いで、親に内密で買った湖月抄(3)の第二巻門石の巻の一綴りに、何やかや、竹柏園先生のお講義も書き入れてあるのを、自分の参考にもっていったまま、ずっと手許においてあったが、これも、震災で焼けてしまった。どうしたことかその一冊だけが、おさない手ずさびの記念のように、榛原《はいばら》の千代紙で上被いがしてあるのであった。白い地に柳やら桜やらの細《こま》かい細かい模様であったが――

あたくしの昨今は、トウチカ(4)の中に暮しているように、自分というものがすこしもないので、夜中でも真昼でも、寸分のくつろぎがない日を送っている。目を覚ませば昨日のしのこしたこと、今日のこと、明日のこと、仕事と家事のほかは、病む人(5)の神経が、操《あやつ》りのようにあたくしの神経の全部に走り、それを意識して意識しないふうに、甚だ無神経な奴になっていなければ、病人も家《うち》のものもみんな顰《しか》めッ面になってしまう。

で、あたくしが、すこしでも考えこんでいるということは、それが、庭などを、何気なく眺めていることでも、間違われやすく、何か苦慮しているかととられる。

紫式部のことも、以前、あれこれと考えたことはあったが、すべてが浅《あさ》々しかったと思うので、古いことは思い出さないことにして、さて、何を、この中でまとめられるものではない。今も、雨の朝の紫色の小菊を見た一瞬、そうだっけ随筆の題がなるべく紫式部をというのだったがと、思いはしても、どうして、そんな、チョロッケに書けるものではないと打消す下には、さまざまな、仕事の腹案や、雑務のおくれがちなのが、あれもこれも胸を突いてきて、蒸暑い室のなかの、古い書籍《ほん》や紙の匂いが——悪い印刷インキの香は堪らない。

かつてわたしは、紫式部が、いろいろな女性を書いて来た後に、手習《てならい》の君《きみ》——浮舟《うきふね》を書いたことに、なんとなく心をひかれていた。

美女、才女、ありとある、一節《ひとふし》ずつある女性《にょしょう》を書いたあとで、浮舟や女三宮の現れたのを、よく読んで見たいと思った。今でもそう思っている。

その後、また、ふと、夕貌《ゆうがお》の宿の仮寝の夜の、あの、源氏の君の頭もとに来て鳴いている蟋蟀《こおろぎ》のことから、源氏ほどの人を、あの市井の中に連れて来て、賤《しず》の生活の物音を近間《ちかま》にきかせた手腕に驚いて、そういう意味で、も一度も二度も読み直そうと考えた。

そのいずれをも果していない。

何か、最近の感想で、紫式部に関したことはなかったかと、心の頁《ページ》を繰返して見ると、あった。

それは、つい先日、一葉全集評釈(6)の筆をとっているときに、一葉女史の小説のなかに、源氏物語がどんなに浸みていることかと驚いた。それで、一葉女史の後期——二十八年後半期の作の二、三を除いたらば、殆どといってよいほど源氏物語の影響下にある。

そのくせ、一葉女史その人は、日記のなかや、感想文などでは清少納言の方を挙げている、好きでもあるようだ。一葉女史の性格も、どっちかといえば清原《きよはら》(7)のおもとのようで藤式部《とうしきぶ》(8)のおもとのようではない。

あたくしは影響の下《もと》という言葉をつかったが、それは取り下げるとしてみても、その引例の多いことは、ちょっと考えると、「たけくらべ」などは、浅草吉原裏の廓《くるわ》にちかい、大音寺前《だいおんじまえ》という、細かい生活《くらし》や、特殊な町の少年少女たちのことを書いたものだが、その中にすら、みどりという娘の周囲を、若紫のそれに——もっともこの件は、源氏物語と柳亭種彦の「偽紫田舎源氏《にせむらさきいなかげんじ》(9)」とが、ないまぜに出ているが——結びつけ形容している。

そこで、傑作「たけくらべ」は別として、全集中で、あんまり源氏や、その他の古歌によりすぎている作は、一葉の小説としては未熟の方に属すと、忌憚《きたん》なくいえばいえる。

なぜだろうかと、首をひねったが、一葉女史ほどの人でも、あの大きな「源氏物語」という小説から、小説を書こうと思いたった時、逃れられなかったのだ。

明治新文学の時代が早く、すべてが若かった時なので、時の人の作もよく読み研究したであろうが、紫式部という偉大なる女性作家が、王朝の昔に、あまり大きな影を投げているので、ともすればその着想行文が目の前に現われて来たのだと思う。

一葉女史は、もとより和歌の畑から出て、和文を多く読んだのであるから、よく、源氏物語の妙味に通じていたと思って差支えはなかろうし、それなればこそ、ともすると引きごとに源氏物語の人物、風景を出すことによって、自分が、その景情《けいじょう》に、いうにいわれぬ雰囲気と、醸《かも》しいだす情緒の満足を感じたのではなかろうか。

清少納言の感覚の新鮮さ、鋭さ。

あの鋭さが、紫式部にないといえようか。しかし、ああいうふうに出したらば、あの大いなる作品は残せない。

だが、あたくしは随処《ずいしょ》に、底に秘めた鋭いものを感じる。柏木右衛門督《かみ》が、源氏の君の、見るとしもない一瞥《いちべつ》を、心の底にまで感じて神経衰弱になって死んでしまう気の咎め――いとあはれに眺めたまふと、しとしとと書いてあってもどれもこれも、なかなか、ゆったりと太い男女のいる世界に、あの、柏木の督を書いた彼女は、どっしりとしていて鋭敏なものを蔵《ぞう》していると思える。

紫式部はポットリと白く肥っていはしなかっただろうか、ヒステリックでないことはたしかだ。酒《ささ》を一盞《ひとつき》と、盃を手にした姿も想像する。

なんにしても、大きく、珍しいほど豊な女性であることは、好き不好きでなく、有がたい人が居てくれたものと、ふと、現代の作家に見渡すと、なんとなく岡本かの子さんに、新らしい時代の新らしい感覚、学問、知識の紫式部を何処《どこ》となく見出す。

――「日本文学」昭和十三年九月一日――

（1）雁来紅　雁の来るころに葉が紅色になるところから、ヒユ科の一年草であるハゲイトウ（葉鶏頭）の別名。

（2）朱絃舎浜子　一八八二―一九三七。本名荻原浜子。箏曲家。一九二三年頃朱絃舎を開いて箏曲を教える。坪内逍遥の楽劇「新曲浦島」中の段、九条武子の舞踊詩「四季」の秋の歌などを作曲した。
（3）湖月抄　源氏物語の注釈書。六〇巻。北村季吟著。一六七三年成立。源氏物語の古注を集成したもの。
（4）トウチカ　トーチカ。ロシア語で「点」という意。機関銃や砲などを備えた、コンクリート製の堅固な小型防御陣地。
（5）病む人　三上於莵吉を指す。
（6）一葉全集評釈　富山房百科文庫二五『評釈　一葉小説全集』（一九三八年八月）。
（7）清原のおもと　平安時代中期の歌人、随筆家で「枕草子」の著者清少納言を指す。「おもと」は「御許」。
（8）藤式部のおもと　平安時代中期の物語作者、歌人で「源氏物語」の著者紫式部を指す。
（9）柳亭種彦「偽紫田舎源氏」　一八二九―四二年刊。柳亭種彦（一七八三―一八四二）作、歌川国貞画三八編一五二冊。源氏の世界を室町に移して翻案、実は江戸大奥を描いたとされ、天保改革で絶版処分。

明治風俗

初　年——十年代

明治初年にも、一部には女の非常服があった筈で、この国民総動員(1)の、現時の事変下(2)において考えて見ると、会津(3)では女隊もあったし、二本松藩でもいざという用意は女でもしていたようだが、普通の衣服——袖は昔のことであるから短かった——に、襷《たすき》、鉢巻《はちま》き、裾はぐっと腰でたぐしあげている。これだけだと今も昔もあまりに違わないが、男袴を穿《は》いていることが見逃がせない。

身分の低いものは、奥羽女性常用の筒袖もんぺ姿であったことは論はない。これは幕末から西洋流を模倣した、袖、短袴《たんぷくろ》の武家姿とかたちの上からおなじいきであるが、日頃、引き裾であった階級では、若いものほど襠《まち》のある男袴(4)を用いた。その後十年飛越して熊本籠城(5)の時の女の姿も、男袴を穿き、股立ちをとっていたときいている。

お江戸下町は、火事馴れているし、江東の本所、深川は出水《しゅっすい》が名物でも、戦乱とは違うので袴にまでは到らない――というより、町人居住地の下町では、袴など、男でももっていない印半纏股引《しるしばんてんももひき》階級(6)のものが多いから、女は手早く手拭でしっかりと姐《あね》さんかぶり、尻はしょり、上っぱりには浴衣《ゆかた》を着て腰のところでキッシリと紐を締める。襷をかけ足袋《たび》を穿く。ずりおとさないように、帯の結び目を利用して、その一段上へ、大事な風呂敷包みをしょいあげる。

いって見れば、これが町人女子の非常時服装で、そしてまた、煤《すす》はき、掃除もこの姿で竹の皮草履を穿き、旅行の道中も、襷をかけないだけの違いで、草鞋《わらじ》がけか、紐つき草履といった共通なものである。

この男袴が、明治初年には中々幅をきかせたもので、女学生時代にまでつづき、女学校が盛んになると、紫のはかま、海老茶《えびちゃ》のカシミヤの袴と、御所風の女袴全盛時代になり、海老茶式部の名をもらうようになっていった。日清戦争後海老茶色の改良服が考案されたりしたが、ほんの僅《わずか》の間で流行にならず袴の方は洋装時代となっても勢力がある。

女に用いられた男袴には、もとより緞子《どんす》、織ものの、絹の義経袴もあるが、どうもそれよりは、武張った手あたりの堅い地木綿の、白と紺の荒い手織縞の武芸者の穿くのが多かったようだ。

そこで、その、女学生スタイルだが、スマートである筈の英学生のなかに、現今《いま》の片田舎のおばさんより克明で、としよりくさい髪姿の人もあるし、千差万別ではあるが、所謂《いわゆる》女学生風は、額の上に前髪を切って下げ、根下りの束髪(7)、男仕立てのシャツ――袖口にボタンの二ツかかる赤いフランネルのを着て黄八《きはち》丈《じょう》の着もの、紫の袴は後のことで、白縞木綿の男袴である。中にはそれで唐人髷《とうじんまげ》(8)に結って花簪《はなかんざし》を挿しているのもあれば、束髪に赤シャツだが、黒じゅすの半襟つきで、肩あげ、腰あげ、帯をお太鼓に結んでいるのもある。

上州富岡製糸工場(9)が建った時、女工さんたちが女学生好みの木綿縞袴を一着におよんでいる写真があるが、それは、明治皇后陛下の行啓あらせられた時だけのものだったのか、または工場の機械設備などが新式であるから、服装も洋服に似せて、襷がけで袖をしばり、袴をスカートのかわりにしたのかも知れない。

およそ、開闢《かいびゃく》以来、明治初年ほど、あらゆるものがあんなに混雑したことはなかったであろう。三千年の古《いにしえ》からつづいて来たことに、徳川三百年の鎖国と封建制度に縛りつけ押伏せられて来たことを、ぶっくりかえして流し込み、そこへ外来のものをドッと注入したのであるから、人々の頭も、それを裁いてゆくのが大変だったのだ。おそろしい急進派もあれば、用心し過ぎてばかに退嬰《たいえい》的なのもあった。

男ですらそうなのに、わけて女の上には、さまざまな桎梏《しっこく》がとりのぞかれて「女人禁制(10)」というものが解かれたのだ。文字通り、高野山《こうやさん》だとか、お伊勢参りだとか、神社仏閣登山参詣は勝手となったばかりか、外国人と結婚することも自由になれば、婦女の戸主と為るを許すということもなり、ともかくも、女性も人間ということが認められはじめたのだ。それまでは、

「私のうちだから出て行かない」

とガンばっても、法はゆるさなかったのだ。

女というものが認められてくると、五年の十月に娼妓解放令が出た。これは誠に立派なものだが、西洋

人へ対して[11]という見得の方がさきだったので、一時的なものになってしまって、私娼になっていけないからと、いくらか組織が改まっただけで、また吉原《よしわら》遊廓は以前のごとくになり、それにならって、何処もかもそのまま今日となっている。

でも、彼女たちは、何はあれ、一時は廓《くるわ》を出たのだ。娼妓退散雑踏の図というのには、駕籠《かご》でゆくもの、人力車でゆくもの、やりて婆は荷物をしょい、人足は裸で天びん棒の両方に大風呂敷をつけて担っている。箪笥類を荷車でもってゆくものや、仁和賀《にわか》の時の屋台のような竜頭の船に車をつけたのに乗っている娼妓もある。

――牛馬に物の返辨《わきまえ》を迫る理《ことわり》なしという、その時の解放の布告には大変な文句があるのだが、それには此処では触れないことにして、女学勃興の方面の素晴らしさに移ろう。

明治四年五人の少女が、十六を頭に十二、十、九ツという年齢でアメリカ公使夫人に連れられて、紐育《ニューヨーク》へと横浜を出帆したのは十一月だった。九歳であった津田梅子[12]さんが後の津田英学塾長であることや、十二歳の捨松[13]さんが、後の大山元帥夫人であったことは、まだ多くの人が知っているであろう。その次の年に最初の女学校――東京女学校[14]――女紅場《じょこうば》が開かれた。入門心得には、但《ただ》当分英学ばかりで、生徒は女子八歳から十五歳まで通学のこと。華族でも平民でも授業料を出せば入学差《さし》ゆるすというのであった。

つづいて京都にも女紅場が出来たが、この方は洋服裁縫と、和服裁縫の両科ばかり、尤《もっと》も、三田の慶応義塾内にも衣服仕立局を設け男女洋服裁縫を奨励した。

そこで服装からいって見てもチャンポンで、この目が廻るように忙しかった幾年間の思想、実行の混雑さを、男の方でも着るもので現し示しているから面白い。東京横浜間に汽車が開通したお祝いの時、洋服、上下《かみしも》、烏帽子直垂《ひたたれ》で(15)、それらは、陛下の御前に伺候出来るものたちだから、その他は明治まであったあらゆる形の中へ、山高しゃっぽを被った人、着流し兵児帯《へこおび》、袴羽織、大小の二本差しで長靴、斬髪《ざんぱつ》あごひげ、シルクハットをかぶるのもあれば、黒塗り裏金の陣笠の紐を顎で結んでいるのも交って押歩いたのだから、不思議な図であったろう。

隣家のお父さんが開化姿の化けものなら、うちのおとっちゃんは旧弊頑固、といったジグザグが至るところにあった。チョン髷《まげ》を大事そうにのせていて、牛肉を食べる奴とは口もきかないといったふうで、家長が急進的改革派だと家内の因循固陋《いんじゅんころう》はどうにかなるが、家内のものが進取の気風を取り入れようとして、親父がわからずやのときほど、正面衝突の悲劇が起る。文明の光りに浴さない爺の、頭だけは、ランプほど輝き照るが、中味は行灯《あんどん》の光より鈍いと、若いものたちを慨嘆させもした。

といえば、無提灯で通行してはいけないと再々達しられたのも、いつしかランプや瓦斯《ガス》のことを話すようになっていった。だが、洋灯になってからでも、旦那さんのお室《へや》の机の上に一つという位で、なかなかいつまでも行灯《あんどん》の勢力はあった。蔵前には金鋼張りの行灯、家族は一つの四角い行灯のもとに集って、それぞれの仕事をする。子供は、お団子の串のさきへ張りつけた、切りぬきの影絵を写したりして遊んだり、眼の好い女の子たちは、ずっと離れてお手玉をとったり、きしゃご(16)を弾いている。そんな時、今晩はと来る人や、帰る人は、迎えが提灯の灯を吹き消して待っていたり、畳んでもって来ていた小提灯へ附け木で行灯の灯をうつしてもらって帰った。霜夜に、東下駄《あずまげた》をからころとさせて紫ちりめんのおこそ頭巾で、柄の長い提灯をさげてゆく女は、やさしい風情をもっていた。

そんな家の細君たちは、黒襟つきの節糸や銘仙の着もの、裾廻しは縹色《はないろ》秩父絹《ちちぶぎぬ》、黒じゅすの昼夜帯《はらあわせ》の片側は、ちりめん中形だの、模様ものの引き解きだの博多などで、おかみさん結び、落ちついた年齢より小さいさめの丸髷に、眉毛をおとしたあとを青々とさせ、白粉気を見せぬかくし化粧、鉄漿《おはぐろ》で歯を黒く染めていた。そしてこうした情景は、ずっと後の、卅《さんじゅう》三、四年ごろでもあったのだ。

宮中では公卿や華族の涅歯点眉《はぞめかきまゆ》を三年にお禁じになったが、四年元旦朝賀の節は衣冠、無位の者は直垂《ひたたれ》着用であった。その年の八月に散髪廃刀、帽子がはじめて流行《はや》りだした。

聖上の御断髪、皇后さま皇太后さまのお歯黒をおやめ遊ばしたのは、六年のことであったが、いつも、風俗的尖端をゆく強気《つよき》の人はあるもので、猛烈な女性たちの間には、断髪が流行、一足飛びに男姿になるものが多いほどで、「明なるかな、美なるかなガスランプ、オイルランプ」と洋灯を讃美する新聞紙でも、こんな女は困ったものだと悲鳴をあげている。

その時分の断髪は、男女ともかたちはおなじで、房《ふっ》さりと毛を長目にしてまん中で分けている。男も赤シャツ、赤靴を好み、女とおなじおつくりのものもある訳で、やがてそうした女子たちが政談演説をやると、そうした男が聴きにいってヤジった。京都西陣の織物商が、太巾帯がなくなるだろうと騒ぎだしたりした。

民間から十七歳の下田歌子女史（まだ平尾鉐子《せきこ》の時）が宮中に召されて、
うれしさを包む袂にこぼるゝは
恵の露のあまりなるらん
と言上して、歌子の名を頂き、宮中出仕となったのもそのころのことだ。
年少の女子に、大変天才が、急に現れて来たように見えだしたが、それは、もとから我国の女子に聡明なものが多いのが、知られる機会と学ぶ便がなかったのが、皇后の宮の思召《おぼしめし》により、女子の学問が急に芽をふいてきたのだった。ＡＢＣ型のビスケットが風月堂から売り出されて、知識階級の家庭に非常な好評でむかえられた。
夜あらしお絹という女が思う男と添いたさに、囲ってくれていた高利貸の旦那を「石見銀山《いわみぎんざん》」という鼠とり薬で毒殺して小塚ッ原で刑になり、高橋お伝も慾と色とで病夫を殺し、これは十二年に刑になったが、それらは昔のままの古い女で、新しい世から吸収するものをとらなかった、哀れな人たちである。
たしかイブセンの「人形の家」のノラはこの十二年に出たのだが――
この項は主に五、六年のものとなって、十七、八年の鹿鳴館、その他を次の項に譲ることにする。この時代の流行、ツリガネマント、赤ゲット、カバン、靴、山高帽子、シャツ。

二十年代

百の芍薬《しゃくやく》を集めた大花輪が、突然白光《びゃっこう》を放ちだしたように、紫っぽい青白さの細かい炎をあげて、天井から瓦斯灯《ガス》は輝き出した。と、その下に、これは生きた花束のように、首をよせて丸くなっていた洋装の婦人たちは、パッと大きな花が開くように輪をひろげて、光の来る天井を見上げた。

――まあ美しい。

そう叫んだ彼女たちは、溜息を吐いた。嬉しい溜息だが、少時はそれっきりしか言えないほどの満足で、光りを仰ぎ見ているばかりだった。

だが、美しいのは彼女たち自身や、その装飾《よそおい》だった。ドレスの下から剝き出している、なめらかな、白いむっちりした肩は、白芙蓉《しろふよう》が月光にあたったようであれば、紅い、かすかに開いた唇は、露に濡れた朝顔の光のつややかさでもある。ブローチのダイヤモンドは光り、白い歯はキラキラときらめいた。

彼女たちの眼は生き生きとなった。誰も彼もが、誰も彼もをグルリと見廻すと、海の底に泳いでいる人魚の群れのように、妖しいほどの美をたたえていて、広い室《へや》全体が、きわめて明るいくせに、珊瑚樹《さんごじゅ》の並立つ、紫藍色の海の底の色にボーとして、この世のものではない光のなかに、濡れ冴えて照り輝いているようなのだ。

それは、ある日の鹿鳴館の舞踏室の、灯ともしごろの一瞬だった。

この間から、ある英人が、どうも上流社交婦人がお年寄りが多い――それほどの年齢では彼女たちもないのだが、ともかく、若い女性が少ないから、もうすこし勧誘してはと言ったとかで、彼女たちは頭をあつめて協議していたのだが、

「でも、娘たちは、あちらでも相当の年齢にならなければ、交際社会に紹介しないとか申すではございま

せんか。」

深窓に育てた娘を、フラッパーにもしたくないという呟きももらしもしたが、それよりかも、お年寄りあつかいが彼女たちの気に障っていたに違いない。それを、頭の上から浴びたガスランプの光明《ひかり》に、貴婦人たちの憂欝は、すっかり吹っとんでしまったのだ。

「まるで龍宮のようでございますね。」

「あなた、乙姫さまでいらっしゃる。」

「まあ、あんなことおっしゃって、あなたさまこそ――」

白い鳥の羽の肩が、ふわふわと動かされる。

伊藤さま御夫妻（博文・梅子）が宮中の延遼館を拝借して、舞踏会をお催しになるとか、井上外務大臣が官邸でお催しになる、天長節の夜会の舞踏会には、婦人たちは紅《ひ》の袴でと仰しゃられたとか、鹿鳴館内《こ こ》のダンス教習所はますます生徒が増えるということや、日本服で踊ってもよいかどうかと、そんな話に流れていった時、音楽は響き、黒い服の紳士顕官《けんかん》たちは、すでに相手と手を組んではいってくるのもあれば、彼女たちの前へ近よって、慇懃《いんぎん》に腰を曲めるのもある。

貴婦人たちの社交は、日も夜もたらずのありさまで、慈善市《バザー》の催される時などは、いずれの家もひっくりかえるような騒ぎだ。出品の品物を造るのが済むと、こんどは売手になり、買方に廻り、来賓勧誘、顔の広いのと、売上げ高の多いのを競わなければならない。

しかし。鹿鳴館慈善市《バザー》の収益は種々の慈善団体を助けたのだ。そしてこの慈善会の主体は、皇后陛下の思召しにて慈善病院となり、会員は賛助員となった。

また、この人達の財嚢《ざいのう》が、馬匹改良にも幾分の役に立っている。不忍《しのばず》の池をめぐって幾日間か行われる競馬には、天覧もあり、貴婦人財嚢の賞も出るので、馬主にも騎手にもそれこそ名誉の至り、晴れの勝負だ。馬見所《ばけんじょ》の建物のあった跡には、今でも諸種の小博覧会が催されているが、馬見所には紫の幕を張って、両陛下の御覧のあるおりは、綺羅星《きらぼし》のごときという形容通り、陪覧者が押並んでいた。池を廻る周囲の柵の外には、市人がその壮観な有様を、謹んで拝見するのに、山のように重なりあっていた。

上野といえば、音楽学校も立派に建った。創業期音楽取調所の卒業生幸田延子(17)女史たちは先生となり、新しい組織になってからも年々卒業生をおくりだした。女医は荻野吟子(18)、高橋瑞子(19)とつづいて試験に合格、開業した。勿論男女共学済生学舎出身である。

学校の出来ること出来ること、地方にもドンドン立派な女学校が建つ。東京、京都では主に、舞踏と洋服裁縫、洋食料理、礼式、英語の研究、どこもかも洋服裁縫、毛糸編物講習が流行し、落ちぶれた士族の娘たちは、つつましく絹ハンケチのへムかがりをして、細々と内職にした。

婦人の集会は、社交会ばかりではなかった。知識交換会とか、婦人矯風会《きょうふうかい》とかいった種類も多く、政治的なことにも熱心なグループも多かったのだ。

さて、華族女学校学監には下田歌子女史が奏任二等、あの、最初の海外留学生中の年少者、九歳であった津田梅子さんが奏任六等の、年俸五百円の教授になったが、惜しいことに同時留学生だった吉益亮子は流行コレラで死んでしまった。

束髪や、編ものの講習会ばやりだといったが、旧弊な下町家庭にもその風潮は著るしく、嫁の束髪でもめる家《うち》でも、子供たちには毛糸の洋服を着せもしたし、娘たちには風呂敷ぐらいな大きさの、四角に編んだ肩かけをかけさせた。色は浜浅黄と海老茶。白が流行したのはもうちっとあとになる。

西瓜《すいか》は下卑た食《たべ》ものとしてあった。女子供には猶更《なおさら》食べさせない。いったいに果実類はすけない。林檎《りんご》は日本林檎のかたい青いのだ。トマトの鉢植を眺めて、西洋の赤茄子《なす》だといっていた。氷水は売っていたが、白玉《しらたま》や葛練《くずね》り、ところてんや、寒てんの細く突き出したのが夏の冷たいお菓子がわりだった。子供たちは、砂糖《さと》入り金《きん》ちゃ、しんこや、もんじやき屋、飴細具の屋台へたかる。

その幼年者《こども》たち、女も男も夏帽子をかぶって、黄かたびら(20)に浅黄めりんす(21)の兵児帯が新しかったのだ。横浜の小学校では、生徒は男女とも、みんな洋服とハッキリしているのもあれば、東京でも代用小学校には、寺小屋そのままなのが残っていて、お座《ざ》（机）だけが腰かけになった高脚《たかあし》でお手習と読本、それに算術だけ——しかし、エー、ビー、ヒーと怒鳴ったり、ビイビ、ビイワイバイなんぞと全校生が声をあげる。英語教師は唱歌の先生兼で、一週間に一ぺん赤い靴下を穿いて来て、ともかく、世間におくれない学校のふりをしたのもある。

そういった小学校の生徒は、いちょうがえしや、おたばこぼんという髷を結っている。お下髪《さげ》にしているものなぞはない、児髷《ちごまげ》もない。この辺の小間物屋では、リボンというものを知らないのだ。少女たちは、寒《かん》の丑の日(22)に買う寒紅(23)を、小貝の貝殻から紅皿へはいたりして、その時もらった黒牛や、金色の牛の土焼のを、ふとんを敷いて飾ったり、学校の硯箱《すずりばこ》の中へ、水入れと一緒に並べておいたりする。水入れの小さな口には、時季《とき》の花が挿してあったりする。

この少女たちは、三味線《しゃみせん》のおッしょさんに朝稽古に行ってから学校に来る。三時からは琴とか踊《おどり》とか、もうすこし大きい子は裁縫《おしごと》、生花《おはな》と、徳川期文明爛熟期の文化、文政生れの祖母さん、幕末期育ちのお母さんたちの、してきた通りの教育法で掬育される。一方、開化の表通りをまっしぐらに急ぐ知識階級の方では、帝大生と高等女学校生徒の、男女交際の円滑をはかろうとして、物議を醸《かも》したりしたが、ともかく政府の首脳者が、民間有力者、学者とはかって、欧洲貴婦人に劣らない女性を、急々に造りあげることを奨励したのであるから、何もかも、今日の女性の基礎は、明治のこの期までにみんなつくられたのだ。

そこで、ミッション・スクールの寄宿舎には、顕官の令嬢たちが——姉妹三人もが揃ってはいっている家《うち》もあった——西洋婦人と共に起居し、日常のこと万般教えをうけ、林檎の皮の剝きようから、珈琲《コーヒー》の掻き廻しかたまでも学んだ。

であるのに、くどくも言うようだが、市中はまだまだ行灯組が多く、髪に毛筋棒を何本も立てている髪結さんが出入りをして、女髪結相当な世間話も振りまいてゆく。大店《おおだな》では、店廻《みせまわ》りの理髪人が出入りして——それらは、以前《もと》が、昔のままの男髪結であったから、理髪店はまだ髪結床《かみゆいどこ》と呼んでいたし、理髪師も、チョン髷を結った時分からのしきたりのまま、手提げの鬢盥《びんたらい》、櫛道具を提げて来て、内儀《おかみ》さんたちから女中さんたちまでの、顔や頭を剃った。そして、女中といえば、水仕《みずし》の業《わざ》をする女《もの》は、跣足《はだし》で両手桶の天《てん》秤棒《びんぼう》を担いで、堀井戸に飲料水《のみみず》を汲みにゆくのだった。神田上水や、玉川上水の来ない土地で、堀井戸の質の悪いところへは、月極めの水屋が出入して、一ケ月三十銭、もしくは一荷《か》壱銭五厘だかで汲み入れていた。
鉄道馬車が、新橋方面から、上野行浅草行の二線、たしか浅草行は本町通りと石町通りとに、往復が単線になっていて、浅草橋を通して蔵前通りから並んで復線になっていたかと思う。その、鉄路の上を、二頭の馬がついて、ラッパを鳴らしてくるのに、東京見物に来た田舎の人は呆れて見ていて、轢《ひ》かれたほどのスローモーション振りで、誠にのどかなる風景もあったといえる。

ほかの文物が勃興して、演劇や文学のおきざられている筈がない。洋行がえりの人たち(24)は、演劇改良論をしきりにとなえた。一足飛びに国立劇場案も出た。時もよく、団・菊・左と呼ばれた名優、九代目市川団十郎、五代目尾上菊五郎、名人市川小団次の養子の初代市川左団次が居た。市川団十郎は江戸歌舞伎役者の棟寮《とうりょう》の家柄に生れ、その家筋は代々技芸に秀でているばかりでなく、彼は品行も良し、学識もあったので、河原乞食と賤しめた時代の名残りで、人格を無視していた者たちも、自分たちとは異なる道にも、文化の伝統はあるものとの認識をもって、急に彼等と対等の交際をはじめた。

折もおり、鎖国を解いた後の日本へは、諸外国からの貴賓《きひん》がつづき、その人々を劇場に招くことになるにつれ、宮殿下がたの御覧もあり、俳優の世間的位置は向上し、明治十七年(25)の、井上伯邸における四日間つづいての天覧、台覧劇があってから、おもだった俳優たちを芸名でなく、堀越（団十郎）寺嶋（菊五郎）とか、友達づきあいに呼ぶようにまでなった。そこで、女優必用論も生れた。そういうことの発生は、明治十年前後からのことで、十四年ごろはことに新劇、国劇論が勃興したのと同様に、新文学の小説、評論も擡頭《たいとう》し、女流文学は稍《やや》おくれて十七、八年ころ、田辺龍子（後の三宅花圃《かほ》女史、雪嶺《せつれい》氏夫人、幕府の三舟と呼ばれた蓮舟田辺氏の女）木村曙[26]女史（本邦最初の牛肉店木村荘平氏女にて栄子という。実父は幕臣栗本鋤雲《じょううん》ともいわれている）が、初期の人として登場し、廿三年以後には、天才とよばれた樋口一葉女史を生み出した。

曙という名は、真に、女流文学者の曙をなした名だ。彼女は、十四歳のとき、あの、本邦最初の女学校である、東京高等女学校に入学し、卒業式の答辞を述べたとき、文部次官末松謙澄氏をして「偉い婦人が出た」と感嘆させたという才媛だった。

だが、彼女は廿三年に十九歳の若さで死んでしまった。彼女は十七歳で小説「婦女鑑《ふじょのかがみ》」を書いた。秀子という娘が、亜米利加に留学し、工場に見習い女工にはいって、満期してから京橋区築地に工場を設け、貧婦を下職《したじょく》に雇ってやり、食事は給与し、傍らに幼稚園をつくり、その人たちの子や、母のない子を預り養《そだ》てて、一芸を授けてやるという、美しい事業を起すという社会小説であった。もとよりそれは、フランス語をよくし、英国婦人と親しくした彼女が、キリスト教的社会事業を見聞したことをもととして、理想としたのでもあろうが、彼女に齢をかしてやりたかった。事実幕臣その他の、家族が、路頭に迷っているものが多かったのだ。

彼女は有名な岡倉覚三[27]氏が、妹のように愛した。そのころ根岸の美術学校の岡倉氏の宅は、硯友社一派の尾崎紅葉たちが集って、盛に文学、美術が語られ、論じられていたおりであったから、彼女の文学的思想はそこで培われ成長したのだ。

しかし、彼女は、フランスへ留学するよき機会のあったのも家でゆるさず、未来ある某大学生との（有賀長文氏）結婚もゆるされず、心にもない婿養子を迎えなければならなかった。昨日まで新思想家の、開業女医丸橋光子の洋風寄宿舎に、女学生で洋装で暮した最初の人として教育されて来たのが（丸橋女史は支那の志士と結婚、病院を開いていた）牛肉屋の帳場に、島田髷に結って坐り、帳場机で、暇を見ては小説を書かなければならなくなった。新しい娘といってもまだ真の覚醒《かくせい》がなかったので、あたら才媛を嘆きと失望に、病に食《く》わせるほど衰えさせてしまった。父子新旧衝突の哀しい見本ともいえる。

肺病、肺病、有為な人材を、どれほど食ってゆくか——肺病が、若い書生の間に急に広がった。それから、幻灯が流行した。諸方で幻灯会が催された。

この期には、憲法発布の祝典、国会開設が、画期的な大文字で記録される。

三年目にほんの少々、十年目には一区画というふうに、ものには動きがあるようだ。

振りかえって見ると風俗にもそういうことがいえる。明治四年に海外留学生をはじめて送った時は、唐人髷、児髷、総縫模様の振袖、短刀を一本ずつもって——着ものも守り刀も皇后陛下の御下賜品——いったが、十年代となると、赤いシャツ、男袴から、束髪洋服になった。廿一、二年ごろからは、稍《やや》欧風反動の波が起伏して、洋服地にも国産品使用を、これも皇后陛下の思召から御奨励になっている。

女書生は女学生と呼ばれるようになって、女らしい風格のない人を、寄宿舎育ちという言葉で軽蔑した。数においては競べものにならないほど、神田、本郷辺は男学生の氾濫。淡路町から猿楽町附近の間口の広い、二階づくり三階づくりの下宿屋の手すりは、手拭がずらりと干してあって、夕方など書生たちは鈴なりに頭をだして、往来のものを品評していた。

その書生さんたち、日光下駄のようなので、畳のついていない朴歯《ほおば》を穿き、たっぷりした大巾の、白金巾や、紫メリンスの兵児帯を、腰に箍《たが》をはめたごとくに巻き、または、後でダラリと結びさげている。そうした扮装の堕落《だらく》書生が、顔を編笠でかくして、月琴《げっきん》(28)を抱え、ダミ声を張りあげて、ササ、ホーカイと、ホーカイ節を唄い囃して来た。このホーカイ屋(29)の発生は、やや後（廿三、四年ごろ）になるが、ともかく、書生の天下といった気概は、男学生間に漲っていた。

そのころの流行に、紫ふくさの風呂敷がある。

もともと紫は禁色《ゆるしのいろ》、身分の高いのを意味するかして、紫ぶくさは上っかたに多く用いられたものだ。それを、明治の顕官が、学者が——そうした繋《つな》がりをもった人たちが使用するので、おのずと、紫風呂敷の中味は、重用なもの、むずかしい書籍、知識を包んであるしるしといったふうに見られてきて、官員さんは、上は紫ちりめんから、唐ちりめんといったメリンス（モスリンのこと）に包んで抱える。法律学者もそうなら、国文学者も、漢学者も、英学も、その他の外国学者も大学生も小学生徒も、みんな紫になった。たしか、日露戦争後ごろから黒毛繻子《しゅす》(30)になり、そのあとがフォトホーリオということになるが、その間にも、医師とか、高利貸とかは黒皮、赤皮のカバンをもっておのおの特長があった。

書生羽織の流行も廿四、五年ごろだ。もともと、堅実《かたぎ》な家《うち》では老人子供よりほか羽織を着せなかったのだ。子供は八、九歳まで——可愛がる家《うち》では、十歳あまりまで、袖無し羽織という、チャンチャンコを寒いときには着せる。老人でも短い袷《あわせ》羽織、室内での保温にはねんねこ半纏《はんてん》、寛袍《どてら》をかいどっていた。そこへ、綿を入れた長い羽織が流行りだしたのだから、隠居たちにはフクフクしたのを着せはじめたそれが、芸妓や貴婦人たちも、家《うち》のなかで羽織るばかりでなく、外出《そとで》にも車の上や屋根船に乗るのにも着て、他家《よそ》を訪問するときには、そこの玄関で脱《ぬ》いだ。

東上衣《あずまコート》(31)から、今日のコートになる始めの流行である。一体、山の手風という、商家でない家《うち》では、被《ひ》衣《ふ》(32)〔布〕を着ていたから——廿六、七年ころ、田沢稲舟という山形県の出身で、神田の女子職業学校に入学出京、小説家志願から、婦人雑誌「いらつめ」(33)を発行したり新体詩や言文一致小説で名高かった山田美妙斎について、小説を書き出した女《ひと》が「白薔薇」という作の中で、赤襟、唐人髷、黄八丈《きはちじょう》の一ツ小袖に、藤色紋縮緬の被布《ひふ》を重ねと、十七、八の令嬢の身なりを書いているが、彼女も十八、九歳の年頃であるし、それがまた、おとなしむきの、当時のお嬢さん好みでもあったのだ。

だが、赤い襟は、黒じゅすの半襟を着物にかけていた下町娘の方に多く、山の手令嬢は、白か——そのほかにもあるが、白いのがまあ多かった。ずっと後には、半玉《おしやく》(雛妓)のことを赤襟とも言《い》った。

おなじころ、一葉女史が書いた小説「われから」の若夫人《わかおくさん》は、黄八丈の書生羽織を冬の夜の部屋着に着ている。客を招いた日のいでたちは、小紋ちりめんの三枚重ねに繻珍《しゅちん》の丸帯。三枚重ねはこの期になってはやり出したもので、下着は二枚別のものにしたり、三枚ともおなじものであったり、いずれにしても無《む》垢《く》(裾もそっくりおなじ品)か、または裾だけ三枚とも同色にする。そして、頸から時計の金鎖をかける派手さになって来た。

そのころ（廿三、四年――八、九年を中心に）和歌や和文の指南をして、立派に門戸を張っていた中島歌子や鶴久子(34)という老年組《としよりぐみ》はあるが、文《ぶん》をもって生活しようとした新女性たちのうちでは、一葉は貫ん出てその目的を達した。一葉は心にもなき売文を欲せず、あの傑作「たけくらべ」の素地を作った、浅草吉原裏の大音寺前《だいおんじまえ》で、一文菓子屋を開店して、それで生活しようとした。手紙の代筆や、菓子の買出しもやり、母親や妹は、下駄の畳の内職、賃仕事、ある時は引手茶屋《ひきてぢゃや》のお燗番《かんばん》の手つだいもしたといわれるほど、母子三人で働いたが、志望《こころざし》をつらぬいて立派に原稿生活をするようになった。

と、いっても、彼女の家は以前《もと》からの貧窮ではないし、質草にする着物類は残っていた。その上、母子《おやこ》三人とも、金銭に負ける人柄ではなかった。気ぐらいは高かった。原稿料ばかりで暮してゆけるとはいえなかったかも知れないが、歌や、文章のお弟子も出来て、それらの収入もあったであろうが、其時代に、原稿生活をなし得た女流作家は他になかった。しかし、肺病は、またしてもこの天才作家を倒してしまった。稲舟も同じ年に、一葉より二タ月早く世を去ったが、これは、美妙との夫婦生活の破綻がもとで、毒を飲んで死んだ。

も一ツ、一葉の作に「にごり江」を借りて、新開地の銘酒屋のことをいって見よう。小説「にごり江」は、小石川丸山町の沼地を埋めた新開地の、菊之井という店の、お力という売れッ妓が殺されたことを書いたものだが、銘酒店という曖昧屋《あいまいや》が出来たのは、十八、九年ごろに、浅草奥山の田圃が埋立てになってから、新規に現われた商売だという。もともと、似たものはあったのであろうが、銘酒――洋酒もあるというのが、新しい目の附けどころで、バーや、カフェーに似た表向きで、玉の井をかねた私娼であろう。浅草公園では、仁王門の近所と、弁天山と、観音堂のうしろと、池のふちあたりに、売茶《ばいさ》――昔からの茶店があったが、銘酒屋は白首《しろくび》（酌女）をおくのが目的で、その跋扈《ばっこ》は吉原の遊廓に恐慌を起させたというほど、公園裏に巣をくってしまった。

一葉女史の、菊之井の描写によると、二階には、しんみりした客が来ていて、階下《した》では騒いでいる。その場合三味線も女たちは弾いている。手軽に遊興させたのだから、忽ちに銘酒店繁昌となったのであろう。

浅草公園六区の殷賑《いんしん》も、凌雲閣《りょううんかく》――十二階の高楼だったので、十二階という方が通りがよかった。震災に焼けて取り破されてしまったが――が出来て、百美人の当選写真を飾ったり、エレベーターを設けたりしたのが、その頃では嶄新なので、大変な評判になった。写真といえば、すまして写すものという観念が一般であったのに、新橋の花の屋おつまが洗い髪でうつして一等に当選したのが、満都の人気を浚《さら》った。浅草公園内の写真館では、外《そと》に飾った見本写真の前に客引きが立って居て、田舎者や、娘子供たちに、早撮り写真をすすめていた。

凌雲閣よりさきだったが、富士山の模型が造られて、その人気は実に素晴しかったのだ。とても大きな高い、ちょっと度胆《どぎも》を抜くものだった。頂上まで登ると、花の上野も向島もすぐ目の前にあって、遥に本ものの芙蓉峰に対し、紫の筑波山を招く、豪壮な見世物といえば大人の見世ものであろうが、登山には赤い鼻緒の草履を、麓《ふもと》の茶屋で穿きかえさせた。

一体、江戸人の名残りで、富士に登るということを悦んだものか――深川八幡宮境内にも、その他、神社仏閣、広い庭園には、きまって小富士の模型があったものだ。そしてまた、八幡《やはた》の籔知らずという、何処まで歩いても出口がわからないか、出口には行けるが中心を通過して来なかったという、籔畳《やぶだた》みの道を、くるくる廻る、これも見世ものといってよいかどうか、大人の遊びがあった。

材木を切り組み、セメントを塗った富士にも、それとおなじ仕組みがあって、頂上へ登るのに迷う具合になっていたかと覚えている。これも褒美がついていたが、この富士の絵にスペンザーという、来朝した西洋人の人気のあった風船乗りをあしらった大きな双六の新版が出来た。開き絵になっている山の中腹のある個所をまくると、岩影に木之花開耶姫《このはなさくやひめ》の美しいお姿があった。

富士山をとりこわしたあとへパノラマが建って、日清戦争の、戦争の一部分の光景を見せてくれたが、その時分の支那兵は、藍色のダブダブした支那服の背中へ、丸く大きな型を染めぬいた、支那式色彩の印《しるし》半纏《ばんてん》のような軍服であるし、旗も三角や四角の、ギザギザの赤いふちの附いたのであるから、大国であり、大軍であるのに、何か古風で、古っぽく、弱っぽく思われた。

でも、このパノラマは種々《いろいろ》の意味で、いろいろの役に、大変立ったと思える。洋画というものは、ありのままに見せると感じさせもした。戦場とは、かくも茫漠《ぼうばく》としてそしていかに酷《ひど》いものか、戦は止むを得ずしてはじめたら、何処までも勝たねばならぬということ、その他には、望遠鏡の用途まで拡めた。

「ずっと向うの方をごらんなさい。いやあの雲の下でも戦いがあるね。」

そんなことを言って、髭のある人たちも、子供のようにクルクル観覧台を廻り歩いた。頭から釣っている双眼鏡で、観戦武官のごとく眺め評している。

ニュース映画など、夢にも知らず、新聞の従軍記事もそう早くは達しなかった時代、写真の報道など思いもよらず、号外の鈴の音に飛び出して、奪いあうような状態で、だいぶ絵空ごとも交る、三枚つづきの錦絵で堪能しなければならなかったおり、パノラマは大砲の音や、突貫の叫声こそきかないだけで、如実に語りかけ、説明するものをもっていたから、鮮明な、戦場の蜃《しん》気《き》楼《ろう》を見る気がしたのだった。

日清戦争は、三国干渉の悲憤に凝《じっ》と忍耐しただけ、それだけ内面的飛躍は素晴らしかった。この戦争が起るまで、欧風心酔の反動で、唐《から》ものも流行していたのだ。毛氈《もうせん》に紫檀《したん》の机をおき、唐墨《とうぼく》唐筆《とうひつ》、孔雀《くじゃく》の羽根を筆立てに挿し、ことに煎茶《せんちゃ》は好事家《こうずか》の間にもてはやされた。月琴《げっきん》もはやっていた。

月琴の師匠は、それ者《しゃ》あがり[35]の上品づくりの年増などで、男の弟子も多く、高等稽古所であって、清楽《しんがく》の合奏を本式にやるところもあったが、両国の宣戦布告となると、何にしても相手が大国であり、ことに太閤さま以来外国とそういう交渉がなかったこととて、勝つ信念はあっても、日本は負けぬ国と思っていても、ハッと息を飲み、拳を握っただけ、それだけ、小国と侮どられていた無礼が、敵愾心を煽った。

「なんだ、まだ止めないで、キュワキュデス——なんぞと、チンチロチンチロ弾いてやがる。」

血の気の多い若い衆が、時は初夏ではあったし、簾《すだれ》越しに透いて見える清楽指南所の窓へ、小石を投げつけるという、いささかは、日頃の岡焼きも手つだってたであろう暴行に、戸を閉めて稽古はやっていたが、日日にそうした事件《ことがら》が増えるので、みんな逼塞《ひっそく》してしまった。

その後、月琴はすっかり忘れられてしまった。おなじように抱える楽器で琵琶が全盛になった。

戦争後、男の子の着物に革命が起った。と、いっても、ユニホームになったのでもなんでもない、日本服のままなのだが、断然久留米がすりの多くなったことと、筒袖《つつッぽ》になったことだ。それまでは、筒袖と長い袖と半分位であったのが、紺がすりの着物と羽織になって、羽織の紐は長い太い、木綿の白いのもあれば、黒い毛糸を丸く編んだのもあり、襷《たすき》のように長くして、何のつもりか結んだままそれを首へかけていた。

遊び道具も木馬、鉄砲となり、竹馬はばかに背を高くした。

武張った薩摩風のかすりの筒ツポが、紺の盲縞の上っぱりになって、小僧さんや若い衆は、店によってアイヌの、アツシ風の上っ張りを着せるなど、仕事着が出来て、一たいに敏捷活潑《びんしょうかっぱつ》になった。

〃日清談判破裂して、品川乗り出す吾妻艦——〃

という唄い出しの軍歌に、新橋の芸妓は振りをつけて踊った。上流の家族でも、家《うち》の女中《もの》を集めて踊らせるのであったから、

——まだ定遠《ていえん》は沈まずや(36)——

という、あの悲壮なのになると、聴くたびに、唄うたびに胸を顫《ふる》わせたもので、戦いに対して、若い女の気持ちは真剣だった。会津戦争の惨禍から、孤児救済に身を捧げていた瓜生岩子(37)が、芋糟飴《いもかすあめ》や、御下賜の繃帯《ほうたい》屑で織った反物をもって、出征者遺族を慰安して廻ったのは、今日の銃後のつとめの祖で、忘れてはならない人である。彼女は平民のお母さんと呼ばれていた。

相撲の隆盛、梅ケ谷、常陸山の時代となる。

まだ木橋であった両国橋の朝風に、櫓《やぐら》おとし（力士の結ぶ髪の名）の鬢《びん》を吹かせて、廻《あ》し葛籠《けに》を弟子に担がせて、鼠ちりめんに紺で大きく、纏《まとい》を染め抜いた着ものに、白の浜ちりめんを絞って下締め、上に博多の帯を締めている角力《おすもう》さんが歩いてゆけば、花町《はなちょう》(38)あたりから出てくる鳥追いや一文獅子や、猿廻しや、日傭《ひやとい》取り人足、虚無僧《こむそう》、乞食坊主、いざり車も、ホニホニ飴や、酒莚《さけむしろ》の上下を着たゴミ太夫も、これは回向院とは反対の川向うへと群がって流れ出てゆく、古い、江戸の景色もまだ残っていた。

古いのか、新しい流行だったのか、狐狗狸《こっくり》さんというのも流行った。藤八拳《とうはちけん》もやる、花合せもすばらしく蔓延《まんえん》。

狐狗狸は、丈一尺ばかりの竹を三本の脚にして、まん中のところでひとところくくって立てた上へ、飯櫃《おはち》の蓋を被ぶせ、車座になって取りまき、三味線入りで囃したてると、三脚の竹の足は、かわるがわる独りでに動き出して、調子に乗って上の蓋が踊りあがると、それコックリさんがお出になった、御機嫌がよいと言う。願いごとのあるものは、一方の足の上の蓋に手をかけて、お願い申しますという。ピョント、この足がその時踊りあがると、有難いありがたい、願いはかなったと、それぞれにつけて大盤振舞《おおばんぶるま》いをする。但し、よく動くのを借りたり、貸したりするのもあったようだ。

藤八拳《とうはちけん》は、本式にすれば、小さな土俵の造り物を飾って、軍配扇を持った行司が仲にたち勝負を見定めるのだが、宴席などでは、とんでもない離れた場所から、ヨッとか、ハッとか、とっ拍子もない声を掛けあって、頭の上に手を突き出したり開いたりして、狂人のような格好をする。花札合せは、上下おしなべての遊びもので、先ごろの麻雀の流行より、もっと一般的だったといえる。

小説「不如帰《ほととぎす》」が、文字通り紙価を高からしめる売れゆきで——徳富蘆花《ろか》氏著、三十一年——

「早く帰って頂戴よ」

と、浪子が、夫、川島武男中尉にいう言葉がはやり唄になって、残っている。

「不如帰」が芝居になったとき、泣いて泣いて、帰って来てからも水ばかり飲んでいた娘もあったというほど、「不如帰」は、新派劇では、歌舞伎劇における「忠臣蔵」とおなじに独参湯《どくじんとう》(39)と呼ばれた。

小説「不如帰」の取材は、海軍士官の新婚にはじまり、新婦は肺病になって姑にきらわれ、夫が戦争へ出たあと離別同様に実家へかえされて、そこで死ぬが、実家も継母であるということが、日清戦後であって、やがて日露の雲行きが怪しい時であったのだから、一層女性の関心を誘った。

しかもまた、浪子であろうといわれるモデルの生家は、大山伯爵家——後に公爵、元帥大山巌《げんすいおおやまいわお》——であって、継母は、かつて海外に留学した五人の少女のなかの、十二歳の山川捨松《すてまつ》さんのことである上に、川島家というのは、これも県令などで、辣腕のきこえのあった三島通庸《みちつね》氏の未亡人と子息がモデルであるということが、一層世人に注意を払わせた。

不如帰とは、恋いこがれつつ、血を吐きながら慕い、夫の許へも、その家へも帰られず、断末魔まで夫の名を叫んで死ぬ、哀れな浪子が、時鳥《ほととぎす》のようでもあるからの題名であろうが、事実は三島母堂もやさしい人であり、捨松夫人は冷酷なのではなく、西洋風の教育を受けた彼女は、義理ある仲とか、可哀そうだからという情に纏綿《てんめん》せず、肺病が怖しい伝染病である事をよく知っていて、他の弟妹《きょうだい》に感染させまいとしたのが、温か味のないものと見えたのであろう。あの小説では、父と夫が感情の豊な、立派な人たちに書いてあって薄命な浪子を愛し、女側の両婦人は損な立場におかれている。

　しかし、この二人の夫人が、一人は理智的の冷たさ、一人は、家、血統、わが息子と殆《ほとん》ど我執に近いほど、我を中心に考える固陋《ころう》な、エゴイズムを発揮しているのは、そのころの社会風潮、代表的な新旧賢夫人の型として読者が受取ったのだ。そして、若い、有為な子女を蟲食《むしば》み倒す肺病を傷む心が、破局に終る美人浪子の終焉に涙を絞らせたのだ。

　芝居の方の浪子は、新派の喜多村緑郎《きたむらろくろう》(40)の当り役の一ツで、逗子《ずし》のステーションではハンケチを振る。彼女の白い肩掛《ショール》と、一巻半《ひとまきはん》という太く束ねて、大きくグルリと巻いた油気のない束髪が最新流行だった。夜会巻があんまり行きわたったのと、も一期前の、中央から二ツにわって、根さがりに丸めて、編《ネット》を髷だけにかけた束髷が厭きられ、深張りの洋傘《パラソル》、手提げ信玄袋、腰紐は九尺から一丈の縮緬《ちりめん》や軽い紋ちりめんで、腰を締めて上にひっぱり、帯の下の下締めにつづける。

　おお、こんなことを言っていては果てしがない。

　この期の祝典は奠都《てんと》三十年祭。

角藤正憲《すどうせいけん》(41)からはじまった壮士芝居が、川上音次郎(42)の、オッペケペッポ、ペッポポッポの、白鉢巻き、陣羽織、日の丸の扇で評判になって、幕間《まくあい》に唄った、

――娘の肩掛け立派だが、爺《とっ》さん毛布《けっと》を腰に巻き――

といった諷刺歌時代を過ぎて、女形に喜多村緑郎、河合武雄の名優をつくり、高田実、伊井蓉峰という大物を出し、洋風劇場の嚆矢《こうし》である川上座を、神田三崎町に設立開場したのは廿九年であった。

川上は、芳町に嬌名の高かった浜田や奴と結婚していたが、川上座失敗ののち渡米するのに、短艇渡航をはかったのは、北海エトロープに移住、北方の守備につこうとした群司大尉(43)の一行が、隅田川上流から、短艇幾艘かで出発した評判を活用したのかもしれない。

奴が、貞奴《さだやっこ》の名で欧米劇壇に認められたのは、川上が病《わず》らって一座が窮地に陥ちいったときに、彼女は座長に代って明星《スター》となったのが当って、一躍窮乏を救ったのであった。欧米興行に、良い女優のない一座は光ろう筈ないが、彼女はその時まで、女優として同行したのではなかったが、一挙に彼女は盛名を得、貞奴の芸名は喧伝された。そして、三十五年に帰朝、沙翁(44)の「オセロ」の翻訳劇に、デスデモナに扮して、日本劇壇にデビューした。

貞奴は芸妓時代から異色があって、沢山な毛を無造作な束髪にして、馬術の大家草苅荘五郎氏につき、馬に乗っていた。はやりはじめの大磯の海水浴で、ぬき手をきって泳いでいたのも彼女が早い。大磯は上流肺病患者――肺病は金が要るので、上層の人の病気だと思っていたのだ――の転地療養地に開かれ、別荘地となって繁昌しだしたのが、海水浴が盛んになると病人を厭いだしたが、肺病、心臓病、大磯の海水浴は富者《ふうしゃ》か、美人か、学問に凝らなければしないような錯覚をさえもたせた。

大島の荒い絣の着物に、白い肩掛《ショール》、お転婆で我儘な、顕官たちの愛顧に馴れきった、眼の大きな声に甘たるさのある、若い売れっ妓の奴のおつくりは、モダーンですっきりしていたので、「不如帰」の浪子に扮する役者が、モデルに狙った型だといわれた。

しかし彼女とても、男髷に結って高座に出た竹本綾之助の、十五、六歳からの素晴らしい大衆的人気にはとても及ばなかった。

西洋では、貞奴の馬車の輪に縋ったりした男もあったという、熱狂的人気をもったというが、全盛時代の綾之助の乗った人力車《くるま》は、車輪が土につかなかったのだ。お神輿《みこし》のように車は宙に浮き、本郷から品川といった遠方まで、贔負《ひいき》のドウスル連が運んだ。

ドウスル連も明治に発生した一つの微粒子だ。おもに学生たちで、彼女を狼連《おおかみれん》から守る彼女のファンが、彼女の出勤する寄世《よせ》席へ陣どり、彼女の唄う義太夫節の高潮に達したおり、節のさわりにならないように、下足札で煙草盆を叩き、調子をとって、ドウスル、ドウスルと懸け声をかけて声援したのだ。女義太夫の若手の人気者は、綾之助の他にもあったが、彼女を凌駕するほどの者はなかった。

曙女史は海外留学を第一志望とし、小説家志願を第二志望といったのに、稲舟女史は医者か小説家か写真師か、収入のよいのは女義太夫だといったところに、拾年ほどの短かい間のなかでも、激しい時代の推移が知られる。

アメリカ富豪モルガン一族のジョージが、京都の芸妓《げいこ》お雪に、三度目の来朝で結婚を申込んだ。身の代金四万円というので、鄙《ひな》も都もその噂でもちきった。

河原操子(45)女史が、ある重大な任務をおびて、単身蒙古(46)に入り、喀喇沁《カラチン》王府の家庭教師になったのも三十六年。十年前に、シベリア単騎遠征に成功した福嶋中佐の友人のひとり娘で、下田歌子女史に見出された女《ひと》であった。

その年、露西亜《ロシア》からクロパトキン将軍(47)が来朝している。お浜離宮に盛大な宴《うたげ》が催された。人気俳優市村羽左衛門の妻であった新橋の照近江のお鯉が、芸妓に再勤していて、他の妓《もの》と一緒に、振袖竪矢《たてや》の字《じ》の腰元姿で接客にあたると、クロパトキンはお鯉の帯が気に入り、大変に褒めたが、帰朝後、その翌年が国交破裂、クロパトキンが露軍総司令官であった。

奇しきめぐりあわせというのか、それとも前からの工作でもあったのか、日露戦争時の総理大臣桂太郎将軍に、重責を荷なう人の、身辺慰安のものとして、伊藤、山県の二元老が、心配してもたせた外妾というのが、その、照近江のお鯉《こい》である。

三十七年以後

日露戦争の講和条約に不服であった民衆の憤りが、日比谷焼打事件となった時、桂さんのお鯉さんと呼ばれたお鯉は、赤坂榎坂に住んでいたが、その家の門の扉にも、幾つかのピストルの弾丸《たま》のあとが残った。どうも襲撃されそうだというので、老母を二代目照近江のお鯉の、新橋金春新道《こんぱるしんみち》(48)の家に預けると、お鯉の名に敵愾心《てきがいしん》をもっていた群集は、家は初代のままであるしするので、その家まで表から釘附けにして、石油缶を積みあげ、三十分おきに喊《とき》の声をあげて脅かした。夜は電灯を消して、家の中の者は小さくなっていたが、夜更けてから、預けられた老母と、自分の母の手をひいて、二代目お鯉は逃出した。

初代お鯉の自伝によると、ある夜の十時すぎ、桂公は、初めてお鯉が見る不機嫌な様子で、単身で歩いて榎坂の家に来られたが、

「今まで伊藤の官邸に居た。一寸しらべものをするから」

と、二階八畳の室に、白麻の蚊帳を吊って、机を中にもちこみ、携帯した袱紗《ふくさ》包から書類を出して、眼鏡をかけた。

こうして三時間あまり、刻々に蒼白さを増してゆくかと思われる桂公のもとへ、官邸からは二度状箱に固く封をした書類が届く。十二時を過ぎた時分、けたたましく門を叩くものがあるので、ただの時ではないからと、桂公の後で、団扇《うちわ》の風を送りながら、身をすくめていたお鯉が、門のきわまで見きわめにゆくと、

「お鯉か、俺だよ、俺だよ。」

というのは伊藤公。それと取次ぐと、桂総理は蚊帳のあるのも忘れてすっくと立って階下《した》へ行こうとした。蚊帳は引きずられて一方の釣手がはずれた。机の下の燭台を倒して蠟燭の火は蚊帳に燃えうつった。お鯉が必死になって揉み消し、指に火傷をして階下《した》へ来てみると、主客は相対して泣いていた。六十五歳の元老伊藤、五十九歳の首相桂は、互に手をとりあって、泣いていた——

と、ある。焼打ち事件は、電車を焼き、派出所《こうばん》をやき、新聞社をも焼こうとした。講和条件に不服な国民を、あまり圧迫したので起ったのであった。電灯は消えて、全市まっくらであったのだ。

国の、大きな事件の影に、芸妓《げいしゃ》が結びついていることは——事件そのものにではなく、有力者の影身に

――維新このかたの附きもののようで、伊藤公の梅子夫人（馬関の芸妓）木戸侯の松子夫人（京都の幾松）といった錚々《そうそう》の人たちをはじめ、みな青雲に達するまでの志士のシンパであったのだが、お鯉の時分になると、だいぶ違うし、それ以来はないから、まずお鯉が、芸妓と顕官(49)とのつながりの、この時代を代表した最後のものといえよう。新橋、赤坂の一流芸妓は、顕官の慰安者であるために、不当なほどの庇護をうけていたので、芸妓は肩で風を斬る勢い、贅沢なことでは、戦争成金及び富豪を除いたら、彼女たちであったであろう。

彼女たちは、年々春着を新調するのに贅《ぜい》をつくした。三ケ日までが黒、七草までが色がわり、そのあとが二十日正月まで小紋。という定《さ》だめだが、流行《はやり》ッ妓《こ》は、引き裾がいたむので、黒の出も一着では間にあわないということであった。前の年の夏《な》期《つ》には、もはやお正月の模様を京都の染物屋や、大呉服店が、図案に頭をしぼって念入りに染め、西陣では織ものの丸帯に、織子が腕に縒《より》をかけていた。

暮の十二月にはいると、新聞の流行欄は、各花柳界の着物合戦を細かに報道すること、金献金や、飛行機献納のそれより委《くわ》しく、正月の着物が師走《しわす》の月にかからないうちに出来るのだから、今日の婦人雑誌より春の告《つげ》は早いわけであった。しかし、彼女たちには、まだ芸妓《げいしゃ》小供《こども》といわれる、面白い一面も残っていて、自《じ》まえ芸妓が多かったが、赤坂の春本あたりから始まって、資本主義的な芸妓屋渡世――芸妓自身がその家の営業主でなくなって、汚ない養父、養母が、多勢の抱えをおいて稼がせる流儀になり、そして、真に、女性全体の動きが活潑になってゆくにつれ、社会の表面から、彼女たちの勢力は消されてゆきつつある。

それまで、女優、女優と、求める声ばかりで、新しい女優は生れなかった。川上貞奴をはじめ、その座に二、三の女優は出来て、旧劇俳優のなかから、名人市川九女八《くめはち》なども、文士劇という一団に加わったりしたが、真に、新社会劇に適する女優は出ていなかった。

芸妓から求めたらなどとも、一部ではいわれたりしたが真面目ではなかった。坪内逍遥博士の、文芸協会附属研究所から漸く立派な女優が出現した。そのうちで最も知られたのが松井須磨子である。努力家の彼女は、帝国劇場での、文芸協会初公演に「ハムレット」のオフェリヤに成功し、イブセンの「人形の家」のノラで認められた。

帝国劇場でも女優を養成した。その選にはいった人たちは、相当な家庭の娘たちで、高等女学校を出ているが、一技一芸をもつものたちだった。森律子[50]は跡見女学校を出て築地の女子語学校に通っていたが、この、古いミッションスクールから、十三人もの女優志願者を出し、しかも、半数ばかり取りあげられたので、学校では大変な騒ぎになって、彼女たちに退校処分をせぬ前に、退学届を出せという談判をした。

そのトバッチリを受けたのが、劇《ドラマ》を書いて上演されたりすることがあるので、その刺戟によるとの理由で、諭示退学ということになったのは、わたくしである。

しかし、松井須磨子の育てかたと、帝劇女優の養成しかたとは、根本から異っていた。帝劇では、なんといっても商品への資本の入れかたであり、文芸協会のは、真に劇芸術のためという、立場の相違が、折角の帝劇女優に、新女優過渡期の存在としかならない怨みを、どうにもしようがない。

とはいえ、帝劇は、一方にロシー夫妻を呼んで、将来のオペラ時代に対する準備をしていた。上野音楽学校を出た柴田環《たまき》さんが、世界のプリマ・ドンナとして三浦環の名を為す最初は、日本歌劇「熊野《ゆや》」を帝劇でやったからで、後にミラノのスカラ座の座つき歌姫となった明星の原信子[51]も、上野の音楽学校出身、帝劇オペラ女優が振出しである。西洋舞踏の大家をなしている高田せい子[52]も、その第二期生であった。

環さんは、虎の門女学館[53]の卒業生であるから、上野へ通うのに、長い袖を靡《なび》かせて、袴姿で自転車に乗り、人目をひいていた。虎の門女学館は、下町と山の手にまたがり、同校生が垢ぬけのしたスタイルだったので、東京の女学校のうちの美人校とされ、虎の門といえば青年の礼讃渇仰の的であった。実際すっきりしていた。

袴もこのころになると、紫はすくなく、海老茶は通俗で、深藍、みどり、薄ココア色、濃いクリーム色その他の系統で、薄附いた深味のある、地質もドッシリした良好なカシミヤが好まれた。長い、ふっさりした下髪に、幅広のリボンが一ケ処結ばれ、荒い絣《かすり》や縞柄のお召縮緬《めしちりめん》は禁じられたが、銘仙《めいせん》や、紬《つむぎ》のよい染のお召風、長い袂といった、立体的な姿態、そうした娘が連立って校門から出てくるのが、近代都市風景の一として、虎の門の名が高かったのだ。

音楽学校出身で変った人は、河原操子女史の後任に蒙古喀喇沁《カラチン》王府に赴任した鳥居きみ子[54]さんが目立つ。若い頃の龍蔵博士[55]も、おなじ王府の武備《ぶび》学堂へ迎えられた。

職を辞してからの鳥居夫妻は、およそ蒙古の至るところを、考古学研究のため歩いた。夫人は当歳の娘を背にして、砂漠《マンパ》のなかをゆき、大草原の月に寝ね、氷解けの横河《シラムレン》で洗濯をした。

彼女は、子供をギッシリと背に結びつけたまま、必要の場処は、歩数で距離をはかった。時計には砂がはいってしまって時間は知れず、写真機の三脚は激しい風に立てても立てても吹き倒され、撮影機の裏硝《がら》子《す》は破られ、紙を張って間にあわせたりした。撮るにはとっても、現像するところもない不自由な中で、心ゆくばかりの仕事をした。乾板は生板《なまいた》のまま持ってかえらなければならないような苦労を重ねた。

大高原一帯が、お花畑のようになったある日、夕陽の空が、七彩まばゆく輝いて、人影などすこしも見えぬ丘に立ったとき、彼女は夫の姿を見、わが姿を見て、あまり美しい自然の中に立つ、垢づいた我身を、

「あたしたち、まるで乞食のようですね。」

と、いったというが、事実は彼女は黄金像のようにかがやいたのだ。彼女の踏んだ足跡が、今日どれほど役立っているか知れないことを私は秘かに思っている。蒙古の音楽のことを書かれたものだけでも、たいした後進者への贈りものだ。風俗を微細に書かれたものも残っている。

彼女に、どうして博士号をさずけないのかと、思わせられるほどだ。

博士をおくるといえば、与謝野晶子女史の明星派の短歌、国文の研究もめざましかった。「恋衣」(56)を出した時分の鳳《ほう》晶子は、星菫《せいきん》派の祖のようにいわれ、星よ、菫よと、紫インクの青春時代をつくったが――おおその時代は、大変な廂《ひさし》髪《がみ》時代だ。糸瓜《へちま》のカラを二ツ位もシンに入れたような、大きな廂髪、廻りに毛がはいるので、髷にする束髪かもじが出来た。束髪の椎茸髱《しいたけたぼ》――椎茸髱は、徳川大奥中期以下の御殿女

中の濃厚な、髪かたちだった――とでもいうふうな、大々《だいだい》したものだ。

尤《もっと》も、西洋でも大きな鍔《つば》の帽子へ、しこたま花を飾りつけたのがはやったから、それに負けない大きさに結ったものであろう。観劇のおりなど前側に庇髪が居ると、なんにも見えなかったほどだ。

女流創作家の顔ぶれはすっかり変った。作風も新らしく、小説、劇作、翻訳、劇評、評論、と本格的地歩をしめて来た。そして、新女性覚醒の烽火「青鞜」が生れ、主唱者平塚らいてうたちを「新らしい女」という名で呼び、爾来、新らしい女とか、高襟《ハイカラ》とかいうと、一種の冷たい目をもって眺め、言われたが、この、新女流文学運動は、我国女性がそこまで成長したことと、その後の躍進を、まさに画期するものがあった。そしてまた、それよりさき、奥村五百子の「半襟一掛」の愛国婦人会の設立がある。半襟一掛の費用を節約して、国に事ある日に備えよという主唱だった。

この期に、もっとも悲しいことを記念しなければならないことが起った。

偉大なる明治天皇の崩御と、女性向上の唯一の御指導者でおわした明治皇后（昭憲皇太后）を、つづいて失いたてまつったことである。

大正にはいって

――現代では度外れということや、突飛ということが辞典から取消されて、どんなこともあたり前のこととなってしまった。実に「驚異」横行の時代であり、爆発の時代である。各自の心のうちには、空さえ飛び得るという自信をもちもする。まして最近、檻を蹴破り桎梏《しっこく》をかなぐりすてた女性は、当然ある昂《たか》ぶりを胸に抱く。そこで、古い意味の（調和）古い意味の（諧音）それらの一切は考えられなくともよいとされ、現代の女性は（不調和）のうちに調和を示し、音楽を夾雑音のうちに聴くことを得意とする。女性の胸に燃えつつある自由思想は、各階級を通じて（化粧）（服装）（装身）という方面の伝統を蹴り去り、外形的に（破壊）と（解放）とを宣言した。調《ととの》わない複雑、出来そくなった変化、メチャメチャな混乱――いかにも時代にふさわしい異色を示している。

時代精神の中枢は自由である。束縛は敵であり、跳躍は味方である。各自の気分によって女性はおつくりをしだした。美の形式はあらゆる種類のものが認識される――

以上の文は、大正十二年[57]、雑誌「解放」の明治文化研究特別号へ、わたくしが書いたものだ。また、明治大正の文化特別号「太陽」へ書いた追憶[58]にも、最近三、五年、モダンという言葉の流行は、すべてを風靡しつくして、ことに女の容姿に、心に、そのモダンぶりはすさましい勢いで、美女の評価は覆えされた感があるが、今日のモダンガールぶりは、まだすこしも洗練を経ていない。強烈な刺戟は要するにまだ未熟で、芸術的であり得ないきらいがある。つねに流行は、そうしたものだといえばそれまでだが、デパートメントの色彩で、彼女らはけばけばしい一種のデコレーションにすぎないと、大正末期の婦人扮装をいっている。これは明治中期以来、漸《ようや》く洗練されて来たものが、また打破されたのを語ったものだった。

何が？　時代思潮は、風が世界中を吹き廻るように、潮が何処の岸も洗うように、電波はいちはやく若き人々の敏感な胸線に触れる。余儀ないもので、そこに進歩も根ざす。

扮装とてもそうだ。しかし、断髪、短いスカートといった欧洲大戦時色の強いものは、大震災後昭和にはいってから輸入され、それより前は、世界大戦によって、交戦国でない米国が獲得したような富を、幾分我国でも利得しているから、とんでもない成金趣味がはばをきかせ出した。

日露戦争にも鉄成金、船成金が出たりつぶれたりしたが、このときの彼等の鼻息の強さ、京都の舞妓のだらりの帯に、ダイヤモンドが縫いつけられ、パイのパイのパイという唄がはやったり、(倍《ばい》のばいの倍《ばい》、何もかも三倍だと好景気を唱ったもの)岩倉公爵をグニャグニャにさせて、笹龍胆の紋からとった、笹屋という珈琲店《カフェー》を出させた、新橋ではあまり知られては居なかった桃吉という妓は、頭《かみ》のかざりも、頸にも、帯どめにも、腕輪も、なにもかもダイヤモンドづくめだといわれた。誰も彼も、ダイヤの指輪をはめていないと気まりがわるいというほどであったから、まして芸妓たちは――、尤も指輪で動かされる女は、既に、明治三十年に尾崎紅葉山人が「金色夜叉」のお宮に現わしている。

――黒狐の毛皮の、剝製標本のような獣の顔が、紋服の上にあっても、その不調和を何人も怪しまない。十年前、メーテルリンク夫人の豹《ひょう》の外套は、仏蘭西《フランス》においても、亜米利加《アメリカ》においても珍重されたといわれるが、現代の日本においては、気分的想像の上ですでにそんなものを通り越してしまっているとも、その当時のわたくしは言っている。

明治生れのものには、何か、しようのないものを感じる。あまりに物質的なものが肩で風をきった。百貨店が勢力を拡げるにつれ、デパートガール、ショップガールに、少女たちは吸われてゆき、レストーラン、カフェーが盛大になり、店が増えてゆくにつれ、芸がなくて顔の綺麗なものは、そこへ流れていった。おなじように、背中に蝶むすびにした、白いエプロンをかけていても、綿金紗《めんきんしゃ》の女給よりは、デパート食堂の少女の方が清純であった。

芸妓は衰移したと前に述べたが、それは社会に反映する勢力のことで、質的のものだ。量においては増えることはますます増えている。以前は、新開地に銘酒屋が建つといったが、このごろは、何処の場末へいっても、二業地三業地[59]の、やがて出来る予約の花柳界敷地の棒杭が立っている。なさけないミルクホール兼カフェーにまで、一人二人の女給は居た。

この期には、十二年九月一日が、関東大震火災。

大正天皇崩御。


女流新舞踊の流行の魁《さきがけ》をなしたのが、藤陰流《とういんりゅう》の藤陰《ふじかげ》静枝さんであった。

マネキンも米国がえりの山野千枝子[60]さんによって職業的進出をし、女医、産婆、看護婦、女車掌、電話交換手、タイピスト、婦人記者、大、中、小学教師、其他の職業婦人、工場婦人は、グングンと職場を拡めていった。小山内薫氏によって、築地小劇場に新劇女優が誕生し、松竹会社は映画女優を養成し、小林一三[61]氏は宝塚にレビューガールを造りあげた。

婦人参政権獲得同盟[62]の成立。

震災後から今日まで

大震災は、震災地の女の富めるものをも、貧しいものをも、おなじように持たざる女とした。

その時、誰いうとなく、あんまり奢《おご》りすぎていた、よい時に、天の慈警《いましめ》が来たといった。泥をかぶり、汗を流しても、拭うものがなかった女たちは、玳瑁《たいまい》(63)の櫛を挿しているものも、ダイヤのピンを挿しているものも、はじめから日に焦げた赤い毛の貧婦とおなじく、グルグル巻きにして、手拭でも風呂敷でも、あれば被った。

明石縮の着物でも、絽《ろ》の着ものでも、ちぢれあがり、泥づいて、品のよいものも価打などはない。尻はしょりをしなければ足にからむし、跣足《はだし》か、辛うじて草履を穿く。もとより数日後秩序が立ってからは、あるものは他から迎えられもしたが、まず押なべては荷車もおさなければならないし、焼けたあとを掘るのも手伝わなくってはならなかった。

非常時の体験はした。だが、地震は、二度三度くるとは思わない。あってもゆりかえしだと思うから、いつか安心に馴れて、非常時服など思いもつかない。半年、一年の間は、用心深いものはリックサックへ、用意の品々をおさめ、懐中電灯を近くにおいて寝たが、咽喉《のど》もとをすぎればの譬《たとえ》のごとくである。

貧富のへだたりが嶮しくなって来て、富山県でお米が高くて買えないという運動(64)が、漁師や百姓のおかみさんたちから起った。諸国へいち早く飛火した。

女工たちの間にも、働いてもどうしても、何故食えぬかとの疑問が、火のように盛んだった急進思想と結びついて、真面目な情熱が、ぐんぐん其《その》理論に引っぱられた。

面白いのは、震災前まで、カフェーの女給の化粧前かけであったエプロンが、家庭台所着の実用になって、老人も若いものも一般に用いて、しかも支那事変下となってから、この割烹着《かっぽうぎ》は国防婦人会のユニホームになっている。

一方職業婦人が用いはじめた上っ張りの事務服は、愛国婦人会のユニホームになった。しかし、当然、いざという場合には足の方が肝心なので、モンペやズボン式などが、種々に工夫されている。

働くものの着物の改革は、とうに到来しているのだが、日本服の良さと、平時の調法さと、家屋との調和からたゆたっているので、アッパッパといった、今でいう簡単服が、どんなに一般のおかみさんにとりいれられたか——背の丸くなった老女が、肩から灸《きゆう》のあとを出しているの、若い女が下から赤い腰巻を見せるの、丸髷がおかしいの、素足の下駄ばきがどうだのと、服装儀礼の正しい、女は働かなくってよいという階級の、男たちの嘲笑と顰縮《ひんしゆく》にあったが、必要は笑われたぐらいで止められるものではない。これは、忙しい生活が求めている衣服のかたちを、暗示していたのだ。

洋服の下駄がけは、国家総動員非常時の今日では、勤人でも、小学校でも、上から許《ゆる》可されている。一昨年あたりの街頭風景に、荷車の上に竹棹《たけざお》を立てわたし、アッパッパをかけならべ、風になびかせて売っていた。こんな新商業が出来たほど、需要の多い証拠である。

ス・フ[65]と、その他の代用品に見ても、なくてこそ、必要にせまってこそ、ほんとの工夫は生れ、そして論なく用いられるということを示している。女が、男とおなじ権利を認めよと叫ぶ前に、空叫《からさけ》びよりも、真に、認めさせるだけの力を示すのは、今こそと、しっかりと地についた働きを、地味につづけはじめている。非常時下の今日、すべての層に、断然彼女たちは押出している。

昭和二年、保井コノ[66]女史が理学博士を、新学位令によって受けてから、理、農、医の婦人博士は二十人を数えられ、日に日に数を増している。

汎太平洋会議[67]に参じ、また、運動界では、先進の人見絹枝[68]さんこそ今はないが、国際オリンピックに十三歳の稲田悦子[69]さんがスケートの正選手となり、前畑秀子[70]さんが水泳に一等の栄冠を戴き、日本の旗を立て、何処にも此処にも躍進のあとは著るしい。

母性保護聯盟[71]から提出された「母子保護法案[72]」は議会を通過した。

国にあふれて来た女性の力は、今や、隣国満洲、支那を啓蒙し、自分たちをも開拓しようとしつつある。

国防服の問題は、今や問題ではなく、実用期にはいっている。


――昭和十三年十月・東京火災保険株式会社五十年誌――

（附記）ペンをもって、絵筆をとって従軍、戦線に活躍した女性も一、二ではない。漢口《かんこう》一番乗りの林芙美子[73]、海軍溯行部隊の吉屋信子[74]、北支、蒙疆《もうきょう》、海南島の長谷川春子[75]を代表にあげておく。また、社会事業に先醒の婦人たちが、内閣情報部と共同した仕事、東京市にも力を貸し、いまや国民精神総動員中央聯盟のなかにもはいって躍動しようとしている。（十四年七月）

（1）国民総動員　日中戦争下で制定された全面的な戦時統制法、国家総動員法（一九三八）などを視野に入れた文脈。第二次世界大戦期の日本の総力戦体制の根幹となった。同法は、戦争遂行のため労務・資金・物資・

物価・企業・動力・運輸・貿易・言論など国民生活の全分野を統制する権限を政府に与えた。

（2）現時の事変下　一九三七年七月の盧溝橋事件をきっかけにして起こった日本と中国との間の戦争。はじめ日本政府は支那事変あるいは日支事変と呼び、宣戦布告も行わなかったが、戦線は全中国に拡大、太平洋戦争に発展した。

（3）会津　会津戦争を指す。一八六八年の戊辰戦争の中で、新政府軍と、これに抵抗する奥羽越列藩同盟の中心となった会津藩との戦い。

（4）男袴　男性用の袴で動きやすい。

（5）熊本籠城　西南戦争を指す。一八七七年、西郷隆盛らが鹿児島で起こした反乱。征韓論に敗れて帰郷した西郷が、士族組織として私学校を結成。政府との対立が次第に高まり、ついに私学校生徒らが西郷を擁して挙兵、熊本鎮台を包囲したが、政府軍に鎮圧され、西郷は郷里の城山で自刃した。明治維新政府に対する不平士族の最後の反乱。西南の役。

（6）印半纏股引階級　印半纏とは襟や背などに屋号・家紋などを染め抜いた半纏で、主に職人や商家の使用人が着用していた。また、股引は今日の細身のズボンのような下ばきで、下着や仕事着として用いられた。江戸時代、職人が身につけた。つまりあまり身分の高くない人々という意。

（7）束髪　明治以降、女性の間に流行した西洋風の髪形。水油を使い、軽便で衛生的なため広まり、揚げ巻き・イギリス巻き・マーガレット・花月巻き・夜会巻き・S巻き・二百三高地・耳隠しなど種々のものが生まれた。

（8）唐人髷　江戸末期から明治末ごろまで行われた少女の髪形。髷を左右にふっくらと結い、元結の代わりに毛で十文字に結び留めたもの。

（9）富岡製糸工場　明治前期の官営模範製糸工場。一八七二年群馬県富岡に設立。フランスから機械と技術を導入し、近代的熟練工を養成した。

（10）女人禁制　宗教修行の地域・霊場などへの女性の立ち入りを禁止する風習。比叡山・高野山などで行われたが、一八七二年に立ち入りを認める政令が出て以降、ほとんど廃止となった。しかし風習として今なお根強く残っている。

(11) 西洋人へ対して　一八七二年のマリア・ルース号事件（ペルー国船マリア・ルース号から虐待に耐えかねた清国のクーリーが逃亡、英国軍艦に救助を求めた。神奈川県権令大江卓は奴隷売買事件として裁判し、クーリーを釈放）をきっかけに、ペルー側が日本における人身売買を指摘。そのため同年一〇月、芸娼妓の年季奉公廃止を国内に布告した。

(12) 津田梅子　一八六四―一九二九。教育者。一八七一年八歳で開拓使派遣女子留学生のひとりとして渡米。一八八二年帰国。華族女学校教授となり、後に女子高等師範教授も兼任。一九〇〇年女子英学塾（現津田塾大）を開き、女子英語教育に貢献した。

(13) 捨松　一八六〇―一九一九。山川（大山）捨松。社会事業家。一八七一年津田梅子ら四人と日本初の女子留学生として渡米。ヴァッサー大などで看護学、女子教育などを研究。大山巌と結婚。愛国婦人会、赤十字社篤志看護婦会などで活躍した。「不如帰」（徳富蘆花）の主人公浪子の継母のモデルといわれる。

(14) 東京女学校　一八七二年、学制に基づき開設された。これを端緒として女子の中等教育機関が整備された。一八八二年には東京女子師範学校（現お茶の水女子大学）付設の高等女学校が開かれた。

(15) 烏帽子直垂　烏帽子は元服した男子のかぶり物のひとつ。古代の圭冠の変化したもの。貴族は平常用として、庶民は晴れの場合に用いた。直垂は上衣と袴からなる武家の衣服。もとは庶民が用いたが、鎌倉時代に武士の平常服となり、江戸時代には束帯、衣冠を別にすれば将軍以下侍従以上の者の最高の礼装とされた。

(16) きしゃご　細螺。ニシキウズガイ科の巻き貝。内海の砂泥地に埋もれて群生する。貝殻は低円錐状で、殻径三センチくらい。殻表は青黒色にタイル状模様がある。肉は食用、殻はおはじき・貝細工などに使う。ここではおはじきの意。

(17) 幸田延子　一八七〇―一九四六。ピアニスト、音楽教育家。幸田露伴の妹。安藤幸の姉。音楽取調所（後の東京音楽学校）の第一回卒業生。一八八九年欧米に留学。一八九五年東京音楽学校（現東京芸大）教授となり、多くの門下生を育てた。家庭音楽の普及に尽くした。

(18) 荻野吟子　一八五一―一九一三。医師。自らの闘病体験から女医の必要性を痛感し、一八八五年女性では日本最初の医師の資格を得て、東京湯島で開業。
（19）高橋瑞子　一八五二―一九二七。医師。一八八四年、荻野吟子らが医術開業試験を受験したことを知り上京。一八八七年に医師免許を取得。開業の後、ドイツに留学。
（20）黄かたびら　黄帷子。さらさない麻糸で平織りにした布。男子の夏物、特に羽織に用いた。
（21）めりんす　薄く柔らかい毛織物。モスリン。
（22）寒の丑の日　寒とは寒中の意。寒の入りから寒明けまでの約三〇日間を指す。丑の日は十二支の丑にあたる日。特に夏の土用の丑の日と寒中の丑の日をいう。寒中の丑の日には、丑紅（寒紅）を買う風習がある。
（23）寒紅　寒中に作った紅。色が鮮明で美しいとされる。特に、寒中の丑の日に買うものは小児の疱瘡などに効くとされた。
（24）洋行がえりの人たち　小山内薫や島村抱月らを指す。
（25）明治十七年　明治二十年の誤り。四月二六日―二九日に催された麻布の井上馨外務大臣邸の茶室開きの余興として、勧進帳や寺子屋等を九代目団十郎、五代目菊五郎、初代左団次らが演じた。天皇、皇后、皇太后、内外高官が主賓。
（26）木村曙　一八七二―九〇。小説家。父の経営する東京浅草の牛肉店「いろは」の帳場で小説を執筆。一八八九年、「読売新聞」に進歩的な女性を主人公にした「婦女の鑑」を連載。翌年流行性感冒で死去。
（27）岡倉覚三　一八六三―一九一三。岡倉天心。美術指導者、思想家。生年は異説有り。フェノロサとともに一八八九年の東京美術学校（現東京芸大）の設立につとめた。美術専門誌「国華」の創刊や、日本美術院を設立するなど活躍。後にボストン美術館東洋部長となる。日本の伝統美術の振興と革新に指導的役割を果たし、東洋・日本美術を海外に紹介した。
（28）月琴　弦楽器のひとつで阮咸を変形したもの。中国で宋代以後用いられた。円形の胴に短い棹がつき、通常四弦で、義甲で弾く。
（29）ホーカイ屋　法界屋。巷間芸能のひとつ。編み笠に白袴の書生が月琴を伴奏に法界節を歌って歩いた。明治の中頃、全国で行われた。

(30) 毛繻子　縦糸に綿糸、横糸に毛糸を用いて織った綾織物。滑らかでつやがある。

(31) 東上衣　東コート。女性の和服用長コート。一八八六年に東京日本橋の白木屋呉服店が売り出した。幅の狭い道行衿やへちま衿がつき、布地はカシミア、セル、ビロード、繻子などが用いられた。

(32) 被衣　被布。着物の上にはおる上衣。襠があり、たて衿、小衿がつき、錦の組紐で留める。江戸時代に茶人や俳人などが着用して流行し、後に一般の女性も用いた。

(33) 「いらつめ」「以良都女」。山田美妙を中心とした文芸雑誌。明治二〇年（一八八七）七月―二四年（一八九一）六月。全八四冊。成美社発行。発行の第一目的は婦女子啓蒙、第二は言文一致体の普及にあった。

(34) 鶴久子　一八三〇―一九〇〇。歌人。蜂屋光世の妻。山田常典に師事。夫の没後、その号鶴園にちなんで鶴と称した。宮内省につとめ、また東京本所の自宅で和歌を指導した。

(35) それ者あがり　過去に芸者や遊女であった人。

(36) まだ定遠は沈まずや　正しくは「沈まずやまだ定遠は」。軍歌「勇敢なる水兵」の一節。定遠は日清戦争時の戦艦名。

(37) 瓜生岩子　一八二九―九七。社会慈善家。戊辰戦争（一八六八）の際には若松に駆けつけ、敵味方の区別なく負傷者の手当てに奔走。喜多方に「幼学校」を建てるなど士族の子女の教育に尽力した。一八九六年女性ではじめての藍綬褒章を受章。

(38) 花町　遊女屋・芸者屋などの集まっている地域。遊廓。いろまち。花柳街。

(39) 独参湯　（漢方薬としてよく効くところから）歌舞伎でいつ演じてもよく当たる狂言。普通「仮名手本忠臣蔵」をいう。

(40) 喜多村緑郎　一八七一―一九六一。舞台俳優。一八九六年大阪で高田実らと成美団を結成。一九〇六年から東京の本郷座に移り「滝の白糸」「婦系図」などで女方を演じて新派の写実芸を完成し、花柳章太郎らの後継者を育てた。

(41) 角藤正憲　一八六七―一九〇七。正しくは角藤定憲（さだのり）。舞台俳優。壮士芝居（後の新派劇）の創始者。大阪で自由党に入り、中江兆民らの勧めで一八八八年大日本壮士改良演劇会を組織し、大阪新町座で

「耐忍之書生貞操佳人」などを上演した。

(42) 川上音次郎　正しくは川上音二郎。

(43) 郡司大尉　一八六〇―一九二四。郡司成忠。軍人、開拓者。幸田露伴の兄。千島開拓を志し、一八九三年海軍を大尉で退役。同年報効義会を組織し、千島列島北端の占守島に上陸。一八九六年会員、家族らと同島に移住。後に沿海州水産組合長をつとめた。

(44) 沙翁　イギリスの詩人、劇作家シェークスピア(一五六四―一六一六)を指す。作品に四大悲劇「ハムレット」「オセロ」「リア王」「マクベス」の他、「ロミオとジュリエット」「真夏の夜の夢」「ベニスの商人」などがある。

(45) 河原操子　一八七五―一九四五。教育者。下田歌子に師事し、その世話で横浜の大同学校の教師となる。一九〇三年中国内モンゴルのカラチン(客喇沁)王家に家庭教師として送られ、大陸における軍事情報も探って二年後に帰国した。

(46) 蒙古　モンゴル(Mongol)の中国音写。

(47) クロパトキン将軍　一八四八―一九二五。ロシアの軍人。日露戦争中に極東軍総司令官となるが、奉天の会戦で敗れ解任された。第一次大戦では北部戦線で指揮をとる。

(48) 金春新道　当時、新橋の芸者屋が金春新道(現在の銀座八丁目)にあった。

(49) 顕官　地位の高い官職。また、その官職にある人。

(50) 森律子　一八九〇―一九六一。舞台女優。川上貞奴の帝国女優養成所に入り、一九一一年帝劇女優第一期生として初舞台を踏む。益田太郎冠者作の女優劇で活躍、後に新派に出演した。

(51) 原信子　一八九三―一九七九。ソプラノ歌手。三浦環らに師事。一九一三年帝国劇場歌劇部公演の「魔笛」でデビュー。一九一八年原信子歌劇団を結成し、浅草オペラで活躍。後に欧米各地を巡演し、一九二八年日本人ではじめてミラノのスカラ座専属となる。

(52) 高田せい子　一八九五―一九七七。舞踊家。帝劇歌劇部でローシーに学ぶ。一九一八年高田雅夫と結婚、ともに欧米に留学し、帰国後高田舞踊研究所を開設。雅夫の死後も創作舞踊を発表し続け、戦後は門下の山田五郎と高田・山田舞踊団を主宰した。

(53) 虎の門女学館　現・東京女学館。一八九〇年から一九二三年まで虎の門で開校していたため、こう呼ばれた。

(54) 鳥居きみ子　一八八一―一九五九。鳥居龍蔵の妻で女性民俗学者、女性人類学者の草分けとして知られる。夫の助手として満州・蒙古を訪れた。近年再評価されている。

(55) 龍蔵博士　一八七〇―一九五三。鳥居龍蔵。考古学者、民俗学者、人類学者。日本国内をはじめ、東アジアの各地を精力的に調査。カメラの導入など、先進的な調査方法の開拓者でもある。日本における人類学研究の先覚者として大きな業績を残した。

(56) 「恋衣」　明治三八年（一九〇五）一月刊行の詩歌集『恋衣』（山川登美子、増田雅子と共著）を指す。日露戦争に際して歌われた反戦詩「君死にたまふこと勿れ」が収められている。

(57) 大正十二年　大正一〇年（一九二一）一〇月、雑誌「解放」の「明治文化の研究特別号」に時雨が書いた「明治美人伝」を指す。

(58) 明治大正の文化特別号「太陽」へ書いた追憶　昭和二年（一九二七）六月、雑誌「太陽」の「明治大正の文化特別号」に時雨が書いた「明治大正美女追憶」を指す。

(59) 二業地三業地　料理屋・芸者置屋・待合の三種の営業が許可されている区域の俗称を三業地という。前二者のみの許可地を二業地という。

(60) 山野千枝子　一八九五―一九七〇。美容家。ニューヨークで学び、一九二二年東京の丸ビルに美容院を開き、パーマネントを普及させる。戦後もコールドパーマの導入など、美容界の発展に尽くした。

(61) 小林一三　一八七三―一九五七。一九〇七年箕面有馬電気軌道（現阪急電鉄）の創立にかかわり、専務、後に社長。沿線の宅地開発、宝塚少女歌劇団の創設、大阪梅田のターミナルデパート開設など独創的な多角化戦略を展開。また東京宝塚劇場や東宝映画を創立。第二次近衛内閣の商工相、幣原内閣の国務相。公職追放解除後は東宝社長。大阪、東京にコマ劇場を設立した。

(62) 婦人参政権獲得同盟　婦人参政権獲得期成同盟会。一九二四年に生まれた婦選運動団体。運動は一九二〇年頃から始まり、普通選挙法の議会通過を目前に各種婦人団体が合同。市川房枝、久布白落実らが中心。

(63) 玳瑁　ウミガメ科のカメ。甲長約一メートル。背面の甲は黄褐色に黒褐色の斑紋があり、鱗板は瓦状に重なり合う。甲は鼈甲として装飾品の材料になる。

(64) 富山県でお米が高くて買えないという運動　米価の暴騰をきっかけとする民衆暴動。特に一九一八年、富山県魚津町で起こったものは全国的に広まり、軍隊が出動して鎮圧した。この事件で寺内内閣は総辞職した。

(65) ス・フ　ステープルファイバー。スフと略称される。化学繊維の長繊維を機械的に切断して紡績用の短繊維としたもの。人工繊維。単にスフという場合には、主にビスコースレーヨンの短繊維を指す。

(66) 保井コノ　一八八〇―一九七一。植物学者。一九一四年科学分野で初の官費女子留学生としてアメリカに留学。一九一九年母校東京女高師（現お茶の水女子大）の教授となる。一九二七年に日本初の女性理学博士。植物細胞学・遺伝学の研究で知られた。

(67) 汎太平洋会議　一九二八年に開催された第一回汎太平洋婦人会議（ホノルル）を指す。市川房枝らが出席した。

(68) 人見絹枝　一九〇七―三一。陸上競技選手。一九二六年スウェーデンでの第二回国際女子陸上競技大会で個人総合優勝。一九二八年第九回アムステルダム五輪では八〇〇メートル競走で二位に入賞。日本女性初のメダリスト。

(69) 稲田悦子　一九二四―二〇〇三。フィギュアスケート選手、指導者。一九三五年全日本選手権で初優勝し五連覇。翌年小学六年でガルミッシュ＝パルテンキルヘン冬季五輪に出場し十位。一九五一年世界選手権出場後、プロに転向。

(70) 前畑秀子　一九一四―九五。水泳選手、指導者。一九三二年ロス五輪二〇〇メートル平泳ぎで銀メダル。一九三六年ベルリン五輪の同種目で日本女性初の金メダル。「前畑がんばれ」のラジオ実況放送が全国をわかせた。

(71) 母性保護聯盟　母性保護法制定促進婦人連盟を指す。一九三四年に設立、初代委員長は女性運動家の山田わか（一八七九―一九五七）。

(72) 母子保護法案　貧困に苦しむ母子家庭に対する生活扶助を規定した法。昭和恐慌以降の国民生活の低下にともない、母子心中が多発。市町村長が生活・養育・生業・医療について扶助を与えるという内容であった。一九三七年三月国会を通過。「第一条　十三歳以下の子を擁する母貧困の為生活すること能はず又はその子を養育すること能はざるときは本法に依り之を扶助す。」

(73) 林芙美子　一九〇三―五一。小説家。行商人の子として貧しさの中で各地を転々とする。一九二二年上京、種々の職業に就きながらアナーキストの詩人や作家の影響を受ける。一九三〇年刊行の自伝的小説『放浪記』がベストセラーとなった。著書に「風琴と魚の町」「晩菊」「浮雲」などがある。

(74) 吉屋信子　一八九六―一九七三。小説家。一九一七年「花物語」で認められ、一九三六年の新聞小説「良人の貞操」などで流行作家となる。一九五二年「鬼火」で女流文学者賞。「徳川の夫人たち」などの歴史小説でも知られる。

(75) 長谷川春子　一八九五―一九六七。洋画家。長谷川時雨の妹。鏑木清方、梅原龍三郎に学ぶ。一九二九年フランスに渡る。一九三二年に帰国し、国画会に所属。晩年に「源氏物語絵巻」を制作。挿絵や随筆も書いた。

山の人たち

東北の山の中にいた、ある夏のこと、裏の流れの堰《せき》のところで、鉱山所長のうちのばあやが大声で喚《わめ》いている。

『あれま、鰻《うなぎ》がみんななくなった。どこさいったべ。——お前ら、鰻さ、どこさいったべか知らねだか？』

それから大勢の声がして、水門の両側の猫柳《ねこやなぎ》の枝がゆらゆら揺れていた。

すると、栗の木材の柵の外の、流れの下流《しも》の方で水浴していた、員小屋《いんこや》にいる人達の一家族が、もくもくと動きだした。もう四辺《あたり》は黄昏《たそがれ》そめていた。

『とっつかめえたの、くれべか？』

一人の頑童《がんどう》の声がそう言った。それをすぐ打消すようにして、

『この童《わらし》、どの鰻がばあやので、どの鰻がそうでねえか、なにか分るもんだ。おらとこの方《ほう》さ、ちっとば

かり良く掛っただけのことだ。』

『この嬶《がつか》、もの隠しするな、その鰻はおれとこのだ、ださんせ。』

『お前とこのは、箱の中さ入れて、鍵っこかけて、そっちの方さおいてあるでねえか、おらとこの子供《わらし》は、此処で捕ったのでござんすが、違う鰻だべ。』

先方ははだかで、こちらは厨《くりや》の七厘《しちりん》の火のたつのを忘れて、暗くなるまで、果《はて》しもなく争っている。

わたしは、やれやれ助かったと思った。夏になると、兎角《とかく》長蟲を連想して東京に居てさえ鰻が食べたくないのに、所長さんの夫人がばあやに調理方を教えるまでは、ブツブツ丸ぎりにして、煮たり焼いたりしていたというところである。こんな暗まぎれに、ばあやが何をつかみだして来て食べさせないものではないと考えると、食べない前から胸が重かったのだが、それが幸運にも逃出してくれたという、捕まえた方の嬶《がつか》も、中々渡しそうにもない、それが忝《かたじ》けなかった。おかみさん強《し》っかりと言いたいほどであった。

逃げた鰻――いま争論最中の鰻の、醬油汁《たれ》だけが鍋に焦げる匂いを嗅《か》いて、夫人は早手廻しに晩餐の迎いをよこした。

『もうお仕度がよろしゅう御座いますから』と。

足許が悪いのでわたしは提灯《ちょうちん》をかりた。軒《のき》を離れると、暗い空に、屛風《びょうぶ》のような連山が胸を押すように聳《そび》えている。馴れないのでわたしはそれにもギョッとする。露に濡れた小草が素足に触れると、蛇ではないかと熱《ほて》りながら冷たい汗を出した。

鎔鉱炉の反射が山ぎわの空を焦していた。鉱山《やま》は、もと外国人の手で大袈裟に開かれかかったので、一つの鉱炉と、事務所だけは中々宏壮なものであった。其代り今でも事務所の多くの室《へや》は物置がわりになったり、閉《とざ》したままになっていて、昼間でも外側から見て暗い窓が多かった。ことに夜分は、隅の方の室から灯火が洩れるだけで、そこが所長さんの住居であった。あたしがいままで居た離れは、所長夫婦には非常に贅沢なものとして建てられ「我々の別荘」と二口目には笑っていう離れ座敷なのであった。

『ほんとに何時食べさせるのだろう。』

夫人は鰻脱出、逃亡事件をちっとも知らなかったが、厨《くりや》へ行って見ると、厨房長のばあやが、まだ外の水のところで罵《のの》しっている騒ぎに、

『とてもまあ、何時の御馳走になるのだか。』

と失笑して帰って来て言った。

晩餐は二人ぎりだったので、わたしは時期《とき》の早い、その日にとれたという松茸や、鶏肉《とり》の方がどれほど嬉しかったか知れなかった。食後に夫人は思い出し笑いが止まないように、それからそれへと鄙《ひな》びたはなしをしてきかせて、更《ふけ》るのも忘れていた。

『ほんとに蟻が甚《ひど》いでしょう。全く困らされたのですよ。こんな山の中へ来てしまったのですから、猿に悪戯をされたり、狐がおどかしたり、蛇だの蜥蜴《とかげ》だのって、そりゃ嫌だったけれど、毎日じゃありませんわね。蟻と来たらば御飯の蓋をとると、まっ黒だったりするとぞっとしましたわ。何か蟻のきらいな草はないかって誰にも聞いたものです。』

――ある日、初対面の人が夫人に逢いたいといってきたという――あたしに逢いたいという用事、それもぜひお目にかかって申上げたくって、態々《わざわざ》と来たものだというし、住所をきけば、山の三つも越してこなければならない土地の人であった。

『どんな人だい？』

夫人は取次いだばあやにそっと訊いた。

『誠に上品な、よい衆《しゅ》なような旦那さんだ。』

とばあやは答えた。

夫人が裏口の方へ行って見ると、お庄屋さまとでも言いそうな、立派な、頭髪の禿《は》げた、大きな男が、草鞋《わらじ》がけで、蹲《つく》なんでいたが、慇懃《いんぎん》に頭を下げたままで、

『ぜひ申上げたい事が御座りまして――』

と、幾度も繰返してあとは言わなかった。

其男は足を洗ってから白足袋をかたそうにはいた。大きな紋のついている鼠色の夏羽織を着て、白扇を持ってキチンと挨拶をした。

『ほかでもねえで御座んすが、蟻っ子出るで、困ると聞いたで、わしらとこに伝わる守札《まもりふだ》を伝習いたすつもりで、はあ。』

お辞儀した禿頭が輝いたように有難く思えた。なんという親切な人、難儀な山路を遥々《はるばる》と越して、それだけのことで態々《わざわざ》来てくれた――とても東京にはこんな人は居ないと、めちゃくちゃにお礼を言って労を

犒《ねぎ》らった。

『お守札というと、どこの神様ので。』

『いや、わたくすが御伝習もうすで。』

その人はものものしく居三昧《いずまい》を直した。そして、夫人と自分との前の畳へ人差指をだして力を入れた。

こう！　と、一本を引いた。夫人にも真似をして呑込めというのである。

こう！　変な風に、鍵のように次のは折曲げた。

こう！　こう！　どうしても分らなくなって来た。ちょっと待って下さいと最初《はじめ》からやり直す。こう！　こうと六五本筋をひくうちにどうしても分らなくなる。教える方が、中々思出し憎いと見えて額から大つぶな汗をたらしている。

『まあ一息なすって。』

夫人は気の毒になって、お茶を進めた。そして、その効能から聞きだそうとした。

『つまり』と、其男は鹿つめらしく講釈をして、

『その書いたものを——蟻っこは、家の隅から這えあがるだから、床の下の柱さ貼っておくだなし。守札《それ》を逆《さか》にしてなし。』

夫人はあんまりむずかしそうな書振りなので、呪文かなにかであろうと、筆と紙を其人の前へだして頼んだ。

『一枚書いて下されば真似をいたしますから。』

すると、其人が、たどたどしく、大汗になって、半紙一枚へ書いた一字は――それこそ、やっと読めるほど粗末な、というより、やっと判読すれば、

『熊』

夫人はすっかり毒気をぬかれてしまった。それからまた、いわれを聞くと落語家《はなしか》のおとしのようで、たまらなくおかしくなったが、教える方は真剣で、

『この獣は、蟻っこの集まるところを、ドンとやってペロリ――』

紋附きを着た、その地方で名望家だと自称する大男が、熊のかたちをして、前足にした右の手の握り拳で、畳をたたくと、ペロリと厚い大きな舌を出して、その拳を嘗《な》めとる真似をする――

苦しかったわ。と、夫人は思出し笑いに涙さえだして語った。

『あたしもう堪らなくなっちゃって、有難くって頭が上らないふりをして、畳へしがみついて、笑いをくいしばっていたの。』

そして、今その笑いを解放されたかのように、声をだしてクックックッと言った。わたしの眼にも、その男が、いまやっと座を立っていったばかりのように、影が残されている気がした。

『なにを笑っておいでやんす、また、わたすらのことだべな。』

ばあやは少し不平らしく呟いた。

『なんと、きかぬ媽《がっか》だか！　おくさんとこの鰻に、しるしついているだかというから、見たらわかる、おらとこの鰻の顔わすれてよいものかとなっし、いってくれやんしたが。今《いま》さ、お晩《ばん》で暗いから、あした朝《あさ》

に早く、とっかえしてきて、なんでも食べさせないことには――』

ばあやは、自分の理窟は筋が立っているという自信をもって、お歯黒のまだらな口をあけて笑った。

私は安心した笑みで答えかえした。たぶん、明朝は一匹のこらずいないであろう。今夜のお菜《かず》になるか、いきさつを知らない、金廻りのいい東京からきた製缶職工か、上級の技師達の家へでも売られてしまうであろうから――

夫人は呆れていった。

『ばあやったら、お前《まえ》、鰻の顔覚えてるんだって？』

――大正十三年十月　週刊朝日――

ものほし棹

牛込赤城下《あかぎした》の崖下のトタン屋根の家、ともかく一軒建にはちがいない。柿の木が一本あって萩《はぎ》が少々あって、雑草茂り、てもなく国貞えがくくさ草紙《ぞうし》の浪人の宅である。だがこの家にはなかなか沢山の思い出がある。

はじめ、その向裏の、やっぱりドン詰りに住んでいたが、そこは北向きの崖上になっていて、お盆位の大きさに何処からか日がさすと、春になったなと思ったほど寒い、日のあたらない家だった。しかも、その厄介《やっかい》な、不用な部分だけ仕切って貸家にした大屋のお尻の瘤《こぶ》のような六円の家だった。そこから見れば、国貞えがくは九円五十銭で庭もあるのである。

コツン、ゴロゴロゴロ――青柿がしきりにトタン屋根におちる。私は父と住む家に、病む父をみとって帰ってくると、此方の家のぬかみそには薄くかびが来ているのを、寂しく掻き廻していた。

『暑い、暑い、暑い――』

ビョルンソンの翻訳をしていた於菟吉《おときち》がペンの手をとめて呟《つぶ》やいたが、

『あ、蛇だ！　みたまえ、みたまえ、君。』

ところがいま、下水とは名ばかりの、不親切《ふしんせつ》な大屋《おおや》のごまかし仕事の、小さな樽がいけてあるだけの溜を見て溜息をついていた私は、その上蛇なんぞ見て不快さをましたくなかった。

蛇は目の前の崖を横に渡っていったのだった。その崖は上の地所なのか下についているのか、蛇ばかりでなく、はこべをとる鳥屋がずかずか人の目のさきを歩いた。

『暑いなあ。』

私は氷屋へ買いにゆくことの出来ない不徹底な厄介な人間だった。於菟吉さんも昼間は小さくなっている。

涼しそうに思えて暑い家を、お金をかけずにいかに涼しくするか――

婦人雑誌の広告にありそうなことを考える。於菟吉考案《おときちこうあん》、筵《むしろ》をかって来て濡らしてトタン屋根の上に敷く――トタンに直射しなければいいのだから涼しくなるよ。だけど――

さて、それを誰がする。と考えると、

『駄目だ、すぐ乾いてしまうし、風が吹けば飛んじゃうから。』

暑いので不機嫌なのに、崖の毒《どく》だみを苅《か》るいがらっぽい青臭さがたまらない。障子を閉めきると、汗をポタポタ垂らして怒りっぽく、

『僕はあの悪臭《におい》が好きなんだ。』

と障子をあけて飛び出す。私はもののカザにまけやすいので、病人のようになってしまう。だから其当分、彼がにくらしくって毒だみくさくってしようがなかった。

そこで暑いから、洗たくものを干す竹ざおがほしいといったのだが――

ある日、すぐ来いという命令で、浪宅へ帰ると、主人於菟吉は出かけたあとで、机の上に原稿紙が一枚ひろげてあって、

友だちと出かける、すぐかえります。

と大きく書いてあった。その夜更けて、台所の戸がガタピシと、激しくあけられた。

『お帰りですか。』

といっても返事がない、物音に、すべてに、様子がちがっている。水道がえらい音をたててジャアと走りだす――

行って見るとフセノボーだ。此男は、ヽ《テン》とよばれている友達で布施《ふせ》延雄という篤学家だった。黒い小さい彼はヽ《テン》らしく無口で、

『まだ帰りませんか。』

と其時もモゾリといった。

『三上君と二人で溝へおちたのだが、春月はどうしてしまったかな電車の線路の、石の上は涼しいといって寝ていたが――』

バケツにくんだ水で、汚れてもしない頭を頻《しき》りに洗っていたが、ざっと足の上へ流すと、も一度いって

見てくると出ていってしまった。

三十分もたったろうか、路地に勇敢な足どりがきこえた。

『おやッちゃん、おやッちゃん。』

嚙むように怒鳴っている。

『早くお出でなさい、とても素晴らしいものをもって来てあげた、十枚位ほせるよ。』

何かと思って出て見ると、長い竹棹《たけざお》を三人して担いでいる。前が於菟吉、中が生田春月《いくたしゅんげつ》、しまいがフセノボー、春月さんは腰を曲げてフフと笑っている。みんな意気昂然《いきこうぜん》と——棹が長いので、露路のおくでは曲れ右も出来ないので、手と足だけバタバタやって行進の態度を示している。

何処から失敬して来た棹なのか、古いから買ったものでないのは知れている。私は困ってしまった。

それにもこりず私はふとまた、みんなの前で、濡れ縁のかわりになる台があるといいなといった。とその次には、またこの三人のよいどれが木の台をはこんできた。

その翌朝三人が眼覚めて、興ざめた顔を見合せていた。その古縁台は、ビッコで稍《やや》三角型だった。私はいった。

『この型で、ゆびつでなければ具合の悪い店のに違いないから、返していらっしゃい。』

でも、何処で失礼したのかわからないというのだった。その夜を待って、赤城神社の坂の途中へおいてくることになった。

そのまた翌朝、坂の途中においた縁台はなかった。みんな晴々しい顔をした。

『春月が見つけたもんだから、あんなねじ曲ったのを見つけだしちゃったんだ。』

そういわれても、ちょっとひねり腰の春月さんは、友達の机の下にはらばって、顔だけだして煙草をのみながら、声なくフフと笑っていた。

――昭和五年八月十三日「読売新聞」――

生活の姿

白粉

生活の姿というものは、ほんとは悲《かな》しいものであってはならないのだろう。病《びょう》、幼《よう》、老《ろう》の三者をのぞいては、生《いき》る営《いとな》みは楽しく働くべきだと思う。働き得られるものは、元気であれば楽しいものなのだと思う。あたしは長く病らって寝ているうちに、草木の生茂《おいしげ》るのを見て、今更めかしくそう考えた。

あたしの寝ていた窓の外に草の崖がある。六月の青葉は真夏へかけて、実に目覚ましく伸繁ったが、必然下かげになる草には風が通らず日光《ひかり》にも恵まれなくなっていった。だが、それは拠《よんどこ》ろないわけではなく、すこし手まめにすれば、口へ髭《ひげ》がかぶさってしまったようなうるささはなかった。元始《げんし》のままのよさなどということは、人間の生息には適《てき》さないことは訳りきっているが、病弱な者をのぞけば人の世の姿は、この崖の草そのものであるべきだと日々に眺めていた。溌剌《はつらつ》と、拒りなく、真に生々と生命の営みをいそしみ楽しむ。その時に、下草へも風を通し、平等に日光《ひかり》をあてるしつらいが、人間《ひと》の上には制度というものではないかと――

崖に生えている草の葉の一ツ一ツに個性があるように、人はひとりひとり、みんな一癖あって、各自の妙味をもっている。人ぎらいだとされて、其実人間ずきの私が、人ぎらいなふうに見えたとすれば、それは病弱だった労《つか》れやすさからくる逃避癖《とうひへき》と、対者その人自身よりも、あたし自身の方がさきに、その人の立場を感じすぎる切なさが溜息を洩らさせたのであったろう。思いやりという事も、過ぎれば対手《あいて》の胸を痛がらせるかもしれない。煩《わずら》わしくさえあるかもしれない。もしまた、それが反映しない鈍感なものであった場合には、却《かえっ》て甘やかし、図々しくさせ、毒することがないとも云えない。

で、ふと、私は風呂にはいっているような気持ちで好い気になっていて、言ったり、したりした事の一つ二つを、ひとりで赤面して、心で心をなぐりつけた。

そこで、思い出したのは、もう廿五、六年前に、鷗外《おうがい》先生が、

『しぐれさんは白粉《おしろい》をつけない方がいいな。』

と言われたことだ。私はおけし坊主の赤ン坊の時分から、月代《さかやき》を剃ったあとまで白粉を塗られてきているので、自分の素地《きじ》を汚らしいものと考えさせられ、したがって白粉のない顔を、身だしなみの悪いものと教えられた風習にとらわれていた。それに母親が色白だったので、わたしの黒いのを変に気にして、色が黒い、色が黒いと口ぐせに言っていたので、自分でも黒いのは下等だと思いこんでいたから、

『でも色が黒くって。』

と答えた。すると、重ねて、
『イヤ、そんな生々した、江戸ッ子の浅黒いのは美しい。白粉をぬってはいけない。』
今なら、小麦色とかなんとか大いに誇ったかもしれないが、だが私に、白粉をおとす自信はなかった。

鏡が曲者

私はなぜその時、白粉をすっかりおとしてしまう事を考えなかったかと悔んでいる。幸に私は、自分を化《ばか》すだけで満足していたが、心にも化粧をさせはしなかったとはっきりいえるかと、いま私自身の心が罵《のの》しっている。もしその教訓を、顔の白粉とだけにきき流さず、深く探《さぐ》り磨いていたならば、私の文学ももっと深くなり、思想も磨かれていたかわからないであろう。浅果敢《あさはか》にも私は、自分を化す白粉と鏡に媚びられて、無為な日を食《く》ってしまったものだ。

このごろ晩秋の爽《さわや》かな日和に、雨がちであったためと、病のために投捨てあった器物や書籍に風を入れているが、蝕《むしば》まれた古書画、古器物などを見ると、病後の身には、いたずらに朽ち亡びてゆくものの哀れさがしのばれる。

それゆえに私は、腕白にさえ見える若き女性の進出を心から悦び、あの溢れるような内面からの香気と光りに打たれる。あれこそ新時代の高き香気である真純な輝きである。聡明な彼女たちは、自己を空しくした生活の姿を、その母に、その祖母に見る力をいつか養っていたのだ。私は実に頼母《たのも》しいと思う。だが、私はこれを私の周囲に見る「女人芸術」の人々にだけ見ていっているのではない。次に次に、一足ずつ歩みを運んでくる青少女のそのいずれもから受ける押詰《おしせま》った力である。彼女たちは真の美を、自分のもつものを輝かそうとしている。自分自身に生きぬこうとしている。私は彼女たちが堪まらなく好きだ。「やってくれみんな、私たちのように青しょびれてしまわないように——」と叫びたい。

白粉による粉飾美が、何世《いっ》の何時《いっ》からかと考えてみたくなったが、これはゆっくり文献によって委《くわ》しく書いてみたい。いま、ふと思いつけば鏡が曲者だと思う。山鳥でさえおろの鏡に身を溺らすことを思えば、鏡が誰の手へも渡るようになってから女の妙な負けじ魂を、甚だ外面的なものにもし己惚《うぬぼ》れにもさせたものと思える。それには、もとより男性の眼をひかなければならない——女それ自身だけでは食ってゆけなくなった、歪んだ社会になっていったからである事はいうまでもない。今でも、異性のために女はあるのだというふうに考えている気の毒な女《ひと》もある。厚化粧はどんな場処から生れたか？　御殿女中の集まり、遊び女の廓《くるわ》、みな大勢の中から抽《ぬき》んでて認められようとした結果である。だが、その別種なものに、芝居の女形《おんながた》を見逃すわけにはいかない。異性のすぐれた鑑識眼は、厚化粧より肉体美を見るであろうが、眼識浅い女は、贔屓《ひいき》役者の厚くぬった白粉の顔に心酔する。

その人々に

しかし、女形《おんながた》の厚化粧がいけないなぞと早合点をされては困る。骨格、皮膚、顎髯《あごひげ》、そうしたものをかくすのに厚化粧は当り前である。それを生き生きした若い女性が真似るのは必要でなく、まちがいであったというのだ。

話はちがってくるが、ある折尾上菊枝さんの踊《おどり》について、ある婦人記者の方に私談として語ったことがあるが、私はあの娘さんにも眼をつけている。姪の菊子《きくし》と同門というばかりではない。あの娘は、自分にほんとに目覚めれば芸がちがってくると思っている。今迄あんまりお金が働きかけすぎていた。ほんとの自負でない、子供らしい高慢さをも与えていたかに思う。それはそれとして、菊五郎の通りに踊れるといったような気持ちが、折角の彼女の踊りをだいなしにしてしまっていた。親切のないものは褒めたかもしれないが、彼女は骨格《こつかく》もまだ定まらない少女であった。菊五郎は男としても肥っている。その芸が、少女に見せて、肩をきざみ、胴体をもませる。十五、六の少女がそれを真似る必要はない、これは小細具《こざいく》になって大成しない。だが彼女はこれからほんとの心の修業をするだろう、そして彼女の真の美をもみだすだろうと楽んでいる。

私という幸福《しあわせ》ものは、長い病中「女人芸術」の、若い、真に美しいひとたちが、私が花がすきだというので、種々の花をもち、新鮮な果実をもち、それよりももっとよい新しい話と、新しい香《かぐ》わしい空気とを絶間なく運んでくれたことに感謝している。事実私はそれで生返ったのだと思っている。彼女たちの新らしい世界の注入がどんなに力づけたか、私は今にしてそれを含味している。

その幸福者、時にまたラジオからも恵みをうけた。それは丁度第一回女流大会というのだった。その中に、歌沢寅《うたさわとら》という若い女声をきいた。歌は「苗売」だった。その音量の豊富さも、和曲《わきょく》の人にはめずらしいが、彼女が渋《しぶ》らずに唄いこなすのは、ただ声量があるばかりではない。彼女は曲の持つもの、ふくんでいる、現《あらわ》したいすべてを、すっかり了解しているのだ。彼女は作曲者よりも、作歌者よりも、よくその曲のなりたちを知りつくす勘《かん》をもっている。相模《さがみ》もうまい、芝金《しばきん》もうまくなった。けれど私は寅《とら》という人を、実にムラのない心の寛《ひろ》い女性《ひと》ではないかと感じた。逢った感じも好い人だろうと思った。

もう一ツ、ラジオを通してきいた下谷《したや》のお八重さんという方《かた》の三味線に敬意を表したい。私は生きていたからには、いつか一度ゆっくりと、しんみりした、含蓄のあるあの音をきかせて頂きたいと望んでいる。

——昭和六年十一月　東京朝日新聞——

夏日

冬はさむい北向きの、崖はなの破屋《やぶれや》ではあるけれど、これ一本が夏のしんしょうの榎《えのき》の木がある。盛夏のひるま、たった一人で風の吹き通すところに居ると、榎の葉はさやさやと鳴って、一片の浮雲もない、鼠色に裾をぼかした浅黄の空が高く見える。白山や、本郷台の木立は妙に白っぽく、黒く、大家屋の硝子などが、キラリと反射はしているが、それも近間でないのでそう気にもならない。

そのほかに、崖下から這いのぼって来た真葛《まくず》が生茂《おいしげ》っている。見る人によると煩《うる》さいかも知れないが、わたしは葛の葉の風にそよぐのが、なんとなく山家《やまが》めいて好きなのでそのままにしてある。こうした広い葉は、芭蕉や蕗《ふき》の葉ほど面白みはないが、雨にあたる音が――ことに夕立のおりによいもので、苅りとる気になれない。

去年の夏日、ふと、

『あたしという人間のくずが、紙屑《かみくず》をつくる葛生《くずう》の家。』

といって、ばかと言われたことがある。

ことしも夏がくると、どこにいっても、榎《えのき》の葉ずれがしないと、涼しい風がないような気持ちがして、なんとなく寂しい。伏屋《ふせや》にもまた執着はあるものだと思った。


今日も静かに、真ひるを一人いると、私の頭の中で、さくさくと、それはよく切れる鎌で草を刈りとってゆく音がする。なんともいえず快い響だ。現実でないだけに、刈り倒される青くさい強い草の香のしないのもよかった。鎌がいかにもよく切れて、ぴかぴかしているのも、音と共に歯にしみるほどだった。あたしは目をすえて、頭の中で苅りとられてゆく姿を見た。

と、それになんのかかわりもないのに、

『ちんこほうろった。』

と幼いおりによくいわれた言葉が、その草の中から、拾いあげられた実のように出て来た。

惣領《そうりょう》の甚六《じんろく》で通って来たあたしが、祖母やその他の、あたしを愛してくれた人達から、溜息と一緒に、呟《つぶや》くようにきかされたのが、その、

『ちんこほうろった』

である。なんの意味だかただそれだけが耳に残っていた。

福島の人で、髪の濃い、気の勝った、知己の小母《おば》さんが、涼しいところに子供たちをあつめて、麦こがしを御馳走しながら、こう言ったのだけは覚えている――

『やっちゃんは、生《うま》れてくるとき、ちょっと峠で、一休みしたのが悪かったな。おしいことした、その時大事な巾着《きんちゃく》忘れてきた。』

『赤んぼがなの、小母《おば》さん。』

と誰かしらが訊いた。

『母《か》あさんの腹の中でな、とんでもない残しものしてきてしまった。こりゃいかん、しもたと思ったとき生れてしまった。』

『赤んぼがお金《かね》もって？』

『きんちゃく、ここにさげていただがな。たしかに持ってたに違いないが……』

彼女はあたしの、チャンチャンを着て赤い腹がけをかけた、おへその下を指さした。みんなは、お腹《なか》の中の道中《どう》ということがおかしくっておかしくって、なんのことだかよくも分らずに笑った。あたしも御機嫌だった。それから暫《しばら》くの間、『ちんこほうろった』と巾着とを一緒くたにして、遊び友達たちは、『巾着ほうろった』といってからかった。それは、実によく今日の箴《しん》をなしている。

なんでそんなことを思いだしたかといえば、よりどころがないでもなかった。つい先達《せんだって》、老母がふとこんなことを呟いたからである。

『あたしもお前が男だったら、ほんとにどんなにもしてくれたろうと思って……』

と気の強い母が、ついぞ今迄思ってもいないだろうと、思っていたようなことを洩したからであった。

私の母は、私よりより多く他の子供たちを愛した。あたしは母にむかって、継《まま》っ子ではありませんかと、きいたという笑いばなしさえあるし、そう思っていた知人も多かった。が、年よって、愛していた子達でも、自分の思うままにならない苦《にが》さから、あたしなぞを力にしているのかとしったとき、私は目が熱くなるのを堪え、のどと鼻の間を、冷たいものが上ったり下ったりするのをおさえた。あたし自身にしてからが、男に生れぬわびしさを思いしみて来たいまゆえ、殊更な悲しさにうたれた。男に生れていたならば、いまの私よりも不幸だったかもしれないが、それは足腰をさする形式だけのこと、乏しい思いをこらえてもらうこと位なもので、心ははるかに富ましたであろうと思うと、泣けて泣けてしかたがなかった。

榎の葉ずれが、それを思いださせてくれたのだった。

その夕方、主人がすこし機嫌をわるくしている。心をきずつけたことのあるのはしっている。悪かったと思う。私というやつ、行く水のように、行く雲のように、わだかまらぬ心を持ちたいと鍛練する気でいながら、時折意地わるをする。

お風呂の中で、(いまにどうしてくれるか、ゆっくりまっているがいい)と、唄っている。目にものみせてくれる――と怒っている。機嫌のよいとき唄うのがあたしで、不機嫌なおりに唄うのが彼のくせ。

薬ほどほんのぽつちり土用炙
土用炙のききめすずし夕風

なんかと彼の晩餐の香魚《あゆ》をやきながらわたしは考えていた。なんとなくおかしくもなる。彼は山椒《さんしょ》の魚に生れ代り、沼の底からじっと見ていたいという人。私は小禽《ことり》がいいという女――心楽しい時には、姿のほっそりした、色のきれいな、声のよい目白を望み、さびしい心持ちのおりには、水の中に、しょんぼりと片足をあげて佇んでいる白鷺《しらさぎ》をのぞむ――

だが、その日は、日中の快い鎌の音が身にしみていて、いつもならば、そんな当附けの唄などきくと、むしゃくしゃして来て、一しょに怒りだす怒りんぼのくせに、ただすこしばかり暗くはなったが、時のすぎるのをしずかに待った。

――大正十四年九月「不同調」――

初かつを

鰹《かつお》というと鎌倉で漁《と》れて、江戸で食べるというふうになって、売るも買うも、勇み肌の代表のようになっているが、鰹は東南の海辺では、どこでも随分古くから食用になっている上に、鰹節の製造されたのも古いと見えて、社の屋根の鰹木は、鰹節をかたどったものだと、「舎屋《やね》の上に鰹魚を」と古事記にもあれば、水の江の浦島の子をよめる万葉の長歌には

春の日の霞める時に住吉の、岸に出でゐて釣船の、とをらふ見れば古の事ぞ思はゆ、水の江の浦島の児が鰹魚釣り、鯛釣りほこり七日まで――

と、魚の王鯛と同格にというとおかしいが、共に荒魚であり、釣上げて見る目も立派なり、食べるのも好まれたことと思う。だが鰹は足が早く、鯛《たい》ほどももたないので、山国が首都の時代には、貴人の口にはいらなかったので、江戸が都会になってから、やっと生きたものと見える。大阪は大都市で、早く難波の宮もあったが、鯛が本場だから幅をきかせ――但《ただ》し、閑《ひま》がなくて大阪の鰹のことを探さなかったのではある

が——

目に青葉山ほととぎす初松魚《かつお》。

これは土佐でも住吉でも、自由にはめられる、五月日本のいさぎよさだが、鎌倉というところに鰹の意義がある。鰹は勝男に転じ、釣上げた姿もピンと張っている強い魚で、牛の角でなくては釣れないというし、大挙して寄せてくるというところなど、勝夫武士とこじつけないでも、その味と堅実さが、禅に徹し、法華経にひたぶるだった鎌倉武士気質に似ている。

だが、蜀山人《しょくさんじん》の狂歌の

鎌倉の海より出し初鰹、みな武蔵野のはらにこそ入れ。

となぜなったのであろう?

思うに鎌倉武士のあらましは関東武士であった。江戸の気風は徳川権現《ごんげん》様三河御譜代《ふだい》の持参だとばかり言えない。武蔵特有の肝っ玉のあったことと、土地に着《ちゃく》すると、土《つち》の風にも化することは論えない。江戸開府以来、諸国人が多く集まったが、これらが尋常なキモッタマでないこと、その人たちのつくった市井《しせい》は、デモクラチックなものであり、むさし野の空っ風は、それらの人を吹き晒《さら》しあげた。それが江戸ッ子であり、代表的勇みとなったので、勇みは、いきやすいなのとは異う。勇ましいという語の転であり略ではなかろうか。

江戸人《じん》のなりたちは、士農工商のうち農だけが欠けている。農の出の人も農業では住まえなかった。士、工、商の三階級で、士と工とが江戸の気風をつくったものだといえる。知識階級の士は節度正しく、一死もって奉公を念としていた。工は職場を命の捨どころ、武士の戦場同様と心得ていた。この二者が、明日の命をはからず、一念職に殉じようと心がけた。武士が食禄《しょくろく》の多少でなく、心にはじぬ生きかたをしようとし、美食せず、美衣せぬこと、文武を磨くことをもととし、帯刀《たいとう》を心の鏡として、錆《さび》ぬことを念願にした。工人（職人）は職場の印袢天《しるしばんてん》の折目だったのを着、晒《さら》しの下帯のいつも雪白なのを締め、女房はグチャつかぬ焚《た》きたての白い飯を弁当に詰めてやるといった心意気で、名を惜しみ、受持つ仕事に責任感が強かったのが、自然女にまで行きわたり、割合に物堅く、気負《きっぷ》のよさとなり、負じ魂となり、死恥をさらすなのたしなみとなった。

世がくだるにしたがって、それが表面化し、勇み肌といえば、職業的な任侠《にんきょう》の徒や、見得を大切にする根性になりさがったが、大根《おおね》はいまいったようなところにあったのだ。士も工人も、揃って商人を侮蔑していたことが、江戸文学や、その他でも随所に見えている事実で、宵越《よいごし》の銭を持たないというと、江戸下町人《したまちじん》の、悪い浪費癖のように今日の人はとるし、江戸末期の江戸人自体が、そうした間違った解釈をしないでもなかったが、あれは武人銭を愛せば、奉公の命が惜しくなる——溜ると汚くなるといったものを、工人も持っていたので、手工業時代ゆえ、工人は各自の名と手腕を実に大事にした。

それとこれが結びついて、初鰹の気負《きっぷ》のよさとなり、切れ味の冴えた肉のしまり、海から飛んできたような色艶や、キビキビした売声や、男性的颯爽《さっそう》たる諸条件がそろって、初鰹は江戸の季節の一景物とまでなったのだ。それゆえ、金持ちが羨ましいこともあったであろうが、利鞘《りざや》をとって衣食し、肥る商人を賤しめたのを、江戸の市井でうまれた「川柳」が、初鰹でもってよく語っている。

初鰹女の料る魚でなし
初鰹旦那ははねがもげてから
初鰹煮て喰ふ気では値がならず
初鰹得心づくでなやむなり
初鰹値をきいて買ふ物でなし

「はねがもげてからは」飛ぶように売れる勢のいいうちは買わないということであり、「煮て喰ふ気は」さしみにする品は高いからであり、「得心づくでなやむのは」安かれ悪かれ、中毒《あた》るのを承知で買った、という皮肉で、平日貧乏人と見下される側から、旦那側の、金持ち吝嗇《りんしょく》をあざけったものだ。

だが、裏長屋に住んで、袷《あわせ》をころしても、食うというにいたっては、初鰹の名に惚れすぎた結果で、早いとこをというのが、早急になり、走りものずきになった末期江戸人の病根で

初の字が五百、鰹が五百なり
初鰹女房日なしへつけてゐる
初鰹女房は質を請けたがり

がよく調している。

私が、大正のはじめ京橋佃島《つくだじま》にすんでいたころでも、まで押〔ず〕送り船が房州から、白帆をふくらませ、八丁櫓で波をきって、鰹をつんではいってきた。河竹黙阿弥翁《かわたけもくあみ》の「梅雨小袖昔八丈《つゆこそでむかしはちじょう》」の、髪結新三《かみゆいしんざ》の長屋の場は、初鰹季節を描いて、その時分の初がつおのねだんまでが出ている。鰹売が盤台の肩をかえなが

ら、時鳥《ほととぎす》が鳴いた空をちょいと見上げるところがあるが、東京の空を、ほととぎすが啼いてすぎる夜があるというと、てんからから嘘だとあきれ顔をする人に、黙阿弥さんは明治まで生きていた人で、本所にお住居ゆえ、おききになって景色にそえたのに違いない、ということをいって、おしまいにする。

古い暦——私と坪内先生

坪内先生は、御老齢ではあったけれど、先生の死などということを、考えもしなかったのは我ながら不覚だった。去年朝日講堂で、あの長講朗読にもちっとも老いを見せないで、しかもお帰りのおり、差上げた花束を侍者《じしゃ》に持たせて、人ごみの出口で後から、とてもはっきりとした声で私の名を呼ばれ、笑い顔で帽子をつまみあげられた元気さに、今年五月早大内の演劇博物館で挙行される、御夫妻《おふたり》の喜の字と、古稀《こき》と、金婚式と、再修シェークスピヤ四十巻完訳のお祝いのことばかりがうれしくて念頭に離れなかった。

劇作もなまけ、なんの見て頂くような作品《もの》も出来なかったので、先生を訪問することも大いに怠っていたが、去年からひそかなもくろみを心のなかで成長させていた。しばらく書かない振事劇《ふりごとげき》を書いて、喜の字のお祝いにデジケートすることで、もとよりこれは「燦々会《さんさんかい》」同志の労をかりて、先生に読んで頂くばかりでなく見ていただく心組みだったのだ。

それにつけて思い出すのは、卅《さんじゅう》年から前に、お訪ねした余丁町のお家では、三味線の音が、よく奥からきこえていたことだ。士行さんも浜町の藤間に通われ、おくにちゃんも、おはるさんも、大造さんも、先生のお家の人はみんな舞踊《おどり》の稽古にいそしんでいた。

先生は、私が「浮舟の巻」という題で、二幕ものの、「源氏物語」宇治十帖の中の浮舟のことを書いてゆくと、それに目を通してくださりながら、二幕目に大薩摩《おおざつま》があって、浮舟の君と匂う宮のすだまとの振《ふり》事《ごと》じみたところがあると、急に顔色がうごいて、節《ふし》をつけて朗読なさりはじめた。そして無条件に気に入ったと見え、杉谷代水氏に見せるから置いてゆけといわれ、すぐに誰方だか呼ばれ——代水氏だったかも知れない。も一度節《ふし》をつけて読んでくださって、それがそのころ権威ある「早稲田文学」誌上に載せられた。

そんなことでか、もしくは、この弟子が、すこしばかり音曲《おんぎょく》を解するので、教えておいてくださろうとの御志であったのであろうが、御自分の作《もの》に節《ふし》がつき振《ふり》がつくとよく御案内くださった。「お七吉三」の試演が、余丁町の舞台である日、その前日の下ざらいを拝見して、その日の舞台を楽しみにしていると、速達が来たりした。

いまこれを書きかけたところへ、急用の人が来て、締切りも時間も間にあわず残念ながらつい先日人に見せた、先生自筆の速達絵はがきが見つからないが、文意はこうだった。

——今日試演前に、も一度下ざらいするが、直した箇所があるから、見にきてくれ。

かつて夏目漱石、森鷗外、坪内逍遥と、大きな名をならべて、過分な幸福を授けてくださった、あたしたちの「狂言座」の三先生は、坪内先生を失って、もうみなこの世に在《いま》さずなってしまった。

それは寒い、ちぢれあがるような冬の日の夕方だった。車は夏目先生のお宅を目ざして走っていたのだが、門の前へ着くと、丁度五時の、先生の散歩の時間になっていたので、坪内先生の方へと急いだ。その当時の牛込余丁町のお住居は、当今《いま》のお家のずっと後の方で現今小道路《いまこみち》になっているあたりに門があった。箏曲《そうきょく》の朱弦舎浜子《しゅげんしゃはまこ》の住居や、その隣家の宮原氏邸も、以前《もと》は先生の御宅の構内裏庭《かまえうちうらにわ》で、野菜などがつくってあったかと思う。朱弦舎《しゅげんしゃ》の入口には雷除《らいよ》けの雷神木が残っている。前の空地《あきち》の二、三本の木立も、先生のお庭のものだったほど広い一角で、植込みの欝蒼《こんもり》した、ぐるりと生垣だった。抜け弁天の方の道幅が広がり、電車線路が出来るときだった。また廿《にじゅう》六歳位だった同行の菊五郎は、日常《ひごろ》の茶目もなく、はじめて学者の世界を覗くので、とても神妙な態度だった。

次に廻った鷗外先生も漱石先生も、書斎で打解けて、打解けた話をしてくださった。鷗外先生は、坪内さんが「新曲浦島」を許すのならば、私は史劇「曾我」を書いてやろうと大乗気、漱石先生は、森さんが何か書いてくれるといったろうといいあてられて、機嫌よく笑われたりした。顧問という下へ署名して、鷗外先生は奥さんの茂子さんに、印をもって来ておくれといわれ、漱石先生は傍らにおられた津田青楓《せいふう》氏に、その中から出して捺してあげておくれと、種々な印が、沢山にはいっていた袋――たしか袋だったと思ったが――を差示された。

逍遥先生は真《ま》っさきのお願いであったし、客間ではあり、言出すのに、ほかの方とは異った怖さ――在来の歌舞伎劇にものたりず、新しい気組で、興行ではやれない劇を――しかも、振事劇《ふりごとげき》をも研究的にやりたいということをどう言現《いいあらわ》してよいか、一番むずかしく言いにくく怖かった。それに大胆にも、「新曲浦島」のある場面を、先生のお手をかりず、自分たちで作曲からすべてやらして頂こうというのだから、兎もかくもやって見ろとお許しの出るまではビクビクしていた。坪内先生は、他のお二人とは違って、笑い顔どころでなく、真剣に、腕組みをして、じっと聞いてくださっていて、暫く黙してのち、何も彼もお聴許《ゆるし》になった。

その先生も、もう世にはおわさない。思えば、どの先生にも褒めてもらえるような仕事を、ひとつもしないうちにみな逝かれてしまった。空《むな》しくも日を送ったものとの感が深い。

——昭和十年三月一日「報知新聞」——

東京に生れて

大東京の魅力に引かれ、すっかり心酔しながら、郷里の風光に思いのおよぼすときになると、東京をみそくそにけなしつける人がある。どうもそんな時はしかたがないから、黙《だま》って、おこがましいが、土地ッ子の代表なように拝聴している。

大震災のあとであった、ある劇作家が言った。

「東京って、起伏をもっている好いところだ。昔は、さぞ好い景色だったろう。」

言葉は違うかもしれないが、そういう意味だった。私も同感の微笑《ほほえみ》を送った。

もとより褒めたのは、江戸開府以前の武蔵野の原のつづきの、広大な眺めを思ったのであったろう。それは雄渾《ゆうこん》でもあれば、また優しく明美でもあったのだ。富士は何処からも見られ、秩父や、箱根の連山は遠く、欅《けやき》の巨樹のつらなる丘の裾は、多摩や荒川の清流が貫ぬき、月は、草よりいでて草に入る、はては、ささら波の寄せる海となり、安房《あわ》上総《かずさ》は翠波《すいは》と浮んで、一方下総《しもうさ》の洲《す》は、蘆荻《ろてき》が手招きしている。

が、その太古のままの姿が、蝕《むし》っくいのように、小市街の群立しなかったところに、江戸の好《よ》さはある。その草を敷き伏せ、まだせましとして、海のなかまで埋めて住んだ、江戸当初の者は大変進出的だ。彼等は安心な高台の方に、巨樹を薙《な》ぎ倒して住まわずに、海のなかの方へ、外へ外へとむかって進出している。その、荒っぽさが新興都市江戸の生命だったのだ。

その、進取的な都会が、大日本帝都になったのだから、展《の》びるだけはのびて、ずっと後の方の丘も平らされている。真に目ざましい発展だ。そして、まだ発展過程にある、ちぐはぐなところを見ると、東京の醸《かも》しいだす魅力を愛すれば愛するものほど、ちょいと悪口が言いたくなるのであろう。不足も述べたくなるのであろうが、その不足が欧米の何層楼かの建築物などをもって来て、人工的なものにくらべないで、自分たちの郷里のものに引きくらべるところが、実に、実に、好い人たち、大きくいえば、日本の根の人たち、大東京を建設《つく》る人たちなのだ。

建築なら、新しい設計で、欧米のものよりもっとよいのが出来るという自信があるから焦りはしない。その人たちが惜しむのは自然の姿の破《こわ》されることで、そのしおらしい愛惜の念は、江戸の昔に名残をとどめていた水郷ふうの田園風景が、東京の発揚にしたがい、爛熟した江戸情緒の失われるのとともにほろびて消えてしまうのを、惜しむのと似た気持ちだが、そうした牧歌的なものをこの近代都市の中から、異《ちが》ったかたちでめっけだしてゆくのも面白いことであれば、広くいえば、それらは都会の外に求むべきもので、田園の故郷を、この都のなかの随所に、残存させようというのが無理なのだ。

だが、大都会となればなるだけ、緑地帯はほしい。公園は多趣多様なのが沢山ほしい。高松宮家より頂いた麻布の公園や、井の頭の恩賜公園や上野や芝など、どうかあんまりもとの自然を損じないでその土地の、古昔のままの樹木や、土の起伏を保存したいものだ。いわゆる公園風なものと改悪してしまわないことを望んで止まない。その保存によって、いま三、五十年もたてば、ありのままの、その土地の、日本の古さを物語る、大事な大事な記念のものとなるのは知れている。人工の美、機械の美をつくした近代都市の中央に、自然林をもった公園、その一木一草に、あとから植えこんだのではない、その土地根生《ねお》いの教材が繁茂していることは、心ある後代の人をして、よく残しておいてくれたと悦ばれることであろうし、その土地を語る大切なことであるから、地元の住民は、極力原型保存を守らなければならない。

宮城外一帯の、あの美観を見るほどのものみなが、どんなに自分の生れた国を心に深く知ることか——故郷《ふるさと》の山野をもたぬこの大都の子供たちに、公園は遊ぶところであって、そして、都会の成りたっている土地の霊に、ぴったりと抱きつかせる歴史を——それを持っている自然公園では、地形の上に、一草の上にも、無言で語ってくれるものを残して止めおきたい。

新東京風景を撰《えら》めば、丸の内の宮城の廻りを第一に推す。

雪の日に、雨の日に、風の日に、冬に、春に、秋に、夏に、日和《ひより》の日の、空高く晴れたのもいうまでもなくよい。

打ち展いた空を自由に眺められない、繁華な街にうまれたからだといわれるかも知れないが、私は、どんな心急《こころせわ》しい時でも、車があの辺にかかると、ふっと窓から空を見上げるのが習慣《ならい》になっている。夜昼の差別なく眺めやる。おお冬だな、おお夏だなと——私は、早春の初霞《はつがすみ》を見る、初夏の白き漂いを見る。

冬の夕暮の空のうるみなど、大内山の森と下町の空とにわたる複雑な、東京特有の空の色である。

「ああ、綺麗だ。」

そういうわたしの言葉を、ある時、一人の女友だちが遮《さえぎ》った。山国に故郷をもっている人だった。

「汚ないじゃありませんか、霞《かすみ》だって、どす濁っていて。空まで埃っぽい。」

人間の多く住んでいる空だから——大都であるから——と、あたしは言いたかった。ここでも激しい雨のあとなどで、洗われたような空や入陽の名残りの光芒を見ることがあるが、いかにも鮮明だが、ぼかされた深い味がなく、町々の屋根などまざまざと造りものである感じで、何か、却《かえ》って孤独を感じ、せせこましい気さえするものだ。


翠緑《みどり》をへだてて宮城にむかう建築が、欧米各国の様式であって、調わないというようにもきいているが、わたくしなどには、それらの諸建築が宮城外廓の、日本式の白壁に相対して、調和のとれない調和をなして、どんな建築であろうと、あの白壁の櫓《やぐら》が跳返し、照りかえしているのを実に美事だと思っている。その点、特定の一種の一国を真似た洋風建物よりも、各種の立派なものが多ければ多いほど、宮城の美と壮観は増す。大内山のみどりの色こそ万代不変、巨大大樹をますます欝蒼《うっそう》たらしめて頂きたく願っている。

常磐《ときわ》なす常磐のいろ、移し植えたものでなく、国の肇《はじ》めの当初から根ざしかためて生いつたえた巨樹大木が、宮城を守っている事はいかにも崇厳である。かつて上野博物館の後に巨樹が生い聳《そび》えていたころ、博物館の建物そのものが、いかに神々しく、この国の歴史を中に蔵していることを神聖におもわせたか

――建物、それの立派さなどとは異った不言不語《いわずかたらず》のものを示していたが――

その点で、水利の便もあったであろうが、江戸開府時代の人たちが丘を残しておいて、海を埋めて住んだのは当を得ている。そしてまた、今度の二千六百年記念の大博覧会が、月島のさきの埋立地を会場とすることはもっともよろしい。あの、もはや狭くなってしまった上野公園を、何かあるたびに、惜しげもなく巨木を伐り倒すのは――もはや幾本もなくなってしまったが――

震災後の下町は、いって見れば、新しい開府時代が来たのだ。そこに、この事変に教えられて、最も最新式の都市建築が考えられなければならないから、機械化する美観と相対して、宮城一帯はますます貴い地帯となる。

去年の春のくれがた、午後の、陽はもう翳《かげ》ろうとしていたが、二重橋前近く、芝生のタンポポは、黄金色に、一面に輝いていた。私の車は、静かに静かに徐行する。私は、心の憩いのようにこの路を通らして頂くので、例により、空を、四辺《あたり》を楽しみながらゆくと、車の前を低く、パッと立ってよぎったのは雉子《きじ》だった。

何だか、無性にわたしは嬉しかった。この激しい東京の中央に、この激しい今日の東京に――と思うと、御所前一帯は、東京市民のオアシスとなることであろうと思った。丁度、海外同胞へ「故国のたより」をラジオで語りかける機会をもっていたので、この平和な光景を、早速に伝えたのだった。

が、今日の新聞は、和田倉門の、高麗門と橋が危くなったのでとりのぞかれると報じている。どうか、事変がすんだらば、早速復旧してほしい。あの木橋へ、ひたひたと水がすれすれにあって、柳がなびいている小雨の日の風情は、東京市中、もう何処にもなくなるであろう江戸の面影である。今日の人には、まだ珍らしくはないが、この後にくるものに、残されるものは残してやっておいた方がよいと思う。

そこでまた、わたくしの望みは建築物にかえる。丸の内をとりまく個所は西洋建築でよいとして、日本橋ッ子よ、京橋ッ子よ、そして浅草、下谷の人々よ、安いコンクリートまがいをやめ、耐火、耐震、防空の強《しっ》かりしたものを建てて、その表面は、黒壁の店蔵造りにしませんか。壁を塗らずとも、黒壁をおもわせる、新しい店蔵づくりの甍《いらか》を並べたならば、宮城と相対し、中央に欧風諸建築をはさんで、真の、日本的な、そして東京の気風が出ると思うが――

あんまり急な市の膨脹と共に、田舎のステーション前の感じのする町つづきになってしまっては、東京の特色が見られない。

アジアの首都、東京の面貌は、日本の、そして東京の特色がなくなってはいけない。

解題

尾形明子

本書の構成について

『長谷川時雨作品集』は、「人と作品」「作品編」「解題」からなる。

「人と作品」は、時雨入門であるが、これまであまり触れられなかった明治末から大正期の時雨を、中谷徳太郎との関係で浮かび上げた。紙数の関係で細述するには到らなかったが、ほとんど知られていなかった時雨初期作品、中谷徳太郎の作品を読み込むことによって、本文に反映させた。また「女人芸術」「輝ク」研究を通して長年問い続けてきた、「なぜ、時雨が文学史から消えたのか」に対する答えも不十分ではあるが出すことができたと思う。

「作品編」には、限られた紙数で、時雨の全貌が浮かび上がるような作品を収録した。「うづみ火」から始まる初期作品、「海潮音」「さくら吹雪」等々の戯曲を割愛したのは、あまりに文体・内容が古風で、歴史的な意味はあっても、一般の読者の興味を喚起するとは思われなかったことによる。文学的、歴史的に価値があり、現在読んでも十分に面白い作品を選んだ。

なお本文の年号表記は初出、単行本の奥付にあわせて元号表記とした。

第一章「近代美人伝」には、『近代美人伝』から序文にあたる「明治美人伝」「明治大正美女追憶」を収録。本文からは「樋口一葉」「松井須磨子」「平塚明子（らいてう）」「柳原燁子（白蓮）」「九条武子」を収録した。

樋口一葉は、時雨が文学に向うにあたって、もっとも影響を受けた作家である。同じ東京に生まれ、女に学問はいらないからと小学校を中退させられた七歳年上の一葉に、時雨は生涯、深い共感を持っていた。松井須磨子は、同時代の演劇人であり、時雨が師事した坪内逍遥、交流のあった島村抱月の関係もあり、その生と死に、時雨は並々ならぬ関心を示している。平塚明子（らいてう）は、評伝としても、読み物としてもレベルが高いとはいえず、収録をためらったが、「婦人画報」連載の最後であり、「青鞜」の存在が「女人芸術」を生んだことを思うと、省くわけにはいかなかった。柳原燁子（白蓮）、九条武子は、まさに〈美人伝〉にふさわしく、すでに『美人伝』に取り上げられているが、二〇年の歳月を経てあらたに書かれた『近代美人伝』との落差は大きい。ここに「女人芸術」を経た、時雨自身の変化を鮮やかに見ることができる。私自身は〈美人伝〉の中でも「続春帯記」に心惹かれる。「田沢稲舟」「江間夏子」「遠藤清子」など、豊かな才能を持ちながらも、時代の嵐の中で、力尽き挫折した女性達への時雨のレクイエムの感がある。

第二章「自伝」には、「青鞜」に発表された「薄ずみいろ」と「石のをんな」、遺稿「渡りきらぬ橋」を収録した。「薄ずみいろ」は、劇作家として活躍していた時雨が、時雨の名を捨て、あえて「名無し」の意で「奈々子」の筆名を使った自伝小説である。「石のをんな」は自伝というよりエッセイに近いが、生母の死後に引取った甥に夢中になる、大正四年の時雨の様子が浮かび上がる。「渡りきらぬ橋」は幼い日から結婚、離婚を経て劇作家として活躍した大正三年ごろまでが記されている。

その他自伝としては「私の歩んできた道――うづみ火の記」（「婦人公論」昭和一四年一〇月―一五年一月）「おかつぱ時代」（「時事新報」昭和一五年一月一三日）「わが青春の記／遠い春」（「婦人朝日」昭和一五年七月）等がある。あるいは昭和一二年三月二一日から六月三〇日まで「東京朝日新聞」に連載された「春帯記――明治大正女性抄」の第一回「おふうちやん」、「東京開港」（昭和一五年五月―一二月「中央公論」）も小説の形をとっているが、自伝的要素が強く、魅力的な作品である。

第三章「戯曲」は、数ある中から「犬」「氷の雨」を選んだ。ともに大正末期の作品だが、底辺を生きる人々の怒り、悲しみが作品をつつみ、時雨の主人公への同情と共感は、まもなく文学の主流となるプロレタリア文学につながる。作者にも主人公にも、明確な思想や方向性があるわけではない。が、そのために、いっそう、行き場のない悲劇が際立っている。

第四章「評論・随筆」は、おびただしい評論・エッセイの中から選んだ。時雨は、エッセイ（随筆）の名手であり、圧巻は「旧聞日本橋」だろう。はじめ「日本橋」と題し「女人芸術」の埋め草として書かれたものだが、昭和一〇年二月岡倉書房から刊行された。江戸から東京に変って間もない日本橋界隈とそこで暮らす人々を、幼い時雨の目を通して浮び上がらせた自伝的随筆である。街は江戸そのものなのに、そこで暮す人々は、大きな時代のうねりに翻弄される。娘を花柳界に売ったり、乞食のように暮す、もと御家人たち。残酷なまでにリアルに時代の変遷が描かれている。渓石と号した時雨の父長谷川深造が描いた『実見画録』から数葉が挿入されている。

『実見画録』は、一九一九（大正八）年夏、父親の一周忌の供養として奉書木版刷りしたものである。この後「続旧聞日本橋」として「大門通り界隈一束」（「季刊日本橋」昭和一〇年七月）「鉄く《（屑）》そぶとり」（「改造」昭和一〇年五月）「鬼眼鏡と鉄屑ぶとり」（「東陽」昭和一一年八月）が書かれ、後年、一九七一（昭和四六）年五月、青蛙房から再刊された『旧聞日本橋』に「続旧聞日本橋」も納められた。比較的入手しやすいので、今回はあえて見送った。

随筆集としては他に『草魚』『桃』『随筆きもの』『働くをんな』があり、それぞれから、釜石での生活、三上於菟吉との最初の頃の生活、江戸っ子時雨の特色のある随筆を中心に数篇選んだ。これらの単行本に未収録の一〇〇篇余の随筆をも集めて『長谷川時雨随筆集』が編まれたらと願う。

評論は「女性とジャーナリズム」「明治風俗」を収録した。「女性とジャーナリズム」は、雑誌の創刊・終刊年月に誤りが多く、解題に一覧を記すことにした。時雨の評論は、それぞれの専門家にとっては物足りない部分もあると思うが、歴史というものが、風俗、文学、社会、思想、政治、経済、あらゆるものの総合体の中にあり、その中を人間が生きているのだということが、実感として伝わってくる。その博学、博識には驚かされる。〈美人伝〉を通して、古代から現代までの歴史が時雨の中を流れ、それらの集大成が評論、エッセイともいえる。今の私たちには見当もつかない、消えてしまった言葉や風俗の数々に、その豊かさに圧倒されることであろう。

なお、長谷川時雨の研究書として、昭和女子大学の『近代文学研究叢書』第四八巻（一九七九年一月）がある。精緻で丁寧な、気が遠くなるような根気のいる調査によって、時雨作品の大半の初出一覧が掲載されている。時雨について書かれたエッセイ・評論等々も細かく調べられ、大塚豊子による評伝も含めて、長谷川時雨の基礎研究は、ここに集約されているが、「美人伝」初出等、これからの課題である。

他に評伝では、岩橋邦枝『評伝長谷川時雨』（一九九三年九月、筑摩書房）等があり、研究書としては尾形明子『女人芸術の世界——長谷川時雨とその周辺』（一九八〇年一〇月、ドメス出版）、『女人芸術の人びと』（一九八一年一一月、同）、『『輝ク』の時代——長谷川時雨とその周辺』（一九九三年九月、同）等がある。一九九三年九月、池袋東武デパートで催された「昭和を切り開いた女性たち展」（朝日新聞社主催）の図録も時雨の資料を網羅して貴重である。尾形明子・生方孝子・岡田孝子・野中文江・原祐子・森下真理によるこの展覧会から、長谷川時雨と「女人芸術」への再評価の機運が始まった。

各作品解題

第一章「近代美人伝」

〈美人伝〉については「人と作品」VIを参照されたい。

『近代美人伝』　昭和一一年二月、サイレン社、を底本とする。

序に代へて——明治美人伝　明治・大正美女追憶　マダム貞奴　樋口一葉　鹿島恵津子——新橋のぽんた　春本萬龍　茂木松子　松下南枝子　竹本綾之助　豊竹呂昇　鴻池福子　芳川鎌子　銀子夫人　大橋須磨子　流転の芝露子　一世お鯉　藤蔭静枝　松井須磨子　宮崎光子　平塚明子　柳原燁子　九条武子　あとがき　年譜　表紙・岡田三郎助　口絵・梅原龍三郎　写真・二九葉

「あとがき」に「この書は、ひとたび、大正拾弐年の大震火にあつて、出版されるはこびのまま焼亡してしまひましたのを、昨夏、年少の友、横田文子、若林つや、素川絹子の助力で写真なども探し求め、巻末にはかたちばかりとはいへ、年表をも作成することが出来ました」とある。横田文子は作家、若林つやは「輝ク」編集者で作家、素川絹子は初期の「女人芸術」編集者。年譜は、上段が女性史、下段が収録された二〇人の年譜となっている。サイレン社は三上於菟吉経営の出版社。

明治美人伝　初出・大正一〇年一〇月「解放」明治文化の研究特別号

これまでの明治美人伝を総括し、時代・社会・政治の変化がそのまま美女の変遷につながるとする。徳川時代にはいり、身分の高い女性たちが城や邸の奥深くに封じ込められてしまったために、美女の範囲が平民に広がり、大衆化していく。維新以降は芸妓、芸者が多く登場、元勲たちが囲った芸者が、家庭に入り、一方では自分の力で生きる女性たちが登場してきた様子を具体的に辿っていく。「ある夜、外堀線の電車へのった時に」老いた米坡に出会った折のことなど、文中に、その時代を生きる時雨が随所に顔を出すのも面白い。ともすれば女性解放、「青鞜」の系列で女性史を見てきたが、その中で私自身が振り落としてしまった女性たちが浮かび上がってくる。宮崎虎之助夫人光子の姿も「近代美人伝」を通して知った。

高橋おでん、蝮のお政といった悪女に対しても、時雨は社会が「無惨すぎる、冷酷すぎる」と同情する。

附記に「樋口一葉女史・大塚楠緒子女史・富田屋八千代・歌蝶・豊竹呂昇は病死し、田沢稲舟女史は毒薬を服し、松井須磨子・江木欣々夫人は縊れて死に、今や空し」とある。田沢稲舟については、時雨は『美人伝』『春帯記』でも服毒死としているが、諸説あり、現在は「急性肺炎」による病死説が多く採られている。

明治大正美女追憶　初出・昭和二年六月一五日付「太陽」明治大正の文化特集　博文館創業四〇周年記念号　初出は「明治大正美女追懐」。『近代美人伝』収録の際に、「明治大正美女追憶」とし、最後の部分は抄録となっている。

「明治美人伝」と重複が多いが、大正をモダーン「メチャメチャな混乱」ととらえ、「度外れということや、突飛ということが辞典から取消されて、どんなこともあたりまえのこととなつてしまった」とする。にもかかわらずその時代精神の中枢を「自由」と見ている。上流社会のスキャンダル（淫事）の続出を、明治において芸妓・芸者を家庭人としたことの帰結であり、「芸妓の跋扈」に根があるとする。「女の一生というもののわびしさ」を感じさせる波多野秋子や芳川鎌子等に比べて「今は宮崎龍介氏夫人であるもとの筑紫の女王白蓮女史の燁子さんは幸福だ」と結んでいる。

樋口一葉　初出・大正七年六月—一〇月（但し九月号は休載）「婦人画報」

死の間際まで、時雨の心をとらえていたのは一葉だった。若い日、一葉の「日記」に記された「あんまり息苦しいほどの、切羽詰まった生活」に胸倉をとられ、締め付けられるような切なさを感じ、畏敬してはいたが親しみにくかった。が、年をとって読んだ「日記」は「蕗の匂いと、あの苦味」がした。そこに一葉の姿、心意気、魂、生活をみる。一葉が描くいずれの女主人公の底にも「日記」と同一の「拗ねた気質」があり「淋しい諦めと、我執」を見る。

時雨は一葉が、どの作品の女主人公にもっとも共感を抱いたのかと想像する。「濁り江」のお力、「十三夜」のお関、「たけくらべ」のみどり等に並べて「経づくえ」のお園をあげる。構想を「源氏物語」の「若紫」からとったこの短篇に、一葉自身を重ねて涙している。時雨もまた自分を重ねたのかもしれない。

日記の引用部分が時雨の文と響き合い、一葉があざやかに浮かび上がる。母親を何とか喜ばせたいと努める一葉に時雨は自分を見る。相場師久坂賀との行き来を、従来いわれているより頻繁なものとしているが、時雨にとっては、一葉も、一葉周辺の人々も同時代の人たちだった。終焉の家を訪ねて感慨にふけっている。一葉を囲む文学界の若い人たち、恋のはなやぎの中で、一葉はひたすらに半井桃水を思う。桃水への思いを日記を通して切々と浮び上げる。「雪の日」を「彼女自身がなりかねない心の裏を書いたもの」と見て、「彼女は恋に破れても名には勝った」と記している。

「昭和一〇年末日附記」として、佐佐木信綱夫妻共著の随筆集『筆のまにまに』をとりあげ、その中に「自分がいつか夏目漱石さんの所へ遊びに行って昔話などをした時、夏目さんが、自分の父と一葉さんの父とは親しい間柄で、一葉さんは幼い時に兄の許嫁のようになっていた事もあったと言われた」と記されている事を伝える。

松井須磨子　初出・大正八年四月「婦人画報」

他に大正八年二月の「演劇画報」に「自殺せる松井須磨子、須磨子さんのこと」を書いている。立場は異なっても同時代におなじく演劇に携わった須磨子への同情にあふれているが、同時に、三上於菟吉と半ば同棲していた時雨に、恋を成就した喜びがまったく感じられないなど、文中から見える時雨に興味を覚える。冒頭の「大正九年一月五日」は「大正八年」の誤り。正月五日、郊外の家（鶴見花香苑）から牛込赤城下の家に「とぼとぼとした気持で」帰ってきた時雨は、三上於菟吉と話しこんでいる友人たちから「お須磨さん」の死を聞く。「死ねるものは幸福だと思っていたまったただなかを、グンと押して他の人が通りぬけていってしまったように、自分のすぐそばに死の門が扉をあけてた」時だった。

死の衝撃がまさにリアルタイムで語られる。二ヶ月前、スペイン風邪で死去した抱月の時に着たと同じ服装で芸術倶楽部にお悔やみに行く。死の前に相談する人も、親身になって心配してくれる人もいなかった須磨子を哀れだと思う。時雨は須磨子が文藝協会の生徒の頃から、坪内逍遥を通して知っていた。素朴で元気で真面目な演劇少女の面影が浮びあがってくる。抱月との「もえさかる火」のような恋。抱月の死後、未亡人や遺児に七千円を渡し、二人のために買った墓地も渡して後の死だった。「立派な死方をした、然し随分憎らしい記憶をおいていってくれた人だ」と世間はいう。島村の死に「狂い泣く」須磨子の様子や「野生《ワイルド》な魅力《チャーム》が非常にある」容姿が時雨の筆によって浮かびあがってくる。

評伝部分も詳しい。「私は彼女のことを詩のない女優といったが、あの女《ひと》の死は立派な無音の詩、不朽な恋愛詩を伝えるであろう。ほんとに死処を得た幸福な人である」とし、「乏しい国の乏しい芸術の園に、紅蓮の炎が転がり去ったような印象を残して――」と結ぶ。

時雨もまたスペイン風邪にかかったらしい。この当時の時雨の心の情況を、垣間見ることのできる数少ない資料でもある。父親の死、於菟吉との同棲、鶴見の家族のこと、母親代わりの仁のこと、あるいは春子が後年「姉には好きな人があった。詩人でね」という言葉。次々と想像したくなる。

平塚明子（らいてう）　初出・大正一一年九月「婦人画報」

「らいてうさま」と呼びかけ、子供と一緒に那須高原で病気療養中のらいてうへの書簡の形をとっている。収録された他の評伝に比べるなら、低いレベルの情緒的な美文の連なりでしかない。しかしながら、一九一一（明治四四）年九月創刊の「青鞜」は時雨にとって大きな意味をもった。岡田八千代、加藤籌子《かずこ》、与謝野晶子、国木田治子、小金井喜美子、森しげ子とともに賛助員として参加し、「夢占ひ」「手児奈」等々の戯曲、劇評を発表している。それ以上に時雨にとって忘れられないのは、「奈々子」（名無し）の筆名で書いた「薄ずみいろ」（第三章解題参照）だろう。誰に気兼ねなく、本音で書けた唯一の場所が「青鞜」だった。その思いが「女人芸術」につながっていく。「青鞜」へのバッシングにも時雨は同情的だったし、若い人たちの運動にも十分な理解をもっていた。

が、一緒にかかわっていくには、らいてう始め、あまりに若く、苦労のない人たちだった。世間が、らいてうに浴びせる中傷を作中に書き連ねながら、時雨は彼女を庇っているのか、そうした部分もあると肯定しているのか。「婦人画報」に掲載された最後の「美人伝」となる。事情は不明だが、いつの間にか途切れたままになったようだ。後年「続春帯記」に「明治期の末」の題名で書いた「遠藤清子」は、「青鞜」とそこに集った女性運動の先駆者たちへのレクイエムとなっている。

附記に時雨は「青鞜」創刊号の「元始、女性は太陽であった」の初めの部分を紹介し、「この人たちの勇気と決心は、婦人解放運動の炬火となつたのだ」と記している。なお、これまでの評伝等では「婦人画報」連載の最後を、「大正一二年七月」としている。ベースとなっている長谷川仁氏の「時雨の譜」の記載がそのまま踏襲されたのだろう。

柳原燁子（白蓮）　大正一一年二月「婦人画報」に第一回が掲載、その後中絶

『近代美人伝』に収録するために、本稿の大半を書き継ぎ、稿末に「昭和一〇年九月一七日」とあるのは脱稿日だろう。『長谷川時雨全集』第五巻末に付けられた「時雨全集採録作品年表」に、第三巻採録の「近代美人伝」の初出が記されている。柳原白蓮は採録されていないが、九条武子について「新シク筆ヲ起セルモノ。雑誌ニハ掲載セズ」と記されているが、おなじく、白蓮の稿も『近代美人伝』のために新たに書き加えられたと見るべきだろう。なお大正一〇年一二月「婦人世界」に「白蓮夫人の隠れ家を訪ねて」が掲載されている。

時雨はすでに『美人伝』の「輝く華」の章に九条武子・伊勢八の娘（澁澤栄一夫人）と並べて白蓮を取り

上げている。「筑紫の白蓮」と題し、泉鏡花に宛てた書簡の形式をとる。竹下夢二装幀の『踏絵』(大正四年三月、心の華叢書)を中心に、筑紫の炭坑王の下に「嫁した憂愁の貴女」を、王昭君になぞらえて空想を膨らませ、一篇の王朝絵巻風な物語を作り上げている。

その後、一九二一(大正一〇)年一〇月、夫の伊藤伝右衛門宛ての絶縁状を「大阪朝日新聞」に出し、白蓮は愛人宮崎龍介のもとに出奔する。時雨はその直後、スキャンダルの嵐につつまれていた白蓮を中野の隠れ家に訪ねる。佐佐木信綱の竹柏園の同門であり、「美人伝」の作者として有名な時雨を白蓮は「お汁粉」で歓迎している。白蓮の遺族との関係で公表は出来ないが、白蓮は、龍介宛の手紙で、時雨との交流がこれからも続きそうだと書き、時雨もいつでも力になりたいと心のこもった手紙を出す。「女人芸術」創刊号にも短歌をよせ、座談会等にも出席しているから、交流は続いていたのだろう。

出奔について「東京朝日新聞」を丹念に追っていて、まさにリアルタイムの迫力がある。隠れ家に訪ねた折、おなかの辺りがふっくらとしている事に時雨は気付くが、その事が他に書かれなくて好かったと記している。中断したのは、当時貴族院議長だった白蓮の兄柳原義光が、手土産を持って時雨の母親を訪ね、これ以上書かないでほしいと依頼したためと時雨は記している。時雨はおめおめと依頼に来た義光も、それを時雨に頼み込む母親にも怒りをぶちまける。しかも義光は、かつて紅葉館から母親を追い出した株主のひとりだった。

時雨は「自分は本当のところを知りようもない」としながらも「ただ、わたしの強味は、同じ時代に、同じ空気を呼吸しているということ」と記す。『近代美人伝』を貫くのはまさしく同時代人の目なのだろう。出版される昭和一〇年付けで「附記」として、芸者だった白蓮の生母のことが添えられている。

九条武子　『近代美人伝』のために書き下ろされたもので稿末に「昭和一〇年九月」とある。

なお一九二八（昭和三）年四月の「婦人画報」に「九条武子夫人を悼みて　短歌一首」を載せている。

かつて『美人伝』で「九条武子」を「大正の初期に、この御代の代表の美人を、何に一つ疵のない、上流の女性のなかから選りだそうとすると、まづ九條武子夫人を当代第一の君と推さねばなるまいと思ふ」と書き出した時雨は、二〇年の歳月を経て「人間は悲しい。率直にいえば、それだけでつきる。九条武子と表題を書いたままで、幾日もなんにも書けない。白いダリアが一輪、目にうかんできて、いつまでたっても、一字もかけない」と始める。昭和三年二月に死去した人への思いも強かったのだろうが、執筆前に柳原白蓮に会って、九条武子についてのかなり詳しい話をきいた事も一因であろう。

同席した若林つやが私に語ってくれた時のメモには、九条武子が二〇歳の時から死ぬ間際まで恋愛関係にあったという東本願寺の連枝（兄弟）の名も記されている。同じく公表を許されていないが、白蓮が出奔した折、武子もその恋人と出奔する約束であったことが、当時の龍介にあてた白蓮の手紙に書かれている。白蓮出奔に大きくかかわってもいた。

震災前、白蓮失踪の直後に、焼ける前の別院（秀吉の居間だった桃山御殿）に住む武子を訪ねた時雨は、大きな憂苦を持った人の印象を受けた。「かりそめの別れと聞きておとなしうなづきし子は若かりしかな」を、イギリスに残った夫との別れではなく、「若き御連枝」との別れと時雨は読み、さらに「百人のわれにそしりの火はふるもひとりの人の涙にぞ足る」を武子の覚悟とみる。本願寺婦人会の救済事業の中心として活躍する晩年の武子に「お人形さんに、あの晩年の、目覚めてきた働きは出来ない」としみじみと書いている。

第二章「自伝」

薄ずみいろ　初出・大正四年一〇―大正五年一月「青鞜」(底本)　奈々子の筆名

これまで歌舞伎をはじめとする演劇改良運動をリードし、一流の役者をプロデュースしていた時雨にとって、書くことは、舞踊や音楽、役者によって舞台を成功させるための台本を作ることだった。演劇から小説への転換を、時雨は、自分の生の原点ともいえる結婚前後を赤裸々に書くことからはじめる。もはや舞台を通して、大勢の人たちに美しい夢を与える必要はなかった。

新しい時代とは無縁の下町の堅気な家に生れ、「前帯に結んで、おひきすそ」の祖母の部屋には行燈があるような家で育ち、寺子屋式小学校で教育を受ける。親に口答えすることはもちろん、何ひとつ逆らえないままに、結婚が決められる。さすがに抵抗する娘に母親は「男選みをするような、そんな浮気な娘に育てた覚えはない」と言う。私たちの知る近代からはあまりに遠い世界が描かれ、これがおそらくは明治の大半の家庭であり娘たちの生のありようであったことに気付かされる。「嫌が嫌で通らない、堅気な家の娘ほど虐げられるものはないと呪わしいことさえ思ったりは」しても、ついに結婚式を迎える。三々九度の盃に口をつけないことだけが精いっぱいの抵抗だった。「何処の国に嫁づいて、自分の身が穢れたと苦しむ女がありましょうか」という言葉に衝撃をうける。後の「渡りきらぬ橋」につながる。

石のをんな　初出・大正四年五月「青鞜」（底本）　奈々子の筆名

奈々子の筆名は、大正三年一一月、市村座での「狂言座」第二回公演で上演された「ふらすこ」にはじめて使われた。時雨の名前で「歌舞伎草子」を出しているので、他の筆名を使ったと思われる。小説の筆名としては「石のをんな」が初めて。「名無し」の意。

琴の名手で親友の朱絃舎浜子にあてた手紙の形式をとり、大正四年当時の時雨の生活が浮びあがってくる。弟虎太郎の長男で三歳になる甥を、その母親が大正四年四月に死去したために、佃島の家で、時雨が育てることになる。二年前、友人もまた、八歳の女の子の母親になっていた。彼女は「野暮に見える底に意気をすっかり包んでしまっている」女であり、「奈々子が水の細い流れなら友達は岸の石のよう」。しかも石には四季折々の風情があった。

「私にはこの子が天と地で、此児には私が天と地でしょう」と甥に夢中の自分を書きながら、友人が、愛くるしいとはいえない「無花果みたい」な女の子をなぜ養女にしたのかと思う。が、書き進めていくうちに、彼女が、けっして「おもちゃや慰みに貰ったのではない」事に気付く。自分に子供を託して若くして死んだ友人との約束を果たすために引取ったのであり、いまでは友人の母親の生甲斐になっていた。自分は甥の可愛さに溺れて仕事を放り投げているが、友人は「何も云わずに、自分自身がどこまでも生きようとする女であった」と改めて気付き、手紙を出すことをやめる。それぞれ引取った子供を介してみえてくる三〇代の「石のをんな」の生を描いている。「貴女の魂は此頃はすっかりお留守」と主人公に言う妹は春子だろう。

甥の母親については『美人伝』の「糸遊《かげろう》」の章に「胡蝶の春菜」として取り上げている。二〇歳で死去した春菜の生涯をしみじみと描いたのは、甥の仁への時雨の愛情なのだろう。また朱絃舎浜子は「続春帯記」(昭和一三年五・六・七月「婦人公論」)に「組うた」「明治十四・五年頃」「去りゆく波」の題名で掲載された。若い日からのほとんど無二ともいえる交友とともに、明治末から大正にかけての演劇活動を含めた時雨の様子が、あざやかに浮びあがってくる。釜石で暮す時雨に、押花のはいった手紙を毎日書き送った浜子は、時雨の舞台に欠かせない存在でもあった。昭和一二年三月九日の「東京朝日新聞」に、時雨は浜子を悼んで「名手〝朱絃舎浜子〟を憶ふ　お琴を撫で五十年」を書いている。

渡りきらぬ橋　遺稿。昭和一六年一一―一七年一月「新女苑」に「渡りきらぬ橋」として発表後、『長谷川時雨全集』第五巻(昭和一七年七月)に「渡り切らぬ橋」として所収。本書は全集五巻を底本としたが、題名は、全集編者の書き違いと判断し、初出のままとした。

五巻末の「時雨全集採録作品年表」(長谷川仁記)によると、「作者の誕生より女人芸術発刊に至るまでの半生自叙伝。昭和一五年一一月二八日頃記せる未発表の作品にして作者の没後誌上に掲載せらる」とある。実際の記述は大正初めの演劇活動のころまで。「旧聞日本橋」は江戸から東京へと変転する日本橋界隈とそこに暮す人々の姿を、幼い女の子の目を通して、あるいは成長した時雨の目を通して描いたが、

「渡りきらぬ橋」は、その中で育ったひとりの女性の心と生活の歴史をつぶさに追って描いたもの。二章の終りに時雨は「以上が、明治十二年末から、卅年の末までの、東京下町の、ある家庭の、親に従順な一人の娘の、表面に現れない内面的生活争闘史である」と書き、さらに「以下は、彼女は、自分自身で、茨を苅りながら、自分の道へと、どうにかこうにか歩き出して来た道程であるが、はじめから本道を歩きださぬものには、よけいな道草ばかり食って、いくらも所念の道は歩いていない」と続ける。生涯抱いた自らの生に対する思いだったのだろう。

第三章「戯曲」

犬　初出・大正一二年八月、前期「女人芸術」二号（底本）のち『時雨脚本集一』（昭和四年九月、女人芸術社）に収録。

『時雨脚本集一』は三上於菟吉の序文「業火の洗礼」「暗夜」「つくしの空」「犬」「氷の雨」「手児奈」「西の空」「北国薬研谷」「ミイの生まれた朝」「月に住む人」を収録。さらに『日本戯曲全集』第三六巻　現代編四（昭和四年七月、春陽堂）に収録され、時雨は「犬」「氷の雨」「北国薬研谷」。他に女性作家は岡田八千代「黄楊の櫛」「静夜」「敗北者」、野上弥生子「縛られた者」「藤戸」、木村嘉代子「みだれ金春」、木村富子「玉菊」「高野物語」、弘津千代「吉田御殿」が収録された。全五〇巻のうち現代編は一八巻。

大正一二年七月に、親友の劇作家岡田八千代を誘って創刊した前期「女人芸術」は、大震災で二号で終るが、時雨は一号にも戯曲「暗夜」を載せている。大正一〇年二月に創刊された「種蒔く人」が、一二年二月には「無産婦人特集号」を出し、深刻化していく不況に倒産が続出し、労働争議が全国的に広がり、自殺者が急増する社会不安を、時雨は戯曲に凝縮させた。かつての、観る人を浪漫の世界に誘う事を意図した歌舞伎の脚本とはまったく異なる。時雨が新たな分野に入っていったことを思わせる。浪漫と美をひたすらに求めて描いた『美人伝』から、対象の内面にまで分け入ってリアルに書き込んだ『近代美人伝』の方向に歩み出していた時雨の変化は、その生活と社会の変化に重なろう。三上との生活の中で停滞していた文筆活動をようやく再開したのが前期「女人芸術」だった。大震災で中絶しなかったなら、劇作家時雨の仕事は、また異なるものになっていたかも知れない。創刊号に時雨は「あるがままの力だけで、乏しく見すぼらしからうとも一向に、一生懸命に、まつすぐに、ただ直しく、心の命にしたがつて進んで行かうと、自分の心に誓つた」「女人は三界に家なしと——私は今こそ心の住家を得た心地がする。嬉しい筈なのにさしぐまれるばかりである」（見るまゝに思ふまゝに）と書いている。

貴族に飼われている三万円の大型犬ペスの世話係として雇われている六八歳の七兵衛。二二歳の娘のお民は若主人に騙され妊娠、捨てられて生まれた子を埋め、気が狂ってしまう。孫娘のお高は一三歳。両親は出てこないが、自由な発想とすでに社会の矛盾を見据え、それに刃向かおうとする少女である。孫娘から無理やり犬の餌を食べさせられた七兵衛は、「こんなうまいものを食つてゐる犬もあるのかと思ふと、生きてゐるのが嫌になつた」と呟く。園丁に、食べているところを見つかり、泥棒といわれる。お前は犬から給料を貰っているのだと侮辱され、それに頷く祖父に、お高は腹を立てて飛出していく。「蛆虫のような俺には一文の値打ちもない。犬は三万円だ、たいしたものだ。豪勢なものだ」と呟き、犬に「お世話になりました」と挨拶して解き放してやる。解雇を言渡された七兵衛は犬小屋で首をつり、お民が「人間がぶらさがってる」とけたたましく笑う。

観念的なのに心打たれる。随所に怒りが込められ、お高の言葉に時雨の思いがこめられている。貴族社会との対決も、理不尽な差別への怒りも、戦いの方向もなく、七兵衛は愚痴を言って死んでしまうし、お高の反抗も、ただの反抗に終り、未来はない。後のプロレタリア文学とは明らかに異なり、むしろ明治二〇年代の深刻小説の系列にある。にもかかわらず心に残るのは、時雨の怒りが随所に込められているからだろう。釜石時代の猫鍋がご馳走であり、死んだ子供を、自分で産める女たちを目の当たりで見た日々が底にあるのかもしれない。

氷の雨　初出・大正一五年一二月「舞台評論」のち『時雨脚本集一』（底本）『日本戯曲全集』第三六巻現代編四に収録。「犬」解題参照

主人公は末期癌で死の床にいる五二歳の玉代。自分を売り物にして生きてきた玉代には誰の子供かハッキリしない二〇歳の娘がいる。病人の臭気に娘は看護婦を誘って遊びに行ってしまう。玉代の友人でカフェの女将のおとくが見舞いに来る。おとくから、娘が付き合っているらしい安田の名を聞いた玉代は驚く。豊子は安田によく似ていた。安田の子供でも生んだらと狂ったように心配するが、いつしか玉代は、生涯でただひとり愛した異国の船長を思い浮かべ、凪いだすばらしい天気につつまれて息を引取る。現実には外は氷雨が降り、娘は安田とホテルにいることが想像される。解決できない現実から逃れるように死んで

いく玉代に時雨はなにを託したのか。こうした作品を書いていた時雨が、プロレタリア文学に惹かれていくのは自然のなりゆきだった。

第四章「評論・随筆」

女性とジャーナリズム　昭和六年一〇月「ジャーナリストとしての女性」の題名で「総合ジャーナリズム講座」第一二巻に収める。同年一二月『現代ジャーナリズムの理論と動向』（内外社）所収の際に「女性とジャーナリズム」に改める。『長谷川時雨全集』第四巻所収（底本）

時雨の若い女性たちに対する飽き足りなさと、かつてもっと厳しい時代を切り開いてきた先駆者への思いが込められていて、のちの「女人芸術はどうしてやめたか」に通じる。「今日の基礎を築いてくれ、明日の希望を私達に新しくさせてくれた先輩たちの名を、いま、記憶から呼び出して、忘れないやうにしておくのも一つの責任だと思ふ」とし、次々と発刊された女性雑誌と女性編集者、記者たちの歴史を辿っていく。「女学雑誌」を「この雑誌は、ブルジョアデモクラシーの立場から当時たゞひとつの先進的役割を果たした」として、スキャンダルで失脚した巌本善治を評価する。

一方、日本女子大学が卒業生を対象として出した「家庭週報」について細述し、「みな女性の手で処理する意気込みの下に生まれた」と評価しながらも「戦報欄のあるのもいかにも戦時らしいが、すでに社会主義運動が戦争反対の叫びをあげていたにも拘らず、戦報にはその影響は見受けられず、祝捷会の記事などで埋められて、保守的女子大内の新人であるの感を深くさせた」と、はっきりと書く。この一文だけでも収録の意義があろう。さらに「概してその頃の『婦人雑誌』には、未だ社会主義の影響は福田英子の『世界婦人』位にしか見出されなかった。西川幸次郎氏、西川文子氏が、木村駒子、宮崎光子夫人と共に『真新婦人』を発行した事があるが、それは『青鞜』に刺戟されたもの以外ではなかった。そして最初の女権論は家庭主義となり、婦人雑誌は漸次色濃く営利主義的となっていってしまった」と、女性運動の流れを見据え、女性雑誌の変遷に、女性達の変貌を重ねている。

「青鞜」を高く評価し、「画期的な――女性覚醒の黎明暁鐘」であり、参加した女性たちを「女性台頭の導火線」とする。「最初、社会的に全然地位も自由も持たない婦人だが、文芸を通じて心の世界に自由を求め、そこに自分の生命を見出そうと」発刊したとして、五人の発起人（中野初子・木内錠子・保持研子・物集和子・平塚明子）を列記し、彼女たちの「勇気と決心は婦人解放運動の巨火となったのだ」と言い切る。「女人芸術」こそが、「青鞜」を継ぐものとする時雨の意思が見える。

現在は『近代日本婦人雑誌集成　マイクロフィルム』日本図書センター、『東京大学附属明治新聞雑誌文庫所蔵雑誌目次総覧第六八巻婦人編』大空社、『日本の婦人雑誌』（創刊復刻　昭和六一年一〇月　大空社）、大宅壮一文庫創刊号コレクション、他に不二出版が「青鞜」「女人芸術」「女性改造」等々を復刻。雄松堂が早稲田大学図書館編・精選近代文芸雑誌集で「婦人評論」（大正元年九月―大正三年一二月）「婦人文芸」（大正三年五月―一二月）「婦人サロン」（昭和四年九月―七年一二月）「女の世界」（大正四年五月―一〇年八月）「ビアトリス」（大正五年七月―六年四月）「火の鳥」（昭和三年一〇月―八年一〇月）等をマイクロフィッシュで復刻、等々がある。

巻末の雑誌の創刊号―終刊号に誤りが多く、「近代婦人雑誌関係年表」（三鬼浩子作成「日本の婦人雑誌」大空社、一九八六年一〇月）その他を参照して雑誌の一覧表を付すことにする。

「女学雑誌」　明治18年7月—明治37年2月
「花の園生」　明治24年2月—明治31年11月
「女鑑」　明治24年8月—明治42年3月
「裏錦」　明治25年11月—明治40年8月
「婦人弘道叢記」　明治27年10月—明治31年3月
「大倭心」　明治29年9月—明治29年10月
「女子之友」　明治30年6月—明治39年5月
「淑女」　明治32年1月—明治34年10月
「婦女新聞」　明治33年5月—昭和17年3月
「女学世界」　明治34年1月—大正14年6月
「をんな」（→なでしこ→やまとなでしこ）明治34年1月—明治45年7月
「家庭」　明治34年1月—明治38年11月
「愛国婦人会」　明治35年3月—昭和17年1月
「婦人界」　明治35年7月—明治37年12月
「家庭之友」　明治36年4月—明治42年8月
「家庭週報」　明治36年6月—明治42年6月
「女子文壇」　明治38年1月—大正5年4月
「ムラサキ」　明治38年7月—明治44年6月
「婦人画報」（→東洋婦人画報→婦人画報→戦時女性）　明治38年7月—昭和19年12月
「婦人世界」　明治39年1月—昭和8年5月
「世界婦人」　明治40年1月—明治42年7月
「婦女界」　明治43年3月—昭和18年4月
「青鞜」　明治44年9月—大正5年2月
「淑女画報」　明治45年3月—大正14年4月
「真新婦人」　大正2年5月—大正12年9月
「女の世界」　大正4年5月—大正10年8月
「婦人週報」　大正4年11月—大正8年7月
「婦人公論」　大正5年1月—昭和19年3月
「婦人」　大正6年1月—大正6年6月
「主婦之友」　大正6年3月—昭和20年7月
「婦人界」　大正6年9月—大正11年10月
「婦人倶楽部」　大正9年10月—昭和20年7月
「処女地」　大正11年3月—大正12年1月
「女性」　大正11年5月—昭和3年5月
「女性改造」　大正11年10月—大正13年11月
「職業婦人」（→婦人と労働→婦人運動）職業婦人社　大正12年6月—昭和16年8月
「婦人」（→婦人朝日→週刊婦人朝日　月刊から週刊）　大正13年12月—昭和18年5月26日
「婦人の国」　大正14年5月—大正15年5月
「女人芸術」　昭和3年7月—昭和7年6月
「婦人サロン」　昭和4年9月—昭和7年12月
「婦人戦線」　昭和5年3月—昭和6年6月
「婦人戦旗」　昭和6年5月—昭和6年12月

花火と大川端　初出・昭和九年七月「改造」　のち随筆集『桃』（昭和一四年二月、中央公論社）所収（底本）

もはや想像もできない江戸の姿があざやかに描かれる。これだけの文章が埋れていたことが不思議である。火事や災害に変貌する江戸の町の変遷を大川端に沿って語る。大川端は隅田川の河口付近、東京湾に注がれる川の周辺の総称。江戸の人たちは桜を愛で、涼をとり、魚を取り、遊廓や見世物小屋、料亭や茶店、小料理店、芝居小屋を楽しんだ。両国附近の川開きの花火は江戸っ子の一大祭りだった。同時に、同じ界隈にある蔵前は、札差が集り、米倉が続き、江戸の食料と富の集積の場である。鳥越の新堀川には天文台まであった。

時雨の博学・博識には驚かされるが、ただそれらを披瀝するのではなく、批判の目も向ける。「札差はもとから富んでいたのかといへば、さうでない。ぽんぽち米を食つてゐた痩侍の膏を吸つたのだ。米価を釣りあげて細民を飢えさせた余徳だ」「算當知らずの二本差と、袖の下のきく商人のやうな役人たちが對手だから、面白いやうに儲かったのであろう」。時雨はリアルで具体的に、その手口、やり方を伝え、突然に「私は子供のころ小旗本の老人に、幕末時代のそんな愚痴をきかしてもらったことを覚えている」と種明かしする。時雨の母方の祖父は御家人であり、没落した旗本たちが周囲に何人もいた時代を時雨が生きてきたことに気付く。

時雨を通して続いている江戸は、歴史の表から消えてしまった江戸であり、語られることない江戸でもある。一〇一人に限定された札差の富によって、川開きがなされる。芸者や角力場、祭りのような賑わい、江戸の光と音響と色彩を時雨は想像して描く。大震災によって江戸は完全に消え、生まれ故郷であっても、

「両国橋畔の変りかたは実に汚ならし」く、もはや見たくないと時雨は書く。両国の川開きの豪華な花火への期待を込めて「大川端と花火」は結ばれるが、一九四五（昭和二〇）年三月、爆撃によって隅田川はふたたび死の川となる。時雨はそれを知ることなく死去した。一九三四（昭和九）年に書かれたにもかかわらず戦争の臭いは、まったくない。

紫式部——忙しき目覚めに　初出・昭和一三年九月「日本文学」　のち没後の随筆集『働くをんな』（昭和一七年五月、実業之日本社）に所収（底本）

あわただしい日常生活に「源氏物語」を思い出し、亡くなった友人の朱絃舎浜子を思う。樋口一葉の作品を「一葉女史の後期——二十八年後半の作の二三を除いたらば、殆どといつてよいほど源氏物語の影響下にある」と言い切り、しかも「たけくらべ」をのぞいては、「あまりに源氏や古歌によりすぎていて未熟」という。天才をしても「源氏物語」の大きさから逃れられなかったということだろう。「紫式部を現代に見わたすと」として「岡本かの子」をあげているのも興味深い。

明治風俗　初出・昭和一三年一〇月「東京火災保険株式会社五〇年誌」　付記は一四年一〇月。のち『随筆きもの』（昭和一四年一〇月、実業之日本社）所収（底本）

明治を時代ごとに区分して、それぞれの風俗を語りながら、社会・時代・文学・演芸・流行等々のすべてに及ぶ。時雨自身が生きた時代の空気が語られ、一流の風俗史となっている。「およそ、開国以来、明治初年ほど、あらゆるものがあんなに混乱した事はなかったであろう」という述懐にも、両親、祖父母から聞いた実感がこもる。家族内でも父親は旧弊、子供は新種の気風を取り入れようとすさまじい対立があったという。丸髷に結い「眉毛をおとしたあとを青々とさせ、白粉気を見せぬかくし化粧、鉄漿」の細君たちがまだ大半なのに、次第に「断髪」の女性が増える。男女とも同じで長めの髪をまん中で分け、男も赤シャツ赤靴で街頭演説をした。西洋夫人に劣らない女性の育成を目指す女学校が創設される一方で、大多数の女性たちは旧態依然として江戸の続きのままに明治を生きていたことに今さらながら気がつく。私たちは前者の系譜ばかり見てきたのだろう。

時雨の体験や美人伝の執筆を通して得た知識もここに総括される。水の悪いところには「水屋」が月ぎめ(月三〇銭)で汲み入れる。「にごり江」の銘酒屋を「洋酒もあるといふのが、新しい眼の付けどころで、バーや、カフェーに似た表向きで、玉の井をかねた私娼であろう」と書く。富士山の模型が作られて登ったり、パノラマが出来たり、人々の娯楽の中心だった浅草六区の賑わいや、今はすっかり忘れ去られた遊びについての記述も楽しい。狐狗狸《こっくり》さん、籐八拳、花合わせ、両国を行く相撲力士の風情等々のなんと生きいきと描かれていることか。時雨の目と記憶の確かさに驚かされる。

徳冨蘆花「不如帰」についての記述も、登場人物とモデルの関係を踏まえた作品論であり、喜多村緑郎が扮した浪子の「白い肩掛と、一巻半といふ太く束ねて、大きくグルリと巻いた油気のない束髪が最新流行」であったことを知る。桂太郎の愛妾お鯉の方のエピソードも面白い。歴史が浮びあがってくる楽しさを味わいながら、まさに歴史はすべての現象の総合体であることを思う。顕官たちとつながり「国の大きな事件の影に、芸者が結びついて」いた時代の終りを、女性の進出、解放の中でとらえている。時雨の「美人伝」には、多数の芸者が記されているが、芸者を貧しい女性達の職業・生き方の選択肢のひとつとして捉えている。一切の偏見がないが、同時に女性を金銭で売買する制度や組織に対する批判もまったくない。その意味では本質的な人権意識は時雨にはなかったし、大きく社会を見据える目も希薄だったといえる。時雨の生涯を貫いた明治天皇と皇后への敬慕の念は、まさに明治人のものなのだろう。

「大正にはいつて」の章も面白い。「女性の胸に燃えつつある自由思想は、各階級を通じて(化粧)(服装)(装身)という方面の伝統を蹴り去り、外形的に(破壊)と(解放)を宣言した」とし、その「メチャメチャな混乱」を時代そのものと見ている。終章を「震災から今日まで」として、昭和一三年の執筆時にまで筆が及び、「母子保護法案」の議会通過、「国防服の問題は、いまや問題ではなく、実用期にはいつている」と結ぶ。さらに、(附記)として、林芙美子・吉屋信子・長谷川春子をあげて、戦線従軍の実情を記している。

山の人たち　初出・大正一三年一〇月「週刊朝日」　のち随筆集『草魚』所収(底本)

一九〇一(明治三四)年から〇四(同三七)年まで勘当された夫の信蔵に従って暮した岩手県釜石鉱山のエピソード。釜石鉱山を切り開いた一人、横山が所長をしていた田中鉄工所に入る。妻は東京育ちで、時雨に同情し、執筆を応援、帰京の後押しをしてくれたことが「渡りきらぬ橋」に書かれている。最初、時雨は夫とともに、所長宅の離れに暮らしていた。時雨には珍しいユーモラスなエッセイ。

ものほし棹　初出・昭和五年八月一三日「読売新聞」のち『草魚』所収（底本）

文中に「私は父と住む家に、病む父をみとって帰つてくると、此方の家のぬかみそには薄くかびが来ているのを、寂しく掻き廻していた」とある。生麦岸谷戸に住んでいた父深造の死は一九一八（大正七）年夏だから、その年の五月ごろのエピソードか。翌年春、時雨は於菟吉と正式に世帯を持ち、牛込赤城下の家から牛込仲町に移っている。赤城下には、生田春月、宇野浩二、広津和郎ら、早稲田の青年文士がいつも集まり賑やかだった。

生活の姿　『草魚』所収（底本）『草魚』では、初出を「昭和六年一一月『東京朝日新聞』」としているが見あたらず不明

「生活の姿というものは、ほんとは悲いものであってはならないのだろう。病、幼、老の三者をのぞいては、生る営みは楽しく働くべきだと思う」という冒頭は、働く母親の姿を美しいと思いながら育った子供時代から変らない時雨の信念だった。大正のはじめ、狂言座の設立を通して親しんでいた鷗外から「白粉をつけないほうがいい」といわれた思い出を語り、「心にも化粧をさせはしなかったか」と自問する。そしてもしその言葉を深く受け止めていたら「私の文学も深くなり、思想も磨かれていた」だろうと思う。「女人芸術」に集る若い人たちから、白粉、厚化粧の歴史にも及んでいく。

夏　日　初出・大正一四年九月「不同調」のち『草魚』所収（底本）

「冬は寒い北向きの、崖はなの破屋ではあるけれど」と書かれた家は、牛込仲町の家だろう。「あたしという人間のくずが、紙屑をつくる葛生の家」と呟く時雨の姿にはどこかみたされない淋しさがただよう。私が男の子だったらの思いは、幼い日からあったのだろう。喧嘩のあと、風呂の中で「今にどうしてくれるか」と歌う於莵吉の声を、台所で夕食の鮎を焼きながら聞いている時雨がいる。

初かつを　初出・昭和一〇年五月「三田新聞」のち随筆集『桃』所収（底本）

初鰹を通しての江戸っ子論。士農工商のうち、士と工が江戸の気風を作ったとしている。川柳『柳多留』を引用し、初がつをを愛でる江戸讃歌。

古い暦——私と坪内先生　初出・昭和一〇年三月四・五日「報知新聞」のち『桃』所収（底本）

一九三五（昭和一〇）年二月二八日に死去した坪内逍遥への追悼文。このほかに時雨は「逍遥先生は理想家でした」（「新愛知」昭和一〇年三月六日）を書いている。一九〇五（明治三八）年七月、「読売新聞」の脚本募集に時雨は「海潮音」を応募し、特選となり賞金三〇円を得る。この時の審査員が坪内逍遥であり、以来、師弟関係が続いていた。その頃、時雨とともに歩んでいた中谷徳太郎は、坪内士行を通して、すでに逍遥と親しかった。逍遥は、「舞踊研究会」「狂言座」に顧問としてかかわり全面的に時雨を応援する。「狂言座」立ち上げにあたって、逍遥、鷗外、漱石を訪ね、顧問の依頼をしてまわった折のエピソードも貴重である。

東京に生れて　初出・昭和一四年一月「銃後の友」　のち『随筆きもの』(昭和一四年一〇月、実業之日本社)所収（底本）

江戸当初の人たちが、海を埋めて住居としたことについて、「彼等は安心な高台の方に、巨樹を薙ぎ倒して住まはずに、海のなかの方へ、外へ外へとむかつて進出してゐる。その荒つぽさが新興都市江戸の生命だつたのだ」とする。そして、「江戸の昔に名残を止めていた水郷風の田園風景が、東京の発揚にしたがひ、爛熟した江戸情緒の失はれるのとともにほろびて消えて仕舞ふのを、惜しむ気持」に同感しながらも、「それらは都会の外に求むべきもので、田園の故郷を、この都の中の随所に、温存させようといふのが無理なのだ」と言う。その代りに公園を大切にしてほしいと提言する。

なぜならそれらが、三〇年五〇年後には都会の中の自然林となるはずだという。現在の皇居や明治神宮の森を予言するような時雨の発言だが、東京に生まれ育って、東京の裏も表も知りながら、故郷として愛し続けた時雨のメッセージは今に通じる。時雨が抱いていた東京の都市計画は時代を越えて魅力的である。

本書出版にあたって、藤原書店の藤原良雄氏、山﨑優子さんには、言葉にならないほど感謝している。また、資料、初出照会等々について、神奈川近代文学館の半田典子さん、「女人芸術研究会」(NPO現代女性文化研究所)会員の酒井須磨子さんにご協力をいただいた。

長谷川時雨　年譜

＊新聞・雑誌・作品名は「　」単行本は『　』
＊小活字中の算用数字は月を示す
＊▼は日本史・世界史事項、▽は女性著者による作品発表を示す

一八七九（明治十二）年

十月一日、東京府日本橋区通油町一番地（現・大伝馬町三丁目）に生れる。九月二十八、九日誕生の説もある。本名やす。父の免許代言人（弁護士）深造は、伊勢から江戸に出て呉服御用商となった長谷川卯兵衛と伊勢の庄屋の娘小りんの次男。母の多喜（戸籍は多起）は御家人湯川金左衛門の娘。深造の後妻となり、時雨に続いてマツ、マル、フク、虎太郎、二郎、はるの六人の妹弟が生れた。芝居好きの祖母小りんの秘蔵っ子だったが病弱ではにかみ屋のためアンポンタンと呼ばれた。『旧聞日本橋』、遺稿『渡りきらぬ橋』に詳しい。

▼1 高橋お伝、市ヶ谷刑場で斬罪　4 琉球藩を廃し沖縄県を設置　5 同人社女学校（中村正直）始業　9 教育令設定により男女別学を設定　10 ビスマルク主導下に独墺同盟成立

一八八一（明治十四）年……………………2歳

一月、東京神田から出火、神田・日本橋など一万戸余焼失。時雨の生家も焼失する。

▼2 頭山満らが玄洋社を創立　10 国会開設を二三年とする勅旨　自由党結成会議、総理に板垣退助

一八八三（明治十六）年……………………4歳

▼4 新聞紙条例改正（言論取締り強化）　10 岸田俊子「箱入り娘」演説で集会条例違反で検束　11 鹿鳴館開館

一八八四（明治十七）年……………………5歳

寺小屋式小学校秋山源泉学校に入学、十二歳まで読み書き、そろばん、裁縫を習う。一方で長唄、日本舞踊、二絃琴、生け花、茶の湯と下町娘の教育を身につける。小りんに連れられ芝居見物に通う。

▼6「女学新誌」創刊　女子に医術開業試験受験を認め、七月、荻野吟子合格　12 ソウルで金玉均・竹添公使らが軍隊を率いて王宮占領（甲申事変）

▽5・6 岸田俊子「同胞姉妹に告ぐ」（自由の燈）

一八八九（明治二十二）年……………10歳

▼2 大日本帝国憲法発布　7 東海道線の新橋・神戸間全通　9 植木枝盛「東洋の婦女」創刊

▽1〜2 木村曙「婦女の鑑」（読売新聞）

一八九一（明治二十四）年……………12歳

読書好きな少女だったが「女に学問はいらない」と母に厳しく禁止された。しかし、長谷川家の書生で一高生になった鵜沢聡明（後、法律家・明治大学総長）から西洋の小説・演劇の知識を得、友人と回覧誌『秋の錦』を出したりした。

▼5 大津事件（巡査が来日中のロシア皇太子に斬りつける）

▽1 清水紫琴「こわれ指環」（女学雑誌）

一八九三（明治二十六）年……………14歳

母の強い希望で池田侯爵邸に行儀見習に出る。妻妾同居の気苦労の多い日々だったが、給金で「女鑑」や「大日本女学講義録」等を購入、夜は読書で過す。肋膜を病み宿下りをするが、十七歳の夏に邸を退く。その後は神田小川町の佐佐木信綱の竹柏園に入門、「源氏物語」や「万葉集」の講義を受ける。

▼1「文学界」創刊　4 日本基督教婦人矯風会結成　8 文部省、儀式用歌に君が代など選定

一八九四（明治二十七）年……………15歳

▼5 巌本善治「女学雑誌」で良妻賢母教育を批判　8 清国に宣戦布告（日清戦争）　赤十字看護婦従軍

▽12 樋口一葉「大つごもり」（文学界）

一八九五（明治二十八）年……………16歳

▼4 日清講和条約に調印（朝鮮の独立承認、遼東半島・台湾の割譲ほか）三国干渉

▽1 樋口一葉「たけくらべ」（文学界）9 同「にごり江」（文藝倶楽部）12 同「十三夜」（文藝倶楽部）

一八九七（明治三十）年……………………18歳
十二月、近所の鉄成金の次男水橋信蔵と結婚し、両国本町に住む。土地の名望家である長谷川家を古鉄屋から紳商になりかけた水橋家が利用した一種の政略結婚であり、後、父深造が東京市議会の不正鉄管事件に巻き込まれる一因となった。派手な家風になじめず、放蕩三昧の信蔵を嫌い離婚を口にし続けるが拒まれる。

▼3 足尾鉱毒被害民請願活動開始 6 京都帝国大学設立 10 金本位制実施 この年、凶作のため米価急騰により農民騒動多発
▽1 若松賤子訳『小公子』（博文館）

一八九九（明治三十二）年……………………20歳
▼2 高等女学校令公布 5 第一回万国平和会議

一九〇〇（明治三十三）年……………………21歳
父深造、水道鉄管をめぐる東京府の疑獄事件に連座し、一切の公職から退く。

▼3 治安警察法公布 4「明星」創刊 5「婦女新聞」創刊 7 女子英語塾（津田塾大学）創設 12 吉岡弥生が東京女医学校（現東京女子医大）創設

一九〇一（明治三十四）年……………………22歳
夫の放蕩やまず勘当され岩手県釜石鉱山に赴くのに三年の約束で同行。夫は留守がちで時雨は初めて気兼ねすることなく机に向う。水橋康子の名で投稿した短篇「うづみ火」が特賞となり十一月「女学世界」臨時増刊号の巻頭に載る。しぐれ女、長谷川康子等の名で投稿を続け、入賞し賞金を得る。

▼2 愛国婦人会設立 4 日本女子大学校開校 5 片山潜・幸徳秋水・安部磯雄ら社会民主党を結成、直ちに禁止・解散させられる
▽8 与謝野晶子『みだれ髪』（東京新社）

一九〇二（明治三十五）年……………………23歳
十一月、「読売新聞」に小品「晩餐」を、しぐれ女の筆名で掲載。

▼1 日英同盟協約に調印

一九〇四（明治三十七）年……………………25歳
単身帰郷、父の住む京橋区新佃島西町（現中央区佃島）に住む。母多喜は箱根塔ノ沢で温泉旅館玉泉楼新玉を経営。木場の材木問屋の店員中谷徳太郎との文通

は釜石時代から始まっていたが、出会ったのは一九〇五年秋。中谷は早稲田大学選科（英文科）に入学。七歳年下の中谷の存在が、離婚し文学に向う推進力となった。

▼2 ロシアに宣戦布告（日露戦争） この年「千人針」の風習が始まる 高等小学校読本に軍国の母の美談を載せる
▽9 与謝野晶子「君死にたまふこと勿れ」（明星） 10 福田英子『妾の半生涯』（東京堂）

一九〇五（明治三十八）年……………26歳

十月、一幕物の「海潮音」が「読売新聞」募集の懸賞脚本に入選、同紙に坪内逍遙の評と共に掲載され劇作家としての出発となる。逍遙に師事。

▼1 河合酔茗「女子文壇」創刊 7「婦人画報」創刊 9 日露講和条約、追加約款調印（ポーツマス条約）
▽1 山川登美子・増田雅子・与謝野晶子『恋衣』（本郷書院） 1 大塚楠緒子「お百度詣」（太陽）

一九〇七（明治四十）年……………28歳

八月、水橋信蔵の勘当が解けたのを機に協議離婚成立。築地の女子語学校（現、雙葉学園）初等科入学、翌年三月まで半年間通う。

▼1 福田英子「世界婦人」創刊 6 日仏協約および仏領インドシナに関する宣言書に調印 この年、労働争議急増、高等女学校の総計一三三校、生徒数四万二七三人

一九〇八（明治四十一）年……………29歳

帝国義勇艦隊建設のための募集脚本に史劇「覇王丸」が当選、「演芸画報」二月号に掲載。二月「花王丸」と改題され六代目菊五郎、中村吉右衛門らによって歌舞伎座で上演、女性で初めての歌舞伎作家としてブロマイドが売られ、一躍脚光をあびる。八月、狂女の悲恋をテーマにした「海潮音」が新富座で上演、喜多村緑郎の当り芸となり各地で上演された。

▼3 平塚明子（らいてう）と森田草平が心中未遂 4 中央線全通 9 川上貞奴、帝劇女優養成所を開き第一期生として森律子ら十五名

一九〇九（明治四十二）年……………30歳

初めての新聞小説「晩鐘」を「日本新聞」に一一四回連載。

▼2 小山内薫、自由劇場創立 9 坪内逍遥文芸協会演

劇研究所で俳優養成、松井須磨子が入所
▽2 水野仙子「徒労」(文章世界)

一九一〇(明治四十三)年……31歳

「操《みさを》」が「演劇画報」八・九月号に分載。
▼5 大逆事件 8 韓国併合に関する日韓条約調印 この年、官憲の言論弾圧が厳しくなる
▽1 森しげ「あだ花」(スバル) 12 岡田八千代「絵具箱」(中央公論)

一九一一(明治四十四)年……32歳

「操」を「さくら吹雪」と改題し二月歌舞伎座で上演。六代目菊五郎の当り役となり時雨の劇作家としての地位が確立した。十一月、美人伝の第一作『日本美人伝』(聚精堂)刊。
▼1 大逆事件に死刑判決。菅野すが、幸徳秋水ら死刑 7 第三回日英同盟協約調印 9平塚らいてう「青鞜」創刊 10 辛亥革命 文芸協会、イプセンの「人形の家」上演、松井須磨子がノラを演じ好評
▽1〜3 田村俊子「あきらめ」(大阪朝日新聞)

一九一二(明治四十五・大正元)年……33歳

一月、演劇雑誌「シバヰ」を中谷徳太郎と創刊。同誌発表の「竹取物語」が歌舞伎座新春興行で上演、歌右衛門の赫那姫《かぐやひめ》の宙乗りが大評判となった。「シバヰ」は七月まで六冊(四・五月号合併)発刊。楠山正雄、島村民蔵、秋田雨雀らが中心。四月、「舞踊研究会」を六代目菊五郎らと創立。歌舞伎座で大会を二回、芝の紅葉館で六回発表会を持つ。大正三年六月まで。六月『嚥脂伝』(聚精堂)出版。
▼2 清の宣統帝が退位、袁世凱に全権付与 7 明治天皇死去 第三回日露協約調印 9乃木将軍夫妻殉死
▽2〜8 瀬沼夏葉訳「叔父ワーニャ」(チェホフ 青鞜) 2 与謝野晶子『新釈源氏物語』全四巻(金尾文淵堂 〜大正2・11)

一九一三(大正二)年……34歳

二月、「シバヰ」再刊。七月まで五冊出すが「狂言座」発足の忙しさに中絶。五月「玉はき」「空華」を歌舞伎座で上演。「空華」は日本の歌劇の草分け。六月「明治美人伝」(『読売新聞』五十回)の連載始まる。七月「湊川皐月の一夜」(原題・足利尊氏)歌舞伎座上演。十一月「丁字みだれ」市村座上演、「江島生島」

歌舞伎座上演、時雨の代表作となる。十二月、新しい演劇運動を目指して六代目菊五郎と共に、「狂言座」結成。顧問に坪内逍遙、佐佐木信綱、森鷗外、夏目漱石が名を連ねる。

▼2 護憲派の民衆が議会を取り巻く　各地で女工ストが頻発　「青鞜」の「新しい女」特集号発売禁止　3 真新婦人会発足　4 文部省、反良妻賢母主義婦人雑誌の取締方針決定　5 らいてう「円窓より」発禁　この年、護憲運動高まり、新しい女論義が活発となる

▽2『青鞜小説集』（東雲堂）　4 瀬沼夏葉訳『桜の園』（チェホフ　新潮社）　その後らいてう訳「恋愛と結婚」（エレン・ケイ）伊藤野枝訳「婦人解放の悲劇」（エマ・ゴオドン）野上弥生子訳「ソニヤ・コヴァレフスキィの自伝」等々、「青鞜」に掲載された

一九一四（大正三）年……35歳

二月、帝国劇場で「狂言座」第一回公演。逍遙の「新曲浦島」を時雨が脚色演出。十一月、市村座で第二回公演、時雨は舞踊劇「歌舞伎草子」、奈々子の筆名で「ふらすこ」発表。

▼7 第一次世界大戦始まる　8 日本、ドイツに宣戦布告し、第一次世界大戦に参加

▽4 田村俊子「炮烙の刑」（中央公論）　7 松井須磨子『牡丹刷毛』（新潮社）

一九一五（大正四）年……36歳

三月、弟虎太郎の長男仁を引取る。五月「石のをんな」、十一月「薄ずみいろ」（大正五・一まで四回連載）を奈々子の筆名で「青鞜」に書く。演劇界から退き作家としての再出発を奈々《なな》子《し》＝無名の筆名に託した。一母多喜、総支配人をしていた紅葉館を追われ失脚。一家の全責任が時雨にかかる。中谷徳太郎ともこの年夏頃に離別。

▼1 中国大総統袁世凱に二十一ヵ条の要求を提出、五月調印　5 三浦環がロンドンで「蝶々夫人」を歌って好評

▽1 平塚らいてう「青鞜と私」伊藤野枝「青鞜を引継ぐに就いて」（青鞜）　11 岩野清『愛の争闘』（米倉書店）

一九一六（大正五）年……37歳

二月、神奈川県鶴見に割烹旅館花香苑《はなかえん》・新玉《しんぎょく》を多喜のために開く。前年『春光の下に　又はゼ・ボヘミアン・ハウスの人々』を時雨に贈った三上於菟吉を中心に三

富朽葉、今井白揚、広津和郎、近松秋江ら早稲田系の青年作家との交友が始まる。女性雑誌「家庭」を三号出す。十二月末佃の家を処分し父と仁、神奈川県生麦岸戸谷の家に移る。

▼1 吉野作造、民本主義提唱、デモクラシー運動がおこる「婦人公論」創刊 2「青鞜」無期休刊 7 第四回日露協約調印 11 神近市子、大杉栄を刺す、葉山日陰茶屋事件

▽9 中條（宮本）百合子「貧しき人々の群」（中央公論）

一九一七（大正六）年……………………38歳

三上於莵吉との関係が始まり、七月、三富朽葉、今井白揚の水死のショックをきっかけに牛込赤城下と生麦とを行き来するようになる。四月『さくら吹雪』（狂言座事務所）刊。

▼2「主婦之友」創刊 3 ロシアで二月革命、ニコライ二世退位 9 金本位制停止 10 全国小学校女教員大会

▽3〜8 素木しづ「美しき牢獄」（読売新聞） 10 神近市子『引かれものの唄』（法木書店）

一九一八（大正七）年……………………39歳

六月『美人伝』（東京社）刊。七月、父深造が死去。十二月『情熱の女』（玄文社）刊。

▼2 平塚らいてう・与謝野晶子らによる「母性保護論争」が始まる 7「赤い鳥」創刊 8 政府がシベリア出兵宣言 米騒動 11 第一次世界大戦終結

一九一九（大正八）年……………………40歳

四月、牛込矢来町で三上於莵吉と世帯を持つ。於莵吉は長男、時雨は離婚後分家して一家を構えていたため内縁関係をつらぬく。五月『名婦伝』（実業之日本社）を書下し出版、父深造（号・渓石）の供養に画文集『実見画録』（奉書に木版刷）出版。於莵吉を世に出すことに全力を傾け、九年には牛込中町の八十円の家賃の家に移る。

▼1 松井須磨子、島村抱月の後を追って自殺。パリ講和会議 3 ソウル・平壌などで独立宣言（三・一運動）モスクワでコミンテルン創立大会 5 北京の学生が山東問題に抗議（五・四運動） 6 ベルサイユ講和条約調印。この年、社会主義運動が盛んになる。労働運動組織化

▽6 ささきふさ『イスラエル物語』（警醒社） 8 与謝野晶子『激動のなかを行く』（アルス）

一九二一（大正十）年……………………42歳
於菟吉「悪魔の恋」（講談雑誌　一月〜十一年三月）で大衆作家として本格的に出発。花香苑新玉の放火など時雨は家の内外の雑用に追われる。
▼2「種蒔く人」創刊　4 羽仁もと子が自由学園を設立　初の女性社会主義団体・赤欄会結成　8 原阿佐緒・東北大学教授石原純の恋愛で、石原の休職が閣議決定　10 柳原白蓮の出奔事件　11 原敬首相が刺殺

一九二二（大正十一）年……………………43歳
於菟吉の文名あがり、直木三十五と共に出版社元泉社を作る。この頃の時雨の日記は、於菟吉の浮気への怒りと嫉妬、十二歳年上の妻の悲しみ、結婚への後悔が書きつらねられる。「婦人画報」連載中の「美人伝」、九月号「平塚明子」で終る。
▼7 日本共産党が非合法結成　10 イタリアでファシスト政権成立　12 ソ連邦成立　この年、スト、労働争議多発

一九二三（大正十二）年……………………44歳
六月、山村耕花版画による『動物自叙伝』（大鐙閣）出版。七月親友の岡田八千代と共に同人誌『女人芸術』（前期）を元泉社より創刊。戯曲「暗夜」、八月二号には戯曲「犬」を発表するが、関東大震災で元泉社が潰れたために二号で廃刊。於菟吉『モンテクリスト伯』（一九二〇）に続いて、ゾラの『獣人』翻訳が大好評となり生活の基盤が固まる。
▼6 有島武郎・波多野秋子心中　第一次共産党事件　9・1 関東大震災。流言蜚語によって多数の朝鮮人迫害虐殺　伊藤野枝・大杉栄・甥の橘宗一、憲兵によって虐殺　12 日本婦人記者倶楽部設立
▽3 三宅やす子『未亡人論』（文化生活研究会）　6 宇野千代『脂粉の顔』（改造社）

一九二四（大正十三）年……………………45歳
於菟吉、前期代表作「白鬼」（『時事新報』）連載。時雨は体調不順に悩む。この頃、麹町中六番町、下六番町、上富坂など次々家を移り住む。
▼1 第一次国共合作が成立　6 築地小劇場開場　「文芸戦線」創刊　この年、婦人参政権獲得運動盛んになる
▽3 吉屋信子『花物語』（交蘭社）

一九二八（昭和三）年……………………49歳

七月、新人女性作家の発掘、育成と全女性連携の場を求めて総合文芸雑誌「女人芸術」を創刊。円本ブームで多額の印税を手にした於菟吉の出資。生田花世を中心に平塚らいてう、岡田八千代、神近市子、富本一枝ら「青鞜」の人びとをブレーンとし、新潮社の記者をしていた素川絹子を編集長とした。妹の春子が画家として参加。円地文子、林芙美子、大田洋子らがここから文壇に登場し、新旧すべての女性作家の拠り所となった。時雨は戯曲「甘美媛」を発表。牛込左内町の自宅に事務所を置く。

▼2 最初の普通選挙　3「赤旗」創刊　共産党一斉検挙（三・一五事件）　6 関東軍謀略による張作霖爆死事件　治安維持法改正を公布　7 特別高等警察（特高）設置　11 NHK初めて全国中継放送

▽2 窪川（佐多）稲子「キャラメル工場から」（プロレタリア芸術）　8 野上弥生子「真知子」連載（改造）

一九二九（昭和四）年……………………50歳

四月から「旧聞日本橋」を「女人芸術」に埋め草として発表。六月小説集『処女時代』（平凡社）、九月『時雨脚本集一』（女人芸術社）刊と時雨の文壇復帰なる。

▼4 日本共産党全国一斉に大検挙（四・一六事件）　7 井上準之助が蔵相就任（緊縮財政、金解禁、非募債など）　10 ニューヨーク株式市場大暴落（世界恐慌始まる）　この年、探偵小説、兎の襟巻きが流行　就職難が深刻化、東大卒業生の就職率三〇パーセント

▽6 林芙美子『蒼馬を見たり』（南宋書院）

一九三〇（昭和五）年……………………51歳

七月、時雨・於菟吉共著の小説集『春の鳥』（平凡社）刊。プロレタリア文学運動全盛の中で「女人芸術」も左傾化し、九、十月号が発売禁止となる。

▼4 鐘紡争議（～6）　第一回全日本婦選大会　9 東洋モスリン亀戸工場争議（～11）　11 浜口雄幸首相が狙撃され重傷　この年、世界恐慌が日本に波及　エロ・グロ・ナンセンスの語が流行　カフェの女給による濃厚サービスが流行　自殺者急増　労働争議多発

▽7 林芙美子『放浪記』（改造社）

一九三一（昭和六）年……………………52歳

赤坂檜町に移る。「女人芸術」の編集者たちの多くが非合法運動に走り、ますます左傾化し、十月号が三度目の発禁となる。不況と「アカ」のレッテルに雑誌返

本があいつぐ。

▼9 関東軍が柳条湖の満鉄線路を爆破（満洲事変始まる） 12 高橋是清が蔵相就任（金輸出再禁止など） この年、不況激化し、学生の左翼運動参加が急増

▽宮本百合子「新しきシベリアを横切る」（女人芸術 1） 金子文子『何が私をかうさせたか』（春秋社 7）

一九三二（昭和七）年……53歳

六月、五巻六号四十八冊をもって「女人芸術」廃刊。時雨の病気と資金難が直接の原因だったが、余りの左傾化に国士をもって認じていた於菟吉が援助を拒んだと思われる。十月、東京内幸町のレインボーグリルで女性作家による時雨慰労会が開かれ、再起を期す声が広がる。十二月、目黒の雅叙園で知名女性百二十余名による「長谷川時雨氏慰労全快祝賀会」が開かれる。

▼1 上海事変勃発 3 満洲国建国宣言 5 海軍青年将校と陸軍士官学校生徒らが犬養毅首相射殺（五・一五事件） 10 大日本国防婦人会創立 12 日本橋白木屋出火、和服の裾の乱れを気にして女性墜落死 この年、女性活動家の検挙が相次ぎ、非常時・挙国一致の語が新聞に増加

▽4 三宅やす子「偽れる未亡人」連載（婦人公論）

一九三三（昭和八）年……54歳

一月、時雨の呼びかけで「輝ク会」設立。四月、タブロイド版の機関誌「輝ク」を創刊、編集は、二号まで川瀬美子、以降若林つや。四頁のリーフレットながら随筆、評論、小説、詩歌、女性消息欄等、「びっしりと読みごたえのある」（徳田秋声）内容で月一回発行。「女人芸術」に集った人びとを中心に、さらに各界に広がり全女性の連携の場を目指した。創刊号には時雨の「女人芸術はどうしてやめたか」を全載。

▼1 ヒトラーが独首相に就任 実践女子校生が三原山で投身自殺、以降自殺者が続出して九四四名 2 小林多喜二検挙され拷問により虐殺 3 日本が国際連盟を脱退 4 京都大学で滝川事件 6 佐野学・鍋山貞親が獄中で転向声明 この年、ハウスキーパー問題が浮上 治安維持法による検挙者激増

▽6 尾崎翠『第七官界彷徨』（啓松社） 9〜 宇野千代「色ざんげ」連載（中央公論）

一九三四（昭和九）年……55歳

一月、母多喜死去。女性の演劇集団「燦々会《さんさん》」を結成。於菟吉、代表作「雪之丞変化」を「毎日新聞」に連載。

▼4 帝人事件（帝国人絹会社株式買受けをめぐる疑獄

事件）この年、左翼文化団体の解体が相次ぎ、転向文学流行　軍需景気、農村不況は深刻化　パーマネント普及
▽12 中條（宮本）百合子「冬を越す蕾」（文芸）

一九三五（昭和十）年……………56歳

二月『旧聞日本橋』（岡倉書房）刊。於菟吉は出版社サイレン社を設立。自著の『わが漂泊』や時雨の随筆集『草魚』（七月）等を出版する。

▼2 美濃部達吉の天皇機関説が貴族院で攻撃される

一九三六（昭和十一）年……………57歳

二月『近代美人伝』（サイレン社）刊。七月、於菟吉、脳血栓で倒れ、以来右半身麻痺となる。「読売新聞」連載中の「日蓮」は、於菟吉の名のまま時雨が書き継ぐ。十一月『春帯記』（岡倉書房）刊。

▼2 皇道派青年将校が蜂起（二・二六事件）3「日本浪漫派」創刊　5 中條（宮本）百合子、窪川（佐多）稲子ら検挙　阿部定事件　6 フランス人民戦線結成　8 ベルリン・オリンピックで前畑秀子活躍　9 第一回芥川賞・直木賞発表　11 日独防共協定　この年も親子心中多発　平均寿命＝男四四・八歳　女四六・五歳

▽1 窪川（佐多）稲子「くれなひ」連載（婦人公論）　6 相馬黒光『黙移』（女性時代社）

一九三七（昭和十二）年……………58歳

『輝ク』に時局の影響が濃くなる。十月の「輝ク」を「皇軍慰問号」とする。

▼7 蘆溝橋で日中両軍が衝突（日中戦争へ）10 国民精神総動員中央連盟結成　12 日本軍が南京を占領、大虐殺事件

▽3 岡本かの子「母子叙情」（文学界）　8 豊田正子『綴方教室』（中央公論社）

一九三八（昭和十三）年……………59歳

時雨の時局協力は、前線の兵士や留守家族への同情から発していたが、方向転換に反発多く「輝ク」第六巻三、五号休刊。八月『評釈一葉小説全集』（冨山房）刊。時雨は自分の方針を貫くことを決意する。

▼3 ドイツがオーストリアを併合　4 国家総動員法公布　9 勤労動員始まる　10 日本軍が武漢三鎮を占領　銃後後援強化週間実施（以降毎年）9〜 従軍作家中国戦地に出発

▽6 高群逸枝『母系制の研究』（『大日本女性史』第一

巻　厚生閣）　11 岡本かの子「老妓抄」（中央公論）　小川正子『小島の春』（長崎書院）

一九三九（昭和十四）年……………………60歳

一月「輝ク部隊」結成を宣言。知識女性層の銃後運動の拠点を目指し、宮本百合子、林芙美子、窪川（佐多）稲子等百十二名が評議員に名を連ね、八月発会式。慰問袋募集、陸軍病院、戦傷者、遺族、遺児の見舞、従軍、慰問団の派遣、国際親善等々に奔走する。二月随筆集『桃』（中央公論社）刊。十月『随筆きもの』（実業之日本社）刊。

▼2 中里恒子「乗合馬車」（文学界　女性初の芥川賞）　5 満蒙国境ノモンハンで満・外蒙の軍隊が衝突　6 パーマネント禁止令　7 国民徴用令公布　9 ドイツがポーランド進撃を開始（第二次世界大戦始まる）　この年、国策文学がさかんになり、同時に言論弾圧強化
▽4 岡本かの子没後「河明かり」（中央公論）　4 同「生々流転」（文学界）

一九四〇（昭和十五）年……………………61歳

一月、陸・海軍恤兵部の資金援助でそれぞれ『輝ク部隊』『海の銃後』の文集を作り、紀元二千六百年のお年玉として前線に贈る。「女人芸術」以来の総力をあげての、文学の香り豊かな三百頁もの文芸誌だった。時雨「剛き人」（小説）発表。

▼4 米・味噌他生活必需品の切符制採用決定　9 北部仏印に進駐　日独伊三国同盟調印　10 大政翼賛会発会　11 女流文学者会議発足　紀元二六〇〇年記念式典挙行　12 内閣情報局発足　この年、左翼出版物取り締まり強化、作家の従軍がますます盛んになる
▽2〜12 岡本かの子「女体開顕」連載（日本評論）

一九四一（昭和十六）年

一月、海軍省恤兵部の資金援助で『海の勇士慰問文集』第二輯発刊。「犬房丸」（小説）発表。輝ク部隊の「南支方面慰問団」の団長として円地文子、熱田優子等と共に台湾、廈門、仙頭、広東を経て海南島の前線を一ヶ月廻る。帰国後は日本女流文学者会の設立に奔走、後の女流文学者会の基礎を作った。新案慰問袋の募集、講演会、執筆、病床の於菟吉の看護と、休む間もなく、八月十二日発病、二十二日永眠。六十一歳十ヶ月。病名は白血球顆粒細胞減少症。「私はまだ死ねないよ。一葉を書かなくちゃ。私が書かなきゃ誰が書

くのさ」という時雨最後の言葉を甥の仁が伝えている。『輝ク』は百号記念号にあたる九月号を全十二頁の「長谷川時雨先生追悼号」とし、六十一名の追悼文、「明治に一葉あり昭和に時雨ありと後の文学史は銘記しませう」と始まる吉川英治の弔辞をはじめ五本の弔辞、「女人芸術」の編集者で、晩年の時雨の秘書役だった熱田優子による発病から死までを刻明に記した「輝ク部隊日記」を載せる。十一月『輝ク』は、時雨七七忌（四十九）日の様子を記して一〇二号（重複があるため実際は一〇三号）をもって終る。十二月から翌年七月にかけて『長谷川時雨全集』全五巻（日本文林社）が、各々、鏑木清方、藤田嗣治、上村松園、前田清邨、梅原龍三郎の装幀、円地文子、森三千代、岡田八千代、真杉静枝、岡田禎子編集で出版。小説集『時代の娘』（一九四一年十月、興亜日本社）、随筆集『働くをんな』（一九四二年五月、実業之日本社）が没後に刊行され、遺稿「渡りきらぬ橋」が「新女苑」（一九四二年一一月―四三年一月）に連載。

▼2 内閣情報局、総合雑誌編集部に執筆金鵄者リストを提出　4 日ソ中立条約　6 南部仏印進駐　12・8 日本軍がハワイ真珠湾を空襲、マレー半島上陸。対米英宣戦布告

（尾形明子・作成）

著者紹介

長谷川時雨（はせがわ・しぐれ）

1879年、東京・日本橋に生れる。寺子屋風の秋山源泉学校で読み書き算盤を習う。池田候邸の奉公を経て、佐佐木信綱の竹柏園に入門。和歌・古典を学ぶ。1897年結婚。岩手県釜石鉱山に住み、夫の不在に書いた短篇小説「うづみ火」を「女学世界」に投稿、入選。戯曲「海潮音」が「読売新聞」懸賞に特選入選。以後坪内逍遥に師事。日本で最初の女性歌舞伎作家として活躍。六代目菊五郎とともに歌舞伎改良運動に取り組む。この間離婚。1919年、作家三上於菟吉と同棲。1923年、雑誌「女人芸術」創刊。1933年「輝ク会」を結成しリーフレット「輝ク」を発行。『近代美人伝』はじめ7冊の〈美人伝〉、『旧聞日本橋』『東京開港』等々。1941年死去。

編者紹介

尾形明子（おがた・あきこ）

東京に生れる。早稲田大学大学院博士課程終了。近代日本文学、特に自然主義文学と女性文学を専門とし、長谷川時雨主宰「女人芸術」「輝ク」を発掘・研究した。おもな著書に『女人芸術の世界――長谷川時雨とその周辺』（ドメス出版）『「輝ク」の時代――長谷川時雨とその周辺』（同）『田山花袋というカオス』（沖積舎）『自らを欺かず――泡鳴と清子の愛』（筑摩書房）『川・文学・風景』（大東出版）など。東京女学館大学教授を経て、現在、文芸評論家。

長谷川時雨作品集《はせがわしぐれさくひんしゅう》

2009年11月30日　初版第1刷発行©

著　者　長谷川時雨
発行者　藤原良雄
発行所　株式会社　藤原書店

〒162-0041　東京都新宿区早稲田鶴巻町523
TEL　03 (5272) 0301
FAX　03 (5272) 0450
振替　00160-4-17013

印刷・中央精版印刷　製本・誠製本

落丁本・乱丁本はお取替えいたします　Printed in Japan
定価はカバーに表示してあります　ISBN978-4-89434-717-5

愛に生き、自らを生きぬいた女

恋の華・白蓮事件

永畑道子
解説＝尾形明子

一九二一年、『大阪朝日新聞』トップに、夫である炭鉱王・伊藤伝右衛門への絶縁状が掲載され、世間は瞠目。その張本人が、大正天皇のいとこたる歌人・柳原白蓮であった。白蓮と伝右衛門の関係を、つぶさな取材・調査で描いた、真実の白蓮事件。

四六上製　二七二頁　**口絵四頁**　**一八〇〇円**
（二〇〇八年一〇月刊）
◇978-4-89434-655-0

日本女性史のバイブル

恋と革命の歴史

永畑道子

〝恋愛〟の視点から、幕末から明治、大正、昭和にかけての百五十年の近代日本社会、そして同時代の世界を鮮烈に描く。晶子と鉄幹／野枝と大杉／須磨子と抱月／スガと秋水／らいてうと博史／白蓮と竜介／時雨と於菟吉／秋子と武郎／ローザとヨギヘスほか、まっすぐに歴史を駆け抜けた女と男三百余名の情熱の群像。

四六上製　三六〇頁　**二八〇〇円**
（一九九三年一一月／九七年九月刊）
◇978-4-89434-078-7

二人の関係に肉薄する衝撃の書

蘆花の妻、愛子
（阿修羅のごとき夫《つま》なれど）

本田節子

偉大なる言論人・徳富蘇峰の〝愚弟〟、徳富蘆花。公開されるや否や一大センセーションを巻き起こした蘆花の日記に遺された妻愛子との凄絶な夫婦関係や、愛子の日記などの数少ない資料から、愛子の視点で蘆花を描く初の試み。

四六上製　三八四頁　**二八〇〇円**
（二〇〇七年一〇月刊）
◇978-4-89434-598-0

日本文学の核心に届く細やかな視線

日本文学の光と影
（荷風・花袋・谷崎・川端）

B・吉田＝クラフト
吉田秀和編　濱川祥枝・吉田秀和訳

女性による文学が極めて重い役割を果してきたこと、小説に対し〝随筆〟が独特の重みをもつこと――荷風をこよなく愛した著者が、日本文学の本質を鋭く見抜き、伝統の通奏低音《バッソ・コンティヌオ》を失うことなくヨーロッパ文学と格闘してきた日本近代文学者たちの姿を浮彫る。

四六上製　四四〇頁　**四二〇〇円**
（二〇〇六年一一月刊）
◇978-4-89434-545-4